文化自信：中华美学与当代表达
首届中国文艺长安论坛论文集

中国文联文艺评论中心
中国文艺评论家协会
西北大学文学院 编

中国社会科学出版社

图书在版编目（CIP）数据

文化自信：中华美学与当代表达：首届中国文艺长安论坛论文集／中国文联文艺评论中心，中国文艺评论家协会，西北大学文学院编 . —北京：中国社会科学出版社，2017.11
ISBN 978-7-5203-1084-0

Ⅰ.①文… Ⅱ.①中… ②中… ③西… Ⅲ.①文艺评论—中国—当代—文集 Ⅳ.①I206.7-53

中国版本图书馆 CIP 数据核字（2017）第 238470 号

出 版 人	赵剑英	
责任编辑	郭晓鸿	
特约编辑	席建海	
责任校对	冯英爽	
责任印制	戴　宽	

出　版	中国社会科学出版社	
社　址	北京鼓楼西大街甲 158 号	
邮　编	100720	
网　址	http://www.csspw.cn	
发行部	010-84083685	
门市部	010-84029450	
经　销	新华书店及其他书店	
印　刷	北京明恒达印务有限公司	
装　订	廊坊市广阳区广增装订厂	
版　次	2017 年 11 月第 1 版	
印　次	2017 年 11 月第 1 次印刷	
开　本	710×1000　1/16	
印　张	42.75	
插　页	2	
字　数	583 千字	
定　价	188.00 元	

凡购买中国社会科学出版社图书，如有质量问题请与本社营销中心联系调换
电话：010-84083683
版权所有　侵权必究

编委会

主　　编：庞井君　郭立宏
副 主 编：周由强　段建军
执行主编：程阳阳　谷鹏飞
编 委 会（按姓氏笔画排序）：
　　　　　　谷鹏飞　庞井君　周由强　段建军
　　　　　　胡一峰　郭立宏　程阳阳

目 录

接续中华文论的优秀传统
　　——在第一届中国文艺长安论坛上的致辞 …………………… 夏　潮　1

主旨演讲

不忘文艺初心　办好长安论坛
　　——在首届"中国文艺长安论坛"上的发言 …………………… 仲呈祥　3
简谈文艺创作中的价值思维 ………………………………… 李德顺　8
文化自信视野中的中国现代型艺术 ………………………… 王一川　16
传统戏曲现实题材创作的"现代性"问题 …………………… 罗怀臻　24
"中国电影学派"的建构意义及其实现路径 ………………… 侯光明　30
长安美术文化：传统与现代 ………………………………… 罗　宁　40

文化自信与世界眼光

全球化语境中的草原文化与民族文艺	巴特尔	51
当代文艺精品"走出去"与对外翻译的助推作用		
——在首届中国文艺"长安论坛"上的发言	陈　燕	64
"一带一路"国家战略下的文化交流	蒋述卓	77
自信与自强：关于中华文化"走出去"的实践与思考		
——以《宋画全集》《元画全集》编纂出版为例	金晓明	81
略谈"丝路文学"	李继凯	90
文化自信的强大力量	李明泉	98
丝绸之路与当代文艺创新	李西建	102
中国电影应将"东方情怀"转化成为"国际语言"	厉震林	112
从古长安到古典舞	刘　建	120
文化自信：提振当代文艺创作底气	刘玉琴	126
文学效仿的歧路	任芙康	138
广西—东盟跨境人文交流的实践与成效简述	容本镇	142
文化自信来自对文化现状的自省		
——以戏曲对外文化交流为例	沈　勇	146
从红色文艺谈文化自信	王秀庭	158
简论百年来戏曲现代表达的几种尝试	赵建新	165

现实主义与中国传统

现实主义在中国的命运 ………………………… 陈池瑜 177

路遥的新启蒙现实主义 ………………………… 段建军 200

中国当代文学"人"的回归及其文化品格 ………… 冯希哲 214

贾平凹文学创作与中国传统文脉的承续
　　——首届中国文艺"长安论坛"发言提纲 ……… 韩鲁华 216

音乐评论者的境遇与选择 ……………………… 柯　扬 230

现实主义文学的批判精神及其当代意义 ………… 赖大仁 241

用正确的文明史观确立文化自信和文化自觉（节选）
　　——由电影《百鸟朝凤》而想到的 ……… 李超德　李逸斐 248

现实主义："文化自觉"的必行之路
　　——从近年草原题材电视纪录片（专题片）谈起 … 李树榕 258

现实主义精神与舞蹈艺术的影响力和深度 ……… 刘青弋 268

现实主义与文艺作品的精神走向 ………………… 陆绍阳 281

现实主义创作的当下中国困境及解围 …………… 罗　宏 287

价值论视域中的"现实主义"与真切的人文关怀 … 彭文祥 293

现实主义中国画创作的传统与当代表达 ………… 屈　健 304

当前话剧发展的成绩、问题与建议
　　——以 2015 年话剧演出状况为例 ……………… 宋宝珍 322

加快建设我国当代文艺批评话语体系 …………… 谢柏梁 337

中国历史小说创作的可能性 …………………… 杨剑敏 342

艺术的高度——《白毛女》的现实主义关怀与人性彰显 …… 杨曦帆 347

天开图画：关于写生与写意的思考 ………………………… 殷双喜 358

现实主义精神与新世纪文学 ……………………………… 周晓风 367

中华美学与当代呈现

美学的回归 …………………………………………… 白 漠 381

从甲骨文看"文化"本义 …………………………… 郝文勉 394

中国古代文艺批评传统的当代启示 ………………… 胡海迪 405

以理论自觉推进中华美学精神的传承与弘扬 ……… 金 雅 414

作为大众媒介的电影和作为文化批评的非遗 ……… 梁君健 418

中国美学与传统国家政治 …………………………… 刘成纪 423

"超越性"在中国当代艺术界的缺失 ……………… 刘礼宾 432

文艺创作要提升文化品位 …………………………… 钱念孙 451

现代戏创作新面貌的美学对视 ……………………… 孙豹隐 456

推动当代摄影大潮的引擎
　——摄影通感与跨界的感悟 ……………………… 索久林 463

当代文艺创作应彰显法治之美 ……………………… 田水泉 472

审美感通学批评的萌生与内涵 ……………………… 汪余礼 476

民族艺术的研究与评论要遵守学术规范和艺术

　创作的实际 …………………………………………… 王宏伟 489

节日民俗与中国传统艺术精神的形成 …………………… 王廷信 498

云南跨境民族文学的创作视阈与审美诉求 ……………… 于昊燕 503

中国艺术主体确认下的"追认"与"反制"
——重构中国书法与西方抽象表现主义 ………………… 张　强 511

全球化纪录片的中国之路 ………………………………… 张同道 533

网络文艺与时代审美

网络玄幻小说的媒介美学研究 …………………………… 陈　海 543

媒体融合环境中类型电视剧的审美新变及问题反思 …… 戴　清 560

大数据时代的文艺格局与文艺批评 ……………………… 杜国景 570

关于当下文艺评论泛化趋势的思考 ……………………… 郭必恒 579

互联网时代艺术的选择 …………………………………… 洪兆惠 586

创业叙事：从古代传说到新媒体 ………………………… 黄鸣奋 592

媒体时代少数民族文化传播的瓶颈与对策 ……………… 纳张元 616

网络文学与中国泛娱乐审美 ……………………………… 欧阳友权 629

正在来临的总体性广电危机 ……………………………… 孙佳山 635

微信影评人与公众号文风 ………………………………… 唐宏峰 644

繁荣与危机：网络时代的小说观察 ……………………… 女　真 657

网络文艺的文化形态及其评论介入 ……………………… 郑焕钊 663

接续中华文论的优秀传统

——在第一届中国文艺长安论坛上的致辞

（代序）

夏 潮

（中国文联党组成员、副主席）

各位专家，同志们：

大家好！

今天，我们在这里举行第一届中国文艺长安论坛开幕式。首先，请允许我代表中国文联对长安论坛的创办和第一届论坛的召开表示热烈祝贺！

我们知道，2014年10月，习近平总书记亲自主持召开文艺工作座谈会并发表重要讲话，对包括加强改进文艺评论在内的文艺工作作出了重要论述和指导，是新形势下文艺工作的指南针和导航仪。2015年10月，中央颁布《关于繁荣发展社会主义文艺的意见》，对社会主义文艺繁荣发展作出重要战略部署和有效推进。2016年5月，习近平总书记亲自主持召开哲学社会科学工作座谈会并发表重要讲话，对加快构建中国特色哲学社会科学提出明确要求。2016年7月1日，习近平总书记在庆祝中国共产党成立95周年大会上的重要讲话中明确要求，坚持不忘初心、继续前进，就要坚持中国特色社会主义道路自信、理论自信、制度自信、文化自信，坚持党的基本路线不动摇，不断把中国特色社会主义伟大事业推向前进。

我们在第一时间组织学习了总书记重要讲话精神和中央文件精神，我们感到，把总书记重要讲话精神和中央文件精神落到实处，需要在持续做好既有工作的基础上，坚持开拓创新，创设一些有利于凝聚力量，有利于交流思想，有利于破解难题，有利于增进共识的工作平台和抓手。中国文艺长安论坛就这样应运而生了。这个论坛是在中国文艺评论家协会倡议下，经中国文联批准，由中国文艺评论家协会、陕西省委宣传部、西北大学共同创办的，论坛落户在西安，由西北大学中国文艺评论基地承办。应该说，这是中国文联、中国文艺评论家协会贯彻落实总书记系列重要讲话精神的一项重要举措。论坛以中国文艺繁荣发展的重大理论和现实问题为主要研究研讨方向，努力汇聚国内文艺研究者、创作者和评论者，为加强改进文艺评论工作，推动文艺事业健康发展集思广益、出谋划策，具有十分重要的意义。

第一届论坛以"中华美学与当代表达"为主题，邀请全国80名余专家学者、20余家媒体单位汇聚一堂，围绕"文化自信与世界眼光""现实主义与中国传统""中华美学与当代呈现""网络文艺与时代审美"四个方面共同研讨。我认为，这个主题抓得很准，也很及时。文化自信，是一个民族、一个国家、一个政党对自身所拥有的文化的充分肯定和积极践行，是对自身文化生命力和影响力的坚定信心和发展希望。正如总书记所指出的，文化自信，是更基础、更广泛、更深厚的自信。他还指出，在5000多年文明发展中孕育的中华优秀传统文化，在党和人民伟大斗争中孕育的革命文化和社会主义先进文化，积淀着中华民族最深层的精神追求，代表着中华民族独特的精神标识。坚定文化自信，就要弘扬社会主义核心价值观，弘扬以爱国主义为核心的民族精神和以改革创新为核心的时代精神，不断增强全党全国各族人民的精神力量。

中华美学是中华优秀传统文化的有机组成部分，也是文化自信的重要来源。总书记在文艺工作座谈会重要讲话中明确指出，要结合新的时代条件传承和弘扬中华优秀传统文化，传承和弘扬中华美学精神。中华美学讲求托物言志、寓理于情，讲求言简意赅、凝练节制，讲求形神兼备、意境深远，强调知、情、意、行相统一。我们要坚守中华文化立场、传承中华文化基因，展现中华审美风范。在文化自信的视野下，传承和弘扬中华美学，就要接续中华文论的优秀传统，认真梳理中华美学的丰富内涵，紧密结合当代中国的文艺实践，充分发掘"中华美学精神"的实践内涵，把中华美学精神的要求贯彻到文艺创作和评论实践中去，努力建构具有中国特色、中国风格、中国气派的中华文艺的话语体系、学科体系和评价体系。只有这样，才能让中华美学在当代焕发新的生机和光彩，为坚定中华儿女的文化自信作出重要贡献。

陕西历史悠久，文化源远流长。作为古丝绸之路的发端，陕西自古就是中外经济、文化交流的重要节点之一，也是中华文化与西方文化交流、融汇的一片热土。中华历史上许多辉煌的时代，都与陕西有关。近年来，陕西文艺界认真贯彻落实党的文艺路线方针政策，勤奋耕耘、锐意创新，文艺事业不断迈上新台阶。西北大学是我国西北学术重镇，具有悠久的学术传统和丰厚的学术积淀，在文学艺术理论评论领域成果丰硕。2015年，西北大学与中国文艺评论家协会共建了中国文艺评论基地。基地成立以来，围绕现实主义文艺创作与评论等重大课题开展了卓有成效的研究工作，取得了一批成果。中国文艺长安论坛落户西安，陕西省委宣传部、西北大学为此做了大量工作，为我们创造了很好的学习、研讨的条件。希望大家抓住这次机会，真诚交流、畅所欲言，为我国文艺繁荣发展贡献真知灼见。

最后，预祝第一届中国文艺长安论坛取得丰硕成果！祝愿中国文艺长安论坛越办越好！

谢谢大家！

/主旨演讲/

不忘文艺初心　办好长安论坛
——在首届"中国文艺长安论坛"上的发言

仲呈祥

仲呈祥，中国文艺评论家协会主席

长安论坛与会者人才济济、阵容强大，我们至少是聚合了四方面军：第一，全国高教战线文艺评论的大军；第二，我们文联系统的文艺评论大军；第三，全国艺术科研机构如中国艺术研究院等的文艺评论大军；第四，还有我们重要的学术刊物党报党刊的评论大军。因此，我们荟萃一堂，是一个名副其实的代表着国家文艺评论水平的长安论坛。我们沾了古城长安优秀厚重的文艺传统的光，理应不负人民的重托。对长安论坛，我们充满了信心，衷心祝它快快成长，真正成为中国文艺评论界的一块名牌、一个重要的平台，为推动中华民族的文化复兴做出自己独特而不可取代的重要贡献。

关于文化自信，近年来，首先是署名为云杉的连续在《红旗文稿》上发表的三篇文章，即《文化自觉》《文化自信》《文化自强》，引起了全党全国人民以及理论学术界的重视。在党的十七届六中全会公报上，第一次写进了党中央的重要文件，这次全会的公报里面有这么一句话：全党要以高度的文化自觉和文化自信，推动社会主义文化事业的繁荣发展。把文化自觉与文化自信提在了一起。只有真正树立了文化自觉，才能真正增强文化自信；而也只有真正增强了文化自信，才能深化文化自觉。特别是到了中国共产党成立95周年时，习近平总书记在庆祝大会上发表重要讲话，非常突出地强调全党要坚持道路自信、理论自信、制度自信、文化自信。并且还对文化自信做了一个新的阐释，说文化自信是"更基础，更广泛，更深厚的自信"。这极为精辟，有深意藏焉，值得我们文艺评论工作者深长思之。所谓文化自信，就是对中华民族的优秀传统文化充满自信，对中国共产党领导人民创造的革命文化充满自信，对社会主义先进文化、核心价值观和中华民族伟大复兴的中国梦充满自信。习近平总书记在出访欧洲时专门讲每个人对自己民族的文化都要充满自信、耐心、定力。为什么把文化自信的问题与一个民族在当今风云变幻、各种思潮激荡的世界环境里的竞争耐力和精神定力联系在一起呢？我们对文化自信要从理论与实践结合的高度重新认识其重要性。习近平总书记还号召我们要传承弘扬中华美学精神。中华美学精神是中华文化的重要组成部分，中华美学精神非常重要地体现了中华文化精神。我们搞文艺评论的评论什么？其宗旨就是要坚持以人民为中心的创作导向，传承弘扬中华美学精神，促进社会主义文艺繁荣发展。

习总书记在七一讲话里面号召：不忘初心，继续前进。党要不忘初心，不忘建党是为了共产主义的实现才能继续前进永葆青春。政党如此，文艺评论亦如此。我们搞艺术评论，要深思一下初心是什么？艺术评论的初心是化人养心。艺术不是拿来一味化钱，止于养眼。艺术当然要养眼，但是通过养眼达于心灵进而养心才是优秀艺术。艺术不忘初心、坚持化人养心的主题对我们今天艺术界，包括艺术评论界是极有现实意义的。

习总书记强调：要坚守中华文化立场，要传承中华文化基因，要展现中华美学风范。关于中华文化基因，他在国际儒学联合会会员大会上的讲话等一系列重要讲话里，反复强调从天人合一到道法自然，从自强不息到厚德载物，从天下为公到廉洁自律，从讲仁爱、崇正义、重诚信一直到礼智仁义信、忠孝节义，都可以与当代文化相适应，与现代社会相协调，实现创新性转化、创造性发展。关于中华美学精神，他也做了深刻的阐释，叫"三讲求，一统一"。第一是讲求托物言志、寓理于情，这是从中华美学思维层面讲的；第二是讲求言简意赅、凝练节制，是从中华美学的审美方式上讲的；第三是讲求形神兼备、意境深远，是从中华美学的存在状态来讲的；并且强调中华美学追求知、情、意相统一。这令我想起了北京大学95岁高龄的哲学家张世英先生，他本来是研究黑格尔的，但是他近20年来转向研究中华美学、中华哲学。他近期提出了两个命题，第一，说美指向高远，是针对市场经济条件下我们审美低俗化、庸俗化的倾向讲的，强调美要指向高远。第二，他重点阐述了美感的神圣性，和西方的宗教感是不一样的。中华哲学、美学是强调为天地立心，为生民立命，为往圣继绝学，为万世开太平，是通民心、接地气的。所以我觉得，对中华美学精神为人类美学思维做出的独特贡献要充满自信。要坚守不移，要与时俱进，赋予时代感，赋予现代感。但是这种赋予是循着中华美学精神思维的正方向去深化，去发展，去丰富，而不是逆着中华美学精神反方向去颠覆，去戏说，去东施效颦盲目西化，热衷于搞什么"去思想化""去价值化""去历史化""去中国化""去主流化"的一套。我认为增强文化自信，至少在三方面要传承弘扬中华美学精神。

第一，中华美学精神，源于中华哲学精神，区别于西方哲学强调"主客二分"，天人合一，万物相通。张世英先生专门深刻阐发了天人合一、万物相通的思想，认为有助于人类在审美把握世界的活动当中，去协调人与他人、人与社会、人与自然的矛盾，所以，其今天可以成为解决世界局部战争和生态危机的一剂美学良方。但是，天人合一讲过头了也有弊端，就是压抑了个体的创造能力和个性的发展。西方哲学的"主客二分"强调张扬自我，强调人的主观创造性，但是强调过头了，就制造了人与他人、人与社会、人与自然的矛盾，引起战争和生态破坏，引起了世界的不安宁。美国亨廷顿的"文明冲突论"即源于此。中西方美学各有各的优势，也各有各的不足。增强文化自信，就要对中华美学精神充满自信，就是要首先自信"各美其美"，并在此基础上去"美人之美"，学习借鉴别的国家的文明成果中有用的东西，进而"美美与共"，把中西美学兼容整合、互补共铸。也就是说，不能再搞二元对立、非此即彼、好走极端的单向思维，而应当从文化自觉与文化自信的高度代之以全面辩证、兼容整合、取法乎中的和谐思维，能够取中华美学精神天人合一之长，补西方哲学主客二分之短，然后取西方哲学之长，补中华哲学天人合一之短。这样，兼容整合，互补生辉，人类就可能攀登更高级的文明。

第二，中华美学精神，与西方古典美学基本上把理想寄托于上帝、天堂不一样，很重要的特点是强调通民心、接地气、重民本，要考虑民生问题，这是中华美学精神的优势。要充分自信并好好发扬这个优势。但是另一方面，在民主问题上，我们有两千多年封建专制的影响，一百年的半封建、半殖民地的影响，新中国成立以后的苏联模式，特别是十年内乱的影响，我们民主是发挥不够的，也需要将中西美学精神兼容整合。

第三，与西方古典美学主张"写实"不同，中华美学精神主张以虚代实，营造意象，追求意境。参加这次"长安论坛"的有戏曲界的、电影界的、电视艺术界的、文学界的、音乐界的、美术界的，几乎涵盖了人类栖息在大地上诗意地把握世界的各种艺术门类。中华艺术的文论、通论、书论、乐论、影视艺术理论，都强调形神兼备，追求意境，积累了丰富深厚的美学资源。正因为如此，我们应当充满文化自信地珍视这些资源，配置这些资源，创作优秀作品，练就我们这个民族在世界各种文化相互激荡的环境中的竞争耐力，保持我们坚定创造中国风格、中国气派、中国特色的社会主义文艺评论的精神定力。我最反对搞评论的人今天说东，明天说西，跟风、跟趋势、赶浪潮，那绝不是科学的文艺评论。今天说市场就强调票房，明天强调导向，于是只管题材决定一切，那不是科学的文艺评论。我衷心祝愿长安论坛能够把文化自信与中华美学精神的深入研究和认真实践融为一体，使我们在文化上的自信，真正表现在作为更基础、更广泛、更深厚的一种自信，深在每个人的灵魂深处、精神深处，厚在每个人对于歪风邪气和庸俗思潮的抵制能力和精神定力上。我们的艺术不忘初心，就大有前途。

简谈文艺创作中的价值思维

李德顺

李德顺,男,汉族,1945年9月生于黑龙江省齐齐哈尔市,祖籍河北省丰润区。中国人民大学本科、研究生学历,哲学博士、教授、博士生导师。曾任中国社会科学院哲学研究所副所长、中国社会科学院文化研究中心主任。现任中国政法大学终身教授、人文学院名誉院长,中国辩证唯物主义研究会副会长,中国价值学研究会会长。为享受国务院特殊津贴的专家。主要研究领域为马克思主义哲学,重点是哲学原理改革和发展研究、价值论和价值观念研究、当代文化研究等。

在文艺领域我是外行，最多可以算是粉丝。我上中学的时候曾是文学青年，还在地方报纸上发表过诗歌之类的东西。后来觉得光看小说诗歌还不够，就开始看文学史和文艺评论，再后来就专注于理论，特别是哲学了。"久违诗神觅智神"，慢慢地弄得一点诗情画意都没有了。但我在哲学中重点是搞价值研究。价值论，是在传统的伦理学和美学的基础上，经过变革提升，形成了一个新的哲学基本原理分支，专门来回答伦理学和美学等学科的共同问题——价值问题。

一　文艺是负载人类价值和价值观念的高级形式

从价值论的角度看，我觉得，同西方传统哲学相比，我们中国传统哲学有自己的特点，它更是一套伦理政治哲学，也就是价值哲学和价值思维方式。而西方哲学则主要是存在论和认识论，或者叫真理论的哲学。价值思维是我们中国传统文化的特点和优势之一。所以我说，从价值哲学的角度来看，我们应该有自己的文化自信。当然，这个自信不应是自我封闭情况下的自我欣赏，自高自大。而应该是建立在一种自觉自省基础上的自信。

那么，我们的传统价值思维有什么特点？它和西方的理性主义哲学主要区别在哪里？可以用两个词的关系来代表：一个叫"应然"，一个叫"实然"。或者说，是实然与应然的关系，事实与价值的关系，描述与评价的关系，等等。

而从哲学角度看文艺，就认为它是负载人类价值和价值观念探索与表达的高级形式。与科学体系主要揭示"实然"不同，文艺（价值和价值观念）主要代表人们生活中的"应然"。当然，文艺"源于生活，高于生活"。每项作品的本身也都有内容与形式两个层面上的实然与应然，通过作品实现交叉的双重表达。

当年促使我研究价值问题的一个案例，也是与文艺有关的。曾经流传很广的"最好还是最坏演员"的争论，实际上反映了斯坦尼斯拉夫斯基与布莱希特两大戏剧理论流派，在创作思想导向上的一个差别：戏剧对生活的再现，是应强调实然，还是更注重应然？似乎斯坦尼派更强调前者，布莱希特派则更强调后者。但二者之争也告诉我们，实然和应然并非简单地、界限分明地、一次性地划分清楚的。我经过多年的研究，深感弄清楚个中的道理，是非常重要的。我们目前在文化、意识形态和价值观念领域，多年撕扯不清的情结，也往往与如何把握实然与应然的关系问题有关。

二 中、西两种文化传统价值思维的特色

一般说来，人类的早期思维是不大区分这两个方面的。从古希腊到中国的老子、孔子，都是把"真"和"善、美"混在一起说的。到了17世纪，西方哲学在休谟那里开始了一场大规模的批判和反思。是休谟发现并提出来：我们讲的道理，本来一向是讲"是什么"问题的，怎么忽然就跳到"应该怎样"的问题上去了？这是怎么来的？属于什么理论？有什么根据？遵循什么逻辑？这些问题震动了整个哲学界，各种回答和争论此起彼伏。到现在为止，他们的认识也不是很统一的。有一大派坚持以"实然"为主导，主张只解决"是"和如何认识"是"的问题（知识和真理体系），这一大派里包括实证主义和逻辑实证主义、科学主义等学派；另一大派则是以"应然"为主导，主张多研究和应用实践中的价值理论，包括实用主义和其他人文主义的学派。简单说就是一个"真理派"，一个"价值派"。两大派的具体人员和名字都有很多。

虽然到现在也没有争论出一个统一的看法。但是他们已经充分注意到了"应然与实然"之间的区别及其意义。而且依据柏拉图以来的学术传统，西方哲学总体上还是注重"是"即实然的问题，主张首先弄清实然，然后再讲应然，追求在弄清实然的基础上探索应然，从"是"走向"应该"。他们的正义观，也有"以正为义"的特点。

在我们中国的传统文化中，一开始也不区分实然和应然，并且在不加区分的同时，较早地逐渐形成了一种主导思维方式，就是"以应然引导实然"，有时甚至是以应然取代实然。例如儒家学说，在讲仁义道德的时候，就是把人"应该"怎么样，当作"是不是"人的标准。比如人到底是"性本善"还是"性本恶"？而不大关心人实际上本来是怎样的。比如讲为什么应该孝敬的时候，他就举什么羊羔跪乳、乌鸦反哺等，喜欢用自然界的实然现象，来论证人伦上的"应然"规范。在很多传统艺术形式中，我就有这种发现。比如咱们的传统国画。我也认得几个画家，我陪他们去写生时，发现他画的山水和眼前的山水不是一回事。因为他是受了眼前山水的启发，构成了自己认为美的那样一种形状。这叫作画出自己"胸中的丘壑"，并不强调对眼前的真实做多么深刻的把握。

我去希腊看神庙的人体雕塑时，偶然产生了一个想法：希腊人对人体的和人体美的把握，在两千多年前就已那么充分，那么准确了。他们就是通过观察人的实际，从中去找什么是人体的美。反观我国传统里对人的描述，恐怕就不那么注重表现人本身的原初形象，尤其是不能展示裸体的。我们形容美人时，也不说她鼻子长什么样，眼睛长什么样，只说她"沉鱼落雁，闭月羞花"。讲佛祖神仙长什么样，也只说"天然妙目，正大仙容"——就是和他的地位身份相称的、应该具有的那个模样气质。具体啥样，给每个人自主想象留足了空间。国画里的人物，好多都是用个头大小，或用服装服饰来表明他们的身份地位。《陌上桑》描写的妇女之美，笔墨多用在她的服饰穿戴上了。至于本人到底长什么样，言行举止的特点是什么，总是挖掘得不深，琢磨得不是很透，说得不具体。但是，一旦说到人"应该"怎么体现仁义道德时，则总是一言一行、一举一动都能说得很实在、很详细。这就叫作"用应然引导实然"。我国传统的正义观，也明显地带有"以义为正"的取向。这也是我国历史和文化中的一个"实然"特征。

三　学会理性地区分"应然"和"实然"

"用应然引导实然"的思维习惯，至今仍有很大作用。我们现在的意识形态领域里冲突很激烈的一些问题，如关于怎样坚持历史唯物主义，怎样评价"文化大革命"，怎么看待改革前、后两个三十年等，经常在这个层面上发生错位。有些人用他认定的"应然"来检验历史，选取他认为有意义的重要的东西。比如昨天的历史书说得不够清楚、完整、准确，引起了怀疑。于是今天我就完全挑相反的事例来否定以前的东西。这是我说的用应然剪裁历史，必然虚无了历史。目前较多的是从以前的"童话史观"，轻易地滑向了另一种虚无——"碎片史观"。

谈论任何事物，都需要首先懂得区分实然和应然、描述与评价。有时候，认认真真地把事情看清楚，是第一重要的。你先不要判断好坏、说长道短，要先弄明白事情怎么样发生的，为什么那个样发生的，后来的经过如何，等等。事情的来龙去脉弄得清楚完整了，也就是了解实然了，这是前提。而评论、评判好坏、说长道短，即价值判断，则总是多元的，因人而异的。一般不会众口一词、千篇一律、千人一面。对实然的把握不足，评价就会根据不足，基础不牢。在这样的基础上无论你的立场再正确、动机再高尚，你说的也多半是理想主义的、主观化的、一厢情愿的。

有的人在这个问题上不太明白，或不太自觉。你跟他谈实然的情况，他认为这不是应该的，所以反对你的陈述，说你净添乱；你跟他讨论应该怎么样，给他提比如改革的建议时，他强调现在还没达到条件，无法做到，实际是放弃了努力。可见，过分强调应然，会导致脱离实际的空想主义，或唯意志论、强迫主义；过分强调实然，则会导致宿命论，以及犬儒主义、消极主义等。

对实然和应然，我们都要防止独断主义的孤立化、静止化。真正有效的应然，只能是从实然中找到的。怎么从实然中去找应然呢？马克思是个榜样。马恩在批评空想社会主义的时候，曾指出过这个毛病：空想社会主义者，在批判资本主义的时候，他们都是从实际出发的，揭露资本主义的弊病句句真实，针针见血；但说到应该怎么办，将来应该什么样的时候，他就不管实际了。他是靠拍脑袋，尽力往好处想。"真理，正义，自由，幸福"等什么样，都是从脑袋里拍出来的。这样，他想得越多越详细，就越是陷入空想。而马克思的科学社会主义与之的区别，就在于，马克思在揭露资本主义现有的缺点和弊病的时候，也指出：资本主义同时也在造就改变这些东西的条件，包括主体工人阶级，包括生产力发展的社会条件等在内。而共产主义者的任务，就是发现并推动这一历史过程向前进步。

所以说，马克思为什么自信？马恩两个人就敢面对全世界提出挑战？这么高的理论自信度，原因有二：第一，他坚持科学的态度，认真地实事求是地研究资本主义，清楚描述了资本主义。他在实然问题上是站得住脚的。第二，在应然即价值取向问题上，他是站在全人类的利益一边，为人类的命运和前途着想的，并不是为自己的一家一户，一帮一派谋利益。因此从道义上讲，面对任何人也都可以问心无愧。这两条决定了马克思主义的理论自信。

四　以主体性担当去立足实然，争取应然

理论自信，文化自信，各种自信，都不是来自自我标榜，盲目自大，而是来自踏踏实实地观察思考、分析解决问题，对自己解决问题的方式有充分的自觉、决心和自信。正如中国传统艺术比较讲究意境。并不是满嘴"我自信"之类的辞藻，而是不着一字，尽得风流。就像贾岛的诗："十年磨一剑，霜刃未曾试。今日把示君，谁有不平事？"反而显得自信。

我觉得，理论自信的一个根本点，就是找准自己的立脚点：一个是科学理性的基础。充分地认识理解从过去发展到今天的现实，对现实和实然有充分的理解：人为什么是这样的？怎么是这样的？有什么不好的需要解

决的问题？马克思有一句名言，大意是说：历史从来只提出它能解决的问题，因为什么东西作为问题被提出来的时候，解决那个问题的条件和因素就已在现实中酝酿着了，我们的任务是找到它们。这也就是我国成语所说的"解铃还须系铃人"——在产生问题的地方，一定会有解决问题的因素和条件，在酝酿发生着。我们的任务就是找到它们，支持、扶持、推动其自我发展。

另一个，就是真正站在人民的立场上想问题，提要求。在这一点上，我们还有一个大的误区，或是困难，就是有人总想以各种方式解构、瓦解、分化人民。说是为人民服务，却总是看不见人民在哪里。自从中央提出"坚持人民主体地位"，"人民"概念就一直受到一些人的质疑。"人民"这家伙到底是谁？有人老想用什么阶级、阶层、民族、宗教甚至意识形态来分化、消解、取代"人民"，不承认"人民"是一个神圣的、独一无二的最高主体。

而我们说的"人民"这个概念，是历史地形成的。过去"人"和"民"是分开的，"人"是高贵的、掌权的，"民"是低贱的、被奴役的。自从近代"人民主权论"形成以来，"人"和"民"两个词才合成一个词，并且是"合'民'以从'人'"。它的意思是，把所有参与人类正常生活的人归于一体，叫"人民"，不再按身份地位、宗教和种族等标志来划分内外高低等级，只将极少数的个别的反人类者、专门害人杀人的变态分子排除在外。只有他们才不是人民。其他的不管你干什么的，只要是在担当人类的正常生活的人，就属于人民。

所以新中国成立以后，毛主席讲人民内部矛盾时，人民就是包括四个阶级在内的一个整体，包括工人阶级、农民阶级、小资产阶级和民族资产阶级。虽然还有阶级和阶级斗争，但是从此以后，上述这些阶级之间的矛盾斗争，也要在人民的范围内解决，用处理人民内部矛盾的方式解决。但是，当时有些理论问题没有解决透，毛泽东的决心也还在斟酌中。可能是国内外发生的一些事件，让他的想法有所转变，觉得还不如抓阶级斗争更重要，相信"阶级斗争一抓就灵"。所以人民内部矛盾提出来以后没有多久，我们又走向以阶级斗争为纲。把人分成敌和我、好和坏，然后两者死掐。这种思维方式现在还阻碍着我们理解现代的人的生活和人类的需要、人类的前途。

主体定位问题，是我们在应然层面上要自觉的。社会本来是多元的，让不同的人说应该怎么样，肯定会不同。那么大家如何达成共识？就要站在人类命运共同体的高度上，承认只有人民才是最高的价值主体，我们自己作为人民的一员，是从人民的高度想问题。这样多元之间才能找到对话的目标，确立公共话题上寻求相互结合、公共一致、公平合理的平台和结合点。

所以说，从实然怎么走向应然，现在最迫切的就是我们自己要自觉。我们自己就是人民，要学会怎么样说人民的话，为人民说话。

我就说到这，谢谢大家！

文化自信视野中的中国现代型艺术

王一川

王一川，北京大学艺术学院教授。中国文艺评论家协会副主席，中华美学学会副会长。入选教育部2005年度长江学者特聘教授计划。主要研究文艺美学和艺术理论。著有《意义的瞬间生成》《语言乌托邦》《修辞论美学》《中国现代性体验的发生》《文学理论》《中国现代学引论》等。

在文化自信受到高度关注的今天，迫切需要做的事情之一在于，让文化自信务必落到实处，而不致停留为一句空洞的口号。对此，文艺界应当自觉承担的使命之一在于，通过承认、尊重和继续创造中国现代型艺术，为公民的文化自信素养提升做点实事。

一　艺术：通向文化自信的审美中介

文化自信是应当从多方面去考虑的。它归根到底是要落实在中国公民的自我意识的提升上，也就是落实到中国公民对本民族文化传统和成就的充分尊重和自我信任之上。因为，假如没有普通公民对自己的民族文化的普遍性尊重和信任，何来文化自信？我的意思是，公民在意识上应对自己民族的文化充满自豪感和自我满足感，相信它能在世界民族文化之林中占据一席之地。具体地说，当前谈文化自信，不能空谈口号，不能仅仅停留在管理部门的政策和精英人物的研究层面，而是要具体落实到全体公民的文化素养建设上来。具体到文艺界来说，建设中国文化自信，需要落实到更加具体而实际的中国公民对中国艺术及艺术文化的自信上，也就是对我们中国人自己创造的艺术品及其文化品质的自我信任及尊重。

之所以这样说，是因为认识到，文化自信终究要通过它的活生生的具体形态去实实在在地体现。按照德国哲学家卡西尔当年的分类，文化由六种形态及其同心圆组成：语言、神话、宗教、艺术、科学和历史。艺术正是文化的六种基本形态之一。更何况，今天的文化早已衍生出更加丰富多样的具体形态了，如数字技术、跨媒介、互联网文化及电子游戏等。无论如何，艺术终究是文化的一种基本形态，同其他多种文化形态之间存在着相互共生和相互渗透的关系，既从其他文化形态中吸纳养分，同时又给予其他文化形态以特殊的影响——它是各种文化形态之间的具备中介性或公共性作用的特别富于感召力的形式。在这个意义上可以说，艺术是通向公民的文化自信的审美中介。倡导文化自信，就要切实用好艺术这个审美中介环节。

二 照镜子、传基因和接新环

在尊重自己的艺术方面,当前需要做怎样的努力呢?当前中国公民的艺术生活中,有三种艺术形态值得关注:一是来自世界各国的艺术品,可称外来型艺术;二是属于我们自己的古典传统的艺术品,可称古典型艺术;三是进入现代以来中国人自己创作的新型艺术品,可称现代型艺术。就这三种艺术形态看,哪些或哪种艺术形态对当前中国公民的文化自信建设更加重要或尤为重要呢?

外来型艺术在输入中国后,对中国公民的情感思想乃至整个心智,都产生了重要的影响。如今你不必到国外旅行,而只是在国内甚至家中,就能在电影院、电视机前或书本上感受外来型艺术作品。外来型艺术的影响力处处都能见到:希腊的雕塑、欧洲的文化艺术版权产品、日本的动漫、韩国的电视剧等外来型艺术,正在参与着中国公民的心智结构的养成。对于中国文化自信来说,这也是必要的一环。你既然有文化自信,就应该以包容的胸襟去对待外来型艺术,要敢于"拿来",勇于迎接外来型艺术的比较及其优势的严峻挑战。

但是,外来型艺术的最基本的作用,应该是作为我们自己的艺术的批判性借鉴,属于供我们学习的外因。也就是说,它是我们自己的艺术的一面他者镜子或镜像。作为外来他者镜像,外来型艺术的作用是为了让我们认清自己同别人的差异和差距,以及我们比别人更好或更独特的地方。但是我们的不少青少年对外来型艺术,不分你我、不分内外,有的甚至直接把外来型艺术当成自己的艺术去盲目崇拜,而对于自己的影视、小说、美术等作品则不屑一顾。我们的眼光应该是全世界的,但是我们打量世界的眼光的重心却应当是民族的。应帮助我们的青少年认识到,我们终究是中国公民,对自己的文化艺术能够鉴赏、评论以及创造才是最为重要的。

说到古典型艺术,它是中国古代创造的艺术,具体地说,是指从先秦到晚清时期中国人自己创造的艺术作品。它属于我们自己创造的艺术的结晶。古典型艺术是伟大的，其地位是无可争议的，它们代表中国传统文化基因，可以帮助今天的人们识别中国文化的身份，如唐诗、宋词、元曲、文人画等，它们对于我们今天公民的影响和作用也是十分重要的。归结起来，古典型艺术的最为重要的作用是传承基因，即传承本民族的文化基因，以便帮助我们在当今全球多元文化格局中认识自己的文化身份。

无奈的是，古典型艺术毕竟已经成为历史长河中的消逝的风景了，只以文化遗产的方式留存，对我们施加着影响，但毕竟已不再是今天艺术的主流。无论如何我们都不得不承认和面对这一点。古典型艺术需要我们去尊重、保护和传承。晚清以降，我们的文学是用现代汉语完成的，音乐是吸收糅合了西方音乐的，美术是借鉴油画来更新国画的，在戏曲的旁边又舶来了话剧……这些现代艺术形式和古典型相比，是稚嫩的，缺点也很多，难怪现在很多国人崇拜外来型艺术，推崇古典型艺术，而轻视现代型艺术。但是今天，我们的文化自信建设中最关键和最困难之处，不在于承认外来型艺术和古典型艺术的地位和价值，而在于给予现代型艺术以必要的而又重要的承认和尊重。

现代型艺术缺点或弱点确实很多。人们普遍的观念是，新诗不如旧体诗、话剧不如戏曲、油画不如国画。但毕竟应当看到，现代型艺术只有短短100多年历史，而古典型艺术则经历了几千年演变。我们应给现代型艺术以足够的时间、耐心和尊重。我觉得，当前建设文化自信的重要任务之一，就是辩证地处理上述三种艺术形态之间的关系，目标在于建构起多元而有序的中国艺术格局，形成外来型艺术、古典型艺术与现代型艺术之间的多元共存、相互共生的良性循环机制。

在此基础上，我们需要更新现代型艺术新的形态，依托当代中国生存体验去寻求新的表达的可能性。也就是说，要在继续让外来型艺术起到他者镜像的作用，以及古典型艺术继续传承其基因的基础上，着力为现代型艺术打造新的链条，即增加新的"圆环"，使得我们的现代型艺术既是传统的又是当代的，这可能是当前建设文化自信的重中之重。所以，我把这简要地概括为照镜子、传基因和接新环三方面。

三　互联网时代的文化自信与艺术传播

在互联网时代，艺术又不可避免地身处其中，或深受影响，树立文化自信，对于互联网时代的艺术传播问题，更应当有所区别地对待。

不妨把当前互联网时代的艺术也分为三种形态：网络型艺术、倚网型艺术和疏网型艺术。这种划分的焦点还是互联网时代，在这个时代，你可以不上网或不经常上网，但是你不能不承受来自你周围网民及其网络的几乎无所不在和无所不能的巨大影响，直到导致你的日常生活乃至艺术生活都无形中被改变或正在改变。

第一种为网络型艺术，其社会影响力很大。它主要是利用互联网平台的优势形成网络人气作品。比如小说，网民可以在网络上读到作家的著作后及时反馈意见，提出建议，促使作者继续写下去或改变原有构思。如果形成了超常人气，就会导致 IP 作品。所以网络型艺术的社会影响力越来越大，甚至成为今天一些艺术家的艺术灵感的发源地，显示出越来越强大的统治力。但是，与此相伴随的总是浅俗化、平面化及喜剧化等倾向，满足网民的网上娱乐化或狂欢化需求。

第二种为倚靠网络而创作和呈现的艺术，可称之为倚网型艺术。在当前社会公共领域中产生最有力影响的就该是它们了。它们通常倚靠互联网上的超高人气而形成最初的公共影响力，再以团队协作或产业运作方式，紧密倚靠互联网平台而展开第二度、第三度或更多的改编、生产、营销等环节。近年产生影响的《小时代》系列、《煎饼侠》《捉妖记》《夏洛特烦恼》《寻龙诀》《美人鱼》等影片，以及《伪装者》《琅琊榜》《芈月传》等电视剧，以及《匆匆那年》《太子妃升职记》《灵魂摆渡》《盗墓笔记》

等网剧，都带有这样的特点。这类艺术之所以热起来，有多方面的原因，这里只谈与互联网关系密切的几点。首先，网作热销。这类艺术的创作或生产的焦点都集中在网络人气作品的再生产上：某作品在网上赢得人气，就可望被高度关注，从而随即被改编为其他艺术门类。为人熟知的一个例子是"筷子兄弟"组合。其次，网络众筹已成为近年流行的艺术投资新渠道。它不仅可以吸纳诸如BAT一类大型互联网产业投资，而且还可以汇集众多网络投资人的资金，共同用于艺术品制作。再次，新媒体营销。随着近年来一批新媒体营销公司崛起，越来越多的电影和电视剧都倚靠互联网为核心的新媒体平台去实现营销。正是借助于互联网对电脑和手机的作用力，它们的日常热销成为现实。最后，随着倚靠互联网的热销的实现，这类作品必然同时呈现出作品意义层面的平面化喜剧特点。这是从《人在囧途之泰囧》到《心花路放》《港囧》《煎饼侠》和《夏洛特烦恼》等影片所一直采取的美学策略。

倚网型艺术正在塑造网民心理，这代人成长起来以后，他们的趣味、人生态度、个性气质等，还会同老一代一样吗？不会的。想想里约奥运会上中国游泳运动员说的"用尽洪荒之力"的话吧，在她内心，涌动的想必是《花千骨》《鬼吹灯》《盗墓笔记》等IP艺术品的人物形象、故事及其所代表的审美趣味，而不再是传统艺术的了。那么，如何在文化自信建设中，认识这些青少年网民或网生代的新状况并加以引导？艺术界应该认真思考。如果拒绝他们的符号体系，就会形成自说自话的困窘；反之，也不能任由其率性而为，而需要理解和疏导。

第三种是疏网型艺术，就是依然按照传统方式去创作的艺术家及其艺术品。他们不得不承受网络对他们的这样或那样的影响。处在上述两种情形之外的疏网型艺术，可以说就没有那么幸运了。它们似乎被冷却在一种相对寂寞的境地，与网络型艺术和倚网型艺术的热火相比而形成截然反差。这类疏网型艺术总是在与互联网平台保持必要距离的情况下从事艺术创作、生产、营销及消费的。它们中虽然既可包括产业型、团队型艺术，也可包括个人型创作，但毕竟多是按照传统美学规范去运行，与网民群体趣味存在较大的距离，或者甚至就构成对网民趣味的大拒绝。当然，它们也可以在被加以数字化处理后放到互联网上供观众鉴赏、复制、转载、评论等，获得更为广大的受众群，但这些不能对其本身的语言和意义系统施加根本性影响。茅盾文学奖、鲁迅文学奖的小说，部分坚持艺术理想而又低票房的影片如《一九四二》《黄金时代》《刺客聂隐娘》等正是如此。刚刚去世的陈忠实的长篇小说《白鹿原》，可以被上网，被改编成舞台剧、电影和电视剧等多种其他艺术门类，但无法改变其作为疏网型艺术的本性。今天，无论如何，人们都已经离不开网络，不能无视互联网的影响。在互联网时代，作家、艺术家如何还能坚守在自己的书斋、画室里潜心创作？还能够按照原有的那种方式创作吗？这是一个严峻的挑战。

如果上述三种艺术活动形态的划分有其合理处，那么，可以看到的是，当前中国艺术呈现出近网热而远网冷的结构性偏向。如此，当前和中国未来的艺术向何处去？我想：生活在变，艺术也在变，互联网时代的生活和艺术都不可能有不变的永恒物，而是时时处在运动和变化的激流之中。

这里面有两方面情况值得注意。一方面，网络型艺术中有可能自动分离出能够挑战自我或拆解自我的异己力量，也就是有可能出现向网络型艺术自身的浅俗化、平面化或娱乐化趋向开战的力量，结果是重形成新的网络型艺术（趋向）。另一方面，疏网型艺术也应当已经和正在自动地分离出两种或多种美学力量：一种甘愿这种"冷寂"的命运持续，以便可以不受现实功利干扰地继续从事自身的精英艺术，把对现实人生的深度体验和个性化建构提升到历史需要的新高度，引领当今艺术与文化发展的脚步。例如，那些通常的高雅艺术如长篇小说、文化散文、音乐剧、话剧、舞剧等样式，或许正可以在冷寂中获得沉潜入生活的纵深处采撷并孕育硕果的良机。另一种在于甘冒美学风险地挺身打入网络型艺术或倚网型艺术的内部，从中提炼、抢救或挖掘出可以缝合或融合进当今世界艺术文化水准的因子来。这样两方面或更多方面的自反性变化，有可能导致当前的三种艺术形态格局发生一些变化。

面对这三种艺术形态，我觉得，还是要坚定不移地创造符合现代型艺术样式的新的艺术形态。既要注意顺应当代网民趣味的新变化的需要，又要坚定不移地输入中国传统文化基因和民族文化价值体系，并通过创造新的艺术形式而将其传承下去。电影《滚蛋吧！肿瘤君》，就是把传统与现代兼顾得很好的范例，该剧是根据漫画改编的电影，它将喜剧场面和悲剧场面交错在一起，既能满足时尚趣味，又能满足对悲剧的严肃性思考，形式是流行的、时尚的，意义又是崇高的、感人的。影视作品的受众很广，很多艺术都不能够像电影和电视剧这样具有强大的影响力和公共性。花大力气通过影视作品去增强公民的文化自信，似乎需要予以更多的重视。当然，文学、音乐、舞蹈、美术、戏剧和设计等艺术门类也应当在当前公民文化自信建设中起到自身的应有作用。

归结起来，艺术界在当前公民文化自信建设中应当起到审美中介的作用，应当重点通过承认现代型艺术的审美品质和文化地位，创造现代型艺术的新圆环而为公民文化自信素养的养成尽到自己的职责。

传统戏曲现实题材创作的"现代性"问题

罗怀臻

罗怀臻，中国文联全国委员会委员，中国戏剧家协会副主席，上海市剧本创作中心艺术总监，上海戏剧学院兼职教授。自20世纪80年代起，致力于"传统戏曲现代化"和"地方戏曲都市化"的创作实践与理论思考，剧本创作涉及昆、京、淮、越、沪、豫、川、甬、琼、瓯、秦腔、黄梅戏及话剧、歌剧、音乐剧、舞剧、芭蕾舞剧等剧种与形式。重要作品有淮剧《金龙与蜉蝣》《西楚霸王》，昆剧《班昭》《影梅庵忆语》，京剧《西施归越》《建安轶事》，越剧《真假驸马》《梅龙镇》，甬剧《典妻》，川剧《李亚仙》，琼剧《下南洋》，舞剧《朱鹮》，芭蕾舞剧《梁山伯与祝英台》等。出版著作《西施归越》《九十年代》《罗怀臻剧本自选集》《罗怀臻剧作集》（3卷）、《罗怀臻戏剧文集》（6卷）。作品曾获得各种国家级文艺奖项逾百种。部分剧作被译为英、法、日、韩等国文字出版并演出。

感谢中国文艺长安论坛，感谢主办者给我这样的机会，让全国文艺评论界的专家学者听到当代戏剧特别是戏曲创作的声音。在近几年，因为中央对传统文化的重视，包括对传统戏曲在当代生存发展的重视，从我个人的感受来说，当代戏曲已经出现了某种缓慢复苏的端倪。在戏曲复苏的景象里，越是古老的剧种反而越显示出生气，比如昆曲。今年是汤显祖和莎士比亚逝世四百周年，上海昆剧团完整演出了汤显祖的《临川四梦》，所到之处一票难求，整体上改变了戏曲尤其是昆曲的观赏情景。曾几何时，昆剧演出台上的人比台下的人多，台下的白发人比黑发人多，而近年里这个局面得到了改变。昆剧的演出，不仅剧场里常常是满座，而且观众中年轻人更是成了观赏主体。我想，今天的观众欣赏昆剧，难道仅仅是欣赏昆剧的表演形式吗？特别是欣赏汤显祖的作品，也仅仅是欣赏汤显祖剧作的文采和辞藻？显然不是这么简单。

汤显祖的《临川四梦》，尤其他的《牡丹亭》，表达出一种鲜明的"现代性"。我们知道，"现代性"不只是一个时间概念或时代概念，"现代性"是一种品质，一种认识，是一种价值观。近来有一种论调，认为在世界级的艺术殿堂上，中国的汤显祖与英国的莎士比亚不是一个等级，不是站在同一个层级上。也就是说，真正世界级的戏剧家是莎士比亚，汤显祖只是中国级别，中国的汤显祖比英国的莎士比亚级别要低，不可相提并论。持这种论调的人其实是对汤显祖剧作成就不了解，或者是虽然了解，但理解不深。

汤显祖与莎士比亚，两位戏剧家生活的时代背景其实很像。四百年前的中国，在运河沿线，因为漕运的发达，催生了一批星星点点的码头城市、商业城市、文化城市、消费城市，市民阶层在这些码头城市里应运而生，因市而聚，中国人的传统生活方式也因此出现了某种城镇化和消费型的改变。恰逢其时，精致化的戏曲表演形式昆剧伴随着城市里追求精致化生活与情感的市民人群应运而生。汤显祖剧作所表达的文学精神，恰与四百年前的西方世界一样，都是试图从人类文明的中世纪挣脱出去，表现人，表现人性，表现普通人的人性人欲的合理与尊严。如果说莎士比亚的戏剧是从西方的神学中走出来，那么汤显祖的戏曲就是从东方的理学中走出来，他们的背景相仿，成就相当，都是推进人类文明的杰出人物，当得起世界级剧作家的"双子星座"。只不过莎士比亚的时代在西方世界一直没有终止，一直行进到今天，而汤显祖的时代在四百年前就被终止被搁浅了，漫长的封建时代又在古老的东方国度延续了近三百年，直到辛亥革命爆发，才算步入了近代。所以说，四百年过后重新阅读汤显祖的作品，依然能够感受到汤氏戏曲中强烈的人文精神与现代意识。这就是今天的年轻观众乐于走进昆剧剧场，乐于亲近汤显祖戏曲的深层原因。

由昆剧的复苏想到文化的自信，文化的自信应该首先建立在对传统的理解上，包括对传统戏曲的理解。打个比方，假如用一种文艺形式来描述今天的长安论坛，比如写一篇记叙文，介绍各位专家学者从四面八方来到西安开会，应该很容易就描述清楚了，但是这种描述没有形式美感，平平淡淡。如果拍成一部纪录片，可能会有画面的视觉效果，但那也无非再现了"真实"，平常而平凡的"真实"。再如我们用戏曲的形式表现，精彩程度可就不同一般了。首先，把场景设置在古代，山水、江湖、道路、驿站。京城的专家大都带有级别，锦袍乌纱，高车驷马，辚辚驰向长安；江南的才子羽扇纶巾，风流倜傥，水天一色间，独立船头，傲骨嶙峋，指点江山；也有来自北疆的，骑着红鬃烈马，风驰而过；也有步行赶来的年轻书生，文学青年，自带着干粮却口若悬河……老生、小生、净角、丑行，戏曲行当一应俱全，总之能把一个文学大会开得有声有色，精彩绝伦。日常生活审美化、虚拟化、程式化，将司空见惯的生活常态提炼为具有象征和隐喻意味的表演形式，这就是戏曲的本领，戏曲的绝活，戏曲的形式美感。

问题是戏曲在设置古代场景表现古代生活方面可谓得心应手，无所不能，可是一旦面对现代生活现实场景，局限性则暴露无遗。设若用戏曲"现代戏"来表现本次论坛，既然是现代人来开会，那便不能骑马，不能坐轿，不能乘舟，而只能乘飞机、坐高铁、乘轿车，这些生活形式如何表现，可能遇到的困难会很大？就在刚才，我从12楼下到2楼，如果用戏曲程式表演虚拟下楼过程，可能非常困难，因为从上到下我就只做了一个动作，按了一下2楼键，然后就垂手立正，面对电梯里同乘的几位陌生客，不打招呼，也不寒暄，各怀心思，心照不宣，除了心理活动，没有理由也不敢随便在陌生人面前做任何肢体动作。我心里想，若是换作表现古代人下楼，那将设计出多么丰富的表演动作——不同楼层、不同身份、不同年龄、不同心情可以表演出各种不同的身段、步伐与技巧。戏曲在表现古代生活方面，上至朝廷议事，下至闺阁私隐，无所不能表现，完全没有盲区。但是戏曲在表现现代生活方面则处处显得捉襟见肘。古人写书法，磨墨、吮笔、书写，都可以将之动作化、舞蹈化；到了铅笔钢笔圆珠笔时代，程式动作就很勉强了；再到敲击电脑键盘、手机刷屏时代，生活中的书写便彻底退出了戏曲表演。

农耕时代的式微，难道意味着戏曲发展的终结？尤其当我们致力于推动和鼓励戏曲现实题材创作的时候，真的要怀疑戏曲难以继续融入时代不可能再"与时俱进"了吗？为什么越是试图表现当下生活的戏曲"现代戏"，越是遭遇戏曲程式化表演难以发挥的困窘？饱受诟病的戏曲现代戏创作"话剧加唱"现象，是否也说明了戏曲在表现现实生活方面所遇到的局限。任何一门艺术，既然是独立的、成熟的，就应该没有表现的盲区。成熟于农耕文明时代的传统戏曲，它的程式化与写意性的表演系统，在向现代化城市化生活方式转换的过程中，是否已经到了山穷水尽无法自圆的地步？如果是，具有悠久历史的中华戏曲是否也同样面临着如习近平总书记所说的需要实现其"创造性转化"与"创新性发展"？

传统戏曲的现代转化也许可以类比汉赋到唐诗，唐诗到宋词，宋词到元曲，虽然每个时代都有属于那个时代的文学高峰，但是各个时代之间又有一种文化精神的血脉流淌始终。从这个意义上说，明清时期的"古典戏曲"既然曾经转化为20世纪初至21世纪的我们今天称之为"传统戏曲"的完整形式，那么"传统戏曲"是否也可能转化为具有当下审美品格的"现代戏曲"呢？历史地看，无论文学艺术的哪一个门类，转化就是发展，创新就是继承。形态有变，基因永恒。

在座的各位，一年、两年、三年，有没有可能自费看一场昆曲，看一场京剧，看一场地方戏，比如看上海昆剧团的《临川四梦》，看张火丁的程派京剧，看一场当地演出地方戏传统剧目，我想这都是有可能的，尤其近来大家对戏曲的兴趣要比以前大。但是各位有没有可能自愿看一场戏曲现代戏呢，我看这个可能性要比看古装戏传统戏小。为什么生活在当下的人们反而更喜欢看戏曲的古装戏传统戏，这就是问题的核心。既然在戏曲现代戏里无法欣赏到完美的传统表演程式，那么戏曲现代戏至少要为我们提供具有现代性的思考。事实上，尽管戏曲现代戏所表现的内容是离我们很近，但往往其作品的思想、观念和情感并不具有自觉的现实感与现代性，有些戏曲现代戏的创作在观念上甚至比传统戏更陈旧。既然如此，我们为什么一定要走进戏曲现代戏的剧场？

作为一名从事了30年戏曲剧本创作的编剧，我以为我们在强调文化自信的同时，还应该强调文化自省。自信是底气、是根基，自省是扬弃、是创新。如上所述，当社会形态从农耕文明向工业文明信息文明转变之际，提炼于过去的生活、生产方式与情感交流方式的传统戏曲，不可避免地遇到了难以逾越的瓶颈，逾越瓶颈不是简单地批评时代，抵制创新，一味强调"移步不换形"，而是在承认传统戏曲程式系统在表现现代生活方面存在局限的同时，想方设法完成创作思维的转变，通过实践，实现中华戏曲艺术发展的"创造性转化"与"创新性发展"。

古典音乐可以转化为现代音乐，古典舞蹈可以转化为现代舞蹈，西方的古典歌剧可以催生出现代音乐剧，中国传统戏曲也有可能孕育出现代戏曲。"古典戏曲""传统戏曲""现代戏曲"，三者在理论上应该如何界定，就教于各位。同时也拜托各位在关注文学、影视、网络等文艺形式的同时，关注戏曲，在哲学美学和理论层面上给戏曲一些点拨。谢谢！

"中国电影学派"的建构意义及其实现路径

侯光明

侯光明，管理学博士，教授，博士生导师，北京电影学院党委书记，中国电影产业发展研究院院长，享受国务院政府特殊津贴。先后主持国家社科基金重大科研项目等省部级以上项目30余项。获中国文联文艺评论奖、全国统计科学奖、中国管理科学奖、北京市科技进步奖等多项奖励。发表学术论文100余篇，出版《中国研究型大学：理论探索与发展创新》《求知·践行——北京电影学院艺术观教育研究文集》等著作20余部。近年来，聚焦电影教育与产业发展方向开展研究并产生了一系列成果，其中多篇论文被《人民日报》《光明日报》《求是》《中国教育报》等报刊刊登。

中国国力的强盛，对世界的影响力日重，使得中国电影在迎来前所未有的"钻石时代"之时，也面临着建构属于自己的话语体系，进一步提升国际地位的多重压力。因此，从一个前瞻性的角度，思考"中国电影学派"的建构及其实现路径，也许能成为解决当下中国电影产业发展问题的主要方法。

一 "电影学派"溯源与建构基础

（一）何谓"电影学派"

"学派"，在狭义上是指同一学科中由于学说、观点不同而形成的派别。在艺术的范畴而言，我认为，"学派"的形成不一定拘泥于名称中是否有"学派"一词，而可以扩大为一种具有相同学术理念和艺术理念的艺术流派。即具备如下三个特征：其成员从属于某一个学术群体，在清晰而风格相近的创作理念之下创作作品，拥有理论化的学术阐释能力。

（二）历史上的"电影学派"

狭义而言，在中国电影发展过程中，曾在动画电影领域出现过"中国学派"的概念。（它指以万籁鸣、特伟先生为灵魂人物的上海美术电影制片厂，于1956年到20世纪90年代末，以《神笔》和《骄傲的将军》为起点，以《小蝌蚪找妈妈》《大闹天宫》《牧笛》等为代表的一系列动画电影）在世界电影发展历程中，也偶有以"学派"一词命名某国、某一时期出现的电影美学现象。例如，苏联电影学派（是社会主义创作方法指导下整个苏联电影的创作实践，以爱森斯坦的《战舰波将金号》〔1925〕和普多夫金的《母亲》〔1926〕为标志而诞生），布莱顿学派（是1900年前后由一批英国电影先驱人物组成的非正式团体），瑞典学派（是1910—1920年以斯约斯特罗姆和斯蒂勒为代表的早期瑞典电影），波兰学派（是指以瓦依达的《钻石与灰烬》、安德烈蒙克的《英雄》、卡瓦莱罗维奇的《天使嬷嬷约安娜》为代表的"反体制"倾向电影），等等。

广义而言，世界电影史上曾出现过多个有"学派"特征的艺术流派。比如聚集在《电影手册》杂志麾下，以电影理论家巴赞为教父的法国新浪潮运动（以长镜头理论为指导，创作出了《精疲力竭》等作品），"新好莱坞"（是在宽银幕等一系列电影技术革新的基础上，电影专业院校毕业生们以"作者电影"为理念掀起的独立制片运动），等等。

（三）从"学院派""新学院派"到"中国电影学派"

迄今为止，尚无"中国电影学派"这一定义。

新中国成立以来，中国电影艺术创作逐渐形成一种"学院派"的风格。即，新中国电影的第三代、第四代、第五代、第六代影人之间，存在着依托于北京电影学院的明确师承关系。这一生长脉络，使得几代影人的创作风格之间，构成了必然而紧密的联系，并且赓续着中国电影的独特气质。尤其以第四代、第五代影人作品为代表的"学院派"创作风格日趋成型，并引领20世纪80年代以来中国电影的发展方向，成为中国电影艺术与国际电影艺术对话的桥梁。

随着电影产业化改革的逐步深入，自2011年以来，中国电影界掀起了一股"新学院派"电影浪潮。这股浪潮的出现和发展，使得"中国电影学派"的建构成为一种趋向。

一是"新学院派"的成员从属于一个共同的学术群体。"新学院派"是从北京电影学院、北京大学、北京师范大学、中国传媒大学等高校内部自觉产生的一批中青年学术骨干,还有已经毕业的校友,也有在校学生。他们具备相近的受教育经历。

二是"新学院派"在风格相近的理念之下创作了一系列作品,形成了作为"学派"的雏形。成员们坚持自我的艺术表达,坚持较高的艺术品质,而非一味跟随市场、迎合市场和取媚市场。如梅峰导演的《不成问题的问题》,曹保平导演的《烈日灼心》,等等。

三是"新学院派"已经在理论阐释方面提出了一定的主张。当前,已经初步建立了新学院派电影话语体系的框架,对"新学院派"电影的概念、成长脉络和发展目标、电影人才培养、电影理论建设等相关切实问题进行了研讨。一些理论家也在此氛围之中对"中国电影学派"进行了初步的理论尝试,如饶曙光的《建构电影理论批评的中国学派》,在爬梳电影理论批评史的基础上,提出了建构电影理论批评的中国学派的重要性。

二 "中国电影学派"的当代意义

顺应时代发展的洪流,我们深切感受到,建构"中国电影学派"万事俱备,且迫在眉睫。

(一) 中国电影发展进程的必由之路

创建"中国电影学派"是当前中国电影业发展的内生需求。

在电影艺术发展方面,影片的核心竞争力不强,很多电影缺少精神高度和艺术感染力的问题,急需具有高度专业化水平和艺术品格的作品。中国电影的发展历程曾经由于人为的因素,被分割成不同时期,致使电影美学结构呈现一定程度的断裂。其中,既有与世界电影艺术共振的美学呈现,比如第五代电影与世界范围内的"新浪潮"电影的呼应;也有因独特的社会环境而形成的独具个性的历史阶段,比如"孤岛"时期和"文化大革命"时期的电影创作。综观而言,中国电影未能形成一以贯之的电影风格,也未能开辟独树一帜的创作领域。这一情状,使得中国电影艺术成就与美学建构大幅留白。

在电影产业发展方面,电影产品结构体系不完整,优秀作品还没有形成规模效应和集群效应,系列化创作和品牌化开发还没有实现突破性进展,使得能够以同一创作理念聚集而成的高品质电影流派不可或缺。2003年以前,中国电影以发展电影事业为主,电影产业逐渐凋敝。随着政策大力扶持,自2003年启动电影产业化改革以来,电影业发展取得了令人瞩目的重大成就,多项指标平均增长率连年保持30%以上,行业增加值的增长率远高于国民生产总值增长率。至2015年,全国生产故事片686部,票房收入达440.69亿元,影院约6300家,银幕总数达31627块,观影12.6亿人次。尤其是中国电影票房总额于2012年超过日本以来,在全球电影市场票房总额排名"坐二望一"已经四年,且预计将于2017年成为全球最大电影票房市场。中国电影产业进入发展的"钻石时代"。但同时,当下中国电影产业的局部出现了很多问题,主要是创作与市场不接轨,电影作品不能很好地反映时代脉动,"三性"不能统一,电影产业大而不强,社会效益与经济效益不统一,等等。如若不能通过塑造诠释民族电影艺术的流派,在电影产业发展进程中发挥龙头作用,电影产业发展中有数量缺质量,有高原缺高峰的问题就难以得到解决。

(二) 宣传"中国梦"的客观要求

电影本身就是造梦机器。在"中国梦"这个重要主题之下,电影有能力记录伟大时代的变迁,用光影展现人间真情。

美国人宣传美国梦,好莱坞电影充当了重要角色,比如《关山飞渡》《阿甘正传》《美国队长》等影片,把崇尚个人奋斗、推崇个人英雄主义的美国梦展现得淋漓尽致。

聚焦实现民族复兴"中国梦"这个时代主题。我们也出现过一些电影，比如《中国合伙人》等，很好地反映了中国人民对梦想的执着、追求和不懈努力。

随着中国社会发展和电影产业化改革的深入，电影只有推出更多触动灵魂、震撼人心的好作品、大作品，生动展现中国现代社会发展，热情讴歌民众创造美好生活的精神风貌，才能体现出电影作为时代文化艺术凝结的重要价值。因此，"中国电影学派"作为一种具有高度文化自觉和艺术底蕴的流派，能够坚守中华文化立场，根植中华文化沃土，凝萃中华美学，创造性地以电影视听语言进行表达，以有血有肉的电影人物形象深入人心，能以具有中国特色、中国风格、中国气派的电影精品传扬于世界，宣传"中国梦"。

（三）推动世界电影平衡发展的一大动力

从电影业发展的国际环境而言，具有中国特色的电影学派，具备引领世界电影艺术发展的契机。一方面，世界文化呈现多极化发展趋势。20世纪90年代初，苏联解体，东欧形势剧变，美、苏两国垄断国际政治的局面被打破。在此背景下，文化产业在国际范围内的竞争越来越激烈，并逐步趋向集中；文化艺术在以美国、欧洲为主要代表的两极之间隙中，显露出"第三极"发展的可能性。另一方面，全球化为中国的电影强国建设配置了全球资源，提供了前所未有的历史机遇，使中国引领全球电影产业发展成为一个不可阻挡的时代进程。

电影的竞争不仅仅是票房的竞争，最终是电影所承载的文化和价值层面的争夺。只有通过具有中华美学精神的作品，打造不同于欧洲电影流派和北美电影流派的"中国电影学派"，才有可能在文明的博弈和文化的较量中取得有利地位。

三 探寻"中国电影学派"的实现路径

一如有识之士所言,"对于中国问题真正的解释,只有中国人才能真正做到。而今天,对中国问题的一个真正的、有效的解释,将是中国人对世界最大的贡献。假如真要是有什么'中国学派',一定是基于这个'具有世界意义的中国问题的解释'才得以构成"[①]。作为解决当下电影发展问题的一大关键,我认为,要塑造"中国电影学派",主要通过如下四方面实现。

(一) 活化民族文化传统,赓序中华美学

习近平同志指出,增强文化自觉和文化自信,是坚定道路自信、理论自信、制度自信的题中应有之义。文艺创作不仅要有当代生活的底蕴,而且要有文化传统的血脉。中华文化积淀着中华民族最深沉的精神追求,包含着中华民族最根本的精神基因,代表着中华民族独特的精神标识,是中华民族生生不息、发展壮大的丰厚滋养。

文艺之根深植于民族文化传统的土壤中。中华文化是一种与西方文化异质的文化体系,是中国电影取之不尽、用之不竭的创作源泉。这一点,早在动画领域的"中国学派"上已经体现得淋漓尽致。中国电影是中华文化的重要组成部分,它内在于中华文化。近百年的中国电影史,在文化层面上是东西方文化剧烈撞击和融合的历史。在文化全球化日益深刻的时日,我们更需要承继中国电影艺术传统品格,创作一批能够传系天下昭示四方的文化大片,高举起中国电影文化的旗帜,彰显国家电影文明和繁荣程度,塑造中国电影文化形象,让国人感受到文化的力量,增强文化自信

---

① 施展:《假如,真的有什么"中国学派",这才是"中国学派"》,微信公众号"新民说 iHuman",2016 年 8 月 8 日。

与自觉。只有坚守中华文化立场，深入挖掘和阐发传统思想文化资源，通过影像手段讲述中国故事，表达中国价值，传承中华文化，才能立住"中国电影学派"之根本，才能保持中国电影创作之特色。

正如饶曙光所指出的，中国电影的民族化问题及其讨论是中国电影一个具有持续性、影响力的论争主题。① 中华美学精神是中华优秀传统文化在美学方面的重要体现，蕴含着中华民族独特的美学经验、理论创造和实践总结，涵养培育了中国人的审美情趣、审美习惯和价值取向，形成了与众不同的风骨、味道和传统。"中国电影学派"只有从中华审美风范中汲取营养，将中华美学精神融入艺术理念中，外化为具有中华美学特色的影像表达，才能在继承的基础上实现创造性转化和创新性发展，守正出新才能历久弥新。

（二）观照当下现实画卷，酝酿文化精髓

全面建成小康社会是当前中国最大的政治。在即将完成两个"一百年"历史转变的重要时刻，中国社会处于历史的巨大变革之中。恩格尔系数不断降低，一方面使得人们的文化消费水平快速提升，另一方面也使得这一伟大的变革给电影创作提供了丰富的素材。现实主义是绵延中国电影百余年历史的脉动。电影作为艺术手段，必然要表现现实生活，折射真实社会中出现的种种问题。

近年来，一批现实题材电影以富有现代性的艺术眼光观照时代巨变下的世间万象和人心沉浮，洞察生活背后蕴藏的精神力量，获得社会各界认可。但是也应该看到，在快速发展的中国电影产业进程中，一些以市场为导向的商业片迅速走红，在电影市场掀起一股浮躁之风。有论者指出，"有一些影片打着现实题材的旗号，却缺少严肃的创作态度，闭门造车，

---

① 饶曙光：《建构电影理论批评的中国学派》，《电影新作》，2015年9月25日。

简单模仿，生搬硬套，所炮制出的电影大多悬浮空中、不接地气，很多人物、故事无法与观众的生活经验和情感体验产生关联，无法给人留下思考或启迪。由于缺少独特创意和真实质感，有的电影为吸引观众只得黔驴技穷地填充庸俗、低级、感官刺激之类的噱头，沦为格调低俗的闹剧"①。

"中国电影学派"的探索，必须根植社会发展的现实基础，通过描摹当下现实画卷，不断为中国电影带来严肃的创作理念，酝酿新的电影文化精髓，提交电影人对家国、社会、文化等诸多方面的深邃思考。

（三）前瞻影像技术革命，创新工业体系

电影是高技术密集的产业，它自诞生之日起就是科技和艺术结合的产物。工业完成度是电影成功度的重要指标，而先进技术发展是提升电影工业完成度的强力支撑。

"中国电影学派"的建立与发展，必须充分依靠科学技术的支撑和引领。电影科技发展的速度、规模和水平，将从根本上决定中国电影产业今后在国际电影市场的地位和竞争能力。

当前，以虚拟现实为代表的先进影像技术蓬勃发展。先进影像技术所依赖的高科技手段，大体包括两个方面：一是现有显示技术提升所引发的先进影像科技，包括立体 3D 技术、高分辨率技术、高帧率技术、高动态范围与更广色域技术等；二是新型显示技术出现所引发的先进影像科技，包括头戴式显示技术、真三维显示技术等。先进影像技术势必引发世界文化体系的改革，触发世界文化体系的重构，并在产业上形成先进影像新兴产业生态圈。可以说，谁占领了先进影像制高点，谁就占领了未来电影产业的制高点。

因此，"中国电影学派"要紧盯世界电影科技发展趋势，前瞻影像技

---

① 李蕾：《现实主义电影：回应现实生活推动社会进步》，《光明日报》，2016 年 2 月 26 日。

术革命，通过运用虚拟现实等先进影像技术和数字化、信息化等高新技术，促使高科技进一步融入中国电影制作和电影工业进程中，再造电影生产流程，提升产品科技含量和产品品质，以此来强化中国电影叙事能力，改善中国电影叙事方法，让电影作品更加赏心悦目，激荡灵魂，引领世界风潮，最终促进中国电影产业格局的转型升级。

（四）促进对外开放合作，讲好中国故事

习近平在文艺工作座谈会上指出，当今世界是开放的世界，艺术也要在国际市场上竞争，没有竞争就没有生命力，只有通过竞争提高质量和水平，在市场竞争中发展起来，艺术才能具有更强的实力和竞争力，才能在国际文化市场上站稳脚跟。电影是受文化折扣影响最小的文化产品，也是最容易实现国际化合作的文化产业。顺应世界电影发展趋势，中国电影正在加快对外开放的步伐，并且不断加强引领世界电影产业发展的能力。在这一过程中，"中国电影学派"只有不断参与竞争，提升对外合作的能力，学习借鉴世界优秀电影成果，"择其善者而从之，其不善者而改之"，才能不断在交流互鉴中取得进步，才能用世界听得懂的电影语言，讲好中国故事，从而打破区域隔阂、种族隔阂、文化隔阂、政治隔阂，增强世界各国对中华文化的认同。

长安美术文化：传统与现代

罗 宁

罗宁，1958年10月生于陕西扶风。先后毕业于陕西省凤翔师范和西安美术学院，获硕士学位。现为陕西省美术博物馆馆长，学术委员会主任，研究员，国家一级美术师，陕西省美术家协会副主席，陕西省政协委员，中国美术家协会会员，文化部全国重点美术馆评估专家委员会委员，中国美术家协会第七、八次全国代表大会代表。长期从事中国人物画创作和美术理论研究，其国画作品以人物特别是当代女性题材为主，画风率真，个性突出，多次入选国内外展览。出版有《21世纪画坛人物个案研究——罗宁》《中国画艺术当代经典大家——罗宁》和美术文集《热情的目光》《冷静的目光》《罗宁学术研究》等数十种画集及专著。曾率团出访美国、日本、德国、法国等地举办画展和学术交流。2015年先后在深圳、南京、宁波、潍坊等地举办《罗生门——罗宁的意义》画展，备受关注。近年来同时致力于美术馆学研究，策划了《高原·高原——中国西部美术展》《对话兵马俑——欧盟与中国雕塑家作品提名展》等富有地域特色和国际视野的展览。

各位专家学者大家好。虽然我是两天前才接到发言通知，但说明论坛的主办者对我们美术文化的重视。刚才几位专家站在全国的高度从宏观上谈问题，我就以陕西个案谈美术文化，《长安美术文化的传统与现代》是我的题目。

对于长安美术文化，我想谈三个问题：第一是辉煌与失落；第二是探索与追求；第三是坚守与创新。

一　辉煌与失落

如果说美术文化的形态是由建筑、绘画、雕刻和工艺美术几部分组成，我想我们长安这样悠久的历史最能证明美术文化的辉煌和发展。我们从周、秦、汉、唐的历史遗存中会窥视出几千年长安美术文化的特色，那就是精深与博大。建筑绝大部分已荡然无存，千百年前艺术家们的纸上绘画原作非常稀罕，只有保留下来的工艺美术品，也是现在能看得见的很多文物，证明了我们古人的伟大创造。

我请大家随着屏幕上的图像来领略古代长安文化的瑰丽。这是我们引以自豪的周的青铜器，它叫何樽，"文化大革命"当中被一位中学女老师在宝鸡的一个废品收购站发现，现在成为宝鸡青铜器博物馆的镇馆之宝，这件重达20公斤的青铜器证明了周人在工艺美术方面达到的高度，上有数十种动物图案，还有铭文在内面刻写得非常清楚，这是周人美术文化创造的典范。

我们熟悉的兵马俑，实际上也是秦代劳动人民伟大的美术创造。如果说陕西有很多博物馆，那么多数应是美术博物馆，因为这是古人的美术作品，不管它做什么用途，它是为谁服务，但这些作品都是出于民间艺术家之手，有些出于宫廷艺术家之手。这些作品构成了周、秦美术文化的景象，为汉、唐美术文化的辉煌提供了积累和准备。我们讨论长安文化，主要还应从汉开始，因为"长安"的名字出自西汉。现在呈现的这些作品都是汉代雕刻作品，它来自汉武帝茂陵，从这些作品中我们可以领略到汉人对恢宏气势和厚重的追求。这是另一件汉代雕塑，我们从作者写意的手法体会到汉人那种宏观和概括的能力。汉代的瓦当，体量不大，但上面的雕刻表现出很强的张力。这种艺术风貌影响到后来的唐代美术文化，唐代的雕塑绘画和工艺美术作品都达到了非常高的水平。

唐代的雕刻正是在汉的基础上发展而后达到了极致。比如像唐昭陵六骏和其他能看到的艺术文物，包括这件位于洛阳的石雕，也是东都洛阳受到大唐西都长安的影响之结果。这件矗立在乾陵的雕刻，是王子云先生在1940年拍摄下来的，我们足以能感受到唐人的自信和气度，从这些大体量的石雕作品身上，我们能感悟着某种力量，因为大唐帝国在世界上本来很强大，所以它的作品本身就是透射着某种雄悍。

这几件唐墓壁画作品是刚刚出土的，陕西历史博物馆有专门的唐物壁画馆，有很多精彩壁画我们暂且不论，这个新发掘的唐韩休墓里面的壁画水平之高让人惊叹。这是一件山水画作品，证明唐代独立的山水画已经形成。我们从这件《歌舞图》中可以看出唐代当时的中外文化交流景象，从这些作品中还可以感悟到传统中国画的用笔线条。古都长安诞生过画圣吴道子及周昉、张萱、阎立本等一大批名画家，中国美术史中所谓的"南北宗论"，均以唐代长安画家李思训为北宗代表，王维为南宗代表。因为是首都，所以艺术家云集，美术创造也集中这个地方。五代及宋元明清，随着中国政治文化中心的转移，长安美术文化从繁荣期逐渐转到衰落期，尽管如此，在北宗绘画发展高峰期，陕西还出现了像范宽这样彪炳史册的大画家，这幅《溪山行旅图》珍藏于中国台北的"故宫博物院"，也是该院的镇院之宝。我认为这是汉唐美术文化积淀在这个时期的一种精神反射。

当中国画转向以明清仕人画和水墨为主的文人画状态时，长安美术文化便处于对旧有传统的无法弘扬和对新传统表现缺位的状态之中。

二 探索与追求

20世纪是长安美术文化在失落中恰逢机遇并寻找突破口，探索与追求的过程。

数百年后历史机遇终于来临。20世纪，随着中国新文化运动的发展，陕西出现了王子云、赵望云、石鲁三位横跨了旧中国与新中国的美术家，他们在这个特殊时期做出的贡献，构成了长安美术文化的独特风景。他们是社会转型期长安美术文化的开拓者和奠基者。

（一）王子云（1897—1990）

唐陵石刻的老照片及《中国雕塑艺术史》和很多专著出自王子云先生，他不是长安人，却最后落在了长安。他主要的贡献是在20世纪40年代领导的西北文物考察团（当时国民政府教育部的一个组织）。他对西北美术文化的贡献是重大的，不可低估的，作为一个留法的美术青年，他是著名的雕塑家和画家，回国以后却转到对民族文化的追寻和保护的艰辛工作中，说明了他这代艺术家对民族文化的自信。在陕西的美术界人物当中，有留法背景的在那个时代只有他一个人。

王子云在法国学习时的老师是朗多维斯基，南京中山陵孙中山的雕像就出自于这位欧洲艺术家之手。20世纪30年代，王子云曾与林风眠、潘天寿等四人代表西湖艺专在日本举办画展获得好评，他的参展作品《杭州之雨》在日本引起反响，后他在留学时又带到巴黎，参加法国沙龙油画展。可惜这幅作品在"文化大革命"中被红卫兵烧毁了。

陕西省美术博物馆主办的王子云作品及文献展展示了王子云先生"从长安到雅典"学术探索过程。一个在西方留学多年的美术家，回国后却对祖国的传统艺术，对东方艺术情有独钟，无疑在证明中华传统文化的魅力。王子云对中国美术史和艺术文物的考古研究成就斐然。他回国后对唐十八陵的描绘，对帝王陵前雕刻的研究为我们留下了宝贵的资料。

（二）赵望云（1906—1977）

长安画派的奠基者，他早在20世纪40年代，就深入农村生活画写生，他的速写非常有名，当时《大公报》连续刊载了一百多期，他本身关注生活，关注民生，构成了后来长安画派一手伸向传统一手伸向生活的艺术精神，也是长安画派形成的最早雏形。新中国成立后，他更是率领长安的美术家们在生活和传统中寻找营养与灵感。这位出生在河北的美术大家，还为长安培养了黄胄、方济众、徐庶之等国画大家。

（三）石鲁（1919—1982）

我们谈一下石鲁，他是四川人，这位追求石涛风范和鲁迅风骨的解放区艺术家以他的"激情和天才"，创作了让人折服的中国画。石鲁经过延安革命文化的熏陶，作为一个革命者进入新中国的美术队伍以后，他的胸怀和气度是不一样的，所以他的《转战陕北》用传统的手法表现陕北主题性创作，虽然领袖在中间占的位置很小，但是能看到博大的意境。这样的伟大创造，使他成为长安画派代表人物。长安画派是20世纪60年代中国最有创新力的画派，我们说在创新中转型，而长安画派用传统的中国画技法来表现中国西部，表现黄土高原和秦岭，表现火热的现实生产生活，其中对题材和表现形式的拓展创新无疑推动了中国画在新时代的发展。

历史的机遇使陕西本土以外艺术家再次聚集长安，他们三人的贡献极大提高了长安美术在20世纪中国美术史中的地位和影响力。同时，在历史文化与革命文化的交融和影响之中，艺术家们新的探索与追求，形成了长安美术文化中新的传统。

三　坚守与创新

20世纪80年代之后，长安美术文化与全国一样，翻开了新的一页。具有深厚历史文化、革命文化、民间文化积累的长安画坛，在坚守与创新诸多问题上有了自己的思考。创新形式上呈现出多元并存的局面，但其精神追求却有所趋同，那就是：秉承汉唐遗风，力显厚重与大气。

有这几位艺术家不容忽视，因为他们是长安美术文化在传统与现代美术坐标中的重要支点。

（一）方济众（1923—1987）

方济众作为长安画派六位大将中最年轻的一位，他承担了"传薪者"的重任，他的作品、思想以及艺术活动为后来长安画派精神的传承做出了贡献，他是陕西中国画从传统形态向现代形态转型中一位值得研究的人物。

（二）刘文西（1933—）

作为新中国美术学院西式教育培养出来且出生于浙江的刘文西，对当代中国人物画的贡献是有目共睹的，他的西式造型、中式笔墨在20世纪60年代就有影响，80年代后更是强化了个性语言，他写实造型的极致性使这种"刘家样"影响了陕西及西部人物画坛。

我们来看他的作品《祖孙四代》和《山里人》，一位南方人，他正是吸收了长安文化古朴厚重的基因后才有这样的作品，他塑造的陕北农民形象是多么的厚重和饱满！

（三）谌北新（1932—）

谌北新是位坚守自己艺术追求且成就不凡的油画家，作为20世纪中叶中央美术学院"马训班"唯一一位从事风景画创作的油画家，他的艺术实践证明了长安现代美术文化的多元与包容。作为一位专画风景的油画家，他可能不善于主题性创作，有时候被忽视，但他自己一直坚守着他的创作，我馆收藏的两幅作品从一个侧面能看出他在油画语言创新方面所取得的成就，他是将中国的写意精神注入油画风景的典型画家。

前不久中国美术馆为他举办的作品展取名为"须其自来"，这是冰心的语言，艺术家的作品应该"不以力构"，要"须其自来"，从心灵中自然流淌出来。

（四）崔振宽（1935—）

崔振宽是后长安画派的代表画家之一。他的中国山水作品里有强烈的地域特征和个性色彩，虽吸收了南方黄宾虹的技法，但其厚重的审美追求比黄有过之而无不及。

有理论家提出了"南黄北崔"的说法，可见对崔振宽的评价之高，说明他是当代长安画坛的代表性画家。

（五）罗平安（1945—）

罗平安是长安画坛比较另类的一位，作为方济众的弟子，他却大大跨越了传统水墨绘画的范式，而进入一种中西文化元素交融的独特形式创造中，我们从这几幅作品照片中能看出他作品独特的面貌。他能走多远暂且不论，光这种探索与创新的现代艺术精神勇气，足以让我们为长安画坛加分。

（六）晁海（1955—）

　　晁海是长安画坛在全国有影响力的画家中较年轻的一位。他独具个性的作品使他与长安画坛其他画家拉开着距离。石鲁将山当作人来画，给山赋予人的灵性；而晁海却将人当作山来画，使黄土地上的农民像山一样雄浑与厚实。这样看似反叛的作为其实是更深层次精神的继承与发展。我们来看他的作品，好像很抽象，实际也具象，他的创造在哪里？因为中国人物画的传统是线，而晁海没有用线，但像雕塑般厚重的人物墨团里却又很透气，很灵动，可他用的仍然是中国画的笔墨纸，他的探索成果拓展和强化了中国传统绘画的表现力。

　　当然，构成现今长安美术文化景观的还有像张锦秋这样的建筑大师，我们的美术博物馆、历史博物馆、图书馆等很多重要建筑都出自这位建筑大师之手，建筑本身就是美术文化。还有马改户、陈启南、邢永川、陈云岗等雕塑家，这样的群体及其创造都在证明，长安的艺术家们不仅没有落伍于这个时代，并且蕴藏着再创造辉煌的能量。

　　但是长安美术文化要保持自己的特色，仍然有很多的工作要做，尤其是观念的更新包括人才结构问题，我们刚才谈到20世纪王子云、赵望云和石鲁，他们全是外地的艺术家到了长安，因为历史上长安是首都，全国人才都在这个地方，那么在变化期、转型期，也有各地人才来到这里，最后六位有三位是本土的陕西艺术家，除刘文西出生在浙江之外，其他五位都成长在长安这个地方。所以将来观念的更新首先是对人才的容纳，对人才结构的合理配置，这是我们要思考的问题。当然，过去是首都，现在是省会城市，怎么拓展新局面吸引人才将是我们思考的新问题。长安美术文化有光辉的历史，也应该有灿烂的未来，我衷心地祝愿长安美术文化健康向前发展，谢谢大家！

/文化自信与世界眼光/

全球化语境中的草原文化与民族文艺

巴特尔

巴特尔，1956年生于内蒙古锡林浩特市。2010年当选内蒙古文联第七届主席。2015年受聘为内蒙古文联第八届名誉主席。2012年当选为中国共产党内蒙古自治区第九届委员会候补委员。现为内蒙古自治区政府参事，国家一级文艺评论职称。发表文艺评论、散文、随笔等近50万字。评论作品分获第八届内蒙古艺术创作萨日纳奖、第十届文学创作索龙嘎奖、第六届中国文联文艺评论奖三等奖和第七届中国文联文艺评论奖二等奖。

一 草原文化的转型和文化自觉

马克思主义唯物史观告诉我们，人类社会的基础、根基是经济，政治是经济的产物；经济和政治又是文化的基础、根基，文化是经济和政治的产物。草原文化同样是游牧经济和政治的反映，它的根基是游牧民族的生产生活方式。草原文化经过千百年的发展、变化、融合，铸就了游牧民族的民族性格和民族心理，如勇敢诚信、开放自由、崇尚自然等早已内化的民族性格，积淀为民族文化心理结构，同时也是民族精神的象征和集中体现，奠定了游牧民族的文化传统，为中华民族文化增添了新的活力。

但是，我们也看到，随着时间的推移和时代的发展，游牧民族的生产生活方式发生了很大变化，草原文化的内涵和形式也发生着变化。从秦始皇统一六国到民国时期，一次次在荒地、牧场上开田种地，严重破坏了草原植被，使水土流失逐年加剧，降水量普遍减少，风沙天气增多，自然灾害频繁发生，草原退化以及能量流失，造成了历史上被匈奴贵族赫连勃勃选作大夏国都城的统万城不见了，西汉中叶以后穿过昆仑山北麓和天山南麓的南北两道中外闻名的丝绸之路不见了，一千多年前丰美无比的鄂尔多斯大草原不见了……其他蒙古族诸部也因为生态变迁，传统文化正在弱化和消失。在历史的发展过程中，受自然现象和人为因素的影响，草原生态环境发生的巨大变化是不可否认的，北方游牧民族传统的文化正受到前所未有的冲击。

特别是进入现当代，在工业化、城市化和全球化的冲击下，原有的游牧文明架构下的许多文化形态和方式都在迅速瓦解与消失，传统的游牧文化和文化遗产正受到前所未有的冲击。针对类似状况，著名社会学家费孝通先生在一篇文章中指出："我认为文化转型是当前人类的共同问题，因为现代工业文明已经走上自身毁灭的绝路上，我们对地球上的资源，不惜竭泽而渔地消耗下去，不仅森林已难以恢复的破坏，提供能源的煤炭和石油不是已在告急了吗？后工业时期势必发生一个文化大转型，人类能否继续生存下去已经是个现实问题了。"① 实际上，现代工业文明对于民族文化的冲击更是首当其冲，许多民族文化的形式已经消失，许多民族文化遗产亟待保护和抢救。

然而，文化转型怎么转，转向何方？为此，费孝通先生提出一个"文化自觉"的概念，即"指生活在一定文化中的人对其文化的'自知之明'，明白它的来历，形成过程，所具的特色和它发展的趋向，不带任何'文化回归'的意思，不是要'复旧'，同时也不主张'全盘西化'或'全盘他化'。自知之明是为了加强对文化转型的自主能力，取得决定适应新环境、新时代文化选择的自主地位"②。我想，坚持这样的"文化自觉"，摸清草原文化的底数和特点，继承弘扬草原文化的优秀传统，使之更好地为现代化建设和小康社会服务，有着重要的意义。而要做到这一点，需要把握好以下两个统一。

一是坚持时代性和民族性的统一。所谓时代性，就是说应跟得上社会发展，反映这个社会发展的方向和主流；所谓民族性，就是应始终保持民族的特点，主要是一个民族在精神理念、民族性格等方面的特色。现在，在继承弘扬民族文化传统方面存在两个误区：第一是认为传统就是过去，在民族文化资源的开发利用中有着不顾时代变化盲目复古的倾向。如现实生活中特别是旅游业就存在着将久已失传的某种民俗形式复原或干脆编造假故事、假传说、假民俗的现象，有的甚至有政府参与。在文化界，也存在不实事求是，用过去的东西代替现在的东西，用听说的东西代替体验的东西，有的甚至加入许多主观的创造，编造伪民俗和假民间故事的现象，致使有的民俗和现实生活对

---

① 费孝通：《反思·对话·文化自觉》，《新华文摘》1997年第9期，第154页。
② 费孝通：《反思·对话·文化自觉》，《新华文摘》1997年第9期，第156页。

不上号，得不到人们的认可。这些都是不能提倡的。第二是重文化形式轻文化内涵。有的人在谈到草原文化时往往注重它的外在形式，将套马杆、勒勒车、喝酒唱歌，以及一些民俗风情等表象的东西作为它的主要内容来宣扬，忽略了内在的本质的东西。俄国古典作家果戈理认为文学作品是否具有民族特色，关键在于作者是否具有民族精神。他说："真正的民族性不在于描写农妇的无袖长衣，而在于民族的精神。诗人甚至在描写异邦的世界时也可能有民族性，只要他是以民族气质的眼睛，以全民族的眼睛去观察它，只要他的感觉和他所说的话使他的同胞们觉得，仿佛是他们自己这么感觉和这么说似的。"① 所以，继承弘扬民族文化传统，既要注重它的外在独特的形式，更要注重它独特的内在的民族性格和民族精神等本质的东西。

二是坚持继承发扬优秀民族文化传统和吸收异质优秀文化成果的统一。草原文化是开放的文化。所谓文化的开放性，第一是指它具有兼收并蓄、容纳百家的恢宏气度，在充分认识自己文化的基础上，吸收和融会异质文化的养分，不断地更新和充实自己；第二是指它在吸收和融会异质文化养分的同时，不断地输出自身的文化能量，给异质文化以影响。草原文化从它的产生和发展都具备了明显的开放文化的特征，因此，在新的时期，特别是经济全球化的趋势下，一方面我们要继承发展优秀民族文化传统，保持民族文化的独立性，不仅不要被经济全球化"化"掉，而且要为现代化和全球化注入自己的文化内涵；另一方面，也要以开放的胸襟和兼容的态度对待外来文化，汲取人类创造的一切优秀文化成果。越是大胆地开放、合理地吸取，越有助于民族文化的发展与提高。

---

① 果戈理：《关于普希金的几句话》，《文学理论学习参考资料》上，春风文艺出版社1981年版，第594页。

二 民族文艺的保护和利用

在全球化浪潮中,保护各民族的传统文化或者民族性较强的文化,对保护世界文化的多样性具有十分重要的意义。世界上任何民族,如果抛弃民族文化传统,没有任何特色,则会在世界民族之林失去地位,同时也在国际政治中失去影响力。因此,保护民族文艺意义深远。不过,应该正确处理好保护和利用的关系。两者是相辅相成的,保护是前提,只有保护好才能够合理利用,才有可能继承和发展。合理利用有利于保护,但是利用的同时不能够损害文化遗产。只有完整保护草原文化,才具有较高的经济价值和长期可持续发展价值;民族文艺保护得越好,其价值也就越大,知名度也就越高,旅游业和其他相关产业也将会得到进一步发展。这种良性循环是可持续发展的主要模式之一。

我认为,对民族文艺的抢救保护要分两个层次进行。一方面,从抢救保护的角度考虑,要加强对传承人的保护。草原文化有许多是传承的文化,代代相传、口传心授是其独特的传播延续方式。因此非物质文化遗产保护的关键在于广大民众,尤其是文化遗产传承人的积极参与。正因为有了这些传承人,这些珍贵的文化遗产才得以保存,得以流传至今。保护好这些传承人,是文化遗产保护的题中应有之义。关心他们的生活,让他们带徒弟,传技艺,使他们得以完成保护遗产的心愿,是政府部门以及有关社会各界的历史责任。这种关怀,不仅仅是单纯地改善传承人的生活条件,更重要的,是如何使他们能够不脱离他们坚实的现实基础和文化土壤,一旦脱离这样的现实基础和文化土壤,他们所代表的文化遗产就会逐渐地褪色和干枯。有意识地创造优良的传承环境和真实而非虚构的文化空间,为遗产的传承营建良好的文化氛围,是一件需要精心思考而又十分重要的工作。

蒙古族长调民歌是一种历史遗留下来的口传文化,堪称蒙古音乐的

"活化石"。也正是由于长调这种口传性特点，通过演唱者的歌喉得以传承，同样的作品不同人演唱可以风格迥异，长调常"附着"在传承人身上。现在著名长调演唱艺人，流派代表人物有的年事已高，有的相继离世，一旦师承关系得不到延续，独特的演唱方式、方法不及时传承，就会危及长调保护与发展。内蒙古著名长调歌王哈扎布辞世对长调艺术造成的巨大损失，又一次说明了这一点。在蒙古族长调民歌的抢救保护方面，内蒙古自治区已做了不少工作，政府投入专门力量保护长调，文化部门也举办了多次长调比赛和长调研讨会，一些艺术院校相继开展了长调民族教材编写和教学实践。长调民歌作为《中国民间歌曲集成〈内蒙古卷〉》的重要部分出版。2000年中国和蒙古国联合申报联合国教科文组织第三批人类口头和非物质遗产代表作的成功，对于蒙古族长调民歌的抢救保护必将起到重要的促进作用。中国政府已做出庄严承诺，在未来的10年里，两国将在蒙古族长调民歌保护方面进行合作，共同协调采取保护措施，把保护工作做得更好。

但是我们也应该看到，蒙古族长调民歌的抢救和保护工作仍面临着严峻的考验。正如原文化部部长孙家正指出的那样，"尽管中国和蒙古国根据本国实际，对其进行了力所能及的保护，取得了一定成效，但长调民歌整体衰微的趋势并没有得到根本的遏制。对长调民歌所采取的局部、分割或零散的保护方式远远不能应对所面临的各种挑战与冲击"[1]。因此，采取有力措施抢救保护蒙古族长调艺术仍然是刻不容缓的任务，任重而道远。另外，从继承发展的角度考虑，既要保持民族艺术的原生态又要注意它的活态传承和扩展。所谓"原生态"这个词是从自然科学上借鉴而来的，生态是生物和环境之间相互影响的一种生存发展状态，原生态是一切在自然

---

[1] 2005年11月25日，联合国教科文组织在巴黎总部宣布中国申报的"中国新疆维吾尔木卡姆艺术"和中国、蒙古国联合申报的"蒙古族长调民歌"被列入第三批"人类口头和非物质遗产代表作"。2005年11月28日，时任文化部部长孙家正在讲话中做了如上表态。

状况下生存下来的东西。一直从事民族民间文化保护工作的词作家陈哲说:"如果部族还延续原来的习性、习俗,以及这个民族劳作、歌舞、表达情感、婚丧嫁娶等这些形式还存在,如果这个文化在这种环境中诞生,就是原生态文化。"然而时代是飞速发展的,所有的文化形式都会随着时代发生变化,我们很难把历史的生活方式全部原样地保存下来。我们也不能以人类文化多样性发展的名义,来牺牲部分民众对现代化生活的追求。因而,保持"活态"传承和扩展,是对非物质文化遗产的保护与传承最理想的境界。

近年来,乌力格尔的发展也受到了前所未有的挑战。随着牧区生产生活方式的变化和新的艺术形式的不断涌现,乌力格尔的听众和演唱者逐渐减少,乌力格尔正悄然退出人们的生活。如胡仁乌力格尔的发祥地阜新蒙古族自治县,鼎盛时期有胡尔奇300多人,目前已经很少有人坚持演唱了。通辽市扎鲁特旗是有名的乌力格尔之乡,胡仁乌力格尔史上最重要的七位胡尔奇——朝玉邦、琶杰、毛依罕、扎纳、萨仁满都拉、道尔吉、却吉嘎瓦都出生于此地。直到20世纪80年代,该旗仍有300多位艺人说唱乌力格尔故事,但现在只剩不足百位胡尔奇。

近些年来各地举办的"胡仁乌力格尔比赛"或"好来宝比赛"及乌力格尔艺术节,对繁荣乌力格尔起到了积极的作用。但这种舞台演出,对时间的限制要求很严,一般多为20~30分钟的选段,不能反映"胡仁乌力格尔"巨大传统的整体面貌。中国社科院民族文学研究所的研究报告显示,舞台对真正意义上的胡仁乌力格尔口头传统的冲击是致命的,它虽然会催生数量可观的、只会演唱一些经典选段的舞台乌力格尔"百米选手",但会无情地冷落、排挤和埋没掉真正负载弥足珍贵的长篇故事传统的民间乌力格尔"马拉松选手",最终会加速胡仁乌力格尔传统衰退进程,使其陷入更加危机的状况。

乌力格尔已被列入第一批国家级非物质文化遗产名录。联合国教科文组织的保护公约指出，非物质文化遗产的各要素，有机地存活于共同的社区或群体之中，构成非物质的生命环链，并且它还在不断地生成、传承乃至创新。也就是说，非物质文化遗产并不是一个过去了的，已经死去的东西，而是一个活态的，不断传承、发展、创新的东西。因此，对非物质文化遗产的保护，就要让保护对象在一地传统生活文化根基上原真性或原生性地沿袭传承。著名民俗专家陈勤建先生提出，在进行非物质文化遗产的保护中，要从民众的生活出发，坚持"生活相""生活场""生活流"的立场观点和方法，贯彻原真性、整体性的原则，防止出现片面的、文化碎片式的保护性撕裂，对此，我十分赞赏。

所谓"生活相"，就是生活的样子或样式。非物质文化遗产形式有其独特性，但是就其本质而言，它不是孤立存在，而是一种生存于生活中，不脱离生活的"生活文化"，一种文化型的"生活相"或生活模式。具体到乌力格尔来说，它的"生活相"就是它在生活中的样子和本色，而这些保留在传承人的身上，保留在世代相传的作品里。因此，保护乌力格尔的第一要务是保护传承人、保护作品，同时加强对传承人的培养，并注重在青少年中形成传承自觉。另外，要再一次对乌力格尔口授心传曲目书目进行普查、记录，使之不要失传。扎鲁特旗与中国社科院民族文学研究所合作建立了乌力格尔研究基地，对乌力格尔艺术进行抢救性挖掘，录制了500余小时的音像作品，取得了很好的效果。

所谓坚持"生活场"观念，是要注意文化遗产有形和无形的结合，兼顾文化遗产生活场的整个空间，兼顾各种相互依存、相互作用的关系。对于乌力格尔的保护，既要注意在舞台、电台、电视台等平台上的传播，因为这是现代社会有效的传播形式，有利于乌力格尔的发展；更要注意整体性的保护，把工作重点放在日常生活中去，保持和恢复乌力格尔在群众的生活中传播、发展、创新的传统。既培养"百米选手"，也培养"马拉松选手"。

所谓恢复"生活流"是说,非物质文化遗产既是一种"活世态"代代相续的生活样式,就要从现实社会生活状态出发,恢复和保持其赖以生存的基础——生活流。对于乌力格尔的保护,最大的问题就是保持和恢复生活流。现在乌力格尔遇到的问题,从根本上讲不是传承人少了,而是听众少了,乌力格尔赖以生存和发展的基础——生活流少了。为了解决这个问题,中国社科院民族文学研究所在扎鲁特旗提出和实施了"胡仁乌力格尔演唱月"活动,目的是将艺人演唱还原于其文化生态和语境当中,在真正活态演唱环境里跟踪摄录和观察研究艺人演唱与表演现场,同时为热爱胡仁乌力格尔的基地听众提供一次难得的文娱享受。"胡仁乌力格尔演唱月"的形式,是由科研人员召集一批代表性艺人,在普通农牧民中间或在旗府所在地蒙古族听众当中设置"胡仁乌力格尔"表演场,让艺人演唱,时间延续一个月或更长。在农牧民中间设置表演场可作为该传统原始语境;在旗府所在地蒙古族听众当中设置表演场可作为该传统"说书馆"语境。在田野作业中,科研人员一直跟踪摄录艺人演唱和表演现场,并观察研究活态表演,始终沉浸于实际的田野作业环境,获取了丰硕的成果。科研人员认为,这种在研究所宏观的研究基地思路基础上派生的"演唱月"思路,是语境中抢救大型口头艺术的一种有效途径,它充分发挥了基地优势,发挥了研究所与地方互动而产生的能量,推动了民间口头传统的抢救。它还可以成为一种田野工作模式,在条件相仿的其他研究基地和相关学科领域推广。

三 民族文艺的创新和发展

文化是生生不息的。任何一种民族文化都一样,都处在不断变化之中,每一种文化现象都会因为时间的不同和空间的差别而发生质或量、内容或结构的变化。每一种文化既不能脱离时代性的规定,也不能与世界文化的大时代相违。草原文化必须在保护和继承的基础上,进行不断的创新和发展。

内蒙古素有歌乡舞海之称，从20世纪40—60年代，一批训练有素的舞蹈表演艺术家和舞蹈理论家在对蒙古族传统舞蹈进行继承、研究的基础上，进行整理、规范和提炼，创作表演了一大批优秀的舞蹈。如中国新舞蹈运动的开拓者，著名舞蹈艺术家、理论家吴晓邦先生的《希望》《民族之路》《达斡尔舞》，著名舞蹈编导家、表演艺术家贾作光先生的《牧马舞》《鄂伦春舞》《马刀舞》《鄂尔多斯舞》等优秀作品，为内蒙古的民族舞蹈事业开辟了广阔的现实主义道路。随着1946年内蒙古文工团的建立，一支以蒙古族为主体的包括其他民族的新型舞蹈队伍也逐渐成长起来。他们创作表演的优秀舞蹈不仅受到草原各族人民的喜爱，得到广泛流传，而且其中的一些还走出草原，走向世界，在数届世界青年联欢会上荣获各种奖项。斯琴塔日哈、宝音巴图、甘珠尔扎布、查干朝鲁、莫德格玛等舞蹈家先后在国内外舞台上成名，成为中国舞蹈事业特别是少数民族舞蹈事业中的一支生力军。

改革开放以来，内蒙古的舞蹈事业有了新的发展。老一辈舞蹈艺术家继续焕发艺术青春，贾作光、斯琴塔日哈、李淑英创作的《彩虹》《牧民喜悦》《春天来了》《驼铃》先后在自治区和全国获奖。一批青年艺术家在全国舞台上大放异彩，巴图那森、白铭、托亚、沙克、巴德玛创作的《鹰》《鼓舞》《捣茶舞》《火必思》《筷子舞》在历届全国舞蹈比赛中获银、铜奖。敖登格日勒、道尔吉、扎那、巴德玛创作的《翔》《牧民浪漫曲》《爱的奉献》《珠兰》在全国少数民族独、双、三人舞比赛中获金、银奖。民族舞剧创作也有了新的突破，民族舞剧《达纳巴拉》《东归的大雁》《森吉德玛》和大型音乐舞蹈史诗《永恒的源流》都在区内外引起很大影响。近些年来，我区的舞蹈事业也取得很大成绩，获得了不少奖项，由于篇幅的原因就不一一赘述了。

综览内蒙古的民族舞蹈特别是蒙古舞的发展轨迹和取得的成绩，其中一个重要原因就是很好地继承和发扬了民族文化传统。著名舞蹈艺术家斯琴塔日哈在回顾20世纪四五十年代内蒙古民族歌舞的发展经历时说：当时内蒙古流行民间舞蹈的地区并不很多，只是伊盟和呼盟比较普遍一些，而且多以个体艺人的形式存在。正是由于有了吴晓邦、贾作光这样的著名舞蹈艺术家、理论家和一批有着深厚生活积累的少数民族艺术家对传统民族文化的发掘、整理和创新，推出了一批优秀的作品，才使内蒙古的民族舞蹈享誉全国，并且基本形成了蒙古族新音乐舞蹈的风格，在内蒙古草原上广泛流传。著名学者、音乐家乌兰杰先生认为，熟悉生活，熟悉和热爱民族传统艺术，善于学习汉族和外国的优秀艺术，是20世纪四五十年代内蒙古能创作出大量优秀的民族歌舞作品，引起全国文艺界重视和关注的重要原因。他指出："贾作光创作的《鄂尔多斯舞》，其基本动作就是从查玛舞中概括提炼出来的。……他所编创的女子独舞《盅碗舞》，从鄂尔多斯民间流行的顶碗舞中得到创作灵感。后来经过斯琴塔日哈的补充和发挥，终于成为民族舞蹈的经典作品，对于蒙古族女子舞蹈风格的形成，产生了重大影响。其实，顶碗舞也好，酒盅舞也好，都是元代的宫廷舞蹈，鄂尔多斯地区的祭祀文化中得到保留。"从两位专家的表述中，我们可以看出民族传统文化对内蒙古民族舞蹈的巨大影响和作用。

然而，我们也看到，随着时代的发展，特别是改革开放以来大量外来文化的进入，传统的民族文化受到很大冲击。由于中国的开放，外面的东西进来的很多，封闭了几十年的中国人面对这么多所谓新东西有点不知所措，许多观念、情感、形式的转变就显得不那么自然，人们最容易接受的往往是一些表面上最形式化的东西，随之而来的问题是真正的原创作品减少，外在模仿的东西却很多。内蒙古的舞蹈艺术也受到了这些思潮的影响，一段时间内源自生活和民族文化传统的作品越来越少，引进现代舞和芭蕾舞的滚爬、托举的作品多了起来，有的干脆穿上芭蕾舞鞋跳蒙古舞了。而这些看似热闹的手法并未给内蒙古的舞蹈事业带来真正的繁荣。更令我们担忧的是，随着生产生活方式和环境的变化，真正流行于民间的传统民族舞蹈已经不多见了，我们现在所学习继承的更多的是四五十年代老一辈艺术家继承整理的文化遗产。即使是这些，如不尽快地进行整理发掘，也面临着失传的危险。

人们常说现在搞艺术的人很浮躁。为什么浮躁，其中一个重要原因就是很多传统的东西被推翻或抛弃了，没有了根，而新的东西又没有找到。没有了根，一切的技巧就失去了支撑，除了华丽和让人们眼花缭乱，只能是过眼烟云了。我们经常可以看到这样的作品，表面上看起来手法新颖，形式也很热闹，但仔细琢磨起来却不知要表达什么意思或很浮浅。其中一个原因就是创作者远离了那个民族真实的生活，远离了传统，上不着天下不着地地浮在了空中。近些年来原生态唱法、原生态舞蹈走红，都说明了一种倾向，即人们离开自然的、真诚的东西太久了，离开生活太久了。

我们应认识到，在继承发展优秀民族传统文化方面，还有很长的路要走。优秀的民族传统文化即非物质文化遗产是祖先留给我们的珍贵礼物，它最大的特点是不脱离民族特殊的生活生产方式，是民族个性、民族审美习惯的"活"的显现。它依托于人本身而存在，以声音、形象和技艺为表现手段，并以身口相传作为文化链而得以延续，是"活"的文化及其传统中最脆弱的部分。因此对于非物质文化遗产传承的过程来说，人就显得尤为重要。如果从事民间艺术和技艺的艺人日益减少，遗产就要断绝了。在现实生活中已很难见到群众随时翩翩起舞的情形了，真正意义上的民间舞蹈传人也已不多见，我们常说的"舞海"已名不副实。保护和抢救民族民间舞蹈，特别是保护它赖以生存的生产生活方式和环境，抢救已渐渐淡去的民族民间舞蹈传人，已成为当务之急。只有保护和抢救下来，才谈得上继承。

继承和创新是艺术创作中的一个重大问题，继承传统与改革创新不是相互对立，而是相辅相成的，继承中有创新，创新中有继承。重于师承前辈的传统谓之继承,而传统继承下转化为更新演进称之创新。这是因为,我们所说的传统文化不是僵化不变的,而是"活态"的。只有活态,才能流传保存下来,否则就成了化石。而要保持活态,就必须创新,新东西才能跟上时代发展的脚步。如果没有四五十年代老一辈舞蹈艺术家对蒙古舞和其他民族舞蹈的发展创新,那么后来蒙古舞跳遍全中国,在国内外引起巨大影响的现象是不可能发生的。即使普遍看好的杨丽萍的《云南映象》也不是纯粹的原生态,而是经过变化了的。舞蹈要跟着生活方式的改变而改变,禁变就会停滞。所以,继承发展优秀民族文化传统,必须进行创新。满足于反复抄袭已有的民族民间元素,或用外来现代舞、芭蕾舞语汇去装饰民族舞,都是没有前途的。

著名舞蹈艺术家斯琴塔日哈在接受笔者采访时说:浮躁、急功近利、不学习、不充电,是当前舞蹈界存在的主要问题。要解决这个问题,关键是全面提高舞蹈编导和演员的素质。她还指出,抛弃传统创新不行。创新也有深、浅两种,既有表象的,也有深层次的,仅满足于停留在生活的表层是不行的。我认为斯琴塔日哈的看法是非常中肯的。在继承发展民族文化传统方面,确实存在着艺术创作者对草原文化的掌握、研究深度不够,认识不足,流于表面的现象,特别是在历史题材的文艺创作上出现了许多由于对民族文化和历史了解不够而产生的种种问题。解决这些问题的办法之一就是加强学习,向传统学习,向历史学习,向生活学习,向外来文化学习,从而全面提高艺术创作者的素质。艺术发展的规律告诉我们,真正的艺术精品是来自生活的,是需要用民族历史文化去哺育,用自然和真诚去浇灌的。为了得奖去创作,为了应付晚会去创作,为了经济利益去创作,往往是出不来好作品的。静下心来,从优秀民族传统文化中汲取营养,深刻体会和理解草原文化博大的内涵,在继承的基础上大胆创新,才能创作出好的作品。这也是为我区成功的艺术实践反复证明了的。

当代文艺精品"走出去"与
对外翻译的助推作用
——在首届中国文艺"长安论坛"上的发言

陈 燕

陈燕，女，汉族，博士，北京第二外国语学院西欧语学院德语系副教授，北京第二外国语学院中国文艺评论基地专职研究员。主要研究领域为德语语言文学、德语戏剧。出版个人专著《大众剧的现代性特征探询——魏玛共和国时期霍尔瓦特、弗莱瑟尔大众剧研究》（文化艺术出版社）；在核心期刊和权威期刊上发表论文十余篇。

今天我发言的题目是《当代文艺精品"走出去"与对外翻译的助推作用》，其出发点和落脚点是"做好对外翻译，积极推动当代文艺精品走出去"——这也是我发言的中心思想。围绕这个中心，我准备从三方面展开来讲：一是当代文艺精品"走出去"的必要性；二是对外翻译是推动文艺精品"走出去"的关键环节；三是做好对外翻译的对策思考。这三方面的内容，依次回答"为什么""是什么""怎么做"的问题。

一 文艺精品"走出去"的必要性

时运交移，质文代变。我们这个时代，呼唤中国文艺精品"走出去"。优秀的文艺作品或者说文艺精品，反映着一个国家、一个民族的文化创造能力和水平。把它们推向世界舞台，借助有筋骨、有道德、有温度的中国作品，讲述中国故事，传播中国声音，阐发中国精神，展现中国风貌，让国外民众在审美过程中感知中华文化的魅力，深化对当下中国社会的认识，增进对中华民族的了解，这是文化自觉、自信、自强的具体体现和内在要求，也是提升我国文化软实力、塑造国家形象的具体策略和客观需要。

一方面，我们具备这样的条件。

我国经济的复苏与繁荣，带来了文化艺术的繁荣发展。马克思主义认为，虽然文化的繁荣最高峰不一定出现在经济繁荣期，但是，经济的繁荣会带来文化的繁荣。恩格斯就曾说："不论在法国或是在德国，哲学和那个时代的文学的普遍繁荣一样，都是经济高涨的结果。经济发展对这些领域的最终的支配作用，在我看来是无疑的。"[1] 我国改革开放30多年来，一个有目共睹的事实是，随着经济建设的强大，文化建设也在不断地强大。我们的文学艺术领域，不断涌现出一些好的作品，在国际文化舞台上

---

[1] 《马克思恩格斯选集》第4卷，人民出版社1995年版，第704页。

崭露头角、夺人眼球、捷报频传。

2012年，莫言获得了诺贝尔文学奖，他在颁奖典礼上说："我必须承认，如果没有30多年来中国社会的巨大发展与进步，如果没有改革开放，也不会有我这样一个作家。"（引自2012年12月8日诺贝尔文学奖获得者莫言在瑞典学院发表的演讲词）他说的很有道理。因为在他的背后，更深层次的原因是，有了一个日益强大的中国和日益为世人所了解和接受的中国文化与中国文学。如果没有中国全方位的改革开放，如果没有中国综合国力的持续走强，西方读者便不会对中国文化乃至汉语本身产生强烈的兴趣，也不会有当前由国外出版社赞助，葛浩文、陈安娜等西方汉学家、翻译家掀起的中国文学作品外译的新热潮。[1]

总之，国家经济实力的日益强大和国人自信心逐渐增强的客观现实，需要我们敞开胸襟、放眼全球，需要我们借助对外翻译和国际传播运营的策略，积极推动中国文艺走出去。

另一方面，我们又面临着严峻挑战。

东西方文明之间的冲突，意识形态的较量，话语权的争夺，迫切需要我们具有世界眼光，重视对外文化交流，重视优秀文艺作品的对外翻译和传播，推动中国文艺走出去。

正如有专家学者指出，我们面临着一个全球化的时代背景，面临着一个不同文化不断交汇、交融、交锋的国际环境，同时还面临着西方文化霸权占据优势的特殊的国际语境。如何维护不同文化的多样性，如何保持中华文化的独特性，如何有效的抵御西方"和平演变"思想的侵袭，如何面对"麦当劳"、星巴克、圣诞节、"韩流"等强势文化输出的影响，这是我们在全球经济一体化进程中所面临的难以回避的现实问题。

---

[1] 张春柏：《如何讲述中国故事：全球化背景下中国文学的外译问题》，《外语教学理论与实践》2015年第4期，第12页。

在这样的语境中，一方面是中国正在走向世界，中国经济越来越紧密地融入全球化的潮流之中，在国际上占据了越来越重要的地位；外国人对了解中国的兴趣也逐渐增大，迫切希望了解中国，特别是要了解当今的中国社会，了解中国的文化，并与中国进行经贸往来，以促进本国经济文化的发展。另一方面则是，虽然我们的经济得到了迅猛发展与崛起，成为世界第二大经济体，并且能够在世界金融危机的情况下表现出"一枝独秀"，虽然我们在世界各地举办"孔子学院"，开展各项文化活动，形成了一定的"汉语热"，刮起了"中国旋风"，但是，中国的文化在世界上的声音还不是太响，参与市场的竞争力还不是太强，被认同的程度还不是太高，与具有五千年文明的文化大国地位和14亿中国人的期望值还有一定的距离。换言之，我们中国目前还只是一个文化大国而不是一个文化强国，我国的文化软实力表现与物质硬实力的日益强大并不相称。

总之，内在的社会需求，适时的文化环境，以及当下意识形态暗流涌动、从未停息的复杂形势，需要我们顺应历史之潮流，借助于翻译和传播的助推力量，积极推动中国文艺走出去，积极加强与世界各民族文化之间的交流与合作，多角度、多层次、全方位地提升我国的文化软实力。

二 对外翻译是推动文艺精品"走出去"的关键环节

推动中国文艺走向世界，就中国文学来讲，没有翻译，世界文学的版图就难以完善。这几年中，在当代文学方面，有几件海外获奖的事件，引起了新闻轰动。

一是前面所提到的，2012年12月，莫言获得了诺贝尔文学奖，实现了中国本土作家诺贝尔文学奖"零的突破"。且不论诺贝尔文学奖及莫言的作品如何，但这一事件，确实创下了近百年来中国现当代文学史上的一个记录，让多年来国人的"诺贝尔文学奖"的梦想和情结，有了另一个新起点。有评论说，莫言获奖是中国当代文学进入世界文坛主流视野的一个标志性事件。二是 2015 年 8 月，刘慈欣创作的系列长篇科幻小说《三体》，其三部曲中的第一部，经刘宇昆翻译成英文后，获得了第七十三届雨果奖最佳长篇小说奖。雨果奖是世界科幻文坛的最高奖项之一，刘慈欣是获得该奖的首位亚洲人。这应是中国当代文学进入世界文坛视野的另一个标志性事件。三是 2016 年 4 月，在第五十三届意大利博洛尼亚国际童书展上，曹文轩也作为中国第一人获得了"国际安徒生奖"。"国际安徒生奖"有"小诺贝尔奖"之称，曹文轩的获奖同样极大地激起了国人的民族情感。

这几位作家的获奖，是多方面因素造成的，其中作品的翻译和国外汉学家的努力，是功不可没的。莫言获得诺贝尔文学奖，与葛浩文、陈安娜等一批外籍翻译家的努力息息相关。20 世纪 90 年代，瑞典文学院就扶持汉学家，将中国当代新锐作家的作品翻译成瑞典文。瑞典的陈安娜翻译过莫言的《红高粱》、余华的《活着》、苏童的《妻妾成群》、韩少功的《马桥词典》等 20 余部小说作品。美国的葛浩文则翻译了包括莫言在内的 30 余位中文作家的 60 余部作品。借助葛浩文的翻译，姜戎的《狼图腾》、苏童的《河岸》、毕飞宇的《玉米》等先后获得了英仕曼亚洲文学奖。虽然海外获奖并非衡量文学水平的唯一标准，"以洋为尊"而把作品在海外获奖作为最高的追求更不可取，但是，海外获奖对于中国文学作品的对外传播却产生了实实在在的推动力。据了解，获诺贝尔文学奖前莫言的作品主要传播范围为美国、加拿大、澳大利亚等英语国家和地区，获奖后其作品在中东欧一些小语种国家和地区产生了较为广泛的影响。①

中国并不缺少具有国际水准的文学家、艺术家，中国的文学也不缺乏与获诺贝尔文学奖作品相媲美的作品文本，而获得诺贝尔文学奖却如此艰难，其原因不能简单地全部归之于文化、意识形态的差异以及西方的偏

---

① 郭群：《从莫言获奖谈中国当代文学"走出去"》，《出版广角》2015 年第 16 期。

见,关键因素之一是在于作品对外翻译的稀缺。经验丰富的资深翻译家严重短缺,中国作家和作品在海外鲜为人知,很多作家的作品因未被翻译而难以走向世界。① 作家刘慈欣认为,翻译作品总是在跨越两个不同的文化和时空,就自己获奖的《三体》这本书而言,这座桥梁就是译者刘宇昆。针对《三体》的获奖,刘慈欣多次重复说起的一句话是:这个奖是我和翻译刘宇昆两个人共同获得的。这说明,"翻译"在《三体》走向国际文坛领奖台的那一刻是多么的重要。

曹文轩的作品为什么会获奖?中国少年儿童新闻出版总社社长李学谦认为:"如果作家的作品没有翻译到国外去,读者很少,则获奖的可能性和机会就小很多。"李学谦透露说,累计下来,各个出版社从国家新闻出版广电总局获得的曹文轩作品的翻译资金共计430多万元。"资助后,各社就有实力去请最好的翻译来翻译曹文轩的作品",现在,曹文轩的作品实现了英文、法文、德文、意大利文、日文、韩文、希伯来语等14种语言文字的出版,版权输出到50多个国家,这应是曹文轩作品获奖的一个重要基础和外在因素。②

种种迹象表明,翻译起到了关键作用。

可以这么说,做好当代文艺精品的外文翻译,准确、客观、自信地向异域介绍、推广具有中国特色、中国风格、中国气派的中国作品,充分地、恰到好处地传递中国声音、表达中国精神,是当代中国文艺走向国际文化舞台的重要手段和关键环节。

那么,什么是翻译?如何看待翻译?

一种经常听到的说法是,翻译就是两种语言之间的转换。以为只要懂

---

① 郭群:《从莫言获奖谈中国当代文学"走出去"》,《出版广角》2015年第16期。
② 张嘉:《安徒生奖缘何花落曹文轩》,载《北京青年报》,2016年4月14日B05版;陈香:《出版,如何与世界交谈:国际安徒生奖花落曹文轩背后的故事》,《中华读书报》2016年4月20日第6版。

外语就可以了,这样,就把对外翻译的问题简单化了。从形式上看,翻译是用一种语言文本来代替另一种语言文本的过程,是不同语言符号之间的转换。但是,我们不能简单地看待它。

这是因为,语言是社会发展的产物,是文化的载体。早在19世纪,德国语言学家威廉·冯·洪堡特指出:"语言可以说是各个民族的精神的外在表现;他们的语言即是他们的精神,他们的精神即是他们的语言。"① 毫无疑问,人的思维是受其语言所影响的。世界上每一种语言,都是一个相对完整的,不同于其他语言的体系,总是和这个语言体系的世界观紧密相连,总是和使用这种语言的民族的价值观、行为方式和思维模式紧密相连,也总能够体现使用这个语言的民族的精神、气质、文化、特征等。

翻译,恰恰是一种语言转换的艺术,是一种跨文化的言语交际活动,它是在源发语言文化语境和目的语言文化语境之间进行的"编码—解码"的过程。把一种语言文本转换成另一种语言文本,其实质是一种文化被人为地转换成另一种文化。英国当代翻译学者苏珊·巴斯内特(Susan Bassnett)认为:翻译活动不是在真空中进行的,而是在一定的历史文化语境中进行的。② 翻译永远不可能在真空里产生,也永远不可能在真空里被接受;翻译的产生与接受都是在一定语境下进行的,这个语境就是历史语境与文化语境。把作品从一个文化系统翻译到另一个文化系统,并不是一种中立的、单纯的、透明的活动,而是一种带有强烈使命感的僭越行为。③

我们知道,文化之间有融合,有差异,也有冲突,能够体现出不同思想、不同意识形态之间的激烈交锋,也能够让我们发现狭隘的民族主义、

---

① [德]威廉·冯·洪堡特:《论人类语言结构的差异及其对人类精神发展的影响》,钱敏汝译,陕西人民出版社2006年版,第50—51页。

② Bassnett, Susan and Lefevere, Andre. *Constructing Cultures*:*Essay on Literary Translation.* Clevedon: Multilingual Matters, 1998, p. 3.

③ Bassnett, Susan. *Comparative Literature*:*A Critical Introduction.* Oxford: Blackwell, 1993, p. 157. 另,参见罗承丽博士论文《操纵与构建:苏珊·巴斯奈特"文化翻译"思想研究》,北京语言大学,2009年。

大国沙文主义、霸权主义的偏见，以及代表不同政治立场的有色眼镜。因此，对外翻译中，译文与原文之间出现差异是在所难免的，完全"等值"只是一种理想，语言本身的文化底色无法轻易地被抹去。尤其是多义性、模糊性、复杂性聚集在一起的文学作品、艺术文本的翻译，更是难以把握。

还有一种经常听到的说法是，现在我们国家强大了，文学艺术的优秀作品数不胜数，同时，我们也培养出许多高水平的外语专家，完全有能力把优秀作品翻译出来，进而推出去。这种看法，只是一厢情愿。虽然我们有能力把中国文学和艺术作品文本翻译成外文，但是，还应考虑到，翻译成外文之后，这些作品如何传播，如何能够被接受，如何在异国他乡落地生根，产生潜移默化的作品力量，产生软实力。这才是关键问题。

"中国制造"的商品，如服装、玩具、小家电，不论到什么国度，拿来就可以使用。但是文学、艺术之类的文化产品，却有一个接受、融合的过程。音乐、舞蹈、绘画、杂技、电影、电视剧，可以直接诉诸受众，障碍不算大；一旦涉及需进行语言转换的文字层面，情况就变得复杂起来。①

据统计，在美国的文学市场上，翻译作品所占比例大概只有3%左右，而在3%的份额中，中国当代小说更是微乎其微。由此可见中国当代文学对外翻译传播的尴尬局面。而且，美国大多数商业出版公司似乎已经认可了"美国人不看翻译小说"的现实，对出版翻译小说逐渐失去了兴趣。对此，美国翻译家白睿文表达了自己的愤慨："（美国）文学上的排外主义已经发展到根深蒂固甚至非常离谱的程度。就连出版翻译小说的时候，都不愿意在书封上标上译者的名字，仿佛生怕读者一发现是本译作就会马上溜之大吉。"与美国相反，德国是一个翻译家的国度，如今德国图书市场上的文学类作品，每两本书中可能就有一本是翻译作品。德国的翻译家们不

---

① 参见《著名翻译家倾谈"文化走出去"》，《上海采风》2010 第 3 期，第 21 页。

只热衷于引进"世界经验",翻译文学本身也成为他们的一个可观的经济因素。即便如此,中国当代文学仍然只占德国文学市场中的极小份额。①

由此可见,文艺作品的翻译不仅需要实施,更需要读者,更需要落地。虽然我们的翻译不能一味迎合、迁就接受方的或政治的或审美的期待视野,但也要充分考虑、尊重接受方的文化、艺术乃至地缘政治语境,并及时调整自己的选材、翻译策略,以及营销手段、传播渠道等。落地生根,产生影响,产生软实力,才能算是真正的"走出去"。

三 做好对外翻译的对策思考

推动当代文艺精品"走出去",关于翻译的对策问题,我认为可以从宏观的翻译策略和微观的翻译方法两方面来谈。

关于做好对外翻译的策略问题,我有以下四点看法。

第一,要翻译什么?选择哪些精品?正如有学者所说,打算"开门走出去",先得知道"家里有什么",即什么属于文艺的精华,什么是有特色、高品位的传世之作。②

翻译优秀文艺作品,要牢固树立精品意识,推选出代表国家艺术水准、体现中国特色的艺术作品,能够出得去、立得住、传得开。不仅要选择那些富有鲜明的中华民族特色的、在人类文明史上具有普遍和典型意义的中华优秀传统文化作品,或者说中华文化典籍。而且,还要注重选择那些能够反映当代中国生活、当代中国人精神面貌的优秀当代文艺作品,真实地向世界展现中国人的生活、风采。这些当代文艺作品,应当立足于民族文化的根基而体现中国气派,具有世界眼光而又富有创新精神。

现在的问题是:凝聚着中国智慧的中华文化典籍在国外深受欢迎,而

---

① 参见张健《耳边响起驼铃声——中国当代文学如何"走出去"》,《人民日报》2012年8月30日第024版。

② 参见《著名翻译家倾谈"文化走出去"》,《上海采风》2010第3期,第25页。

对于当代中国的文艺精品而言，其对外翻译还相对薄弱。这个问题，需引起高度重视。

第二，要有规划，形成项目、形成规模。要了解当今国际文化交流的特点和需求，正确认识翻译，做好中国当代文艺精品"走出去"的专题研究和战略谋划。比如，设置相关翻译基金、翻译奖项、翻译工程、战略课题，规划好实施的步骤。又如，紧扣"中国梦"的主题选择资助项目，在"中华典籍外译项目""中华学术外译项目"之外，还需增加"中国当代文艺精品外译项目"，有系统、成规模地推出一批当代文艺精品对外翻译成果。

第三，要委托经验丰富的高水平翻译团队，让更多的优秀成果走向世界。高水平的翻译人才需要具备精雕细琢的"工匠精神"，拥有独具一格的"慧眼"，需要学贯中西，熟悉中国文化和目的地的语言、文化。正如有人所言，"一个真正优秀的应用翻译人才一定是在语言与文化上兼通中外，并在实际走笔中善于'拳打脚踢'的译写高手"①。翻译当代文艺精品，仅依赖于国内翻译家群体自身的努力远远不够，还需"借船出海"，多与国外出版机构或翻译家进行合作翻译。英国当代著名诗歌翻译家布莱恩·霍顿（Brian Holton）曾与香港理工大学的陈虹庄女士合作翻译诗人杨炼的《同心圆》，在译后记中布莱恩·霍顿感触很深地说："要想提高汉英文学翻译的质量，唯有依靠英汉本族语译者之间的小范围合作。汉语不是我的母语，我永远无法彻底理解汉语文本的微妙与深奥；反之，非英语本族语的译者，要想将此类内涵丰富的文本翻译成富有文学价值的英语，且达到惟妙惟肖的程度，绝非是一件容易的事。可一旦同心协力，何患不成？"②

第四，要形成与国际接轨的出版发行、传播运营团队，集中推出当代

---

① 何刚强：《切实聚焦应用，务实培育译才——应用翻译与应用翻译教学刍议》，《上海翻译》2010 年第 1 期，第 38 页。

② 参见英译本《同心圆》的译后记《驶向天堂的码头》，纽卡斯尔：英国 Bloodaxe 出版社，2005 年。

中国优秀的文艺作品。不同体制的国家,有不同的文化传播途径,既然是面对国外,就需要清楚国外出版、传播体制的规则、方式,融入对方社会,习惯他们的运作流程。如果只着眼于"以我为主"式的推广,而进入不了他们的市场经纪人、代理机构、出版传播系统等机制中,则可能事倍功半。① 所以,在选题策划、翻译编辑、样式设计、出版发行、宣传推广等各个环节,加强与外方的合作,各自发挥优势,集中力量,让中华优秀文化成果在世界多样文明中得以共享。

最后,关于翻译的方法问题。我认为,"翻译"本身就是一门学问、一种科学,探究起来非常专业、复杂。在这里,我们把翻译看作是不同文化之间的"编码—解码"过程,那么,翻译的方法自然脱离不开文化的因素。而翻译的实践,也总是根据具体的文化语境来决定使用何种方法。严复提出信、达、雅,鲁迅提倡硬译、死译,傅雷则主张"神思"。由于角度的不同,翻译的方法被界定为很多种。我认为,做好翻译工作、推动文艺精品"走出去",一定要把握好对"直译与意译""归化与异化"的理解与运用。

"直译"和"意译"侧重于操作"方法",强调翻译者所使用的手段问题。对原文的字、词、句,亦步亦趋进行翻译的方法,被称为"直译法";而以传达原文意义为主的翻译方法,就被称为"意译法"。"归化"和"异化"侧重于策略"方向",强调是向读者靠拢还是向原作者靠拢的问题。"归化"就是向目的语的读者靠拢,采取读者所习惯的表达方式来传达原文内容。"异化"是向源发语的原作者靠拢,尽可能将译文的语感、氛围和原作者的表达保持一致。"直译"和"意译"之间、"归化"和"异化"之间分别是对立统一、相辅相成的。②

很多人认为,"归化"就是"意译","异化"就是"直译",这是不

---

① 参见《著名翻译家倾谈"文化走出去"》,《上海采风》2010 第 3 期,第 17 页。
② "直译"与"意译"、"归化"与"异化"都是文学翻译研究中的重要范畴,对于它们的学理界定及实例分析应用已成为翻译学界历来的常规话题。这里的观点多有学者论及。

对的。它们是两组不同的历史概念。"直译"和"意译"主要局限于语言层面的价值取向,其关注的核心问题是如何在语言层面处理形式和意义,而"归化"和"异化"则基于文化大语境下的价值取向而突破了语言因素的局限,将关注视野扩展到语言、文化和美学层面。

在全球化背景下,中国当代文艺精品的翻译,特别是严肃文艺作品的对外翻译,应该采用越来越趋于"异化"的翻译策略——就是向中国的作者靠拢,侧重汉语语言的表达方式,尽可能原汁原味地传达作品内容、价值理念。从理论上讲,这符合我们蒸蒸日上的国情和民族文化自信的现实,对于抵制文化帝国主义,挑战西方中心主义,具有一定的意义。因为我们是文化的输出方,我们希望自己的文化形象不被曲解,我们的文学经典不被通俗化、低俗化,而与此同时,"中国化"的西方读者也正在迅速地"成长",他们必然会越来越不满足于被删改过的东西,越来越期待领略原汁原味的中国风格和中国气派。[①] 当然,坚持"异化"的翻译并不排斥"归化",也就是采取目的地读者所习惯的表达方式来传达原文的内容,因为我们必须考虑翻译文本在国外的接受问题、落地问题。

有人认为,西方人喜欢看东方落后的东西、传统的东西,不喜欢中国当代文化的主流姿态,所以,我们应该去除官方的意识形态。这完全脱离了实际,意识形态已经深深扎根在文艺作品之中了,为了迎合西方读者而刻意淡化甚至改变自己的立场,这是任何文化都不可能做的事情。

结 语

总之,中国文化"走出去"是大势所趋,推动当代文艺精品走向世界文化大舞台势在必行,而翻译工作确实是推动文化及文艺"走出去"的重

[①] 张春柏:《如何讲述中国故事:全球化背景下中国文学的外译问题》,《外语教学理论与实践》2015 年第 4 期,第 14 页。

要手段。我们无法想象不通过翻译就能让外国人充分了解中国文化、中国文艺作品文本的事情。我们不得不看到翻译背后或潜在或凸显的文化差异以及影响翻译之"场"的政治、社会力量的较量。我们也不可避免地去面对所遭遇的国外政治、文化、社会接受心态或认知层面的种种障碍。那些诸如文化的冲突、抵制、歪曲、扼杀等尖锐问题,在"走出去"的过程中都有可能会出现。[①] 所以,我们要摆正心态,积极应对。

---

① 参见《著名翻译家倾谈"文化走出去"》,《上海采风》2010 第 3 期,第 19 页。

"一带一路"国家战略下的文化交流

蒋述卓

蒋述卓,文学博士,暨南大学中文系二级教授、文艺学专业博士生导师,广东省人文社科重点研究基地"海外华文文学与汉语传媒研究中心"主任,暨南大学中国文艺评论基地主任,文学院文化产业研究与发展中心主任。享受国务院政府特殊津贴专家,国家级教学名师。学术兼职有教育部中国语言文学学科教学指导委员会副主任、国家社科基金评审委员会委员、中国文艺理论学会副会长、中国中外文艺理论学会副会长、中国古代文学理论学会副会长、中国文艺评论家协会理事兼理论委员会副主任、广东省作家协会主席、广东省文艺评论家协会主席、广东省文化学会副会长等。2015年获广东省第二届优秀社会科学家奖。学术领域为文学理论、中国古代文论、当代文化诗学批评、城市文化、宗教与文艺理论关系、宗教艺术等方面的研究，出版专著20种，在《中国社会科学》（中、英文版）、《文学评论》《文学遗产》《文艺研究》《文艺理论研究》《中国比较文学》《外国文学研究》等刊物以及港澳台学术刊物上发表学术论文200余篇，主持并完成国家社科基金项目、教育部人文社科重点研究基地项目和广东省社科规划项目多项。

    文化交流是文化自信的一个表征。从历史上来看，汉唐文化的宏大、壮丽，那都是因为我们进行文化交流的结果，如果没有文化自信，不可能有与西域广泛的文化交流。而不断加强文化交流，又是我们文化自信的表征。文化自信，实际上是一个更基础、更广泛、更深厚的自信。这是因为我们的文化自信真正树立起来了，文化就能够得到世界各国的认同，能有广泛的群众基础，能有深厚持久的影响力，这才有我们的理论自信、道路自信和制度自信，所以它是更基础的自信。如果你的文化别人不认同，就谈不上影响力，那你谈的制度自信、道路自信、理论自信就是空的。就像近代，我们的文化传播不到国外去。有人统计过，近代我们翻译日本的书有上千种，而日本翻译我们的书才两三本，因为近代我国的文化在衰落，没有影响力，文化交流也就不对等了。就这个角度来说，文化交流必须有文化自信。我们之所以有文化自信，是因为：第一，有两千多年的传统文化作为基础。四大文明古国，有的文明都已经灭亡了，有的则衰落了，但我们的中华文明与中华文化到现在仍然在发展。中华文明如此持久，这是其他任何一种文明和国家难以比拟的。第二，就是我们有上千年的文化交流作为基础。从张骞通西域开始，陆上丝绸之路和海上丝绸之路相继展开，这么长的文化交流历史，是我们宝贵的文化财富。尽管文化交流在宋以后有所减弱，但是明代以后，西方科技与基督教文明进入中国，我们的文化又产生了一个新的交流结果。第三，我们也有近代以来革命文化和先进文化作为基础。从"五四"以来，我们的文化之所以成为先进文化、革命文化，都是受到西方文化包括马克思主义、日本革命文化、俄罗斯文化以及苏联文化的影响才诞生的。第四，我们还有广大人民群众积极参与的丰富的文化实践作为基础，包括从延安时期以来的新民主主义文化实践与社会主义初级阶段的文化实践。我们有文化自信绝不是妄语。

我们还可以看到，改革开放30年来的成果也是文化自信的结果。不能说我们这30年来就是只搞经济建设，文化建设是滞后的，我不太赞同这种看法。"文化大革命"结束之后，党和国家如果没有文化的自信力，那会闭关锁国的，何来改革开放？我们的改革开放能够在吸收西方的物质文化包括科技文化的同时也引进西方的精神文化，其实这与文化自信是分不开的。如果我们没有文化自信，我们不可能走出这30年，并取得如此辉煌的成果。就个体而言，我们的文化自觉与文化自信也达到了一个相当高的程度。像"80后"、"90后"的年轻人，有个性，敢于面对挑战，敢于表现与展示自己，不轻信，不盲从，有怀疑和创新精神，这都是改革开放以来面向世界文化交流的结果。个体的文化自觉与文化自信，是国家文化自觉与文化自信的基础和象征，因为无个体就无整体。有的人说我们现在的经济发展了，文化却滞后了，这只是看到了一面，而没有看到它的两面。因为经济和文化发展是不平衡的，在一定程度上说，文化发展涉及社会结构、人的社会心理结构与文化结构的变化，这个过程是比较慢的，会比经济的变化要慢一些。从这个角度上来讲，从费孝通先生所讲的文化自觉到我们现在的文化自信，我觉得已经迈上了很大的一个台阶。中国文化有了深厚的底气，才敢于"引进来"和"走出去"。围绕着"一带一路"的国家战略去设计我们的文化交流，按照"一带一路"战略的步骤去与世界各个国家进行文化交流，是我们长期的目标与任务。

第一，要真正开展陆上丝绸之路和海上丝绸之路的文化交流。那就是要与我们的周边国家，包括中亚、南亚、东南亚国家进行文化交流，也要按照"一带一路"的发展线路图，注重与非洲、欧洲国家的文化交流。对周边国家的文化交流与文化影响力要提上我们的工作日程。比如像越南，它也提倡改革开放，前10年左右，他们都在看我们的电视剧。你到越南去看，它都直接播放我国的电视连续剧《三国演义》，就是用越南语，连字幕都来不及翻译，他们的老百姓喜欢看，但是我们自己没法去翻译，觉得这个语言太小了。我们只注重英语、法语、西班牙语几大语种的翻译。在原来的汉字文化圈内，包括对韩国、朝鲜、日本以及其他东南亚国家，我们在文化交流上是不够重视的。尤其在对日、韩方面，我们还只是引进多而输出少。这是很不对等的。

第二，要两条腿走路。一方面以民间文化的交流走在前面，另一方面文化品牌要跟出去，这两方面都很重要。民间文化交流包括友好城市之间的文化交流是最广泛最基础的，也是较少障碍的。最近广州市跟它的友好城市圣彼得堡市就进行了互访互动，两个城市的文艺团体交换到对方的城市演出。我就见到过圣彼得堡大学孔子学院的院长带着话剧来广州演出。而广东的文化团体也到东南亚及大洋洲国家去演出。但是，在交流时一定要有自己的文化品牌，甚至是文化精品，并注重它的有效影响力。

第三，要加强文学艺术翻译的力量，尤其是小语种翻译队伍的培养力度还要进一步加大。现在小语种的翻译力量还是很小的，而且注重口译较多，注重笔译较少。我们的文学艺术翻译现在瞄准的都还是美国与欧洲的大奖，包括诺贝尔文学奖、奥斯卡电影奖、格莱美音乐唱片奖等，文艺演出动不动瞄准的就是维也纳金色大厅，这个导向应该改变。要注意到对我们周边国家，尤其是对经济相对落后的国家的文化交流与文化影响。在"一带一路"国家战略的指导下，在文化自信的基础上，我们应该大踏步地、有效地开展文化交流。

自信与自强：关于中华文化"走出去"的实践与思考

——以《宋画全集》《元画全集》编纂出版为例

金晓明

金晓明，浙江大学中国艺术研究所副所长、中国古代书画研究中心副主任、中国文艺评论基地副主任。长期从事艺术理论教学和美术史、美术学学科研究，兼及书法创作。近十年来作为主要成员参加国家重点项目"中国历代绘画大系"各断代集成的整理编纂工作，担任《宋画全集》《元画全集》《明画全集》副主编。

"文化是国家和民族的灵魂,集中体现了国家和民族的品格。"

"五千年悠久灿烂的中华文化,为人类文明进步作出了巨大贡献,是中华民族生生不息、国脉传承的精神纽带,是中华民族面临严峻挑战以及各种复杂环境屹立不倒、历经劫难而百折不挠的力量源泉。"

"整合资源,突出重点,实施'走出去'重大工程项目,加快'走出去'步伐,扩大我国文化的覆盖面和国际影响力。"

——2006年09月13日《国家"十一五"时期文化发展规划纲要》

一 实践:《宋画全集》《元画全集》的编纂出版与中华文化"走出去"

2005年,浙江大学开始进行《宋画全集》编纂工作。

通过对中国30家、海外83家,共113家收藏机构的相关资料和藏品进行梳理,收集拍摄现存800余件宋代绘画作品的原始高清图像,经研究论证后入编《宋画全集》。目前共出版六卷23册。收录的作品全部取得收藏单位授权,绝大多数是对原作重新进行高精度拍摄,并在编纂出版环节做了大量的针对性、适应性探索和创新,努力使全集做到体系完整、脉络清晰、学术严谨、制作精良。

《宋画全集》可以说是继《全宋词》《全宋诗》《全宋文》等大型宋代典籍之后,又一次对宋代文化艺术大规模、专题性、高起点的整理出版,填补了宋画整理汇编的历史空白,开创了中国绘画历史大型断代集成编纂的先河。

2008年12月28日,国家文物局和浙江省人民政府在人民大会堂举行首发式,新华社、中央电视台、《人民日报》《光明日报》《中国文化报》《文汇报》《浙江日报》、新华网、人民网、光明网、中国经济网、中国网等20余家中央和地方媒体做了报道。

诸多国内外专家分别从历史、文化、艺术等角度，给予《宋画全集》高度评价。《光明日报》以整版篇幅刊登了汤一介、李学勤、袁行霈、叶朗、冯远、朱良志、潘公凯等七位大陆著名学者的访谈，《美术报》刊登了20余所文博、教学机构40余位著名宋画研究专家座谈会的发言纪要。专家们认为，浙江大学此举是对国家物质和非物质文化遗产的保存、抢救、传承，是一件利在当代、功在千秋的好事。一些专家学者指出，编纂《宋画全集》的意义不亚于编纂《全宋文》《全宋诗》《全宋词》，或者说意义更大，因为它的难度更大。

在《宋画全集》编纂后期，浙江大学将项目拓展为《中国历代绘画大系》整理编纂，拟定在宋代绘画系统整理的基础上对战国至清末的中国古代绘画做全面整理。绘画大系涉及国内外收藏机构由《宋画全集》的113家增加到250余家，涉及收藏于世界各地的中国古代绘画作品约一万件。

2013年，《元画全集》编纂完成，共出版五卷16册。

2013年年底，《战国—唐画全集》《明画全集》《清画全集》开始编纂，2016年年底前后将开始陆续出版。包括《宋画全集》《元画全集》在内的五部绘画断代集成全部编纂工作将于2020年完成，共约150册。

这项工作，从中华文化走出去的角度来看，是一次重要的实践，对于提高中华文化的国际影响力，推动中外文化交流起到了积极的作用。

2012年5月31日，浙江大学向美国国会图书馆捐赠《宋画全集》等图书的仪式在美国国会图书馆举行，杨卫校长向美国国会图书馆赠送了《宋画全集》，美国国会图书馆东方部认为，这是该馆近百年来收藏有关中国文化的最好文献。

鉴于《宋画全集》在保护和分享人类文明成果方面所起的重要作用和影响力，《宋画全集》总主编、浙江大学发展委员会主席张曦，校长杨卫，副校长罗卫东一起接受了美国国家民俗中心3小时的视频采访，全面介绍了浙江大学组织编纂《宋画全集》的过程。作为口述资料，视频采访影像将永久保存在美国国家民俗中心。

2012年11月9日，浙江大学向德国柏林国家图书馆捐赠《宋画全集》，相关学术合作协定签字仪式在柏林举行。浙江大学副校长罗卫东向柏林国家图书馆馆长Barbara赠送了《宋画全集》，德国普鲁士文化遗产基金会会长Hermann教授出席了捐赠仪式并高度评价《宋画全集》的编纂对于文化遗产保护的意义。

2013年5月29日，浙江大学向大英图书馆捐赠了《宋画全集》。浙江大学党委书记金德水表示，此次捐赠《宋画全集》，旨在与英国民众共享中华文明，为英国东亚研究学者提供宝贵的素材，开辟中英两国学者在中国传统艺术文化研究领域对话的渠道；同时，希望与大英图书馆加强合作，通过资源共享，传承人类共同的文化财富。大英图书馆馆藏部主任卡罗琳·布瑞兹对浙江大学的捐赠表示感谢，并坚信《宋画全集》将为英国东亚学领域的研究以及中英两国的艺术文化交流做出重大贡献。

2015年10月13日，浙江大学副校长罗卫东代表浙江大学向联合国教科文组织捐赠《宋画全集》《元画全集》。联合国教科文组织特别举行了捐赠仪式，总干事伊琳娜·博科娃接受了厚重的画集并发表了讲话，她表示，这应该是她见过的质量最好的中国古代书画图册，教科文组织收藏有不少书画图册，而这两套画册将成为其中的经典。这对于中国传统文化的推广，将有特别重要的意义。中国常驻联合国教科文组织大使衔代表张秀琴评价："《中国历代绘画大系》编纂工程具有里程碑意义。此次浙江大学将《宋画全集》《元画全集》捐赠给联合国教科文组织，对于保护文化多样性、促进文明交流互鉴具有积极作用。"

2015年10月14日，在联合国教科文组织总部举行捐赠仪式的第二天，有五百多年历史的法国国家图书馆也接受了《宋画全集》《元画全集》的捐赠。

二　思考：文化自信是中华文化"走出去"的思想基础和动力

中华文化走出去已经成为国家文化建设的一项重要任务，而树立和加强文化自信，是实施这一任务的基础。文化自信是对本国文化的生命力包括再生、延续与影响能力的信心。其中，对于优秀传统文化的认知和信心是文化自信的重要内容之一。

中华民族在数千年的文明历史进程中，创造、积淀了独具特色的优秀传统文化，是人类文明的代表性文化的一种重要类型，对它的认识是传承和发展的前提，也是创造未来新文化的基础。当然，我们面对丰富多样的中华优秀传统文化，还需要考虑走出去与世界对接的可能性与便利性，亦即选择什么样的文化内容可以更有效地让其他不同文化类型的国家予以理解和认同，并借以增进对中国的了解和认识，最终达到提升中国国家形象和文化软实力的目的。

我们在《宋画全集》《元画全集》编纂过程中，深刻体会到了文化自信的重要性。

西方艺术史大师贡布里希曾经说："在再现艺术的历史上，古希腊、宋代和欧洲文艺复兴三个时期，创造了最辉煌的成就。"正如他所说的那样，中国的宋画承载了中华民族的文化记忆，在世界文化和艺术史上具有十分重要的地位。

现存世界各地的中国古代绘画具有很高的历史、文化和艺术价值，是中国文化遗产的重要组成部分，特别是宋、元绘画，作为中国绘画发展史上的全盛时期，创作题材广泛、表现手法丰富、笔墨技巧精纯、艺术境界高妙，代表了中国绘画的高峰，是中华传统艺术的瑰宝。在中国文化全面复兴的当代，整理研究这份遗产具有重要的意义。

目前存世的宋、元绘画散藏于世界各地，其中一半以上在海外，要想把它们汇编起来，其困难程度可以想象。由于各种原因，项目实施初期，不少收藏机构对于我们的要求没有表态，特别是对于提取原作用目前最为先进的技术和手段重新拍摄采集高清图像心存疑虑，但最终我们还是凭着对于这份文化遗产价值的自信和坚忍不拔的毅力，说服了绝大多数收藏机构，允许我们拍摄并予以授权出版。

在工作中我们切实感受到，正是中国逐步强盛的国力和文化实力，宋元绘画本身的文化价值，中国专家的文化品位和研究出版水平，给我们以强大的自信，如果没有这个基础，要想在全世界范围内完成这一艰巨的历史任务，是难以想象的。

从一定程度上说，《宋画全集》《元画全集》编纂过程，也是中外文化交流史的一个侧面和片段。

在编纂过程中，我们得到了欧洲、美国、日本等近百家文化机构的帮助，如美国大都会博物馆、波士顿艺术博物馆、克里夫兰艺术博物馆、弗瑞尔美术馆、普林斯顿大学艺术博物馆、耶鲁大学美术馆，英国大英博物馆、维多利亚·阿尔伯特博物馆，德国国立民族博物馆，瑞典斯德哥尔摩远东文物博物馆，日本东京国立博物馆、京都国立博物馆、奈良国立博物馆、大阪市立美术馆等。也得到了许多世界著名高校如美国普林斯顿大学、密歇根大学、耶鲁大学，日本东京大学等单位专家的学术支持，大家共同讨论，交流学术，建立了良好的合作关系，推动了编纂的学术工作。目前浙江大学艺术学科已经与这些国际一流大学的中国艺术史学者建立了常年的学术交往机制，并通过合作逐步构建形成中国艺术史研究的国际平台，为进一步广泛联合世界各地学者开展中国传统文化和艺术研究打下了基础。

《宋画全集》以其学术性、资料性得到了世界各地著名大学的高度关注。据检索，到2013年，仅美国就有30余所大学的图书馆或研究部门购买了全集，如加利福尼亚大学伯克利分校、洛杉矶分校、斯坦福大学、普林斯顿大学、密歇根大学、康奈尔大学、耶鲁大学、布朗大学、芝加哥大学、莱斯大学、纽约大学、哥伦比亚大学等，此外还有加拿大英属哥伦比亚大学、荷兰莱顿大学、德国海德堡大学等。联合国教科文组织、美、德、英、法国家图书馆和著名大学图书馆的收藏，受到了海外读者的欢迎，这对中华文化在海外的传播起到了积极的作用。

由于《宋画全集》《元画全集》的编纂成果，以及由此体现的学术水准和研究能力，美国弗瑞尔美术馆、大都会博物馆、波士顿艺术博物馆等，先后分别邀请浙江大学的研究人员到馆做访问研究。期间，浙江大学研究人员与博物馆合作，调查了这些博物馆深藏的1000多件中国古代书画作品，了解了这些博物馆的重要藏品资料。同期，弗瑞尔美术馆、波士顿艺术博物馆、克里夫兰博物馆相关研究人员，也先后访问浙江大学并进行学术交流。

三 探索：文化创新是文化自信、文化自强的核心和必由之路

当今世界，正处于传统与当代文化、东西方文化激励碰撞之中。我们有辉煌的过去，同时也需要不断发展能够反映当今社会的新文化，以实现文化自强，这应该成为当今文化发展的重要课题，尤其在我们尚未在世界文化发展格局中取得强势地位的情况下显得更为重要。

只有传承优秀传统文化，发展先进的当代文化，才能不断实现文化自强，才能使传统文化薪火相传、生生不息，才能不断提高中华文化的国际影响力、竞争力，才能屹立于世界文化之林而不败。

传承传统文化、发展当代文化、实现文化自强的核心在于文化创新。对此，我们需要考虑以下这些相关问题并付诸实践的探索。

第一，要进一步加强对传统文化的梳理和思考。人类文明历史的进程充分证明了文化传承的重要性，脱离既有的传统文化基础，无法孕育出能够代表今天这个时代的当代文化，也就是说，没有传承就没有创新。古为今用，推陈出新，是对待传统文化的立场。面对过去的辉煌，我们不能满

足停留于鉴赏和敬仰的层面，重要的是要考虑如何能够把传统文化衔接于今天，为当代发展所用。

第二，必须考虑当代文化建设与当代社会发展的互动关系。文化建设和发展一方面要与社会发展相适应，更要通过先进的文化理念来引领社会的发展，要充分利用文化与社会发展的互动关系，促进二者的共同协调发展。

第三，加强当代文学艺术的创作与创造。探索和打造具有中华民族特色、符合当代审美需求、经得起历史检验的当代文学艺术作品，把形而上的文化理念、文化精神通过具体的文化表达诸如绘画、书法、音乐、戏曲等形而下的形式传递出来，而不是仅仅停留于观念层面的阐述。

第四，坚持维护中华文化的独特性。只有维护自身文化的独特性，才能维护世界文化的多样性，才能为世界文明的持续发展贡献中华民族的智慧和力量。

在《宋画全集》《元画全集》编纂过程中，面对这项以最大限度还原绘画原作面貌、反映断代艺术历史为目标的工作，我们始终在考虑创新问题。体现在编纂方面，作为中国艺术史上的第一次断代集成编纂，也是目前唯一的全球范围内最大规模、最高精度对于本民族绘画艺术进行全面整理的工作，我们十分注重利用文献和作品图像本身对入编作品进行严格论证和研究，并力求把最丰富的背景资料和信息提供给读者。同时，对每一件作品的编辑，充分利用多种手段全方位展示其细节。选取局部细节的展示工作均由艺术史研究人员、艺术家和印制技术人员协作完成，这实际上是客观反映原作基础上的"二度创作"，希望能够让读者为之"眼睛一亮"。体现在技术制作方面，则坚持以目前业内最高精度标准和最佳色调还原技术采集图像，印前数字化制作的独特曲线控制和匹配，通过反复实验从德国定制最适宜中国绘画笔墨表现的特殊印刷纸张，中国画专业人员与印刷专业人员搭配互补的协同工作流程，等等。即使在装订这样的后续制作环节，也提出了许多创新的工作标准，让书册能够承受每册八九公斤自重，经上百次翻阅不能脱线、脱胶。凡此种种，看似简单，实际上每个环节都包含着思想创新、技术创新、材料创新，充分体现了极致的"工匠"精神。每一个细节的完善，有效地保障了全集的质量和品位，得到了国内外众多中国艺术史专家、画家和博物馆专家的高度评价："如此规模的收集整理，高品质的印制，现在只有中国才能够做到，真的是了不起。"

今后我们还将在后续工作中继续探索，特别是做好这份宝贵遗产多视角、多方位的各种专题研究。目前正在撰写的五部断代中国绘画史项目已被教育部列为重大专项；图像研究规划和部分项目也被列入相关协同创新研究平台；一系列国际学术研讨交流活动也已经启动。我们以为，这些工作是进一步认识传统、创造未来的要求所致，它既有助于深度认识和还原历史，又有助于探索当代中国艺术创造的新的切入点，如此才能不断丰富、发展这份宝贵遗产的价值。

当然，文化创新和文化自强，不是一朝一夕就能达成，它需要时间积累。但我们相信，只要我们努力并持之以恒，最终一定会取得成功，一定能够为我们辉煌的中华文化续写新的篇章而瞩目世界。

略谈"丝路文学"

李继凯

李继凯,陕西师范大学文学院教授,博士生导师,学校书法文化研究院院长。兼任中国鲁迅研究会副会长、东亚汉学研究会(国际)副会长、中国茅盾研究会副会长、中国现代文学研究会常务理事、《中国现代文学研究丛刊》编委、国家社会科学基金学科规划评审组专家(2013—)、全国教育专业学位教育指导委员会委员(2006—2013)、中国当代文学研究会理事、中国近代文学研究会理事、陕西省人文社会科学重点研究基地——陕西当代文学与艺术研究中心学术委员会副主任委员、西北大学文

艺评论基地学术委员会委员、梁实秋研究会理事、闻一多研究会理事、《国际汉学集刊》编委,《东亚汉学研究》(长崎)编委、《茅盾研究》编委、《长安学人丛书》编委、澳门科技大学访问教授等。主要研究领域为中国现当代文学、文艺文化及书法文化研究等。先后在《中国社会科学》《文学评论》《文艺研究》《中国现代文学研究丛刊》等学术刊物发表学术论文近200余篇。主持国家社会科学基金项目及陕西省社会科学基金项目等多项。

在当今时代背景及文化语境中讨论"丝路文学"这一话题可谓恰逢其时,这也是基于"文化自信"的一个具体体现。因为"丝路文学"的生成、发展确实与"文化自信"密切相关。从"大汉"的开辟"丝路"开始,到如今将"丝路"升级、升华为一种振兴"大中华"的战略,其间基于文化艺术自信、国家民族自信的理想追求可谓一以贯之。总之,我以为从文学视角谈论"丝路文学"与"文化自信"这样的话题很有必要,二者的关联及意义也确实耐人寻味。

在学术界乃至整个文化界,谈论丝路经济商贸、丝路文化艺术的很多,但独立谈到"丝路文学"的则很少见。其实,"丝路文学"与"丝路"同在,古代有之,当代亦有之,只是有很多时候被人们忽视了,或者被有意无意"遮蔽"了。如今我们则要特别发掘和提倡一下"丝路文学"了。因为我们发现丝路精神以及彰显丝路精神的丝路文学都具有强烈的时代意义和现实意义。特别是进入"新常态",跨进"创时代",进入"一带一路"的"新"开拓时代,当今国人的创业使命较之前人其实更加沉重和艰难。对个人而言,成家立业是最切要也是最基本的人生重大命题;对国家而言,国富民强是最重要也是最基本的建国战略目标。其中都绝对少不了真正的"创业",其间也绝对少不了求实创新、真抓实干,而在贴近时代、深入生活的过程中关切创业、书写创业,也便成为积极入世的作家们高度自觉的文学选择。于是，真正意义上的"创业文学"焕发出新的"青春"，迎来了新的发展机遇，并与"丝路文学"形成了某种契合与关联。

久居丝路起点"长安"的笔者，自然对书写长安人创业故事的代表作家柳青以及"柳青现象"特别关注，窃以为无论是"古丝路"时代还是"新丝路"时代，"创业"都应该是个人和国家最重要的使命，"创业文学"都应该是最主要的一种文学形态，且应受到最为广泛的关注和理解。遗憾的是，人们往往被动地进入人间迭起的恶斗与纷争而忽视甚至遗忘了创业及创业文学，有时候甚至还假借"革命"与"战争"的名义，阻碍乃至破坏了人民正常的创业以及作家从事创业文学的生态环境和发展进程，留下了诸多迄今都应牢牢记取的历史教训。

在如今"一带一路"背景下谈"丝路文学"，就需要将通向境外的"陆丝"和"海丝"同等看待，也就是说，主要通过陆路向西拓展的"陆丝"和主要通过海路向东拓展的"海丝"各有千秋，对中华民族的发展都有着重要的战略意义，相应或相关的"西部文学"和"海洋文学"就成了人们关注和研究的对象。当然，对其中的关联性和差异性也要进行深入的探究。仅就古代形成传统的"丝路文学"而言，则显然是以"陆丝文学"为主的。研究这样的"陆丝文学"则需要从中国西部尤其是大西北的丝路文学与沿路地域文化的内在关联入手从事研究。而从地域文化角度对自古以来的丝路文学进行多方面的探讨，其中既要回到历史文化语境对丝路文学进行历史分析或纵向考察，也要具有强烈的当代意识，对古今丝路文学进行现实分析或横向考察。由此就要探讨一系列问题，比如丝路文学和丝路文化的概念与范畴，西游东来的古代丝路文学，"送去主义"的开放生态与文学，汉唐精神影响下的丝路文学，近代以来的丝路文学，"丝路文学"与"创业文学"，跨进"创时代"的丝路文学，"丝路文学"与"西部文学"，西部风情与"丝路文学"，"废土废都"影响下的丝路文学，发展中的西部与丝路文学,"文化习语"与西部丝路文学,"多元文化"与"丝路文学",中华文化传统与"丝路文学",西北民俗文化与"丝路文学",外来文化传播与"丝路文学","文化磨合"与"丝路文学",等等,显然都很值得予以深入研究。由此也可以看出,"丝路文学"原本是一个历史与现实生成的开放性的重要课题,确实值得给予重视,其中,对丝路文学与丝路文化的关联性研究尤其是丝路精神中的文化创造追求、艰苦创业精神和非文化殖民的价值取向等,都特别值得我们进行专题探讨。

每当时代发生巨变,常常会出乎常人的意料。比如常人就很难预料历史上早已形成的某些固定概念居然也会如此变化或被置换:人们原来熟悉的特指概念的"丝绸之路"即被当今大时代重新建构、拓展或整合为"丝绸之路经济带"和"21世纪海上丝绸之路"了。这便是著名的"一带一路",体现了新的国家战略或国际经济战略。在"一带"中,最初起自汉唐长安(西安)的陆路"丝绸之路",到了今天却只能化作"一带"的定语;在"一路"中,古代有限的海上商路将被重建或开拓为四通八达的"21世纪海上丝绸之路",这个"丝绸之路"已成为中心词,并可以作为主语或宾语来使用,昭示着中华民族复兴之路能够畅达五湖四海。然而,传统概念"丝绸之路"也由此被彻底泛化了。但就在这种泛化过程中,却又昭示了不断开拓和发展的"丝路精神"和根深蒂固的"创业精神"!恰是这种精神文化的契合滋养了丝路艺术,包括其中不太引人关注的"丝路文学"。自然,被收入世界文化遗产名录的仅是古代的丝绸之路,而被目为中国"丝路文学"的作品,大抵也被纳入了中国的西部文学,但迄今尚未拥有"合法"的独立身份。如今关于丝路文学的广义、狭义或概念、范畴的理解已经出现不同的声音,笔者以为在文艺领域的概念大多具有"人文模糊"的特征,类似于人生"难得糊涂"的境界,难以给出绝对正确或明晰的定论。所以在这里仍依照惯例,在比较严格的意义上从三方面阐释一下笔者心目中的"丝路文学"。

首先，丝路文学是丝路开拓精神的衍生和升华。道路与贫富之间有着密切的关联，这是地理环境条件严酷的西部人也深刻了解的"常识"。道路，往往就是人的生存之道和创业之路。所谓"要想富先修路"似乎也并不是今人的专利。正是出于这样的基本认知，同时也是为了"西安"（或"长安"）、"定西"（地名寓意"西部安定"的希冀），才有了强烈的向西、再向西进行探索的冲动。丝绸之路是我国历史上辉煌的经济命脉和文化大道，它的开拓和维系既促进了商品的交换、经济的发展，也加强了异域文化艺术的交流与借鉴。其中，历来人们关注较多的是赫赫有名的敦煌艺术，却会有意无意地忽视了丝路文学。其实自古以来，丝路文学"就在那里"客观地存在着，生生不息且相当丰富。在勇敢地探索、交流、开放中创业，在创业过程中不断开辟广阔的国际化交易市场，同时也丰富了精神文化的样式及内涵。近期国外有汉学家指出：丝路并非一条路，而是一个穿越了沙漠山川、不断变化且没有标识的道路网络，它由东西方之间的一连串市场组成；丝绸之路也切切实实改变了历史，这很大程度上是因为在丝路上穿行的人们传播了文化；他们还在丝路上落地生根而与当地人融合，也与后来者同化。因此丝路在很大程度上并非一条商业道路，却有着很重要的历史意义。这条路网是全球最著名的东西方宗教、艺术、语言和新技术交流的大动脉。[1] 如果说"丝绸之路"确实是这样的文化大动脉，包涵了如此丰富的社会内涵及历史事实，那么"丝路文学"则是与其相伴而生的重要精神文化现象。它伴随着丝路的兴盛而兴盛，如兴盛于汉唐的"丝路"催生了丝路行旅文学包括边塞诗的兴盛，也进一步激活了丝路民间文学和宗教文学，丝路上传播的敦煌变文、民间史诗和宗教话本都成了珍贵的民族文化遗产。随后，丝路文学也伴随着丝绸之路的绵延而绵延，

---

[1] 参见［美］芮乐伟·韩森《丝绸之路新史》，张湛译，北京联合出版公司、后浪出版公司2015年版。

如今则伴随着丝路的进一步开拓而有了新的飞跃和发展。如今人们提起丝路精神，就很容易将它与开创、开拓、开明和开放等语词或概念联系起来，这些都昭示了丝路文化的某种理想状态，体现了生生不息的正能量。笔者以为，在此还可以追加一个语词即"开心"——西部人生性放达豪爽，即使生活贫困也会努力寻求"穷开心"——多数的少数民族都是那样能歌善舞便是证明。而这些以"开"字打头组成的语词概念，便是对敦煌精神、丝路精神或西部精神的一种提炼，且在丝路文学中都有相当充分的体现。

其次，当代丝路文学创作的基本状况及其存在的问题。大致而言，丝路文学也分为前丝绸之路与丝绸之路（汉唐以来），或者古代与现代这样两个大的历史阶段，在文学形态上也呈现出丰富复杂的样态，与通常所说的文学并没有品类上的明显不同。尤其是在新中国成立之后，古丝绸之路从长期的沉寂中苏醒，伴随着新时代的建设步伐，迎来了全面的复兴和发展。特别是实行西部大开发以来，真正国际化的丝绸之路又重新热闹起来。由此，丝路文学也迎来了新的发展契机。在这条古老的丝路上，既有许多长期生活在丝路及其周边的文人作家，也有一些外来的观光或暂住的文人作家，他们都为书写丝路及西部的历史和现实做出了自己的贡献。而当代丝路文学也继承了古代丝路文学的传统，有着相当鲜明的区域文化特色，所谓"丝路风情"所关涉的多民族文化呈现，就成了丝路文学的主要特色。相应地，豪放粗犷的叙事和抒情也便成了当代丝路文学的主要风格。其文学意象依然有大漠落日、沙海驼铃、飞天壁画、白杨红柳、草原奔马、冰川激流和帐篷炊烟，也会有雪山红旗、戈壁车队、高原电站和沙漠绿洲等，如《敦煌纪事诗》（于右任）、《西北行吟》（罗家伦）、《塞上行》（范长江）、《白杨礼赞》（茅盾）、《奇曼古丽》（黎·穆塔里甫）、《玉门颂》（李季）、《天山牧歌》（闻捷）、《阳光灿烂照天山》（碧野）、《平凡的世界》（路遥）、《黑骏马》（张承志）、《丝路摇滚》《瞻对》（阿来)、《穆罕默德》(艾克拜尔·米吉提)、《土司的子孙们》(王国虎)等难以尽数的丝路作品,都重现了西部丝路自然景观和文化景观,也各有侧重地抒写了创业的艰难、创业的乐观,乃至创业兴家与人性情感的种种纠结及冲突。而从丝路沿线地域如关中、河套、陇右、西夏、河湟、河西、敦煌、吐蕃、突厥等区域的各民族(如维吾尔族、回族、藏族、蒙古族、哈萨克族、柯尔克孜族等)文学来看,更是奇绝多变,值得细致研究。来自丝路的深切生活体验是丝路文学创作的永不枯竭的源泉,民族生活、历史地理和人文传统深刻地影响了丝路文学,这是丝路作家尤其是大西北作家的文学趋于豪放粗犷而少有温婉细腻的主要原因。即使是描写爱情来临时的花前月下,也没有清新而又细腻的小桥流水和江南丝竹的陪伴。但当代丝路文学也存在不容回避的问题,就是某种极端思潮如政治上的"左"倾思潮和宗教宗派上的原教旨主义等,都会对丝路的是否通畅、丝路文学的创作环境产生直接的遏制或负面的影响作用。

最后,丝路文学的古今中外视野和相关研究的逐步拓展。古今丝路文学创作,总体看也堪称蔚为大观,文学视野也堪称"辽阔"。比如,今人编辑的《历代西域诗钞》就显示了广阔的文化视野。又如作为丝路文学的一部总集,《敦煌文学丛书》在进一步彰显了历史特定时期的"敦煌文学"的同时,也显示了今人重新编辑和研究的广阔的文化视野。其实,历史上的所谓"敦煌文学"只是丝路文学的一种集结或一个亮点,有其明显的时空限制,特指在1900年从敦煌藏经洞(第17窟)发现的诗歌、曲子词、变文、俗曲等,形式多样,内容丰富而又庞杂。但在今天看来,我们还可以在"新丝路文学"的意义上,将书写敦煌或敦煌作家创作的丝路文学都视为"敦煌文学"(如冯玉雷《敦煌百年祭》《敦煌·六千大地或者更远》《敦煌佚书》等系列作品)。而这种新敦煌文学势必要体现出古今中外汇通的广阔文化视野,也提示着相应的学术研究所应具有的宏通的学术眼光。刘维钧在《振兴丝绸之路艺术论纲》中认为,"在中国古代有两大恢宏的实体具有举世皆知的象征性，一是万里长城，一是丝绸之路。前者是保守主义的象征，后者是开放主义的象征。二者相反相成结构出辉煌灿烂的中华文化"①。由此看来，丝路研究确实需要进一步拓展。而目前的丝路文学研究整体看还相当薄弱，除了传统的敦煌学中的艺术研究比较充分之外，其他方面的研究都很不充分，特别是当代丝路文学研究，还处于初期建构阶段，对研究对象及范畴、概念等，都还处于较为模糊的阶段。在这样一个阶段努力彰显丝路文学的切实存在是非常切要的研究工作，从古今最基本的相关文献资料的搜集整理和研究入手，便不失为一个必要的研究方向。

---

① 刘维钧：《振兴丝绸之路艺术论纲》，《新疆艺术》1987年第1期。

文化自信的强大力量

李明泉

　　李明泉，四川省社会科学院副院长，二级研究员，文艺学硕士生导师，四川大学博士后合作导师，四川省学术和技术带头人，国务院特殊津贴专家，四川省德艺双馨文艺工作者，四川省首批"四个一批"人才。担任四川省文艺评论家协会主席、四川省中国现当代文学研究会会长、中国当代文学研究会理事、中国文艺评论家协会理事、四川省文化发展研究中心主任。主要从事文学评论、公共文化、文化产业、城市文化、企业文化、建筑文化等研究，发表文章400余篇300多万字。获省政府社科成果

一、二、三等奖6项，四川省第二、第三届文学奖，四川省巴蜀文艺奖二等奖，全国影评奖，四川省文艺评论奖，四川省高校优秀教学成果奖等。

今年春晚有一个由四川青年歌唱家谭维维与陕西艺人合作的节目，即华阴老腔《给你一点颜色》。谭维维将陕北古老的摇滚与现代唱法完美结合，唱得回肠荡气、直抵心灵，具有强大的艺术穿透力和震撼力。其体现出的民族艺术自信，让我们感受到中华文化自信的力量。

关于文化自信，习近平总书记《在哲学社会科学工作座谈会上的讲话》中指出："站立在960万平方公里的广袤土地上，吸吮着中华民族漫长奋斗积累的文化养分，拥有13亿中国人民聚合的磅礴之力，我们走自己的路，具有无比广阔的舞台，具有无比深厚的历史底蕴，具有无比强大的前进定力，中国人民应该有这个信心，每一个中国人都应该有这个信心。我们说要坚定中国特色社会主义道路自信、理论自信、制度自信，说到底是要坚定文化自信。文化自信是更基本、更深沉、更持久的力量。历史和现实都表明，一个抛弃了或者背叛了自己历史文化的民族，不仅不可能发展起来，而且很可能上演一场历史悲剧。"在"七一"讲话中，习近平总书记鲜明提出"四个自信"，指出："坚持不忘初心、继续前进，就要坚持中国特色社会主义道路自信、理论自信、制度自信、文化自信，坚持党的基本路线不动摇，不断把中国特色社会主义伟大事业推向前进。"他特别强调："文化自信，是更基础、更广泛、更深厚文化自信。"

文化自信的"文化"，并非广义的物质文明和精神文明的总和，也非文化领域、文化行业和生活方式等的集合，更非桃花文化、豆腐文化等文化泛化，而是习总书记所指出的，是五千多年文明发展中孕育的中华优秀传统文化，是在党和人民伟大斗争中孕育的革命文化和社会主义先进文化，是社会主义核心价值观所包含的以爱国主义为核心的民族精神和以改革创新为核心的时代精神。这三方面构成了文化自信的"文化"的历史维度、民族特征、价值内涵和思想指向。这就把我们过往对"文化"的宽泛理解和虚化阐释予以了准确界定和质的规定性，赋予了文化与中国特色社会主义道路、理论、制度同样的特定内涵与重大意义。从而，把"文化自信"上升到增强全党全国各族人民的精神力量的发展战略高度和思想意识高度。

自信，是一个政党、一个国家、一个民族、一个人具有战胜一切艰难困苦而赢得未来的强大意志力和必胜信念的集中体现。自信，需要底气、骨气、勇气，更需要对"不忘初心、继续前进"的坚持与执着。坚定中国特色社会主义道路自信、理论自信、制度自信，说到底是要坚定文化自信。道路自信是目标方向，理论自信是思想指引，制度自信是根本保障，文化自信是精神力量。精神力量要渗透、融入、贯穿三个自信的全过程全领域，形成强大的精神支撑。文化自信，为实现社会主义现代化、创造人民美好生活的道路自信指明了前行方向，这就是坚持马克思主义的指导地位，为增进全党全国各族人民团结统一提供坚实思想基础；文化自信，为中华民族伟大复兴的科学理论提供与时俱进的思想文化资源，构建具有中国特色的理论体系、话语体系、学科体系，立时代之潮头、通古今之变化、发思想之先声；文化自信，为当代中国发展进步的根本制度保障注入中华民族创新活力，形成具有鲜明中国特色、明显制度优势、强大自我完善能力的先进制度，努力为完善全球治理贡献中国智慧。

文化自信是更基础的自信，其"基础"体现在五千年中华民族艰难求索、不断进步的历史根基，体现在博大精深、智慧集成的中华民族优秀思想文化的传统基底，体现在56个民族团结统一、共同奋斗的民族基石。中华民族文化基础坚不可摧、稳如磐石，在世界文明进程中至今闪耀着生生不息、日日俱新的文化光芒。

文化自信是更广泛的自信，其"广泛"体现在中华民族优秀传统文化、革命文化和先进文化、核心价值观广泛地融入道路、理论、制度之中，广泛地融入"不忘初心、继续前进"的理想信念中，广泛地融入民族伟大复兴的壮举之中，广泛地融入经济社会发展各个领域之中，广泛地融入人民群众日常生产生活之中，吸吮着中华民族漫长奋斗积累的文化养分，在华夏大地上浸润着、彰显着、表达着文化自信的不屈信息和强大力量。

文化自信是更深厚的自信，其"深厚"体现在"中华民族有着深厚文化传统，形成了富有特色的思想体系，体现了中国人几千年来积累的知识智慧和理性思辨"。中华民族在文明进程中所形成的深层文化结构、深邃哲学思想、深刻价值观念是我们最基本的文化基因、文化血脉和文化气质，加以创造性转化、创新性发展，必将为人类社会发展提供正确的精神指引。

同时，我们坚持文化自信，要认识到绝不能搞文化自大，一味吃老本，没有创造性发展，在文艺创作上搞没有想象力的、懒汉式的经典电影改编、注水式的电视剧；不能言必称"古已有之"，躺在历史名人怀里沾沾自喜、夜郎自大，靠名言警句观察当下巨大变革的现实生活，不思文艺表达方式的突破和超越，做出新时代的艺术新贡献。文艺自信来源于又丰富着文化自信。需要文艺具有现时代特质的认知力、思考力、想象力、表现力、蕴含力、穿透力，形成我们这个时代的艺术新话语、新形式、新风格，新的美学精神。

习近平总书记强调"文化自信"，是对中国特色社会主义道路自信、理念自信、制度自信所需要的思想领引、精神力量、价值取向的高度凝练、科学总结和庄严昭示，鲜明地表达中国共产党人对执政规律、社会主义建设规律、人类社会发展规律的新认识，坚定了全党全国各族人民为实现中华民族伟大复兴的信心和决心，必将鼓励我们在"文化自信"的文化自觉、文化立场、文化境界、文化创造中敢于变革、敢于创新，永不僵化、永不停滞，迎来中国特色社会主义伟大事业更加美好的未来。

丝绸之路与当代文艺创新

李西建

李西建，陕西师范大学文学院教授、博士生导师，主要从事美学及文学理论与文化创意产业研究。现任陕西师范大学陕西文化资源开发协同创新中心主任，文化资源与文化产业研究中心主任。兼任中国中外文论学会副会长、中华美学学会理事、中国文学理论学会理事、全国马克思主义研究会理事、中国文艺评论家协会理论委员会委员。出版学术著作《主体论文艺学》（合著），《审美文化学》（独著），《重塑任性——大众审美中的人性嬗变》（独著），《追求与选择——全球文化时代文学理论的价值思考》（合著），《消费时代审美问题研究》（独著）等5部；出版教材《文学文化学》（副主编），《马克思主义文艺理论》（副主编），《美学基本原理》（副主编），《文学理论研读》（副主编）等4部。

进入21世纪以来，创新已成为当代社会最突出的特征之一。从每年一次的"以创新驱动未来"为主旨的"全球创新论坛"的举办，到世界各国纷纷制定创新战略，抢占创新制高点等，无一不体现出以创新推动社会发展的强大态势。2013年10月，习近平在欧美同学会成立一百周年庆祝大会上讲："创新是民族进步的灵魂，是一个国家发达的不竭动力，也是中华民族最深沉的禀赋。在激烈的国际竞争中，唯创新者进，唯创新者强，唯创新者胜。"2016年3月，党的十八届五中全会确定了"创新、协调、绿色、开放、共享"五大发展理念，并把理论创新、制度创新、科技创新和文化创新作为创新发展的重要内容。而在诸多创新中，理论与文化创新对创新型社会的整体实现有举足轻重的意义。

文艺是人类文化的重要构成部分，其质的规定性就是创新和创造，创新是文艺的生命，这是一条颠扑不破的真理。文艺之所以需要创新和创造，其根据在于：文艺是文化结构与文化系统中的自我意识，它以敏锐的反思性不断地维护和强化文化的纯洁性；文艺以审美的自觉捕捉时代精神的深刻变化，通过展现人类生活的本真状态，书写人类对美的理想的追寻，积极提升文化的审美品性与价值含量，从而展现作为文化软实力的巨大功能和作用。历史的经验告诉我们，文艺创新既能推动和丰富文化，也需要借助和依赖特定的文化资源与精神。依此来看，"丝绸之路"作为历史悠久的文化遗存和巨大的艺术宝库，它将为当代文艺创新提供无可比拟的新机遇、新优势、新能量和新动力。

第一，作为丰富的文化资源宝库，丝绸之路为当代文艺创新提供不竭的源头活水。

　　无论从历史发展还是现实的作用看，丝绸之路不仅仅是一条经济和商贸之路，也是人类文明史上具有巨大创新价值的文化典范。以两千多年前张骞出使西域为标志，中国人民与沿线各国人民一道建立起一条连接亚、非、欧的大陆通道，它如今已涵盖世界30多亿人口，具有丰富的商贸、外交及文化与民族等诸多资源，体现出充满活力的经济发展的强劲动力，如此突出的地缘优势必将深刻影响全球的政治、经济及文化格局，成为推动世界和平与发展的重要基石与动力。

　　丝绸之路作为人类物质与精神的重要载体，其突出的价值即在于文化资源的多样性和丰富性。它不仅在艺术方面积累和保留下了雕塑、壁画等门类齐全的大量艺术珍品，在沿线地域浩瀚的文海中，创造了异彩纷呈的文艺作品类型，也蕴含了不同历史时期人类生存的丰富信息，成为人类文化史上难以逾越的一座高峰。据不完全统计，在与丝绸之路相关的艺术谱系中，以楚辞、汉乐府、唐边塞诗、西游记、敦煌文学、藏文经书等为主体的经典文学文本达上千余种；以丝绸石窟、敦煌千佛洞、莫高窟、库木图拉石窟为核心的石窟艺术达几百多种；以西周礼乐、西凉乐、敦煌乐、天竺乐、丝路花雨为内容的音乐、舞蹈作品不计其数。从久远的文化创造开始，历经几千年的丰厚积淀，丝绸之路作为巨大的文化遗存，已构筑起一条多姿多彩的艺术画廊，蕴含了深沉博大的民族文化的基因、能量和精神，成为当代文艺创新需要积极传承与深度吸收的一种天然的资源宝库。

　　文化是文学创作与发展的基础和动力，而文学的生产要超越高原进入高峰状态，同样需要文化价值与精神的持续引导。作为丰富的文化资源宝库，丝绸之路正是以其多样性、原初性、经典性与活态性的突出特征，为当代文艺创新提供了极为丰富的价值信息和精神能量。文化是民族凝聚力的核心要素，它反映民族历史的发展水平与独特的精神气质，代表了该民族的生存价值取向和社会心理状态，铸造了独特而真实的民族性格。而文化多样性的构成，足以显示民族心理图式的丰富内涵，为文艺创新提供具有新颖性与互补性的资源和信息。丝绸之路文化带沿线有 40 多个国家，200 多个民族，每个国家和民族都有自己异彩纷呈的文化。伊斯兰、斯拉夫、中华、印度四大明文形态在此交汇；农耕文化、游牧文化、商贸文化、都城文化等多种类型在此相融；佛教、道教、伊斯兰教、摩尼教、天主教等多种宗教信仰在此并存。而面对当代文艺生产日趋浅表化和游戏化的状况，从丝绸之路这一巨量文化形态中吸收民族文化的丰厚信息、能量及动力，必将从文化基石与精神高度方面，推动当代文艺创新的健康发展及审美价值的实现。

文化的原初性也可称之为根脉性，它是文化发祥的代表和精神根基的象征，往往沉淀着一个民族深厚的思想感情，从根本上决定了一个民族的身份认同、文化认同和核心价值取向的形成，是今日建立民族文化自信最基本的出发点，也构成当代文艺创新最重要的价值根基与精神依据，有十分重要的意义。根据钱穆先生《国史大纲》的论证："据最近考古学家一般之意见，综合旧石器、新石器两时代遗址之发现，大体认为中国文化最早开始，应在山、陕一带黄土高原。东至太行山脉，南至秦岭山脉，东南至河南西北山地，西北至河套地区。自此逐步向东南发展。及至新石器时代，当专以渭水盆地及黄河大平原为中心。"[①] 而渭水盆地正是当今所谓关天一体经济带，其突出特点是表征华夏文化根脉的核心区域。如代表中华人文始祖的伏羲、女娲、黄帝、炎帝，以及半坡遗址文化、大地湾文化、儒释道史学文化、关学等，它们无一不体现和代表了华夏文化的精神源头与根系，不仅成为民族文化的世代相传的核心内容，也为当代文艺创新提供了不竭的精神能量与动力。

所谓经典性，是指民族文化创造中那些具有典范性和权威性，并且经

---

① 钱穆：《国史大纲》，商务印书馆 1996 年版，第 4—7 页。

过历史传承保留下来的、最具价值含量的文化遗存及其文本和作品。它们以原创性、纯粹性与丰富性记载了一个时代民族生活的特定面貌，正像马克思评价古希腊艺术和史诗时所讲的那样，在人类童年那个生产力和经济发展都十分低下的时代，却给人类社会留下了永恒的文学瑰宝。它们不仅不可复制，也没有随着那个社会的消失而被遗忘，与此相反，仍然给我们很高的艺术享受，并以其"永久的艺术魅力成为一种规范和高不可及的范本"。而文学的经典，尤其是人类早期的史诗和神话，正是以其独特的审美品质及文化母题方面的丰富内涵，成为一代代文学创作借鉴和依据的重要文化意象。如古希腊的《伊利亚特》《奥德赛》，印度的《摩诃婆罗多》等，对本民族文学的传承与创新曾产生过巨大影响。中国古代三大民族史诗——柯尔克孜族的《玛纳斯》、蒙古族的《江格尔》、藏族的《格萨尔王传》，都是丝绸之路上的重要文艺作品，它们以其丰富的文化内涵和多维艺术形式的精湛创造，成为后世文艺传承与借鉴的经典意象及图式，也由此奠定了它们在当代文艺领域内具有再度创造的基础地位。

所谓活态性，是文化遗产尤其是非物质文化遗产特有的一种品性。作为一种具有现实感和在场性的文化存在样态，它以传承人的口传心授为核心，其特征是有生命、有体验性，并与人的当下存在息息相关，涉及语言、文学、音乐、舞蹈、游戏、神话、礼仪、民俗、手工艺、建筑术以及其他艺术，大多属于生态性的民间创造的范畴，是民族精神文化的重要标志，内含着民族特有的思维方式、想象力和审美意识，成为民族文化生命的象征和密码。非物质文化遗产作为人类知识及智慧的母体，构成文化多样性的基本依据，它能为当代文艺创新提供丰富的民间资源、形象图景、叙事元素及想象力素材等。西部丝路沿线所蕴含的活态文化与非物质文化遗产，不仅在华夏民族文化中占据着极为重要的地位，而且构成了全球化时代文化发展与文艺创新应坚守的重要领域。

第二，作为独特的文化地理场域，丝绸之路为当代文艺创新提供丰富的形象空间构形。

众所周知，文化地理学作为人文地理学的重要分支和文化学的重要维度，已成为20世纪以来人文社会科学研究的显学，并对文艺创作与批评产生了不可低估的影响。由于文化地理学探讨人类文化空间组合和人类所创造的文化在起源、传承、流布等方面与地理环境的内在关系，探讨特定地理环境下的文化生成规律及其对文化发展的内在作用与影响。因而，越来越引起人们对地理空间问题的高度重视。

中西方理论界历来有重视文艺创作与地理环境间内在关系的传统，并以社会环境和地理环境的融合来理解文艺创作和批评方法的形成。如维科在《新科学》中，把对诗歌起源的探究放在远古社会环境和地理环境中；法国人泰纳在《艺术哲学》中提出了种族、环境和时代是决定艺术本性的三大元素，并说"居住在寒冷潮湿下的民族，受环境困扰生成忧郁性格，倾向于狂醉、贪食、渴望战斗流血的生活；而居住在地理环境美丽的海岸民族，则向往航海和商业，偏爱社会的事物、雄辩术、科学发明、艺术等"；当代英国文化学者迈克·克朗的《文化地理学》，是以文化地理学原理统领文艺批评的代表性著作，其重心是探讨地理如何影响文化，而文化是如何塑造日常生活的。文学与地理、地域的关系在中国文艺中早已有之，如《诗经》中的十五国风德形成，南北朝文学风格的鲜明差异，"三苏""常州词派""桐城派"等古代文人群体和文学流派的形成，现代以降所形成的"京派""海派"作家，当代文学中的"寻根文学""地域文学"及"文学地理学"的命名等，这些均标志着地理空间对文艺创造的影响日益显著。事实上，艺术创造的经验亦证明，在伟大作家的创作中，对特定地理空间的真切感受和体验，是其艺术生命与审美呈现的重要构成部分，并可产生原初性、亲历性和创生性的深层意义。正像楚地之于沈从文，北京之于老舍，三晋之于赵树理，上海之于张爱玲，三秦之于陈忠实、路遥和贾平凹，东北之于萧军、萧红等。诚如俄罗斯思想家别尔嘉耶夫讲的：辽阔的俄罗斯空间是俄罗斯历史的地理动因，"这些空间本身就是俄罗斯命运的内在的、精神的事实。这是俄罗斯灵魂的地理学"。由此看来，丝绸之路在文化地理空间上所呈现的丰富性、包容性及独特性，给予当代文艺创新多方面的深刻启示。

从历史形成看，丝绸之路以其独特的地缘优势，建立起连接亚、非、欧的大陆通道，成为古代世界主要文明之间相互交流的核心纽带，深刻影响了人类文明的面貌，在文化融合与文明交往方面树立了典范。丝绸之路以弘扬和平合作、开放包容、互学互鉴、互利共赢的精神为基础，使其成为最具凝聚性、感召力与认同性的文化大通道和命运共同体，人类性与全球性色彩愈加凸显。当代文艺应立足于这一精神基点与高度，关注人类命运共同体的存在及发展状况，构建"世界文学"或"人类文学"的观念，拓展多民族文学的深度融合。20世纪人类优秀文学作品形成的经验表明，文艺创作作为一种特殊的文化创造行为，必然与人类的发展状况和人的生命存在状态之间有内在的对应和契合，必然在更为广阔的文化场域中表现人的心理、情感与行为，必然深切关注人类精神结构、深层心理和人类命运的变化，这是文学和艺术的天命。对当代文艺创新而言，丝绸之路以其独特的文化地理资源，将为上述文学要素和目标的实现提供持久的创新动力及优势。

从空间构形维度看，丝绸之路以其丰富多样的象征内涵，为当代文艺的形象塑造与书写提供了取之不尽的鲜活素材。古丝绸之路无疑是华夏文明的巨型文化符号，新丝绸之路以其统领中国未来改革发展和对外关系的总体性战略设计，充分体现出"中国形象"的深刻文化内涵。所以，当代文艺创新要反映丝绸之路战略的文化意义，表现区域空间文化塑造，就应当借鉴和吸取丝绸之路在空间构型方面的优秀经验，以美的形象塑造讲好中国故事，传播中国声音，用文艺的多样性形式凝聚当代人丰富的经验和情感，书写中华民族在新时代最深刻的文化记忆，创造出美的艺术和能够代表人类先进文化的光辉未来。古丝绸之路作为艺术形象塑造的巨大宝库，尤其在壁画、石窟艺术、舞蹈等方面留下大量值得借鉴的艺术珍品，可为当代艺术在形式创新、形象创造等方面，提供了大量丰富而真实的经验。

众所周知，进入新世纪后文学地理学的兴起，体现了带有时代色彩的前沿意识，无论对文学的批评还是文学的创作来讲，都体现出一定创新性及推动作用。杨义先生认为，"重绘中国文学地图"，是一个旨在以广阔的时间和空间通解文学之根本的前沿问题，其意义在于，把地图这个概念引入文学史的写作，本身就具有深刻的价值，它以空间维度配合着历史叙述的时间维度和精神体验的维度，构成了一种多维度的文学史结构；从创作层面看，文学地理学的最大特点是使作家能够接地气，自觉追寻文学存在的生命与根脉，开拓和借鉴大量地方的、民间的与民族的资源，从而极大地丰富可开发的文化知识资源的总储量。丝绸之路作为文化资源构成丰富的知识宝库，具有文学地理学的天然属性与独特优势，历史上的西域艺术和西部文学，也曾以地域特征产出过深广的文化影响力，多姿多彩的地理空间无疑是文学的文化符号与标识，进而成为艺术家创作的热土和丰硕的精神版图。今天我们倡导当代文艺创作中的地理空间意识，就是要通过丝绸之路独特的"场景还原"和"版图复原"，使当代文艺创新更能呈现出一种动态、立体、多元的时空并置交融的文学图景。经过艺术家主体的审美观照，作为客观的地理空间形态将逐步积淀、升华为文学世界的精神家园，进而使文艺不断地超越世俗生活世界，以到达精神和思想的高度。人类文艺历史上的成功经验表明，苦难的生活与艰难的生存环境，也是拯救和构建伟大作家的重要途径，这也正是丝绸之路文化带的优势所在，它是独有的和不可复制的。

第三，作为文化自信的深刻体现，丝绸之路为当代文艺创新提供强大的精神能量。

从文化软实力的角度看，丝绸之路作为人类历史最悠久、价值影响最深远、时空传播最广阔、文化内涵最丰富的珍贵遗存，是中华文化自信的体现，为当代文艺创新从多方面提供了强大的精神能量，成为文艺跨越高原、进入高峰的重要保障。

其一，丝绸之路开拓了人类最具有影响力的文明交往的通道。由古代中国丝织品打开的这条商贸通道，不仅是一条影响巨大、流传广远的商贸带，也是人类历史上最具典范性，文明交往内涵十分丰富的文化带，对亚、欧、非三大文明形态的相互融合与吸收起到了积极的推动作用。丝绸之路对人类文明的持久性影响，其深层因素源于文化的支撑与文明的交往，众多民族的相互亲和，多种宗教的彼此交织成为连接异质文明的重要纽带，表现这种民族交往的历史及其经验，对今日异质文明的对话与交往有积极的借鉴作用，也能为民族文艺更多走向"世界性"与"全球性"场域，提供丰富的精神养料和多样性途径。

其二，丝绸之路书写了人类最具有典范性的民族融合的历史。"国之交在于民相亲"，丝绸之路影响力的延续，核心在于民族融合机制与多种因素的相互支撑与形成，如商品贸易方面的各取所需与等价交换，文化上的广泛交流与沟通，宗教信仰、生活习俗方面的相互尊重等。因此，以文艺书写的方式反映民族作为文化共同体的状貌，对增加文化认同的自觉，促进文化凝聚力的有效建构有积极意义。走文明对话与和谐发展之路，是丝绸之路核心文化价值之所在，它构成今日文艺创新应坚守的精神高地和追求的理想目标。

其三，丝绸之路展现了人类最具认同性的文化自信。从张骞两次出使西域到西汉正式在西域设置都护府，西域诸国及汉使者和商人在丝路上往来不绝，大量的丝帛沿此路西运。丝绸之路的繁荣也使国家进入兴盛时期，京师长安及丝路沿途城镇呈现一片繁荣景象，周边民族及亚、欧一些国家纷纷与唐朝建立友好关系，以至于形成了"万国来朝贡，五服还朝王"的空前景象，极大地呈现了汉唐时期国力的强大与充分的文化自信。这种文化自信为当代文艺创新提供了坚实的精神根基，十分有利于文艺创新中思想深度的提升。

其四，丝绸之路传播了人类最具普适性的核心价值，它记载了中国同各国人民友好交流、互利合作的历史足迹，展现了中华灿烂文明和先进科技，广泛传播了最具普适性的核心价值——"和谐"思想。中华文化自古认为世界是一个和谐整体，其观念深刻影响了中华民族思想和行为，中国人历来崇尚"和而不同""天人合一""以和为贵"的理念，和谐文化培育了中华民族热爱和平的民族秉性，成为中华文化最具核心价值的文化基因。而当代文艺创新之目的正是要广泛传播和践行这种核心价值，以建构充满真、善、美的民族文化形态和精神，真正实现文艺展现文化软实力，改善民族文化心理，提升文明素养的巨大功能和价值。

归结以上内容，从对丝绸之路与当代文艺创新关系的思考中，本文力图表述的观点是：其一，新世纪的人类已走向一个以文化为中心的时代，文化是未来的关键，文化是未来的钥匙。文化引导未来，文化亦引导文艺的创新，文化品格和文化含量是文艺创造的基石和核心，决定文艺创造的深度与力量。丝绸之路作为历史悠久和含量丰富的巨大文化符号，必将为当代文艺创新提供新的资源、能量与动力。其二，从新世纪人类发展的价值取向看，"一带一路"建设无疑是中国社会走向大国崛起、形象重构和文化复兴的重大战略选择。作为历史积淀和现实需要所形成的巨大文化"场域"及"合力"，丝绸之路是中国文化软实力的代表和重要精神坐标，其中所蕴含的文化信息、图景、含量、思想及价值，需要当代文艺创新的持久探索及深度体验和发现。

中国电影应将"东方情怀"转化成为"国际语言"

厉震林

厉震林,上海戏剧学院教务处处长、教授、博士生导师,上海市浦东新区文化广播影视管理局副局长(挂职)。上海市政协委员(文艺界)、上海市政协提案委员会委员、国家教育部戏剧与影视学科教学指导委员会副主任委员、中国文艺评论家协会理事、中国电影文学学会副会长、中国电

影家协会编剧教育工作委员会副会长。出版个人学术著作15部、两人合著1部，在国内外重要学术刊物上发表学术论文250余篇，承担国家社科基金、教育部人文社科基金、上海市社科基金等科研基金项目10项，主持完成各类科研基金项目5项。出版《童年方舟——厉震林剧作选》，拍摄50集电视连续剧《康熙王朝》等作品多部。荣获教育部高等学校科学研究优秀成果奖等学术和创作奖项50余项。

一

"奥斯卡奖"不是国际电影节奖项，而是一个美国本土电影节项目，只是由于美国是世界电影"霸主"，美国电影文化制定全球电影游戏规则，它也就超越本土性甚至国际性而成为世界电影"至尊"。为了增强它的国际性，它设置了一个"奥斯卡最佳外语片奖"，专门颁给美国本土以外的优秀影片。

就是这个"奥斯卡最佳外语片奖"，让世界许多电影人牵肠挂肚、惆怅无限。因为荣获该奖项，也就基本上获得了美国甚至世界主流电影界的承认，业界地位则是非同小可。尽管欧洲电影为了抗衡"奥斯卡奖"，设立了戛纳、柏林、威尼斯三大电影节，拥有了自己的"电影节文化"，但是，如果没有荣获过"奥斯卡最佳外语片奖"，许多电影大家总觉得有所欠缺，职业生涯不是十分完美。只是"奥斯卡最佳外语片奖"颇有让其他国家电影点缀和陪衬的倾向，在强大的"奥斯卡文化"面前，其他电影文化都"甘拜下风"，多少有点文化"丛林法则"的意味。

中国电影20世纪90年代开始冲击"奥斯卡最佳外语片奖"，这说明了中国电影开始将自己定位到国际电影文化高度，它是中国改革开放发展成果以及中华文化的自信使然。以前，中国电影也有不少国际奖项，包括欧洲三大电影节和东京国际电影节，但是，除了1985年中国题材的《末代皇帝》在"奥斯卡奖"斩获多个奖项，中国大陆电影一直没有问津"奥斯卡奖"，直至张艺谋开始发起了冲击。中国大陆历年主要选送影片以及提名情况如下：

1991年，《菊豆》，"奥斯卡最佳外语片奖"提名；

1992年，《大红灯笼高高挂》，"奥斯卡最佳外语片奖"提名；

1993年，《霸王别姬》，"奥斯卡最佳外语片奖"提名；

1998年，《一代天骄成吉思汗》，无；

1999年，《黄河绝恋》，无；

2000年，《漂亮妈妈》，无；

2002年，《英雄》，"奥斯卡最佳外语片奖"提名；

2004年，《天地英雄》，无；

2005年，《十面埋伏》，无；

2006年，《无极》，无；

2007年，《满城尽带黄金甲》，无；

2007年，《云水谣》，无；

2008年，《筑梦2008》，无；

2009年，《梅兰芳》，无；

2010年，《唐山大地震》，无；

2011年，《金陵十三钗》，无；

2012年，《搜索》，无；

2013年，《一九四二》，无；

2014年，《夜莺》，无；

2015年，《滚蛋吧！肿瘤君》，无。

从上可以发现，开始"冲奥"获得"奥斯卡最佳外语片奖"提名奖的三部影片《菊豆》《大红灯笼高高挂》《霸王别姬》，都是关乎"东方文化"的，尤其是关乎民族文化性格的负面内涵，因此，被有的学者称为迎合西方文化的"后殖民"文化主义实践。它的文化"用力"颇深，有着文化启蒙时期的忧愤以及极端，意象近似一幅西方风格油画。它涉及古老中国人性，并刻意安排了大量的"伪民俗"，颇有一种歇斯底里的呐喊或者怒吼。紧接着1994年、1995年荣获"最佳外语片奖"提名的美籍华人导演李安导演的《喜宴》《饮食男女》，则要委婉多了，它选择了"寻常生活"，而非《菊豆》《大红灯笼高高挂》《霸王别姬》一般的"非常生活"，在"寻常生活"中描述了中国人的情感、气质和韵味，似乎更见文化和美学功力，因为它缺乏先入为主的意念以及表层可予支撑的戏剧构架。

2002年，张艺谋的《英雄》再获"奥斯卡最佳外语片奖"提名。似乎是2001年李安的《卧虎藏龙》荣获"奥斯卡最佳外语片奖"的"余利"。因为这是华人导演的电影第一次获得"最佳外语片奖"，而且，谭盾、鲍德熹、叶锦添等三位华人艺术家因为《卧虎藏龙》获得"奥斯卡奖"单项奖。由于首次获得"最佳外语片奖"的巨大荣誉以及影响力，李安超越张艺谋而成了中国电影的美学"教父"，他电影的"东方图谱"成为中国电影冲击"奥斯卡奖"的"东方路线"。《英雄》紧随其后，只是"东方图谱"更为浓彩重墨，"余温尚热"地再获"最佳外语片奖"提名，但是，《英雄》是《卧虎藏龙》的第一个"受益者"，也是最后一个，此后继续追随"东方路线"的《十面埋伏》《无极》《满城尽带黄金甲》再无缘"最佳外语片奖"。从此，中国电影也再无获"奥斯卡最佳外语片奖"提名，华人导演李安2001年因为《断背山》荣获"奥斯卡最佳导演奖"，2013年因为《少年派的奇幻漂流》荣获包括"奥斯卡最佳导演奖"在内的四个单项奖。

2007年，有"奥斯卡奖"评委致函中国，建议选送"奥斯卡奖"的影片不再是古装片，因此，当年改送战争与和平题材的《云水谣》。后面的选送影片，也都是颇有"东方内涵"，有当代、有年代、有文化名人、有重大题材，也有喜剧、有悲剧、有正剧，均是一一落选。

因此，中国电影25年冲击"奥斯卡最佳外语片奖"20次，正式获奖次数为零，张艺谋电影获提名三次，陈凯歌电影获提名一次，顾长卫、赵小丁获"奥斯卡奖"单项奖提名一次。这就是中国电影冲击"奥斯卡奖"的战果。

二

如前所述，中国电影冲击"奥斯卡奖"是中国改革开放发展成果以及中华文化的自信使然，但是，经济成就似乎未必一定与文化成就同等匹配。一个突出的案例是，亚洲国家伊朗经济发展远不如中国，却在"奥斯卡奖"已有收获。2012年，第八十四届"奥斯卡最佳外语片奖"授予伊朗电影《内达和西敏：一次别离》。这又使中国电影人心态纠结起来，难道中国电影还不如伊朗电影？但是，伊朗电影确实有许多值得我们学习之处，需要中国电影业界长思之。

自《英雄》开始，许多中国重要电影导演为了"救市"自愿放弃电影理想，而投入所谓"商业大片"创作，中国电影开始步入产业化和院线化的阶段，对于好莱坞电影的接触以及模仿日益频繁，许多迎合好莱坞或者准好莱坞电影产品不断涌现，在市场上有成功也有黯然的，问题是它在影评界乃至社会上的口碑不尽如人意。笔者在2015年5月27日《文艺报》发表的《中国电影不应把很真的故事拍得比较假》中曾有如此的表述：需要端正一些对于"奥斯卡奖"的认识：一是"奥斯卡"最佳故事片奖，都是颁给严肃电影的。也就是说，"奥斯卡奖"是有自己的价值观以及艺术目标，他们是将电影作为文化艺术来评估的。二是"奥斯卡"获奖影片，除了《阿甘正传》等少数几部影片之外，少有在商业上大红大紫之后才获奖的，大多是获奖以后才在商业上大红大紫的，先有口牌后有票房。三是"奥斯卡"获奖影片，它的目标观众从来不是北美，而是全球观众，它是为全世界观众拍片的。与此对照一下，目前中国电影正在引入好莱坞的商业运作方法，但是，少有思考如何去学习好莱坞电影的思想高度的。它在资本逐利的猛烈"裹挟"之下，以票房论英雄，可谓产品多，作品少，有赢家，无行家，艺人多多，文化人则寥寥，以为抖个机灵，玩个概念，卖个情怀，刷几张明星脸，即可赚个盆丰钵满。由此，即使与伊朗电影比较，中国电影也缺乏一种真诚，过于"跟风"和"抢钱"，也缺乏一种东方韵味的朴素和疏朗美感。

对此，好莱坞编剧"教父"罗伯特·麦基曾经告诫中国人：不要使自己的电影成为好莱坞的赝品，冲击"奥斯卡奖"不如冲击自己的"东方情怀"。这位近年一直在中国"传经授道"的美国电影老人，其言也善，也是击中中国电影"沉疴""命穴"的。哪个国家会把自己的最高荣誉"奖杯"授予"克隆"自己的"复制品"呢？中国电影人熟悉"东方情怀"，喜爱"东方情怀"，也应该长于表现"东方情怀"，如同张艺谋的早期电影，不管小说原著描写哪个地区，改编电影以后全部改为"中国北方"，因为他熟稔于"北方"而有着无限的灵感。

问题的关键是，中国后来选送"奥斯卡奖"的影片也不缺乏"东方情怀"，有些似乎还较浓郁，例如古典气息的《十面埋伏》《满城尽带黄金甲》，近代风情的《梅兰芳》《金陵十三钗》，还有当代格调的《搜索》《滚蛋吧！肿瘤君》，为什么会"颗粒无收"？

今年上海国际电影节上，李安在"票房即将超美，成为'老大'还差几件事"论坛上的发言已是惊动国人，庶成"警世语录"，可以说是对中国电影"全面体检"以后所下的"诊断"。其中有几句话，颇为包含"东方情怀"的中国电影无缘"奥斯卡奖"答疑解惑，他称道："往长远想，中国文化比美国文化悠久许多。东方民族有自己的情怀和表达方式，但还没有变成世界语言，我们也还没有找到一个出路"，"而我们需要做的，首先是更好地把握和了解我们的传统文化，其次是去寻求一种世界共通的电影语言、沟通方式，这样'走出去'就是一件很自然的事情"。诚哉斯然，中国电影"有自己的情怀和表达方式,但还没有变成世界语言","首先是更好地把握和了解我们的传统文化,其次是去寻求一种世界共通的电影语言、沟通方式"。

三

余秋雨在2012年9月20日澳门科技大学的演讲中说道:"我想用一个比喻来说明问题。现在的中国就像一个巨人突然出现在世界的闹市区,周围的人都知道他走过很远的历史长途,也看到了他惊人的体量和腰围,却不知道他的性格和脾气,于是大家恐慌了。阐释中国文化,就是阐释巨人的性格和脾气。如果我们自己的阐释是错乱的,怎么能够企望别人获得正见?""有一个对比,我每次想起都心情沉重。你看,德国发动过两次世界大战,本来国际形象很不好。但是,当贝多芬、巴赫、歌德等人的文化暖流不断感动世人,情况也就发生了变化。中国在世界上,并没做过什么坏事,却为什么反而一直被误读?""我想,至少有一半原因,在于文化的阻隔"。

这种"文化的阻隔",自然也表现在中国电影冲击"奥斯卡奖"上,中国电影"还没有变成世界语言",世界"不知道他的性格和脾气"。这里,李安已经为中国电影人指出方向,"首先是更好地把握和了解我们的传统文化"。我们身在中国,天天感受传统文化,其实未必真正"把握和了解",它的历史、神韵、艰深以及糟粕,"如果我们自己的阐释是错乱的,怎么能够企望别人获得正见?"也会造成"中国在世界上,并没做过什么坏事,却为什么反而一直被误读?"这是严肃的命题,也是一个艰难的命题。希望中国电影人周围有一个"文化人朋友圈",而不仅仅一群艺人进行制作,也许会更靠近"东方情怀"精髓。"其次是去寻求一种世界共通的电影语言、沟通方式",伊朗电影也许为我们提供一些启示,一是创作姿态不要太高,动辄民族国家、神话故事,而是俯下身去,真正贴近"寻常生活"。从"寻常生活"中去体现"东方民族有自己的情怀和表达方式"。二是真诚，目前中国电影已掺杂太多非电影的因素，纯情不再，已难动人，需要进行一种文化改造工程。三是东方风情，需要有撩人心扉的酽酽味道，温暖自己，感动世人。

如此，将"东方情怀"转化成为"国际语言"，中国电影离"奥斯卡奖"也许不再遥远。

从古长安到古典舞

刘 建

刘建，北京舞蹈学院教授。历任教务处处长、研究生处处长、科研处处长、舞蹈教育研究所所长。现任教于舞蹈学系，从事舞蹈理论教学与研究，研究方向为宗教与舞蹈关系研究、舞蹈身体语言学研究。

因为要参加西北大学举办的关于文化自信的"长安论坛"，所以又一次来到西安这座跨时空的古城。论坛的主旨是关于"中华美学与当代表达",具体到舞蹈上,当然要定位在主流的古典舞身体美学上。但就这一点而坦言:我很自信也很不自信!自信的是当年汉唐古典舞耀眼长安;不自信的是而今长安古城内失却了那鲜活的舞蹈身体表达,"大唐芙蓉园""华清池"内表演的只是创新的"伪古典舞"。话说开来,作为俄罗斯总统,普京的舞蹈文化自信体现在两方面:正式访问带俄罗斯艾夫曼芭蕾舞团,非正式访问带俄罗斯小白桦民间舞团,两者皆由总统办公室直接拨款。设想如果习近平主席正式出访时,该选择一个什么样的中国舞团呢?因为我们至今没有一个中国古典舞团,倒是芭蕾舞团、现代舞团遍地开花……

按照当年汉唐气象,中国古典舞完全可以放在全球坐标与多元方法论中审视。今天,世界的舞蹈形态大致成一个坐标轴或"十字架"形。坐标轴上方是高雅舞蹈,是主流的古典舞;下方是群众舞蹈,是非主流的民间舞(包括乡村的和城市的);坐标轴右侧是前卫舞蹈,现当代舞蹈归于此;左侧是商品舞蹈,用于盈利。四类舞蹈各有其支持体系、舞蹈意图、舞者身份以及身体语言表达(如图1):

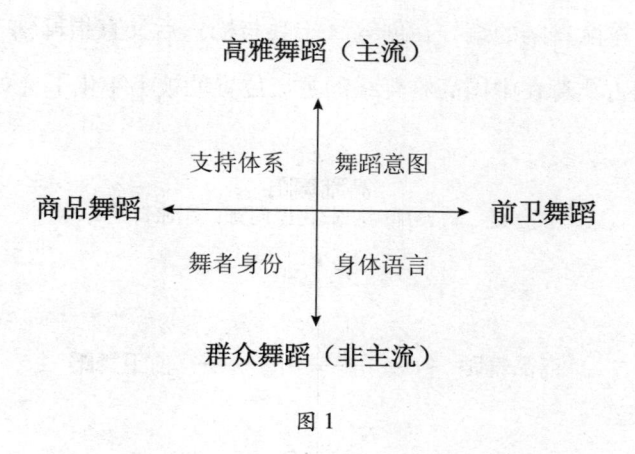

高雅舞蹈(主流)

支持体系　舞蹈意图

商品舞蹈 ←——————→ 前卫舞蹈

舞者身份　身体语言

群众舞蹈(非主流)

图1

法国是发达的西方国家,高雅舞蹈的代表是芭蕾舞,这种古典艺术在巴黎歌剧院上演;法国的民间舞没有职业化,跳在南希等乡村中;法国的现代舞在"黑匣子"式的巴士底剧院上演,是法国现当代意识的身体探索;法国的商品舞蹈在红磨坊可以观赏到,包括脱衣舞。四者泾渭分明。

再把目光聚集到东方发展中国家的印度。印度1947年独立,其时古典舞几近灰飞烟灭,但今天已经发展出了7个古典舞流派立在坐标轴的顶端,每年在新德里会演时总统、总理要献上鲜花并且点燃神灯;印度的民间舞同法国一样没有职业化,26个邦的民间舞蹈鲜活完好,都可以算得上是"非遗";印度也有前卫的现代舞,多跳在孟买这样现代化城市中,用舞蹈探索现代性;在印度,需要花大价钱看的演出是宝莱坞的商品舞蹈,它所以能取得巨大成功,在于背后有强大的古典舞和民间舞支撑,印度风格浓郁……

与法国和印度的舞蹈现状相比,中国"高雅舞蹈进校园"中的"高雅舞蹈"杂糅着四种成分:排在第一的是芭蕾舞,可惜它不是中国本土的身体文化;第二位才是中国古典舞,遗传着芭蕾的基因;这还不算,其身后又有职业化民间舞和军队舞蹈的强势挤压——杨丽萍的《雀之灵》早已奔向古典美,军队舞蹈的编导在创编《士兵与枪》后又直指舞剧《红楼梦》。这样,中国古典舞在中国高雅舞蹈的主流位置就被1/4化了(如图2):

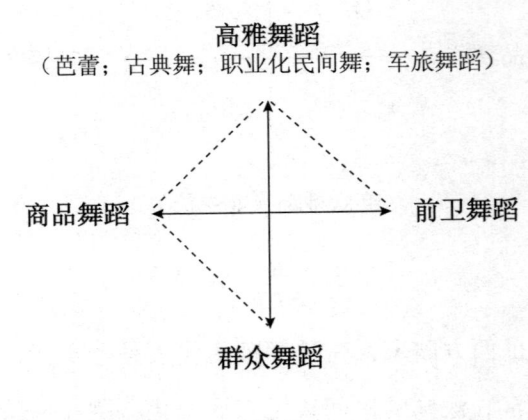

高雅舞蹈
(芭蕾;古典舞;职业化民间舞;军旅舞蹈)

商品舞蹈 ←——→ 前卫舞蹈

群众舞蹈

图 2

由于这种内外的挤压，中国古典舞持续异化，很难从中剥离出作为中国主流舞蹈身体标识应该有的那份文化价值和自信，无论是从历史学、文化学、民族学、宗教学的宏观视野看，还是从叙事学、符号学、身体语言学、美学、艺术学的微观视野看。

古典舞首先应该是历史学的。今年世界舞蹈日发行的邮票中，《踏歌》作为中国古典舞的代表播布到全球。《踏歌》的编创者孙颖先生在右派劳改期间通读二十四史，从历史学、图像学进行研究，74岁才编出这个不足10分钟的作品，在时间段上返身向"古"。作为一项原则，古典艺术是有时间段的，所谓时间段包括短时段的个人记忆、中时间段的集体记忆以及长时段的文化记忆。《踏歌》属于长时段的文化记忆，把握了古典舞这一古典艺术最起码的时间原则。至于今天被推崇的古典舞《碧雨幽兰》《黄河》等，则属于"五四运动"和抗日战争等中时段的记忆，是历史而不是长时段的历史，可视为"后古典舞"。

从文化学上讲，任何文化可以分为主流的大传统文化和非主流的小传统文化，古典舞在前者中，民间舞在后者中。《黄河》表现的是北方农民的奋起抗争，仅在服饰上就大异于古典之精美。这种文化上主流和非主流的平面化，会消解一个民族身体美学的立体构成。

在民族学上，中国古典舞中的"汉族主体论"一直很强势，远不如古长安《十部乐》之胸襟。其实，中国古典舞的民族构成既包括汉族也包括少数民族，比如藏族的《噶尔》《囊玛》和蒙古族的《盛装舞》《顶碗舞》等。《顶碗舞》黄色和天蓝色的服饰是宫廷贵族和密宗的代表颜色，把它贴上"民间舞"的标签会有意无意地窄化中国古典舞。退一万步讲，至少长安城的"胡腾舞""胡旋舞"是少数民族跳的。

宗教学的问题看似复杂，实则简单——用舞蹈表现对世界的态度。敦煌舞作为古典舞的一支，其本体应该是佛教思想的身体表达，具有开化、觉悟的意味。而从《丝路花雨》到《大梦敦煌》，核心的叙事都不是佛经故事而是中外友谊和爱情双人舞，这就产生了偏差：《红色娘子军》和《白毛女》强调阶级斗争，《舍身饲虎》和《九色鹿》强调善良和诚信，后者告诉我们不能总活在打斗之中。

叙事学与符号学都源于微观的语言学。顾名思义，中国古典舞的叙事内容应当聚焦在"古典"以内——即1911年"辛亥革命"以前。如此，1912年在西安成立的"易俗社"的故事就不属于其叙事范畴。像《碧雨幽兰》所塑造的五四青年形象，和新秦腔《易俗社》的女主人公如出一辙，舞者蓝白色的学生服在服饰上和《易俗社》中杨虎城军队的军服自成现代符号系统，与古典符号系统无关。

海德格尔曾说"语言是存在的家"，无论宏观的历史、文化、民族、宗教问题还是微观的叙事和符号问题，都会在舞蹈身体语言上体现出来。长安多寺院，寺院莲花台上坐着佛祖，边上有天王、金刚、力士护卫道场；莲花台下还有药叉啖鬼，驱逐左道旁门。中国古典舞也有《金刚》，想塑造正气勇武的形象，然而其勾手勾脚的动作语言更接近在莲花台下的啖鬼药叉。将"药叉"当成"金刚"来表现，是创作语言的误区，也会导致接受的误区。

古典舞在美学上有优美、典雅、崇高等特点。同样是摘金夺银的中国古典舞作品《济公》，运用了河北秧歌的民间舞素材，缩身进入了审丑的范围，搅乱了古典舞的审美判断。无论如何，"鞋儿破，帽儿破，身上的袈裟破"都不是古典美所能承受。

艺术学中的风格和流派是考量艺术的最高层级。严格地讲，当下中国古典舞的发展已有个人作风的呈现，却还很难说形成风格，更不要谈流派了。中国古典舞的风格问题首先是舞种风格确立的问题，当我们把《踏歌》《碧雨幽兰》《黄河》《大梦敦煌》《金刚》《济公》等作品放在一处时，甚至会产生舞种错杂的幻觉。所以，先不要定风格、立流派倒有利于中国古典舞的长远发展……

谈了中国古典舞的一些问题，是为了让文化艺术界都来关心它，它不是某一艺术学科的问题，而是中华身体文化自立与自信的问题。现在做艺术有两个东西最贵，一个是做舞剧，另一个是做电影。中国舞剧产量世界第一（年产近500部），其身体语言构成其实就是以中国古典舞为主，但几乎没有经典存世。再往前该怎么做？犹太人的一句名言"明天是今天的昨天"已指明方向。中国历史是一个巨大的宝藏，等待着更多能静下心来的人去开掘。欲前先后的方向之外，就是建设路径的思考。外部机制运行不是一下说得清楚的，但内部建设应该避免所谓的"当代人"创新，毕竟中国古典舞的历史镜像之中是要再现中国古典文化的优良基因。严重地讲，中国古典舞的建设关系到中国身体文化的安全问题。对于五千年的身体财富，我们有义务和责任保护、传承和发扬。看看现在孩子们手舞足蹈，有多少刻着中国身体文化标识？如果我们现在没法拿出一个主流的舞蹈身体语言系统面向世界，跟世界平等对话与交流，又何来中国舞蹈文化自信呢？

"长安论坛"结束，有了半天的闲暇。生命有限，"大唐芙蓉园"的伪古典舞是不要再看了，于是又重游一千三百年的小雁塔，30元的登塔门票。塔是多檐建筑，由印度的桑奇大塔演变而来，厚重且飞动。提到印度佛塔，就联想到《婆罗门曲》，联想到唐玄宗为杨贵妃创作的《霓裳羽衣》舞曲，联想到此前汉时宫中赵飞燕的《掌上舞》，联想到训练出赵飞燕和杨贵妃的汉乐府和唐教坊……如果这一训练体系和表演体系尚能重现在眼下的古长安中，那能赚多少外汇呀！

文化自信：提振当代文艺创作底气

刘玉琴

刘玉琴，女，高级编辑，现为《人民日报》（海外版）副总编辑。中国报纸副刊研究会副会长，中国文艺评论家协会理事，中国电视艺术家协会理事，中国作家协会会员。文章曾获中国新闻奖一等奖，中国文联文艺理论评论一等奖，文化部优秀新闻一等奖，人民日报优秀新闻精品奖等。曾任国家艺术基金评审委员会，中宣部五个一工程奖，茅盾文学奖，鲁迅文学奖，国家舞台艺术精品工程奖，文化部"文华大奖"，中华艺文奖，中国电视金鹰奖，中国广播电视节目星光奖，中国戏剧文艺理论评论奖，中国优秀传记文学奖等奖项评委。

文化，是一个民族的根和魂。固根守魂，关系一个民族的前途和未来。不久前，在纪念中国共产党建党95周年大会上，习近平总书记在讲话中将文化自信与道路自信、理论自信、制度自信并列，扩展成为四个自信，并强调，文化自信是更基础、更广泛、更深厚的自信。自信，是毫无畏惧面对一切困难和挑战的勇气，是坚定不移、开拓创新的前提。从三个自信到四个自信，可以看出，数千年文明对中华民族精神的影响、凝聚作用日益突显，文化自信不仅为道路、理论、制度自信提供更基本、更深沉、更持久的力量，也进一步丰富了中国特色社会主义建设文艺理论，为当代文艺提供了强劲的创作动力。

什么是文化自信？文化自信是一个国家、一个民族、一个政党对自身文化价值的充分肯定，对自身文化生命力保持的坚定信念和发展希望。换句话说，文化自信是一个民族在文化问题上所具有的一种积极精神状态，它体现为观察、思考和推动社会发展进程中对于优秀传统的礼敬，对于现实生活的关切，以及直面世界的从容和开创未来的坚毅。

近代以来，中华民族从经济硬实力到文化软实力，在东西方的比较和激烈竞争中曾日渐式微。随着帝国主义列强炮舰政策推行和向中国的殖民扩张的开始，西方思想界对中国传统文化的正面认知渐渐被轻视并被批判之声所取代。中国人自己似乎也逐渐失去了文化自信：或对西方文化全盘接受，或对西方文化采取抵制与排斥的态度。而今天，随着经济硬实力和文化软实力的日益增强，我们对自身的文化价值认识越来越清晰，越来越充满信心。百年历史，中国人经历了从傲慢自大到失落自信，再到回归自信的曲折过程。

新的历史时期，文艺事业蓬勃发展，文艺创作要奉献更多有筋骨、有道德、有温度的作品，离不开坚定的文化自信。我们的文化自信来自哪里？只能来自中华优秀传统文化的滋养，来自观察感悟时代生活进程的思考，对社会主义核心价值体系的把握和遵循，来自对世界优秀文化的吸取以及直面世界的从容。文艺创作中的文化自信，是弘扬中国精神、凝聚中国力量的坚实基础。

一 文化自信来自"向内找"

在中华文化中找到中华民族最深沉的精神追求，温润和强健文艺创作的筋骨、道德、理想，这意味着对自身拥有的文化价值的高度理解和认同、创新与转化。

中华文化历史悠久、积淀深厚、博大精深，生命力顽强。罗素曾说，"中华文明是唯一从古代存留至今的文明"。当今世界，没有哪个国家、哪个民族像中华民族这样拥有数千年连绵不断，甚至精确到年、月、日接续的历史文化记录。从诗经、楚辞到汉赋、唐诗、宋词、元曲以及明清小说，从《格萨尔王传》《玛纳斯》到《江格尔》史诗，从五四时期新文化运动、新中国成立到改革开放的今天，中国的优秀文化灿若星辰，亘古绵延。

向内找，意味着俯下身子，怀着敬畏之心，向中华文化的优秀传统致敬。这是我们最丰厚的精神土壤，也是上下五千年相延相承、自立于世界民族之林的精神根基。中国特色社会主义道路、理论、制度自信，都深深根植于中华文化土壤之中。中华文化的最大特质是具有很强的渗透性和持久性，它像空气一样无时不在，无处不有，润物无声，能以无形的意识或观念影响有形的现实和存在，作用于社会的发展和实践。

中华文化凝结而成的精神品格，长时间以来更是渗透于中国人的精神血脉。习近平同志指出："中华文明源远流长，孕育了中华民族的宝贵精神品格，培育了中国人民的崇高价值追求。"在漫长而曲折的历史发展进程中，积淀着中华民族最深厚精神追求的中华文化，以其强劲无比的精神凸显了中华民族的标识，形成中华民族最刚健的"筋骨"。从古至今，"刚健有为"、自强不息的传统，"仁义博厚"的宽容善恶标准，"爱国统一"的崇道尚义追求，"天人合一"的科学生态观念，"革故鼎新"的开拓创造精神等，都是中华传统文化的思想精粹，承载着中华民族的道德理想、价值观念和精神信仰，这是中华民族精神的源头，是最宝贵的文化软实力，其间的思维方式、精神品格、文明素质值得自信自豪，传承传播。

中国革命与马克思主义普遍真理相结合所创造的革命文化、社会主义先进文化，从红船精神、井冈山精神、长征精神、延安精神、西柏坡精神，到雷锋精神、焦裕禄精神、铁人精神，以及当今时代践行的社会主义核心价值观和中华民族伟大复兴、中国梦，等等，同样是中华民族精神内涵最生动的象征。近代以来中华民族面对苦难奋起抗争的史实，中华民族气壮山河、改天换地的斗争及从中练就的可歌可泣的精神史诗，是我们最为宝贵的思想财富，为我们举精神之旗，立精神支柱，建精神家园，提供着强大的自信与自豪。正如习近平同志所说："在五千多年间孕育的中华优秀传统文化，在党和人民伟大斗争中孕育的革命文化和社会主义先进文化，积淀着中华民族最深沉的精神追求，代表着中华民族独特的精神标识，体现着民族精神的深层底蕴。"

自信作为一种积极的精神状态，发自肺腑，深植于人心，坚定执着，难以改变。就文艺创作而言，文化自信，是对理想、信念、优秀传统发自内心的尊敬、信任和珍视，是对核心价值体系的内涵和魅力充满依赖感的信奉、坚守和虔诚，是为历史存正气、为世人弘美德的最有力的精神之源。理解、认可、把握了中华文化的传统与精神，文艺创作将葆有前驱的激情、奋斗的韧性，将会摆脱徘徊游移、迷惘困顿，产生一种无形而强大的力量。民族的复兴，不仅是经济的复兴，更是精神力量和文化的复兴。

一个缺少文化自信的民族，不可能具有坚定的中国特色社会主义道路自信、理论自信、制度自信。一个缺少文化自信的文艺创作者，不可能具有无比坚定的理想和信仰。

周虽旧邦，其命维新。文化自信需要传承弘扬，更需要创新驱动，文艺创作的魅力正在于创新。历史和现实都证明，中华民族有着强大的文化创新能力。泱泱五千年文化培育了中华民族独特的思想价值、审美情操，而与时俱进、推陈出新，使中华民族最基本的文化基因与当代文化相适应、与现代社会相协调，发掘和阐发中华优秀传统文化，进行创造性、创新性的当代转化，一直是文艺创作的长久遵循。有没有创新精神，亦即如何在文艺创作中形成新的话语，新的表述，新的风格，尤其是想象力、创造力的提升和飞扬，成为衡量有没有文化自信的重要标尺。我们欣喜地看到，尽管文艺创作中还有许多现象、问题需要剖析、解决，但道法自然、天人合一的生态科学观念，已在文艺作品中凝结成追求人与自然和谐、清新康健的内容与底色；刚健有为的自强不息精神，已融化成文艺作品的刚正恢宏之气；仁义博厚、厚德载物之情怀，为创作提供了更宽阔的视角，更深邃的人性视野；爱国统一、舍生取义精神，为个人与家国紧密相连，奉献了更高起点上的俯仰贯通之机。究天人之际，通古今之变。以创造性转化和创新性发展为动力，不断吸收"钙"质，文艺创作逐步拓展出在深厚传统中取精用宏、固本开新的大格局。

文艺创作是一项艰苦的精神劳动，需要殚精竭虑，呕心沥血，全情投入。有坚定的文化自信做支撑，有崇高的精神追求做引领，有创造性发展、创新性转化的前倾姿态做保障，文艺的创作理想，连同创作者自身的积累，转移于作品之中，才有可能呈现出鲜明的中国风格、中国气派、中国精神。习近平同志在"七一"讲话中着重指出，不忘初心，继续前进。这也是要求文艺创作始终不能忽略自身所承载的责任，所秉持的理想，坚持从历史走向未来，从延续民族文化血脉中开拓前进，雄健底气，强筋健骨。文艺创作要以对中华文化的高度认同，吸取优秀文化的思想精华和道德精髓，彰显文艺发展的新气象。

二 文化自信来自"向下扎"

于沸腾生活中挖掘创作源泉，吃透生活底蕴，感悟社会发展进程的蓬勃生机和社会主义核心价值观的磅礴伟力，真诚抒写人民群众的伟大创造精神，在生活中感受自信和传递自信。

当今时代，中国正面临巨大社会转型。国家实力和人民生活水平大幅提升。随着经济体制的深刻变革，社会结构深刻变动，利益格局深刻调整，以及面对高科技和全媒体时代的冲击，人们的思想、情感、认知习惯和行为方式，包括精神冲突、伦理关系、情感构成等也都形成新的特点，新的题材、新的人物、新的情感和新的期待，如艳阳下的花开满树，呈现出社会生活的斑斓多姿之美。

这样的时代和生活，是文艺创作的机遇，它使书写崭新生活和人民精神风貌有了诸多可能。社会主义文艺的本质，是人民的文艺。人民是历史的创造者，也是历史的见证者。人民，不仅是物质财富、精神财富的创造者，更是社会变革的决定力量。现实生活的蓬勃生机，中国人民的奋斗热情，社会主义核心价值观的生动实践，都是文艺创作推出优秀作品的重要源泉。

中国在短短30余年时间里走完西方国家300年的发展历程，其中的奥妙在于道路、理论、制度的正确选择，在于中华文化的基因深入每个人的内心，在于人民群众焕发改天换地的无穷创造能力。改革开放以来，中国人民怀抱伟大的梦想，用奋斗、创造和高尚的价值追求，谱写了中华民族崭新的历史篇章，他们的艰苦奋斗、勇于牺牲精神，他们的平凡而伟大、普通而崇高的人生，是对社会主义核心价值观内涵的形象诠释，是中国人民道路、理论、制度自信的生动印证。文艺创作坚持以人民为中心，融入人民的事业和生活，为人民抒写，为人民抒情，为人民抒怀，从人民的伟大实践和丰富多彩的生活中吸取营养，是不断发现美、创造美的现实路径，是文艺创作所要抵达的最大的文化价值。传播当代中国价值观念，体现中华文化精神，反映中国人审美追求，这样的自信融会于创作，会愈加坚定人们对美好生活的憧憬和信心。

文化自信说到底还是一种价值观自信。富强、民主、文明、和谐，自由、平等、公正、法治，爱国、敬业、诚信、友善——社会主义核心价值观既传承了优秀传统文化的精华，又继承和发扬了革命文化、社会主义先进文化的精粹。习近平在"七一"讲话中指出："我们要弘扬社会主义核心价值观，弘扬以爱国主义为核心的民族精神和以改革创新为核心的时代精神，不断增强全党全国各族人民的精神力量。"社会主义核心价值观是我们保持文化自信的根本保证。自觉践行和弘扬社会主义核心价值观，坚定理想和方向，在现实生活中开掘创作源泉，感受历史、现实和未来的密切关联，不断倾听民族历史的呼唤，把握人民和时代的鲜活脉搏，文艺创作者将深刻领悟文艺对时代与社会进步的推动作用。习近平说："站立在960万平方公里的广袤土地上，吸吮着中华民族漫长奋斗积累的文化养分，拥有13亿中国人民聚合的磅礴之力，我们走自己的路，具有无比广阔的舞台，具有无比深厚的历史底蕴，具有无比强大的前进定力。中国人民应该有这个信心，每一个中国人都应该有这个信心。"

当前文艺创作在思想水平、道德水平上存在浮躁、拜金、泛俗等现象，有"高原"缺"高峰"，有数量缺质量，主要原因就是脱离群众、脱离生活。我们面临着一个物质飞速积累的时代，诱惑增多，繁花迷眼。而且随着时代的发展，文艺创作的深入生活、扎根人民与以往相比似乎也有不少捷径可走。互联网带来的海量信息，让"事必躬亲"不再成为获得生活体验和创作素材的必经之路；新媒体的普及大大降低了作品发表的门槛；市场经济的高速运转，一定程度上催促着文艺创作快产多销；高压力、快节奏的生活状态，也时常导致文艺作品的受众更倾向于碎片化和娱乐化的文艺样式。这些因素共同作用的结果，是文艺创作逐渐脱离生活，脱离真实、深入、厚重，变得虚假、浅显、轻浮。

当然，相比于柳青、路遥的时代，今天的创作环境不可同日而语。从来没有哪个时代像今天这样有优渥的创作条件，广阔的广场空间，众多的传播途径，但同时又面临着如此巨大的诱惑和堕落的可能。这都一再警示我们，如果不能深入日益发生深刻变革的时代，从中感受中国的发展与进步，如果不能触摸生活的真实生态，感受蕴藏在群众中无穷的创造能力和最美好的品格，如果不能感悟代表时代精神的人物和生活，描绘出崭新时代的精神与现实，如果不能认清和把握中国特色社会主义道路、理论、制度的历史沿革、文化依据和精神支撑，我们就不能感知中华民族的充沛元气，呈现现实生活精彩纷呈的壮阔图景。习近平同志指出："当今世界，要说哪个政党、哪个国家、哪个民族能够自信的话，那中国共产党、中华人民共和国、中华民族是最有理由自信的。"这自信就来自时代，来自生活，来自人民。生活与人民对文艺创作所提供的巨大资源和精神推动，创作者对生活的激情，对未来的梦想，应当成为文艺创作逐渐提升的内在驱动力。从社会发展的历史进程中坚定信仰，在生活和人民的事业中淬炼文化自信，传递美好、希望和梦想，是文艺创作的至高文化理想。

保持坚定的文化自信，也要学会用文化自信去克服各种挑战，学会面对现实社会思潮的复杂局面。当今时代，马克思主义的指导理论遭遇多样化社会思潮的挑战，社会主义核心价值观遭遇市场经济这个现实社会存在的挑战，中华优秀传统文化遭遇人们的生存和生活方式发生巨大改变的挑战，中国的制度文明也遭遇着自身还需要完善、需要实现治理体系和治理能力现代化来支撑的挑战，即使这样，我们自信的文化大势和中国大道已经形成，基本的格局已经奠定，拥有的影响力已经积累：紧跟时代步伐，保持文化清醒，反映主流价值，文艺创作的真正价值正在于此。

三　文化自信来自"向外看"

拓宽国际视野，吸收世界文明优秀成果，坚守鲜明独特的民族特色，为世界文明提供中国创意和中国精神，自觉传播中国文化价值。

习近平同志指出："天是世界的天，地是中国的地，只有眼睛向着人类最先进的方面注目，同时真诚直面当下中国人的生存现实，我们才能为人类提供中国经验，我们的文艺才能为世界贡献特殊的声响和色彩。"在世界范围内，人类文明成果的交流互鉴素来是推动文明进步和世界和平发展的重要动力。一种文化总是在吸收其他文化的优秀成分的基础上，让自身文化得到启发，继而产生新的内容。文明因交流而多彩，因互鉴而丰富。世界各国的文化在充分把握自己文化特点的基础上，增强对其他文化的理解和包容，对其他文化进行创造性诠释，这才形成了全球文化的共同繁荣。

历史表明，世界上各民族文化总是相互凝望、彼此砥砺，才得以相互促进的。新时期以来，中国文艺对走向世界、融入世界始终有着强烈、迫切的愿望。事实表明，坚持以开放的视野，宽广的思路，吸收包括西方在内的其他国家和民族的文艺之长，坚持洋为中用，开拓创新，中西合璧，融会贯通，中国文艺才不断走向新的繁荣，并在走向世界中取得了丰硕成果。习近平同志指出："现代以来，中国文艺与世界文艺一直有着良好的交流互鉴，促进了中国文艺的繁荣发展。"不断加强的文化交流，成为我们文化自信的鲜明表征。

近年来，一个比较普遍的现象引人关注。吸收借鉴世界优秀文明成果，已不再以削弱民族性、丧失文化差异为前提，而是以自信的姿态、平和的心态，自觉警惕"祛除民族性"等现象的危害，对世界文明成果善于取彼之长，为我所用，主动追求对中国风格、中国气派的呈现和塑造。我们对自身文化的认知越来越深刻，并愈益深知：越是民族的，越是世界的。在全球化浪潮日益高涨、人类活动半径大幅度增加的今天，借鉴吸收各国各民族的优秀文化成果，强化民族性成为中国文艺的鲜明特色。文艺创作在吸收借鉴之际，也进一步强化了不同民族文艺之间的相互转换，追求用本土民众易于接受的审美趣味准确表达，自觉摒除一味追随、模仿，甚至抄袭。正如习近平同志在哲学社会科学工作座谈会讲话中所说："对国外的理论、概念、话语、方法，要有分析、有鉴别，适用的就拿来用，不适用的就不要生搬硬套。"所以，向外看，意味着我们开放胸襟，善于借鉴，将国外的先进思想、理念、方法等为我所用，强壮自身。

时至今日，世界对中国的兴趣，早已不仅仅是经济的中国，还有文化的中国。中国的传统，中国的文艺，为世界提供了一份新鲜的范式，这使我们的文艺创作有了更为深厚宽广的背景和底气。现在我们不仅有《媳妇的美好时代》《琅琊榜》等国产电视剧在海外热播，而外国人也在用文艺的方式表达他们对中国的感受。今年年初，一部由英国广播公司和美国公共电视网联合制作的《中华的故事》火爆西方，这部讲述中国的历史和传统的六集纪录片，占据了英国广播公司的黄金时间。北京的一家新媒体团队，近期创作的《我与中国的故事》系列网络短片迅速走红，他们用微视频的方式展现外国人与中国的情缘，从外国人的视角，真切地向世界讲述着中国故事。世界电影著名导演柯文思，也正为崭新的中国拍摄《善良的天使》《超级中国》等电影，他说"华丽的中国时代正在展开"。外媒认为，中国的崛起不单单是中国的事情，更与世界息息相关。由此可见，世界正在以更积极的态度认知、走近"文化中国"。

国际社会对中国的关注度越来越高，西方对中国文艺重新审视，与其说是出于好奇，毋宁说是希望在中国和中国文化中找寻"新的路径"，换句话说，世界对中国智慧更加期待。人与自然如何相处？发展到底为了什么？从"天人合一"的价值观念，到"以人民为中心"的发展思想，再到

"国不以利为利,以义为利"的义利之辨等,中国的传统、中国的实践、中国的文化,给出了一种不同于西方的"价值标准"。两千年来培育了独特思维方式的中华民族,正为世界提供着新鲜的发展经验。这是一个崭新中国的吸引力之所在。历史将一再证明,中国文化只有得到了世界各国人民的普遍认同,才能形成广泛的群众基础和深厚持久的影响力,也才有中国道路、理论、制度自信的丰厚土壤。

欲信人者,必先自信。中国日益增强的文化影响力生动说明,历史文化不仅是一个民族无法割舍的血脉基因,更蕴含着破解各种难题的钥匙。对中国而言,五千多年的文明发展,孕育的中华优秀传统文化,近百年的上下求索,孕育的革命文化和社会主义先进文化,成为中华民族生生不息、发展壮大的丰厚滋养,代表着中华民族独特的精神标识,是涵养未来最深厚的精神土壤。同时,又为世界文明做出独特贡献。所以,不断向中华文化汲取充沛的养分、深厚的力量,不断观察、感悟、提炼生活,又能开阔视野、吸收世界文明优秀成果,将构筑成新的中国文化底色,催生出大气雄浑而又个性鲜明的文艺作品。当然,我们也要保持警醒:文化自信不是文化自大,不是自我陶醉、自我欣赏,而是要在人类文化价值坐标中准确找到中国文化的定位。

文化自信归根结底是一种更基本、更深沉、更持久的力量。习近平说:"要坚定中国特色社会主义道路自信、理论自信、制度自信,说到底是要坚定文化自信。"为什么在"三个自信"之外还需要"文化自信"?因为一个国家的治理体系和治理能力是与这个国家的历史传承和文化传统密切相关的。"中国优秀传统文化,可以为治国理政提供有益启示,也可以为道德建设提供有益启发","只有坚持从历史走向未来,从延续民族文化血脉中开拓前进,我们才能做好今天的事业"。欣逢文艺大繁荣大发展时代,文化自信将进一步提振文艺创作的底气,明确的方向,清晰的路径,精深的内涵,是坚持为人民、为时代抒写的信念来源。深厚的文化自信将不断激发民族的自豪感和坚定意念,激励文艺工作者积极构建弘扬中华文化价值的宏阔气象与宽广视野,把富有永恒魅力、具有当代价值的文化精神弘扬起来,把立足本国又面向世界的当代中国文化创新成果传播出去。而这,将使文艺创作走得更高更远。

文学效仿的歧路

任芙康

任芙康，文学批评者，编审，毕业于南开大学中文系。曾任《文学自由谈》《艺术家》主编。现任天津市文艺评论家协会主席，天津市写作学会会长。曾获全国艺术科学规划领导小组颁发"优秀编审工作奖"。国务院专家津贴获得者。多次担任鲁迅文学奖、郁达夫小说奖评委及第七、第九届茅盾文学奖评委。

今年春天，云南昭通有关部门，依循时令节拍，邀客一行，进山为民族作家的创作添水续柴。与同类场合完全相像，诸位外来"和尚"，尽职尽责，谈辞如云。对现场聆听的当地作家，或寄循循善诱的期待，或做击节叹赏的勉励。声调虽各有异，基调却出奇一致，春风化雨般的祥云瑞气，弥漫会议大厅。

其实，眼下不少作家的写作，任性到失控状态。从内容看，脱离人生，脱离生活；从形式看，单调、粗糙，表现出套路效仿。这次在昭通，读到三篇出自同一位年轻女性作家之手的小说。三篇小说的开头分别是：

易风产生割掉自己耳朵的念头，是在易加尧往家里带第 19 个女人的时候。

老费知道自己成了烈士，是在多年后的一个中午。

李娅和柳小云是在部队撤退时掉队的。

我们尊重加西亚·马尔克斯，但讨厌有人对偶像锲而不舍的模仿。

马尔克斯自己曾说过，那一被无数人效仿的句式，曾带给他莫名的困惑："当我坐在打字机前，敲出'多年以后，面对行刑队，奥雷里亚诺·布恩迪亚上校将会回想起父亲带他去见识冰块的那个遥远的下午'时，压根儿不知道自己想说什么，这句话从哪儿来，将往哪儿去。"

但我晓得，一茬一茬的中国作家，弹奏出类似的小说序曲后，毫无困惑可言。因他们清醒至极，压根儿就知道自己想说什么，压根儿就知道所言之来龙，更知道所语之去脉，将奔所谓大刊、名刊而去，将奔各类文学奖项而去。

抛开小说的"开头"不论，前边提到的这位作家，其实已具有相当成熟的写作技术。比如三篇中《一个人的冬天》，透过情节的从容铺排，将有声有色的社会，没着没落的人心，体现得真实而别异。但她为什么，一上手就不管不顾地使用对故事叙述并非必需的句式呢？

恐怕，这也恰是不少作者仰天长叹的苦闷所在。而今，不少文学期刊的管事者，不少逢会必到的评论者，都是些何样角色？有人指出，这等高士的成长、定型，大多靠了成分复杂的洋乳汁的哺育。此一印象，似有以管窥天之嫌，可以存疑。但张嘴博尔赫斯，闭嘴马尔克斯，确乎是他们的长项。一篇文稿，不论小说，还是散文、诗歌，所有体裁，几乎概莫能外，到了他们手里，眼神儿只需一扫，打头几句的路子"对"了，成功多半；反之，凶多吉少，殊难逃脱被随手掷入纸篓，或直接从电脑删除之下场。可见，一些作者趋之若鹜，于某些套路的热衷，实有刊稿需求的苦衷。他们写作中的难言之隐在于，骨架早由别人框定，自己只需填充内容；如有另辟蹊径之笔墨，期望跃上版面，断然无路可行。

许多年过去，如此的鉴赏趣味，如此的取舍标准，始终变化不大。不少拥有版面权、话语权的人，口若悬河的长项，事实上已成为捉襟见肘的短板。但其扶摇直上的江湖地位，日趋强化着；随之导致文坛怪异的秩序，日趋固化着。依常理而言，世上有一位马尔克斯，至多三两位，也就足够了。文坛新贵们却又懒得探究文学传统，懒得更新文学理念，懒得遵循文学规律，懒得甄别文学借鉴，自然会认为，马尔克斯多多益善，最好能传宗接代。

他们的思路，不全是想当然的心血来潮。一例例的如法炮制，既省事又讨巧，既掩拙又时髦。全球级的，洲际级的，国家级的，省市级的，行业级的，团伙级的，五花八门的文学奖，都对虚妄的魔幻现实主义，对上暗号，露出"自己人"的微笑。区别只是，有的荣光隆重，红地毯上走出众人瞩目；有的声名虽轻，但钱夹里少不了落袋为安。不论斩获多寡，当捷径往往传来捷报，这条似正似斜的路上，总会有辈分不同的机灵鬼，委身于争先恐后的膜拜。

如今网络的无孔不入，交通的悉由尊便，带来思维的大同小异。人们彼此之间，地理意义的距离缩短了，心理意义（甚或心灵意义）的差异抹杀了。对于文学而言，这般境况，未必就好。一个写作者，无论你身居何地，只要企望有所作为，都不应忽略，警惕现代功利意识的侵蚀，从内心里唾弃低级趣味，从做派上脱离高级趣味。

回想昭通数日，除却会议室的盘桓，还看了不少景，见了不少人，听了不少事。昭通令人敬畏，曾数千年扼守滇境进出的咽喉。两千多年前，此地就有衙门了。在这种货真价实的悠久面前，如今许多光鲜的都市，不过虚浮的大巫，露拙于结实的小巫而已。和多数国人一样，看的听的雷同之后，吃的喝的雷同之后，愁的喜的雷同之后，住的行的雷同之后，昭通作家栖居的昭通，意外显出文学富矿的质地。通过接触，觉出此地同行的文学视野，早已越出山外、海外，如能在创作思维的弹跳中，摒弃种种远交近攻的谋略，而沉迷于身旁的耳闻与目睹，沉潜于俗世的苦寒与温暖，沉醉于内心的孤独与宁静，然后化作天然的文字清泉，潺潺抵达的境界，就极可能是：将许许多多的过去，轻轻忽略；将许许多多的从前，牢牢记死。如此纯金般的结晶，即使没有了马尔克斯的标签，即使失去了大刊、名刊的青睐，可能反倒有数十年、数百年之后的存在。

我也深知，对某些作家进入歧路的效仿，我们的厌烦往往无效，但毫不妨碍我们对创新意识，对原创成果的期待。被触碰的作家，如果理解成恶意，会怨莫大焉；如果体会出善念，则利莫大焉。后者从业文学的前程，亦便具有了锦绣的可能性。

广西—东盟跨境人文交流的
实践与成效简述

容本镇

　　容本镇，广西教育学院党委书记，教授，兼任中国写作学会副会长、中国文艺评论家协会民族民间艺术委员会副主任、广西文艺理论家协会主席等学术职务。出版著作10多部。获广西社会科学优秀成果一等奖、广西优秀图书一等奖等；作品曾入选国家新闻出版总署"三个一百"原创出版工程。

在"一带一路"建设中，对外文化交流与合作，既是其中的重要内容和重要任务，又往往起着不可替代的先导和催化作用。我在这里主要是对近年来广西面向东盟开展跨境人文交流的情况做一个简要的介绍。我所谈的主要是实践层面的内容，借此和大家做一个交流。

从地理上可看，广西毗邻东南亚，与东盟国家陆海相通，山水相连，是我国西部唯一既沿边又沿海的省份。广西的合浦县，又是古代"海上丝绸之路"最早的始发港之一，汉代时就与东南亚国家有着频繁而密切的贸易往来。当时的合浦港口，可谓千帆竞发、商贾云集，成为岭南地区重要的对外贸易商埠。

从文化渊源上看，以广西为主要聚居区的壮族和东南亚壮傣族群有着很深的渊源，被专家称为"同根生的民族"或"同源异流的族群"。许多东盟国家又深受儒家文化、佛教文化和骆越文化的影响，可谓习俗相近、文化相通。比如，铜鼓文化广泛流传于中国岭南地区和越南、泰国、柬埔寨、老挝、缅甸等东南亚国家，其中越南的铜鼓拥有量位居世界第二，仅次于中国。2016年7月被批准列入《世界遗产名录》的广西左江花山岩画文化景观，就绘制有大量铜鼓图案。花山岩画至今已有两千多年的历史，这表明古代骆越人与东南亚国家各族群很早就有了密切的交往，而且都有使用铜鼓的习俗，或受到铜鼓文化的影响。因此，中国广西与东盟国家开展跨境人文交流有着非常深厚的民意基础、人文基础和历史传统。自2004年中国—东盟博览会永久落户南宁以来，特别是实施"一带一路"战略以后，广西积极开展面向东盟的跨境人文交流，以文化的力量深度参与"一带一路"建设，逐渐探索和构建起了官民并举、多方参与、全方位推进的跨境人文交流机制，并取得了显著的成效。

广西与东盟开展跨境文化交流与合作，内容广泛，形式多样。比如，组织文艺团体赴东盟国家进行文艺演出，举办美术作品展，组织开展摄影采风活动，参与汉语国际推广，实施"中国·广西书架工程"项目，联合举办学术研讨会，合作开展课题研究，邀请东盟艺术家参与南宁国际民歌艺术节等。还组织举办中国—东盟文化周、中国—东盟音乐周、中国—东盟戏剧周、中国—东盟电影周、"一带一路手拉手"青年外语演讲大赛、中越青年大联欢、东盟学生夏令营、泰国文化周、越南文化周等系列活动。

其中，组织举办国际性学术研讨会，是开展跨境文化交流的重要方式。近年来，在广西境内组织举办了许多重要的国际性学术研讨会，如中国—东盟文化论坛，中国—东盟民族文化论坛，中国—东盟传统文化传承与传播论坛，中国—东盟出版论坛，中国—东盟翻译论坛，中越传统文化与现代化学术研讨会，中越边境文化交流暨学术研讨会，壮泰语言文化学术研讨会，中泰文学交流座谈会，中泰民俗文化与民间文学研讨会，等等。其中有的已成为持续举办的系列性学术研讨会，形成了一种相对稳定的学术交流机制和平台。

下面简要介绍一下文学交流与合作情况。

进入 21 世纪以来，广西与东盟文学界的交流与合作是一个十分活跃的领域，也是取得丰硕成果的领域。例如在泰国驻南宁总领事馆的大力支持下，经双方互访交流和协商，我们和泰国作家协会共同实施了"中—泰（广西）文学交流项目"。主要内容是：在中泰两国同时出版发行《中泰当代文学作品选》。双方各挑选当代优秀短篇小说 5 篇、诗歌 10 首汇编成书；同时由两国评论家对入选的本国作品各撰写 1 篇小说评论、1 篇诗歌评论。该项目的泰方负责人是泰国作家协会主席查梅潘，我是中方负责人。经过一年多的努力，分别由我和查梅潘主编的中文版、泰文版《同一条河流——中泰当代文学作品选》于 2010 年分别在中国和泰国出版，在泰国文学界和文化界产生了良好的影响。该项目的圆满实施，成为中泰文学交流与合作的一个成功范例。

2016 年 7 月，在越南胡志明市举行"中国当代作家新书签售会与图书版权签约活动"。活动主要内容有：举办著名作家东西的长篇小说《篡改的命》越文版新书签售会，举办凡一平《上岭村的谋杀》、朱山坡《懦夫传》、李约热《我是恶人》、田耳《长寿碑》、黄佩华《公务员》等五位广西作家作品的越文版图书版权签约仪式。这是由越南丽芝文化公司策划和组织举办的一次重要的文学活动。中国新华社、越南中央电视台等中越主流媒体都进行了报道。此前，越南丽芝文化公司已翻译出版了30部中国当代小说作品，包括莫言、刘震云等中国当代著名作家的作品。但一次性集中购买引进六位中国作家的作品版权，在越南还是第一次，也是"文学桂军"第一次在越南集体亮相，意义深远。更为重要的是，这次"文学桂军"集体走进越南，进一步增强了广西作家的创作自觉与自信，也进一步拓展了广西作家的创作思维与视野，对于促进广西作家的创作将产生深刻的影响。

最近，在柬埔寨作家代表团应邀访问广西期间，又与广西作家协会初步商定：双方合作在柬埔寨翻译出版广西作家的小说作品，组织广西作家赴柬埔寨访问交流，邀请柬埔寨作家来广西驻点写作等。可以预见，在双方的共同努力下，中柬文学交流与合作又将取得实质性突破和进展。

文化自信来自对文化现状的自省

——以戏曲对外文化交流为例

沈 勇

沈勇,教授,二级导演,浙江省文艺评论家协会秘书长。中国文艺评论家协会理事,中国文艺评论家协会戏剧戏曲专业委员会委员,中国文艺评论家协会青年工作委员会副主任,中国戏剧家协会会员,中国戏曲导演学会会员,中国艺术人类学学会会员。主要研究方向为戏剧戏曲理论、评论及表导演实践。主持并完成省部级课题两项,发表相关论文及评论60余篇。

前不久看到一则消息，为纪念汤显祖和莎士比亚这两位东西方戏剧大家逝世400周年，上海昆剧团以"整旧如旧"的原则，以"修复"昆曲"文物"的态度，通过复排、扩演、整合等手段，终于把汤显祖的《临川四梦》，即：《牡丹亭》《紫钗记》《邯郸记》《南柯记》进行了全本的完整呈现，同时开启全球巡演模式，将陆续在广州、深圳、香港、北京、济南、昆明、上海以及捷克布拉格、美国纽约等地献演，并且在已经演出的广州与北京均收获了堪称"神迹"般的票房，最重要的是收获了大量的年轻观众，让"白发"成了"少数派"。

老实说，看完这则消息后我既振奋又失落。"振奋"的是，"上昆"在文化交流中有了明晰的"以我为主"的立场与信念；"失落"的是，在中国已经成为世界第二大经济体的今天，这样"原汁原味"的对外交流演出还是"非常态"的小概率事件。究其原因，主要在于我们在戏曲对外文化交流上缺乏足够的自觉与警醒。我们没有能自觉地对戏曲在今天、在国际上它所拥有的深刻的精神价值与文化内涵有正确的认识，在以往的文化交流中，在主体文化对客体文化所进行的一系列的认知、比较、批判、认同、反思中，没有自觉地树立对戏曲的生命力和发展前途的信心，并给予这种信心以高度的认可与充分的信任；我们更没有警觉到强势文明对弱势文明的冲击所带来的不仅仅是文化的不自信，还将会进一步造成自我认同的丧失，所以在中国戏曲的对外文化交流上，足够的自我警醒非常重要。

首先，应该自觉并清醒地认识到，在对外文化交流中，要坚守"以我为主"的文化立场。

文化的自信首先来自对主体文化身份的确立与觉醒，而"以我为主"的文化交流与学习吸收，则是戏曲文化自信的基本前提。应该说，这本来不应该成为一个问题，但是，我们知道，在全球化背景下，强势文明的文化输出会冲击弱势文明的文化信心，从而导致弱势文明逐渐丧失自我认同，转而崇拜强势文明，进一步的后果就是，一切的文化创造以强势文明为标杆，一切的文化交流也都是以迎合换取强势文明对我们的承认为出发点，这样的事情在戏曲的历史上，倒也不足为奇。让人担心的是，到了今天，这样的事情居然还在继续。于是，不应该成为问题的问题，倒是成了当前戏曲对外文化交流中的一个大问题。

以"他者"的欣赏口味、习惯为标准，一切按照"他者"的需要去组织演出，这在戏曲的对外交流史上是常态。以梅兰芳先生赴美演出为例。早在1925年的3、4月间，也就是梅先生赴美4年前，上海《申报》就发表了一系列文章讨论梅先生出洋演出的诸多问题。这场讨论没有观点对立方，不是争论，规模也不大，参与者共4人，有《申报》的经理秘书、记者、"梅党健将"赵尊岳（署名高梧）以及署名"春醪"的梅兰芳的忠实戏迷。从出洋的动机、人员组织的构成到演什么戏、谁来配戏、文本提要如何编写等进行了讨论。其中提出"京剧的文辞粗俗，要外国演出要雅一点"，认为"锣鼓比较吵闹，胡琴太单调，外国人不习惯听，要改用西洋乐器，废除胡琴锣鼓"等，可见，其考虑的都是"他者"的习惯。而到了齐如山这个赴美演出的"操盘手"手里，这样的定位便变得更为明晰。在前期，他先请了很多在中国的美国人与留美的学生看梅兰芳的戏，并请他们"批评"。同时，他还做了很多实验。请来中国时间久的美国人选戏，请刚到中国的美国人选戏，把两者选的戏分别列出来进行比较。"凡有熟悉外国情形的留学生和刚到中国来的外国人，在尽可能的范围内，我总要用最诚恳的态度设法请教他们，并且问他们哪出戏最宜在外国演唱……在中国久的外国人与初次接触戏的外国人不一样，他们无形中都带上了中国色彩，他们的眼光不准确……每逢游历团初次看戏，就问他们哪一出戏好，慢慢有了一个戏单：天女散花、贵妃醉酒、芦花荡、青石山、打渔杀家、刺虎等戏。"可见，他觉得带上中国色彩的眼光不准，一定是第一次看戏觉得合适的戏才行。他甚至用"设身处地"的方式，揣摩"他者"的思维及习惯。"大致西洋人看中国戏，对于一切的排场、行头、举止、动作等等还容易入眼，唯独歌唱一层最不容易顺耳。因为有很多对西洋音乐没习惯的中国人听着西洋的歌唱总是不好听——甚至于说是'鬼叫'。因而我们可以推想西洋人听着中国的歌唱一定也是不好听……"为此，在1930年2月访美演出中，媒体评价最多的自然也是齐如山根据美国人的口味"改造"过的以表情、身段、做功、舞蹈为主的大量删减唱段为了获取美国观众首肯的"中国传统戏剧"。以至于美国《时代》杂志的评论是："梅兰芳的哑剧表演和服装展示的演出真是精彩绝伦……"美国观众的评价也是："对我来说，梅兰芳首先是个舞蹈家，我在看他表演《红线盗盒》的剑舞时，总思考到他的舞蹈已经达到一种最高的境界。"在那个年代，在美国"先进"的强势文化下，中国传统戏剧的评价方式发生了转变，迎合美国的文化评价方式成了当时的主要诉求。在这里我不是想否认梅兰芳那次及后面的多次文化交流的意义，作为第一位将中国传统戏剧表演带到世界舞台，并且被众多国际知名戏剧家赞赏，被世界大部分观众所爱戴的艺术家，他的无奈与选择是有一定的历史局限性的，对于那个年代的中国来说，也只能如此。

问题是到了今天，进入21世纪，戏曲走出国门进行跨文化交流已经不像当时梅兰芳访美时那样艰难，需要准备好多年才能漂洋过海，剧目的选择和交流的目的也应该可以更加完备和周详。可是，看一下近年来各大院团出国访问演出的剧目表，竟然与梅兰芳访美时并没有太大的区别，依然还走着梅先生当时"无奈"的道路，这就不得不引起我们的警觉了。据北大一个专门研究中国文化"走出去"的课题组对2007年至2013年搜集的102份出国演出的节目单的统计，被戏曲界认同为"动作类"剧目的节目数占演出总剧目数的86%。出国演出依然是《三岔口》《拾玉镯》《大闹天宫》《挑滑车》等以身段、绝技、服装表演为主，往往只突出外在技巧，有时候几乎沦为无思想的杂技表演的片段式的所谓"全世界人民都看得懂"的"走出去"的"经典"剧目。以"外国观众看不懂内容深刻的产品"为由，以满足于外国观众对于戏曲的服饰、化妆和各种身段技巧的惊叹为目的，完全投其所好的交流，其对中国戏曲的认知必然是碎片化的、片面的，中国戏曲的完整的艺术形态、深刻的文化内涵、独特的审美取向在这样的"他者"前提下一定是荡然无存的，再加上语言问题，所以，最后导致外国人误解中国传统艺术只有世俗化的肉体艺术，缺乏艺术的高雅和有价值的"光晕"，也就不足为奇了。

从选剧目看到的是迎合，而从戏曲的翻译上我则感觉到了"背叛"的意味。举个例子，四川的麻辣火锅为了适应江南人的口味，很多去掉了麻辣，但是它的名称还依然是"麻辣火锅"，人们在吃的时候通过名称还可以知道这本来是有麻辣的火锅。但是，戏曲到了国外，不仅失去了"麻辣"，甚至连"火锅"也被改了。戏曲在国外的翻译名称叫"Chinese opera"，翻译成中文就是"中国歌剧"。这完全是为了投其所好，让外国观众理解，硬生生从"他者"已有的观剧经验中找一种，不管对不对，强做"拉郎配"，就犹如"四川麻辣火锅"被改成"四川三鲜汤"一样，让出国的戏曲在国外不仅改了姓名，还被改性别与身份。所以尽管离梅先生访美已经过去了76年之久，尽管已经来到了2006年，在美国对青春版《牡丹亭》依然会出现这样的评价："周五是《牡丹亭》在伯克利的泽勒巴克大剧院开幕之夜。这一幕粉碎了所有人的疑虑，该剧花费九小时，超过三天的时间来演绎一部中国的明朝歌剧，这是一部充满戏剧和音乐的错觉艺术手法的杰作。"至于把《夜奔》翻译成"晚上跑步"，《贵妃醉酒》成为"喝醉了的小妾"，《宇宙锋》变成"宇宙刀锋"——类似星际系列的中国古装版……这样让人哭笑不得的事情实在太多，这些问题的出现，我想不能仅仅怪罪于翻译，因为再好的翻译，也无法原汁原味地把昆曲包含那么多典故的唱词翻译出来，要怪罪的应该是我们文化主体意识与立场的丢失，为什么中国戏曲就不能翻译成"Chinese xiqu"，为什么不能倒过来说，你想要真正看懂中国的戏曲，就应该先学习中国的文化，就像我们为看原版莎剧先学英语，要学歌剧先学意大利语一样。不可能？这就涉及受众群定位的问题，而这也是我们在戏曲对外文化交流中必须警醒的一个问题。

其次，应该自觉并清醒地认识到，戏曲的对外文化交流关键在于找到适宜的受众。

为什么《三岔口》《拾玉镯》《天女散花》《借扇》等动作类剧目成了"走出去"的"经典"，是为了让"所有的外国人"都能看得懂；为什么美国剧作家奥尼尔名作《榆树下的欲望》会成为川剧《欲海狂潮》《榆树古宅》，古希腊悲剧诗人欧里庇得斯名作《美狄亚》会变成河北梆子《美狄亚》，《俄狄浦斯王》成为京剧《王者俄狄》，英国戏剧家莎士比亚悲剧《麦克白》变成昆曲《血手记》，是为了让"所有的外国人"听得懂；当然为了让"所有的外国观众"看懂、听懂，我们还排了戏曲音乐剧、英语戏曲，我们有了"洋贵妃"。这些努力，的确也为中国戏曲争取了一部分的观众，扩大了中国戏曲在国外的影响力，但是不可否认的是，戏曲在国外看得最多的还是华人，对于外国观众来说，中国戏曲依然是"反复咏叹角色的心情的唱段，让剧情拖沓""太响的锣鼓，是一种让人无法忍受的噪音""简单的故事—看脸谱就明白了"……这样的让人"莫名其妙"的"Chinese opera"。2012年，以关世杰为首席专家的国家社科基金重大项目"中国文化软实力研究"发布了课题组在美国的调研："调查显示外国人对非常有特色的中国戏曲的接受程度排在所有的文化项目的最后一项，并且在受众的期望值和可接触到的差异度进行比较时中国戏曲也排在最后。最后指向的一个结论就是：民族特色鲜明的戏曲可能并不受外国人欢迎。"我不反对戏曲"走出去"，更不反对"戏曲振兴"，只是如果还是这样受众定位不明的"走出去"与"振兴"的话，我们最后失去的不仅仅是观众，还会失去因为迎合而不断失去的中国戏曲特有的文化内涵与精神价值。

为此，为中国戏曲"找到适宜的受众"非常重要，特别是在对外文化交流过程中。早在20世纪90年代，西方的学者对意识形态类产品的市场传播规律进行了探索,揭示了一些规律。这些规律,对于同样是作为"精神产品"或者"意识形态类产品"的戏曲来说,值得借鉴。赫斯曼在1983年首先提出了意识形态类产品市场传播的受众具有层次特点。他认为,主要表现为三个层次:第一个层次,也是最核心的层次,是艺术创作者本体。因为,艺术创作者总是在寻找令自己更为满意的方式来表达自我,完成自己的艺术创作,他们对艺术产品的关注和接受是出于自身创作的需要,赫斯曼将这个层次的接受群体称为"自我导向"(self-oriented)型;第二个层次,是艺术领域的其他工作者,如艺术评论家、艺术管理工作者、艺术学科的学者、其他相关领域专业人员等,他们既是艺术家的合作者也是大众进行艺术鉴赏的引导者和影响者,赫斯曼将这个层次的接受群体称为"专家导向"(peer-oriented)型;第三个层次,是广大受众,大众对艺术产品的接受又有内在的层次,取决于"市场的引导",赫斯曼将这个层次的接受群体称为"市场导向"(market-oriented)型。精神产品本身就是一种复杂产品,精神产品的市场传播有其独特的规律,其中首要的一条是"接受复杂的精神产品的受众必须具备一定的素质"。国际文化市场学家科尔伯特教授认为"文化艺术产品因其独特的艺术或技术特征,受众需要首先熟悉这类产品的艺术或技术特征才能欣赏和接受这类产品。因此,最合适的受众首先是有能力了解和理解其文化内涵和艺术特征的那些群体,否则,会因为不熟悉而拒绝,因为理解的难度而不喜欢,因为最初的不喜欢的体验,而导致很难第二次接近"。中国戏曲因其具有独特的艺术体系、丰富的文化内涵,属于复杂的精神产品,因此它的接受者一定是需要具备特定的素质的人。既然我们已经知道戏曲在国外大众中不一定受欢迎,那么我们就可以试着为戏曲的"走出去"规划出一条明晰的道路。即,中国戏曲首先要满足的是国外同样从事戏剧艺术的艺术家们,因为创作的需要,他们会产生对中国戏曲浓郁的兴趣,就如80年前梅兰芳的表演对于斯坦尼斯拉夫斯基、布莱希特一样;其次是"专家导向型"的国外戏剧研究、评论及相关从业者；至于"广大受众"，不应该是我们创作、选择剧目的最重要的因素。这样，我们就不必为了"众口难调"而牺牲戏曲，更不必为了某些普通观众的"不喜欢"就失去自信，因为中国戏曲，本就不是任何人都可以欣赏的。当然，我们并不排除接受群体的不同层次之间存在互动的关系，爱好戏曲的受众也是可以培养的，尽管前景很好，但是推进中的主次必须是明确且要分清的。只有这样，戏曲作为中华民族最古雅久远、积淀深厚且包含大量中国古代各种文化艺术信息的优秀的文化资源才能发挥更大的文化与精神价值及作用，才能真正肩负起超越艺术审美的意义与责任。

再者，应该自觉并清醒地认识到，对戏曲文化而言，"走出去"只是手段，"引进来"才是目的。

十七届六中全会通过的《关于深化文化体制改革推动社会主义文化大发展大繁荣若干重大问题的决定》指出，要推动中华文化走向世界。其主旨就是希望通过对外文化交流、宣传与贸易等途径，来扩大中华文化的国际影响力，增强文化产业竞争力，提升当代中国的文化软实力，这是文化"走出去"战略的基本背景。在这样的背景下，戏曲这个最能代表中国传统文化的艺术符号，自然也成了"走出去"的先锋。尽管国家艺术基金每年都有"境外传播交流推广项目"很大份额的补助，但是因为前文所提及的"文化主体性意识"缺失与"受众目标不准"，造成戏曲的"走出去"往往只停留在"华人邀请华人看、礼堂街边忙着转"的现状上。要让戏曲真正地"走进"西方社会这实在是一个天方夜谭式的想法，因为哪怕是在现在的中国这都已经是一种奢望了。我们知道，戏曲在很长一个历史时期，曾经是中国观众唯一的文化娱乐。然而到了今天，我们都已经在为把"戏曲振兴工程"列入"十三五"时期经济社会发展规划纲要，为大多数地方剧种成为国家级非物质文化遗产受到保护而感到振奋之时，实际上是确认了这样一个事实："戏曲文化已风光不再，它从人们社会生活中的淡出与式微已是一种历史性趋势。"没有衰落就无须振兴，没有失去就无所谓保护，这是一个显而易见的道理。这是事实，谁也无法改变的事实。前文提到的昆曲《临川四梦》演出"一票难求"等现状，是我们所期盼的，但是，这是一种"非常态"。在分众化的今天，戏曲已然成为一种小众的文化。的确，尽管有着丰厚的传统、学术的体系以及国家文化战略中的重要地位，尽管戏曲人还在通过各种手段，如"送戏下乡""送戏进校园""免费公益场"等培养及吸引观众，但是其式微的发展态势还是无法改变的必然。所以，要清醒地认识到要让戏曲变成像美国好莱坞电影一样人人都喜欢，这显然是无法实现的任务。

既然无法实现，那为何不在确立主体意识与市场受众的基础上，把"走出去"变成手段，而把"引进来"变成目的呢。事实上，这样的转变在当下并非不可能。其中最为关键的因素之一是：快速发展的中国经济，使得中华文化近代以来的弱势地位正在逐步改善，其文化的感召力正在增强；同时，中国综合国力的巨大提升与发展的众多机遇也使外国人产生了了解中华文化的现实需要。随着中国的持续发展和强大，外国人学习、研究中国文化的兴趣、必要性和动力也会越来越强。而中国戏曲因其文化内涵和艺术特征在中国民族特色上的可识别性，成为中国文化艺术的典型代表，其被艺术家群体与艺术相关群体的发现、学习、了解并被越来越多的人逐渐推崇也并非不可能。因为第一层次的艺术家群体与第二层次的艺术相关群体，他们不仅是戏曲文化率先的接受群体，同时也会成为"二度传播"的主体，成为第三层次的大众消费戏曲文化的影响者和引导者。同时，不可忽视的是在高校从事艺术相关学科学术研究的学者和学习艺术或与艺术相关学科的学生。他们也具有与艺术家群体几乎一致的特征，一类是对于中国戏曲的探索和接受具有强烈的主动性，主动到中国留学来进行专业的系统化的深入学习。如中国戏曲学院从 1992 年就开始招收外国留学生，仅在 2008 年至 2013 年，就有来自世界 36 个国家的 1183 名留学生在学校学习中国传统文化和戏曲文化,这些学生中的大多数成了戏曲文化的传播者,有的甚至成了专业的戏曲演员或者驻外学习机构的戏曲老师;另一类是在经历了较短时间的课程学习和体验之后,表现出具有接受文化蕴涵深刻、艺术形式独特的中国戏曲的专业素养与兴趣。如上海戏剧学院"上海暑期学校中国戏曲项目"已经连续办了五届,每届都有来自各国的几十位学生前来学习。"引进来"不仅指把外国人引导到中国来学习研究戏曲,也可以通过在国外开办的"孔子学院""戏曲学院"等机构,把外国人"引导"到戏曲中来。如中国戏曲学院 2009 年 11 月与美国宾汉顿大学共同建立了全球第一家戏曲孔子学院,面向美国学生开设中国文化和戏曲课程,已经培养了 500 余名学生。再加上中国很多大学也都为留学生开设了中国传统文化课程,通过剧场观摩、学习表演、试穿服装、感受化妆等体验环节将中国传统戏曲艺术推介给留学生,从而让越来越多的外国人"进入"戏曲的世界中。

把"走出去"变成"引进来"成为可能还有一个关键的因素,就是戏曲人文化自信心的逐步增强。距当年梅兰芳访美整整过去了 85 年后,2015 年 9 月,著名程派传人张火丁访美演出。这次演出的地点是在美国纽约的林肯中心,而张火丁带去美国的剧目恰恰是不同寻常的文戏《锁麟囊》和文武兼备的《白蛇传》。并没有纯粹展示形体技巧的动作戏,其中《锁麟囊》更是集中展示张火丁最突出的唱功的程派名剧。尽管张火丁的演出观众华人较多,但是美国权威媒体《纽约时报》的评论家 James R. Oestreich 的评论却是这样写的:"戏曲是中国基本的戏剧形式,和西方歌剧很不一样,不仅包含声乐、器乐和表演,还有哑剧、带曲调的吟诵、贯穿全剧的舞蹈及杂技动作。这些多姿多彩的表现形式就足以吸引西方人了——尽管要他们的耳朵适应戏曲音乐还不那么容易。"虽然这位评论家对歌剧肯定比戏曲熟悉,但是他已然看到了中国戏曲与西方歌剧的极大不同,更看到了要看懂中国戏曲必须要懂得一定的欣赏知识,具备一定的欣赏素质。这样的表述显然与梅兰芳先生访美时对戏曲的解读有极大的进步。而前文提到的上海昆剧院这次全球巡演更是没有一点"讨好他者"的意思，是原汁原味，修旧如旧的昆曲。

　　作为手段的"走出去"，其主要功能是想尽一切办法展示戏曲最为完整、神秘、本真的一面。这里既有表演的形式、戏曲的美学追求，当然最重要的是要有包含在戏曲中的传统中国的"天下情怀""中和完满"的哲学理念，它最多的出现场合应该是文化、教育的交流与宣传，其对象除了各国的政要之外，就应该是外国的艺术家群体、艺术学术群体、艺术创意和管理群体、艺术机构、媒体等相关群体。而其目的是让戏曲的"神秘""完整""独特"等变成引发好奇心的内驱，从而把这些与艺术相关的群体及小部分的戏曲爱好者吸引到国内来，变"走出去"为"引进来"。因为要深入研究与学习，所以必须要学习中国的语言及文化；因为了解了中国文化，所以更懂得戏曲真正的文化及审美价值。从而既解决了因语言问题而产生的交流错位，也通过他们的影响力，实现从"供给侧"的"走出去"到"需求侧"的"引进来"，甚至于通过他们促进戏曲在其所在国的"本土传播"的"带回去"拥有更大的可能性。我们应该有这样的自信。"酒香不怕巷子深。"倘若我们对民族数千年来优秀文化遗产的态度是珍视与崇敬的，倘若我们相信自己的戏曲文化是人类历史上不可多得的文化财富，那么我们何须去"迎合"，又何须以强力的手段去向别人做硬性的推销呢？这不是文化自大，当然这更不是文化自闭，因为我们不会排斥学习与吸收。大家知道中国戏曲作为中国的传统文化，其当前最重要的工作，一方面是做好对昆剧、京剧等"世界非物质文化遗产"剧种的保护与传承，另一方面就是让大量的地方剧种完成传统戏曲的当代转换，这是大量地方剧种都必须面对而且必须完成的事情，它关乎戏曲能不能活在当下，在这个过程中，必然要"东张西望"也必须要"返本开新"，文化自信本就是在交流、对比、借鉴中建立起来的。

最后想要说，要真正地实现文化自信，只有对文化的热爱与真诚的态度是远远不够的，只把对文化所蕴含的价值取向诉诸抽象的认知也是不足的，正确的途径是应该把文化放在历史的坐标上去加以审视，这样才能真正看到其存在的价值与发展潜力，才能对其生命力有正确的判断与信心。中国戏曲，这是属于中国的优秀灿烂的传统文化，它独一无二，看懂它你也就看懂了中国及中国人。

从红色文艺谈文化自信

王秀庭

　　王秀庭,临沂大学沂蒙文化研究院副院长,音乐学院二级教授,临沂大学中国文艺评论基地主任。山东省第一批签约艺术评论家,中国戏曲音乐学会理论研究会副会长。出版著作3部,编著教材1部。主持国家艺术基金、国家社科基金艺术学项目、山东省社会科学规划项目多项。发表论文21篇。

一　以红色文艺建构文化自信的基础

习近平同志指出,"不忘历史才能开辟未来,善于继承才能善于创新","只有坚持从历史走向未来,从延续民族文化血脉中开拓前进,我们才能做好今天的事业"。这一重要论述阐明了社会主义文化强国建设必须坚持的基本原则,那就是树立文化自信。那么,文化自信从何而来,又如何建构?

文化自信是相信自身文化的生命力和影响力,也就是认为自己的文化具有重大历史和现实价值,必须继承和弘扬。文化自信包括多方面的内涵,包括对自身文化发展历史与现实的理性认知,对历史文化成就的崇敬与自豪,对自身文化长处和不足的了解,对自身文化创新和取长补短能力的科学认识,对未来文化发展前景充满希望。

从远处看,文化自信来自优秀文化成果的超时代性或永恒性。中国传统文化中的中正仁和、自强不息的理念和仁义礼智信等价值观,至今仍有重大价值。此外,天下为公、以民为本、与时俱进、知行合一、修身自省、和而不同、居安思危等思想,也具有超时代性。中国优秀传统文化可以为今天的人们认识和改造世界提供有益启迪,可以为治国理政提供有益启示,也可以为思想道德建设提供有益启发。我们应结合时代条件加以继承和发扬,赋予其新的内涵。

从近处看,文化自信来自中国共产党领导中国人民完成和正在完成的革命与建设的伟大事业,以及在这一伟大事业中所取得的物质和精神财富,红色文艺就是红色精神财富的重要表现,因此也成为文化自信的重要来源。红色文艺能够反映中国共产党在艰苦卓绝的革命斗争中所体现的牺牲精神、奉献精神,能够让人铭记今天的生活来之不易,能够树立时代的榜样和典范,发挥正能量。

从创作实践来看,红色文艺确实能够增强当代人的文化自信,创造文艺精品。20世纪60年代以来，以我们沂蒙红嫂乳汁救伤员明德英为原型改编的现代京剧《红云岗》和芭蕾舞剧《沂蒙颂》，一经上演便"红"透全国，"沂蒙红嫂"的形象由此成为永恒的经典。《沂蒙山小调》《谁不说俺家乡好》《愿亲人早日养好伤》至今仍广为传唱。近年来，临沂市先后推出电影《沂蒙六姐妹》、电视连续剧《沂蒙》、大型歌舞《蒙山沂水》、大型情景组歌《沂蒙红崖》等精品力作，进一步提升了传承弘扬沂蒙精神的境界。2013年11月，习近平总书记在临沂考察时指出："沂蒙精神与延安精神、井冈山精神、西柏坡精神一样，是党和国家的宝贵精神财富，要不断结合新的时代条件发扬光大。""军民水乳交融、生死与共铸就的沂蒙精神，是党的群众路线的具体实践，对我们今天抓党的建设仍然有十分重要的作用。"

因此，我们在挖掘和弘扬优秀传统文化的同时，也要挖掘和弘扬红色文艺，把两者作为建构文化自信的基石。

二 以红色文艺推动文化自信的价值导引

文化自信的核心是价值自信，社会主义核心价值体系是兴国之魂，在社会主义文化建设中居于支配地位，是彰显我国文化整体实力的根本。文化竞争说到底是核心价值之间的斗争。当前，各种社会思潮空前活跃，各国文化竞争日趋激烈，人们的价值观也呈现出多元化趋势，文化自信受到严峻挑战。核心价值体系建设需要依靠红色文艺的力量，用文艺的力量把党的主张、国家意志和人民意愿完全统一起来，树立社会的价值自信。价值自信需要广大人民群众自觉认知、认同，这样才能真正引领社会思潮，而在当代信息化时代条件下，红色文艺的引导对于实现认同具有重要意义。

红色文艺的价值引导，要做到情感共鸣，以情动人。情感共鸣强调的是将红色文艺与受众所关切的价值联系起来，引起受众的共鸣，从而使受众获得更大程度的满足。要想实现社会主义核心价值体系的社会融入与渗透，必须创新红色文艺，让民众产生情感共鸣，这在价值多元化的文化生态条件下尤其重要。社会主义核心价值体系的社会融入，在本质上体现为充分的社会认同，一种思想价值体系实现社会认同的过程必然要经历多样化价值观的争鸣与碰撞，而在多元价值观的交流与碰撞中，只有找到价值判断的"最大公约数"，才可能产生情感共鸣的效果。情感共鸣的产生标志着社会主义核心价值体系在社会感性层面获得了初步接纳与认可，而这需要红色文艺切入社会心理深层。

红色文艺的价值导引，必须接地气，采取生活化策略。情感共鸣是一种感性体验，是日常生活实践的升华与结晶。红色文艺要想实现价值导引，要想产生情感共鸣，就必须从理性的"宏大叙事"转化为感性的"生活叙事"，积极融入社会的日常生活实践，让红色文艺与民众的日常生活对接，成为民众日常生活的价值理念和基本规范。为此，一方面要实现红色文艺创作中的日常生活化，让普通民众在红色文艺的欣赏中感受到核心价值体系的吸引力，并通过社会主义核心价值体系模范践行者的榜样力量和价值示范作用不断强化民众的这种感受；另一方面要创新红色文艺创作的形式，将抽象的价值理念转化为普通民众喜闻乐见的通俗内容，贴近普通民众的内心与情感，使之易于接受。

红色文艺的价值导引，要利用学校、社区等有效渠道，尤其要加强青少年学生的红色文艺教育和传播。临沂大学将红色文艺作为大学生思政教育的有效载体，坚持以传承和弘扬沂蒙精神为己任，将沂蒙精神融入办学精神、校园文化、学科建设和人才培养体系，成立了"沂蒙文化研究院"，先后创演了大型民族交响乐《沂蒙畅想》，大型歌舞《沂蒙印象》和大型情景话剧《沂蒙情深》，构成了"沂蒙红色乐舞剧三部曲"，成为加强大学生德育和专业教育的重要实践平台，获得了泰山文艺奖两项、省文化创新奖两项，在国内产生了较好反响。近期，我们已邀请著名作曲家赵季平先生，策划创作大型民族交响乐《沂蒙》，已得到省委宣传部等领导的大力支持和高度肯定。

网络时代条件下，实现红色文艺的情感共鸣机遇和挑战并存。一方面，网络为红色文艺的传播以及展示实践领域的发展提供了便捷通道，从而有利于情感共鸣的产生。另一方面，社会心态的非理性以及负面网络舆论的存在，使红色文艺及其价值导引在网络世界实现情感共鸣上还面临诸多挑战。因此，红色文艺在价值引导过程中，要积极融入网络，在唱响主旋律的同时直面现实中存在的问题，以坦诚的姿态和包容的精神进行平等对话，在多元价值观的碰撞中善于解疑释惑、以理服人，以此获得社会理解和民众的情感共鸣，从而为社会主义核心价值体系融入社会创造社会心理条件。

三　以红色文艺保障文化自信的"人民性"

习近平总书记在文艺工作座谈会上的重要讲话和中共中央出台的《关于繁荣发展社会主义文艺的意见》都强调指出要坚持以人民为中心的创作导向，而红色文艺创作就是实现这种"人民性"的主阵地，这也是为了保障文化自信的"人民性"。

在文艺创作体制上，让红色文艺成为补充和纠正市场的中坚力量。市场一方面是对文艺资源进行合理配置为简便而有效的方式，另一方面市场的自主调节可能导致无序竞争，甚至使文艺作品成为市场的附属品。这就要发挥红色文艺的中坚作用，对文艺生产给予有效引导和必要规范，保护和促进秉持以人民为中心的文艺创作。

在文艺创作目标上，让红色文艺能够服务群众，引领群众。红色文艺必须具备服务广大人民群众文艺需求的能力，同时也是思想精神的重要载体和传播媒介。红色文艺的创作者必须敏锐感知时代发展脉搏，准确判断时代前进方向，并通过自己的作品将这一信号传递给广大人民群众，从而在服务群众文艺需求的过程中实现引领群众的作用,避免浮躁、逐利的短时行为。在服务群众中引领群众,特别要注意听取人民群众意见,并自觉应用到作品的创作、修改和提升之中,出好作品,为发挥服务和引领作用奠定基础。利用和加强文艺公益组织和网络建设,完善公共文艺基础设施建设,不断拓展文艺公共服务的内涵和外延。

在文艺传播上,让红色文艺在"线上""线下"都成为主角。互联网的快速发展对意识形态工作和文艺创作都提出了新的挑战。互联网一方面为红色文艺传播提供了新的途径,另一方面也为不良文艺提供了传播渠道,传播方式与深度直接影响到文艺作品社会效益与经济效益的实现。互联网技术在便捷、低成本、多样性和个性化及受众的自主性等方面具有巨大优势,实现互联网技术与传统传播方式的有效结合,构筑畅通便捷高效的传播渠道,是促使社会主义文艺服务广大人民群众的工具性举措,也是坚持以人民为中心创作导向的实现载体。我们要充分发挥网络审核和网络传播的便利性,促进更多低成本、草根性、群众性红色文艺作品的普遍传播。借助互联网技术进行文艺传播门槛更低、效率更高、效果更好的优势,吸引更为多样化、个性化的红色文艺作品进入传播环节,促进红色文艺产品的丰富和文艺需求的满足。重视互联网技术条件下受众的自主性特点,给予科学、必要的引导和规制,促进网络红色文艺创作和传播既生动活泼又健康发展。

在文艺创作主体上,推动红色文艺创作人才的多元化。现有的红色文艺主要还是国有文艺单位的专业创作人员,其实完全可以吸引和鼓励市场文艺主体和社会文艺主体参与到红色文艺创作中来。政府在剧目展演、人才培育、引导投资、国家艺术基金支持以及纳入文化发展规划等多方面,可以给非国有团队更多的重视和引导。形成互为依托、相互促进、多元发展的架构体系,给予非国有创作主体各项扶持优惠政策,促进红色文艺创造创新能力。

总之，红色文艺是建构文化自信的基础，弘扬红色文艺能够实现文化自信的价值导引作用，更是实现文化自信"人民性"的重要保障。我们要在新的形势下，尤其是网络新媒体的时代背景下，不断挖掘和弘扬红色文艺，真正实现文化自信。

简论百年来戏曲现代表达的几种尝试

赵建新

赵建新，1972年5月出生，中央戏剧学院戏剧戏曲学博士，中国戏曲学院《戏曲艺术》编审。出版有《中国现代非主流戏剧研究》《中国戏曲文物图谱》等著作，发表学术论文及文艺评论近百篇，创作《白药传奇》《暗流》等影视剧多部。

一 时装新戏：戏曲现代表达的无效尝试

　　戏曲是一种古典的艺术形式，它的四功五法、唱念做打等这些与戏曲艺术的本体密切相关的技艺，基本上都是根植于农耕文明的一些歌舞形态；它所提倡和彰显的忠孝节义、礼义廉耻等观念，也无不承载着传统社会高台教化的现实功利目的。正因为如此，在高举反传统旗帜的五四时期，新文化运动的代表人物几乎都把传统戏曲作为旧艺术乃至旧思想的代表加以贬斥和抨击，认为如果再造新社会和新国民，必须用新艺术来取代旧艺术，而就戏曲而言，则必须用西方现代话剧取代中国古典戏曲。

　　一百多年后，当我们回望那段历史，自然会理解五四先贤们出于社会改革的目的所提出的那些矫枉过正的口号。实际上，他们此后也并未坚持这种激进而极端的认识，有的还摇身一变成了传统戏曲的拥趸。而且，中国戏曲也并未因这些五四先驱的唱衰而一蹶不振，反倒在民国期间出现了一个成熟的黄金时期。但是，毕竟西风东渐成为彼时的时尚，在欧美文学艺术席卷整个文化界的时代，文化人对古典戏曲的抨击讽刺也让戏曲从业者们感到有必要对自己所从事的艺术进行必要的改造，以便和时代同声相应，同气相求。于是，在戏曲从业者自身的推动下，中国古典戏曲艺术在那个时期从内部出现了一些变革，其中在表达内容上出现了两种转变：一是撷取新闻素材以反映当下生活，即所谓时装新戏；二是对西方经典剧作的改编和移植。这些戏曲题材方面的变革是戏曲从业者力图进行现代表达的一些尝试，反映了在欧风美雨影响日深的社会文化环境中，他们内心的焦虑和不安，试图以戏曲题材的转变和内容的置换迎合时代，与时俱进。

　　当时编演的时装新戏，除了京剧的《新茶花》《潘烈士投海》《玫瑰花》《黑籍冤魂》《波兰亡国惨》《拿破仑》等，还有诸多地方戏，如河北梆子《惠兴女士》，川剧《烟鬼现形》《武昌光复》，以及粤剧、滇剧的很多剧目。演出时装新戏的主要剧团有潘月樵和夏月润、夏月珊兄弟合营的上海新舞台，田纪云及其玉成班，西安的易俗社，成都的三庆会等。当时举凡在戏曲舞台上有些影响的演员，都曾尝试过这类戏的编演，如梅兰芳就曾编演《孽海波澜》《一缕麻》《宦海潮》《邓霞姑》《童女斩蛇》等。当时的另一京剧名旦尚小云，也曾编演过一出名为《摩登伽女》的时装新戏。在这出戏中，尚小云饰演的女子烫头发，身穿旗袍，脚踩高跟鞋，还拉着小提琴，跳西洋舞，再加上新式的布景和灯光，甫一上演便引起轰动，社会影响极大。1927年，《顺天时报》评选"四大名旦"，尚小云就是凭借此戏名列其中。

今天，当我们把民国时期这段编演时装新戏的风尚放到戏曲发展的历史长河中考察，自会更加理性和客观。不得不承认的是，时装新戏的这种现代化的诉求，未必是成功和值得借鉴的，它们在当时所引发的轰动，更多是由于配合了社会变革，而并非是来自艺术内部规律的要求，其创作旨趣和美学追求，是社会问题剧在戏曲界的反应而已。严格地说，时装新戏是非现代性的，是戏曲艺术尤其京剧艺术达到高峰的民国时代，戏曲从业者在意识到自身危机的情况下，对时代变革的讨好和逢迎而已。可惜的是，这种变革因为忽视了戏曲艺术自身的规律，所以多以失败居多。它进行现代表达的尝试也是无效的，历史的发展也已证明了这一点。例如，当年尚小云是以《摩登伽女》被选为"四大名旦"的，尽管今人仍在津津乐道于尚小云当年的勇于创新，但时至今日，尚派传人中谁还在演出传承这出戏？考察一出戏艺术价值的高下优劣，不能仅限于它在当时是否轰动，它是否被历史文献所记载，更要看它在舞台上能否留得住，在流派的延续中能否被传承。同样，梅兰芳也曾在晚年对时装新戏做了很多总结，认为当时的时装新戏很难说是成功的尝试。

二 新编现代戏：戏曲现代表达的有效尝试之一

1960年，在文化部举办的"现代题材戏曲观摩演出"中，时任文化部部长的齐燕铭总结指出：我们要提出现代戏、传统戏、新编历史剧三者并举。即大力发展现代剧目，积极整理改编和上演优秀的传统剧目，提倡用历史唯物主义观点创作新的历史剧目。这是戏曲创作"三并举"方针的首次明确提出。此后，这一剧目政策影响至今。

戏曲能否表现现代生活？近几十年来创作的很多成功的现代戏早已做出了肯定的回答。之所以大家还对此表示怀疑，是因为几十年来我们的观众被那些虚假的新编现代戏败坏了胃口。这些新编现代戏往往打着"主旋律"的旗号，在创作模式上仍然受到以往庸俗社会学的影响，戏剧冲突模式简单，人物塑造方式单一，而在戏曲形式上也少有价值的探索。这些新编现代戏往往舞台奢华、耗费巨大，但多数情况演不了几场就刀枪入库。反倒是一些新编历史剧，虽然取材于历史，但由于编创者的视角是现代性的，其创作出的作品倒比某些主旋律现代戏更具现代意义。例如前些年梨园戏《董生与李氏》、淮剧《金龙与蜉蝣》、京剧《曹操与杨修》，最近的昆剧《李清照》等，虽然都是新编历史剧，写的是历史人物，但其蕴含的精神和价值取向却无不具有当下性和现代性。所以，现代性不完全是一个时间概念，有时候它是超时空的，只要创作者的观念是现代的，无论其题材是历史还是当下，都不影响其现代性的表达。"文化大革命"时期的样板戏不能不说是反映了现实生活，但又不得不承认，在"三突出"的创作原则下，样板戏表现的是一种虚假的现实生活，是反现代性的，即便它在音乐上、程式上有值得借鉴之处。

一个作品是否具有现代性，关键是看创作者能否运用现代的审美视角去创造人物，塑造形象。凡是那些具有深刻的人性探索，极具个性化的形象塑造的作品，无论取材历史还是取材现代，都具有现代性。

2015年，宁夏回族自治区秦腔剧院的新编秦腔《狗儿爷涅槃》在戏曲界引起了不小的轰动，这出戏可以说是新编现代戏的一个成功范例。该剧的同名话剧本已是新时期的经典之作，如何以戏曲的形式重新予以编排，而又不降低原作的思想力度和人物个性深度，这对编创者是一个很大的挑战。值得庆幸的是，该剧成功地做到了这一点。它在歌队的运用、戏曲场面的再造和提炼、歌舞化形式的探索等方面可圈可点，充分运用戏曲所独有的表现方式塑造出一个别样的狗儿爷，从而表达出与同名话剧同样深刻的主题意蕴，在向老经典致敬的过程中，也以其崭新的戏曲面貌向新经典迈进。此类作品，理应值得戏曲界关注。

三　西戏中演：戏曲现代表达的有效尝试之二

任何一种艺术，如果在表现题材上有所限制和拘束，那这种艺术必然是不成熟的。戏曲亦然。传统戏曲虽然是一种古典艺术，但它从发生、发展以至成熟，又是一个不断自我更新的过程，在随时调整着与时代和当下的关系。如果一种艺术裹足不前，永远拘泥于以往的形式，那它离消亡的日子也就不远了。

古典戏曲能表现中国人的历史生活，也能表现中国人的现代生活，那它能否表现外国人的生活？实际上，一百多年前，几乎是和编演时装新戏同时，戏曲界就开始了这种尝试。这就是所谓的西戏中演，即用戏曲艺术移植和改编外国的经典剧作。这是中国戏曲进行现代表达的一种特殊尝试。这种尝试始于百年前，至今方兴未艾。

实际上，中国戏剧的现代化进程始终伴随着对西方经典作品（包括话剧和小说）的移植与改编。19世纪末，上海教会学校的演剧运动标志着中国话剧的滥觞，学生演剧运动迈出了中国戏剧现代性求索的第一步。《圣约翰大学五十年史略》云：夏季学期结束，有一非正式之典礼。内有学生演剧。1896年，学生曾演《威尼斯商人》一剧。此后亦时演莎士比亚诸剧。由此可见，早在1896年，上海圣约翰书院的学生就开始上演莎士比亚的《威尼斯商人》。而学界历来把1907年春柳社演出《茶花女》《黑奴吁天录》作为中国话剧诞生之标志性事件，更是证明了这一点。

对中国话剧而言，对西方经典的改编和移植不但直接导致了其起源和滥觞，更促使其发展和成熟，甚至可以说，对西方经典作品的改编和移植构成了中国话剧的一个特殊组成部分。中国话剧艺术，在舞台上彻底摆脱文明戏的羁绊和困扰，创造出比较完整的现代戏剧的艺术形态，是从外国改编剧《少奶奶的扇子》（改编自王尔德的《温德米尔夫人的扇子》）开始的。洪深的《赵阎王》（改编自奥尼尔的《琼斯皇》）、汪优游的《华奶奶之职业》（改编自萧伯纳的《华伦夫人的职业》）等作品，经过改译后被搬上舞台，有的获得成功，有的铩羽而归。但这种对西方经典剧作的改编和移植，却为中国早期相对贫弱的话剧文学注入了一些新鲜的血液。在对西方剧作的不断模仿和借鉴中，中国早期的话剧创作者进一步巩固了对话剧文学的初步认识，促使其进一步成熟。到了20世纪30—40年代，尤其是在40年代的上海孤岛和沦陷区时期，改编剧更是蔚然成风。当时支撑众多职业剧团演出的剧目，主要有两大类：一类是以《雷雨》《日出》《北京人》为代表的国内剧作家的原创剧作，还有一类是改译自外国剧作和小说的剧本。中国现代话剧史上活动时间最长、影响最大、成就最高的职业演出团体中国旅行剧团，其大多数上演剧目，除了曹禺、周贻白的原创剧目外，顾仲彝、陈绵等人的改编剧占了相当大的比例。1933年，中旅成立时的打炮戏《梅萝香》就是一出改编戏，原作是尤金·瓦尔特的《最简单的道路》，作者是著名剧作家顾仲彝。这出戏一直是中旅的保留剧目，演遍中国大江南北。当时对中国剧坛产生过重大影响的西方剧作家的作品都曾被改编和移植过，包括莎士比亚的《李尔王》《麦克白》《奥赛罗》，歌德的《阴谋与爱情》，博马舍的《费加罗的婚礼》，莫里哀的《悭吝人》，哥尔多尼的《女店主》，小仲马的《茶花女》，奥尼尔的《天边外》，等等。对法国剧作的改编和移植更是领一代风骚，李健吾改编的萨都四剧，顾仲彝的《人之初》《生财有道》等，都成为当时风靡一时的作品。这主要是因为法国的佳构剧居多，其故事情节上的跌宕起伏，结构穿插上的巧妙圆熟，足以吸引观众，具有很强的票房号召力，这对靠盈利维持生存的职业剧团而言，是至关重要的。

在中国现代话剧史上，很多著名的剧作家，都是先从外国改编剧入手而逐渐走上话剧创作道路的，包括上面提到的李健吾、洪深、顾仲彝、焦菊隐、陈绵等，曹禺亦是如此。正是因为有了南开时《争强》《太太》《冬夜》《财狂》等一系列改编剧的锻炼，才会有以后"当时海上闻惊雷"的曹禺。

进入新时期之后，话剧界对西方经典话剧的改编和移植更是蔚然成风，同一个剧作家的作品被改编的版本之多，更是让人叹为观止（最突出的当数莎士比亚的作品）。据不完全统计，一百多年来，此类话剧作品在大陆就有近百出，在1949年之后的中国台湾地区，也有40出之多。

就戏曲而言，对西方经典名剧的改编和移植几乎是和话剧同时进行的。笔者查到的最早记录，是1914年四川雅安川剧团王国仁改编的《杀兄夺嫂》（改编自《哈姆雷特》）。此后，莎剧一直是中国戏曲改编和移植的重要资源，据不完全统计，从1914年到现在，改编《哈姆雷特》的共有4个版本，除了上面提到的《杀兄夺嫂》，还有1941年上海的沪剧《窃国盗嫂》，1994年上海的越剧《王子复仇记》和上海京剧院的京剧《王子复仇记》。而改编自《麦克白》的共有5个版本，皆为新时期之后的作品，分别是1986年上海昆剧团的《血手计》，2001年绍兴小百花越剧团的《马龙将军》，2001年广东的粤剧《英雄叛国》，2010年的实验川剧《麦克白夫人》和2015年上海昆剧院的小剧场昆剧《夫的人》。在莎剧中，对《罗密欧与朱丽叶》和《威尼斯商人》改编的也不在少数。

传统戏曲对西方经典剧作的改编和移植的范围之大、题材之宽往往让人始料未及。近几年来,台湾当代传奇剧场创始人吴兴国根据荒诞派戏剧《等待戈多》改编的同名京剧,根据《李尔王》改编的独角戏京剧《李尔在此》,一度引发大陆戏曲界的关注。尽管其改编的方式引发了不少争议,但吴兴国为传统戏曲在当代的发展做出的种种努力和探索,理应得到理解和尊重。

当然,对戏曲艺术而言,百年来移植改编西方经典剧作的种种尝试和努力喜忧参半,其中不乏成功之作,如上海昆剧团的《血手记》和台湾传奇剧场的《欲望城国》,都成为戏曲界西戏中演的成功范例和经典之作。经过几十年的锤炼和打磨,它们也成为这两个剧团的保留剧目。这些成功的经验理应被及时总结,让它们成为当代戏曲发展创新、寻求自身突破的重要参照。当然,由于戏曲艺术是一种特殊的歌舞化的艺术,又有着中国古典美学孕育出的独特舞台样式,和西方的话剧有明显的区别,所以同一部作品,在由话剧改编移植为戏曲时,如果不遵从戏曲独特的审美要求,难免会陷入话剧加唱的尴尬境地;反过来说,戏曲的歌舞化程式也并非一成不变,在改编移植的过程中过分拘泥,故步自封,也是不足取的。继承与创新,传承与发展,永远是你中有我,我中有你,不能偏废任何一方。

一百多年的实践业已证明,戏曲对西方经典剧作的移植与改编同新编现代戏一样,都成了戏曲进行现代表达的有效尝试方式。对持续百年的西戏中演现象进行系统研究,是戏曲艺术发展到一定阶段的必然要求。这种创作方式在一定意义上突破了"三并举"的剧目政策,对当代戏曲的剧目建设具有积极意义。

此外,用传统戏曲的方式对西方经典剧作进行移植和改编,也是学习和普及西方戏剧经典的有效方式。不得不承认,西方经典剧作对人性的深刻挖掘和认识,是很多传统戏曲乃至传统文学艺术达不到的。借助这些西方经典剧作,可以进一步丰富和强化戏曲的文学性,在人物塑造、冲突构置等审美方式上使传统戏曲更具现代性,对戏曲传统形态的再造和发展具有推动作用。

实际上，在戏曲西戏中演的进程中，我们对西方经典剧作的选择也是随着对它们认识的不断深化而逐步进行着调整。例如，同是莎士比亚的剧作，为什么《哈姆雷特》早在1914年就被改编成了戏曲，而《麦克白》却直到1986年才被改编？整整晚了72年！考察这两出戏和中国戏曲的契合度我们可以这样推测：前者可以被引申出传统社会忠孝节义的观念，更容易被中国人接受；而后者的主人公则是一个忠孝节义的背叛者，其精神内涵中所掩藏的人性伟力以及对这种伟力被吞噬的过程展现，是传统戏曲所极少表现的，中国人对此尚需一个认识的过程。只有到了1986年，在那样一个思想解放的特殊时期，我们才能充分理解和认识麦克白这一特殊人物形象，从而突破了戏曲固有的表现局限，让这一形象在昆剧舞台上得到别样呈现。所以，正是在对西方经典剧作的认识不断深化的基础上，戏曲的改编和移植也在不断丰富和发展。

再有，这种移植和改编也是传统戏曲艺术被西方人接受和认可的有效尝试。近些年来，几乎所有具备一定影响的戏曲改编剧目都参加过国际戏剧节。经过改编和移植后的西方经典名剧，虽然其母体是西方原型，但故事发生的社会背景和人物塑造全部本土化，中国人能接受，西方人也能理解，在价值观和人性认识上东西方渐趋一致，这也是把东方古老艺术融入世界使之国际化的积极探索。

当然，戏曲对西方经典剧作的改编和移植过程中，还有很多问题尚未解决。诸如，西方经典剧作中人性的复杂和丰富，和传统戏曲中行当化、脸谱化的类型化塑造恰好相反，很难一一对应，这就需要在行当设置和安排上进行适当的改造和创新。还有，如何运用传统戏曲程式化的表演去塑造人物，是去程式化还是进一步改造发展程式，这些都是应该慎重考虑的。

/现实主义与中国传统/

现实主义在中国的命运

陈池瑜

　　陈池瑜，文学博士，清华大学美术学院教授、博士生导师、中国艺术学理论研究所所长，享受国务院政府特殊津贴的专家。《清华艺术学丛书》《中国艺术学书系》主编，清华大学《艺术与科学》杂志执行主编，全国艺术学学会常务理事，国家哲学社会科学艺术学项目评审专家。出版专著有《现代艺术学导论》《中国现代美术学史》《美术评论集》等，合著《文学原理》《外国美术史》。发表学术论文与艺术评论文章二百余篇。主持和完成国家艺术科学项目、教育部人文社科项目及北京市哲学社会科学项目共六项。

现实主义作为一种艺术观念和创作方法传于中国，已有近百年的历史。在20世纪以来的中国文艺思潮和文艺创作中，现实主义曾是重要的一个方面。1942年，毛泽东的《在延安文艺座谈会上的讲话》发表后，解放区的新文艺创作，以及新中国成立后至20世纪80年代初，现实主义艺术观念和现实主义艺术创作，占据主导地位。20世纪80年代中期以来，虽然西方现代主义和后现代主义艺术思潮涌入中国，艺术创作呈现多样化倾向，但现实主义仍然是重要的一种创作方法，且在新时期，现实主义艺术得到新的发展。审视近百年来，现实主义在中国的兴起和发展，现实主义由处优独尊到多元创作中的一个方面，即突破现实主义的单一模式的历史过程，对于我们正确认识现实主义艺术在中国现代艺术史上的地位和作用，有着一定的理论意义和现实意义。

现实主义能够在20世纪以来的中国艺术创作中大行其道，在某个方面来看，与中国古代的艺术美学即注重观察自然、外师造化、关心民生的民族艺术精神，在本质上有合拍之处，即在中国民族艺术精神中有其接受现实主义的理论基础。《易经·系辞下》中讲到包牺氏统治天下时，始作八卦，其创建八卦的造型来源是："仰则观象于天，俯则观法于地，观鸟兽之文与地之宜，近取诸身，远取诸物。"东汉许慎在《说文解字·叙》中，论到中国文字的起源时说："仓颉之初作书，盖依类象形，故谓之文，其后形声相益，即谓之字。"[1] 唐代张彦远在《历代名画记》中讲到中国文字书画起源时，也说道："颉有四目，仰观垂象，因俪鸟龟之迹，遂定书字之形。……书画同体而未分，象制肇创而犹略。无以传其意，故有书；无以见其形，故有画。"所以，无论是八卦，还是文字书法及绘画，古人将其创始的源头，都追溯到观天察地，即观看自然万物后的主体创造。当然这种创造，无论是八卦、文字还是绘画，都是古人进行概括和艺术抽象的

---

[1] 许慎：《说文解字》，中华书局1981年版，第314页。

结果。所以中国古代画评中常有"象人""象物"之谓。南朝刘宋时期的山水画家宗炳在《画山水序》中提出山水画是"以形写形，以色貌色"，南齐谢赫在《画品》中提出的"六法论"中亦有"应物象形，随类赋彩"之二法。唐代画家张璪在《绘境》中提出"外师造化，中得心源"的著名论断，可谓对绘画创作中主客体关系，即艺术创造与自然的关系做了精辟概括。五代山水画家荆浩则提出山水画之"图真"的理论，他说自己在太行山画松十万本，始得其"真"，即从观察状摹自然事物之中，要提炼和表现客观对象的本质真实。至于诗歌和绘画的美刺与教化功能，也在古代诗论画论中屡屡提及，汉人所作《毛诗序》认为诗具有"风化"之作用："上以风化下，下以风刺上，主文以谲谏"，诗可以"经夫妇，成孝敬，厚人伦，美教化，移风俗"。唐代白居易要求诗人负起"补察时政""泄导人情""救济人病，裨补时阙"的社会责任，提出"文章合为时而著，歌诗合为事而作"的口号，"惟歌生民病""但伤民病痛"。在绘画史论中也强调绘画的兴成教化，鉴诫贤愚的作用。可见，中国诗书画中有强调观察自然，表现民风以及强调美刺社会、兴成教化的优良传统。而师法自然和现实主义艺术观念中的再现现实，其精神实质是相通的；美刺社会与现实主义艺术精神中的社会批判精神也有相似之处。所以当西方于19世纪产生的现实主义于20世纪初传入中国时，在中国文艺界得到积极的响应，并不是偶然的，有其中华民族艺术中重视观察自然、师法自然，强调美刺社会、兴成教化即注重艺术家的社会道德作用的根基。否则，现实主义是不可能在中国生根开花、茁壮成长的。

20世纪初，西方的现实主义被介绍到中国有多种机缘，并且现实主义和写实方法、自然主义、西方古典油画的写实原则、唯物主义反映论、对文人画简笔写意倾向的批判，以及苏联社会主义现实主义等因素，纠结在一起，从而形成一种复杂的中国式现实主义艺术现象。

1917年，思想家康有为写《万木草堂藏画目序》，认为自己"遍游欧美",参观了不少博物馆,看到西方很多文艺复兴至19世纪的写实油画,检讨中国元明清写意文人画萧条之数笔,不能同欧美画家竞争,他从《尔雅》中关于"画,形也",《广雅》中关于"画,类也"的界定,来探究中国绘画的本质特征是"备其象""载其形"。他希望以院体画为正法,来救五百年写意画论之偏谬,"而中国画乃可医而有进取也"。康有为是在20世纪最早以西方写实艺术精神来批判自王维、苏东坡以来元四家、清四王的写意精神的代表人物。他将中国的文人写意画与西方的写实主义绘画进行类比,并认为中国画处于劣势,"有若持抬枪以与五十三生之大炮战乎?"从而发出要光大晋唐风格和宋代院体画之传统,"复古而更新"。这可看成在20世纪初,中国学者面对西方写实油画的强大力量,对中国画的历史与现状所做出的回应。

政治家陈独秀在1915年10月15日出版的《新青年》第一卷第二号上发表《今日之教育方针》一文中指出,近代欧洲之时代精神在哲学上表现为经验论、唯物论,在宗教上表现为无神论,在文学艺术上表现为写实主义和自然主义,他认为一切思想行为,莫不植根于现实生活之上,"现实主义,诚今世贫弱国民教育之第一方针矣"。陈独秀所说的现实主义,是包括文学艺术中的写实主义在内的一种广义的由重理想到重现实的思想方法和哲学精神。此外陈独秀还在《美术革命——答吕澂》一文中,把输入洋画的写实主义,看成提倡科学精神的表现,和看成批判文人画旧艺术的武器。这样输入西洋写实主义和提倡现实主义,成为陈独秀拥护西方的民主与科学的举措之一,也成为他推行新的教育方针的一个组成部分,同时还是他反对传统文化与艺术的武器之一。这样,提倡现实主义成为新文化运动的一个重要方面。

艺术家徐悲鸿曾受到康有为画学思想的影响,1918年5月他在北京大学画法研究会演讲《中国画改良之方法》,认为元明清文人画是大倒退,1926年他发表《美的解剖》一文,认为中国绘画"欲救目前之弊,必采欧洲之写实主义",将荷兰人体静物画,法国现实主义画家库尔贝、米勒等视为榜样,后来他还提出"以写生为一切造型艺术之基础"的观点,并提出"勇于到人民中间去观察、生活"。可见,徐悲鸿也是将倡导欧洲的写实主义,用以批判文人画,将"写实主义重象""贵精像工"作为中国画创新的新方向,并将输入欧洲写实主义同师法自然、重视写生以及到人民中去生活体验紧密结合,作为他提倡写实主义的思想特点。他的这些思想对于中国画创作产生重大影响,例如他的学生蒋兆和创作的《流民图》等作品,就是徐悲鸿艺术观念和教学体系影响下的重要成果。

文学家鲁迅在文学创作之余,也十分关心美术,他于1928年将日本美术史论家板垣鹰穗的《近代美术史潮论》翻译成中文出版。该书从法兰西大革命时期前后的古典主义画家普桑、大卫、安格尔一直讲到20世纪初的毕加索、马蒂斯等人,对古典主义、浪漫主义、写实主义、形式主义等均做了介绍,并配图讲解。其中《写实主义与平民趣味》一章,重点介绍了绘画领域现实主义创立者库尔贝的《石工》《工作场》等画,还介绍了1855年在巴黎召开万国博览会,博览会官方拒绝库尔贝的作品,库尔贝随后在展览会旁租用房屋,自己举办现实主义画家库尔贝作品展。此书在中国美术界产生一定影响,1929年便再版。此书使中国画家们了解到现实主义及库尔贝绘画作品的特征,使法国现实主义绘画及观念开始在中国流传。

可见在20世纪20年代前后,欧洲的写实主义艺术观和绘画特征,已在中国流传,中国的思想家、政治家、艺术家和文学家,都十分关心欧洲的现实主义(Realism,亦译写实主义),特别是康有为、陈独秀希望借助写实主义来批判文人画,复兴中国画的唐宋院体画风格,徐悲鸿将写生与到人民中去体验生活加入到写实主义之中,用以改造中国画,以及鲁迅译《近代美术史潮论》,揭示现实主义绘画的平民趣味等内容,都对中国绘画创作产生较大影响,成为这一时期现实主义艺术及思想在中国传播的特点。

现实主义在中国传播的另一条路线是马克思主义文艺观及苏俄的批判现实主义文学被介绍到中国。1921年，中国共产党成立，马克思主义是中国共产党的指导思想，李大钊、蔡和森等人介绍马克思主义的唯物史观、阶级斗争、剩余价值和暴力革命及共产主义理论的同时，马克思、恩格斯有关文艺的论述也被介绍到中国。现实主义理论是马克思主义文艺观的一个组成部分。恩格斯在1888年4月写给英国女小说家玛格丽特·哈克耐斯的信，对其小说《城市姑娘》进行了评论。《城市姑娘》以伦敦东头工人区女工们的生活为题材，小说同情工人的生活，倾向社会主义。恩格斯在《致玛·哈克耐斯》的信中说到，工人阶级和他们的斗争"应当在现实主义领域内占有自己的地位"。恩格斯还提出，"据我看来，现实主义的意思是，除细节的真实外，还要真实地再现典型环境中的典型人物"①。马克思、恩格斯还对英国小说家狄更斯、法国小说家巴尔扎克的现实主义小说进行赞扬，认为他们的作品是"现实主义伟大胜利"。马克思、恩格斯有关现实主义的论述，成为中国现实主义理论的指导原则，如艺术理论家、美学家蔡仪在20世纪40年代出版的《新美学》《新艺术论》中都引用恩格斯关于现实主义和典型人物、典型环境的论述，来建立自己的现实主义理论和美学理论。

19世纪俄国的批判现实主义文学取得成果，出现了果戈理、契诃夫、冈察洛夫、屠格涅夫、列夫·托尔斯泰等著名作家，列宁称托尔斯泰的作品是"俄国革命的一面镜子"。别林斯基则通过评论果戈理等人的小说，发展了有关现实主义的理论。契诃夫说，现实主义文学创作应该"按照生活的本来面目描写生活。它的任务是无条件的、直率的真实"②。高尔基对现实主义的定义是："对于人类和人类生活的各种情况，作真实的、赤裸

---

① 《马克思恩格斯选集》第4卷，人民出版社1972年版，第462页。
② ［俄］契诃夫：《契诃夫论文学》，汝龙译，人民文学出版社1959年版，第53页。

裸的描写的,谓之现实主义。"① 高尔基还将文学史上的潮流或流派概括为两个,即现实主义和浪漫主义。高尔基的这些观点是1928年向工人通讯员和军队通讯员谈他怎样学习写作的报告中提出来的。高尔基的这些观点后来成为我们解释现实主义的主要依据。此外俄国的马克思主义者普列汉诺夫的《艺术与社会生活》(1929年由上海水沫书屋出版)、《论艺术——没有地址的信》等著作,也被介绍到中国。普列汉诺夫用艺术社会学和唯物史观的方法,来研究艺术史和艺术理论,并提倡现实主义,重视从社会生活环境来解释艺术现象。车尔尼雪夫斯基的《生活与美学》1942年由延安新华书店出版,此书探讨艺术和生活的美学关系,认为艺术的第一目的是再现现实,艺术的另一作用是说明生活。这极大地启发了中国的文艺理论家提出艺术是社会生活的反映的观点。此外卢那卡尔斯基《艺术论》《艺术之社会的基础》,伏理契的《艺术社会学》,日本学者藏原惟人的《新写实主义》都分别于1929年和1930年译成中文出版。有关唯物史观的艺术论和艺术社会学的著作译成中文在中国出版,都为现实主义提供了理论根据。

值得一提的是,1934年苏联第一次作家代表大会通过《苏联作家协会章程》,提出社会主义现实主义创作方法和原则,将社会主义现实主义作为苏联文学与批评的基本方法,"要求艺术家从现实的革命发展中真实地、历史具体地去描写现实。同时艺术描写的真实性和历史具体性必须与用社会主义精神从思想上改造和教育劳动人民的任务结合起来"②。社会主义现实主义创作方法和原则,曾一度被中国文艺理论界接受或作为参考。

毛泽东1942年5月发表的《在延安文艺座谈会上的讲话》,明确表示:"我们是主张社会主义的现实主义的。"这表明现实主义成为中国共产

---

① [苏]高尔基:《论文学》,人民文学出版社1978年版,第163页。
② 曹葆华等译:《苏联文学艺术问题》,人民文学出版社1953年版,第13页。

党的文艺思想的重要组成部分,当然毛泽东所说的社会主义的现实主义,显然是受到苏联1934年提出的社会主义现实主义观念的影响。毛泽东在这篇讲话中还提道:"作为观念形态的文艺作品,都是一定的社会生活在人类头脑中的反映的产物。"[①] 人类的社会生活是文学艺术的唯一源泉,鼓励文艺工作者到群众中去,到工农兵群众中去,到火热的斗争中去,观察、体验、研究、分析一切生动的生活形式和斗争形式。毛泽东的这些论述,也充满了现实主义的精神,成为其后40年中影响中国文艺创作和发展的最重要的文艺思想,开辟了现实主义结合中国国情和在中国发展的新道路。

自五四新文化运动以来,至1949年,中国的现实主义文艺创作取得了初步成果。在文学领域出版了鲁迅的《阿Q正传》《祝福》,巴金的《家》《春》《秋》,茅盾的《子夜》,老舍的《骆驼祥子》,丁玲的《太阳照在桑干河上》,周立波的《暴风骤雨》,贺敬之等人的《白毛女》,周立波的《王贵与李香香》,赵树理的《小二黑结婚》和《李有才板话》,以及曹禺的《雷雨》《原野》等,这些作品都具有现实主义倾向,或对社会中低层工人、农民的悲惨生活进行描绘,或对解放区新的生活现象和人物加以颂扬,或表现民族资本主义的艰难发展,或表现知识分子新的追求。这些作品都已成为中国现代文学史上的经典之作,可谓现实主义在中国取得的初步胜利。

在绘画领域,现实主义在中国20世纪20—40年代也产生了较大影响。在国画方面,主要表现在将西方写实技巧,如素描、光影、明暗等技法,加入到水墨画的创作中,以徐悲鸿、蒋兆和及岭南画派的"新国画"为代表。使水墨画创作中出现了新的景象,如蒋兆和的《流民图》,用素描和明暗法塑造形象,表现低层劳动者的饥饿、痛苦和流离失所的悲惨遭遇。无论是借用西画的写实方法改造中国画,还是对下层人民的人文关怀精

[①] 《毛泽东文艺论集》,中央文献出版社2002年版,第63页。

神,《流民图》可视为现实主义在国画创作中的典型代表。此外高剑父的《东战场的烈焰》,方人定的《牧童》《乞丐》《归猎》《劳动夫妇》《失业者》《大旱》《岭南农夫》等反映战争和劳苦大众现实生活的国画作品,从现实题材和表现方法方面,开辟了水墨画的新途径。方人定曾著文论到,国画创新,必须在人物画题材方面着力,提倡表现当下题材,关注民众的现实生活。其作品在人物画方面具有强烈的现实主义倾向,为水墨画增添了新的经验,方人定的现实主义人物画,在中国现代美术上应占有重要地位。

20世纪20—40年代油画创作,现实主义伴随着古典写实油画技法得到了初步发展。李铁夫、徐悲鸿、林风眠、颜文樑、常书鸿、吕斯百、唐一禾等人在欧美留学,将古典油画的写实造型技法带回国内,并通过兴办美术专门学校,培养油画创作人才。古典写实油画及素描的引进,同时也为现实主义油画打下了造型基础。李铁夫的静物和人物肖像,徐悲鸿的《傒我后》,王悦之的《齐民图》,司徒乔的《放下你的鞭子》,唐一禾的《"七七"的号角》《祖与孙》,杨立光的《穿皮大衣的人》,冯法祀的《捉虱子》《演剧队的思念》,莫朴的《清算》等,都是现实主义性质的代表作品。

延安时期及解放区的美术创作也具有明显的现实主义特征。共产党的文艺思想的基本内容是,文艺作品要反映人民群众的斗争生活与现状,文艺是革命的齿轮和螺丝钉,为工农兵大众服务。解放区的抗战宣传画、街头画、漫画、木刻等,都具有反压迫、反内战、反饥饿、抗日以及歌颂新生活等内容。文艺成为配合现实革命斗争的一个组成部分。王朝闻的雕塑作品《刘胡兰》《民兵》则是雕塑创作中的现实主义代表佳作。此外无论是解放区还是国统区,新兴木刻代表了进步知识分子的思想倾向,具有鲜明的政治主张和批判精神。新兴木刻家受到鲁迅先生的培育和影响,具有强烈的民主主义精神和社会正义感,追求民族独立解放,抨击社会黑暗,揭露日寇罪行，取得十分积极的社会效果。代表作有胡一川的《到前线去》、李桦的《怒吼吧中国!》、彦涵的《当敌人搜山的时候》、力群的《丰衣足食》、王琦的《采石工》、古元的《烧毁地契》、赵延年的《抢米》、洪波的《参军图》、黄新波的《卖血后》、牛文的《大地》、李少言的《黄河渡伤员》、沃渣的《有力出力》、荒烟的《末一颗子弹》、周金海的《矿工》、陈铁耕的《殉难者》、陈烟桥的《拉》、张望的《出路》、陆地的《雪地行军》、武石的《联合国的握手》、王流秋的《为死者复仇》等。这些作品以黑白版画的形式，或表现抗敌斗争，或表现人民的疾苦，或表现解放区的新生活，作品均造型简洁，极富艺术表现力。中国的新兴木刻曾受到德国表现主义版画家柯勒惠支的影响，部分作品也采用表现主义或象征主义手法，但基本原则仍然是现实主义的创作原则，揭露日寇的侵略暴行，反抗地主和资本家对民众的剥削，批判现实中的黑暗，向往光明的生活，是新兴木刻的共同主题。这批木刻作品，对民众起到极大教育作用和鼓舞作用，是20世纪上半叶艺术创作取得的最重要成果之一，并对新中国成立后的美术创作继续产生了积极的影响。新兴木刻是强烈的社会责任感、独特的表现形式与现实主义精神的完美结合。

新中国成立后，以毛泽东《在延安文艺座谈会上的讲话》为中心内容的文艺思想，成为全国文艺工作和文艺创作的指导思想和文艺方针。马克思主义成为国家和共产党所奉行的意识形态，马克思主义哲学中的辩证唯物主义和历史唯物主义，是我们的哲学原则和认识论的基础。与辩证唯物主义认识论相适应的现实主义，也成为国家推行的创作方法和原则，从20世纪50年代初到80年代初，现实主义大行其道，在中国所有的文艺创作领域均占有绝对统治地位，毛泽东还提出革命的现实主义和革命浪漫主义相结合的方法。毛泽东认为文艺作品源于生活又高于生活，文艺作品反映出来的生活可以比实际生活更典型、更集中、更深刻，因此更带有普遍性，要求把反映生活的现象同表现生活的本质结合起来。这样，现实主义有关不加粉饰的描写生活真实同党的政治要求相结合,使现实主义符合党的政治要求,现实主义被中国化了。因此从某种意义来说,新中国成立后的最初30年,在中国盛行的现实主义,与其说是革命现实主义,还不如说是政治现实主义。

徐悲鸿所倡导的用欧洲写实主义改造中国画,以及他坚持的欧洲古典写实油画方法,在新中国成立后,正逢其时,和党和国家所倡导的革命现实主义在大方向上是一致的,加之他在新中国成立后担任了由北京艺专改建的中央美术学院第一任院长,因此写实油画和用欧洲的写实主义方法改造中国画这两项工作都得到进一步推进。20世纪50年代中期,中央美术学院邀请苏联油画专家马克西莫夫来到北京,主办马克西莫夫油画训练班,靳尚谊等人就是这个训练班的学员。19世纪俄罗斯写实主义油画家列宾、苏里柯夫等人的作品,被中国画家视为现实主义油画的楷模,而马克西莫夫来京进一步向青年油画教师传授写实油画技法,培养中国新一代写实油画家,其间还有罗工柳等人到苏联进修油画。这些活动,都为50年代和60年代的现实主义油画创作准备了技术条件。

与此同时,文艺理论方面也在学习苏联,1954年春至1956年夏,应中国教育部邀请,苏联文艺理论家毕达柯夫到北京大学讲学,其讲义以"文艺学引论"为题在北京出版了专著,其理论体系源于苏联另一位专家季莫菲也夫,季氏在20世纪30年代于苏联出版的《文学原理》,也于50年代译成中文在中国出版。这两本专著成为50年代中国高校讲授文艺理论的重要参考。这两本专著将马克思主义有关上层建筑与经济基础的关系,意识形态与文艺的关系,文艺与现实的关系等作为重要内容,现实主义当然是其中的重要组成部分。苏联的艺术理论家涅多希文的《艺术概论》也被杨成寅译成中文出版,成为50年代中国艺术理论的重要理论参考。涅多希文在书中用很大篇幅论述现实主义,为中国艺术理论界进一步提供了现实主义艺术理论的根据。此外,别林斯基、车尔尼雪夫斯基、普列汉诺夫有关现实主义及有关艺术与现实关系的理论继续在中国得到阐释。这样,中国20世纪50—60年代的文艺理论,基本是由马克思、恩格斯、列宁的有关文艺的论述,加上俄苏的别林斯基、车尔尼雪夫斯基、普列汉诺夫、季摩菲也夫、毕达柯夫、高尔基的文艺理论,以及毛泽东的《在延安文艺座谈会上的讲话》所组成的综合体。而在这一理论系统中,意识形态论和现实主义论是两块重要的基石。

著名美学家王朝闻先生在20世纪50—60年代,紧密结合艺术创作技巧和中外优秀作品的评论来阐发现实主义理论的特征,致力于发展中国的现实主义理论,他曾写下了上百篇评论文章,刘纲纪教授编选《王朝闻文艺论集》三卷,由上海文艺出版社出版。1950年王朝闻在《人民美术》上发表《表面精确不等于现实主义——线描不容轻视》,针对有人认为中国画重线描,和西洋画比较缺少光与色的表现,因而不能达到现实主义真实的观点,提出不同的看法,认为:"现实主义决不能庸俗地解释作'事实'的'再现',决不能以平铺细抹、纤毫毕露地摸写现象就等于真实地反映了现实。"[①] 认为光色变化绝不是现实主义创作所依靠的重要条件,现实主义艺术"主要是指生动地塑造出典型人物,恰当地表达主题,而不能以为描写光与色的技术是构成高度技巧的主要条件甚至是唯一条件",轻视中国画的线描是不对的。他还举宋代李公麟等人的作品为例,说明中国画可以恰当地表达出事物的性格特征以及质感、量感和空间感。王朝闻此文,为新中国成立后中国画反映现实生活,坚持发挥中国画的传统造型特点,起到重要作用。王朝闻一方面坚持毛泽东《在延安文艺座谈会上的讲话》的基本精神,坚持现实主义创作道路,另一方面也尊重艺术创作规律,如1952年他在《文艺报》上发表的《创造真实的形象——新年画观后》,对新年画中的"一般化"问题提出批评,认为意义重大的主题,只

[①] 王朝闻:《王朝闻文艺论集》(上册),上海文艺出版社1982年版,第17页。

有当它和真实的形象结合在一起，通过真实的形象来表现，群众才能体会到其重大的意义。1953年王朝闻在《人民日报》发表的《面向生活——全国国画展览会观后》，提出发扬国画现实主义的优良传统，最重要的是面向生活，现实生活是无限丰富的，新国画的创作也应丰富多样，应充分发挥国画家的个人创造性，既要表现对象的特点，又要表现画家自己的感情。王朝闻1954年发表的《向列宾学习》一文，仔细分析列宾的《伏尔加河的纤夫》《拒绝临刑前的忏悔》等作品，提出现实主义的宣传教育力量，要依靠形象的真实。这些观点都为新中国成立初期画家们的创作指明了正确的方向。王朝闻是20世纪50—60年代现实主义理论在中国的阐释者和倡导者，对中国当时的文艺创作产生重要的影响，不少画家回顾这段历史，认为是吸收王朝闻的著作和论文的观点，进行美术创作。

对于将现实主义简单化的问题，张仃和林风眠曾发表不同意见。张仃1955年在《美术》上发表文章《关于中国画创作继承优良传统问题》，对否定民族绘画特性，想以西洋画的分面造型（即古典写实）的所谓科学技法来完全代替中国的传统画法，提出批评，认为一些人剽窃一些西洋画技法，作为他们的"科学"根据，用以攻击我们的民族画法，这是狭隘和偏激的。林风眠借1957年毛泽东主席倡导"百花齐放、百家争鸣"的时机，在《美术》上发表了《要认真地研究工作》一文，并对墨西哥画家西盖罗依斯在中国座谈社会主义现实主义问题的发言加以引申，西盖罗依斯强调各民族文化传统不同，社会主义现实主义的美术创作也不同，明确反对拿自然主义学院派的东西来替代社会主义现实主义美术。林风眠接过话题指出："几年来许多美术家和理论家，把社会主义现实主义的范围看得太狭小，把自己和别人束缚在一个小点子上来理解一切，结果，现实生活的进步和艺术上保持着落后的现象，极不相称地存在着。究竟什么是古典主义、浪漫主义、写实主义、自然主义、学院派或野兽派、立体派、未来派……它们怎样形成和成熟？不要先肯定和否定一切。必须研究它们，了解它们，的确消化它们，细细地做一番去芜存菁的工作。"显然，林风眠在当时保持着清醒的头脑，对当时美术创作上只肯定学院派似的现实主义方法而否定其他创作方法的现象提出质疑和批评，对包括印象派、野兽派和立体派、未来派等创作流派，主张都应做认真的研究工作。这是当时少见的而又是正确的意见。随着"反右"的开始，林风眠的这些意见当然不会得到文艺界的重视。

20世纪50—60年代，中国的现实主义艺术创作取得重要的成果。主要表现在两个方面，一是反映共产党领导人民经历的伟大革命斗争，如秋收起义、井冈山革命根据地、长征、抗日战争、解放战争等历史题材，二是表现新中国成立后的社会主义建设事业，和人民群众当家做主的新生活。如长篇小说中的代表作《红岩》《红日》《红旗谱》《野火春风斗古城》《苦菜花》《林海雪原》《烈火金刚》《平原游击队》《铁道游击队》，这些作品有的被拍成电影，广为流传，此外电影还有《地雷战》《地道战》《洪湖赤卫队》《小兵张嘎》以及《南征北战》《东方红》等。

现实主义艺术创作在油画和国画领域也取得了重大成果。表现革命历史题材的油画代表作有：董希文的《开国大典》、罗工柳的《地道战》、胡一川的《开镣》、李宗津的《强夺泸定桥》、徐悲鸿的《人民慰问红军》、吴作人的《红军过雪山》、辛莽的《毛主席在延安窑洞内工作》、王式廓的素描稿《血衣》、詹建俊的《狼牙山五壮士》、蔡亮的《延安火炬》、靳之林的《南泥湾》、钟涵的《在延河边上》、魏传义的《强度乌江》、王德感的《英雄的姐妹们》、恽圻苍的《洪湖黎明》、莫朴与黎冰鸿各自画的《南昌起义》、冯法祀的《刘胡兰》、王征骅的《武昌起义》、何孔德的《出击之前》、项而躬的《红色娘子军》、高虹的《决战之前》、闻立鹏的《国际歌》、侯一民的《刘少奇与安源矿工》等，这批油画均采用现实主义手法，以古典油画写实的方法，再现现代中国波澜壮阔的革命斗争，取得了突出成果。此外，油画在反映新中国人民群众建设社会主义的劳动生活方面也做了尝试，如王文彬的《夯歌》、温葆的《四个姑娘》、吴作人的《三门峡工地》、艾中信的《通往乌鲁木齐》、董希文的《春到西藏》、朱乃正的《金色的季节》、王霞的《海岛姑娘》、潘世勋的《我们走在大路上》、孙滋溪的《天安门前》等，普通工人、农民、士兵成为油画的主体形象，热情歌颂了新中国人民大众以主人翁的姿态创造新生活的社会主义伟大创举。无论是反映现代革命历史题材的作品，还是表现新中国建设的作品，都是油画家们用真切的情感进行感悟和把握，既符合历史与现实的真实，又符合党和国家的意识形态，以老百姓能够看懂和理解的现实主义方法加以表现，获得大众的喜爱。这样，油画这种西方传来的画种，终于以现实主义方式来描绘中国的革命和建设，在中国生根、开花、结果了，成为中国美术中最基本和最重要的画种之一。所以20世纪50—60年代的这批油画作品，既开创了中国油画的现实主义民族特色之路，同时又使油画这种方式在大众中得到传播和认可，使之成为与中国画并驾齐驱的最重要的画种之一。

　　国画在新中国成立后也用现实主义精神作为指导，进行新的试验。在表现革命历史题材方面出现了王盛烈的《八女投江》、石鲁的《转战陕北》等优秀作品，可能是中国画的水墨材料本身的限制，因此在表现革命历史的厚重题材方面，国画成果不如油画。但国画在表现新中国建设中的生动性和多样性方面，在发挥中国画以形写神的美学精神方面，国画的表现性更加灵活多样，国画家们有的发挥传统的水墨技巧，有的吸收民间年画的特点，有的将工笔线描同水墨相结合，有的借鉴西画中的明暗特点来造型，这样，使中国画在人物画和山水景物画方面取得了丰硕的成果，同时极大地推进了中国画的改革，使中国画在表现新的现实生活方面，获得了长足的发展，取得了新的经验。这批代表性的作品有姜燕的《考考妈妈》、汤文选的《婆媳上冬学》、黎雄才的《武汉防汛图》、王玉珏的《山村医生》、姚有多的《新队长》、刘文西的《祖孙四代》、李琦的《主席走遍全国》等。此外，方增先、周昌谷、林楷、杨之光、费新我、黄胄、梁岩、魏紫熙、黄润华、宋忠元、顾岳生、周思聪等人在人物画方面都取得优异成果，而宋文治、白雪石、关山月、刘子久、张文俊、何海霞、胡佩衡、钱松嵒等人则在将山水画、景物画中结合田野、水乡、山区的劳动场面方面进行了新的探索，使山水景物画增添了现实生活的新的气象。当然用山水画来表现新的时代生活，仍然是一个新的课题。此外，张仃、亚明、谢之光等人用水墨形式表现炼钢等工业题材，也取得了新的成果。总之，国画在再现新的工业、农业题材方面，在人物画与山水景物画的现实主义探索方面，为中国画的革新创造积累了新的经验。

在"无产阶级文化大革命"中，现实主义创作原则继续得到提倡，并被演化为"革命现实主义与革命浪漫主义相结合"的创作方法，主题先行、政治挂帅、阶级斗争等作为文艺创作的首要任务，继而出现了"三突出""红光亮""高大全"等现象，《红灯记》《红色娘子军》《沙家浜》《海港》《白毛女》《智取威虎山》等样板戏在全国推演，家喻户晓，深入人心。小说创作领域有浩然的《金光大道》《艳阳天》，柳青的《企业史》等少数几部代表作。现实主义被政治化了，"文化大革命"中的现实主义，是一种典型的政治现实主义。在美术创作中，除政治宣传画表现毛主席接见红卫兵革命小将及全国山河一片红等题材外，毛主席肖像画和毛主席雕塑形象也各地可见。此外油画创作也取得一定成果，如刘春华的《毛主席去安源》，靳尚谊的《毛主席在12月会议上》，高泉的《毛主席在连队建党》，张祖英的《创业艰难百战多》，陈逸飞、魏景山的《攻战总统府》以及70年代末林岗、庞涛的《峥嵘岁月》等，这些作品是50年代和60年代初革命历史画的继续，有其特定的历史价值和艺术价值。在山水画的创作中，李可染曾画毛主席诗词意境，如《层林尽染、万山红遍》和《井冈山》，傅抱石的《韶山》用红色为主调画毛主席的故乡。人物画方面，周思聪的《总理与人民》等，都是富有特色的代表性作品。

粉碎"四人帮"进入新时期后,党和国家开始从阶级斗争、路线斗争的思维方式中解脱出来,兴起了思想解放运动,从"以阶级斗争为纲",转换到"以经济建设为中心",并开始对"文化大革命"进行反思。在70年代后期和80年代初期,无论是在文艺理论方面还是在文艺创作中,现实主义仍然是主流。但此时,文艺家们对"红光亮""高大全""主题先行"和唱赞歌式的现实主义开始厌倦,而更多地走向对历史和现实的深刻反思,并揭露"文化大革命"中的创伤。1979年前后,文学中出现了卢新华的《伤痕》和刘心武的《班主任》等短篇小说,掀起了"伤痕文学"思潮。美术创作中出现了罗中立的《父亲》、陈丹青的《西藏组画》、高小华的《为什么》、程丛林的《一九六八年×月×日·雪》、何多苓的《春风已经苏醒》等。这批作品可称为伤痕现实主义,或表现对红卫兵"武斗"的反思,或对农民艰辛生活的写照,或对农村贫穷的观照等,改变了之前30年中我国现实主义文艺创作的模式,将质疑和批判的锋芒指向了现实生活。新中国成立后最初的30年,我国现实主义文艺作品的显著特点是,歌颂党领导的新民主主义革命,歌颂新中国的社会主义建设,现实主义的批判功能只能指向民国时期的"旧社会",指向国民党统治时期的黑暗社会。而对新中国的现实生活,一般来说只能歌颂,不能暴露。在文学创作中曾有王蒙《组织部新来的年轻人》等作品,因揭露现实中的矛盾而遭到批判。"暴露文学"不受政府领导者欢迎。所以现实主义固有的批判精神没有释放出来。1979年前后产生的伤痕文学和伤痕美术,其重要价值在于对"文化大革命"和当下现实的反思与批判,将现实主义从"红光亮""高大全"以至虚假的政治符号中解放出来,使现实主义回到平实的生活实际之中,用关切普通人的生存状态和人文关怀,来代替歌功颂德和粉饰太平的虚假情景。伤痕现实主义是对中国现实主义的一种深化,对现实的反思和批判成为其主要特点。这些作品及其表现的对普通人生存状态的人文关怀精神,对新时期的绘画创作产生过一定影响。

80年代中期以来，随着中国社会改革开放的推进，西方的哲学、文化及艺术思潮被介绍到中国，思想界也开始研究马克思主义以外的学术思想，西方现代主义艺术及思潮被再一次介绍到中国，并被青年艺术家追捧，表现主义、立体主义、抽象主义、超现实主义、达达主义等西方现代艺术的表现方法，以及后现代艺术中的波普艺术、偶发艺术、行为艺术等，被青年艺术家作为自己创作的重要参照，现实主义自1950年以来一统天下的局面被打破。中国社会除公有经济外，开始允许私有经济的存在，外资企业、中外合资企业、民营企业也在发展，党和政府开始将社会主义市场经济作为新的模式加以提倡和发展，社会经济发生巨大变化，呈现出多元化的活跃状态。与此同时，文艺创作也呈现出多元化的格局和繁荣的景象。当然，我们一直提倡的现实主义在此种情况下，面临新的挑战。现实主义文艺在中国不再是一花独放了，而是同抽象的、表现的、象征的等多种创作方法共同生存与竞争发展。

由于20世纪以来我国高等美术教育制度，从入学到教学，在很大程度上沿袭西方学院教育的方法，重视素描和造型能力的培养，新中国成立后，仍然沿袭这一教学体系，因此从学院培养出来的青年画家有较强的写实能力，现实主义的技术基础仍然存在。新中国成立后的50—60年代的油画与国画创作中的现实主义经典作品，形成一种新的传统，并培养了观众观看现实主义作品的习惯，因此现实主义有着坚实的社会基础和群众基础。此外，改革开放30年来，虽然允许现代主义风格在某种框架内可以创作和发展，但党和国家仍然提倡文化艺术中的"主旋律"，反映革命历史和建设中的重大题材及再现现实中的正面人物，仍是党的文艺工作的基本方向，而这种"主旋律"在艺术创作中的展示，仍是以现实主义表现方法为主导。前几年，国家启动一个亿的资金，来进行美术创作的"重大题材工程"立项工作，2009年在中国美术馆主办这些"重大题材工程"美术创作成果展，其中百分之九十以上的作品仍然是用现实主义方法进行创作的。而从1984年以来的第六届全国美展到2009年第十一届全国美展，百分之七十以上也仍然是现实主义性质的作品。全国美展的入选标准和国家重大题材工程的创作倾向告诉人们，现实主义依然是我国美术创作所遵循的基本的和重要的创作方法。近10年来，油画中的现实主义创作团体得到发展，陈逸飞、艾轩、扬飞云、王沂东、陈衍宁、徐芒耀、何多苓、刘孔喜、郭润文、王宏剑、朝戈、忻东旺、郑艺、徐唯辛、冷军、朝戈、庞茂琨、龙力游、王玉琦、李士进、殷雅、尚丁、张利等人，还组织和参加中国写实画派，并多次举办写实画派作品展览。这说明写实画派的画家们，以民间自发的形式，形成创作团队，凝聚创作力量，自觉推进中国写实油画和现实主义创作的发展。

新时期油画创作中的现实主义，呈现出多样化趋向，创作风格也开始追求个性特点。具有代表性的风格主要有以下几种：一、以王宏剑、郑艺、孙为民等人为代表的乡土现实主义。王宏剑创作的《天下黄河》《冬之祭》，郑艺表现东北农村的系列作品《干草垛》《眺望新世纪》，孙为民的《暖冬》《腊月》等，表现质朴淳厚的农民形象和乡村生活，透露出生活的艰辛和苦涩。王宏剑表现民工潮的《阳光三叠》曾获全国美展金奖，李节平的《泥水夫妻》也获第十一届全国美展金奖。农民和民工的生存状况是中国现实主义艺术家关注的重点题材之一。农民问题和民工问题不解决好，谈中国的现代化和小康社会只能是一句空话。二、再现重大事件的现实性油画，如再现接受日本投降仪式的大场面，再现1998年抗洪救灾和2008年汶川抗震救灾场景的大幅油画，这些作品可称为宏大现实主义。三、是以石冲、冷军为代表的观念现实主义。石冲与冷军都有极强的写实能力，他们将某种观念以象征手法来表达他们对事物的理解，如石冲的《综合景观》、冷军的《五角星》、徐唯辛的《历史中国众生相1966—1976》，都有一定的思想隐喻，引起观众丰富的思考和联想。正由于其隐喻和主题的不确定性，石冲和冷军的这两件全国美展评选出的金奖，都遭到了质疑和批评,徐唯辛的作品也引起不同看法。观念现实主义作品有别于传统现实主义作品中主题的明确性,而追求形象的多义性。四、风格现实主义。以忻东旺和韦尔申为代表,风格现实主义者比较重视个人风格的表现。忻东旺的《明天·多云转晴》《早点》《龙脉》《金婚》《江湖——天地》《夏日的思辨》等,用个性化的语言,略带变宽的人物造型,表现农民、民工和市民的生存状态,为现实主义油画表现低层民众生活找到一条独自的道路。艾轩的《荒原的黎明》《穿越狼谷》,孙景波的《小卓玛》,韦尔申的《吉祥蒙古》,段建伟的《雪原》,宫立龙的《村长》,龙力游的《大辫子》《家常闲话》,庞茂琨的《圆梦》均具有鲜明的个性特点,这些作品或表现藏民坚毅的性格,或表现蒙古牧民朴茂的品质,或表现农村基层干部憨厚的神情,其人物形象具有鲜明的性格特征。这些作品给人的启示是,现实主义的风格也可以多样化,再现生活与油画语言的个性化特点,可以统一起来。五、唯美现实主义。用古典油画的细腻手法,表现现实中优美的形象,给人以视觉美的享受。40年代杨立光创作的女大学生形象《红纱巾》,60年代全山石创作的《塔吉克姑娘》,塑造的优美女性形象给人以深刻的印象。80年代以来,以中央美院靳尚谊为代表的唯美写实风格得到发展。靳尚谊的《塔吉克新娘》《青年女歌手》,王沂东的《阳光与我同行》《一抹白云》,杨飞云的《四川女孩》《红》《梳妆》,以及陈逸飞的《二重奏》等音乐女性形象,李贵君的《双鹦》《迷》等,塑造甜美悦目的漂亮女性形象,再现了不同职业的青年少女的生活方式与审美特点。值得一提的是,现实主义画家中,既有坚持不渝的,也有走向表现主义或其他创作风格的。2010年10月中旬,何多苓、尚扬在北京798布鲁姆画廊以"表现中国"为题,联合15名画家举行表现主义画展。尚扬在80年代曾创作《黄河船夫》《爷爷的河》等现实主义作品,何多苓则是70年代末和80年代初伤痕现实主义的代表画家,尚扬后来所画的《大风景》等作品,朝设计构成与几何形画面发展,强调画面形式的表现力,何多苓的《躺着的女孩》《夜奔》《重返克里斯蒂娜的世界》，带有淡淡的抒情风格和强烈的表现倾向。

新时期国画中的现实主义也在向前发展，80年代中期以来出现的抽象水墨、新文人画的发展，改变了改革开放以前的30年国画反映生产劳动，塑造新中国劳动者生动形象的大局，向笔墨语言的抽象、写意和形式方面着力。但现实主义国画还是取得一定成果，如在表现现代革命历史方面，杨立舟、王迎春的《太行铁壁》是重要代表作，史国良《大昭寺早晨》、毕建勋的《云栖之乡》也是优秀作品。青年画家方正的《收获》、李传真的《工棚》在表现农民生产与民工的居住困境方面，均有新的成就，显示了现实主义在国画创作中仍充满了活力。

现实主义在当下中国，仍有其生存和继续发展的空间，如何使现实主义走向深入，与时俱进，创造出新的经典作品，则需要艺术家们用智慧和功力继续探索。

新时期以来的现实主义艺术，在风格多样化方面，超过了50—60年代的作品，但是从表现历史的深度和现实生活中形象的生动性方面，以及创造出的经典力作方面，却不如50—60年代的现实主义作品。从艺术家自身的原因来看，现在中青艺术家们既缺乏50—60年代艺术家的对新民主主义革命的深切体会，也缺乏像他们那样对新中国新生活的纯真理想和纯正的情感，因此即使是表现同样的革命历史题材和现实生活题材，往往也缺乏情感真实的力量。1960年在自然灾害时期，北京地区的部分油画家们被集中起来安排画革命历史画，他们最好的待遇，就是能被特别关照而有饱饭吃，但他们创造了一批经典革命历史题材油画。前几年启动了亿元重大题材美术创作工程，每幅作品可能有上百万元的创作研究费用，但创造出来的作品，虽也有佳作，但不能和50—60年代的经典作品相比，这一现象是令人深思的。

另一社会和政治原因是，表现1950年以来新中国的历程，如果继续以主题先行，歌颂光明为内容，往往有粉饰太平之嫌，如揭示生活中的矛盾，又怕政治审查上通不过。艺术家们左右为难。改革开放的30年，中国的经济实力增强了，高速公路、城市大楼增加了，但社会不公、贫富差距、贪污腐化、官商勾结、道德滑坡、生态破坏等社会问题也愈加严重，毒奶粉、矿难、强拆、黑砖窑、奴工、黑社会、高房价等问题层出不穷。这些问题需要现实主义艺术尖锐地、批判地描绘与再现，现实主义大有用武之地，可以用文艺作品的形式加以反映，唤醒民众，对社会发出警示，推动社会正义和人性的健康发展。徐晓燕的系列写实油画《大望京》《桥》等作品，用敏锐的目光，以纪实的方式，记录城市开发过程中暴露出的环境破坏、垃圾污染等社会问题，其作品可以看成现实主义油画对当下环境问题这一新的主题的触及，有一定的启示意义。但从总体来看，文艺作品对当下社会问题的关心，远远落后于新闻媒体，《焦点访谈》及报纸、互联网，对现实问题可做及时报道和评论，但文艺作品则不敢触及。如王家岭矿难，新闻媒体可做救援直播，但拟拍的电影则在酝酿开始就被放弃了。这样我们的电视剧，一方面只能向谍战片如《内线》等去着力，另一方面则将《红岩》《铁道游击队》《洪湖赤卫队》等改编，或者拍古代题材，或者拍"主旋律"性质的《建国大业》《民主之澜》等，表现当下生活的以小岗村挂职书记沈浩为题材的《第一书记》，有一定的纪实性和时效性。总体来讲，对当代生活和矛盾的揭示不够，这是造成很难拍出现实主义精品的根本原因。此外，文艺政策的把握，也会影响到艺术家的创作态度。以徐唯辛为例，前几年他在中国美术馆展出过巨幅当代煤矿工人的系列肖像画，极具震撼力。其后他开始对"文化大革命"沉思，以图像记录的方式画系列人物，包括毛泽东、冯友兰、陈寅恪、张志新、黄帅、顾准等，部分作品也在中国美术馆展出过，但2009年5月以清华大学博士生为主体的知识分子艺术家作品在中国美术馆展出，徐唯辛的"文化大革命"历史人物画被领导审查拿下。当徐唯辛来中国美术馆参加开幕式时知道自己的作品被领导审查撤下后，掉头便走出美术馆大门。这对艺术家来说无疑是一次教训。2010年9月在中国美术馆举办的第四届国际艺术双年展，徐唯辛改变了他的社会问题主题，转而画了一张男性人体画，进行语言形式方面的探索，他中断了现实主义创作与思考。这显然对于现实主义创作和发展是不利的。可见，现实主义在社会批判和深化方面，既面临艺术家本身的认识和感受的局限，也面临社会的政治的干扰，因此现实主义在当下中国，既需要，又面临挑战和困难。

但我们需要指出的是，无论是当下社会情状，还是观众的期待，以及现实主义艺术发展自身的要求，为了社会的公正和进步，为了塑造健全的人性和公民的良知，也为了留下时代的艺术精品，我们仍需要现实主义，特别需要尖锐的、批判的、深刻的现实主义！

路遥的新启蒙现实主义

段建军

段建军,教授,博士生导师,中国文艺评论(西北大学)基地主任,西北大学文学院院长。兼任中国人民大学报刊资料《文艺理论》编委,《小说评论》特邀副主编,中国中外文论学会理事,陕西作协理论批评委员会主任。主要学术领域为文艺美学、文学批评和中国审美文化史。

引 子

　　时代在变化，社会在发展，路遥写作时农村人口占绝大多数的中国乡土社会，已经随着城市化进程的日益深入，商品经济的迅猛发展，变为商业化程度较高的消费社会。随着整个社会财富的快速增长，人们的整体生存状况得到了很大的改善，农民进城非但不受限制，反而受到政府的倡导和鼓励。然而，不同阶层的贫富差距在拉大，有些人在追求刷卡的快感和刺激，有些人的生活还捉襟见肘，更不知道银联卡为何物。不同阶层人们生存发展的平台差异加大，有些阶层成长发展的平台高大宽广，有些阶层成长发展的空间低矮窄小。正是这种差距，把社会分成上层和底层，在人生中形成两种不同甚至对立的生存体验、生命体验，与路遥小说所表达的精神向度十分吻合。因此，阅读和欣赏路遥作品的读者越来越多，分析和研究路遥作品的论文和论著日益丰富。

　　路遥创作的鼎盛期，正是中国文坛猛刮现代风的时期，许多作家和评论家，开口现代派，闭口现代主义。路遥去世后，中国文坛大刮后现代之风，许多作家和理论家，张口后现代，闭口后殖民。在他们心中，现实主义早已过时，不值得实践和言说。路遥是一个有着现实情怀的作家，他关怀底层人的生存发展，关怀底层人的努力奋斗，关怀底层人人生价值的实现。他坚定地认为，好作家首先是一个敢于直面现实，敞亮当下人生的作家。因此，现实主义无论作为一种精神关怀向度，还是作为一种创作方法，在中国还可以大有作为。他要用自己的创作证明，当代作家的首要任务是，聚焦当下现实人生，塑造改变现实改变自我的时代典型，向世界传达中国改革开放的强大声音，对国民进行主宰自我改变人生的新启蒙。

　　路遥把自己的眼光盯在交叉地带这一另类空间，在这里市民和乡民进行着差异交往，最容易碰出体验之痛，最容易撞出思想的火花，最容易引发作家的诗情，最容易启迪思想家的哲思。他把自己关注的底层青年放到这一空间之中,激发他们成长的激情,考验他们克服困难的勇气,锤炼他们越界生存的胆量,塑造他们的当代英雄形象,启发后来者学习模仿。

许多读者都知道,路遥是城乡交叉地带的书写者,但不清楚路遥为什么把他的主人公置于这样的另类空间中,由于读者对城乡交叉地带缺乏清楚全面的认识,因此对路遥小说蕴含的现实社会意义,宇宙人生价值,往往会产生狭隘化的理解。站在今天的立场来看,随着中国经济的飞速发展,横在城乡之间的那堵墙已经被中国全面改革的脚步踩踏得基本模糊了,有志的农村青年想进城的已经进城了,有的甚至在城里买了房,成了家。城乡交叉地带的许多农民通过卖地,甚至过上了小康生活。殊不知,随着农民工进城数量的日益增多,城乡交叉地带也越来越广泛。不仅如此,据作家莫伸调研,路遥当年写《平凡的世界》曾住过的鸭口煤矿,他作品的主人公孙少平为之奋斗并且最终工作的地方,青年人都投奔了大城市。[1] 这些典型案例说明,不只是农村青年,那些远离大中城市的工矿企业的青年,也在追梦城市五光十色的生活,追寻城市展示个体才能的平台,追求城市挖掘个人潜力的机会。越来越多的底层奋斗者为改变自我生存状况,出现在我们的视野,路遥笔下的人物正在向我们走来。在这样的时代语境下,我们重读路遥的《人生》和《平凡的世界》,剖析高加林、孙少平的启蒙价值和意义,显得十分必要。

一　路遥的底层视觉

现实主义作家路遥,始终把自己的创作与底层乡民的生存发展联系在一起。他说:"作为一个农民的儿子。我对中国农村的状况和农民命运的关注尤为深切。不用说,这是一种带着强烈感情色彩的关注。"[2] 他的两眼

---

[1] 莫伸:《一号文件》,太白文艺出版社2012年版,第417—418页。
[2] 路遥:《散文随笔书信》,广州出版社、太白文艺出版社2000年版,第100页。

一直紧盯着转折时期的中国现实，紧盯着改革开放的先锋——乡村和乡民，他的笔触一直描画着转折期的底层乡民尤其是乡村青年的人生。他关注底层乡民的生存困境，表现底层乡村青年的奋斗成长，挖掘底层乡村青年身上要求改变现状的生存勇气。路遥创作的突出特点有两个：一是路遥作品的题材大都取自于他亲身经历的"文化大革命"到改革开放的社会现实。社会生活的主题是改革，他作品中主人公的奋斗目标是改变。二是他作品的主人公都处于乡村社会的下层，都面临缺乏生存和发展平台的人生危机。主人公都把这种危机当作对自己生存发展能力的挑战，当作展示自身改变实现自我的大好机遇。他们都有迎接挑战摆脱困境的智慧和勇气。他们身上表现出来的对于改革和改变的强烈要求，也是当时乃至今日中国社会的主流要求。

改革开放之前的中国，底层乡民的生存非常艰难，改革开放之初，部分底层乡民的物质生活改善了，衣、食、住、行的困难解决了，生存没有问题了，但是他们要成长和发展依然非常艰难。路遥面对现实中底层人改变现状的种种困境和阻挠，承担起作家引导广大底层人改变命运的启蒙责任，他以赞美底层生存者要求改变的精神，表现当代作家可贵的开拓勇气。

路遥始终坚持底层写作原则，以乡村底层那些为改变自我位置和身份的奋斗者为主人公，描写他们寻找自我发展的出路，发挥自我潜能的平台的艰难历程。他笔下的主人公，基本都生存于乡村社会的最底层，活得不如人，对自我在他人组成的社会中的卑微身份有着清醒的认识。因此，他们大胆反叛"己安安人"的传统做人标准，反抗命运安排给自己的低下位置和卑微身份，四肢摸爬滚打于黄土堆，两眼紧盯的却是大城市，身为"乡棒""泥腿子"，一心想做"公家人"。以高加林和孙少平为代表的这些底层乡村青年，个个都不安分，都有改变"旧我"的野心，都有创造"新我"的勇敢，都有点堂吉诃德的执着精神。他们不认可强大的现实，不认同自己悲苦的命运，不放弃自己远大的理想。他们都走出了祖辈固守的黄土地，拒绝看老天爷的脸，不愿向大自然讨生活，开始寻找能改变底层人命运的路径，实现底层人人生价值，让底层人活得有尊严。路遥在自己的作品中，称赞他们是民间的能人，未来的顶梁柱。

路遥的底层视觉中充满了对底层人当下生存的温情，充满了对底层人未来发展的期望。他用饱蘸温情的笔墨描写主人公面临的饥寒，把主人公生存发展的瓶颈当作他们新的机遇来表现，他在作品中总是捕捉底层生存者努力奋斗的行动和勇气，挖掘底层生存者追求改变的细节和情节，把这些闪光点编织成反映底层人与命运抗争的故事，激发读者以奋斗求尊严的勇气和力量，启迪读者以反抗求自由的思想。评论家李星曾敏锐地指出："路遥几乎所有的作品，都从人民，特别是从普通劳动者的视角和立场出发，表现他们的疾苦和快乐，反映他们的愿望和心声，把自己作为他们忠实的代言人。"[①]

路遥把人生挫折当成底层奋斗者最好的激发器和磨砺石。它唤醒底层人物自我意识的觉醒，激发底层人物以奋斗求改变的顽强意志。他笔下的主要人物如马建强、高加林、孙少平，都在青春期进入城乡交叉地带，目睹了城市的文明和乡村的落后，亲身感受了城里人生活的富足和乡下人生存的贫贱。他们通过中学食堂的伙食级别，感受到自己与城市学生有着黑色非洲和白色欧洲的差别。凡人都有自尊，何况青春期正是人最爱面子的时候，他们不愿意用自己的黑去陪衬别人的白，总是有意躲避正常的饭时，但却无法躲避这种差别造成的自尊心的伤害。难以躲避的挫折和创伤，生活中的撞击，强烈震撼着这些底层奋斗者的心灵，他们猛然觉醒，自己过去生存的旧环境，是一片不能养人的贫瘠之地，自己父辈经历的旧人生，是一种没有尊严的屈辱人生，必须尽快逃离贫瘠的土地，尽快改变屈辱的人生，绝不能重复卑贱的生活。用自己全部的心智和体力，朝着城市的方向一往无前的奋斗，成为他们的共识。

[①] 马一夫、厚夫主编：《路遥研究资料汇编》，中国文史出版社2006年版，第99页。

人不分城乡，都要生存成长，都向往和探索着新的人生，都想通过创造性的劳动，改变"旧我"，塑造"新我"。底层乡民由于生存艰难，发展缺少平台，生活逼迫他改变现状，本能要求他改变人生，因此，他们改变生存现状的要求极其迫切和强烈。常言道，穷则思变。当人的生活一穷二白没有出路的时候，他就会存一颗要求改变的心。一穷二白的人之所以要求改变，是因为改变不会让他丢掉任何东西，他也没有任何可丢掉的东西。改变却可能给他带来新的东西，可能给他生命的白纸上增添一点色彩，可能给他实现自我价值搭建一种平台。生活在城里的人也不满足自己的仅能吃饱穿暖的生存现状，也想让自己的生活质量更上一层楼，也想让自己的前程更加远大。况且城里人见多识广，更有理想，更多抱负，更想实现自己的人生价值，因此，追求改变的心更加主动。当改革开放进入深水区，大中城市的门向所有人打开之后，作家莫伸在调研中写道："在此之前，我为农村中大批青壮年出外打工的现象感到惊讶……但是，当我来到那些远离大城市或者远离中心城市的工矿企业，当我把眼光继续往生活的更大范围扩展时，我发现何止农民，事实上工人们，干部们，甚至领导干部们，都和农民完全一样，以同样的速度和同样的力度在向大都市狂奔。"①因此，改革和改变是中国各阶层人民共同的愿望，乡村的底层生存者因为生活压力更大，所以身上储存着的变革动力相应地也更加强大，他们的探索精神和进取意志也更加坚定。

路遥从底层的立场出发看世界，用底层人的标准评价人生，他要用自己的作品启蒙底层人有尊严地活着。他笔下的底层人，物质生活十分匮乏，精神世界却像黄土地般宽广深厚。他们的外在生活几乎是一张白纸，内心却有一种永不服输的坚强意志，始终涌动着要通过不断的努力奋斗，改变自己生存现状的激情。受到权贵的打压，从不轻言放弃；面对人为设

---

① 莫伸：《一号文件》，太白文艺出版社2012年版，第418页。

置的不合理边界，他们敢于跨越。路遥的内心，只认可奋斗，只赞美改变。在路遥眼里，一个人不论身处怎样的位置，身着怎样的衣衫，也不论这个人生活的贫困与富足，只要他努力奋斗了，就有尊严，只要改变了就受人尊敬。倘若没有奋斗，坐享其成，就受到轻贱。路遥的眼睛关注低层，主要是关注底层的奋斗精神，认可底层，主要是认可底层以奋斗求改变的顽强意志。这就是一个普通人最本质的尊严。

二 边界书写

从某种意义上来讲，中西古今的大作家，都把目光盯在社会人生的各种边界地带，他们所写的激动人心的作品，表现的都是情与理，私与公，个人与集体等边界地带的生活。"实际上，世界各国都存在这么个交叉地带，而且并不是从现代开始。从古典作品开始，许多伟大作家已经看出了这一地带矛盾冲突所具有的突出的社会意义。许多人生的悲剧正是在这一地带演出的。许多经典作品和现代的优秀作品已经反映过这一地带的生活，它对作家的吸引力经久不衰，足以证明这一生活领域多么丰富多彩，它们包含的社会意义又是多么重大。当然，在当代中国社会中，这一生活领域的矛盾冲突所表现的内容和性质完全带有新的特征。"[1] 交叉地带的差异交往，让生活变得丰富多彩，其中也蕴含着深刻重大的社会意义，吸引有魄力有思想的作家，用自己的笔书写守界者的平庸，越界者的勇敢，思索边界的局限，考量破界的途径和价值。路遥自己的创作，也自觉向历代经典作家看齐，他在新的历史转折期，首先把自己的书写聚焦在城乡交叉地带这一边界区域。他说："我的作品的题材范围，大都是我称之为'城乡交叉地带'的生活。这是一个充满矛盾的、五光十色的世界。"[2]

---

[1] 路遥：《散文随笔书信》，广州出版社、太白文艺出版社2000年版，第296页。
[2] 同上书，第183页。

交叉地带是颠覆正常交往秩序的另类空间,它把正常状态下不可能生活在一起的不同阶层的人们聚集在一起,形成一种越界交往状态,激发了交往着越界生存的激情,形成对正常秩序的冲击。中国自古以来就是一个很讲究秩序的国家,上下高低尊卑贵贱界限分明。这一点不仅中国人记在心里,表现在行动上,外国人也看在眼里,书写在字里行间。福柯说"中国文化是最为谨小慎微的,最为秩序井然的,最无视时间的事件,但又最喜爱空间的纯粹展开;我们把它视为一种苍天下面的堤坝文明;我们看到它在四周有围墙的陆地的整个表面上撒播和凝固。即使它的文字也不是以水平的方式复制声音的飞逝;它以垂直的方式树立了物的静止的但仍可辨认的意象"①。中国做人做事最讲究长幼有序,内外有别。这种秩序被几千年的历史凝固,这种界别被千百代人的实践固化。事实上,一切失去弹性、拒绝任何改变的秩序,必将压制和窒息鲜活的生机,因此,必然会引发要求改变者的反弹和反抗。

旧中国最大的秩序和界别,就是君臣有别,长幼有序。这是一种政治加伦理的双重规约,绝对不允许违规。新中国成立以后,政府用户籍把城市和乡村进行区隔,城市里的人是市民,领工资,吃商品粮,旱涝保收,手里端的是铁饭碗。乡村里的人是乡民,自力更生,靠天吃饭,旱涝难保,手里端的是泥饭碗。为了防止农民进城,1952年政务院制定了《关于解决农村剩余劳动力问题的方针和办法》草案,提出农村剩余劳动力应就地吸收转化,防止盲目流入城市。直到改革开放前,农民非但不能成为市民,凡是进入城市打工或者讨饭,都被斥之为"盲流"。为防止"盲流"影响城市安全和稳定,各城镇都设立了收容所或收容站,目的就是要把乡民束缚在乡村,不允许他们改变自己的生存方式,更不允许乡民在城市寻

---

① [法]福柯:《词与物——人文科学考古学》,莫伟民译,上海三联书店2002年版,前言第6页。

找自己的舞台，规划自己的人生。然而，由于我们的土地太少，劳动工具陈旧，科技水平低下，农民在风调雨顺的情况下，勉强可以吃饱，在遭受旱涝影响时，往往要出门讨饭，有些人发现，在城镇在饭馆比在乡下更容易吃饱，就想长期滞留在城里，即使冒着被当作"盲流"收容关押的危险，也不愿意回乡下。这种情况一直延续到改革开放之初。

喜欢到城市去生活，哪怕是生活在城市的最底层，做市民们觉得危险或者丢脸以及嫌弃低贱的事情，住市民们瞧不起的陋室及窝棚，不仅仅是乡下出来的乞讨者、流浪汉的追求，更是大量在城乡交叉地带生活过、生活着的乡下青年的愿望。上述乡民，是一群极力摆脱自我，另类生存的人。

城乡交叉地带是市民与乡民大面积长时段深度交往的地方，在空间上大致有这么三种类型：一是城市里的农贸交易市场；二是城里吸收乡村学生入学的学校；三是有大量知识青年下乡的乡村。这三种空间相对于纯粹的乡村或者纯粹的城市，是真正的另类空间，路遥的小说主要描写第二类和第三类交叉地带里的人物和故事。这种空间把姐姐和高立民，黄亚平和高加林，孙少平和田晓霞撮合在一起。让两种身份差异明显的青年男女有比较长久和深入的交往，让他们在交往中忘掉身份，相识、相知、相爱，又让他们在回归各自正常的生存空间之后，相离、相异、相隔绝。它彰显出市民的优越，强化了乡民的自卑，它也激发市民固守城市，乡民越界进城的念想。城乡交叉地带，既是城市把触角伸向乡村的边界，也是乡村把触角伸向城市的边界。在这个既不是纯粹的城市，也不是纯粹的乡村的边界地带，产生了高加林、孙少平那样的越界生存的英雄，另类思考的理想主义者。也产生了不少无法无天的越轨者，异想天开的幻想家。这是一块最具想象力、行动力和改革精神的地方。

20世纪80年代初期，伤痕作家着力描写"文化大革命"中各阶层的人被规训和被惩罚的伤痛，描写各阶层人的人性被挤压和被扭曲的悲惨。改革文学着力描写改革开放以来各级领导如何大刀阔斧除旧革新的畅快，生产力大解放的欢乐。路遥把自己的双眼紧盯着城乡交叉地带的边界人生，用有力的笔触描写那里极力摆脱自我另类生存的越界者。挖掘他们身上的改革活力，表现他们身上的创造精神。他的作品，从《在困难的日子里》《人生》到《平凡的世界》，既不徒然伤感过去的悲惨，也不空洞歌颂今天的欢乐。他写过去底层乡民陷入困境的艰难，但绝对不是为了表现主人公的伤感，而是为了突出主人公直面困难的勇气；他也写今天生活的进步，但却绝不遮蔽前进中的问题，而是为了突出主人公解决问题的决心和毅力。路遥最善于塑造乡村底层人物的形象，他把底层乡民放到城乡交叉地带，让他们感受看到新的生活方式的激动，体验受到旧生活拖曳的压抑，书写他们越界生存的欢乐与痛苦。

底层生活的乡民，倘若长期生活在远离城市、远离公家人的环境之中，在五谷丰收，心情愉悦的时候，会不由自主地发出豪迈的慨叹，千里当官为的也是吃穿，七十二行庄稼为王！他为养育自己的土地，为自己在这土地上所吃的苦、所流的汗而自豪。一旦进入城乡交叉地带，与公家人的生活有了对比或冲突，受了挫折或伤害，他那些冲天的豪气，那些一直支撑他生存下去的底气，刹那间会全部泄尽。就像《月夜静悄悄》中的大牛，眼看着心爱的兰兰将要被吃公家饭的司机娶走，怒火中烧却又无可奈何，只能哀叹"说来说去，农村穷，庄稼人苦哇"[①]。公家人工作的清闲省事，穿着打扮的干净文明，言谈举止的优雅得体，对比庄稼汉劳动的繁忙琐碎，着衣戴帽的粗糙简陋，说话做事的粗枝大叶，显得格外扎眼。于是，乡民对城市和市民身份就会产生强烈的羡慕嫉妒恨，对自己的乡村和乡民身份就会产生强大的离心力。他们的身份认同就会产生重大的转变。

以高加林为代表的从乡下来到交叉地带的生存者，身为乡民却不认同乡村，向往城市却被城市排斥。对乡村产生强大的离心力，却被自己与生

---

① 路遥：《短篇小说剧本诗歌集》，广州出版社、太白文艺出版社2000年版，第56页。

俱来的乡民身份拖曳着难以离开，对城市有强烈的向心力，却被城市的户籍制度强力地推拒着。交叉地带让他们的身心形成巨大的张力，给他们的人生注入强大的活力。在这里生活的乡下青年，都有点自我中心，自以为是。虽然不是城里人，却认为自己最适合做城里人。从哲学的立场来看，每个人不论是官是民，也不论在城在乡，一旦站在自己位置和立场思考问题时，都会不自觉地形成自我中心，不自觉地把他人当作"我"的边缘。一旦要在时空中拓展自我，实现自我，又会意识到"他人"也是中心，现实人生的境遇强迫他走向人群，靠近他人。因为，"'我眼中之我'作为人的中心，不是一个实体性的中心，而是一个功能性的中心，它是个人一切行为的积极能动性的来源，但人的这个中心若要获得充实的内容，就必须通过生存行为打破自我的封闭状态，必须走向'边缘'，走进充满'他人'的世界"[①]。路遥作品中的主人公，本身就生活在城市和乡村的边界地带，想越界进入充满他人的城市之中，改变自身的乡民身份，成为一个在城市中实现自我价值的新人。他们不在乎别人怎样看自己，也不在乎别人把自己看成怎样的人。他们个个都有与生俱来的叛逆性，出于本能要对自我进行改变。在那个变革的时代，他们用行动打破旧有桎梏，撕裂固有边界，走出狭隘的封闭圈，拓展生存空间。底层奋斗者的行为成为社会活力的表现，个体成功的标志，奏响了时代发展进步的最强音。路遥敏锐地捕捉到这一时代信息，在这里感知社会，思考人生。

三 启蒙精神

康德认为，启蒙就是"出路""出口"。"标志着启蒙的这出口是一种过程，这过程是我们从未成年状态中解脱出来。"[②] 如同路遥《人生》中马

---

① 段建军、陈然兴：《人，生存在边缘上——巴赫金边缘思想研究》，人民出版社2008年版，第57—58页。

② ［法］福柯：《福柯集》，上海远东出版社2003年版，第530页。

家河上的那座桥,桥的这边是乡村,桥的那边是城市。过往在桥上的行者演绎着梦想与现实、欢乐与痛苦、希望与绝望。未成年状态的人不敢使用自己的理性,对权威的指令唯命是从,在桥的一边不断重复着现实的痛苦与绝望。人只有摆脱未成年状态,大胆使用理性,选择自己的人生道路,过桥越界,设计自己的人生形象,才能做一个成熟的人,其人生过程才会永远伴随着理想、欢乐与希望。启蒙的过程就是摆脱唯命是从,坚持使用自己的理性。

路遥笔下的高加林、孙少平们,都是有理性有主见的乡下精英,他们都坚决与自己的过去告别,勇敢地寻找新的人生。他们都生活在城乡交叉地带,这一另类空间。从这里向前一步就进入城市,退后一步就回到乡村。这个空间,表面看来与城市和乡村都很近,它是城市和乡村沟通的桥梁。高加林和孙少平们来到这里,带着与生俱来的农村户籍,浑身散发着洗刷不掉的泥土气息,心里却在很大程度上割断了与乡村的联系,强烈地向往着城市户籍、城市生活。他们在交叉地带所有的奋斗努力,所有的痛苦挣扎,只是为了一个目的——走进城市,当公家人。事实上,这个空间与城市及乡村都很远。常言道,理想很丰满,现实很骨感。从交叉地带到达城市,有一道道天然的鸿沟,需要主人公凭一己之力架桥铺路,有一条条政策的大河,需要他造船划桨,有一扇扇规定的门,需要他用智慧的万能钥匙去打开。"人总是脚踏两只船,之后构筑自我形象,同时从自我内心出发,又从他人视角出发。"[1] 通过交叉地带的对照与反观,认识自我,定位自我,批判自我。交叉地带的乡村青年的现实生存困境教育他们:人生有另一种活法,同时又拒绝他们选择这种活法。这里用事实告诉他们,他们父辈的生活不值得再过,同时又规劝他们重演父辈的生活。这里是他

---

[1] [苏]巴赫金:《巴赫金全集》(第四卷)晓河、贾泽林、张杰等译,河北教育出版社1983年版,第83页。

们的福地，开阔了他们的眼界，拓展了他们的思维，奠定了他们改变自我，另类思维另类生活的基础。这里也是他们的伤心地，比对出他们出身的卑微，挫伤了他们做人的自尊。这里熏陶启迪了他们，必须从农村走出去，与父辈们生活方式的陈旧落后隔断关系。教育是理性，伤心是感情。感情要求他们遵循传统，接受德顺爷爷的权威指令，回到乡村，扎根土地，从生他养他的大地中吸收养分，如果脱离土地，就会变成缺少营养的豆芽菜。感情要把他们熏陶成为一个没有理性，唯命是从的人，塑造成一个永远长不大的孩子。理性要求他做一个现代人，用自己的感觉来感受自己置身其中的世界，用自己的理性来设计自己今后的人生，用自己的行动来塑造自己的形象。理性要求他做自己的英雄，不论身后有多少掣肘，多少指责。不论前面有多大阻力，多少风险，他必须义无反顾勇往直前。高加林割舍了乡村里金子般的刘巧珍，孙少平拒绝了哥哥孙少安邀请他回乡共同办厂的美意，他们要改变旧我的现实人生，创造自我新的现实人生。理性告诉他们：在平凡的世界里要创造非凡的人生，必然要经历一个艰难的过程，也可能要付出惨重的代价。只要能自己主宰自己，自己设计和创造自己，实现理想中的"城市梦"，他们无怨无悔。

  路遥的目光一直聚焦底层，视野放眼于时代发展的大环境。他的笔触总是与当时的政治、经济、民生、发展联系在一起。中国改革开放的时候，欧美国家正在推动"全球化"，构建"地球村"。外国企业正充分发挥跨界交往的优长，收获跨界交往的红利。"全球经济现在已在我们的生活中成了一种赐予：跨国公司跨越边界把生产率最大化，跨国知识分子跨越学术边界把知识最大化。学术训练连同民族国家一起，都要服从变化的强大势力。"[①] 在中国政府还未将城市的大门向农村打开之时，路遥笔下那些

---

①　亨利·A. 吉鲁：《民族身份与多元文化论的政治》，阎嘉译，《江西社会科学》2008年第3期，第247—253页。

生活在交叉地带的底层青年,用自己的越界行动,敞明了中国当代城市和乡村边界的固定化和僵化,揭示它给城乡带来的双重退化,批判它卸载了城市发展的动力,抹掉了乡村发展的前途。启迪中国的改革开放,不仅要对外开放我们的国门,对内也要打开我们的城市之门,迎接底层涌现出来的优秀人才。只有这样,我们的社会才会充满活力,我们国家才能朝着现代化迅猛前进。

中国当代文学"人"的回归及其文化品格

冯希哲

冯希哲,西安工业大学教授、外国语学院院长,陕西当代文学与艺术研究中心主任、陈忠实当代文学研究中心副主任。

中国当代文学"人"的书写呈现自然属性和文化属性双重回归的基本特征。人不唯自然属性和社会属性,其本质性也不仅仅是自然属性和社会属性，人的本质体验和品质性特征恰在于其文化属性。反观中国当代文学关于"人"的书写姿态，可以发现一个线条，那就是从"三红一创"和知青文学，到新时期以至新世纪文学，作家和作品的书写姿态呈现出，"人"的社会属性从屈从（服从）于社会性极端化境遇中逐步转化脱茧，"人"的本体性和本质性得以苏醒。

"十七年"时期，文学呈现与表现实际是"延安文艺座谈会"精神的滞后性成果推出，当时历史语境中，作家的独立意识，人物的真实性和丰满性不同程度存在文化品质的缺位，虽然《创业史》中柳青以探究性的心理来面对社会变革所带来的诸多问题，梁三老汉不完全归位于社会性，但在思想高度和艺术审美上，"人"所呈现出的社会性依然大于自然性和文化性。知青文学曾经畅行一时，但是与"十七年"比较，知青文学书写姿态基本处于非自觉状态的艺术写作，而表现出政治时代的特殊生活乌托邦式的社会书写。

新时期以来，"人"的问题意识逐步自觉，无论是伤痕文学还是寻根文学，《小草在歌唱》《芙蓉镇》《人生》《活动变人形》《古船》《白鹿原》等具有标识性或标志性作品的出现和被接受，可观察到，作家开始自觉考究人的自然属性和社会属性的本真面，独立的文化人格得以"回归"文学本体及人文本身，在带给当代文学以独立色泽和思想资源的同时，"人"不再概念化，渐趋转型丰满的现实生活中的人和富有文化性格因子的人。因此这个过程本身表现出由外向内人的价值本体回归，天道向人道的妥协和退让，现实普泛生活走向个体生命体验等品格，总体呈现出现代文化与传统文化相互影响，西方文化与中国文化相互借鉴的特点。

贾平凹文学创作与中国传统文脉的承续
——首届中国文艺"长安论坛"发言提纲

韩鲁华

韩鲁华,西安建筑科技大学教授,博士生导师,中国文艺评论(西北大学)基地、西北大学贾平凹研究中心特聘研究员、教授。主要从事中国当代文学与文化研究。发表论文近百篇,有10余篇论文被人大复印资料、作家研究文集等全文转载收录。出版专著、教材4部。

前面的话

首先遇到的问题是：什么是文脉？什么是中国的文脉？

文脉，如果从字面来理解，可以简洁地称之为文化发展的历史脉络。"文化"是一个大概念，内涵很丰富，所包含的面也比较广阔。简单地说，人类在生存的过程中，所创造的一切凝聚着人类智慧的创造物，统统都可称之为文化，这也就是人们通常说的物质文明与精神文明的总和。

正如我们对文化的界定那样，是物质与精神之融合。也就是说，文化可分为有形与无形两种状态。以此来审视文脉，是否也存在着有形文脉与无形文脉？

有形文脉，如建筑、文物等从古到今进行时序性排列所形成的历史发展脉络。这里要注意：建筑、文物是有形的文化载体，我们亦可将其称为一种文象，但如果仅仅是一种象，一种物体，而与文化思想、情感精神无关联，那就是一堆死物。建筑、文物的历史文化价值最主要的就在于它们身上所承载的文化思想、生命情感以及社会历史内涵等，我们可以将这些统称为一种文化精神。今天的许多建筑被视为垃圾，那就是因为它们身上没有文化思想，缺乏生命情感，摒弃了社会历史内涵，或者承载的文化思想、生命情感以及社会历史内涵太少。

无形文脉，如中国的文化思想观念、文化心理结构、生命情感模态、思维方式等，这是文化思想、生命情感与社会人生历史发展的一种内在脉动，犹如人之生命之气韵、精魂，贯穿于人体之中。有了它，人就是活人，缺了它，人就成了死人。

有外国学者将文脉称之为"历史上所创造的生存的式样系统"。这里实际上是讲人类在历史建构发展过程中所创造的、还存活在人类的物质文明与精神文明中的形态系统。既然是个系统，自然存在建构的结构机制及其形态问题，存在着贯通这种结构机制的线索脉络问题，最主要的在我看来还是文化精神脉络问题。

在此，我更愿将文脉称之为一种贯通中国文化思想的内在建构的神韵，一种支撑中华民族生生不息的生命情感的精魂。

关于中国文脉的发展承续问题，我想结合贾平凹的文学创作实际，从三个方面做一极为简略挂一漏万的梳理：文化思想、文学艺术、文化人格。

一 贾平凹与中国文化思想传统的关联性

（一）中国文化思想文脉及其传统

中国的文化思想自然是经历过数十万年、百余万年乃至千余万年的积淀而成，但就其凝聚形成而言，是聚形于夏，雏形于商，奠定于周。就发源地域来看，集中于黄河、长江流域，而主要是黄河流域。其中有一部著作极为重要，就是《易经》。现在一般说中国传统文化思想有三个：儒家、道家与佛家，即儒道释。佛是外来的，本土的是儒与道。而儒道则都是源于《易》，故此有一种说法就是：《易经》是源头。关于《易经》，我赞成这样的说法：它是融汇了中华民族先人深入观察自然界的各种现象，认识天地、阴阳相辅相成、辩证统一的科学奥秘，充分把握天时、地利、人和之际遇，如何在更好的环境中实现人生的最大价值的文化思想经典著作。其内容涉及了科学、数学、逻辑学、哲学、修行学、占卜学六大方面的内容，是道学、儒学、阴阳术数的经典。儒家的思想是一种社会人生伦理哲学，是典型的农耕文化的产物；道家是一种精神哲学，是山水文化的产物。入世与出世是对这两种哲学思想在生存上所做的一种概括。佛教传入中国，与中国文化相融合，形成了中国化的佛学思想，其中，禅是非常典型的中国化的佛学思想。就发展而言，到了汉代，提出罢黜百家独尊儒术的思想，因此，儒家思想就成为此后两千多年的正统。但是，道家思想依然血脉旺盛，就形成以儒为正，儒道互补，或者说是儒道释融汇并存的文化思想格局。这一文化思想格局一直延续到近现代：魏晋时代的玄学、宋明理学，都是中国文化思想发展中极为重要的承续与发展创新，形成了中华民族文化思想发展的血脉。近现代以来，现代性的历史转换成为中国文化思想的主调。问题不在于该不该进行这种现代性历史转换，而是如何进行现代性历史转换。这中间存在着不同的看法。"五四"毫无疑问对于中国现代性历史转换具有不可磨灭、无法替代的历史贡献。但是，激进地彻底否定中国文化思想传统，或者以斩断中国文化思想血脉的方式，按照西方的文化思想来建构中国的现代文化思想，是否就是唯一的正途？我觉得这依然是一个值得深入研究的问题。事实是：中华民族的文化思想以集体无意识而积淀于人们的文化心理结构之中，渗透于人们日常的思维方式与行为方式之中，犹如一股潜流在流淌着。中国文化思想中所体现的是：天人合一的宇宙观、济世善身的人生观、重德轻利的价值观。

（二）贾平凹与中国文化思想的关联性分析

贾平凹的文化思想中，存活着中国的传统文化基因，甚至可以说，他在世界观、人生观、价值观等方面，从中国古代文化思想中汲取了丰富的营养。下面我试着做些分析。

贾平凹的文化思想，除了受现代文化思想的影响，如他所强调的世界意识、人类意识、现代意识等，受中国传统文化思想的影响是极为深刻的。这里需要说明一点，我们探讨问题不是以二元对立的哲学思维，比如将唯物主义与唯心主义相对立，肯定唯物主义而彻底否定唯心主义。我认为唯物主义与唯心主义应当是一种互补的关系，而不应当是一种彻底对立与相互否定的关系。

贾平凹的文化思想是一个复杂的矛盾体。天人合一、阴阳五行等思想，在他对于自然与人类的认知中，都有所表现。应当说，他的这种思想与《周易》有着密切关系。后来他不太谈《周易》，其实他不仅读过《周易》，而且做过研究思考。我们从他谈论文学艺术问题中，能够明显地感觉到其间渗透着《周易》的哲学思想。

天人合一的整体性，阴阳五行相克相生的变化性，天地自然的神秘性等，在他这里都有所反映。我们从他谈论文学艺术问题中，能够明显地感觉到其间渗透着《周易》的哲学思想。我曾经以主体精神表现型来概括他的文化精神，其实，在他的身上儒、释、道三者皆有，但是主调是道家的文化精神。

儒家对于贾平凹文化思想的主要影响是：仁爱思想、民本思想、中和思想与积极参与社会现实（以文学的方式）兼济天下、自强不息等。他始终关注着社会现实，甚至是世界局势。他具有强烈的现实忧患意识。他曾经说想改写中国的神话，他非常喜爱夸父逐日、精卫填海等中国古代神话，他对杞人忧天的神话也有着特殊的认知，认为杞人忧天不应是贬义，而应是褒义，真怕天塌下来。他至今创作不辍，几乎每两年一部长篇小说；他每年都抽一定时间到乡间去体验生活，了解民情民意，有感而发，而不是坐在咖啡厅说三道四。

道家对于他的文化思想影响主要是一种清静虚涵、旷达超脱，道法自然、顺天应势。贾平凹在自己的作品中，常常出现与道家思想密切相关联的人物形象，比如《废都》中的庄之蝶、《极花》中的胡蝶。庄之蝶取义为庄周梦蝶，物我为一，也可以为庄周梦蝶一场空，但不管是作何种解释，其间都蕴含着贾平凹身上所具有的道家文化思想精神。胡蝶历经人生的苦难与磨难，最终在实现着一种超越性的回归。他在80年代到90年代中，为书房取名为"静虚村"，显然体现着追求精神上的超越与虚涵。

贾平凹受佛学思想的影响是显而易见的，这主要体现为：悲悯情怀、慈念众生、心如古井、随缘而安，忍辱静默、清心禅悟。从他书房的收藏摆设看，佛像很多，几乎每个房间都有；从他的行为来看，他在写作中亦是烧香拜佛的；从他的作品中看，不仅有寺院、和尚，而且熔铸着一种佛家精神。贾平凹是于尘世中静修佛性之人，他的人生中有许多磨难，甚至是被污水泼身，他是于被误解、被污秽，历经磨难中，不断修炼自己的佛性的。以期使得自己于不适应中求得适应。

贾平凹的身上，既表现出强烈的现实参与意识，又有着深刻的旷达虚静精神；他既有着强烈的忧患意识，甚至是一种杞人忧天式忧患意识，又有着跳出三界外的超越意识；他既有着强烈的批判意识，又有着广涵的包容意识；他始终关注下层百姓，体现出明显的民本思想，但同时又表现出强烈的文人清高孤傲的志趣；他既是刚健不息以不断创作来书写自己的人生追求，而又是如此的悲观悲悯甚至有些宿命论。这些文化性格特点，我们都可从中国传统的文化血脉中找到对应之处。甚至可以说，贾平凹的文学创作从骨子里承续了更多的中国文化思想的精魂，与之有着一种血脉相承的内在关联性。

二 贾平凹与中国的文学艺术传统承续关联性

（一）文学艺术文脉及其传统

谈到文学艺术血脉传统，自然是源于上古神话。一种是社会历史神话：炎帝、皇帝、蚩尤等；另一种是人与自然的神话：女娲补天、夸父逐日、后羿射日、精卫填海等。商代出现了系统的文字，使文学艺术书写成为可能。就成型的文学艺术而言，应当是东周，即春秋战国时期。一个是《诗经》，另一个是《楚辞》。这可视为中国文学艺术的两大源头，也可视为两大传统。

同时，还有诸子散文，其中，最具文学艺术精神的是《庄子》。中国基本的文学艺术形式是诗与文，就此而言，《诗经》《楚辞》与诸子散文则是奠基之作。

之后，汉代的汉赋，特别是《史记》，是中国文学的又一个高峰，史传传统于此完型；唐代李杜的诗歌、韩柳的散文，特别是李杜的诗歌，达到了光芒耀天的地步；宋代的词与散文，而以苏轼为代表的词的成就则是不可替代的；元代有了关汉卿等戏剧家及其《窦娥冤》等剧作，才使得中国的文脉得以延续；明清的小说，有四大名著支撑，其中《红楼梦》是一部可以与世界名著同日辉的集大成巨著，也是对于中国古典文学艺术的一个归结。近代的那些文学只能算作一种余韵变调，根本无法与《红楼梦》同日而语。

中国文学到了近现代遭遇到了现代性历史转换的境遇，而"五四"则是一个爆发点，也是一个历史拐点。陈独秀、胡适、鲁迅等激进派主张彻底否定中国传统文学。陈独秀《文学革命论》中言："曰推到雕琢的阿谀的贵族文学，建设平易的抒情的国民文学；曰推到陈腐的铺张的古典文学，建设新鲜的立诚的写实文学；曰推到迂晦的艰涩的山林文学，建设明了的通俗的社会文学。"他心目中的文学标本是雨果、左拉、歌德、狄更斯、王尔德等。其间虽也称赞国风、楚辞、唐诗、韩柳散文等，但终因过度推崇西方文学，而给人的感觉是决绝地反传统。也可以说有些断中国文学之脉。

于此，我特别要提到另一派人物，这就是《学衡》，其实还有《甲寅》，甚至《战国策》派等。《学衡》有梅光迪、胡先啸、刘伯明与吴宓等，他们提出"论究学术，阐求真理，昌明国粹，融化新知。以中正之眼光，行批评之职事，无偏无党，不激不随"。今天看来，这是一种承续血脉而求新变。后来的文学发展，或欧美或苏俄，尤其"文化大革命"是一种断脉。中国的文学血脉未彻底断裂，与一批学者型作家的文学创作密切相关。

（二）贾平凹对中国文学艺术传统血脉承续分析

贾平凹从 20 世纪 70 年代末 80 年代初，就开始了承续中国文学艺术传统血脉的探索。其实，1949 年之后，出现了一批从古典文学中汲取艺术营养的作品，但是，这些作品主要是从艺术形式上汲取，而不是从艺术精神上，更不是从文学艺术思想上，故此，内在精神的经脉并未连通。

贾平凹与中国传统文学艺术的关系，学界有所感觉，但还没有人做系统的思考研究。比如，与老庄及先秦文学的关系，与史传文学的关系，与笔记文学的关系，与明清文学的关系，与书法绘画以及戏曲的关系，等等。

贾平凹自己说：

> 我叹服过先秦的开放与深邃、博广，沉溺过魏晋的随心而述、神采飞扬，对汉唐的雍容与饱满，在一个时期里又充满了敬意。另外，我喜欢过"性灵派"文人，读过"笔记小说"，感慨并忘情过元的戏曲及明清的叙事小说。中国的古代文学，每一个时期的，我都多少浏览过，每一个时期都有我爱的人和作品。不属于东方美学范畴的外国作家，我没有条件系统地去了解，读的是支零破碎的。

有研究者说贾平凹：读过《古文观止》，浏览贾谊的《过秦论》，找到《今古贤文》汉赋，又读了唐诗宋词元曲、《古文观止》《史记》和《中国通史》《西厢记》《梁山伯与祝英台》《浮生六记》《翠潇庵记》《闲情偶寄》《洛神赋》《西游记》《素女经》《水浒》《红楼梦》《金瓶梅》《聊斋》等。其实还应包括：《易经》《道德经》《庄子》《孟子》《诗经》、楚辞，以及《山海经》等。

从中我们可以看到，贾平凹的文学创作，从中国文学发展的历史脉络中，各个时期都有所汲取，这就是：先秦的开放与深邃、博广，魏晋的随心而述、神采飞扬，汉唐的雍容与饱满，两宋的忧愤旷达，明清的性灵通透。

或者说，在贾平凹的文学创作艺术中，有着史传传统，笔记传统，志怪传统，传奇传统，世情传统。这一方面，我们从他早期的抒情传统，以《商州三录》为代表的笔记体，《废都》的事情小说传统，特别是《秦腔》

之后，他由情趣于明清而喜爱起汉唐，包括史传传统，以及《老生》对于《山海经》的吸收，《极花》对于水墨画的借鉴等可以看出，他似乎在做着与整个中国文学艺术传统打通的工作。是否由此可以认为，他是在打通当代文学创作与中国传统文学艺术的经脉。

贾平凹还是文人书法家、画家。贾平凹的书法，我用拙朴敦厚之中透露着一种灵性之气来概括。关于他的画，我曾写过一篇短文，其中有一段概括性的论述：贾平凹的画，与其说是在绘形，不如说是在写意。其画笔法拙朴，貌似稚童涂鸦，其内里则蕴含着一种智极则愚的灵性，简约之中，留下了无限的意蕴空间，任观赏者去自由想象。他的画多无背景，虚出大片空白，溢出画外，与天地相连，人、物置于其间，犹融入大化之境，真元之气聚于一端，实乃作者信马由缰神游梦幻虚境之精神意象也。故贾平凹的画多为随意而作，率性而为，情之所至，笔随心动，意丰而画瘦，神灵而形拙。贾平凹画的审美追求，我则以为是：虚空，意趣，性灵，拙朴。这正是承续了中国水墨画、文人画的传统。

贾平凹在书法、绘画之中，感悟体验着艺术表达的真谛，并将书法绘画的艺术表现方式，融会到了他的文学创作之中。不仅如此，他还对中国的戏曲有所研究，把中国的戏曲表达方式也吸纳在他的文学艺术创作之中。总体来说就是写意性、表现性、空灵性与情趣性。

贾平凹的艺术思维。它是一种意象思维，这也是中国文学艺术的一种主要的思维方式。重精神、重情感、重整体、重气韵、浑然茫然的思维。他所追求的是：艺术家最高的目标在于表现他对人间宇宙的感应，发掘最动人的情趣，在存在之上建构他的意象世界。正因为如此，他是以实写虚，体无思有。

他在 2012 年接受我《带灯》访谈中说：

> 中国人他有中国的特性，就是中国人的文化，中国人的思维。中

国人的思维他和别的地方的人的思维还是不一样的。它那是一整套的,所以说中国有它固有的那一套。那一套肯定要有变化,到现在肯定它要变化,但它最根本的看问题、思考问题的那一种方式那还是与其他不一样。所以说,你尤其看古典文学,它古典不仅仅说是形式方面,我主要讲的是思维方式,它主要是混沌来看、整体来看一些问题,它看的不是局部的具体的,或者说都是意象性的东西多。《易经》它老把话不给你说直接明白,老是给你绕,用别的事情来说这个事、比喻这个事、意象这个事,都是意象性的。

这里特别强调的是:贾平凹四十多年的文学创作实践,致力于中国文学艺术血脉的承续与发展。尤其是新世纪以来,他似乎更为自觉地在进行打通中国文学艺术脉络的探索。他是一种精髓的承续,而不仅仅是艺术思维方式的承续。在他的身上凝聚着一种中国文学艺术的精魂。也许正因为如此,他的文学艺术创作才始终深深地根植于中国文学艺术传统血脉之中。因此,他不仅是用中国的方式表达世界的东西,而且是用中国文学艺术精神在观照世界,以创造出中国自己的文学经验。所以,贾平凹用中国的文学艺术思维方式与艺术精神,来叙述中国故事与观照中国的现实历史,并非始于《秦腔》及其之后,而是于20世纪80年代初就已经开始了用中国的文学艺术方式来叙述中国故事的探索。

三 贾平凹与中国的文人文化人格传统的关联性

(一) 文人文化人格文脉传统

对于文人,我觉得应有如下品格品性:独立人格与独立价值立场,丰厚之思想与创造之精神,恪守气节与担当道义,坚定之人生信念与爱悯之人道情怀。还有，不应忽视文人所具有的情趣、志趣个性，以及性灵之气等。做到如上几点，就是具有文人的人格，做不到就是缺乏文人人格，做不全就是人格有缺陷。

就中国的文人文化人格建构来说，自然儒释道都是中国文人文化人格建构的基本文化思想基础。但是就具体到具有相对独立的文人身份而言，我觉得庄子、屈原、司马迁、李白、杜甫、苏轼、曹雪芹等，他们以道、儒、佛为主调，而又将三者融会贯通，形成了一条文人文化人格建构的承续血脉。就文学创作而言，进入现当代以后作家的文化人格血脉比较弱，尤其是当代的作家，但并未断绝，如鲁迅、沈从文等人身上还存活着中国文人的血脉。

这里顺便说一下，在民国时期的大学里，有一批致力于接续中华民族文化人格血脉的人，他们是文人的一种特殊类型，这就是学问家，但不是纯粹的作家，如王国维、梁启超、陈寅恪、刘师培、黄侃、刘文典、熊十力等，以及后来的钱穆、钱钟书、牟宗三、梁漱溟等。章太炎则是一位国学大师奇人，许多人都是他的门生，包括激进的鲁迅、钱玄同等。

(二) 贾平凹与中国传统文人人格建构关联性分析

贾平凹的文化人格，不仅是农民与作家，农民文化与城市文化的矛盾建构，还有现代人文知识分子，中国传统的士文化以及儒、释、道等宗教，或者带有一定宗教色彩的文化精神，可以说，他是古今中外多种文化思想相交融、相矛盾的结构体。正因为如此，于他的文学创作中，常常是爱与恨、美与丑、雅与俗、保守与激进、适应与不适应、孤独与悲愤、焦虑与超越等交织混合在一起。

贾平凹作为一位文学家，在他的文化人格建构中，古代的庄子、屈原、司马迁、陶渊明、李白、杜甫、苏轼、曹雪芹，甚至包括三袁：袁宗道、袁宏道、袁中道，等等，对他都有着非常大的影响，其中影响最大的是苏轼。

他在《极花后记》中说：

> 人格理想是什么，如何积累性、群体性的理想过程，又怎样建构文学中的我的个体？记得那一夜我又在读苏轼，忽然想，苏轼应该最能体现中国人格理想吧，他的诗词文赋书法绘画又应该最能体现他的人格理想吧。

> 还是那个苏轼吧，他的诗词文赋书法绘画无一不能，能无不精，世人都爱他，但又有多少人能理解他？他的一生经历了那么多艰难不幸，而他的所有文字里竟没有一句激愤和尖刻。他是超越了苦难、逃避、辩护，领悟到了自然和生命的真谛而大自在着，但他那些超越后的文字直到今日还被认为是虚无的消极的，最多说到是坦然和乐观。真是圣贤多寂寞啊！

苏轼是怎样一个人呢？这是一个天才，一个全才，一个具有典型的中国古代文人文化性格的文人。苏轼其诗、词、赋、散文、书法和绘画等，均可说是独树一帜，是中国文学艺术史上罕见的全才，也是中国数千年历史上被公认文学艺术造诣最杰出的大家之一。其散文与欧阳修并称欧苏；诗与黄庭坚并称苏黄，又与陆游并称苏陆；词与辛弃疾并称苏辛；其画则开创了湖州画派。就是这么一位旷世奇才、大家，其命运并不如意，可说是历经劫难。宋《元城先生语录》云："士大夫只看立朝大节如何，若大节一亏，则虽有细行，不足赎也。东坡立朝大节极可观，才意迈峻，惟己之是信，在元丰，则不容于元丰，人欲杀之；在元祐，则虽与老先生议论，亦有不合处，非随时上下人也。"苏轼既不容于新党，又不容于旧党，只是被理所容；他是坚守道义大节而不随波逐流；他有旷世大才，却屡遭小人记恨算计；他命运多舛，历尽人世间苦难，却得到了精神情感上的超越，感天地之悠悠，体人世间之甘苦，悟天地人之真谛大道。故此，苏轼非一帮小人、佞人，甚至所谓的混迹于世的才俊们所能望其项背的。也许，正是这多舛的命运，成就了他在文学艺术上的日月光辉，冶炼出了他的旷达高越的文化人格力量。贾平凹所敬慕苏轼的，我想可能就是苏轼与日月同辉的人格力量和超世薄天之才性，也在于独立人格与独立价值立场，丰厚之思想与创造之精神，恪守气节与担当道义，坚定之人生信念与爱悯之人道情怀。还有，不应忽视文人所具有的情趣、志趣个性，以及性灵之气等方面，贾平凹与苏轼之间存在着相通之处，续接着中国文人的文化人格血脉。

总　结

中国的文化思想与文化艺术的精魂血脉，凝聚为中国文人的文化人格精神。在中国几千年的历史发展中，中国的文化思想、文学艺术精神、文人文化人格，在不断地丰富发展中，形成了其传统血脉，一直延续下来，支撑着中华民族的文化精神。1840年之后，尤其是20世纪前十年之后，中国的文化思想、文学艺术以及文化人格等受到严峻的挑战与批判，中国的文脉面临着断裂的困境，事实上也确实在现当代文化现代性历史转换中，危机频频，甚至有人要断其文脉。

中国的现代文化思想与文学艺术，是以西方的文化思想与文学艺术为标本建构起来的，在某种程度或者某种意义上来看，对于中国的文化与文学传统进行了解构乃至疏离，尤其是1949年之后，这种疏离更为严重。就文学创作而言，或欧美或苏俄，中国的文脉已经极为细弱乃至断流。

贾平凹从20世纪80年代初便开始意识到应当从中国文化与文学艺术中汲取营养，要建立中国式的文学艺术。经过三十多年持之以恒的追求，可以说：贾平凹承续着中国的文化与文学艺术之脉，已经形成了他自己的中国式的文学艺术模态，并以自己独立的文学艺术姿态，实现着与世界文学的对话。在这里尤其应当看到,贾平凹在承续中国文化思想、文学艺术与文人人格血脉方面,所做的种种努力,其实已经表露出了一种于文学艺术精神上含纳、融会、贯通的气象。

这里借贾平凹在《极花后记》中引用的两句诗作结:沧海何曾断地脉,朱崖从此破天荒。

音乐评论者的境遇与选择

柯 扬

柯扬，音乐美学（文学）博士，中央音乐学院研究生部主任，音乐学系副教授，硕士生导师，美国哥伦比亚大学音乐系访问学者（2009—2010）。曾出版专著译著多部，发表各类文论30篇。曾获全国优秀博士论文提名（2009），中国音乐评论"学会奖"一等奖（2015），霍英东高等院校青年教师基金基础性研究课题资助（2014），入选教育部"新世纪优秀人才计划"（2013）。

从社会学视角看，任何个体都处在一定的社会关系中，音乐评论工作者也不例外。他通过自己的口头或书面评论与不同音乐背景的创作者、表演者、听众及其他评论者持续发生着互动。他可能褒贬他人，也可能被他人所褒贬，由此获得了不同的境遇。

要说一位音乐评论者的最佳境遇，或许是其评论被当下或后世人们所广泛接纳，并对人们的音乐认知产生积极的影响。比如，德国18世纪末19世纪初作家、音乐评论家E. T. A. 霍夫曼（E. T. A. Hoffman，1776—1822），他是贝多芬的同代人，曾于1813年发表了乐评《贝多芬的器乐音乐》①。根据美国当代音乐学家马克·邦斯（M. E. Bonds）的研究，此乐评是西方音乐史上最早将海顿（Franz Joseph Haydn，1732—1809）、莫扎特（Wolfgang Amadeus Mozart，1756—1791）、贝多芬（Ludwig van Beethoven，1770—1827）三人做并置比较的文字之一，也是最早指出贝多芬是三人中最杰出者的乐评。② 要知道，此三者正是今人所津津乐道的"维也纳古典乐派"三杰。霍夫曼说道："孩童般的、活跃的性格表现，在海顿的作品中洋溢着。他的交响乐引领我们来到一大片草地，走进那快乐、开朗、幸福的人群"；"莫扎特引领我们走向精神王国的深处。敬畏之情伴随着我们，却没有折磨我们……爱和忧伤在美好的旋律中回荡；在精神王国中，夜色渐深，却闪烁着明亮的紫色光芒"；"贝多芬的器乐音乐在我们面前敞

---

① 此文最早以匿名方式发表于1813年12月的《优雅世界报》（Zeitung für die elegante Welt），浓缩了作者于1810年7月和1813年3月发表于《大众音乐报》（Allgemeine musikalische Zeitung）两篇评论的内容。参见Strunk, Oliver（Editor），Leo Treitler（General Editor）. Source Readings in Music History（Revised Edition）. New York and London：W. W. Norton & Company, 1998. p. 1193.

② Bonds, Mark Evan. Music as Thought：Listening to The Symphony in The Age of Beethoven. Princeton and Oxford：Princeton University Press, 2006. p. 40.

开了一个让人震惊且无限大的世界。炙热的光芒穿过深夜的黑暗，我们逐渐意识到巨大的阴影在来回翻滚，逼近我们，突破所有界限，直到毁灭我们"①。这些文字虽富于文学描绘性，与今天注重音乐形态分析、意义阐释的评论风格大相径庭，但霍夫曼在当时活跃于德奥土地上的众多作曲家中唯独拣选出此三人，并凸显贝多芬音乐无与伦比的震撼力，这些本属其个人的感悟显著影响着后人的音乐认知。一篇音乐评论文章有如此社会效应，不能不说是成功的。

然而，并非每一位评论家都如此幸运。美国当代钢琴家、音乐学者罗伯特·斯契克（Robert D. Schick）曾在专著《经典音乐批评》中提及一例，说的是《费城问询报》的资深乐评人丹尼尔·韦伯斯特（Daniel Webster）的经历。多年来，韦伯斯特一直关注费城交响乐团的演出并对其艺术处理提出了一些不同意见。结果，在1993年，一位乐队乐手撰写了一篇文章，名为《对评论家的评论：一位音乐家的观点》，文中说道："在过去的20年中，有两次，费城交响乐团的音乐家们联名写信给《费城问询报》，每次都有超过90位音乐家签名，投诉丹尼尔·韦伯斯特诸文章中的错误和歪曲——这些错误明显不是出于恶意或坏心眼，而仅仅出于草率。"② 人们常说，乐评人应当有独立精神，敢于直谏，可一旦如此，又很可能遭遇来自现实的压力。况且，在艺术价值判断领域，时常难以分清谁是绝对正确的，某些争执、不同意见或许仅由趣味差异所致，所谓"白菜萝卜各有所爱"。

在以上两种境遇——被广泛承认或被批评——之间，还有另一种境遇，即默默无闻，或许，这是绝大多数乐评的命运。著名歌剧《卡门》于

---

① Strunk, Oliver (Editor), Leo Treitler (General Editor). *Source Readings in Music History* (Revised Edition). New York and London: W·W·Norton & Company, 1998. p. 1194.

② Schick, Robert D. *Classical Music Criticism.* New York and London: Garland Publishing, 1996. p. 53.

1875 年 3 月 3 日于巴黎首演后,许多报纸都纷纷发表了评论。斯契克罗列了当时 15 家报纸的相关评论,发现持肯定态度的仅有 2 家,持否定态度的则有 12 家,还有 1 家对该作品反应冷淡。① 这意味着《卡门》的首演并不成功。然而,在今天,该作品早已成为家喻户晓的经典,成为世界歌剧舞台上不可或缺的保留曲目。曾经的那些攻击和贬损早已灰飞烟灭,被世人所遗忘。此类例子在音乐史上比比皆是。如 1913 年,伦敦《音乐时报》(Musical Times)曾对俄国作曲家斯特拉文斯基(lgor Stravinsky,1882—1971)的《春之祭》做如下评论:"《春之祭》的音乐已无法用语言形容了。说此作品大部分听起来粗陋不堪,这已是温和的描述了。"② 英国评论家恩斯特·纽曼(Ernest Newman,1868—1959)在评价法国作曲家瓦雷兹(Edgard Varèse,1883—1965)的音乐时说:"瓦雷兹先生并没有告诉我们他在创作《超棱镜》时在想什么……我认为,他当时头脑中出现了动物园的火警警报,还有鸟兽制造的噪音——狮子的咆哮,鬣狗的嚎叫,猴子的唧唧声……这部作品与音乐毫无关系。"③ 在今天看来,这些评论早已被人们遗忘,留下来的则是曾被贬损的艺术作品。

在音乐历史的长河中,一篇乐评犹如沧海一粟,乐评人几乎无法预知其文章的命运如何,是被广泛承认、被批评还是默默无闻,这些"待遇"都是他人给予的。如何面对这样或那样的境遇?如何让自己的评论对音乐创作、表演实践产生更为积极的影响?如何促进评论者与创作者、表演者、广大听众之间的良性互动?如何做一位成功的乐评人?怎样才算是"成功的"?这或许是值得我们思考的。对此,本文有两点想法,它们皆不是抽象道理,仅是些大白话,不起眼,却不易做到。

---

① Schick, Robert D. *Classical Music Criticism*. New York and London:Garland Publishing, 1996. pp. 15 – 16.

② Slonimsky, Nicolas. *Lexicon of Musical Invective*:*Critical Assaults on Composers Since Beethoven's Time*. Seattle and London:University of Washington Press,1981. p. 197.

③ Ibid. , p. 214.

其一，音乐评论者至少须分清四种情况：一是因审美趣味差异导致不同意见的情况；二是因主观感受的细微差异而导致不同意见的情况；三是音乐创作者、表演者未能充分实现自己意图的情况；四是音乐创作者、表演者出现明显失误的情况。对于这四种情况，评论者所采取的评论口吻应有所区别，下面分而述之。

一、因审美趣味差异导致不同意见的情况。众所周知，不同的个体有着不同的文化背景、音乐积累和个性特征，对于音乐的偏好也千差万别。有人喜欢古典音乐，有人偏爱流行音乐。在古典音乐中，有人偏爱贝多芬气势恢宏的交响乐，有人偏爱普契尼（Giacomo Puccini，1858—1924）旋律动人、情感充沛的咏叹调，还有人喜好巴赫（Johann Sebastian Bach，1685—1750）精致巧妙的多声对位。在流行音乐中，有人对富于动感的节奏布鲁斯情有独钟，有人对情感释放淋漓尽致的摇滚乐如数家珍，有人更陶醉于充满浪漫情怀且不时带有忧郁气质的法国香颂。此时，作为理性的评论者，我们不能轻易否定与自己审美趣味不一致的音乐类型或作品，所谓"趣味无争辩"。法国19世纪作曲家柏辽兹（Hector Berlioz，1803—1869）曾对中国音乐有过极不公正的评价，他说："我不准备描述这些野猫般的嚎叫，死前的喉间怪音，火鸡的咯咯声，我用最大的注意力只能在这些声音中找出四个确切的音来。"[1] 柏氏之所以对中国音乐有如此不客观的评论，原因之一就在于他根本不具备中国音乐的听觉审美经验，他是在用西方音乐的欣赏习惯和审美趣味来欣赏中国音乐。在音乐表演评论中，趣味差异现象也是普遍存在的。比如，同是贝多芬的《D大调小提琴协奏曲》，有人偏爱美籍立陶宛裔小提琴大师亚沙·海菲茨（Jascha Heifetz，1901—1987）干脆利落、速度偏快的演奏版本，有人则喜欢德国小提琴家安妮·索菲·穆特（Anne Sophie Mutter，1963— ）细腻柔美、速度偏慢的

---

[1] 转引自克拉姆《音乐，它有未来吗》，蔡良玉译，《中央音乐学院学报》1997年第4期。

演奏版本。同是一首圣诞歌曲《白色圣诞节》（White Christmas），有人喜欢宾格·克罗斯比（Bing Crosby，1903—1977）的演唱版本，其嗓音低沉而充满磁性，有人则喜欢嘎嘎小姐（Lady Gaga，1986—）随性自如、略显慵懒的演唱版本。当这些表演者在自己所追求的表演风格中皆达到成熟水准时，我们很难说谁更好些、更差些。

二、因主观感受的细微差异而导致不同意见的情况。一般认为，艺术思维与科学思维具有本质区别，前者更多地诉诸人的感性领域而非理性领域。音乐创作者、表演者在从事创作、表演活动的过程中，虽少不了理性思维的参与，却常需要凭借敏锐的直觉、多年积累的经验来指导自己对众多音乐细节做出审美选择。听众和评论者在品评音乐时，则多以自身的审美体验为基本依据。由于音乐审美体验具有高度的主观性，对于同一部作品某个细节的评判便常出现见仁见智的情况。比如，在聆听俄国作曲家柴可夫斯基（Peter Ilyich Tchaikovsky，1840—1893）的《D大调小提琴协奏曲》第一乐章第141至159小节时，有经验的听众会发现，作曲家在此让乐队反复演奏同样的旋律素材、不协和和声，频繁地转换调性，并小心翼翼地控制着音乐的力度，为的是使音乐逐步导向展开部色彩明亮的起点。在这个起点上，小提琴声部以昂首阔步的姿态登场，给听众以眼前一亮之感。对于这种创作意图本身而言，我们没有理由认为它不对，相反，这一意图是完全可行的。但在本文看来，柴可夫斯基为了实现这个意图所写下的长达19小节（第141至159小节）的铺垫略嫌冗长，若能减缩一些或许会更好。这自然仅是笔者的个人观点，带有鲜明的主观性。如果笔者真的有机会向柴可夫斯基讨教这个细节并表达自己的看法，作曲家可能会有三种反应。第一种反应是经再三推敲后接受了这个建议并做出些许修改。如果是这样，上述评论便对音乐创作产生了影响。第二种反应则不然，作曲家会说："不对，那正是我想要的，我并不认为冗长！"第三种反应是完全漠视，毫无回应。在后两种情况中，笔者的评论只能是个人独白。其实，在上述问题上，并没有什么标准能明确判定谁更正确。对于这种"未必有对错的问题"，评论者只能以建议的口吻表达自己的观点，至于是被采纳还是被拒绝，则取决于他人。类似的情况在音乐表演评论中也是存在的。仍以柴氏的《D 大调小提琴协奏曲》第一乐章为例，在聆听苏联杰出小提琴家大卫·奥伊斯特拉赫（David Oistrakh，1908—1974）的演奏版本时①，笔者认为其在处理第 51 至 54 小节时略显拖沓，削弱了音乐延展的推动力。但演奏者同样有理由说这是他有意为之的结果，他所需要的是轻微抑制此处的速度，以便与随后的快速经过句形成鲜明对比。这里依然难有对错之分。

三、音乐创作者、表演者未能充分实现自己意图的情况。让我们来看一对简单的音乐片段，即贝多芬 F 大调《第五小提琴奏鸣曲（春天）》第一乐章主题的草稿和定稿②：

草稿：

定稿：

---

① Tchaikovsky：Violin Concerto Op. 35 & Wieniawski：Etude - Caprices Nos. 2，4 & 5，DG 公司，CD 编号：4778583。

② 草稿来源：P. Mies. *Beethoven's Sketches：An Analysis of His Style Based on A Study of His Sketchbook*. Dover Publications, Inc. New York, 1974, p. 29。

从作品的标题和谱面看，作曲家此时的意图似乎是要尽可能写一个如春风吹拂般的优美动听的旋律，此意图也是其进行本次创作的重要动因。浮现于贝多芬脑际的是第一个旋律（草稿）。此时，贝多芬既是创作者，又是自己草稿的评论者，他似乎不断以"优美性""连贯性""生动性"等为标准对草稿进行评价，并以敏锐的审美判断力断定自己的意图并未充分实现。他或许觉得第3、4小节略显拖沓，第5、6小节的严格模进又增强了这种拖沓感，第7、8小节的裁截模进与重复更是毫无生气，使整个旋律变得十分呆板。由此，贝多芬决定修改它，并在定稿中找到了令自己满意的结果。虽然，此例说的是创作者对自己草稿进行修改，却也说明创作者未能充分实现自己意图的现象。在许多缺乏经验的创作者的作品定稿中，此类情况并不少见。而对于技艺水平有限的表演者而言，欲速不达、力不从心的情况同样多见。比如，想演奏强音却达不到预期强度，想演奏弱音却弱得不够充分，想提高演奏速度却导致每个音的清晰度下降，想发出纯净的音色却总是制造出杂音，等等。

四、音乐创作者、表演者出现明显失误的情况。在某些情况下，音乐创作和表演活动仍存在是非对错，假如创作者要求一位小提琴手同时发出小字组的A音和小字一组的C音，那么，他便错了，因为在小提琴上无法同时发出这两个音，这意味着创作者并未充分掌握乐器法。假如表演者在表演过程中出现音高、节奏不准确或错音等现象，那么，评论者也有足够的理由指出他的错误。虽然，我们不能仅以某些细节上的失误来判断创作、表演活动的整体价值，但若此类失误过多，必将显著地影响人们对其基本质量和规格的评判。

在以上第一、二种情况中，评论者虽有权表达自己的意见，却也有必要尊重创作者、表演者的选择，因为，这里并不存在绝对的对错之分，只有审美趣味或主观感受之别。在第三种情况中，同样不存在绝对的对错之分,当创作者或表演者未能充分实现自己意图时,评论者与其断言他们做错了,不如指出他们做得不够好、不到位,毕竟他们已处在走向完善的过程中。而在第四种情况中,则存在着明确的对错之分,此时,即便评论者直言不讳地指出创作者或表演者的失误,也多半不会招致异议。仔细区分上述四种情况,采取适宜的口吻进行评论,将有助于促进评论者与他人之间形成良好的互动关系。

其二,音乐评论者须终生不辍地学习和写作,并忠实于内心的真实想法。在评论实践中,一位评论者将会面对十分多样的音乐类型,如严肃音乐、流行音乐、民族民间音乐等。在严肃音乐中,又包含不同时期、风格的音乐形态,从文艺复兴的合唱到古典主义的交响曲,从19世纪的艺术歌曲、歌剧到20世纪的现代派音乐,应有尽有。在流行音乐中,不仅有布鲁斯、爵士乐、拉丁音乐,还有摇滚乐、乡村音乐、索尔(Soul)音乐等。而世界各地的民族民间音乐同样是种类繁多。仅就中国民间音乐而言,从汉族小调、藏族的箭歌到蒙古族的呼麦,从京韵大鼓、苏州弹词到江南丝竹,从秦腔、京剧到昆曲,不胜枚举,何况还有亚、非、拉其他各国的民间音乐,同样是异彩纷呈。一位评论者要较全面熟悉、了解这些音乐及其各类混合形态的审美特征及文化、社会背景,几乎是不可能的。假若评论的对象不限于作品,便还可能涉及表演者的表演质量,听众接受的情况,音乐表演场所的音响效果,某种音乐现象或某次音乐活动的文化、社会意义,等等。这对评论者的感性积累、知识水平和思辨能力提出了很高的要求。由此,每一次写作乐评的过程很可能也是一次学习的过程。

通过不断学习与写作,评论者的审美判断力得以磨炼,知识水平和视野得以提升,审美经验得以积累。很明显,那些音乐史上著名的评论家大多笔耕不辍、著述丰厚。奥地利著名音乐评论家爱德华·汉斯立克(Eduard Hanslick,1825—1904)曾撰写了《论音乐的美——音乐美学的修改新议》①、《近代歌剧》九卷②、《组曲：有关音乐和音乐家的论文集》③等众多著述；纽约时报著名音乐评论家哈罗德·勋伯格（Harold C. Schonberg，1915—2003）则撰写了《不朽的钢琴家》④、《伟大作曲家的生活》⑤、《伟大指挥家》⑥、《面对音乐》⑦等十余部著作和文集；德国著名哲学家、音乐评论家西奥多·阿多诺（Theodor Adorno，1903—1969）的音乐著述不仅为数众多，还有着强烈的批判精神和不一般的思想含量，重要著作如《阿尔班·贝尔格：最精细入微的大师》⑧、《马勒音乐肖像》⑨、《贝多芬：音乐哲学反思》⑩、《新音乐的哲学》⑪等。在如此大量的评论文字中，虽不时闪现出真知灼见，却也并非篇篇精彩、段段不俗。这里不乏偏激之见——如阿多诺曾指出：斯特拉文斯基的新古典主义音乐大量引用18世纪的音乐语言，显露出作曲家灵感的匮乏及主体意识的丧失，是一种音乐上的"贫血症"和"食尸行为"。⑫这里也有保守之见——如汉斯立克在评论柴可夫斯基的《悲怆交响曲》第二乐章时曾说：第二乐章的四五拍子，若改成八六拍子便好了，这样才不会引起听

---

① ［奥］爱德华·汉斯立克：《论音乐的美——音乐美学的修改新议》，杨业治译，人民音乐出版社1978年版。

② Hanslick, Eduard. *Moderne Oper*（Teil 1-9）. Adamant Media Corporation, 2006.

③ Hanslick, Eduard. *Suite：Aufsaetze ueber Musik und Musiker*. Europäischer Musikverlag, 2014.

④ ［美］哈罗德·勋伯格：《不朽的钢琴家》，顾连理、吴佩华译，广西师范大学出版社2014年版。

⑤ Schonberg, Harold C. *The Lives of the Great Composers*. New York and London：W·W·Norton & Company, 1997.

⑥ ［美］哈罗德·勋伯格：《伟大指挥家》，盛韵译，生活·读书·新知三联书店2011年版。

⑦ Schonberg, Harold C. *Facing the Music*. Summit Books, 1981.

⑧ Adorno, Theodor. *Alban Berg：Master of the Smallest Link*. Cambridge：Cambridge University Press, 1994.

⑨ Adorno, Theodor. *Mahler：A Musical Physiognomy*. Chicago：University of Chicago Press, 1996.

⑩ Adorno, Theodor（Author）, Rolf Tiedemann（Editor）. *Beethoven：The Philosophy of Music*. California：Stanford University Press, 1998.

⑪ Adorno, Theodor. *Philosophy of New Music*. Minneapolis：University of Minnesota Press, 2006.

⑫ 于润洋：《现代西方音乐哲学导论》，湖南教育出版社2000年版，第404—405页。

众和表演者的反感。① 自然，这里还有着不少默默无闻的篇章。如前述，在评论者提笔写作的时刻，他并不能预见自己文章的命运，所能依靠的只能是自己的审美判断力、知识和经验。既然如此，他便无须在意他人将如何评论自己的评论，无须祈求他人接受自己的观点，其最佳选择只能是忠实于自己内心的真实想法。

　　试想这样一位评论者，在他即将离开这个世界的时候，手捧着一篇篇凝结着自己真情实感并记载了自己心路历程的评论文字，从中看到一个完整而真实的自我，此时，他必是幸福的，也是成功的。

---

① Slonimsky, Nicolas. *Lexicon of Musical Invective*: *Critical Assaults on Composers Since Beethoven's Time*. Seattle and London: University of Washington Press, 1981. p. 20.

现实主义文学的批判精神
及其当代意义

赖大仁

　　赖大仁，男，文学博士，江西师范大学资深教授、博士生导师。全国马列文论研究会副会长、中国文艺理论学会常务理事、中国中外文艺理论学会理事、中国文艺评论家协会理事、江西省文艺评论家协会主席。国家级教学名师，享受国务院政府特殊津贴，国家社科基金评委，全国鲁迅文学奖、茅盾文学奖评委。主要从事文学理论与文学批评研究，主持国家社科基金重点项目"当代文学理论观念的嬗变与创新研究"等3项，教育部、省社科重点项目等多项。出版著作等6部。发表论文和文艺评论220多篇，其中《新华文摘》全文转载3篇，人大复印资料全文转载50多篇。获中国文联文艺评论奖3项，省社科成果一二等奖8项、其他奖多项。

现实主义无论是在世界文学史还是中国文学史上，都有悠久而伟大的历史传统。现实主义无论是作为一种文艺思潮还是创作方法，也都有其鲜明而突出的特点，比如特别强调对生活现实的真实反映和如实描绘，特别注重对生活题材的深度开掘和认识思考，特别重视人物形象的个性化描写和典型化创造等，还有一个重要方面，就是它所拥有的强烈的批判精神。历来优秀现实主义文学的伟大力量，就来源于它的这些鲜明特点，尤其是它所不可或缺的批判精神。

众所周知，19世纪风行欧美的批判现实主义，是西方文学发展史上的一个高峰，产生了一大批伟大的现实主义作家和杰出的现实主义作品。这个时代的文学之所以通常要被冠以"批判现实主义"之名，就因为它所表现出来的鲜明而强烈的批判性特点。从根本上来说，批判现实主义文学的异军突起本来就是资本主义发展的产物。资本主义的特殊生产方式所包含的内在矛盾冲突，导致人性和人的现实关系全面异化，而批判现实主义文学，则无疑真实反映了这种异化的社会现实。这种真实反映和现实批判，其实是有益于这个社会合理健全发展的。从这个意义上说，是这个时代需要批判性文学因而产生了批判现实主义，正如这个时代需要批判的理论因而产生了马克思主义一样。实际上，作为对资本主义社会现实的批判性认识，马克思主义与批判现实主义的精神是相通的。因此，马、恩始终对现实主义文学情有独钟，对哈克奈斯、考茨基等作家的创作特别关注和详加评论，同时对巴尔扎克、狄更斯等作家的创作给予高度评价。他们除了充分肯定现实主义文学的真实性和典型性之外，更让他们特别赞赏的，是这些作家及其作品对现实矛盾和不合理现实关系的无情揭露批判，从而表现出"真正艺术家的勇气"。后来列宁高度评价托尔斯泰，称他是伟大的、天才的现实主义艺术家，是因为他一方面真实地反映了俄国农奴制改革背景下的社会现实，创作了无与伦比的俄国生活的图画，揭露了各种复杂的社会矛盾，甚至反映了俄国农民革命某些本质的方面，成为社会现实和俄国革命的镜子；另一方面，则是从中表现出强烈的批判性，对社会上的撒谎和虚伪提出了非常有力的、直率的、真诚的抗议，反映了这个时代农民阶级强烈的仇恨，已经成熟的对美好生活的向往和摆脱过去的愿望。当然，列宁对托尔斯泰思想和创作中的矛盾，特别是他对于现实邪恶的不抵抗主义、耽于幻想和妥协退让，进行了实事求是的分析批评。由此可见，马克思主义对现实主义文学的高度赞誉，是着眼于这种文学最突出的特性与功能，一个是它的真实性及其认识功能，有助于人们透过文学的棱镜更深刻地认识不合理的社会现实；另一个是批判性功能，对种种道德沦落与人性异化的罪恶现实给予无情的揭露和辛辣的讽刺，以此刺痛人们麻木的神经。当然，这一切最后都归结到一点，就是引起人们对于现实关系和现存制度的怀疑，从而走向反抗现实压迫和争取自由解放的斗争。

我国"五四"以来的新文学传统，尤其是在特殊时代背景下形成的现实主义文学潮流，显然受到西方批判现实主义文学的积极影响。许多优秀作家及其作品，同样表现出了现实主义文学突出的真实性、典型性和深刻的批判性。鲁迅先生的小说，既极为真实和典型地反映了辛亥革命前后风雨如磐的社会现实，同时也表达了作家忧愤深广的批判性认识，包括对吃人的封建礼教传统和黑暗腐败现实的激烈批判，以及对以"奴隶性"为特征的国民性的深刻批判。巴金先生的《家》《寒夜》等作品，也极为真实和典型地反映了旧时代封建家庭的衰败及其人生悲剧，或者底层知识分子的痛苦挣扎和悲惨命运，由此表达了对这些不幸人们的深切同情，以及对造成这种人间悲剧的不合理社会现实的强烈控诉和批判。此外还有茅盾、老舍、曹禺等作家的创作也无不如此，显示出那个时代现实主义文学的强大力量。应当说，这种现实主义文学的蓬勃发展，正是那个变革的时代所特别需要和热切呼唤的，而这些现实主义文学也恰好是以其对社会现实的真实反映和深刻批判，呼应了人们的愿望和时代变革发展的现实要求，从而在推动历史的变革进步中发挥了应有的作用。

　　差不多同样的情况出现在改革开放初期，当时文学界强烈呼吁"恢复现实主义传统"，由此形成了现实主义文学发展的又一个高潮。所谓恢复现实主义传统，其实就是要求摒弃极"左"年代虚假粉饰歌颂的"伪现实主义"，真正恢复现实主义文学的真实性和批判性精神。当时一批影响很大甚至引起轰动和争议的作品，在相当程度上真实反映了极"左"年代尤其是"文化大革命"时期的荒诞生活现实，表达了对各种人妖颠倒、人性扭曲和戕害践踏人格尊严的丑恶现象的反思与批判，对新时期初的拨乱反正和思想解放运动，无疑起到了积极的推动作用。及至后来同样影响甚大的新现实主义文学，着重反映新时期社会改革的艰难进程，真实描写社会改革进程中所带来的现实生活矛盾，无论是对造成这种现实困境的旧体制与现实关系，还是阻碍改革的保守落后势力，以及那些投机钻营借改革以谋私的腐败现象，都给予了有力的揭露批判。这种紧贴现实的真实描写，以及有现实针对性的深刻批判，无疑有助于人们更好地认识现实和深化改革，显示出现实主义文学在推进社会变革进步中的独特意义价值。

　　说到现实主义文学的特性，特别是它的批判精神，其实并非不言自明，也不是一般人想象的那样简单，似乎只要看什么不顺眼，便愤怒指责咒骂以泄心中怨愤，而是具有更为丰富的美学内涵。其一，现实主义的批判性是基于对生活现实的深刻认识。生活现实从来就是复杂多样的，无论什么样的生活现象都有可能为作家所关注而成为创作题材，但关键在于作家对这样的生活具有怎样的认识,以及对题材意义如何深入开掘。有人说,历史要辩证地看,现实要批判地看。现实主义作家大概是最擅长用批判的眼光来看待生活现实,特别关注这样的生活现实是否合理、是否合乎人民的愿望要求。在这样的关注和审视中,他们往往会发现生活中那些不合理的东西,或者是值得批判反思的东西,进而通过深入的思考探究,达到对生活现实的深刻认识,乃至如列宁评论托尔斯泰时所说,认识生活的某些本质的方面。通常所说现实主义反映生活不仅要求细节真实,而且要求达到本质的真实,应当说是针对作家对生活的深刻认识而言的。如果没有这样抵达生活本质的深刻认识,就不可能有真正现实主义的真实性,同样也不可能有建立在真实性基础上的对于生活现实的深刻有力的批判。这是我们从许多优秀现实主义作品中所能获得的启示。其二,现实主义的批判性以深厚的人文关怀作为思想灵魂。任何对于社会现实的认识和批判,都必然指向对人的现实关怀。因为一切社会变革和解放,最终都是为了人的解放和自由发展。马克思主义致力于对资本主义社会现实的剖析和批判,其目标正在于揭示现实矛盾的根源和人性异化的本质,从而引向变革现实的实践,实现社会与人的解放和合理健全发展。文学是人学,历来现实主义文学对现实的批判,都是基于对人的现实关怀。巴尔扎克、托尔斯泰等批判现实主义大师,无不是以人道主义作为他们的精神寄托和批判现实的思想武器。我们也许可以说他们的人道主义有历史局限性,但没有人会怀疑他们对于人道主义的真诚信念。如果没有这样的人道主义思想灵魂,批判现实主义文学就不可能有那样的批判力量和深远影响。同样,我国"五四"时期到改革开放新时期的现实主义文学,也都是把人道主义作为精神内核,既揭露批判不合理社会现实对人性的异化扭曲,也表现对合乎人性的健全美好生活的向往追求。当然,这种人道主义已不同于过去时代,而是具有新的时代特点和精神内涵,但它的精神价值取向应当说是相通的。其三,现实主义的批判性蕴含着崇高的审美理想。现实主义文学通常用冷峻的态度和批判的眼光审视生活现实，但这并不意味着它只看到生活中的黑暗面，只会对生活中消极丑恶的东西做展览式的描绘。真正的现实主义者正如一首名诗所说：黑夜给了我黑色的眼睛，我却用它寻找光明。现实主义当然需要直面现实揭露真相，但在根本上它仍然面向未来追求理想，相信社会的变革进步，正义必定会战胜邪恶。俄罗斯著名作家拉斯普京说：这个世界的恶是强大的，但是爱与美更强大！这应当说是许多伟大的批判现实主义作家的坚强信念。因此，现实主义文学对生活现实的反映，既不会回避现实矛盾而坚持批判性描写，同时也能够发现生活中的美好并加以积极表现。即便是完全着眼于对消极丑恶事物的揭露批判，那也正如别林斯基所说：任何否定，如果要成为生动的、诗意的，都应当是为了理想而否定。因为对丑恶的否定就是对美善的肯定，所昭示的正是文学的审美理想，它不是让人消极悲观，而是能给人追求美好生活的积极力量。

　　一段时间以来，当代文学界似乎很少谈论现实主义问题了，在有些人看来，现实主义好像早已落后过时，尤其是现实主义的批判精神，在这个消费主义和娱乐化的时代，就好像更显得不合时宜了。然而，现实主义真的过时了吗？当代文学果真不再需要现实主义批判精神了吗？看来还很难得出这样的结论。

　　首先，从我们面对的社会现实来看，并不是没有值得进行批判性审视的现象和问题。邓小平说过：发展起来以后的问题并不比没有发展的时候少。特别是在市场经济改革发展进程中，由于一些方面的改革没有跟上去，不可避免地出现了各种消极腐败现象和比较严峻的社会问题。也许可以说，过去批判现实主义文学所揭露的各种丑恶现象，在当今市场化的社会现实中都已司空见惯。即使一些在资本主义社会被鄙弃的东西，也被一些人疯狂追捧横行无忌。还有一些封建主义腐朽不堪的东西，也往往以各种新的名目借尸还魂招摇过市。习近平总书记在文艺工作座谈会上的讲话明确指出：生活中并非到处都是莺歌燕舞、花团锦簇，社会上还有许多不如人意之处、还存在一些丑恶现象。对这些现象不是不要反映，而是要解决好如何反映的问题。应该用现实主义精神和浪漫主义情怀观照现实生活，用光明驱散黑暗，用美善战胜丑恶，让人们看到美好、看到希望、看到梦想就在前方。这里提出对于社会上存在的消极丑恶现象"如何反映"的问题，值得我们认真思考，要求用现实主义精神观照现实生活，理应包含如上所说的批判精神在内。

其次，从创作主体方面而言，也还有一个主体精神的问题。习总书记讲话中说：作家应当有忧国忧民的情怀；要欢乐着人民的欢乐，忧患着人民的忧患。现实主义作家无疑更需要这样的忧患情怀。这里所说的忧患，应当是来源于对生活现实，特别是对那些消极腐败现象的关注，来源于对生活现实中严峻社会问题的批判性思考，因此，忧患情怀与批判精神在根本上是相通的。历来优秀的现实主义作家，都无不充满这样的忧患情怀和批判精神。如果没有这样的忧患情怀，那就会像生活中的很多人那样，习惯于接受既成现实，不管这种现实是否合理；乐于在麻木和娱乐中度日，也不管这种自我麻醉会带来什么。这也就像习总书记讲话中所批评的那样，价值观缺失，观念没有善恶，行为没有底线，不讲对错，不问是非，不知美丑，不辨香臭，浑浑噩噩，穷奢极欲。现实生活中存在这样的现象，已然是一种悲哀，如果我们的文学面对这样的现实，也仍然视若无睹、麻木不仁、浑浑噩噩，那就是一种更大的悲哀。

俄罗斯当代作家索尔仁尼琴说：文学，如果不能成为当代社会的呼吸，不敢传达那个社会的痛苦和恐惧，不能对威胁着道德和社会的危险及时发出警告，这样的文学是不配称作文学的。当今时代严峻的生活现实，依然需要以文学的方式真实反映和进行批判反思。问题在于，当今的文学是否具有这样一种自觉意识，是否依然拥有宝贵的文学良知。在这样的时代背景下，重温现实主义的文学传统，尤其是它的批判性精神传统，无疑是有必要和有意义的。

用正确的文明史观确立文化自信和文化自觉（节选）

——由电影《百鸟朝凤》而想到的

李超德　李逸斐

　　李超德，苏州大学研究生院副院长，艺术学院教授，博士生导师，苏州大学非物质文化遗产研究中心主任。一级学科设计学博士点带头人。江苏省教学名师。江苏省优势学科（设计学）首席专家、建设项目总负责人，江苏省非物质文化遗产研究基地负责人。

　　李逸斐，深圳大学艺术设计学院教师。

电影《百鸟朝凤》自放映以来，各类文艺评论已经散见于报刊，成为时尚文化现象。《百鸟朝凤》让广大观众感动的不仅仅是乡村唢呐艺人面对现代化浪潮为坚守传统而做出的不屈抗争和苦苦挣扎，而是为吴天明导演关注乡土、根植于传统的文化思考产生共鸣，进而对传统民间艺术在当下面临的困境发出呐喊表达出由衷的赞叹。

一

《百鸟朝凤》讲述的故事，涉及如何看待民族艺术传统的演变，更涉及对于中华文明史流变的看法。对待一部作品的鉴赏，我们可以有多种角度去看待与分析，同时也相信看待问题的逻辑起点不一样，得出的结论也不一致。《百鸟朝凤》所讲述的是唢呐匠人的时代悲歌，从中我们可以体会传统艺人的坚守与不易，也可以学习到民间艺人的敬业精神。但这部电影看似是对于传统艺术的守护，但我却认为电影通过对一支唢呐以及唢呐艺人在当下面临的文化危机，反映出对于中华文明史流变的立场是值得商榷的。电影在褒扬民族传统文化精神，坚守民族文化传统的同时，不经意间反映出艺术家心灵深处对于现代文明的拒绝与反抗。我反对将"文明史观""社会进步论"与保护文化传统看成对抗性关系，甚至将"文明史观"视为西方对抗东方的思维价值体系。

我们知道，人类历史的发展从多中心时代到全球化时代，许多附属于特定文化区域的地域性文化实则已经上升为世界性的文化，为人类所共同享有，狭隘的民族主义历史观无法阻碍人类历史前进的步伐。《百鸟朝凤》作为一部电影，虽然让我们引发出对民族文化传统的坚实与感叹，但影片所透露出的文明史观是值得商榷的。我们无法要求剧作者和导演必须具有历史学家的学术格调，哲学家的理论深度，用电影这样的大众文化表达形式来阐述深奥的文明史发展的内在逻辑。但是，电影家应该有这样的视野，让观众不要孤立看待文化的传承与发展，从而可以引起人们对民族文化未来发展更为高远的热切思索。同时，也不应该因为电影文化的稍纵即逝而消减人们对深层人类文明史发展认知的渴求。如果说因为电影放映的结束，这种讨论还在延续，那么从另外一个方面来说，吴天明导演的目的也就达到了。

我们关注"文明史观"不放，是因为当今文化艺术界有一种不正常的倾向，大家在谈论弘扬民族文化艺术传统的同时，某些专家极力反对"社会进步论"。甚至在谈到文明史的发展时，有专家以"进步论——中国文化复兴的紧箍咒"为题，将中国文化的复兴、继承传统与创新发展对立起来看待，不惜用大量篇幅梳理"社会进步论"在西方的源流与发展，以此说明"社会进步论"是反东方的，并刻意渲染对当下的"祸害"。他们将当今社会在现代化发展过程中遭遇的伦理、生态、道德、文化危机，归结为西方工业革命、全球化的恶果，以强调文化坚守，宣扬本民族文化的优越感，反对科学技术发展为人类带来的福祉和变化，崇尚本民族传统哲学的玄奥，反对历史文明发展阶段论，进而反对社会进步论。从表面看似乎是为了捍卫中国传统文化，实则上却是忽视中国几千年文明史发展的客观规律，将自己囿于故步自封的小圈子。他们的理论否定世界文明发展的普遍规律，认为"以物质生产力为标准的社会进化论一统现代中国人人心。经济基础（生产力）落后决定上层建筑（社会文化政治制度）的落后，成为今天中国人思维定式。而正是这种'唯物'的进步论或社会进化论思维方式，导致了今天中国人深重的文化自卑感"。他们甚至说："进步论或社会进化论，可以说是关乎当今中国政治、经济、文化、艺术（包括城市建筑）等现象背后一个最根本的文化理论问题。当今中国社会的许多弊端和问题，都根本地源于进步论。"

然而，面对人类文明史的创造，我们以什么样的文化立场来解释它，已经不是单纯的学术问题。某些专家围绕世界文明史的发展反对社会进步论所显现出的狭隘的民族主义文化立场，确实不能为我们所接受。这也是我们以《百鸟朝凤》为引子来谈中国文明史和艺术史发展相关问题的真正原因。

二

"古代中国的社会发展观在社会根本属性问题上认为'君权神授、天下王有'，在社会发展的核心问题上认为维护君王的天下大业是社会发展的核心，在社会发展模式问题上认为应构建一种以君王拥有绝对权力为特征的社会治理体系，同时采取'王'道和'霸'道两种相辅相成的方式，实现维护君王天下大业的目标。"① 当然，我们看待中国文明史演变的时候，往往漠视中国科学文明。中国也是一个发明与发现的国度，而且善于吸收外国的科学技术，乃至文化艺术的精髓。李约瑟先生在生前一次接受采访时说："人们总以为科学是西方的专利，与中国毫无关系，实质大错特错。我此生最大的用心，就是还中国科学一个公道。"②

关于社会进步与文明史的关系，文明的含义更为广阔，我们在论述设计流变史的时候就曾经说：从中西文化比较的角度看文明史存在着地域性差别和古今差别，设计作为文化的具体体现和承载物，即是这种差别比较的产物。按照第一种差别，中国的设计文化与西方的设计文化是在不同的地理区域中产生的，客观上存在着明显的地域性差别。但是中西文化比较学界有一种观点认为，即使我们不是按照自然的地理条件，而是按照在不同的地理区域中不同的历史进程来理解这种地域上的差别，那么，也很难清醒认识中西文化本质区别，相反会混淆事物的性质。"在文化学界，一个典型的说法就是'东方精神，西方物质'的观点。

---

① 马文军、李保明：《古代中国的社会发展观论纲》，《河南师范大学学报》（哲学社会科学版）2006年第1期。
② 王钱国忠、钟守华主编：《李约瑟与中国古代文明图典》，科学出版社2005年版，第84页。

通俗地讲，中西文化一个重精神文明，一个重物质文明。从表象看，两者并不是不具可比性的，至少也是平起平坐的地位，而先进与落后的区别却被抹杀了。但是，中国近二百年由一个位于世界前列的发达国家不断衰退、落后，而西方在文艺复兴人文主义思想的感召下，自然科学领域取得了令人注目的成就，凭着它的坚船利炮，走在世界物质文明前列的事实，确凿无疑地说明，这种观点不过是面对已经没落的物质文明的落后民族的自我安慰罢了。而第二种差别，即中西文化的古今之别。也就是说，中国传统文化中的许多内容是已经落后于时代的封建文化，西方以工业文明为基础的文化传播则是属于当今时代的现代文化，无可置疑地占领着世界主流文化的前沿，物质的东西，经过使用和传播就转变为生活方式。"①

《百鸟朝凤》中所吹的民族乐器——唢呐（意大利语：suona），本身来自于西域。唢呐在中国广大地区流行广泛，是一种易于普及、技巧丰富、表现力较强的民间吹管乐器。根据相关历史文献记载，大约公元3世纪前后，唢呐由天方（波斯、阿拉伯一代）传入中国。包括琵琶、二胡、扬琴等现今中国常见的传统民族乐器也本为"胡乐"。但今天几乎所有中国人不会因为它们曾经是胡乐而不承认它是中国的民族乐器。唢呐作为一种来自西域的乐器，传承历史悠久，它的发展脉络清晰可见。直至清朝宫廷仍然将唢呐等归为"回部乐"。考察唢呐在中国的传播历史，我们能够见到的最早唢呐图像应该是名震遐迩的新疆克孜尔石窟第38窟的"天宫伎乐图"。"音乐史学界一致认为它是研究对东方产生巨大影响的龟兹乐和东西方音乐文化交流的重要资料。然而，'天宫伎乐图'中的两个有喇叭

---

① 祝蔚红、李超德：《从中西文化比较看服饰民族化与国际化》，《天津工业大学学报》2002年第5期。

口的竖型管乐器却引起了多年的悬念和争议。"① 这是关于唢呐东传的最早图像记载，尽管学术界对于唢呐究竟何时传入中国仍然存有争议，但开凿于西晋时期（约265—316年）的新疆克孜尔石窟第38窟中的伎乐壁画已有吹奏唢呐形象为学术界所公认。而到了唐代，长安城里胡乐声声，更是另外一番景象。按照有关专家的说法，唢呐直到金、元时期，才普遍传入中原地区。而真正的文献记载则更晚，"音乐史学界都知道，在明代才开始有唢呐的记载"②。戚继光曾把唢呐用于军乐之中。在他《纪效新书·武备志》中说："凡掌号笛，即是吹唢呐。"明代文献学家王圻《三才图会》："锁柰，其制如喇叭，七孔，首尾以铜为之，管则用木。""当军中之乐也，今民间多用之。"明代散曲作家王磐的《朝天子·咏喇叭》则是描述唢呐最好的文章："喇叭，唢呐，曲儿小，腔儿大。来往官船乱如麻，全仗你抬身价。军听了军愁，民听了民怕，哪里去辨什么真共假？眼见得吹翻了这家，吹伤了那家，只吹得水尽鹅飞罢。"据说到了明代后期，唢呐已在相关戏曲音乐中占有比较重要的地位，用以吹奏过场曲牌和伴奏唱腔。到后来以戏曲音乐为基础的民间器乐中，唢呐成为不可或缺的重要民族乐器。

即便是到了清代，唢呐仍然称为"苏尔奈"，所以在宫廷中只能被列入"回部乐"。唢呐因为两端都用铜制，民间又称"金口角"。后来衍生出大唢呐、中唢呐和小唢呐等形制，被编进清代宫廷的"回部乐"中。到了近现代，唢呐已然成为中国各族人民广泛使用的民族乐器之一，特别是中国传统戏曲的开场乐中，一般都会听到唢呐的声音。由此可见，唢呐本为西域胡乐，经过历史文化的多元互动，它成为地地道道的民族乐器。直至2006年5月20日，唢呐经文化部批准列入第一批国家级非物质文化遗产

---

① 霍旭初：《克孜尔"唢呐"的真相——兼谈研究龟兹乐资料上应注意的几个问题》，《中国音乐》2001年第1期。
② 同上。

名录。由此可见，在研究唢呐的历史文化变迁过程中，中国的民族乐器琵琶、二胡等相向而行。

三

这次"长安论坛"以"文化自信：中华美学与当代表达"为主题，它的意义就是要确立中国文化艺术发展的当代性和当代表达。因此，对于民族文化艺术传统的继承与发展就更不应该囿于对民族传统文化的狭隘认知，更应该用宽阔的胸怀和视野将中华民族文化的伟大复兴置身于世界文明史的交融之中。从电影《百鸟朝凤》引发的文明史观与文化发展的思考，进一步拓宽我们的视野，明确抒写伟大的中国梦篇章，确立文化自信必须建立在正确的文明史观基础上，任何对于地域文明史和艺术流变史的认识偏差与极端臆想，都无法回归文明史流变的历史真相，更无法总结出真正的中华美学思想流变的脉络，当然也就无法做好中国艺术的当代表达。

我们强调中华民族文化的主体意识、文化自信、文化自觉，实则与强调面向未来和世界文明史的多元互动不矛盾。我曾经多次撰文，论述必须承认社会进步论，必须认识到现今世界性文化的特质从根本上是以西方工业革命以来的西方文化作为其主流的，而不是相向而背。我们强调自身文化的优势，主要强调传统文化中宣扬的中华传统美德。虽然，传统美德的内容可谓博大精深，涉及社会生活的各个领域。但归纳起来，则可以分为"修身""齐家""治国"等主要的三个方面，以及由此相连的民族审美情趣与趣味。确立文化自信与紧跟时代步伐和弘扬传统美德不矛盾，而否定各文明之间是相互影响的，拒绝社会进步论，固守所谓传统，做回归中世纪的热梦，则是逆历史前进步伐的潮流而动，没有任何现实意义。

《百鸟朝凤》中的吹奏是一支唢呐，讲述的是唢呐与人的故事，但它承载的是多元文化的交融背景下文明史的进程，也许潜藏许多无奈，但历史总是向前发展。而《百鸟朝凤》的文学作者和吴天明导演将它原本来源于西域的这支唢呐与从大城市来到乡村的西洋乐器简单地对立起来,形成非我即他、图解化的传统与现代的对抗性冲突,不得不说这是《百鸟朝凤》这部电影在涉及"文明史观"等问题时经不起深入推敲之所在。特别是联想到许多我们熟识的学者,为彰显自己对于传统的热爱,提出自身文化优越论的观点,指鹿为马式的辩解确实有些让人啼笑皆非。

假设我们为强调自身传统文化优于西方工业革命以后的当代文化,将西方艺术家的创造之举都视为学习了中国画才产生的,那么我们的传统文化研究的起点就是以颠覆这种业已形成的当代文化建构,另起炉灶去谈论,回归原本建立在宗法礼仪和儒家学说基础上的传统文化制度和传统美学的话,已经不是我们这样一些学术群落凭着罗曼蒂克式的理想能够解决的。

文化经典与文化制度,实质上是两码事。农耕文明背景下中国统治阶级将儒家学术理解为维系国体的国之重典,建立在宗法礼制基础上的价值观,维系着整个社会的"和谐",人们长期以来形成的、积淀在思想深处的思维模式在稳定宗法人伦关系方面的功能,更是刑或法所无法替代的。传统文化倡导的许多东西在封建社会何以深得人心,而它是以"礼"的面貌出现的。礼不仅仅在于它被蒙上一层血缘亲情的温情面纱,还在于它具有一定的与艺术相类似的潜移默化、影响人们心理情感的审美属性。用一支唢呐作为象征,讲述传统与现代的冲突,简单层面上说不可谓不好。用唢呐作为符号,隐喻文化的危机,以坚守的方式来维护中华文明和传统民间文化的传承,以此增强民族文化的向心力和凝聚力。但是,讨论文化危机如果离开了现今国家体制和社会价值倾向实则无法从本质上确立研究问题的逻辑基点。而将捍卫传统文化上升到为捍卫民族文化精神和尊严的高度,又使得这一学术命题具有历史沉重感,并难以用理性思维去左右。我们讨论如何面对现代化潮流与传统文化的挑战的初衷是对传统文化的尊重与认同，进而思考传统文化发展的未来。然而，将文化发展视为一成不变、拒绝改变的文化形态来讨论的时候，却带有狭隘的宗法色彩。作为艺术研究工作者，在阐述中华文明时无不具有自豪感。但我们也常常想起香港著名文化地理学者陈正祥先生在《文化地理》一书中所说"汉文化基本上是农耕文化"。中国传统文化自古以来就是在多中心时代产生的地域性文化，这是一个理性的事实。中国传统文化在其形成和发展的过程中，除了受到印度文化、古波斯、阿拉伯文化的影响，以及以丝绸、古陶瓷为代表的中国文化在西方世界、南太平洋和印度洋沿岸等地产生某些影响外，作为文化核心的价值观念影响的范围一般说没有超出东南亚范围。作为精神财富，我们为自己的祖先而骄傲。但我们也应该看到，中国传统文化也有某些成分不适应现代社会发展的需求，甚至有些核心问题与当今世界性文化在本质上是对立的。如果我们不能认清大文明史观认识的世界是相互交融的，以及社会进步论所确立的阶段理论和现代文化传播所特有的性质，它是依随经济发展由高到低，自上而下产生影响。仅仅凭着扭曲的民族自尊心而建立起来以自我为中心的学究式心理，那将是对文化自信、文化自觉的极大误解。

世界文化潮流的步伐正走向趋同化，这未必是民族文化多样性的福音。出现全球化趋势，似乎马克思和恩格斯早在一百多年前的《共产党宣言》中就有所预言："在现代社会，不仅物质的生产成为世界性的，精神的生产也是如此；由许多种地方和民族的文化形成了一种世界性的文化；在这个时代，任何民族的和地方的片面性和局限性都将成为不可能。"[1] 经济的全球化，必然带动了文化的全球化，形成了世界性文化的特征。我们一方面反对全盘西化，另一方面我们又要反对食古不化。既坚守我们的文化立场、审美趣味，又要融入时代前进的步伐。当然，我们必须认识到文化问题

---

[1] 《共产党宣言》，外语教学与研究出版社1998年版，第6页。

往往和意识形态等问题交织在一起,在文化的差别化中承载了过多的历史责任和民族振兴的政治含义,而且文化问题一旦进入政治议题,我们的思维不得不遭遇困境。当然,对如何适应世界性文化潮流与坚守传统文化常常受到"全盘西化"的诘难。但我们始终认为,回归古典和注重人文,是一种意趣,不代表拒绝现代科学技术文明。今天谈论文化自信、文化自觉,似乎又为中国传统文化的复兴找到了依据。但我们认为传统文化只有融入了时代精神和切合时代的生活方式才能实现中国文化自信的重建。

回顾中国近代史上产生过以胡适、陈序经为代表的"全盘西化论"。文化学界的"全盘西化论"自然以失败告终,文化自信、文化自觉可以成为一种价值判断影响着中国人的行为处事方式、审美意识。事实上,我们明白了实现文化自信实质上是建立在正确的文明史观、社会进步论基础之上的大文明关系以后,就会发现,世界文明史是各个文明的交融,民族文化自信也不是孤芳自赏。

综上所述,面对东西方文化的融合与对垒,似乎"文化危机"问题的讨论永远也没有结论,现在谈论"文化自信",有必要首先认清文明史发展的脉络与规律。把它理解为一种文化上的倡导,是构筑民族文化自信的一种内在载体和外在表现形式之一。如果将它说得大一些可以认为是民族文化的自觉表现,越是全球化的状态,越是需要民族文化和自身的认同。但是,我同时认为"文化自信"研究必须摆脱"文化本位主义"的束缚,用一种宽阔的文化胸怀立足于东西文化交流日益频繁、多种审美价值观的撞击与融合的现实,认识到一种新的属于全人类的世界性文化正在迅速形成和发展,随着中国经济、政治的发展,我们的民族文化也可能上升为世界性的文化。面对传统文化的历史财富视而不见,盲目崇洋是妄自菲薄,刻意拼贴、狂妄自大、图解传统文化同样是故作高深的浅陋。文化自信关乎社会大环境,脱离时代的大背景去研究"文化自信、文化自觉",就可能囿于认识的怪圈和现实的迷途。

现实主义:"文化自觉"的必行之路

——从近年草原题材电视纪录片(专题片)谈起

李树榕

李树榕,内蒙古艺术学院二级教授,享受国务院政府特殊津贴专家,内蒙古文艺评论家协会副主席,内蒙古自治区政协常委,内蒙古文史研究馆馆员,文化部特聘东京"中国文化中心"教授,乌兰巴托"中国文化中心"教授。

继电视纪录片《舌尖上的中国》播出之后，在影视文化产业行列里，电视纪录片和专题片也在逐渐受到重视。因为，通过"纪录"现实生活或回望历史事实，引领观众认识并思考"我是谁，从哪里来，到哪里去"，不仅可以推进哲学思考、建立文化自觉，还可以反思文化坚守、建立文化自信。这就是近几年在四川国际电视节国际电视纪录片评比中获"金熊猫"大奖，在中国（青海）山地纪录片评比中获"玉昆仑"大奖的草原题材电视纪录片，如《阿妈的宝贝》《过冬》《赛场遗梦》《中国有个敖鲁古雅》《与鹿为伴》等，给我们的启发。

一

毋庸讳言，人的一生，不可再生的精神"资源"是注意力。注意力投放在哪里，就可能在哪里取得成绩。对于电视纪录片主创人员而言，把注意力放在哪里，关注哪些社会问题，不仅是关乎题材的问题，还是如何定位价值立场进而能否具有社会担当的重要前提。

近年来，我国电视专题片和纪录片也出现了"题材扎堆儿"的现象，通过一座古代建筑讲述家族故事、地域故事，通过一种生活习俗介绍与衣食住行相关的地域文化资源，是我国电视纪录片摄影机持续关注的领域。然而，通过这些故事或资源，我们收获的是常识、知识，增长的是见识，对于如何提升思想境界的高度，拓展思想领域的宽度，显然力量还是不够的。

1803年就有经济学家指出："某种产品的过剩是因为另一种产品的供给不足造成的。"纪录片或专题片的题材"扎堆儿"，是对生活丰富性重视不足的表现。其成因，我认为主要有两个：一是市场经济运行规律对电视剧作为创意产业、版权产业、内容产业甚至意识形态产业的多种制约，使电视剧供给侧不得不在努力追求经济效益的同时寻找审查制度"能通过"、观众收视"能凑合"的盈利空当；二是在西方后现代主义美学思潮影响下，影视产品陷入了"大众文化"复制与消费的娱乐与"快餐式"制作的怪圈，进而弱化了文化自觉、文化自信和思想担当。

而坚守现实主义原则，就是要让精神产品"以时代的普遍要求为条件"，"与社会的要求保持活的联系"。今天，我认为，令观众无奈甚至生厌的是胡编乱造、盲目追风、缺乏生活根基、背离现实主义原则的影视作品。反之，尊重生活真实、反映当下各种社会问题的作品是令观众喜欢的：如道义与利益冲突时该如何选择？我们怎样才能走出"信任危机"？与经济利益无关的"爱情"还存在吗？竞争中如何"团结互助"？在"移民热"面前怎样践行爱国主义？等等。令观众难忘的，则是能够真实反映民族性格、民族美德、民族历史进程的作品。所以，现实主义电视纪录片的根基是"生活事实"蕴含的"生活真实"，其魅力是"生活真实"转化而成的"艺术真实"，其境界则是生活真实与艺术真实共同揭示的社会发展规律。

今天，在市场经济带来的人与自然不断升级的冲突中，"一种文明与文化，能否发扬光大，能否在世界产生影响力，关键在于其价值理念能否为人类发展提供新的思想资源，能否解决人类未来和平发展的新问题"[①]。回首近年来我国屡屡获奖的展现游牧文化和游猎文明的电视纪录片，不难发现，在纪录历史变迁，正视社会问题，反映文化坚守，试图用事实回答怎样才能推进人类"和平发展"时，却陷入了一种美学"宿命"。

二

严格地讲，宿命，不是反现实主义的，而是对一种带有轮回色彩的客观事物或现象的正视。而美学宿命，往往是对哲学"悖论"的触碰。由此分析"草原题材纪录片"美学宿命的成因，似乎有一个彼此相关的精神谱

---

① 张德祥：《重铸民族文化自信心》，《人民日报》2010年7月16日文艺评论版。

系：包括以额尔德尼、照那斯图、查格德尔等为代表的电视纪录片拍摄者几十年如一日对生活在草原、沙漠、森林深处的"人"的持续关注，包括他们对草原文化核心理念"崇尚自然、践行开放、恪守信义"的笃信与坚守，还包括他们将镜头一遍遍"摇过"内蒙古118.3万平方公里的大地时，穿透琐碎物象，所聚焦的沉重话题——在生态环境变化、市场经济冲击中，人与自然如何相处？如：呼伦贝尔草原上，年过半百的蒙古族老人宝迪扎布，为什么坚持养马却从不卖马？（见《过冬》，2012年）巴丹吉林沙漠里，那峰屡建奇功的白色雄驼，即将毙命时何以激起牧民们对悲剧与英雄的深刻感悟？（见《驼殇》，2005年）远程跋涉寻找草场的羊群里，被主人抱进汽车染上异味而被母羊抛弃的羸弱羊羔，是否还能活下去？（见《宝饶的故事》，2000年）等。

与草原题材的电视剧不同，纪录片必须"按照生活的本来样子"记录生活，拒绝"可能有""必须有""假定有"的伪造情景。而"问题意识"，即发现人与自然之间存在的问题，则是内蒙古获奖电视纪录片的拍摄目的和现实基础。关注—体验—发现—记述—思考，是客观真实的，却蕴含着拍摄者的某种价值理念。文化坚守，就是对解决现实问题的价值理念的坚守，是对推进人类"和平发展"有所裨益的文化与文明的坚守。

事实告诉我们，自然地理环境决定着人的生产和生活方式，生产生活方式又生成判断是非的价值理念，价值理念则是一个民族文化品格的灵魂。当自然生态的变化伴随社会的发展，冲击传统的生产和生活方式时，既定的传统文化的优长遭遇挑战甚至颠覆，也在所难免。怎么办？！

你看，在草原沙化的生态危机中，一个出生16天的婴儿，要随父母迁移牧场。茫茫草原，走在牛车旁边的是拖着疲惫身躯、还在"坐月子"的母亲。镜头一点点"推"向车篷里，观众看到的是只能容两个人的牛车睡着婴儿和一个刚出生的牛犊。就这样，蒙古族母亲用坚定而有重量的步履拉近了人与自然的距离，书写着蒙古民族的生命观：一切生命都是平等的，无主仆和高下之分，无尊卑和贵贱之别。由此踏出了草原文明的鲜明足迹……这就是1997年获中国电视"金鹰奖"最佳纪录片奖的《父亲的眼泪》里一个令人挥之不去的画面。

一晃20年过去。当都市人以养宠物为享乐时，纪录片《阿妈的宝贝》通过一个不是宠物的"宠物"，又一次回荡起《父亲的眼泪》曾经的主题——人与自然如何相处？

乌拉特草原严重沙化。年过花甲的索米亚阿妈却饲养了一峰四腿奇短的畸形骆驼。浩瀚的沙海，矮驼时常跟不上驼群，阿妈便时常步行去寻找矮驼，子女又时常开车去寻找阿妈。几年下来，把矮驼当成"聪明宝贝"的索米亚老人乐此不疲。直到有一天，作为生态移民的她不得不带着矮驼搬到了城里，之后，被城里人用怪异的目光锁定为"宠物"的矮驼，命运又将如何呢？

今天，面对某种价值理念，人们的态度无外乎"赞同""反对""无所谓""存己见"。然而，当我们要判断草原牧人与那个初生的牛犊、畸形的矮驼之间的关系时，却找不到恰当的选项。因为，农耕文化历来主张"万物皆备于我"，游牧文化却在八百多年前就出现了通过立法"禁止草生时锄地"，严格规定"鞭打马之面目者，诛其身"的草原文明。[①] 为此，在纪录片里我们看不到拍摄者们奴役牲畜的恣肆快感，也看不到攫取自然资源时"他者"的贪婪与无度。他们由衷表达而非刻意表现的是与被拍摄者一样"痛着自然之痛，美着自然之美"的文化大气，以及能否坚守文化大气的困惑。

三

坚守现实主义原则，是草原题材纪录片与草原题材电视剧最大的不同，因为这是当下草原人通过现实行为坚守的价值理念，其吸引人和感染

[①] 马冀：《成吉思汗评传》，内蒙古人民出版社2005年版，第93、94页。

人的力量源自题材的四大优势：人无我有、人有我优的独特性；让本文化圈民众感觉幸福的有效性；揭示社会规律的客观性；以及打动人心的审美性。当拍摄者用辽阔的草原、金色的兴安、无边的戈壁等特色鲜明的自然景观，马头琴演奏、呼麦演唱、祭火祭敖包等特色鲜明的民俗景观以飨观众时，独特性、客观性、审美性非常突出，唯有"有效性"——让本文化圈的民众感觉幸福——的特性却非常模糊。

你看，夏日，位于内蒙古中部的达尔罕草原，眼下更像一片荒原。年过花甲的蒙古族汉子希日夫带着11岁的褐色走马，也带着多年的梦想——在一个大规模、高规格的比赛中获得赛马冠军——兴致勃勃来到"包头市首届少数民族传统体育运动会"。孰料，赛前，当他骑着马熟悉赛场时，一辆摩托车直冲过来，将其重重撞倒。当然，这不是蓄意谋害。于是，观众看到了一系列画面：近景——后腿骨折倒在地上的褐色走马；特写——走马疼痛而无助的眼神；全景——围观的人群里，格外醒目的希日夫沮丧的表情；远景——老人牵着一瘸一拐的走马，沮丧离去的背影……"一万亩草场，勉强放牧400多只羊，可他还是硬要养100多匹马。""侍弄马是他一辈子的乐趣，他离不开马。"老伴儿的话，侧面反映了希日夫此刻巨大的痛苦，也让观众围绕他的遭际不禁思考——为什么会发生这么"巧"的不幸？为什么一直拒绝骑摩托的马背豪杰偏偏被摩托撞伤？

认知闭合需求，是人类普遍的精神需求，也是引导人们对问题进行深入分析的动力。当这部名为《赛场遗梦》的作品在2012年获得四川电视节国际纪录片"金熊猫"奖"人文类最佳短纪录片奖"时，刺痛人心的就是那个承载马背男儿志向却没有圆的"遗梦"。

一般说来，遗梦，是没有机会实现的梦，是永久的遗憾和伤痛。当观众感慨主创人员何以能及时"幸运"地抓拍到走马被撞伤的瞬间时，也在思考，汽车和摩托车密密匝匝围起来的赛场，那个"瞬间"发生的事纯属偶然吗？"赛场遗梦"，难道仅仅是希日夫一个人的"梦"？

由此，我不禁想起十几年前的另一部纪录片《没有缝完的蒙古袍》，记录的也是一个遗梦，是锡林郭勒草原上三代蒙古族女人的"遗梦"。外婆留下了一件绣着团龙的蒙古袍，集中了蒙古族刺绣手工艺的所有技能和技巧。为将这份文化遗产继承下去，母亲创建了蒙古袍制作公司，希望女儿在学习和继承中完成一件绣满团凤的蒙古袍。可是，资金出了问题。城镇化进程改变着草原民族的生产和生活方式，使其衣着习惯也发生了巨大变化，蒙古袍市场迅速衰弱，那件蒙古袍最终也没有完成……

有人说，判断一个事情该不该做，"是非观"不如"趋势观"来得实际。换句话说，凡发展趋势好的事情，就要做；反之，就别做。无疑，这是"识时务者为俊杰"的翻版。但是，蒙古族男儿希望在马背上获得荣誉，蒙古族女性希望传承优秀的文化遗产，都是血脉中的向往，是民族的文化情结，倘若在草原文明与现代工业文明碰撞中，用"趋势观"定取舍，便会消解文化自觉、文化自信、文化自尊。因而，发掘"遗梦"，记述"遗梦"，思考"遗梦"，对被记录者和记录者，都是一种带有"宿命"色彩的文化坚守。

四

现实主义的突出体现，是草原题材纪录片的"实时实录"，即在"现在进行时"中把事情的发展过程和结局记录下来，因而，主创人员若非与被拍摄对象同在、同步、同行、同感，就很难及时拍摄到不同人物的真实处境和不同处境中的真实情形，更遑论抓到千钧一发的精彩画面和思想深刻的绝妙瞬间了。

十几年前，一部反映牧民搬迁题材的纪录片《下山》，获得2001年中国电视纪录片学术奖最佳短片奖、最佳编导奖，其就是跟踪拍摄的结晶。十几年后，一部见证猎民"搬迁"的纪录片《中国有个敖鲁古雅》，又获得2014年度中国嘉峪关国际短纪录片"伎乐天"杯大奖。前者，记述的是世代居住在贺兰山的普力吉一家为了国家利益——自然保护区建设，所做的牺牲；后者记述的却是国家为使鄂温克人健康生活所做的努力。都是记录"下山"，都历时十几年，都关乎生态，都避不开"两难"，但"坚守什么""怎样坚守"的思想诉求却不尽相同。

90岁的玛利亚·索是敖鲁古雅猎民乡年岁最大的老妈妈。《中国有个敖鲁古雅》就是以她和她的家人为主，记述"使鹿鄂温克人"面对传统与现代生产和生活方式冲突时，是如何选择的。

随着一曲音色苍凉曲调悲怆的鄂温克古歌，镜头聚焦在零下四十度的大兴安岭，玛利亚·索一家即将迎来2012年的除夕。饮水，要到远处冰河去取冰；年夜饭，只是多了一些炸果子；居住，是保暖性很差的"撮罗子"；过年，便是家人围在一起吃肉、喝酒、聊天、唱歌。即便如此，当政府为他们修建起交通方便、居住条件好、居住区依然叫"敖鲁古雅"的新居时，年岁大的猎民依然不愿搬迁。柳霞已年近半百，她一再表示："我不走，我死了我也不走。驯鹿不喜欢搬迁，我也不喜欢城市。"从片子中的音调可以听出，这话带有几分醉意，但真实性却不容怀疑。由此，观众会思考：为什么要请他们迁往新居？

中华人民共和国成立60多年，人口翻了三番。而全国唯一的使鹿部族，自19世纪末从环北极圈迁徙到我国东北地区后，人口增长却非常缓慢：1959年是137人，2012年是168人。生活条件差，生产方式有危险性，是重要原因。然而，一旦迁居，驯鹿就要离开大森林的苔藓，驯鹿人的生产和生活方式就会随之改变，"使鹿鄂温克之所以为使鹿鄂温克人"的质的规定性就会削弱，民族生存样态的丰富性就会受损，怎么办？

文化学者乌热尔图指出，生活在大兴安岭的使鹿鄂温克族，"按照千百年来养成的生活习惯，既保持了斗士的勇气和果敢，同时日复一日地寻找与大兴安岭山林的融合与协调。他们创造的文化与习俗，他们日常生活的细枝末节，无不渗透着对大自然母体的崇敬。应该说，他们早已将尊崇自然这一精神品性，成功地融汇在本民族的文化传统之中"①。与那些为经济利益而伐木、打猎、采集的外来群体不同，他们是把森林当成家园，把草木当成朋友，把驯鹿当成亲人的。其生产和生活方式一直遵循着大自然的规律，绝不乱砍滥伐，更不会乱猎滥杀，因为他们没有贪婪无度的物欲。正如玛利亚·索在片中所说："我们不需要太多钱，大森林里什么都有。"鄙视独占猎物的"小气鬼"，把每一次获得的猎物都分给乌力楞（亲缘构成的小型社会组织）的家家户户，就是他们独特的价值理念和文化传统。然而，被大兴安岭外面的世界所吸引，被市场经济改变着价值理念的年轻的鄂温克族人，即使坚守森林里的生产生活方式，又能持续多久呢？

是的，没有不同文化之间的碰撞，人们就不会在乎"他者"对自己的审视和评价，就不会有"文化坚守"或"放弃文化传统"。在趋利避害的市场经济理念一再冲击各个民族某些文化优长的时候，草原题材纪录片的思想力量在片子的结尾更加突出：希日夫老人放生了褐色走马之后，竟也骑着摩托车去放牧了；城镇生活迫使索米亚阿妈最终还是要把她的宝贝矮驼卖掉了；玛利亚·索的子孙们在长辈犹疑、惆怅的目光里，已经忙碌着往城里搬家了……可见，在"两个同样正确却相互排斥的命题之间"，不论谁来选择，不论怎样选择，都难免悲剧性，这就是人类社会发展中无以回避的"宿命"。于此，拍摄者用自己的生活体验和发现，在大面积接通观众生活经验的同时，也在进一步深化观众的思考，文化坚守——即便坚守的是正确的价值理念——在什么情况下才能守得住呢？

古希腊哲学家苏格拉底认为，人，"应当是不断探究他自身的存在物——即一个在他生存的每时每刻都必须查问和审视他的生存状况的存在物。人类生活的真正价值，恰恰就存在于这种审视中"②。通过"审视"，

---

① 乌热尔图：《呼伦贝尔笔记》，内蒙古文化出版社2004年版，第159页。
② ［德］恩斯特·卡西尔：《人论》，甘阳译，上海译文出版社1985年版，第8、9页。

我们不难发现,"想得的,得不到"是人类痛苦的根源;物质资源有限,人的欲望无限,时间与空间无限,人的生命有限,则是人与大自然产生矛盾的根源。由此可见,草原题材纪录片的文化自觉和社会担当不在于对"文化坚守"的对错给出判断,而在于用现实主义原则的"生活实然性"和"生活应然性"启迪人们怎样以"人类和平发展"为前提,两利相权取其重,两害相权取其轻,进而坚守本民族文化中合乎社会发展规律的优长,强化文化自信。

现实主义精神与舞蹈艺术的影响力和深度

刘青弋

刘青弋,中国艺术研究院教授/研究员,博士生导师;上海戏剧学院特聘教授。历任解放军前线歌舞团舞蹈演员、舞蹈队队长;解放军艺术学院共同课教研部门(副师职)主任;北京舞蹈学院教授、舞蹈学系主

任兼舞研所所长;《北京舞蹈学院学报》副主编。主持与承担国家与省部级的重要科研项目十余项;独立发表学术专著8部,学术论文与批评文章数百万字,合作著作多部。五项十余部成果被评为教育部国家级教材。

一 现实主义精神与舞蹈艺术的影响力

本文认为,当下我们倡导重建的"现实主义精神",既非是指某一艺术流派的专利,亦非是指某种创作方法,而是一切有价值的艺术作品成功的关键因素——即将这一精神视为一种客观看待现实的世界观与方法论,重建艺术关注社会现实生活,以人文关怀的视角,注重解决人类生存出现的问题,表现不平等的社会中人的苦难、痛苦、挣扎、抗争,表现文明社会中人性的堕落与升华,体现艺术家"为天地立心,为生民立命"的追求和"先天下之忧而忧"的忧患意识,体现艺术家对于民族和人民生存境况现实深切的人文关怀,体现艺术家与人民大众间血肉联系和深沉的精神交流。坚守其核心内涵,即在追求艺术的真善美中,揭露世界人生之"本相",真切地审视、针砭现实社会存在的弊端,重建艺术家人格的独立性和文化批判的尖锐性,通过艺术表现我们的民族在当下时代所具有的文化反省的力量,并将其作为艺术创新的必要前提,推进舞蹈艺术切入民生和人文关怀的深度,实现对人类社会理想和人类存在本体意义的守望。

提出"现实主义精神与舞蹈艺术表现的影响力和深度"的话题,在于当下中国舞蹈艺术创作较缺少现实主义的批判精神,因而,其发展趋势不甚乐观——不在于表面上缺少"大繁荣"的局面,而在于缺少思想的"深刻"和"深度";在"雍容华贵"的外表下,透露出某种思想的"苍白";醉心于"声势浩大"的阵容则摆脱不了"势单力薄"的内涵;在舞蹈技巧的高难追求之下,并未显现出真正的艺术和文化的高度,未能产生应有的社会文化影响力。问题在哪里?或许有人不以为然,认为舞蹈艺术的特殊性导致其社会影响有限。那么,让我们回顾 70 年前戴爱莲先生推出朴素的"边疆音乐舞蹈大会"所迸发的力量,思考为何这样的力量和影响在当下减弱或不见。

1946 年,戴爱莲在深入少数民族地区采风之后,在重庆举行了一场"边疆音乐舞蹈大会",轰动山城。其文化和社会影响力远远超出当代人的想象,很少有人深入探究。本文通过重新翻阅 20 世纪 40 年代的报刊评论,重温历史,借以明鉴。

1946 年 2 月 22 日深夜,还在疾书的建恒先生写道,次日,他将去参加关于东北问题的示威游行,不觉更有多少心情欲言:

> 我们曾一再为边疆建设,边胞幸福而呼吁,但政府始终为内忧外患所牵,不能全力以赴。过去我们一再强调边疆的危机,可以说是想加深国人的警觉,政府的注意,但今天却出现更深重的危机,就在这一时刻举办边疆音乐舞蹈会,我们实深盼待能普遍引起国人一致认识边疆,为建设边疆而献身,而努力……①

黎旸在观后感中写道:

> 来重庆八年,观感所及,无非是人间的猜忌,狰狞,势利,丑恶,几乎使我怀疑到中华民族是世界上最卑劣而堕落的一个民族,否则,为什么没有半点"热情"和"亲爱"的气息?于此,不由我不羡慕边疆的同胞……②

---

① 建恒:《写在边疆音乐舞蹈大会之前》,《边疆音乐舞蹈大会》(特刊),中央大学边疆研究会主办,1946 年第 3 期。
② 黎旸:《观边疆乐舞》,《音乐生活》,国立音乐院山歌社出版,1946 年 2 月 20 日。

现实主义与中国传统

南瑟写道：

戴爱莲！这颗光亮的星，连日来照亮了重庆暗黑的天空，照亮了重庆人沉郁的心田……将边民豪放的感情，如火的生命力，贯注给我们，使我们呆板的面孔也浮现微笑，而硬直的身体也摇摇欲舞了……①

而在上海，希殷写道：当抗战胜利的时候，他曾经幻想着能听到几万人齐声唱《国际歌》的场景，但是"一年了，我们听到的是上海市民无声的唏嘘"。而那时，给了他补偿的是戴爱莲的舞蹈会。② 另一位作者殷守无也写道：戴爱莲，生在"外洋"，长在"外洋"的祖国的女儿！将要把中国的民族舞蹈带去美国，这将是无愧色而又值得骄傲的"出行"，是可以把中国这两个字说得响亮的。③

1946—1947年，"边疆音乐舞蹈大会"的影响，并没有因为戴爱莲访美一年而销声匿迹，相反，以燎原之势向政治和文化领域延伸。一时间成为反饥饿、反压迫、反迫害的学生运动的武器，风行校园和城市，从而让倒行逆施的政府当局感到恐慌和惧怕。

另外，在对边疆的文化艺术的挖掘方面，戴爱莲的舞蹈走在了前列，成了文化艺术领域的时代先锋。作者施盈以"戴爱莲的道路"为题写道：

若干人都在说我们需要有"自己的艺术"，但是说到究竟该怎样去做时却是很分歧，而甚至有些茫然……

这次边疆音乐舞蹈大会，启示了我两方面的意义，一方面是，要

---

① 南瑟：《戴爱莲的艺术天才》，《益世报》1946年3月11日。
② 希殷：《看戴爱莲发掘民间艺术的边疆舞》，《前线日报》1946年8月27日。
③ 殷守无：《看戴爱莲总排练》，《大众夜报》1946年8月27日。

创造新的艺术以吸收和发展民间艺术为基础，同时要发展民间艺术，得以加深对于本国及外国的艺术的理解及技巧的训练，这两点都可以从戴爱莲的成功得出结论来。戴爱莲的舞蹈破了以往的纪录，就因为她改变了以前的作风而发展的民间舞蹈。另一方面边疆人民的表演不如戴爱莲受欢迎，就因为她以她高深的舞蹈技巧训练而更加洗练了她的演出。现在一些从外国受了很高技巧训练的艺术家似乎走了另一条路，我为他们惋惜。戴爱莲的路线不仅是舞蹈的路，是整个艺术的路，也是音乐的路。①

在"边疆音乐舞蹈大会"的影响下，1946年3月10日，由戴爱莲、高梓等发起，由杨荫浏、马思聪、叶浅予、庞云卫、黄之岗、张光宇、潘子农及边疆舞踊家格桑悦希等数十人参与的"中国民间乐舞研究会"成立。②

戴爱莲的舞蹈和"边疆音乐舞蹈大会"的社会影响力为何远远超越了舞蹈艺术的领域？因为它真实地反映了中国特殊的历史情境：一是充分揭露了当时的政府对包括舞蹈在内的中国文化的建设是何等漠视！致使我们所拥有的"中国自己的东西"是何等匮乏！而戴爱莲不畏强权压力，不畏艰难险阻，深入到边疆挖掘深藏的文化宝藏。她的舞蹈艺术创新增长了中国人的民族自信！二是表现了在日本帝国主义的践踏和国内反动势力的双重压力下，国人对中华民族文化复兴和对拥有"我们自己的东西"是何等渴望和珍视！在戴爱莲用舞蹈走过的时代，"民族"的概念格外沉重。"民族"意味着一种文化身份的界

---

① 施盈：《戴爱莲的道路》，《音乐生活》，国立音乐院山歌社出版，1946年2月20日。
② 据重庆《新民报》1946年3月11日《研究民间乐舞 掘发艺术宝藏——民间乐舞研究会昨成立》报道：由戴爱莲、高梓等发起中国民间乐舞研究会于昨（十）日下午五时在青年馆举行成立大会，到会者有戴爱莲、高梓、马思聪、叶浅予、杨荫浏、庞云卫、黄之岗、张光宇、潘子农及边疆舞踊家格桑悦希等四十余人。最后通过会章，选定理事叶浅予等二十一人，并定期召开理事会。以积极进行会务。

定,对它的强调意味着对自身话语权力的坚持。在一个民族处于战火纷飞的岁月,面临生死抉择的历史时刻,她以艺术的方式,表达了她作为一个中国人对民族文化与精神的认同和肯定,传递了中国人民对自己的民族与文化不可被战胜的坚定信念。三是戴爱莲所追求的民族舞蹈和"民族的生存""民族的尊严""民族的解放""民族的独立""民族的自强"紧紧地联系在一起。她的舞蹈艺术成为慰藉人民精神创伤的良药;她的舞蹈亦成为人民追求民族解放、平等、民主、自由,批判和反侵略、反压迫、反饥饿、反歧视、反专制、反迫害的有力武器。

二 现实主义精神与舞蹈艺术的深度

当下中国舞剧创作的产量可谓"空前绝后",然而,"激情"的表演获得共鸣不多,感染力大多如"高原上的开水",沸点只在70℃。问题在哪里?对此,或许有人仍不以为然。然则,我们只要将中国舞剧创作的投入和产量与其社会影响力相较,或者将其与文学、戏剧、影视、音乐等艺术的社会影响力相较,即可得出客观的结论。或许,有人强调舞蹈艺术表现生活局限在于"拙于叙事",然而,这不能成为舞剧将生活这道复杂的论述题,做成简答题的理由。那么,让我们再以经典舞剧为例,一解其间的差距与奥秘。

中国当代舞剧创作一直深受欧洲芭蕾经典舞剧的影响,但是,我们大多模其形而未及其神。笔者曾借鉴格雷马斯分析文艺作品的方法,分析优秀的芭蕾舞剧中常用的"结婚母题"中叙事的语义方阵和角色关系,分析芭蕾舞剧叙事文本与民间童话原型之间的变异关系,察看优秀的编导家是如何呈现社会文化批判的视角,赋予艺术作品的时代精神。

同"结婚母题"的童话的普遍追求一致,古典芭蕾亦借助了童话表达人们普遍认同的道德伦理意识与观念，以弥补那些在现实生活中的缺憾。古典芭蕾舞剧与童话的"结婚母题"一样，亦以正角与反角之间鲜明的对比，揭示人类真、善、美与假、恶、丑之间的对立，并以扬善抑恶，褒真贬假，赞美刺丑表达人们的伦理态度。但是，古典芭蕾舞中"童话"的叙事却将人物关系、人物命运的结局引向了另一个方向。在民间童话中，真、善、美与假、恶、丑的对立阵营十分清晰，男主人公往往作为正面人物，与女主人公共同代表真善美的一方，甚至作为英雄般的人物出现。但古典芭蕾舞的代表舞剧中，男主人公却往往是中间人物。例如，在民间童话中男主人公常常被赞美的优良品质，如善良、助人、智慧以及勇敢等，在古典芭蕾舞的男主人公身上均不被凸显，而在人类爱情中，最受推崇的诚实、忠诚、不欺瞒的品质，则恰恰成为男主人公的弱点。①

　　与民间童话的表现一致，古典芭蕾舞中的主人公在"结婚"这一象征主人公成人仪式的时候，亦要接受某种考验。不同的是，民间童话中的男主人公大多是在生与死的考验中战胜死亡，获得新生。他们随时以牺牲生命为代价，挽救了他人的生命，赢得自己的幸福，也获得了他人的尊敬。而古典芭蕾中"童话"的男主人公往往面临的主要是道德的考验，他们往往是未能经得住考验——从救人者变成害人者，不仅自己受到应有的惩罚，与他们的爱和幸福失之交臂，而且给他人带来生命的毁灭，使自己终身悔恨。如果说，民间童话中的男主人公是在成功的经验中成熟，而古典芭蕾的男主人公则是在失败的教训中成熟。另外，与人类童话"以匮乏始而圆满终"不同，古典芭蕾代表作的"童话"不少以悲剧作为终结。前者对男女主人公的双双赞颂里隐喻人类对某种可以触摸的理想生活的向往，后者则多对男主人公展开批判，将不可触摸的理想，以及对个人和社会前途的悲观情绪，伴随着主人公爱情悲剧性的结

---

① 刘青弋：《现代舞蹈的身体语言》，上海音乐出版社2004年版。

局鲜明地表现出来。

不容忽视的是，对童话中"结婚母题"的表现，是浪漫时期芭蕾某种重大的思想突破。对这一母题的关注，隐喻了在文化意义方面浪漫芭蕾对理性主义的一次重大而深刻的反叛，同时，这一母题为芭蕾注入的人文精神，以及同步而来的芭蕾艺术表现手段的革新，是芭蕾舞剧获得新生的魅力所在。在对童话"结婚母题"的叙事中，古典芭蕾展现了艺术家眼中和心中的一个复杂的世界，以及对于现实世界的深刻批判：女人的命运掌握在男人的手中，而掌握命运的男人，则大多既无德行，又无能耐——男人没有用！古典芭蕾舞中的"男人"不是带来爱人的死亡，就是带来爱人的痛苦，而且自己亦和幸福失之交臂，他们理想中的爱情总是可望而不可即，一触即失。男女主人公只有在死亡的临界和超越现实的梦中，才能实现自己的理想，浪漫主义时期的芭蕾舞剧就是这样将艺术家对世界与现实的失望和批判，通过对这个世界男人的失望和批判表现得淋漓尽致。①（见图1、2）

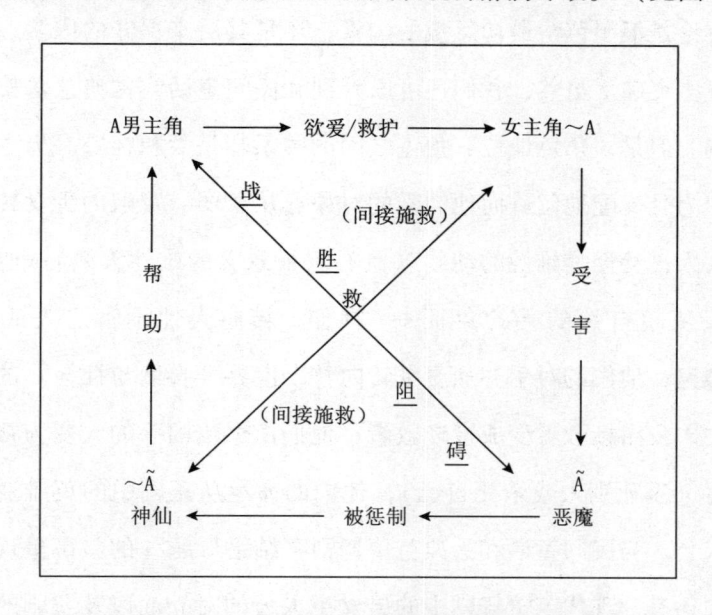

图1　民间童话中"结婚母题"叙事的语义方阵和角色关系

---

① 刘青弋：《现代舞蹈的身体语言》，上海音乐出版社2004年版。

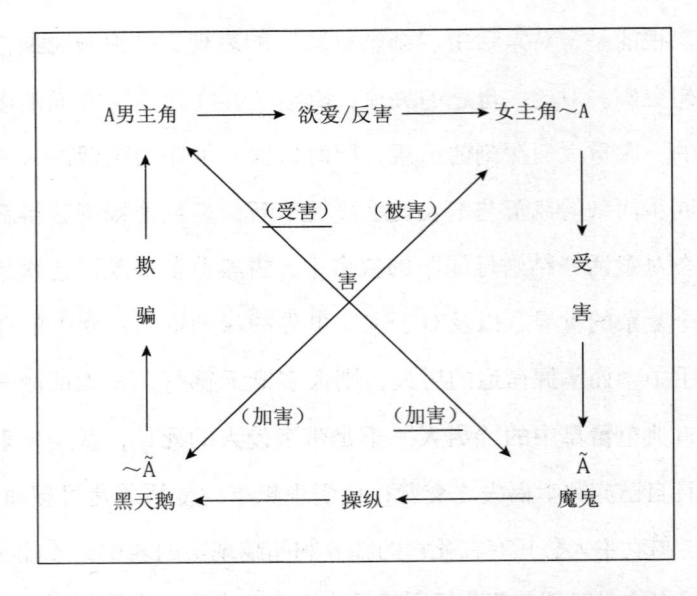

```
                A男主角 ——→ 欲爱/反害 ——→ 女主角~A
                    │      (受害) (被害)        │
                    │         ╲  ╱              │
                   欺          害               受
                   骗         ╱  ╲              害
                    │      (加害) (加害)        │
                    │                           │
                   ~Ã  ←——— 操纵 ←———           Ã
                  黑天鹅                       魔鬼
```

图 2　古典芭蕾剧《天鹅湖》中"结婚母题"叙事的语义方阵和角色关系

显然，无论是浪漫芭蕾最初反叛的因素，还是其后来保守的因素，都被现代芭蕾舞剧突破。虽然，我们还可以看到和民间童话或古典芭蕾舞相似的叙事结构。但是，角色地位、角色之间的关系却是大相径庭。男主角由支配地位变为受支配地位；而他们爱的对象亦从柔弱、贤淑的少女转向放荡不羁的女人，甚至是雄性的动物（具有象征意义的雄性天鹅）；他们的助手，不仅从超自然的善的象征——神仙，转向人性不善之人或恶的象征——魔鬼，他们的对手亦从魔鬼转向整个世界（自然与社会）的邪恶势力；男主人公由拯救者变成被拯救者；他们由惩治凶手的人变为帮凶甚至变为凶手（杀死别人或杀死自己）；他们的命运从正剧中的英雄变为悲剧中的主人公。与民间童话和古典芭蕾舞剧"结婚母题"的叙事呈现重大差别的方面还有，现代芭蕾舞剧中的男女主人公的对立面以及悲剧的根源都从神话世界转向现实世界——成为现实世界中统治阶级规范与法纪的控制与反控制之间的不可调和的矛盾冲突。

1949年，法国编导家罗兰·佩蒂创作的现代芭蕾的代表作《卡门》中，在两性的关系方面完全颠倒了个儿：女人像男人一样，身体强壮，敢爱敢恨，甚至将男人玩弄于股掌之中；而男人则色厉内荏，对女人的征服，只能使用暴力甚至是"杀戮"，从而亦揭露了当代社会最常见的男人暴力倾向的根源——男人的衰弱，进而影射以男子为中心的社会的衰落。

运用"结婚"的母题对社会进行文化深刻批判，在1995年英国编导家马修·伯奈的男版《天鹅湖》中得到了进一步的表现。柴可夫斯基的经典音乐，天鹅湖畔与皇宫发生的故事，依然以清晰的戏剧线索陈述。但男版《天鹅湖》运用叙事不仅将旧有故事的背景放到了20世纪50年代的皇宫，或不时跳到90年代的鸡尾酒会，将纯洁的天鹅少女，柔弱无骨的身体用凶悍的雄性天鹅野兽般的身体取代，倜傥潇洒的王子的身体被受压抑受凌辱的王子的身体取代，更是让人们看到，现代文明社会是如何一次次地剿杀无辜的生命，尤其是让悲剧发生在掌握国家权力的现代皇宫、上流阶层，对于现代社会的批判无疑是釜底抽薪。

王子幼年丧父，母亲凶悍，未婚妻是大臣阴谋中的帮凶，使得王子对人间充满恐惧，对异性的热情与渴望被隐藏在爱情中的阴谋利刃伤害，导致精神崩溃。编导家马修·伯奈创造了一个阳光、刚猛、潇洒、充满野性与真诚的白色"头鹅"的形象作为王子心中的幻象，寄托了他活着的全部的热情和力量。然而，伪装而来的黑天鹅放荡地欺骗，以及眼睁睁地看着为了保护他的白色"头鹅"在群鹅的乱啄中悲惨死去，致使王子命丧黄泉……

幕终，在遥远的天国，小王子依偎在白色"头鹅"宽阔温暖的怀抱里安眠……揭出更深一层的隐喻：人恐惧现实世界，社会之人尔虞我诈，人生没有安全感，就连动物界亦充满了血腥的杀戮，人想逃避现实生活中不适而冷漠的气氛，躲进动物生命的温暖生活之中，如此，只有死亡才是新生，只有彼岸才是天堂，只有回到婴儿才是幸福，只有在动物的怀抱才有温暖……

由此可见，在角色模式和叙事结构与原型间的改变中，编导家们形成了其深刻的精神隐喻和视觉隐喻，呈现他们不同的世界观，表明艺术家在不同时代的主体性"在场"，使舞剧艺术触摸到时代敏感的神经和心脏。

　　古典芭蕾舞剧和现代芭蕾舞剧的表现视角与原型间的不断转变，折射了艺术家对现实观察视角的转变。正是在"结婚母题"表现中的不断向悲剧的深层转向，使古典芭蕾舞剧代表作品《吉赛尔》和《天鹅湖》，现代芭蕾舞剧代表作品《卡门》和《男版天鹅湖》超越其他剧作，成为芭蕾舞剧的巅峰之作的根本原因。

　　对现实人生的批判，对生与死的思考，主人公在追悔与反省后的人性复活，都形成了某种深刻的精神隐喻：在虚实共生关系中，既保留了人类原始童话中"结婚母题"的原型与基质，又与现实生活紧密结合，根据现实审美需求进行变化，使人类童话中"结婚母题"原型的现实意义与象征意义两条线索与生活逻辑和现时代人类文化心理相契合，表达人们对生命的深切渴望和对真善美理想的不断追求。在表现舞剧编导家创造力充盈的背后，显现了编导家创作主体性的在场。（见图3、4）

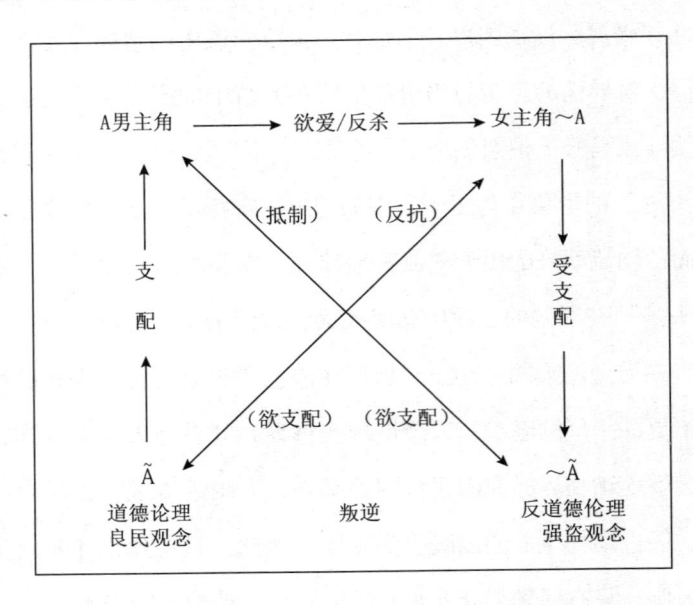

图3　现代芭蕾舞剧《卡门》中"结婚母题"叙事的语义方阵和角色关系

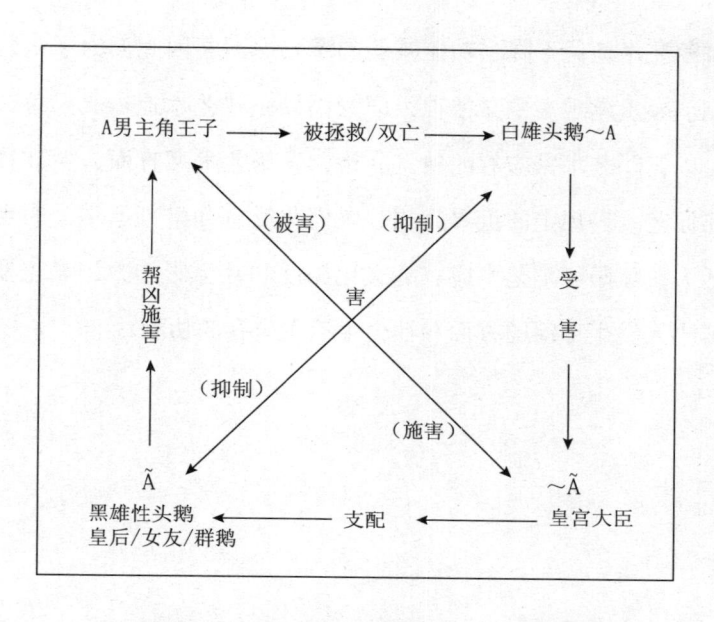

```
A男主角王子 ──→ 被拯救/双亡 ──→ 白雄头鹅~A
    ↑ ↖        ↗              │
    │   (被害) (抑制)          │
帮凶施害      害              受害
    │   (抑制) (施害)          │
    ↑ ↙        ↘              ↓
    Ã ←────── 支配 ←────── ~Ã
黑雄性头鹅                    皇宫大臣
皇后/女友/群鹅
```

图 4　后现代芭蕾舞剧《男版天鹅湖》中"结婚母题"
叙事的语义方阵和角色关系

由此，中国舞蹈和舞剧创作的差距即在于此——现实主义批判精神的萎缩，从而带来思想和艺术创造力疲软。在对文化母题阐释过程中缺少主体性立场、时代精神及文化创新，从而导致其艺术表现大多仍然停留在人类童年的视角。当下中国舞蹈需要思考的是："雍容华贵"的身体是否即一个民族高贵的标志？受到"视觉消费"市场的欢迎是否即为舞蹈艺术的终极价值？"唯美"的身体是否即为舞蹈"美学"意义或哲学意义上的本体？一味地"炫技"是否能够代表艺术的高度？一味地高唱"颂歌""赞歌"是否也不自觉地脱离了民族当下的生活现实，缺少了艺术的真实？过分地依赖民族舞蹈的动作风格取胜，是否会不自觉地忽略了不同民族舞蹈的精神内核？过分地强调继承传统，尤其在"以不变应万变"的策略中，是否忽略了舞蹈艺术和飞速发展的时代之间应有的同步，忽略了艺术的创新即为艺术的本质及价值的根本所在？过分强调舞蹈的特性，从而将艺术表现世界和人生的一道道"论述题"简化为一道道"简答题"，是否为导致当代舞蹈艺术地位下降，功能减弱的重要原因？因此，为了重建文化自信，我们倡导重建现实主义精神，即为倡导坚守艺术追求真、善、美的核心内涵，以舞蹈艺术家应有的独立品格，发扬艺术家直面人生和社会批判精神，还原艺术表现中的世界真相，以文化反省和批判精神，表现当代人的创造活力，赋予舞蹈艺术应有的文化深度和社会影响力，真正发挥舞蹈艺术在解决人类生存问题方面和社会生活中应有的功能。

现实主义与文艺作品的精神走向

陆绍阳

陆绍阳，北京大学新闻与传播学院院长，教授，博士生导师。现为全国新闻与传播专业学位研究生教育指导委员会副主任委员，中国电影家协会理论评论工作委员会会长，中国电视家协会艺术评论委员会副主任，中国传播学会副会长。曾任中国电影"金鸡奖"评委、中国新闻奖评委，并多次担任国家社科基金、教育部社科项目评委。专著《中国当代电影史》

曾获北京市哲学社科成果二等奖、北京市教委精品教材奖。《视听语言》获北京大学优秀教材。论文三次获得中国文联文艺评论奖三等奖。担任《国际新闻界》《当代传播》《电影艺术》《北京电影学院学报》等核心期刊编委或学术委员。

通常认为现实主义作品有三个特性,一是描写的真实性,二是形象的典型性,三是描写方式的客观性,但这是从创作维度来思考问题的,假如一个作品达到了这些要求,是不是就能够得到读者的肯定,读者就能产生共鸣?这就要从接受角度来思考问题,要得到读者或者观众认同,靠什么?当然作品有艺术性是必需的,但不够,如果要得到大众的呼应,还有一点是必需的,就是这个作品很好地传达了时代精神,也就是说作者搭准了时代的脉搏。

从当代文艺来观察,能够在读者和观众中引起巨大反响的,无一不是这样的作品,比如"文化大革命"结束以后,百废待兴,这时候人们的物质生活虽然贫乏,但精神世界是充实的,是饱满的,是对未来充满希望的,新时期文艺的代表作,如《平凡的生活》《人生》《灵与肉》《天云山传奇》《今夜有暴风雪》《蹉跎岁月》《心灵史》,这些作品表现了在苦难岁月中孕育的理想主义情怀,是那个时代的主旋律。

到了 20 世纪 90 年代,随着市场经济大潮的汹涌,整个社会发生了巨大的变化,社会结构和形态发生了质的转变,这时候,要解决的是两个重要的理论问题。

一是发展观。从社会主义向社会主义市场经济转型过程中,有些理论问题需要有说服力的解释。社会主义的本质是什么?邓小平同志讲得简明扼要,有两条,一是共同富裕,二是民主法制。这就需要解决让一部分人先富起来和共同富裕的目标并不冲突的问题,就是提出了"阶段论",也就是说,我们总的目标没有变,最终是要达到共同富裕的目标,但一下子就实现这个目标是不现实的,那就采用让一部分人先富起来的方式,然后带动其他人富裕,这样一来,最终的目标和结果是不变的,只是方法和时间变了。

二是财富观。长期以来,大家对金钱的看法是认为它是不洁的,比如说"沾满了铜臭味",要鄙视它的,至少是在公开的场合不愿意谈,也不屑于谈。人们也不注重财富的积累,因为都是公家、集体的产物,没有个人,甚至不需要个人来考虑,集体都会替你做好的。但要推动市场经济,如果没有对财富的追求,就不可能激发大家工作的积极性,那么,首先要从理论上找到支撑。这时候韦伯的著作解决了一个理论问题,就是人类对财富的追逐是人类进步的原动力,它把财富和人类的进步联系在一起,是一个非常实在的理由,财富的另一个词——金钱也开始了它的"去污化"历程。

在理论上解决了这两个问题以后,人们心里的欲望被激发出来了,骨子里的经商基因也被激活了,全社会爆发出对财富的渴望,随之而来的就是原先推崇的价值理念被搁置,理想主义情怀被放逐了,当时有篇重要的文章叫《理想主义骑马归来》,一样东西要呼唤,实际上已经远离了。这时候社会上,特别是在知识阶层里面弥漫的是一种"失落"的情绪。

因此,20世纪90年代,有两部作品很好地反映了那个时代的某种精神特质。一是刘震云的《一地鸡毛》,二是贾平凹的《废都》,前一部是"新写实主义"的代表作,所谓的"零度写作",没有掺杂更多创作者的主观色彩,是对生活原生态的描摹。一个单位职工小林的日常生活,那些端茶倒水,非常琐碎的东西被搬上了台面,作者进行了细致的描摹,实际上反映出的是对崇高美学的消解,是对当时人们精神生活的一种呈现。另一部就是当时闹得沸沸扬扬、风风雨雨的作品,一般认为它在精神层面上是不振作的,但实际上是贾平凹对那个时代精神的捕捉,它能够引起那么多的反响和争鸣,是因为触及了某些根源性的东西。

到了 21 世纪，市场经济变得常态化了，似乎没有更多人在此问题上进行纠缠和争执了，社会各阶层已经完成了初步的财富积累，中产阶级的数量开始快速膨胀，消费的热情也随之高涨。随之而来的是互联网的高速发展，传统的纸质阅读方式被颠覆，短小的、断片似的网络阅读成为主流，有些根据读者的阅读兴趣同步写作的网络作品引起巨大反响，特别是在 20 岁左右年轻人中间，构成了阅读和观看的主流。

这时候，主流意识形态倡导的核心价值观和中国梦成为两面意识形态大旗，但却没有大作品来体现，或者说一时还没有出现"高峰"之作。我们的时代精神是"改革创新"和"和平发展"，一个是对内的，另一个是对外的，但很难说有哪部作品真正反映了这个时代精神，在思想性和艺术性上都达到一个高峰。

相反，有一部小说却是局部地反映了这个时代的某些精神特质，那就是郭敬明的《小时代》。

先说说这个时代的观念发生了什么变化。

我们已经进入了一个崭新的社会形态，就是商业社会，这个社会的标志是什么呢？也就是商业社会的逻辑是什么呢？我总结了一下，我认为一是实用主义精神，这是 20 世纪 80 年代就延续下来的。二是商业逻辑主导的，就是信用体系的建立，这是商业社会的立身之本，不管是市场交易，还是人际交往，它必须是建立在信用体系的确立上面，否则生意没法做，人际关系也不会牢固，这是社会转型进步的一面。传统的中国社会是典型的人情社会，这有好的一面，但实际上是小圈子文化，是一种相对封闭的关系网络，并不适应现代社会的开放性要求，现代社会要求靠制度来约束大家的行为，而不是靠亲情、血缘等伦理和情感因素。当然，它也使这个社会更加理性，甚至冷漠。三是消费主义逻辑，这又跟传统社会区别开来，我们传统的观念是勤俭节约，那是农业社会，或者前工业社会的特征，那时候，产品不丰富，钱也稀缺，因此，靠节约来过日子。但后工业社会，是消费社会，带来的是产品过剩，我们现在的时髦话就是要"供给侧改革"，就是产品太多，要靠更精细化的、更高端的产品来吸引人了。你如果老是不更新，不更换，那社会的财富就不会流通，因此，会鼓励你消费，国内消费了不够，就到国外去消费，以"消费促生产"。这样一来，高端的、时尚的，甚至奢侈品的消费也是合理的，而且是我挣钱我消费，没有什么可以指责的，相反，那些坚持传统观念的人就被认为是保守的、落伍的。

这三点在《小时代》里面有所反映吗？我觉得表现得很直接，没有什么掩饰，这也是我觉得《小时代》反映了这个时代某种思想倾向的一个主要原因。第一，《小时代》是什么时代，它是和宏大叙事对应的时代，它是商业时代中由消费文化主导的，倡导个人价值实现的社会。在这个小时代中，自我变得太大了，而时代却变小了。[①] 第二，可以说它引起了巨大的反响，不论是小说，还是改编后的电影，都有巨大的受众，光是电影就改编了4部，前两部的票房加起来就达到了10亿元。第三，已经有评论家认为它是这个时代精神的代表，2016年第1期的《粤海风》杂志就有讨论，就是虽然大家有点不情愿，但却承认还没有别的作品对当下的时代有那么准确的命名。

但我为什么说是局部地反映了这个时代的精神特质呢？

首先，我觉得作者捕捉到了这个时代的某些精神特质，通过自己的方式把它在文艺作品里面呈现出来，本身就是有价值的。

其次，我为什么说局部地捕捉到了这个时代的精神，我们暂且不讨论作品中呈现的精神特质是不是我们需要的，因为它就在那里，轻易否定也是不客观的。至于，它是不是准确地概括了这个时代的精神，这可以讨论，不同的话语体系会有不同的结论，有些事情越讨论越清晰。但我为什

[①] 黄平：《专家谈小时代：展现了这个时代深层的精神秘密》，《辽宁日报》2014年3月11日

么要强调"局部"呢，因为有不满足，我说的是"捕捉"两字，而没有说"把握"，这是两个词，"捕捉"是反映论，是靠创作者的敏感来实现的，而"把握"是在"捕捉"的基础上，在"反映论"的基础上，进行真正的创作，这里面包含着艺术家强大的思想力，也就是说，不光是靠敏感，不仅仅是把时代精神在作品中反映出来，当然这是第一步，做到第一步已经不容易了，但要在自己的作品中，审视它，甄别它，批判它，至少要有自己的态度！而这恰恰是《小时代》缺失的，郭敬明没有针对这样的精神特质表现出足够强大的批判力，它只是呈现，而没有反思、审视、批判。因此，它可以作为分析这个时代症候的一个样本，不可能作为一部艺术作品而被不断地在审美范畴内讨论，艺术作品需要把社会现象用美学的方式呈现出来，这一步它没有实现。

恩格斯提出的对于优秀戏剧作品的标准，"具有一定的思想深度，反映一定的历史内容，同时具有莎士比亚戏剧的丰富性与生动性"，任何时代都应被遵循，也就是真正优秀的作品要达到思想和审美的双重高度，这一点《小时代》显然没有做到，因此这样的作品只是有时间性的，是属于当下的，也逃脱不了自身被消费的目的，很快就会被新的时代大潮推远，甚至淹没。这里我想引用别林斯基《美学中的艺术与现实问题》中的一句话来说明艺术家面对现实应有的态度，他说："对于我们的时代来说，如果一篇作品是为了描写生活而描写生活，没有任何强有力的，发自时代主导思想的主观动机，如果它不是痛苦的哀号和热情的赞美，既不是问题的提出也不是问题的答案，那么这篇作品便是死的。"

现实主义创作的当下中国困境及解围

罗 宏

罗宏,南京大学文艺学硕士毕业,广州大学教授,评论家,作家,广州市优秀专家。出版发表论著、论文、文学作品约300万字,400余部(集)。获国家、省、市政府奖十余项。

学究气地梳理现实主义的史学轨迹并给予概念性的辨析，无济于解脱现实主义创作的当下中国困境。应该放弃考据学痴迷，直截了当地谈问题。

不难发现，现实主义在新中国成立以来呈现出这样一种基本姿态：其一，它是官方倡导的一种主流文艺创作样式，长期以来，在权力支撑下享有独尊地位。其二，它的基本文艺功能是教化性，即所谓"人生的教科书"，也意味作者与读者之间具有某种师生关系。其三，其艺术原则有二，一是经验思维和经验想象，即所谓严格依据现实生活的可能性逻辑展开艺术想象，而拒绝超验的浪漫想象；二是真理承诺，所谓揭示现实生活的本质，塑造典型环境下的典型人物。其四，在美学特征上推崇庄重崇高风范，悲剧、正剧是其典范形态。

现实主义创作这四大姿态在当下遇到严峻挑战。

首先，改革开放在很大程度上带来思想的解放，异邦思想和艺术流派纷至沓来，潮水般涌入80年代后的中国，众语喧哗的思想格局至少在学术探讨层面初步形成，标新立异更是在文艺创作领域成为风尚，现实主义的独尊地位受到挑战，充其量只是百花齐放文艺新常态格局中的一种话语样式。今非昔比，现实主义创作不再具有话语权力的优越，要是再考虑后现代主义思潮对权威和神圣的解构，甚至可以说，现实主义的退却乃是时代之必然。当然，退却并不意味着消亡，只是意味现实主义的文本必须凭借艺术竞争的实力诠释自身的存在。

其次，市场经济带来了商业普世化的社会气象，随着文化产业的崛起，文艺创作出现了事业向产业的转型，有了商业利润的时代诉求，而商业利润的获得必须建立在等价交换的逻辑之上，作者和读者便构成需求交易关系或说平等的契约关系，作者与读者是彼此对话，而不再是作者居高临下的单声道教化，接受美学原理在商业语境中更显其论断确切与坚实，读者不再是阿斗而是被尊为上帝的买家，这意味着，不能博得读者欢心的创作只能孤芳自赏,乃至受到冷遇和抛弃。不难想见,现实主义创作的教化功能遭遇消费功能的挑战,至少不能再以人生导师姿态宣教受众还要受众缴纳学费。

再次,随着文明进步,人性的觉醒和个性的张扬日益释放集体主义社会对个体人性的压抑,个性化的心绪和想象宣泄喷薄涌流。对于文艺创作,这可能更是原始性的冲动。某种意义上,文艺是人类摆脱现实限定想象性地实现理想憧憬的途径。就作者而言,尽情张扬各种富有个性的想象,包括超越经验世界以企达理想的心象世界正是梦寐以求的境界。不可否认,遵命文学的准则,再现经验现实的艺术惯例便显现其艺术空间的局限而被作者超越。于是我们便看到魔幻、科幻、玄幻、穿越,戏说等幻觉主义文本,天马行空,纷至沓来。就读者而言,更多自由浪漫的想象,也提供了更加丰富多彩,富有感官盛宴性的娱乐享受,这也意味,现实主义创作的真理承诺和教化承诺不再是文艺存在的充足理由,由任性神奇的想象带来的娱乐惊喜更显现时代性的艺术价值取向。

最后,现代社会的日益世俗化,推动了平民美学趣味的崛起与流行。总体趋向可称之游戏精神或喜剧精神,具体表现则是轻松、调侃、猎奇、恶搞、无厘头等形式的出场,从而带来了去庄严,去神圣,去宏大,去说教的市场美学走势。不言而喻,这对秉承庄严崇高情怀,热衷于宏大叙事的现实主义美学风范构成了严峻的美学挑战。甚至不排除这些嬉皮感十足的美学风格冲击背后,隐匿着严肃的意识形态博弈。当然,如果辩证地观照与反思,也应该承认,就普罗大众而言,他们更青睐一种世俗性的,即所谓说人话、接地气的美学方式。

诸此种种,都在考问现实主义创作的当下生命力。如何应对,如何解围,是一个极富实践意义的课题。较多数的意见是以情怀的坚守加权力的支撑来赓续现实主义创作的当代生命。具体言之,就是创作者怀抱自信,耐受寂寞,无怨无悔地执着于文本耕耘,同时借助国家话语的道义支持,国家资金的物质扶持，挖掘维护传统经典，开发打造当下新作，呼唤引导受众认同趋从。必须承认，这种意见隐含着某种正义自信，即相信其创作是对真理和善美的昭示，因而有理由呼唤受众的响应和归顺。然而，在社会日益世俗化和平民化，创作日益市场化和产业化，审美日益多元化和民主化的当下，作品与受众平等对话，博得受众心弦而共鸣，似乎是更具时代感的路径。我称之为穆罕默德的智慧。当穆罕默德向信众展示神迹时，先对山说，山向我走来，然而山纹丝不动，于是他便说，那我就向山走去吧。我更倾向于这种穆罕默德姿态——不是固执地一味坚守，而是在对时尚的吸纳中获取现实主义的新生。

不妨以本人的长篇小说《骡子和金子》做一些实证分析。这部小说写了这样一个故事，长征时期，朴实的湖南农民骡子并非出于觉悟，而是阴差阳错地成为红军运输队的雇用马夫，惨烈的湘江之战，他赶的马被炸死，马背上辎重掉下，发现竟是红军银行的数百金条。兵荒马乱中，骡子背着金条突围回到湘江对岸的家乡，几经心灵挣扎，他决定给红军东家送还黄金，于是开始了一个人追赶红军的长征，经历了九死一生的重重险阻，完成了自己的承诺。这部小说有着传奇色彩，但具有现实主义的基本精神。主题思想是诚信美德，塑造的是一个平民英雄，具有现实主义创作所追求的庄重、崇高美学风范和人生的启迪性，并非低俗娱乐之作。骡子还金过程的种种细节想象，笔者均依据史料《长征日记》进行可能性设计，与史实背景高度一致。虽侧写长征，但长征的基本史学轮廓始终在场。用恩格斯对现实主义的经典定义，除了细节的真实之外，还再现了典型环境中的典型人物。以至于很多读者询问笔者，骡子的故事是否依据史料素材加工。

但是也要看到，《骡子和金子》和传统现实主义创作的差异性。其一，其故事传奇性超越了一般的写实性故事。骡子还金的过程充满奇遇险阻，充满刀光剑影，乃至艳遇连连，悬念重重，跌宕起伏，就是借鉴了《西游记》的叙事策略,这也是对富有浪漫主义精神的民间美学趣味的吸纳。其二,故事追求喜剧效果。叙述调侃、幽默、夸张、巧合乃至荒诞,使悲壮洋溢着笑声。尤其是着力表现骡子是怎么样以缺心眼战胜各种诡计多端的对手而歪打正着,化险为夷,显示出黑色幽默的美学魅力。其实,这也是对当下游戏娱乐时尚心绪的吸纳。其三,结构上采取了江湖故事叙述与哲理思辨交织的复调样式,满足了看热闹与看门道,即平民受众与精英受众的不同需求。不仅在形式上别有用心,也满足了更广泛受众的阅读需求。既有可看性又不乏可思性。评论家张柠说:"《骡子和金子》带有《西游记》式的传奇风格,其喜剧意味和故事的神奇性,给读者带来了观赏的愉悦,但它更是一个'灵与肉'的寓言,将现代社会灵与肉的纠葛,展示得淋漓尽致。"总之,《骡子和金子》既有情怀的坚守与真谛的求索,也有对时尚审美心绪的应和。它是一种对话性的文本。

2014年,《骡子和金子》一推出,立即引起广东评论界的关注,召开了高规格的研讨会,《羊城晚报》以两整版的篇幅给予报道。该作品在当年贵阳举办的全国图书交易博览会作为优秀作品推荐,中宣部有关领导致辞评价给予高度肯定。随之市场效应开始显现,两个月内,小说转让了电子书、电视剧、连环画、戏剧、电影等多个改编权。其中图书获广东省"五个一工程"奖,连环画获全国美展优秀作品奖。两年来,图书(含电子书)销售量上十万,成为市场畅销读物并再版。小说改编的粤剧《还金记》公演,引起社会广泛好评。同名电视剧即将作为纪念红军长征胜利80周年献礼片推出,并列为国家广电总局重点推荐优秀剧目。舆论普遍认为,该作品说人话,接地气,取得了官方认同,商家认同,受众认同的社会效应,是近年来文艺创作一个不多见的积极现象。《经济日报》则从文化产业的角度报道称:"这是一部主题作品以多层次,多媒体开发方式在新业态下的重新开启,实现了社会效应与经济效应双丰收。"初步计算,以《骡子和金子》为内容而衍生的社会产值效应已经过亿元,如考虑尚在开发中的电影产业效应，近十亿元的社会产值并非不可能。《骡子和金子》的社会效应和经济效应表明，在坚守情怀与品质的同时，应和吸纳社会受众时尚趣味，是其取得成功的重要经验。

必须承认，本人从事文艺创作尚属业余玩票，艺术功力远不及许多优秀作家，《骡子和金子》也难称艺术杰作。但正因为如此，一部有瑕疵的作品取得较好的社会影响就更值得回味，倘若由更专业更优秀的作家执笔，不是一味地坚守传统，而是放下身段，尊重受众心态，灵活吸纳当下时尚形式，形成具有广泛共鸣也更为优秀的艺术文本，难道不是可以期待的吗？我以为，现实主义创作种种优秀品质，只有在与时俱进的创新中，才能获得可持续的生命。

价值论视域中的"现实主义"与真切的人文关怀

彭文祥

  彭文祥,中国传媒大学教授、博士生导师,现任中国传媒大学艺术学部党委书记兼副学部长。入选2011年度教育部"新世纪优秀人才支持计划"、第五届全国广播电视"十佳百优"理论人才、北京市宣传文化系统"四个一批"人才。主要研究方向为影视艺术与文化。

  迄今为止,发表学术论文近90篇,出版专著多部,主持省部级科研项目 8 项。著作和论文荣获教育部第六届"高等学校科学研究优秀成果奖（人文社会科学）"，第五届"中国文联文艺评论奖"，北京市第十二届哲学社会科学优秀成果奖，第七届全国广播电视学术著作奖，第十二届全国广播电视学术论文奖，第一、二、三、四届飞天电视剧论文奖等。

在中国现当代艺术中，"现实主义"一直有着重要的地位，乃至作为一种超稳定的美学结构，不仅为不同样式的艺术创作带来了丰硕的成果，而且，在某种程度上还规约着艺术实践的发展趋势和走向。作为一个历史性范畴，现实主义是一个常说常新的话题。结合当前艺术创作的实际，尤其是着眼于发展，在哲学的维度和审美观念上探索性地展开一些新思考，既有现实的必要性，也有一定的理论拓展意义。

一

作为一个开放、变化的动态体系，现实主义在艺术实践中发生、发展，并在不同的历史时期呈现出具体的特点和形态。改革开放以来，现实主义受到了一波未平一波又起的创新浪潮的冲击，但实践表明，浪潮冲击带来的不是现实主义的褪色与剥落，而是丰富与完善，换言之，借助稳健中的创新和平实中的突破，现实主义不但没有受到进化论式的削减，反而以其创作实绩显示出巨大的容受力和生命力。然而，在动态变化和发展中，现实主义不能变异为一种标榜，也不能在耀眼的光芒中遮蔽其间存在的一些盲区、误区，以免现实主义"被窄化、污名化和弱化"[1]，乃至走向自身的反面。这就需要我们及时地结合思想发展和实践进步的新动向对其内涵和特质进行新的思考和把握。

在理论的观照中，可以说，"现实""现实生活""现实题材""现实

---

[1] 杜飞进：《重申与弘扬现实主义的必要性》，《人民日报》2016 年 3 月 1 日第 24 版。

主义""现实主义方法""现实主义精神"等一系列相关概念组成了一个"词丛"（雷蒙·威廉斯）或"星丛"（瓦尔特·本雅明）。这一个个概念都是我们熟悉的、频繁使用的，但对其确切内涵及"词丛"话语所蕴含的美学意义，我们总有抓在了手中却又词不达意或悄悄溜走的感觉。就原因而言，这些概念多是历史性的，而历史性的概念，如尼采所说，它大多没有定义，只有历史，而且其历史中还常常交织着复杂的争论、冲突和悖论。尤其是，在一种交织性的平行观照中，类似卡林内斯库在讨论"现代性"问题时所说："有趣的是探讨那些对立面之间无穷无尽的平行对应关系——新/旧，更新/革新，模仿/创造，连续/断裂，进化/革命等。它们出现，被推翻，又一而再地出现……"现实主义及其相关概念有着类似的情境，因此，尽管它们蕴含着重要的、深刻的美学意义和张力，但其内涵和特质却又总显得扑朔迷离而难以把握。然而，对理论和批评来说，艾略特指出：新型批评的迫切性"很大程度上就在于对所使用的术语进行逻辑和辩证的研究……我们始终在使用那些内涵与外延不太相配的术语：从理论上说它们必须相配；但如果它们不能，我们就必须找到某种别的途径来弄清它们，这样我们才能每时每刻都知道自己要表达什么意思"[①]。在这种意义上，关于现实主义的新思考，我们不妨尝试确立一个新的思路和逻辑起点。

不同的理论视域往往会随着不同的研究方法而敞开，同时，不同的理论视域又往往会向我们展现新的风景。在方法论上，"词丛""星丛"式的理论观照就为我们确立这个新的思路和逻辑起点打开了一扇窗口，并提供了一种重新审视现实主义的可能性。在本雅明的"星丛"比喻中，他强调了思想的广阔性和包容性，并认为"真相"并不能用一个概念加以描述，

[①] [美]马泰·卡林内斯库：《现代性的五副面孔》，顾爱彬、李瑞华译，商务印书馆2002年版，第2、8页。

而需有一组相关概念的"星丛"才能得以传达,"概念的功能就是把现象聚集在一起","理念之于对象正如星丛之于星星","理念存在于不可化约的多元性之中"①。按阿多尔诺的形象说法:"作为一个星丛,理论思维围着它想打开的概念转,希望像对付一个严加保护的保险箱的锁一样把它突然打开:不是靠一把钥匙或一个数字,而是靠一种数字组合。"② 由此观之,现实主义及其相关概念之间的语义关联、互动关系就呈现出一种意义交织、互相阐明的"词丛"结构,而"现实"则是其中的关键词——按威廉斯的说法,所谓"关键词","有两种相关的意涵:一方面,在某些情境及诠释里,它们是重要且相关的词;另一方面,在某些思想领域,它们是意味深长且具指示性的词",研究关键词可以揭示意义与关系的多元化与多变性,寻绎意义的历史演变和社会变异。③ 而"现实"之作为关键词,不仅是因为它具有重要意义,还因为它在相关词语构成的语境中所具有的"生长性",或它那充满活力的意蕴在遇到新因素时的"能产性"。那么,通过辨析"现实"的含义并进入一种串联而成的历史—逻辑结构,我们可以观测到现实主义一些怎样的新意境呢?

二

在语言学上,"现实"有两个义项:一是"客观存在的事物"(名词);二是"合于客观情况"(形容词)。④ 然而,什么是"客观","客观"的标准又是什么?一旦涉及此一哲学本体论上的命题,诸如此类的疑问会像多米诺骨牌一样引发一系列的连锁反应,在艺术和审美的领域,尤

---

① [德] 瓦尔特·本雅明:《德国悲剧的起源》,陈勇国译,文化艺术出版社 2001 年版,第 8、7、15 页。

② [德] 阿多尔诺:《否定的辩证法》,张峰译,重庆出版社 1993 年版,第 161 页。

③ [英] 雷蒙·威廉斯:《关键词:文化与社会的词汇》,刘建基译,生活·读书·新知三联书店 2005 年版,第 7 页。

④ 中国社会科学院语言研究所词典编辑室编:《现代汉语词典》,商务印书馆 2005 年第 5 版,第 1480 页。

为如此。

在谈及现实主义的特点时,杰姆逊说:"在中国我有个感觉,就是现实主义成了世界上最自然的事,谁也不真正就此进行讨论,只是当人们放弃了现实主义时才有人出来讲一讲。"但在西方,"人们一般认为根本不存在现实主义这回事,现实主义只是一系列视觉幻象。现实主义手法完全是一种技巧。这其中的原因在于,后现代社会中的人们已经不再相信现实感,不再认为真的存在着什么现实,因此,他们认为现实主义也只不过是在制造一个幻象。现实主义宣称是真实地描写了现实,因此,要求人们相信现实主义所描写的就是现实"[①]。确实,中西之间对于现实主义的认知反差是巨大的:一边认为现实主义是最正常不过的事,只有不正常的作品才不是现实主义的;另一边则认为现实主义只不过是视觉幻象。那么,如何解释这种"反差"?更重要的是,在这种"反差"的背后有着怎样的思想背景、问题意识和学理路径,又蕴含着怎样的理论启示和张力呢?

在审美表意实践的维度,英国社会学家斯科特·拉什有一个富有启发意义的观察。他认为:现实主义、现代主义、后现代主义可视为不同历史阶段审美表意实践的理想类型,"依据'现实主义'的理想类型,文化形式无疑是能指,它们被认为毫无疑义地表征了现实。所以,现实主义既不质疑表征,亦不怀疑现实本身",而"现代主义认为,种种表征是成问题的,后现代主义则认为现实本身才是成问题的"[②]。不难发现,其间有三个关节点:一是"现实"(艺术再现或表现的对象或世界)、二是"表征"(作为能指的文化形式、艺术符号或表意范式等)、三是"主体态度"(艺术家、欣赏者对现实与表征两者关系或某一方面的美学立场与评价)。在这三个关节点中,如果说拉什的观察具有一定的合理性,那么,当欧美社

[①] [美]杰姆逊:《后现代主义与文化理论》,唐小兵译,北京大学出版社1997年版,第242—243页。

[②] 参见周宪《审美现代性批判》,商务印书馆2005年版,第355页。

会进入晚期资本主义之时,其文化逻辑浸透的艺术文本自然就不会认同"现实"是"客观存在的事物",亦不会认为艺术是对"现实"的反映。进一步说来,从艾布拉姆斯的"四要素"坐标系来观照,拉什的启发意义在于:当人们对"世界"①的理解和看法发生变化之时,其他三个要素(作品、艺术家、欣赏者)和整个的审美表意实践都会发生相应的变化;另外,也是更重要的,其观察引导我们从哲学的维度深究人们对待"现实"的不同态度关联着怎样的思维模式、感知方式等的深刻嬗变。

对于历史性的概念来说,不同的理论处境往往使其呈现不同的含义。比如,艾布拉姆斯在阐述"世界"这一要素的意义变迁时说:"艺术家的活动天地既可能是想象丰富的直觉世界,也可能是常识世界或科学世界。同一块天地,这种理论可以认为其中有神祇、巫师、妖怪和柏拉图式的理念,那种理论也可以认为这一切均属子虚乌有。因此,即使有多种理论一致认为规范作品的首要制约力在于它所表现的世界,这其中也可区分出从崇尚最坚定的现实主义到推崇最缥缈的理想主义这样迥然不同的流派来。"② 与之类似,在认识论、存在论的不同范式中,"现实"也呈现出不同的意义。

在海德格尔那里,其真理观实现了从"符合"的真理到"去蔽"的真理的跨越。在某种意义上,这种"跨越"意味着存在论对传统认识论的"克服"。他指出,以"主—客"二分为特征的传统思维模式预设了有与主体相分离的客体和与客体相对立的主体(遑论纯粹的客体与纯粹的主体都无法证明),并在"主—客"外在的、形式化的关系中去寻求一种"符合"的真理,然而,"一个符号指向被指示的东西,这种指是一种关系,

---

① 在"四要素"坐标系中,"世界"是指作品主题或直接或间接的来源,是作品中涉及、表现、反映的"某种客观状态或者与此有关的东西",是"由人物和行动、思想和情感、物质和事件或者超越感觉的本质所构成"的"现实事物"。[美] M. H. 艾布拉姆斯:《镜与灯》,郦稚牛等译,北京大学出版社 2004 年版,第 4 页。

② [美] M. H. 艾布拉姆斯:《镜与灯》,郦稚牛等译,北京大学出版社 2004 年版,第 5 页。

但不是符号同被指示的东西的符合"①，因此，只有超越"主—客"二分的限制或从划定"主—客"关系的认识论桎梏中超脱出来并树立新的主客统一的基础，才能进一步追问真理的基础和本质。与之相关，针对认识论范式中的"现实"迷雾，他说："长期以来，与存在者的符合一致被当作真理的本质。我们是否认为凡·高的画描绘了一双现有的农鞋，而且是因为把它描绘得惟妙惟肖，才使其成为艺术品的呢？我们是否认为这幅画把现实之物描摹下来，把现实事物转置到艺术家生产的一个产品中去呢？绝对不是。"② 对此，杰姆逊也说："如果一位作家只是很被动地、很机械地'向自然举起一面镜子'，模仿现实中发生的一切，那将是很枯燥无味的，同时也歪曲了现实主义。"③ 在这种意义上，解构"主—客"二分的形而上学思维模式具有分水岭的意义。

在海德格尔的存在论中，尽管他强调，"在艺术作品中，存在者的真理已被设置于其中"，艺术的本质就是"存在者的真理自行设置入作品"④，而且，通过"建立世界"和"制造大地"，"此在"可以通过"领会"来"展开""去蔽"，并"把存在者从晦蔽状态中取出来而让人在其无蔽（揭示状态）中来看"⑤，进而使"美"成为"无蔽的真理的一种现身方式"⑥。但是，解构"主—客"二分的形而上学的分水岭意义更在于强化历史活动中"实践"主体的能动性和创造性，并在"主—客"统一的新的基础上将"现实"移到价值论的范式中来观照。

这种"移置"有两个主要原因：一是与存在论的局限性有关；二是与

---

① ［德］马丁·海德格尔：《存在与时间》，陈嘉映、王庆节译，生活·读书·新知三联书店1997年版，第248页。
② 孙周兴选编：《海德格尔选集》，上海三联书店1996年版，第256页。
③ ［美］杰姆逊：《后现代主义与文化理论》，唐小兵译，北京大学出版社1997年版，第244—245页。
④ 孙周兴选编：《海德格尔选集》，上海三联书店1996年版，第256页。
⑤ ［德］马丁·海德格尔：《存在与时间》，陈嘉映、王庆节译，生活·读书·新知三联书店1997年版，第252页。
⑥ 孙周兴选编：《海德格尔选集》，上海三联书店1996年版，第302页。

艺术活动的规律性紧密相连。就前者来说，有学者通过比较列宁的"反映论"与海德格尔的"去蔽说"，提出了"进步抑或倒退"的追问，并着意于"历史性""实践主体""怀疑主义""不可知论"等重要议题就存在论的缺陷和不足进行了有力的揭示，比如，人的在世是人生活（实践）于其中的现实世界，且"人"不是单纯的认知主体而是实践主体，人对现实的关系首先不是认识而是实践，等等。①就后者来说，在艺术活动中，"虚构"不仅使艺术形象与"现实"有了差异，而且还常常增添"新质"，尤其是，着眼于"主—客"之间的统一关系，在创作主体方面，不管是对"现实"的沉浸感受、深度了解和悉心把握，还是想象力对"现实"的内部抵达和作用发挥，不管是审美体验的凝神观照，还是本质直观的物我相融，不管是弃绝实用功利的去蔽明心，还是超越"工具理性"的审美态度，都有着"主—客"之间交融、一体的深入互动，以至于"现实"在艺术的"感知方式"中显现出鲜明的特殊性。比如，柏格森强调："所谓直觉，就是一种理智的交融，这种交融使人们自己置身于对象之内，以便与其中独特的、从而是无法表达的东西相符合。""这种方法绝对地掌握实在，而不是相对地认知实在，它使人置身于实在之内，而不是从外部的观点观察实在，它借助于直觉，而非进行分析。"②特别值得一提的是，在中华美学中，一种可称之为"和谐美论"的思想充满了浓厚的价值思维和精神：如果说，"和谐"的深刻意指渗透到人与自然、人与社会、人与人、人与自我等广泛的领域，那么，在比较的意义上，"和谐"的美学精神和诉求既超越了认识论范式"主—客"二分的形而上学，又克服了存在论范式忽视"人"之作为历史性、实践性主体的缺陷，并将"现实"的审美表征放置到价值论的范式中来进行圆融观照和间性写意。事实上，检视中华

---

① 参见孙亮《马克思主义哲学研究范式转型的合法性思考》，《马克思主义哲学研究》2007年刊，第187—189页。
② ［法］柏格森：《形而上学导言》，刘放桐译，商务印书馆1963年版，第3—4页。

美学中的情景说、神韵说、滋味说、意境说，以及诗歌、绘画、音乐、词曲、建筑等的艺术实践，其中的"主—客""物—我""情—景""内心世界—外在世界"等都是相互激荡、相互生发的，而"美"即孕育其中。由此观之，不同的思维模式、感知方式等影响乃至制约着人们对待"现实"的不同态度，而价值论的出场在某种意义上也就有其历史和美学的时刻。

三

作为哲学三大基础理论之一，理论形态的价值论是在认识论、存在论发展到一定阶段的产物，但价值问题却早已有之。现在看来，艺术和审美领域的诸多问题首先涉及的是价值，而不是知识和真理。

通过以上的梳理，我们不难发现，作为关键词的"现实"之所以有着含义的范式转移，是因为它本质上是一个"价值词"。在学理上，价值词表明的是客体对主体的意义，即，表明的是客体属性与主体尺度的统一关系，且这种"统一"不是知识和真理架构中的以客体为准，主体统一于客体，而是以主体为准，客体统一于主体。而就"现实"的性质来说，在某种意义上，我们往往看见的是我们想看见的"现实"，听见的是我们想听见的"现实"。至于思想和语言，在阿尔都塞的意识形态理论中，主体是被询唤的主体；在福柯那里，语言表达与思想感情之间的关系往往不是我在说话，而是话在说我。这表明，"现实"之作为一个价值词，显示了"价值的主体性"特质，而这种特质亦是充分地赋予、渗透到现实主义及其相关概念之中了的。

在谈及现实主义的特点时，杰姆逊认为："把现实主义当成对现实的真实描写是错误的，唯一能恢复对现实的正确认识的方法，是将现实主义看成一种行为，一次实践，是发现并且创造出现实感的一种方法。"他还征引埃里希·奥尔巴赫所说：现实主义是"主动的征服，而不是被动的反映"，这种征服"既是对方法的征服，以期感受到现实的复杂性和丰富性，也是对现实的征服,是主动性的。只有这样,现实主义才能吸引人并且激动人"①。在这些见解和看法中,尽管没有提及价值,但与价值有着若合符节的意涵。这庶几进一步表明,现实主义及其相关概念均可视为一种价值理念或价值表现形式。

如此说来,循着价值思维的路径,我们要进一步追问:"价值的主体性"特质对中国语境中的现实主义创作带来了怎样的影响和质的规定性?这其中有两个关节点:一是"价值"具有客观性,而"价值观"具有主观性。具体来说,由于价值是以主体的客观地位、需要、利益和能力为尺度形成的,因此,它具有客观性;而价值观念是对价值关系的能动反映和主观取向,所以,它具有主观性,而且,作为指导人们思想行为的根本性的价值意识,价值观与政治、法律、艺术、道德、科学等社会意识形态不相并列,而是渗透其中并通过它们表现出来。二是与知识和真理的统一性不同,主体的多元化必然带来价值和价值观念的多元性。② 这样一来,现实主义创作如何协调、解决价值和价值观念的多元性与统一性的矛盾?宏观说来,大凡有着"艺术为人生"或"为人生的艺术"的根基,现实主义的广阔道路上自然可以有个人创造性和个人爱好的广阔天地,有思想和幻想、形式和内容的广阔天地。然而,在见仁见智之中,价值判断和价值取向的标准总得有一个最大公约数!由此我们不难理解,中国语境中的现实主义创作除了强化特定的美学规律性,还特别强调"创作无愧于时代的优秀作品""坚持以人民为中心的创作导向""中国精神是社会主义文艺的灵魂"等③,因为其间贯穿着一个核心的价值命题就是"人民"主体的高

---

① [美]杰姆逊:《后现代主义与文化理论》,唐小兵译,北京大学出版社1997年版,第244—245页。

② 李德顺:《生活中的价值观》,《中国艺术报》2014年8月29日,第6版。另可参见王玉樑《客体主体化与价值的哲学本质》,《哲学研究》1992年第7期,第16—23页;万俊人《真理与价值及其关系拓论》,《人文杂志》1992年第6期,第33—40页。

③ 习近平:《在文艺工作座谈会上的讲话》,《人民日报》2015年10月15日第2版。

扬——它是价值主体的最大公约数。

无疑,"人民"主体的高扬具有重要的意义。事实上,马克思主义文艺观向来强调以人们"为什么创造艺术"作为美学的、历史的逻辑起点,并要求人们着重思考和关注"美"有什么用处。联系当前艺术创作的实际,创作者树立真切的人文关怀具有举足轻重的意义,因为在某种意义上,"为人生"的人文关怀与"人民"主体的高扬是一体两面的。这意味着,创作者要以高度的文化自觉和文化自信而成为时代风气的先觉者、先行者、先倡者,要通过更多有筋骨、有道德、有温度的文艺作品,书写和记录人民的伟大实践、时代的进步,尤其是,在社会主义市场经济条件下,尽管政治、经济、技术等对艺术创作有着巨大的作用和影响,但"目的"与"手段"的辩证关系是明确的,种种急功近利、缘木求鱼的想法和"伐根而求木茂、塞源而欲流长"的做法都是虚妄的,换言之,如果脱离了"为人生"的价值基准线,那么,所有的披着宏大叙事外衣的伪崇高,概念化的新变种,精致的个人主义,美学上的媚俗主义,至死的娱乐主义和形形色色的以"挣钱"为唯一目的的IP、时尚、娱乐、电商、用户、收视率、点击率,以及从生产传播、营销推广到接受评价等各环节的资本渗透,都需要我们三思而后行,都需要我们在"历史理性"与"人文关怀"的二律背反中张扬人文关怀的思想光束,以免艺术创作陷入滞后的美学结构、商品拜物教的资本逻辑和技术主义神话论的泥淖,也以免艺术在各种各样舍本求末的、冠冕堂皇的借口和夹击中沦为蛋糕上的酥皮。

现实主义中国画创作的传统与当代表达

屈 健

屈健，生于陕西洛川，先后毕业西安美术学院中国画系、南京艺术学院美术学院，获文学博士学位。现为西北大学艺术学院院长、教授、博士生导师。中国文艺评论家协会理事，中国美术家协会会员，陕西省美术家协会副秘书长，陕西省青年书法家协会理事，陕西省美术博物馆学术委员，陕西省花鸟画院副院长，西安青年美术家协会副主席。主要研究方向：中国画创作、中国美术史与理论、美术评论。作品及论文曾入选第八届全国美展、新时代中国画展、西部辉煌全国中国画提名展、中国百家·金陵画展高层论坛、中国美术·长安论坛、第十一届全国美展·当代美术创作论坛等10余次由文化部和中国美协主办的全国大展及高层论坛。作品多次获得全国性大展奖励，在各类专业刊物发表艺术作品千余件。

现实主义作为与浪漫主义相对的一种基本创作手法的运用，在文学艺术史上具有悠久的历史，古希腊亚里士多德的"模仿"说，文艺复兴时代人文主义文艺家阿尔贝蒂、达·芬奇等人的"镜子"说，18世纪启蒙运动的代表狄德罗和莱辛强调艺术既要依据自然又要超越自然的辩证关系，与近代现实主义的文艺精神都具有较多相通之处。在中国古代画论中亦有"写形""写生""图真""传神""应物象形""随类赋彩"等概念，但作为一种真正自觉的文艺思潮、艺术流派与文艺创作方法，现实主义（Realism）则是于19世纪30年代后，才逐渐广为人们所熟识的。

在对现实主义文艺的理论建构过程中，席勒无疑具有开创性，张玉能认为席勒不仅是西方悲剧冲突论的奠基人，而且对于西方文艺和美学发展中是否存在着"对立的现实主义和浪漫主义"这一颇具争议的问题，最先在《论素朴的诗与感伤的诗》（1794—1796）中"已明确提出且加以论证"。正是他从诗人"作诗方法"的角度，把"素朴的诗"和"感伤的诗"分别划分到"现实主义"和"理想主义"两大领域，此后经由施莱格尔兄弟的提倡，再经过别林斯基"现实的诗"和"理想的诗"，最后在苏联文学家高尔基那里，被定型为"现实主义和浪漫主义的两大文艺主潮"[1]。

19世纪30年代，现实主义首先在欧洲文艺界得以兴起并逐渐传播开来，法国文学史上最早产生了如司汤达、巴尔扎克，以及其后的雨果、大仲马、福楼拜、莫泊桑等代表性作家。在英国则以狄更斯、萨克雷、夏洛

---

[1] 张玉能：《席勒对美学的原创性贡献》，《吉首大学学报》2005年第3期。

蒂等为代表，在俄国也产生了如果戈理、车尔尼雪夫斯基、屠格涅夫、托尔斯泰、契诃夫等一大批现实主义大师。

作为现实主义绘画的代表人物，法国画家库尔贝、米勒和杜米埃的作品以其纪实性、敏锐性、深刻性、社会批判性的特质，对现实社会寄予了深切的人文关怀。库尔贝甚至在刊物上发表"文艺宣言"①，主张作家要"研究现实"，用现实主义这个新"标记"来代替旧"标记"浪漫主义，如实描写普通人的日常生活，"创造为人民的文学"，反对一切不切实际或空想。

Realism 这一概念是在清末被引入中国的，杨周翰认为："十九世纪末二十世纪初，首先是梁启超，接着是王国维从西方引进了写实主义（Realism）这一术语，从而给中国漫长的传统以画龙点睛之笔。"② 但作为西方文学概念，其早期译名并不完全统一，如有：实际主义、写真主义、崇实主义、现实主义等数种。"五四"时期，在"科学"与"进化论"的大背景下，由于陈独秀等人在《新青年》杂志的积极倡导，"写实主义"才逐渐被接受和流行。基于对中国社会文化的历史惰性与明清文艺陈陈相因的消极因素的认识，陈独秀企图以"写实主义"力挽颓靡："吾国文艺犹在古典主义理想主义时代，今后当趋向写实主义，文学以纪事为重，绘画以写生为重，庶足挽今日浮华颓败之恶风。"③ 其目光所聚主要还是集中于"诗界""小说界"等文学领域，即"文学革命"。

真正促使美术界"革命"，把"写实主义"的观念引入中国画领域的重要事件当以留日画家、时任上海美术专科学校教务长的吕澂与陈独

---

① 1850年前后，法国画家库尔贝和小说家尚弗勒里等人初次用"现实主义"这一名词来标明当时的新型文艺，并由杜朗蒂等人创办了一种名为《现实主义》的刊物（1856—1857，共出6期），并发表了库尔贝的文艺宣言。

② 杨周翰：《镜子和七巧板——当前中西文学批念的主要差异》，《镜子和七巧板》，中国社会科学出版社1990年版，第27页。

③ 陈独秀：《答张永言》（通信栏），《青年杂志》1915年12月第1卷第4号。

秀在 1918 年 1 月 15 日《新青年》6 卷 1 号上刊出的两篇同名文章《美术革命》为代表。吕文本是 1917 年底写给陈独秀的一封信，在信中，时年 21 岁的吕澂以其年轻人的敏锐，指出："我国今日文艺之待改革，有似当年之意，而美术之衰弊，则更有甚焉者。姑就绘画一端言之，自昔习画者，非文士及画工，雅俗过当，恒人莫由知所谓美焉。近年西画东输，学校肄业，美育之说，渐渐流传，乃俗士骛利，无微不至，徒袭西画之皮毛，一变而为艳俗，以迎合庸众好色之心。"于是，"我国美术之弊，盖莫甚于今日，诚不可不亟加革命也"。从对传统反省的角度，首次提出美术"革命"的口号，指出作为传统美术创作主体的文人画家与民间画工，因其作品雅俗失度，而使大众难以建立起正确的审美观。作为与吕文的呼应，陈文则更进一步将美术革命的目标聚焦于传统的中国画，特别是文人画的改良上，并提出了具体的路线图："若想把中国画改良，首先要革王画的命。因为要改良中国画，断不能不采用洋画的写实精神……画家也必须用写实主义，才能够发挥自己的天才，画自己的画，不落古人的窠臼。"故此，陈文疾呼："人家说王石谷的画是中国画的集大成，我说王石谷的画是倪黄文沈一派中国恶画的总结束……""像这样的画学正宗，像这样社会上盲目崇拜的偶像，若不打倒，实是输入写实主义，改良中国画的最大障碍。"

陈独秀为改良中国画开出"输入写实主义"的药方并不是突如其来的，考察 19 世纪末 20 世纪初的文化大碰撞，关于"革命"的论争，是文化界、美术界长期酝酿、思考的结果。早在吕、陈文章发表之前，维新派领袖康有为亦意识到"中国画学至国朝而衰弊极"的困局，并提出"合中西而为画学新纪元者，其在今乎？吾斯望之"的期许。[①] 此后，又经包括

---

① 康有为：《万木草堂藏画目》，原刊长兴书局 1915 年，转引自薛永年《中国绘画的历史与审美鉴赏》，中国人民大学出版社 2010 年版，第 432 页。

鲁迅、蔡元培、徐悲鸿等人的鼓吹,则蔚然成风。特别是徐悲鸿,作为20世纪中国最具代表性和影响力的画家之一,其《中国画改良论》在继承康有为思想的基础上,运用历史的观点对古今中国画的优劣、中西绘画之短长进行了比较,主张以"实写"改良中国画。提出了"古法之佳者守之,垂绝者继之,不佳者改之,未足者曾之,西方画之可采入者融之"的改良方案,并在此后的国画创作、教学与理论讨论中不断实践其观点,产生了重大影响。

20世纪30年代,随着"写实主义"这一在"五四"时期被普遍使用的概念经过重新翻译,以"现实主义"的译名而固定下来,并在马克思主义哲学的基础上得到重新阐释。陈池瑜认为现实主义理论在中国的传播,"是马克思主义在中国传播的附属产品,也是苏俄近现代美术、文学、艺术被中国借鉴的结果"[1]。尤其是恩格斯对"现实主义"的概括,即"除细节的真实外,还要真实地再现典型环境中的典型人物"[2],为现实主义做了较为具体的界定。"现实主义"比之"写实主义",除了在其表现手法上的具体功用外,似更拓延了其作为创作理念的抽象功能,更具"体现现实发展变化的方向和包含理想的未来"的丰富内涵。

作为"现实主义"在中国画创作实践上的表现,20世纪早期产生的以西方绘画写实技巧改造旧文人画的"融会中西"的绘画模式一直影响至今,其早期代表人物有徐悲鸿、蒋兆和等。特别是徐悲鸿作为20世纪留欧归来的第一代把西方写实主义教育与创作模式引入中国的最具影响力的美术教育家,以此为武器,在国家危难之际,行救亡图存之职责,其艺术思想在很大程度上左右了20世纪中国美术史的进程,直至今日仍然余味犹

---

[1] 陈池瑜:《20世纪中国现实主义美术的新传统及其影响》,《湖北美术学院学报》2008年第2期。

[2] [德]马克思:《致玛·哈克奈斯的信》,《马克思恩格斯全集》第4卷,人民出版社1995年版,第461页。

存。徐悲鸿在如《九方皋》（1931）、《愚公移山》（1940）等巨幅人物画创作上，将西画写生、解剖、透视引进其中，以白描与素描体面渲染进行了有机结合，在强化造型写实性的同时，又在色彩运用上较多舍弃了西画光源色与环境色而强调固有色，彰显出中国画特有的气韵生动，达到了"形神兼备"的高度。尽管在选材上，徐悲鸿的这两幅巨作选取的均是历史题材，虽不乏古典主义的意味，但却更具对"现实"的关怀，由于其创作于20世纪30—40年代特殊的历史背景，不难体味作品中所表达的抗日决心和毅力，以及十分鲜明的"为人生而艺术"的现实主义特征。而在《巴人汲水》（1937）、《九州无事乐耕耘》（1951）等作品中，则凸显出徐悲鸿作品所一贯坚持的"推崇古典艺术、人文主义、现实主义和浪漫主义""以人物为主体""悲天悯人"的激情，[①] 和他从"悲天悯人"而升华的"寥廓之胸襟""峻极之至德"和"历百劫而不灭"的"人定胜天"的史诗般的内在气质。作为深受徐悲鸿艺术思想影响的现实主义创作实践者，蒋兆和以其《流民图》（1943）、《阿Q像》（1938）等作品，体现出了现实主义艺术宏大、悲壮、浑厚有力的笔触，表达了对正义与和平的呼唤，使得20世纪的中国人物画创作更贴近了大众，贴近了时代，并形成"素描是一切造型艺术的基础"，以严格写实训练、符合现实主义准则，影响深远的"徐蒋体系"。

1942年毛泽东发表了《在延安文艺座谈会上的讲话》，强调革命的文艺，"是人民生活在革命作家头脑中的反映的产物"，要求艺术家"到群众中去"，"到唯一的最广大最丰富的源泉中去，观察、体验、研究、分析"，标志着与工农兵群众相结合的文艺新时期的开始。

在20世纪中叶后中国美术的现代转换中，现实主义作为造型艺术的一种风格类型、表现手法，被赋予了特殊的内涵。新中国成立后，在延安文

---

① 艾中信：《悲天悯人——徐悲鸿研究之二》，《美术研究》1980年第1期。

艺思想的基础之上，以改造"旧国画"为起点，融合"徐蒋体系"、苏联模式而确立的，在特定时期具有唯一正确性的"革命的现实主义和革命的浪漫主义相结合"的新中国的现实主义中国画创作，秉持着人民生活是一切文学艺术创作的唯一源泉的理念，美术家们深入工厂、农村、部队写生，体验生活，促使中国画创作告别了"旧国画"中对才子佳人、文人情趣的追求，转向表现新生活，产生了一批具有代表性的、具有主题性和独特时代气质的社会主义现实主义中国画创作。如：方增先《粒粒皆辛苦》（1955），黄胄《洪荒风雪》（1955），王盛烈《八女投江》（1957），石鲁《转战陕北》（1959），傅抱石、关山月《江山如此多娇》（1959），李琦《主席走遍全国》（1960），李可染《万山红遍》（1963），刘文西《祖孙四代》（1962），等等。

1960年秋，以傅抱石、亚明、魏紫熙、宋文治、钱松喦等江苏画家为主体，鲁迅美术学院、南京艺术学院部分师生参与的23000里写生，是现代中国画史上的一件重要事件，写生团以对"中国画传统笔墨如何反映现实生活"的实践为目标，足迹遍及豫、陕、川、渝、鄂、湘、粤等省的十余个城市，创作了一批反映社会主义建设新貌的佳作，最终促成了1961年5月在中国美术馆的"山河新貌"展览，成为"新金陵画派"的发端。明确提出"思想变了，笔墨就不得不变"的理念，把是否"积极地表现社会主义欣欣向荣的景象"作为一个画家是否拥有新思想的标准。

与此同时，在西北地区，一个以石鲁、赵望云等西安画家为代表的艺术团队也在进行着"中国画与新时代关系"的艰苦探索，这个探索的成果同样也在1961年10月，以"西安美协中国画研究室习作展"的形式，在北京中国美术馆展出并引起轰动，并由此产生了一个对现代绘画史具有重要影响的画派——"长安画派"。在现代绘画史上，"长安画派"以西北的自然、风物、人情为载体，将革命时代的现实主义特征与艺术家的人生理想，将西北荒凉峻拔的自然景观与丰富的人文风情转换为一种审美上的崇高与磅礴大气，表达了一种西部情结和黄土高原的文化积淀与当代情怀。

"新金陵画派""长安画派"是新时代社会文化发展和选择的必然结果，是国画家们向新时代交的一份集体答卷。它们比较系统地回答了如何具体解决传统艺术形式时代化这一重大而艰难的课题，而其中的核心则是以现实主义精神与表现展开的对"旧国画"的改造与革新，在理论和实践两个方面提供了经验。它们在对社会主义革命内容与时代风格的探索，对中国画的文化精神与民族绘画语言的探索，对崭新绘画题材的发掘与开拓和对中国画传统笔墨形式的现代转换的探索等方面，都走到了时代的前列。它们是新中国成立后表现社会主义革命内容与民族气魄、传统特色的有机结合，创造新时代精神风貌的"新中国画"的重要流派，成为新时代中国画的代表。这在傅抱石与石鲁的作品中体现得尤为突出，郁风在《看"山河新貌"画展随记》一文中写道："傅抱石的画，一贯是笔、色、墨、皴、染，浑然一体，粗中有细，虚中有实。《待细把江山图画》和《西陵峡》应为他这一时期挥洒自如的代表作。"[①]《待细把江山图画》是一幅真实再现华山的作品，作者以其飞动泼辣的"抱石皴"，巧妙运用空白，表现了山顶间缥缈不定的云彩和山脚平缓坡地，一欹一缓，衬托出了华山"高耸云端、壁立千仞、奇峭无伦"的"伟丈夫"气概，充满了时代的气质与气息。这种极具革命情怀的现实主义与浪漫主义相结合的大构架在傅抱石、关山月合作的同时期的另一幅代表作《江山如此多娇》中亦有体现。无怪乎郭沫若在观看了"山河新貌"展后题诗赞之："真中有画画中真，笔底风云倍如神。西北东南游历过，山河新貌貌如新。"石鲁的艺术创作前后期呈现出完全不同的面貌，以

---

① 郁风：《看"山河新貌"画展随记》，《美术》1961 年第 4 期。

1965年为界，此前作为其早期艺术创作，呈现出英雄主义气质的"叙事"模式和以豪迈为基调的"抒情"模式两种现实主义面貌。石鲁早期绘画艺术创作的现实主义风格，是一种在革命浪漫主义英雄观的主导下，以写实主义的表现手法，对更为新颖的形式的探索。在石鲁看来，"新与美，不仅存在于理想，而且首先生根于现实之中"，"革命浪漫主义的理想与激情，在艺术创作中具有主导作用，但这决非抛开现实于不顾，而想入非非。只有对现实的发展规律具有本质的认识，然后才可能站在更高的境地去概括现实的具体性"[①]。在创作革命历史题材绘画《转战陕北》（1959年）时，石鲁有意避开对领袖人物的直白的正面描写，而是巧妙地运用了"藏"与"露"的艺术处理手法，画中毛主席侧身伫立于苍茫的陕北高原，高瞻远瞩，身旁虽仅现一二人马，然而气势却如千军万马一般宏阔，尤其是革命领袖侧背影的描绘，使得画面的整体感极强，阳光下赤红色大背景山崖的烘托，将人物与自然融为一体，大大地强化了人的精神力量，拓展了现实主义的精神容量。

"文化大革命"期间的美术创作，呈现出了较强的时代特点，与"十七年"美术不同的是，中国画的创作除了在题材选择上更具"革命性"的变化外，在绘画自身语言方面，如场景、人物的塑造上，更偏爱于写实造型的工农兵形象，民族审美的塑造，并使之具有舞台化、夸张化、情节化的效果，尤其是色彩处理上，更加追求明亮基调，形成"红""光""亮"的艺术效果，构成了此期中国画的基本形态。如《延安儿女心向毛主席》（陕西创作组，参加1973年全国美展）、《申请入党》（梁岩，参加1973年全国美展）、《新课堂》（欧洋，参加1974年全国美展）等，都是严格遵循现实主义的创作方法，一些作品"在画面布局上、人物造型上都与写实油画没有区别，只不过保留了对线及渲染法的运用"，甚至把阳光带进了人

---

① 石鲁：《新与美》，《思想战线》1959年第12期。

物画创作中，一度还掀起了"逆光"热，越来越注重细腻的再现手法，画面中人物的色彩也越来越光滑红润。山水画则强调对宏大场面的描绘，强调在俯视的视角下结合使用移动视点，按照真实的视觉感受处理画面的空间层次，如《绿色长城》（关山月，参加1973年全国美展）、《太湖新歌》（林曦明，参加1974年全国美展）等。

如果说，"文化大革命"10年的美术创作是带有明显印痕的特定历史时期的"现实主义"面貌的话，那么，历史进入20世纪80年代，美术创作则伴随着真理标准的讨论，随着破除迷信、解放思想的运动而开始对西方艺术进入一个新的思考、探索并最终回归其本身，具有很强的"伤痕"与"反思"的特征。各种对扭曲年代的批判，对失去的价值的追寻，对理论的争辩，使整个画坛为之兴奋。包括吴冠中对"绘画形式美""抽象美""内容与形式"关系的探讨，都引人深思，在今天看来，"具有新启蒙运动的特征"①。1985年7月，李小山在《江苏画刊》上发表《当代中国画之我见》，认为"中国画已到了穷途末日的时候"，引起了美术界极大的震动，这个行为就如85新潮美术本身一样，虽然极端，但却体现了"虚无主义是对专制文化的一种惩罚"，在当时的历史条件下是不可逃避的。而实际上，艺术并不因为"末日审判官"的预言而停滞。这一时期，除了激进青年的新潮美术之外，还有许多艺术家不同方向的探索性艺术存在，如油画中的"新古典"写实画派，中国画对中西融合的探索等，特别是对现实主义艺术的坚守，仍然是艺术家们关注社会、揭露问题、实现人文关怀的最有效的创作方法和手段，并不因为形形色色的现代主义方法而过时，并产生了一批有影响力的作品。如油画《父亲》（罗中立，1980）、《西藏组画》（陈丹青，1980）、《春风已经苏醒》（何多苓，1981），中国画《人民和总理》（周思聪，1979）、《太行铁壁》（王迎春、杨力舟，第六届全

---

① 杨力、孔新苗：《20世纪中国美术中的国家形象》，《美术研究》2012年第1期。

国美展金奖,1984)、《魂系马嵬》(何家英,第七届全国美展银奖和新人奖,1989)、玫瑰色记忆(刑庆仁,第七届全国美展金奖,1989)等,这些作品既受到20世纪五六十年代以来现实主义关注生活传统的影响,同时又有对外部世界强烈探索的渴望,在主题创作上有很大的突破,或具有强烈的现实批判与反思意识,或表现出对底层人民最悲悯的人文关怀精神,或表现出对逝去岁月的忧郁,或具有浓重的乡土写实主义色彩,通过对悲剧式的场景或情节的描绘,表达了对民族历史过往的"悲剧"以及对那些粉饰生活真实的假现实主义的态度,为后来的艺术发展探索了道路。

作为此一时期现实主义中国画创作的代表画家,周思聪在其《人民和总理》《清洁工人的怀念》等一系列作品中,以独特细腻的视角选取平常题材,把领袖人物放在真实的生活场景中,细腻地刻画出周总理与民众情感水乳交融的关系,并以极富感染力的笔墨,将现代写实的造型手段和传统文化审美价值化为一体,"扬弃了徐悲鸿学派重素描形似而轻笔墨韵味的毛病",继承并发扬了徐悲鸿"重写生、关心人生和民族命运"[①]的现实主义精神,显示出了她的与众不同之处。这一时期,现实主义的表现手法已显露出多样化的探索,王迎春、杨力舟创作的《太行铁壁》即其一,在这幅作品中,作者一改传统人物画对"写生"原型的依赖,转向于从山水画的笔法中寻找灵感,以颇具现代性、抽象性的几何构成,纵横交错的直线、块面,塑造了彭德怀元帅与太行人民并肩战斗的场景,探索了从"画山如人"到"画人如山"的现代转化,呈现出崭新的视觉图式。

20世纪90年代后,随着经济文化的全球化进程,现实主义中国画创作呈现出更加多元化的表达方式。对现实主义传统创作定义的细节的真实

---

① 周思聪:《艺术想法》,载华天雪《周思聪》,河北教育出版社2002年版,第63页。

性，具体描写的客观性，形象的典型性等提出了新思考、新探索的要求。艺术家们不再单纯强调"如实描写"或"按照生活本来的样式来描写生活"，而是较多地借鉴中外艺术新的表现形式，在现实主义主题下，较多地强化了语言的表现性，呈现出"由单纯的风格史转换为风格史与社会史相结合"，和中国画本身"在现代和西方观念的影响下确立的一些新的造型方式"①，表达出现实主义中国画创作在视觉图像日益丰富与审美价值取向渐趋多元化的今天，画家更在意于画面语言丰富性的表述，以及随之呼之欲出的建立个人化语言的要求。这在最近几届的全国美展国画作品中得以体现，如：第十届全国美展金奖作品，何晓云的《嫩绿轻红》，袁武的《抗联组画》；第十一届全国美展金奖作品，孙震生的《回信》，苗再新的《雪狼突击队》；第十二届全国美展金奖作品，陈治、武欣的《儿女情长》及参展作品毛冬华的《重塑》，焦永峰的《活着之觅食》等。这些作品虽然不离生活，不离现实主义的基调，但却以其崭新的多样化面貌给人以新的启示。

如果说孙震生的《回信》，苗再新的《雪狼突击队》，陈治、武欣的《儿女情长》仍然忠实于现实主义传统中最普遍的要求，对真实性、典型性、客观性进行了不遗余力的传承和表现的话，那么何晓云的《嫩绿轻红》，袁武的《抗联组画》，毛冬华的《重塑》、姜永安的《伤逝的肖像·中国慰安妇》，焦永峰的《活着之觅食》则选择了一种更具"开放性"的现实主义表述方式。这是因为现实主义艺术的内在规定性不仅仅体现在题材、技法、审美意识等诸多方面，而且还体现在表现语言的选择上，离不开中国当代的大文化背景和对传统文化精神的当代诠释，也就是说，现实主义不仅仅涉及艺术和政治的宏观层面，更与当代氛围下有关"个体"和"群体"的文化内涵息息相关。"主体意识"的觉醒，是当代现实主义创作

---

① 邹建林：《民族国家视角的现代性叙事：20世纪中国美术史的写作问题》，《文艺研究》2013年第2期。

中必须面对的问题。唯有如此,才能更加真实、直观、典型性地反映现实生活。如《嫩绿轻红》中对虚空的巧妙运用,增加了画面动感与都市感;《抗联组画》《伤逝的肖像·中国慰安妇》对人物形体的夸张化处理,发挥了中国画笔墨的书写特性和对过往历史刻骨铭心的记忆;而《重塑》《活着之觅食》两幅作品中对都市文化瞬间的记录与对生存环境的关注,在一定程度上体现了当代青年画家观察力的敏锐。正如毛冬华在讲述创作《重塑》情景时,认为"有义务责任把这个城市变化中的瞬间记录下来",借助画面虚和实的对话,"表达它对传统的一种敬意,也希望中国画这个古老的传统能够走向当代"①。

总之,20 世纪现实主义中国画创作正如 20 世纪其他文学艺术门类一样,始终作为主流的艺术表现形态存在,这一点是不容否认的。进入 21 世纪以来,随着全球一体化的进程与文化传播方式的转变,特别是近年来互联网技术和新媒体改变了文艺形态,也带来了文艺观念和文艺创作实践的深刻变化,艺术呈现出多元发展、包容共存的态势已是必然,但人民对现实主义精品力作的期望没有改变,优秀作品引领时代审美文化前沿的作用没有改变,这就对现实主义中国画表现的"开放性"提出了要求,"诗文随世运、无日不趋新",如何在传统视域下现实主义的基本理念上,把握当下生活的特质和艺术创作的形态,进行系统的自我调适和创新,用现实主义精神和浪漫主义情怀观照现实生活,使之更加服务于社会、人民,服务于艺术创造的需要,是值得每一位艺术理论评论工作者深刻思考的问题。

本文为陕西省"百名青年文学艺术家"扶持计划,陕西省高校"人文社科青年英才"支持计划支持项目阶段性成果。

---

① 《青年·境界艺术展》,《星文化》2015 年 12 月 7 日。

现实主义与中国传统

《愚公移山》徐悲鸿（1940）

《转战陕北》石鲁（1959）

《待细把江山图画》傅抱石（1961）

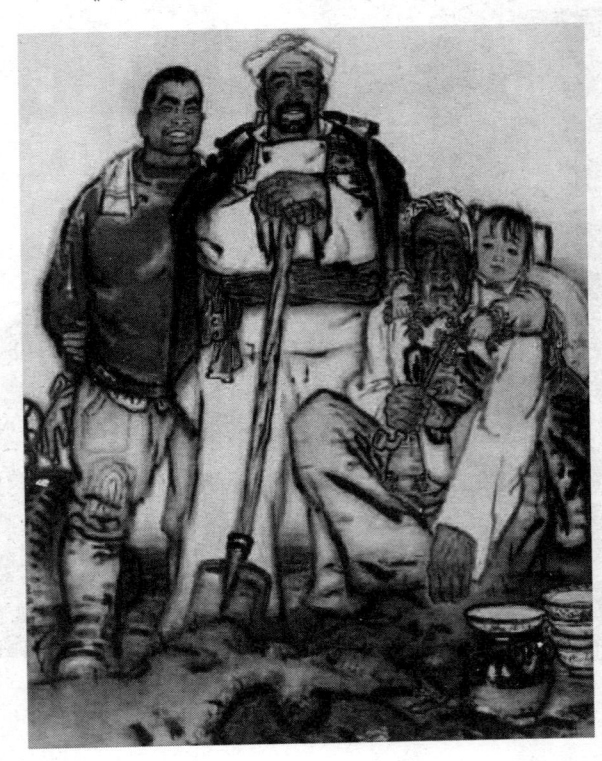

《祖孙四代》刘文西（1962）

《人民和总理》周思聪（1979）

《太行铁壁》王迎春、杨力舟（1984）

《嫩绿轻红》何晓云（2004）

《抗联组画》袁武（2004）

现实主义与中国传统

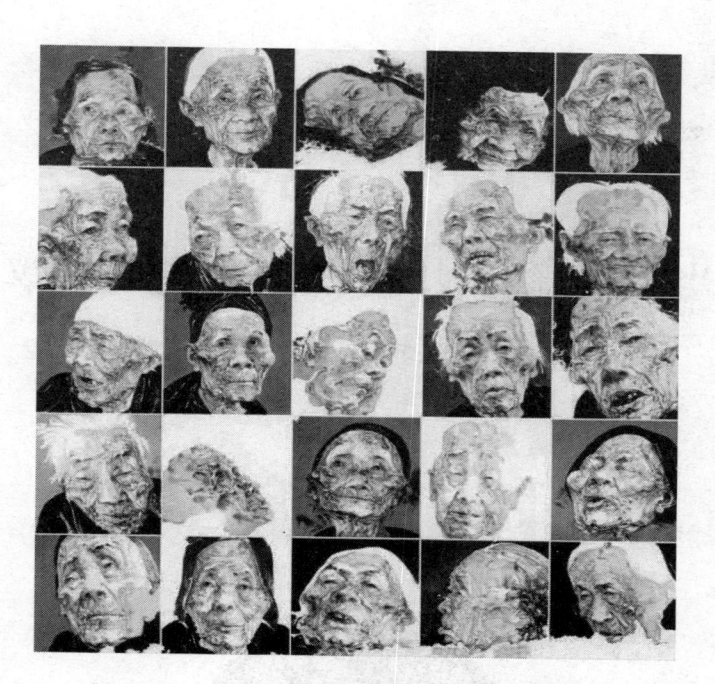

《伤逝的肖像·中国慰安妇》姜永安（2014）

《重塑》毛冬华（2014）

当前话剧发展的成绩、问题与建议

——以 2015 年话剧演出状况为例

宋宝珍

宋宝珍，中国艺术研究院话剧研究所副所长、研究员、戏剧戏曲学博士，中国艺术研究院研究生院戏剧学硕士及博士生导师、学位委员会委员。中国话剧理论与历史研究会副会长，中国田汉研究会副会长。迄今已发表学术著作十余部，学术论文、评论数百篇，研究成果多次获得各级奖励。2007年,在纪念中国话剧百年之际,荣获"文化部优秀话剧艺术工作者"称号。2009年成为"新世纪百千万人才工程"国家级人选。2013年荣获国务院颁发政府特殊津贴。多次荣任文化部戏剧艺术专业高级职称评委会委员。

2015年的中国话剧形势喜人,持续发展。北京新落成的剧场:北京喜剧院、北京青年剧场、天桥艺术中心和北京人民艺术剧院菊隐剧场启动演出模式,这些场地的开台演出,多以原创剧或经典剧拉开序幕。而"戏剧院线制"或"剧场联盟"形式的出现,也为话剧的巡演制的日趋规模化与持续化提供了明显的助力。

据不完全统计,2015年全年以话剧演出为主的戏剧系列活动有十余个,话剧演出剧目超过430部,演出场次超过3900场。其中,有约300部为首演剧目,占演出剧目总数的70%,有将近40部国外戏剧演出。全年演出最多的一天是9月18日,当天,北京有25个剧场在上演话剧。据北京市文化局和演出行业协会发布的市场统计显示:2015年北京各类文艺演出吸引观众1035.63万人次,较去年增长2.27%。其中戏剧类演出13502场,较去年增长1%;观众人数达452万人次,较去年增长6.8%;剧场演出票房6.2亿元,较去年增长21%。这些数字背后,是剧场艺术的繁荣与增值。

2014年,国家艺术资金资助项目开始启动,当年对393个艺术项目立项资助,资助总额4.02亿元;2015年国家艺术基金对728个项目立项资助,资助总额约为7.5亿元。

一 原创剧的增量

对原创戏剧的重视与扶持,已经成为各级政府与各地戏剧院团的基本共识。而国家艺术基金的资助与鼓励也向原创话剧倾斜,这在一定程度上刺激了原创剧目的生成。2015年3月15日到6月7日,中国国家话剧院以

"原创、艺术、人民、时代"为主题，以"重视原创、紧跟时代、艺术精湛、服务人民"为宗旨，在北京举办了首届"中国原创话剧邀请展"，共有来自全国各地的国营院团、民营剧团的 20 部原创大剧场剧目和 15 部原创小剧场剧目轮番上演：国家话剧院的《枣树》《伏生》，北京人艺的《阮玲玉》《公民》《理发馆》，南京市话剧团和南京市艺术研究所联合创作的《民生巷 11 号》，广东军区政治部战士文工团的《共产党宣言》，四川省演出展览公司的《时间都去哪了》，宁夏演艺集团有限公司的《丝路天歌》，上海话剧艺术中心的《老大》，天津人民艺术剧院的《婢女春红》等受到好评。这些戏剧有历史观照，有现实反思，有传统风情，也有现代意味，是近年来话剧创作成绩的集中展现。

2015 年适逢世界反法西斯战争胜利 70 周年，为了纪念这一神圣的日子，不仅有《死无葬身之地》《生死场》《祖传秘方》的复排与重演，还有《中华士兵》《宛平人家》《神圣战争或等着我吧》《故园》等新剧目出现。国家话剧院引进的英国戏剧《战马》及其全国巡演活动，也应视作在反对战争、祈祷和平的语境下的戏剧行动。

2015 年的新创剧，还有 1 月在国家大剧院上演的中国台湾剧作家吴念真的话剧《台北上午零时》，展现了 20 世纪 60 年代中期，台北社会底层人的生活艰辛和情感失落。1 月，保利剧院上演了万方编剧，蓝天野、李立群主演的话剧《冬之旅》。表现年逾古稀的老金与陈其骧，年轻时曾是同学挚友，"文化大革命"时期演变成"他人即地狱"的关系，晚年时纠缠于忏悔与宽恕、还原真相与选择性遗忘的人生难题。

此外还有北京人艺演出，展现钢厂工人在经济改革中的人生蜕变和命运轨迹的话剧《食堂》；广东人民艺术剧院演出，讽喻现实、反腐倡廉的话剧《黑瞳》；香港话剧团演出，对太监安德海的权力欲望和死亡恐惧做了深层次揭示的话剧《都是龙袍惹的祸》；以及北京人艺的《司马迁》、国家话剧院的《北京法源寺》等。

二　小剧场戏剧的风行

2015年的小剧场戏剧发展也是可圈可点。林蔚然编剧的《秘而不宣的日常生活》，以女性视角对现代都市人生的情感状态和缜密心思进行层层剖析。夏日的午后，一座城郊别墅，居家的女人漂亮而慵懒，她不期然在家中遇见前男友，他们开始交谈。通过对话，观众被带入一段过往痴恋：她家世良好，他出身寒微。她是收入颇丰的都市白领，他受其供养一心只做音乐梦。他们在一起，招致女方家庭的反对，女方父母替她选中一位中医博士做乘龙快婿。他们相约一起出走，男友却不见踪影，二人就此错过。他们从小心翼翼地试探，到情不自禁地缱绻，从一同出走的向往，到回归现实的茫然，两人的情感在嗔怪、抗阻、眷恋、怅然中纠缠。

松岩编剧的《网子》，以戏曲艺人的人生梦想和艺术追求的破灭，反映了乱世之中一对养父子之间的情感伤痛。20世纪30年代，进城做小买卖的秋子被骗破产，一心求死，而一个弃婴的哭声让他燃起了活下去的希望。作为戏班里给名角勒头的师傅，秋子千方百计想把养子培养成"角儿"，为了让养子学戏成名，他不惜揽下班主醉酒强暴哑女的罪过，独吞苦水，替人坐牢，可是出狱后却被养子视作下贱，断绝父子关系。养子成了炙手可热的名角，被邀请到上海演出，可是却遇到淞沪会战，不幸殒命。老父亲对着一把空椅子给养子勒头，仿佛儿子就在身旁。头饰靠旗落地的那一刻，他痛感用赤诚的心血和委屈的泪水培养的儿子已经永远失去，孤独的老人独自擂响了堂鼓，向着不公平的命运表达哀痛和愤怒。编剧松岩本身是风雷京剧社的社长，常年积淀的戏曲功法和沧桑感悟，让他的戏剧沉实稳重，韵味丰厚。

唐凌编剧的《竹林七贤》，以写意风格和象征手法，展现了古代诗人群体夹杂在宫廷与民间、政治与诗意、入世与归隐之间的人生悲剧。司马昭政权对知识分子的拉拢、打压、杀戮，以及嵇康、阮籍等人的放达、洒脱、不羁，形成戏剧性张力，表达出一种缱绻的生命意绪。演出中戏曲成分的加入，四面观众的设计，演员在一排排钢架组成的迷阵里的表演，都显示着导演的创新意识。

此外，小剧场戏剧还有庞贝编剧的《庄先生》，它以庄周梦蝶的古代故事与庄生评职称的现代情景的交织互动，互文性地展示了有士子之心却饱受尘世嘲讽打击的知识分子的困窘和无奈。范党辉编剧的《朦胧中所见的生活》，根据高尔基短篇小说《切尔卡什》、李师江短篇小说《老人与酒》改编，通过三个主要人物：飘荡在城市边缘的老梁，面对金钱诱惑的小白和垂暮之年横遭变故的老邱的人生奇遇，呈现出社会底层人物的生命状态。顾雷编剧的《顾不上》，把创痛与嬉闹搅拌一处，以顾不上与王小花的情感经历为主线，串联起各种社会热点事件：强拆、城管、夜总会、假药、雾霾等，利用角色性别倒错，风格土洋结合，亦真亦幻、悲欢交集地展示出当下社会林林总总的众生相。雷志龙编剧的《造王府》是一部具有社会讽刺力度的小剧场戏剧，它通过一座学校大楼的倒塌，表现了民国时期颓败的政治、匪性的警察、混乱的教育和麻木的人性。

从戏剧翻译家胡开奇教授 2004 年发表《萨拉·凯恩与她的"直面戏剧"》一文开始，"直面戏剧"这一概念进入我国已有十年之久。"直面戏剧"沿用阿尔托的"残酷戏剧"概念，以正面展现血腥、暴力、色情等极端场面令人印象深刻，又以严肃戏剧的精神批判现实，发人深思。2015 年，鼓楼西剧场推出"直面戏剧"主题演出，上演了英国作家马丁·麦克唐纳的《丽南山的美人》（4 月 25 日—5 月 10 日、11 月 3—8 日）、美国作家玻拉·沃格尔《那年我学开车》（5 月 15—24 日、12 月 3—13 日）。

《丽南山的美人》1996 年由英国皇家国家剧院首演于伦敦，并获得当年的英国奥利弗最佳戏剧奖。它展示了爱尔兰一座小镇上，一对离群索居的母女对立的情感关系和尖锐的矛盾冲突，最后竟然演绎了一场生死悲剧。70多岁的母亲玛格孤独怪癖，终日告老称病，生活完全依赖于身边唯一的女儿——40多岁的老姑娘莫林，母亲对莫林有很多不满情绪，可是又害怕她抽身离去，因此表现出不可理喻的怨毒心理。当女儿将男友佩托带回家时，母亲竟然以揭老底的方式，让莫林的男友痛苦离去，还以毁弃信件的方式阻断女儿的恋情。母女矛盾逐步升级，相互怨恨，彼此伤害，暴怒的莫林用火钳杀死了母亲。可是当她收拾行囊，准备出发时，却神思恍惚，最后竟然走不出老屋，如母亲般孤独终老。

5月15日到5月24日，鼓楼西剧场上演的《那年我学开车》，由美国著名女性剧作家玻拉·沃格尔（Paula Vogel）创作，1998年荣获普利策奖。这是一部"洛丽塔"式的戏剧之作，以女性视角细腻表现一个名叫小贝的女孩，在成长过程中遭遇的一种来自中年男性的复杂情感和懵懂心理。剧中，少女小贝和姨父佩特每一次相处时，都显示出情欲性的试探、进攻和防卫，小贝总会小心翼翼地对姨夫说，"别做出格的事"。她不同寻常的青春，成为一段混杂着爱情、亲情以及性意识的隐秘回忆。

三 喜剧艺术的勃兴

在电视小品日益式微的情境下，喜剧艺术开始在舞台上逆袭成功。2015年8月16日北京喜剧院正式开张，它或许是一个信号，告诉人们，人是能笑的动物，也可以说是引人发笑的动物。喜剧是幽默的艺术，嬉笑的背后有明敏的睿智，语言的机趣，逻辑的缜密，哲思的回味，让我们在笑过之后，生发出想哭的感动。喜剧是狂欢的艺术，也是最大众、最通俗、最本质的人生诉求，只要人们活着，欢笑在人群之中，就是一种值得珍惜的幸福。

北京喜剧院的开台大戏是《戏台》，它的戏剧故事发生于民国时期，表现一个戏班在大戏上演之际的种种离奇遭遇和令人哭笑不得的闹剧。戏班班主因为叫座儿的名角吸食大烟过量，昏睡不醒难以上场，而军阀洪大帅看不成戏会砸场子，而愁得抓耳挠腮，六神无主。他巧遇前来送包子的包子铺小伙计，此人恰好是个半吊子戏迷，班主只好让他滥竽充数，可是追捧名角的洪大帅的六姨太，却因为把此人当成了"角儿"而投入到他的怀抱。洪大帅根本不懂戏，但他手里拿着枪，没人敢不听他的，他还逼着戏班改戏，差点就演出一出关公战秦琼的闹剧。给人以啼笑皆非、笑中含泪的观感。《戏台》运用悬念、巧合、误会、计谋、反衬等喜剧手法，把一群处境艰难的小人物逼到绝处，从而将一出危机不断的喜剧演绎得跌宕起伏，也让戏班班主（陈佩斯饰演）、棒槌票友（杨立新饰演），以及大帅、处长、姨太、名角、经理等各色人等，在喜剧的情境里，在乖谬的境遇中，显现出各式各样的荒唐行径。于讽刺人性的同时讽喻世事，给人以啼笑皆非、笑中含泪的观感。

2015年下半年，喜剧院上演了美国电光火线剧团的发光木偶剧《丑小鸭》，中国台湾果陀剧场的喜剧《五斗米靠腰》、喜剧《我不是保镖》、幽默京剧《河东狮吼》，英国喜剧《他和他的一儿一女》，意大利喜剧《女店主》，以及陈佩斯导演的《阳台》《托儿》《闹洞房》等有市场号召力的喜剧。此外在其他剧场上演的喜剧，还有饶晓志团队制作的《蠢蛋》，过士行编剧的《帝国专列》等。2015年秋天，由开心麻花2012年创作的舞台喜剧《夏洛特烦恼》，改编为同名电影后取得了14亿人民币的票房收入，由此也带动了话剧《夏洛特烦恼》的热演。

四　儿童剧的新突破

2015年5月28日至6月10日，由文化部艺术司与浙江省文化厅共同主办的第八届全国儿童剧优秀剧目展演在杭州举行，来自全国各地的24台优秀儿童剧精彩亮相，有《宝船》《第十二夜》《海的女儿》《尼尔斯骑鹅历险记》《大山里的红灯笼》《传统的味道》《少年马连良》《创世纪》等，其中包含了京剧、默剧、黑光剧、杂剧、木偶剧、动漫剧、歌舞剧等各类。中国儿童艺术剧院在本年度举行第五届中国儿童戏剧节,演出的《东海人鱼》《红缨》《木又寸》《小飞侠彼得·潘》《东海人鱼》等,增强了儿童观众的审美愉悦和心灵感动。

此届展演,首先是近年来儿童剧发展成果的集中展现,参演剧团中有中国儿童艺术剧院、上海福利会儿童艺术剧院这样有传统有影响的优秀团队,也有一些新近致力于儿童剧演出的学校、演艺集团、文化公司,可谓八方云集,各展实力;其次是演出的剧目内容丰富,题材多样,既有中外经典、传统剧目的恢复新排,如《宝船》《第十二夜》《海的女儿》《尼尔斯骑鹅历险记》等,也有立足现实的原创剧目的新鲜创意,如《大山里的红灯笼》《传统的味道》《少年马连良》等,再次还有引进国外的新剧种、新样式,如《创世纪》引入"黑盒剧场"理念,借用木偶、投影、声光电等向孩子们讲述宇宙洪荒的神奇变化。本届展演在表现形式上,则是载歌载舞、赏心悦目,很多儿童剧重视音乐、舞蹈元素的加入,动感十足,甚至直接将演出命名为儿童音乐剧。最后,对于 LED 屏幕、声光电等艺术因素的运用,也使本届儿童剧展演显得更具舞台技术含量,对观众而言更具视觉冲击力。展演剧目中,不仅有传统的话剧形式的儿童剧,也有京剧《少年马连良》,默剧《创世纪》,以及杂剧、木偶剧、动漫剧、歌舞剧等。

2015 年 7 月 10 日至 8 月 26 日,中国儿童艺术剧院举行第五届中国儿童戏剧节,开展为期 48 天的优秀剧目展演、儿童戏剧交流研讨和戏剧嘉年华等活动。中国、美国、罗马尼亚、法国、韩国等 7 个国家的 27 个艺术团体的 43 部优秀儿童剧,共完成 194 场演出。中国儿童艺术剧院《东海人鱼》《红缨》《木又寸》,芬兰格里姆斯格劳姆斯舞蹈剧团《八音盒的秘密》等优秀儿童剧,给北京小观众留下了深刻的印象。

《小飞侠彼得·潘》是中国儿童艺术剧院在年初推出的经典引进剧目,说是引进,其实剧本、导演、表演、舞台设计和技术运用等有很多创新因素。小飞侠的故事站在儿童的视角,演绎了扣动人心的艺术想象。"只要心中充满快乐，就能一飞冲天"的主题阐释，具有童心、童真、童趣，富有传奇色彩和美好憧憬，能够开启孩子们的心智。在导演的二度创作中，吊上威亚飞起来的演员们，与大屏幕上的城市、天空、海洋、梦幻岛衔接紧密，现实与想象、舞台与影像浑然一体，动感十足，充满神奇，满足了孩子们的欣赏心理。舞美设计构思新颖，色彩鲜明，演员们的表演轻松自然，传达了憧憬与快乐的情绪。

《东海人鱼》是1981年中国儿童艺术剧院的首演剧目，2015年被重新搬上戏剧舞台。此剧表现了人鱼姑娘为保护家乡父老免受荼毒，甘愿被龙太子囚禁在大海深处。她的腿不幸被熔岩炼成鱼尾，每当月圆才能浮出海面，遥望家乡一回。善良的海边少年金珠子，听外婆讲了人鱼姑娘的传说后，被深深感动，他下决心要把人鱼姑娘救出苦海。另一个少年乌金宝听说人鱼的眼泪是值钱的珍珠，便要跟上金珠子出海寻宝。恶念导致了乌金宝的恶行，善意让金珠子意志坚定。此剧故事感人，主题鲜明，舞台形象画面和音乐设计十分成功，多媒体的参与，动物造型的传神，都为演出的成功提供了助力。金珠子不舍不弃，耗尽一生，采集千万种贝壳的乳汁和千万种花朵的露水，救助人鱼姑娘重返人间，弘扬了热情、正直、善良、奉献的人生意义。最后奄奄一息的金珠子，得到了人鱼姑娘的一滴热泪，起死回生，返老还童，也让小观众的善良愿望得以达成，增强了他们的审美愉悦和心灵感动。

五 高水准的国外戏剧的引入

2015年，也是各种戏剧节种类繁多，此起彼伏的一年，国家大剧院国际戏剧季、文化部国有院团戏剧演出季、首都剧场精品剧目邀请展、北京青年戏剧节、中英文学剧场连线、中国国际女性戏剧节、乌镇戏剧节、两岸小剧场艺术节、林兆华戏剧邀请展、北京喜剧节、北京大学生戏剧节、南锣鼓巷戏剧节等，都有大量中西剧目参与其中。

2015年6月10日至9月27日，国家大剧院策划主办了首个戏剧主题艺术节——"2015国家大剧院国际戏剧季"正式拉开帷幕。历时110天，邀请包括中国、英国、法国、德国、以色列、中国香港、中国台湾等7个国家和地区的著名院团，呈现24部96场戏剧精品。其中包括：以色列卡梅尔剧团演出的法国浪漫主义作家罗斯丹的经典作品《大鼻子情圣》，法国北方剧团上演的莫里哀名剧《贵人迷》，德国纽伦堡国家剧院带来的经典悲剧《推销员之死》，英国环球剧院上演的莎士比亚经典作品《哈姆雷特》，英国空动剧团带来的以女战地记者格尔达·塔罗生平为题材的新作《战火玫瑰》，英国1927剧团的以动画和真人配合的方式表现高科技对人性的异化的《机器人魔像》等。由中国导演王晓鹰执导，首演于2014年末的美国剧作家约翰·洛根的《红色》，也参与了本届国际演出季。

第五届林兆华邀请展上，享誉国际的波兰导演克里斯蒂安·陆帕长达5个小时的《伐木》引发了广大戏剧爱好者和戏剧评论者的热议。长达5个小时节奏迟缓，甚至时有静场的演出，实在是对观众耐受力的巨大挑战。但该剧还是获得了相当一部分观众的高度评价，并将导演誉为在舞台上玩弄时间的高手。《伐木》改编自奥地利作家托马斯·伯恩哈德的同名作品。该剧表现了文艺界的一众友人，为纪念自杀身故的艺术家乔安娜举行聚会，这些人高谈阔论各种关于艺术的话题。全剧除了两场托马斯与乔安娜的对话外，其余部分都是客厅里众人闲坐一隅，自说自话。虽然形体动作和舞台调度不多，也缺少灯光、音响的明显变化，但却在对话内容中蕴含了丰富的信息量和各种思想。一位追求形体表现力，认为形体动作比有声语言更为生动鲜活的艺术家乔安娜自杀了。死亡不是终结，却是围绕死者而展开的生者的意识与想象的开始，死者已不可能再回应什么，而生者却可能任意解释。在这场纪念艺术家的聚会中，没有对于理想失却的哀叹，没有对于艺术家逝去的痛惜，却莫名其妙地充斥着狭隘的艺术观念和虚荣的自以为是，主角托马斯最后的控诉直指这种大城市的政治氛围和上流社会文化圈造就的浮华的虚伪艺术，但他仍然无可奈何地要回到其中。而真正的艺术，真正对于理想的追求是无法在这种教条、虚荣、无知、狭隘的文化中生存的。庞大的信息量为这部戏剧留下了广阔的解读空间，但对于艺术纯粹的追求是一个较为明确的方向，正如导演陆帕在演后谈中说明的，这个戏是为了给忘却理想的人们提个醒。

2015年7月31日到8月23日，北京人民艺术剧院举办的"2015首都剧场精品剧目邀请展演"中，有四部外国戏剧：波兰剧院的《先人祭》、俄罗斯亚历山德琳娜剧院的《钦差大臣》、南斯拉夫话剧院的《无病呻吟》和以色列盖谢尔剧院的《乡村》。

《先人祭》改编自19世纪波兰著名的爱国诗人亚当·密茨凯维奇的长篇诗剧，全剧以其独特的结构、深刻的思想和鲜明的艺术形象，为作者赢得了"波兰民族遗产中一颗巨大的钻石"的美誉。导演米哈尔·泽达拉创造性地将《先人祭》的第一部、第二部和第四部率先编排后搬上舞台。将民俗文化、神秘气息、旷野意象、灵魂对话融为一体，展示舞台艺术的诗意空间和精神领地。

《乡村》表现的是20世纪40年代以色列的一个小村庄发生的一系列故事：在一片荒草地上，名叫尤西的男子正挖掘泥土，在他身边是乡邻们的坟墓。他是一个长不大的孩子，不懂得人间忧伤，因此总是乐观开朗。在他小的时候，村子里的人们自在淳朴，以色列人和阿拉伯人彼此往来，做着买卖，从火车上下来的人带来各式衣服。尤西喜欢的村里的那个美女，可是却成了他的嫂子。尤西并不妒忌，他有自己的伙伴——山羊和火鸡。可是生活总在发生变故：热闹的婚礼上宰杀了火鸡，吞吃了丝袜的山羊肚胀而死，从集中营出来的女人带来悲惨故事，以色列"建国"了，可是跟阿拉伯人打仗的哥哥中弹身亡。生与死、爱与恨、乐观与忧伤、绝望与希望像日轮的早出晚归，遵循着特定的轨迹。《乡村》的舞台设计成一个巨大的圆轮，转场换景十分方便，且有象征寓意和动感，添加的歌舞增加戏剧的抒情性和表现性,一系列生活事件的展开,不显琐碎却质朴清新。

两部喜剧中《钦差大臣》的导演瓦列里·佛京更是被俄罗斯戏剧界称为果戈理作品最出色的诠释者,他以人物的夸张嘴脸和大幅度的肢体调动,让人们领略了喜剧表演的放诞和轻松。而贾高思·马尔科维奇是塞尔维亚最著名的导演之一,他排演的《无病呻吟》虽首演不久,但美誉连连,让人领略了略带沉郁、透着幽光的空茫与忧伤。如果说前者的喜剧感来自一个有活力的小丑的滑稽,那么后者的喜剧感则来自恨老之人的忧思与怪诞。

2015年,英国国家剧院的一系列戏剧演出情形,《哈姆雷特》《深夜小狗离奇事件》《后窗》等,以电影胶片的形式在国内放映,让中国观众领略国外大剧院的精彩演出,加强了中外戏剧交流的对应性和同步性。

结　论

总之,近年来中国话剧有如下特点。

其一,以国家大剧院、中国国家话剧院、北京人民艺术剧院、上海话剧艺术中心为代表的国营院团发挥了艺术引领与主导作用,其经典、保留、原创、实验剧目的轮番上演,擎起了中国话剧的大半边天。喜剧和儿童剧的火爆,也成为本年度的艺术热点。

其二,中国正在挺进国际戏剧文化交流圈,中外交流演出日益频繁,越来越多的世界知名导演带着他们的成功剧作来华巡演,如德国导演托马斯·奥斯特玛雅的《哈姆雷特》,波兰导演克里斯蒂安·陆帕的《伐木》,英国导演彼得·布鲁克的《惊奇的山谷》,日本导演铃木忠志的《酒神》等,这些演出将当代剧场的新理念、新创意、新形式输入中国。

其三,民营剧团的戏剧创作势头良好,演出持续增多,从已举办多年的南锣鼓巷戏剧节、北京青年国际戏剧节、乌镇戏剧节、女性戏剧节等系列活动中,可看出民营戏剧的迅猛发展和艺术抱负。而以蓬蒿剧场、鼓楼西剧场、朝阳9剧场、繁星戏剧村等地的演出来看,民营戏剧不仅参与者众多，而且演出形式、艺术面貌异彩纷呈。

其四，戏剧思想趋于活跃，如直面戏剧、戏剧构作、文献剧等新兴戏剧观念成为舆论热点。话剧的内涵与外延都有所扩展，近年来舞台上肢体剧、默剧不断出现，一些话剧演出大量融入其他艺术形式，如戏曲、歌舞、曲艺、魔术等，形成更具特色的表现空间。

当然，2015年的话剧发展也有不尽如人意之处，有些艺术现象以及其中存在的问题，仍然需要研究和解决。

一是2015年的原创剧目仍存在着文学内涵不足、艺术个性模糊、主题开掘不透、创新意识不强的问题，甚至一些演出之中还出现了商业化、低俗化、模式化趋势，一面向政府基金张手要钱，另一面向商业资本谄媚索利，拍脑袋构思，宾馆里写戏，严重脱离艺术反映生活的创作规律。一些剧团以"对上不碰政治界限，对下不触道德底线"为满足，艺术上马马虎虎，思想上平平庸庸，忽视了戏剧艺术对于社会民众的思想启蒙效用和精神引领作用。

二是有些儿童剧在制作方面不够严肃认真，号称是儿童音乐剧，常常是歌曲、音乐甚至台词放录音，或者戴上大头娃娃的面具扭扭摆摆，简单扮演，只追求演出利润，忽视艺术美感，达不到陶冶儿童心灵、开启儿童智慧、培养儿童生活能力的目的。有的剧组演出前没有调好舞台音响，或者操作时马马虎虎，以致剧场的声音忽高忽低，或者音乐尖锐刺耳，对儿童观众的身心健康明显不利。儿童剧的演出应当让儿童观众喜闻乐见，增强演出的参与感，但一些演出，完全是人为地、硬性地增加了互动环节，强拉孩子入场表演，把演出与游戏混同一体。

三是近年来中外戏剧交流明显增多，但是对于外国戏剧仍然存在着引进的无规划、无目的，单方面砸钱"请进来"的简单化模式，"请进来"的剧目较多，"走出去"的剧目较少，存在着明显的戏剧文化交流的不对等现象。

展　望

中国话剧在 2015 年所存在的问题，在未来应当引起重视和解决，为此，特做如下对策建议。

第一，重视戏剧文化生态的总体平衡和协调发展，创造适合戏剧发展与繁荣的良好人文环境，调动一切积极因素，既要培养新生的戏剧力量，又要注意发挥有艺术经验的中老年戏剧艺术家的专长。既要发挥国营戏剧院团的艺术标杆作用，又要发挥民营剧团的"鲇鱼效应"。

第二，做到传统的经典保留剧目、新创新排剧目与既有剧目的新解读、新阐释、新呈现这三种大的戏剧形态的合理配置，有机统一。尊重传统不是为了墨守成规，开拓创新也不是为了标新立异，而是在继承前提下将传统戏剧的美学精神、艺术神韵、精粹成分发扬光大，在创新意识的观照下为当代戏剧注入新的时代意识和生命活力，努力促成戏剧艺术的创造性转化，创新性发展。

第三，对戏剧演出市场进行有效管理和合理性干预，以真、善、美的戏剧艺术的弘扬，抵制假恶丑、粗制滥造的戏剧的流行。目前戏剧评奖已经大幅度压缩，总体效果是好的，也避免了劳民伤财，但是如何对戏剧艺术进行有效的积极的促动和激励，这仍是值得研究的问题。除了发挥戏剧批评的作用之外，政府主管部门的追责机制、奖惩机制应当发挥效用。

第四，国家艺术基金自 2014 年设立以来，较好地促进了原创剧目的产生，目前资助的戏剧项目逐年递增，但是大部分戏剧属于基本合格范畴，艺术精品和上品为数不多。究其原因，一些剧组热衷于编制项目，应付检查，应付交差，心思在戏剧之外。建议建立更加完善的考评机制，也需要相应的措施保持评审专家的客观性、公正性、严肃性、独立性。

第五，近年来中外戏剧交流日益红火，大量西方著名导演的优秀作品涌入国内，这无疑是好事，但需要正确的接纳方式和接受心态。如果说西方戏剧是"他山之石",确有"攻玉"之效,但它只可为用,不可为体,更不可胡乱撞击,形成"扬西抑中"的思维定式。如果中国戏剧全部照搬西方戏剧经验,不注入民族的精神血脉和文化气息,历史已经证明必然碰壁。中国戏剧应以开放的文化胸襟,将西方艺术经验化作民族艺术资源,从而创造出具有华夏精神、民族风格、中国气派、现代意蕴的优秀艺术作品。

加快建设我国当代文艺批评话语体系

谢柏梁

谢柏梁，中国戏曲学院戏文系主任，四川师范大学、湖北师范大学、南昌大学讲座教授，中国文艺评论基地主任，中国文艺评论中心特约评论员，中国戏剧学会副会长，国际剧评协会中国分会副会长。

建立中华民族的当代文化自信,这是文化中国所面临的一个重大问题。从汉唐的磅礴大气、吞吐日月,到清代动辄以"天朝上邦"自居的盲目虚荣与自我崇拜,历史语码发生了重大的转折。鸦片战争以来,我们的民族意识与语言系统都发生了重要的变化,传统语言系统逐渐消解并重建成为近现代白话系统。这一新的语言系统大量夹杂着现代八股文的东西,大量夹杂着西洋、东洋乃至南洋的一些并非放之中国而皆准的基本原则和习惯表述,到了当下,英语缩略、痞子语言、港台流行歌曲中种种半通不通的表述,都成为一部分年轻人的最爱,这当然是缺乏文化的表现,其精神实质则是语言文化上的高度不自信。

具体到当代文艺批评层面,近百年来我们运用的多是东洋或者西洋的话语体系、论文体裁和思想体系。欧化的句式犹若翻译过来的文论一样,诘屈拗口,表达抽象,以艰涩为务,因难懂为高,把过度引用当成博学,把缺乏新见当成是立论周正,以西方理论家的几个理论模式作为文章的内核与框架,充其量是举几个具体例证来印证西方人的信条而已。

鲁迅在《透底》附录"回祝秀侠信"中,曾经专门批判洋八股云:"八股无论新旧,都在扫荡之列……例如只会'辱骂''恐吓'甚至于'判决',而不肯具体地切实地运用科学所求得的公式,去解释每天的新的事实,新的现象,而只抄一通公式,往一切事实上乱凑,这也是一种八股。"[1]

毛泽东于1942年2月28日在延安干部会上的讲演,以《反对党八股》[2]为题。他明确指出:党八股也就是一种洋八股。这洋八股,鲁迅早就反对过的,五四运动还有和这相联系的反对帝国主义的大功绩,这个反对老八股、老教条的斗争,也是它的大功绩之一。但到后来就产生了洋八

---

[1] 鲁迅:《鲁迅全集》第5卷,人民文学出版社1981年版,第103—106页。
[2] 《毛泽东选集》,人民出版社1991年版。

股、洋教条。我们党内的一些违反了马克思主义的人则发展这种洋八股、洋教条，成为主观主义、宗派主义和党八股的东西。这些就都是新八股、新教条。

五四运动摧毁性地打击了包括文艺批评在内的传统话语体系，大量引入了西方古往今来的诸多理论系统与各色主义与论断，这就在很大程度上偏离并阻断了中国所固有的文化传统以及诗性的表达方式。类似《诗品》品诗的优雅，《文心雕龙》论文的周正，《录鬼簿》的哲学思考，《闲情偶寄》的整体美学观，金圣叹说剧评小说的绵密思辨，都没有能够在现代文艺批评中较好地得到继承，这不得不说是文论传统中的历史虚无主义在文艺批评中的充分体现。

我常常在想，如果严格按照当代人学习西方人写作论文的做法，从内容摘要、关键词开始，到引证时铺天盖地的注解，再加上英文提要在内，那么王国维的《人家词话》《宋元戏曲考》基本上不合格，即便博学如钱钟书，其《管锥编》与《谈艺录》，也很难符合今天文艺批评与理论的基本规范。那么，他们的论文与专著是否能够得以顺利通过，给不给他们评上高级职称，这都可能成为悬而未决的问题。当代教授中，只有钟振振兄的词学论文，颇有点灵光一闪、诗性感悟的感觉，但也是以词坛先进自居，近些年来所形成的风格。

中国文论、诗论和曲论的基本特点，首先表现在吉光片羽的灵光闪烁，集腋成裘的整体丰赡，披沙拣金的点点富贵，聚沙成塔的庄严华妙。

其次，古代文论多用比喻，每一比喻皆有对照，令人在鲜明的视觉形象之间玩味无穷。花间美人、苍松翠柏、鹤唳九霄、危岩绝壁、西风残阙等无数比况，都令读者在想象中完成了对作品的领悟，从而意象无穷，韵味无穷。

同样，中国文论讲究诗文词曲的"滋味"，滋味从味觉到了审美的层面之后，一方面阐扬其玩味无穷的回味之感，另外一方面直接通向了境界和意境的深远审美层次。读李商隐诗，品《西厢记》的长亭送别，用西方文艺法则和现代文艺批评来规范，毕竟有削足适履的感觉，远不如中国文论看起来贴合和适宜。

当然，孟称舜、孔尚任等人的悲剧观，金圣叹、毛声山等人的层次观和人物分析的典型环境说，在很多方面可以与西方类似的审美体系相暗合，但是却又不能完全等同地予以比照。

从形式论来看，中国古代文艺批评中的点、线、面各体具备，但是不太重视西方文论的立体化或曰体系化的建树。只言片语，要言不烦，言不尽意，点到为止，得其味道便可，偈语论诗也可，以诗说诗亦然，在小说戏剧中点发出其文艺评论原则与态度，亦是风景之所在……也许这种千姿百态的文艺批评方式与整体发展态势，才能构成文艺批评百花园中的洋洋大观。

作为现代人，我们不能永远把西方的话语系统与全部学术规范拿过来作为我们自己的东西，长期面不改色地沿用下去。我们民族的向心力，我们国家的核心凝聚力，我们文艺批评的鲜明特色，应该是来自我国的优秀传统文化，包括中国古代诗论与文论千姿百态的基本系统在内，当然也应该适当包容西方的文艺理论审美精神在内，这样建立起来的文艺批评话语体系，才能在本位、本体和本味的基础前提之上发展提升，才能有助于建立良性的文化自信，增强民族的文化自豪感。

在欧美的著名大学里，每个学期中常常可以看到日本文化包括能乐在内的展示，看到韩国艺术的推广。我注意到他们在推广他们的作家，推广他们的非物质文化遗产时，其介绍与展示从介绍文字开始就比较富于民族特色，他们是在把本民族作家艺术家及其特有的艺术表达方式和文艺批评特色，当成全人类人文精神与批评潮流的一支，无比自豪地在引领、弘扬和推广。

我想，我们目前在全球建设了那么多有一定影响力的孔子学院，目前还在各大洲布局、系统地建设中国文化中心，开展丰富多彩的中文教学、艺术展示、戏曲与歌舞杂技演出等各种文化交流活动。但是如何使得这些文化交流更加有成效，这也值得好好研究。是动辄在介绍中言必称希腊罗马呢，还是更多地回顾中国的圣贤之作例如先秦诸子散文、唐宋诗词、元曲与明清小说戏曲呢，这两者之间的砝码应该怎样摆，天平怎样摆放才不至于太倾斜，这其中都要好好地研究。

归根结底，一国之话语权不仅建立在经济实力的基础之上，更是建立在文化历史与现状的前提之上。一个大国的表述方式，要有其历史文化背景下的基本的自信与情怀。在当前，我们不仅需要更好地把优秀的传统文化经典遗产介绍给国外，更要把今天的文艺作品介绍给海外，更重要的是如何介绍、弘扬和推广这些经典之作，学会如何讲述中国的精彩。一个伟大的时代，迫切需要我们从建设具备中国特色的文艺评论与批评的话语体系着手，真正讲好中国故事，阐扬中国文明，体现民族文化自信，展示民族的优秀文化艺术，这样才能让外国人民听得有兴趣，有好奇心，有基于中国式文艺评论与批评表达的特色认定。

因此，加快建设我国当代文艺批评话语体系，尤其是逐步建树我们中华民族丰富多彩的多元化审美品评，但却又具备东土神州独特的话语风格和价值体系的要义，很有必要。历史地看，在一般性地兜售转口文化、贩卖舶来品话语体系的过程中，我们翻译太多，跟风太甚，失语太久，自信太少。如今，我们提倡中国风的表达方式，加快建设当代文艺批评体系，才能从文化战略的整体推进上实现有特色、有系统、有历史、有继承发展和扬弃的文艺批评话语系统，也可以看成是逐步重建和新建有尊严的整体性文化传播的表述层面。只有这样，中华民族的文化胸怀和语境内涵才会更加独特而丰富，中国文化在海外的传播，也会从表达系统开始，逐步从相对弱势转型为与文明大国、历史大国和经济大国地位相称的主流传播态势。

中国历史小说创作的可能性

杨剑敏

杨剑敏，男，浙江诸暨人。文学创作一级。中国作家协会会员，江西省作家协会常务理事。现任江西省文联《星火》杂志副主编，兼任江西省文艺评论家协会秘书长。著有长篇小说《回来的路》，中短篇小说集《出使》《刀子的声音》等。所著中短篇小说多在《人民文学》《上海文学》《作家》《钟山》《山花》等名刊发表，其中有数十篇（次）被各种文学选刊、年选和选本转载收录。曾获江西省第一、三、五届谷雨文学奖。曾登上2002年度中国小说排行榜。

从文学的角度和范畴来看，历史小说很可能是最能体现中国文化传统和中华美学的一种艺术表达方式了。

中国曾经是历史小说大国，在古典文学时代，《水浒传》《三国演义》等历史小说堪称无与伦比，同时期的西方文坛几乎举不出什么像样的历史小说，唯有日本的《源氏物语》《平家物语》等值得一提，但在艺术成就上也很难和《水浒传》《三国演义》相提并论。

但进入近代以来，当西方涌现一大批伟大的历史小说家如托尔斯泰、显克维奇等，中国的历史小说却日渐衰落。特别是"新文化运动"带来的"文学革命"之后，中国的历史小说乏善可陈，唯有李劼人的《死水微澜》《大波》等作品勉强可观，但其成就也是建立在对西方历史小说的模仿之上的。

其后的历史小说创作，一直到20世纪八九十年代的"新历史小说"运动，莫不是对苏联东欧或西方历史小说演进的追随和模仿。且在90年代中期"新历史小说"式微之后，传统历史小说的创作也没有多少起色，历史小说这种文体甚至遭到很多作家轻视。

然而，在中国文坛，历史小说远远没有完成它的历史使命。莫言荣获诺贝尔文学奖，就充分证明了一点：历史小说（或者说新历史小说）很可能是中国文学走向世界文学最有效的途径。莫言的大部分作品都可以被视作新历史小说，反观拉美"文学爆炸"的现象，其大多数作品也是历史小说或新历史小说，如卡彭铁尔的《人间王国》和马尔克斯的《百年孤独》等。亚洲和非洲、阿拉伯文学中能够登上世界文坛的，大多也是历史小说或新历史小说，如尼日利亚的奥克利的《饥饿之路》、印度的拉什迪的《午夜的孩子》、埃及的马哈福兹的诸多作品、土耳其的帕幕克的《我的名字叫红》等。

在重启历史小说之路时，中国作家有一些功课要做。

一 现代汉语与古典事物之间更加有机的结合

众所周知,中国历史小说——即便是写晚清和民国时期的历史小说——不可避免地需要使用到古代汉语。这是中国历史小说和欧美历史小说尤为不同的一个地方,也是中国历史小说、特别是新历史小说举步维艰的一个最主要症结所在。

欧洲虽也有着古代语言如古希腊语、拉丁语等,但在欧洲小说起步的文艺复兴时期,各种现代语言已经基本成型。因此,欧美叙事文体的演变,并没有受到语言的太多制约。莎士比亚剧作的语言,和今天的英语相比,区别并不足以令人如坠烟雾(而同一时期中国戏剧家汤显祖的剧本,已经无法直接演出了);拉伯雷、笛福、卢梭、莱辛、歌德等人的作品也可以直接阅读。

而中国的现代汉语起步于20世纪初的新文化运动,距今只有百年。现代汉语的历程很短,且经历过"文化大革命"话语的"劣币驱逐良币"式的毁灭性打击,因此它可以算作一种先天不足、发育不良的语言。

中国历史小说作家一旦接触到古代,甚至是近代题材,浸润着翻译文体风格的现代汉语就立即显得不伦不类了。新文化运动给延续了几千年的古代汉语带来了一个巨大的断裂,而以近代白话文为基础,用欧式语法逐渐规范起来的现代汉语,几乎无法恰当地描写中国古代世界和生活。比如,无论是传统的历史小说,还是新历史小说,都很难处理历史人物的对话,小说中常常需要引用的公文奏章,案牍书信等,往往叙述时是流畅的现代汉语,而对话却突然别扭地变成了古汉语或古白话。在近几十年来的历史小说创作中,很少有人能够比较完美地解决这个问题。新历史小说家常常通篇叙述,少有对话;传统历史小说家则往往放弃新式语言,转而向"五四"时期作家学习,采用半文半白的生硬语言。两者效果都不能尽如人意。在无数的历史小说中,远古的事物和现代叙事方式之间的冲突非常激烈。中国历史小说作家往往必须为了叙事的策略而放弃许多必要的东西。

现代意识、现代汉语与古代事物之间的无缝焊接是一个巨大的叙事学挑战。而应对这种挑战是"新历史小说"家必须首先完成的一项任务。

二 树立现实主义精神的历史观念

如果说作为雕虫之技的语言只是历史小说乃至所有叙事文体的技术基础，那么历史观念无疑是历史小说创作的命脉所在了。

所谓历史观念，是人类群体对自身历史的一般看法。但各个国家、各个民族的历史观念有着极大的差异。中国人在极其漫长和缓慢的古代社会进程中，已经形成了一套顽固的历史观念，如"天人合一""君权天授""五德终始说""果报轮回"等，其思想核心是一个"德"字，用"德"来解释历史的一切治乱兴衰，这种历史观念经过数千年的浸润，已经成了中华民族潜意识里根深蒂固的一个组成部分。

具体到文学，"文以载道"的使命感始终深深地镌刻在每一位中国作家的内心。具体到历史小说，中国人内心牢固的二元对立历史观念便贯穿于几乎所有的创作与阅读行为之中。这些建立在说书、话本和章回小说基础上的历史观念，体现为"忠、奸""善、恶""正、闰""是、非""友、敌"等几组反义词。看似古老的价值判断体系，其实从未远离过普通读者对历史小说的评估，甚至也没有远离评论家对历史小说的批评。

但这种历史观念显然不能说是现实主义的，因为历史的现实并不能用如此简单的观念来解释。

在未来的历史小说创作实践中，作家们应从单纯的历史兴趣出发，将历史人物（即使是虚构的）还原为置身于某个历史时期的一个"个人"，并真正有效地消解那些简单对立的二元对立历史观念，真正令历史文本转化为纯粹的文学文本。这样一来，呈现在作家面前的将会是广阔的历史小说资源，几乎一切历史人物和事件都可以成为他的素材，都可以为他的历史小说提供可能性。

三　建立历史小说家的知识体系

广阔的可能性给历史小说家带来的不一定是狂喜，相反，对于一位没有充足知识储备的小说家而言，太多的可能性其实只是一片望不到边的叙事荒原。真正决定一位历史小说家能走多远、能走多久，靠的是他的知识体系。

中国自古以来有着深厚的历史小说传统。但在漫长的历史小说演变进程中，它一直停留在较低的知识层面上，甚至不足以谈论其知识体系。即使是看似颇具现代主义或后现代主义气息的新历史小说，也往往停留在语言和结构的玩味上，而缺乏知识的有机融合。中国文坛始终未能诞生如埃科《玫瑰的名字》《傅科摆》这样的"百科全书"式的历史小说。

这里所说的知识体系，是一种包含了思想谱系和各种历史知识的庞杂系统，它的建立显然非一日之功，它需要一个有志于历史小说创作的人，积十年、二十年甚至数十年的努力，还要加上必不可少的天赋，才有可能搭建起一个能够自圆其说的系统。知识体系的建立对中国小说家提出了很高的要求，但没有这个前提条件，真正伟大的中国历史小说便无法诞生。

今天，新一代的作家绝大多数接受过高等教育，而老一辈的作家也大多经过长期艰苦的阅读和思考，已经具备了一定的学养，今天的知识获取方式也毫无难度。而具备天赋的人，从来都不缺乏。相信在不远的将来，一批拥有自己的思想观念和知识体系的历史小说家会逐渐出现。

艺术的高度——《白毛女》的现实主义关怀与人性彰显

杨曦帆

　　杨曦帆,南京艺术学院音乐学院教授、博士生导师,音乐学院副院长;先后求学于四川音乐学院钢琴系(学士)、四川大学哲学系(硕士)、南京艺术学院音乐学院(博士)、复旦大学中文系(博士后)以及美国印第安纳大学(IUB)民俗学与民族音乐学系(访问学者);先后在成都音乐舞剧院交响乐团、四川大学艺术学院任职;出版学术专著两部,发表学术论文五十余篇。

一 《白毛女》的经典道路

作为"解放区"文艺的代表作品，《白毛女》揭示了压迫与被压迫的关系，以及哪里有压迫哪里就有反抗的精神。"旧社会把人变成鬼，新社会把鬼变成人"已成为《白毛女》的鲜明主题。当然，地方恶霸欺压百姓、抢占民女并非"旧中国"所独有，这是社会不公平以及公正权力失衡的表现，也是人类文明发展中不断克服的污点。

《白毛女》自歌剧首演以来，在70年的岁月中，先后以多种艺术形式呈现。歌剧《白毛女》于1945年在延安成功上演，随着新中国的建立，同名电影于1950年上映，芭蕾舞剧也于1965年在"上海之春"首演。在特定历史时期，在没有电视和网络的时代，全国各地的"文工团"系统都纷纷排演"革命样板戏"，而作为"八大样板戏"之一的"革命现代芭蕾舞剧"《白毛女》也是其中的热门节目。《白毛女》中的经典音乐片段如《北风吹》《扎红头绳》等被改编为钢琴曲，现在被很多地方收录为业余钢琴考级曲目，成为普及率和社会影响力较高的表演曲目，这也使得《白毛女》以音乐的形式渗透到了青少年的音乐记忆之中。也就是说，在过去70年的历史中，《白毛女》通过不同时代的不同媒介，有效地链接了因年龄而出现的欣赏"代沟"问题，成为影响不同年龄层的最具有代表性的艺术作品之一。

作为歌剧，音乐具有重要作用。大家耳熟能详的音乐根据河北、山西、陕西等地民间歌曲或民间戏曲改变而成，如河北民歌《小白菜》等。在剧中的经典音乐包括《北风吹》《十里风雪》《扎红头绳》《我要活》《太阳出来了》等著名唱段。从3D电影版《白毛女》来看，音乐成为贯穿整个影片的红线，乐队编配也更为符合当下审美习惯。作为中国最早的原创歌剧之一，民族音乐管弦化的努力也已达到了70年来的最高水平，演唱者的表演也达到了新的高度。

《白毛女》音乐创作的成功,一方面得益于音乐家在延安时期对民间音乐的采集和创作,另一方面也有力地促进了对民间音乐的研究。民间音乐的成功运用为中国民族歌剧、民族音乐的发展指明了方向,其特点表现为理论与实践的紧密联系。正如吕骥先生(1909—2002)所指出的:

> 只有一面进行研究,一面将研究所得应用于我们的音乐实践,才能使研究工作更具有实际意义,更深刻地向前发展。如陕甘宁边区民间音乐研究会的研究工作与1943年以来的秧歌运动、与歌剧《白毛女》的创作是分不开的。可以说,如果没有自1938年开始并逐渐深入的对民间音乐的研究,1943年的秧歌运动就不可能在短时期获得那样光辉的成绩,《白毛女》也很难顺利地产生。反过来,在秧歌运动与《白毛女》的创作演出过程中,不断遇到新的问题,研究并且解决这些新的问题,就使原来的民间音乐研究工作得到了新的发展。[1]

吕骥先生的这段话,有助于我们理解《白毛女》音乐创作的特点,即,音乐创作和研究同时进行。回过头来看,其优势在于能够紧扣时代特点,能够把民间音乐灵活运用于剧中,最终使得《白毛女》成为民间音乐和西洋歌剧相结合的典范。

经历七十年风风雨雨,在舞台表演上则分别形成了以王昆、郭兰英、彭丽媛、雷佳主演的四代舞台"白毛女",艺术家们辛勤耕耘,精心诠释,使得"白毛女""喜儿""大春"等形象传入千家万户,妇孺皆知。3D电影中,女主角喜儿的扮演者雷佳对于中国传统音乐声腔的把握以及美声的运用都受到好评,成为中国民族唱法学院派的代表,展现了当今中国歌剧舞台的综合实力。可以说,新的"白毛女"形象有助于当今社会对这一艺术作品的理解。

---

[1] 吕骥:《中国民间音乐研究提纲》,《音乐研究》1982年第2期。

自从1945年在延安首演之后，《白毛女》历经多次修改。对比1950年由田华饰演喜儿的黑白电影版《白毛女》，今天的3D电影版《白毛女》做了部分调整。一是对剧情的修改。删掉喜儿山洞产子、大春寻找红军等环节，使剧情更紧凑，更突出了"契约关系"，包括杨白劳喝卤水而亡时手握卖女儿的契约等。这也说明编剧在布置这一情节时是有所"出新"，以便达到当下社会所能产生共鸣的戏剧冲突条件。二是对音乐的调整。《白毛女》的创作在音乐上是民间音乐和西方歌剧管弦乐的结合。今天的3D电影版《白毛女》无论在乐队配器还是声乐演唱表演上都有较大改变。同时，影片的高科技形式本身就已具有相当优势，不仅再现歌剧艺术之魅力，更是突破了传统舞台的局限，有力地支撑了剧中人物的表演。

二 打磨走向世界的"民族形式"

向西方借鉴是人类文明现阶段发展一个很难绕过去的环节。法国著名历史学家布罗代尔（Fernand Braudel，1902—1985）曾指出："由西方输出的'工业文明'仅是整个西方文明的特征之一而已。世界接受了它，并非就是在接纳西方文明之整体，事实远非如此。各个文明的历史实际上是许许多多个世纪不断地相互借鉴的历史，尽管每个文明一直还保持着它们的原有特征。……'工业文明'正处于合成一个能够容纳世界整体的共同文明的过程之中。"① 歌剧《白毛女》之"歌剧"本色本身就是借鉴西方文明的结果，事实证明，用西方的歌剧体裁来表达中国故事以及在此基础上所打磨出的具有中国经验特征的"新歌剧"是颇具创新性的。其实，早在延安时期，借鉴西方艺术形式来打造、推陈出具有中国特色的"民族形式"就已逐渐形成了艺术的创作方向。如，由冼星海创作的《黄河大合唱》，

---

① ［法］费尔南·布罗代尔：《文明史——人类五千年文明的传承与交流》，常绍明、冯棠、张文英、王明毅译，中信出版社2014年版，第40页。

也是将中国传统地方民间音乐素材与西方交响乐音乐形式相结合。延安时期的中国共产党领导人对此也有着深刻洞见。"使马克思主义在中国具体化,使之在其每一表现中带有着必须有的中国的特性……以新鲜活泼的、为中国老百姓所喜闻乐见的中国作风和中国气派。把国际主义的内容和民族形式分离起来,是一点也不懂国际主义的人们的做法,我们则要把二者紧密地结合起来。"① 民族形式和国际化的结合在《白毛女》中主要表现在民间音乐交响化和民间唱腔歌剧化,这也使其成为一个结合民间传统与西方艺术的典型代表作,不仅对于《白毛女》走向世界舞台起到了推动作用,同时,对于今天的中国艺术如何在世界舞台表达"中国声音",树立"中国形象"亦有启发之处。

一个优秀舞台剧的基础是要有优秀的剧本。白毛女的故事情节取材于70年前,尽管剧本内容较真实地反映了当时的社会矛盾,揭示了黄世仁的凶残和杨白劳、喜儿的不幸。尽管3D电影版《白毛女》在艺术上有许多值得称赞的成功典范,但不可否认的是:艺术的成就和票房效应之间的差距还需要更多的反思。毕竟,艺术应当影响社会。那么,如何用七十年前的个案来打动当代社会,这实际上也是这部歌剧能否走向世界的关键。能够走向世界的作品必然就能打动当代社会,也就能吸引年轻人的兴趣。笔者认为,在整个剧情结构的说理层面上尚有进一步反思空间。马克思在《关于费尔巴哈的提纲》一文中说:"人的本质不是单个人所固有的总和,在其现实性上,它是一切社会关系的综合。"② 如果按照这一为人熟知的观念来衡量,我们会觉得,在舞台上一些人物刻画还是比较单一和脸谱化的。现实是复杂的,人性也是复杂的,不同时代对于同一人物形象的理解也是不一样的。艺术对

---

① 毛泽东:《中国共产党在民族战争中的地位》,《毛泽东选集》(二),人民出版社1991年版,第534页。
② [德]马克思:《关于费尔巴哈的提纲》,《马克思恩格斯选集》(一),人民出版社1995年版,第18页。

不同时期的当下现实的启迪是艺术成为经典的重要途径，在这个意义上，正如习近平主席所讲：每代人都要走好自己的长征路。

艺术作品在历史的发展中可能存在着因时代变化而导致的多样性阐释。这就更是要求作品要有所超越，要直面人性的最根本问题。这一点，我们只要以现在还有较高票房收入的世界著名歌剧为例就能找到答案。如《茶花女》《卡门》《蝴蝶夫人》等以爱情为主线的世界著名歌剧，女主人公大多生活在社会底层，但直逼人性的情感起伏使其成为世界舞台的经典。又如《浮士德》以人性的拷问为主题，尽管是一个虚构故事，但情节的展开紧扣人性基本问题。就如《哈姆雷特》传诵千年的人性追问：生存还是毁灭。这样的问题朴实，但直抵人心。马克思也曾指出："理论只要说服人，就能掌握群众，而理论只要彻底，就能说服人。所谓彻底，就是抓住事物的根本。但是，人的根本就是人本身。"[①] 因此，如何紧紧抓住"人本身"以及"人性"的根本原则，如何既传承原版的精华，同时又能够结合不同时代之所需，以及如何在面对现实的语境中构建戏剧冲突环节，这应该是一部优秀戏剧的重要内容。综观世界舞台，无论歌剧、舞剧，抑或备受现代社会宠爱的音乐剧，能够不断上演、超越时代、经久不衰的剧目，大多都是以不同的艺术形式而直逼人性。不仅展示人性的美、丑、善、恶，更是要揭示人性的复杂。所有美、丑、善、恶大都不会是单一性的，而是相互交织如万花筒，站在不同的角度会有不同的体会。

三 艺术作品对契约关系的揭示

今天看《白毛女》和延安时期的语境不一样，总体上说，今天的中国社会多多少少也正在步入契约社会，人们对于契约的理解和 70 年前是不一

[①] ［德］马克思：《黑格尔法哲学批判导言》，《马克思恩格斯选集》（一），人民出版社 1995 年版，第 9 页。

样的。直白地说，剧本的一些原有情节与现代社会可能存在着价值判断上的矛盾与冲突。比如，契约问题。今天的大众对于契约的理解与70年前已有所差异。在有的观众看来，黄世仁和杨白劳之间存在着契约关系，否则杨白劳也就不会那么看重画押乃至喝卤水而亡。按照今天的理解，有契约就应当执行，能够履行契约在当下语境中已成了一种美德。这样的观点在3D电影上映后就在网络上有所反映。尽管20世纪50年代没有网络，但笔者相信，在1950年版的《白毛女》电影上映后，是很少有人会有这个想法的。这说明，任何艺术作品要想保持长久影响力，就必须考虑到社会变化以及观众价值观、道德观和对世界的态度的变化。这既是时代的变化，同时也是考验一部作品是否具有超越历史局限性的可能。

表面上，杨白劳和黄世仁的恩怨起源于地租和欠账。实际上，存在着"旧社会"的剥削与压迫。表面上看，欠债还钱是为天经地义，似乎黄世仁向杨白劳讨要债务也具有合理性。但问题在于，尽管人类社会大多都是建立在契约关系之上，契约制度是为了更好地保护人的生命财产，保护人作为人的基本生存价值。但是，如果一种契约逼死人，违约方需要拿女儿还债时，那么，这种契约关系本身就违反了人性。因为契约的原则是更好地保护社会正义和公民的人生和尊严。在这个层面上，黄世仁所代表的权力和残暴就正如法国启蒙运动思想家卢梭（Jean Jacques Rousseau，1712—1778）所言："一个暴君就是一个不顾正义，不顾法律而用暴力实行统治的国王。"[1] 这么说来，就已经不是杨白劳和黄世仁两人之间的契约与冲突，而是杨白劳阶层和整个不合理的社会之矛盾。

债务人和债权人之间的契约是否是合理的，这是问题的关键。也正是因为此，今天的3D电影版《白毛女》能够成为永恒的主题。一句话，如何抓住人性的真实，这就是艺术的高度。在这一环节上，就影片而言，的

---

[1] ［法］卢梭：《社会契约论》，何兆武译，商务印书馆1987年版，第115页。

确还存在着艺术的真实和现实的真实之间的关系如何更精确把握的问题。就如哲学家、社会理论家，法兰克福学派代表人物之一的马尔库塞（Herbert Marcuse，1898—1979）所说的："艺术的真理，就在于它能打破既存现实（或那些造成这种现实的东西）的垄断性，就在于它能由此确定什么东西是实在的。艺术的这种决裂中，即在它的审美形式获得的这个成果中，艺术虚构的世界，表现为真实的现实。"① 站在今天的角度，我们可以理解为艺术家应当投入到对社会正确道路的建构之中。

作为艺术作品的《白毛女》其现实意义在于，通过黄世仁和杨白劳的契约关系以及喜儿的命运，揭示了"旧社会"社会结构的不合理。"旧社会把人变成鬼"，这句话落实到杨白劳和黄世仁身上就是契约关系的不合理，最终把契约的一方逼入死亡陷阱，那么这种不合理的契约关系就必须要打破。表面上"有法可依"的黄世仁以及其所代表的阶层实际上成为道德的谴责对象，法律尽管在行为表面还在维持着某种社会惯性，但其有效性已经受到质疑并被倒转。

悲剧不仅仅是杨白劳和喜儿个人的悲剧，而是一个时代的悲剧。旧社会的不合理性在于其社会结构存在着把人变成鬼的可能性，显然，这样的社会是病态的，是必须被推翻的，其病态不仅仅是个人的，并不是黄世仁"病"了，而是整个社会结构病入膏肓，"旧社会"成了异化的社会，这是"旧社会"必然要走向"新社会"的学理逻辑，用艺术手法揭示社会结构从不合理到合理的内在演变，这是这部现实主义艺术作品应有之义。也就是说，今天的《白毛女》更应该以艺术的手法揭示"旧社会"社会结构的不合理，人性的刻画应当更为丰富，对于矛盾的复杂性要有更全面的揭示。

---

① ［美］赫伯特·马尔库塞：《审美之纬》，李小兵译，广西师范大学出版社2001年版，第197页。

四 艺术对现实的启蒙

现实主义理想下的艺术观念提倡艺术要反映现实社会生活，艺术不仅要有艺术家的声音，同时也要有社会民众的声音。艺术要对现实有所作为，艺术的现实主义核心是对社会现实的关注，是对人性、人生的关注。这在世界艺术史中有着很多精彩篇章。特别是在人类历史进入重大转折时期，艺术往往都起着文化先锋的作用并成为一个时代的文化地标。

现实主义的最大特点就是对社会的批判。《白毛女》作为现实主义作品，应该保持对现实的批判态度。以艺术的手法反映真实的社会现实问题是现实主义艺术作品的本意。因此，对于艺术而言，现实主义本身就是一种价值判断。对于《白毛女》这样已有七十年历史的艺术作品，如何联通传统与现实，是从现实主义角度切入研究的重要步骤。需要正视的是，今天的一些艺术作品在处理现实主义这一问题时，其手法还比较生硬，把真实、正义脸谱化、板结化乃至呆板化都是脱离了真正的现实主义。

中国正面临巨大变革，这也包括了意识形态的变化，而这种变化通过对比过去歌剧版、舞剧版和今天的3D电影版，其中一些微妙变化起到了"一叶知秋"的效果。比如，按照过去的版本，黄世仁被捕后即被枪决，但新的电影版中，黄世仁被群众要求"送交政府法办"。在强调"法治国家"的时代，即便是罪大恶极者也必须要按照法律的程序予以审批。在这个环节上，现代社会所强调的社会公正和法律程序的正确在电影的微调中得到很好的体现。

公允地说，任何艺术作品的成功都是多方面的，特别是舞台艺术，其中一定有演员的贡献。但一部成为象征性的艺术作品，还必须要有艺术高度和对现实的关注。这就好比著名音乐剧《悲惨世界》，其所表达的社会背景早已今非昔比，但作为一个艺术作品依然在世界各地上演，受到大众好评。究其原因，除了艺术形式本身的精彩之外，其现实意义，以及对现实的警醒作用都是巨大的。这也就是说，伟大的艺术作品往往都不只是在形式上是伟大的，而是具有某种深刻的社会含义。艺术的意义不仅在于反映现实，还可以建构符合人性的社会。艺术无法直接改变世界，但艺术可以改变人们对于世界的认识。

今天的中国社会是不是就已经杜绝了"杨白劳现象"？我们的社会是否还存在"恶霸黄世仁"？这是艺术对现实启蒙的必然思路。对于整个社会来说，只要还有一个"杨白劳"，那么，所有的光环都是黯然的。尽管今天的社会背景与七十年前已有变化，"剥削阶级"或已退出历史舞台，但"剥削者"依然存在。我以为，这是这部歌剧在首演七十年后，在中国共产党建党九十五周年之际以高科技手段展现的内在目的。《白毛女》所呈现的艺术之高度，使其不仅仅是艺术形式的完美，同时更成为时代的符号。

意识形态领域的教育在今天已很难由外力"填鸭式"灌输，艺术在一定程度上具有政治宣传所需要的"直达内心"的非强制性教育功能，更容易让人们从情感上产生共鸣。伟大的艺术作品不是说教，不是简单地告诉观众答案，而是能够在不同时代激发人们对问题的思考。伟大的艺术就是一面镜子，让人们能够看到其所反映的社会事实。不同的时代，不同的人群对于艺术作品的理解可能是不一样的，因此，艺术作品的主旨就必须更加鲜明，必须更具超越性。

一个优秀的艺术作品既要能够保持所要传达的思想，同时也要能够把握时代的变化。艺术与政治的关系是双向的，当观众认同某种艺术的时候，"这是我们的艺术"，其背后的隐喻等同于"这是我们的文化/立场/观念"。也就是说，政治所希望通过艺术表达的价值判断、审美倾向、伦理道德等意识形态因素应该以更为符合艺术自身特点和时代所需的方式来进行，意识形态不能孤立于时代，否则，其传播和表达效果通常都不好。而现代文明社会已经证明，依靠公民的文化认同以及在此基础上产生的社会运行是可靠而有效的。

结　语

　　3D 电影版《白毛女》所代表的历经七十年打磨的《白毛女》系列已经成为中国现代艺术史颇具影响力的作品。应该说，这是一部让"中国经验"获得自信的作品。其今天的成功和未来的发展总体上讲，就是要不断深入把握结合中国特色和走向世界的关系。艺术的高度对于艺术而言是一个永恒话题，对于歌剧《白毛女》来说，其面临的问题包括如何从反映一个时代的悲剧深化为揭示人类社会发展中人性的善与恶，以及如何从反映一个国家历史发展中的痛苦演化为对整个人类文明史的思考。

天开图画：关于写生与写意的思考

殷双喜

殷双喜，江苏泰州人，美术史博士。中央美术学院教授、博士生导师。《美术研究》主编、中国油画学会《油画艺术》执行主编、国家近现代美术研究中心研究员、中国美术家协会理事、中国文艺评论家协会理事、中国雕塑学会副会长。曾参与策划"中国现代艺术大展"（1989）、"中国美术批评家提名展"（1993，1994）、"东方既白：20世纪中国美术作品展"（2003，巴黎）等展览。曾任第十一、十二届全国美展评委（2009，2014），第六届"艺术中国"AAC评委会主席（2011），第五十五届威尼斯双年展中国国家馆评委（2013），CCAA中国当代艺术奖评委（2014）。

艺术史家苏珊·哈德森（Suzanne Hudson）最近出版了《当代绘画》一书，以深刻的历史观审视了当代绘画的地位。在评估当下的绘画状况时，她坚持"根据绘画这一媒介的历史和传统来评定、鉴赏绘画"，思考绘画本身的特点以及画家的创作动机。以此类推，当我们评估中国油画时，不能脱离油画在西方的发生和发展史，以及油画进入中国以后的百年演进史，这其中，油画中的"写生"是一个无法回避的重要问题。

清末民初，国门打开，西方文化与艺术的引入，形成了对20世纪中国影响巨大的文化变革。在中国近代教育史上，李铁夫、周湘、李叔同、郑锦、李毅士、吴法鼎、丰子恺、林风眠、徐悲鸿、刘海粟、颜文樑、林文铮、吴大羽等一大批著名教育家，开创了中国的现代美术教育。他们追求"五四"爱国知识分子的"民主""科学"理想，将西方学院美术教育思想和以写生为主的教育方式引入中国，从根本上改变了中国传统绘画以临摹为主的艺术传授方式，对中国现代美术的发展产生了深远的影响。

谈到"写生"，我们会想到20世纪初期以陈独秀为主要代表的"美术革命"论，正是对于以"四王"为代表的传统中国画写实能力的不满，使陈独秀主张"画家必须用写实主义，才能够发挥自己的天才，画自己的画，不落古人的窠臼"。可以说，20世纪百年中国美术教育体系，是将"写生"作为主要的教学方法和创作基础的。新中国成立以后，中国的高等美术教育在走向"正规化"的过程中，也是以"写生"为骨干课程的，在持续深入的写生实践中，中国油画的写实能力和创作表现能力得到了极大的提高。正如著名油画家刘秉江先生所说："不会写生，基本上不算是会画画,只靠照片作画那是临摹的本事,所以写生是培养最基本的绘画能力的必修课。"

刘秉江先生说到的"写生与照相"的关系,是持续困惑中国油画界的问题。自从法国科学院与美术院1939年8月20日的联席会议正式公布"达盖尔银版摄影术",摄影术的诞生,使照相机在肖像、风景等领域侵入了传统绘画"真实再现对象"的领地,摄影照片以及当代电脑图像的泛滥,使得当代油画的创作,面临空前的"图像危机",许多学习油画的学生和油画家不再重视"写生",转而以影像图片的模拟拷贝作为油画生产的基本方式。在西方油画史上,这一现象有着深刻的根源。

回顾西方艺术史,苏珊·哈德森指出,有一项技术发明深刻动摇了西方绘画的地位,这就是19世纪摄影的发明。摄影可以比绘画更准确、更快速地再现世界。美国美术史家詹森(H. W. Janson)曾经指出摄影术在西方的出现,是始自18世纪晚期的一个实验过程,这一过程的背后,并不完全是出于科学好奇心的刺激,而是对于"真实"和"天然"的一种"浪漫主义"追求。

中国油画在当代面临的重要问题是如何应对图像时代的挑战。当代中国油画,特别是具象油画面临的挑战就是图像的挑战,包括摄影、电影、电脑制图以及海量涌现的手机图像。具象油画面临着机械生产的图像的挑战,进口大片以其色彩、造型、人物、质地、空间和细节,带来具象图像的视觉震撼。当代具象画家面对影像与图像所能应对的,不仅是生产可见的图像,其优势在于表现可见图像背后不可见的东西。

值得注意的是,今天的当代艺术越来越方法论化、制度化,有一整套越来越成熟的运作机制,不断地生产新的概念、新的风格、新的时尚艺术家和畅销画家,甚至有一种油画的特点就是去油画化。我们如何看待过去的自我?是将过去融入今天,还是与过去告别,以新的思路拓展新的空间?在我看来,相比规范化、商业化的艺术操作和艺术作秀,艺术个体的经验更有价值。而这种艺术个体的经验,并非都是来自图像与文字的阅读,也不是某种哲学观念的灌输与图解。对于油画家来说,与对象的直接相遇、观察和表达,是一种视觉与身心互动的身体经验的培养,这种眼、手、心的一致与互动,成为个体画家相互区别的最根本的视觉能力与差异经验。艺术即经验,艺术即差异,没有差异化的经验,就没有艺术的特殊性与存在的价值。对于艺术史的临摹,对照片和电脑图像的描摹,都是一种重复性的拷贝,没有个体直面对象的写生训练,不能进入艺术经验的个性表达。正如著名油画家杨飞云所说:"写生的原意在西语中就是书写生命。写生不是写那个纯粹的物象,也不是写那个纯粹的自我,是物我交融后激发出来的那个艺术境界,使每一笔形、每一块色都触碰到艺术家激动与活跃起来的那个兴奋点上,是一个全息的带有天赋秉性的生命体在大自然的美的驱动下高度发挥全然释放的过程。"

如果看过许多当代油画的展览,我们可以归纳出三种基本的绘画形态。第一种是"手绘与状物",即通常所说的绘形绘色,这是一种客观再现的绘画,属于造型与色彩的形式主义。第二种是"书写与性情",这是一种表现主义的绘画,着重主体情感与经验的放射性表现。有一种称为"具象表现"的绘画,其形态并非都是表现主义的,更多的是指其以具象形态表现一种哲学的观念。这就接近第三种形态,即"制作与观念",其重点是采用制作的工艺乃至制作的材料,重肌理和材质,形成一种视觉的触觉感和感官的物质感。其观念更多专注于符号、象征与超现实,是一种图像与文字的重叠,从中我们可以思考图像与中外文字的关系。

当代中国油画中,有许多作品以风景的方式表现艺术家对待现实的感受和态度,与老一辈画家重视历史画和主题性人物画创作不同,风景画正在获得与人物画一样重要的表现力,从而为中青年油画家所关注。近年来,有许多艺术家到自然中去,将传统的对景写生方式转换为风景以及风景中的人物的创作,如戴士和、刘小东、王玉平、张路江、王克举、陈坚、郭晓光、刘商英等人，这并非中国油画家的独创，而是从19世纪法国印象派即开始的一种创作方法。然而，我们需要思考，为什么在中国当代油画中风景画这一类型日益兴旺？在我看来，这一正在兴起的创作潮流的学术追求是"风景中的记忆与再现"。

视觉文化在本质上是一种再现文化，而任何一种再现都离不开"三要素"——发现、记忆和地点，即记忆的内容、方法和形式。无论是物质形态的现实建构，还是精神文化的虚拟生成，所有艺术中的"再现"要素的理想就是"寻根"，即努力在集体的文化记忆中发现过去。而所有的记忆都是经过人的思维进行组织和重构的，一个概念的建构是为了对某一思想的指称，一个地名的命名背后会有其特定历史人物或特定历史事件的权威感和地方感。而一个城市的建设，其风景、建筑和街道都会引起各种象征性的联想。也就是说，在现代城市的规划建设中，空间的建构也具有叙事性，这样一种社会性的地理建构，就体现了当代多元的文化记忆。

美国视觉文化理论家米歇尔指出："图像艺术家，即便属于'现实主义'或'幻觉主义'的传统，也像关注可见世界一样关注不可见的世界。如果我们不掌握展现不可见因素的方式，我们就永远不会理解一幅画。在幻觉的图画或隐藏自身的图画里，不可见的东西恰恰是它自身的人为性。"[1] 正是这种不可见世界与可见世界的不同步与不一致性，使米歇尔认为，视觉经验也许不能完全用文本的模式来解释。这样看来，我认为有若干不同层次，来源于不同理解的"写生"。第一种是"再现性的写生"，这是训练画家对自然对象的再现能力，以肖似对象的形、色、光为标准。第二种是"选择性的写生"，即通过观察和理解，以概括性的、表现性的艺术语言对自然对象进行有加有减的表现。第三种是一种"记忆性的写生"，

---

[1] [美] W. J. T 米歇尔：《图像学：形象，文本，意识形态》，陈永国译，北京大学出版社2012年版，第45页。

即在写生中唤起个体的社会、历史记忆和艺术语言的记忆,从中寻找表达方法的演进。例如中国画中先通过长期临摹,掌握了某种特殊的线描皴法和笔墨程式,然后以这种眼光去观察和表现自然。而在油画史上,也有先学习熟悉某种绘画风格,再到现实中去印证表现自然,例如吴冠中在风景写生中对郁特里罗表现巴黎街景的风格研究。第四种是"观念性的写生",即在一定的哲学、文化、视觉观念的引导下,从主观出发,对自然对象进行主观改变的"写生",试图表现自然对象背后和现实深处的某种东西。这种写生已经与第一种再现性的写生相去甚远,与中国画中的默写与背临相近。戴士和先生指出:"写生,通常不是说'画自己眼睛之所见'吗?其实'所见'的质量高低,'所见'的数量多少,有意思没意思,都靠自己的主动的寻找,而不是被动地接受。"艺术作品的创作与观看,是创作主体的选择性创造与观看,而不是与现实物象的照相式对应。虽然我们可以说,艺术创作主体的偏好与图像的表达有直接的关联,在图像创造的进程中始终存在着对物象的选择性遗漏,观众的个人趣味也导致他们对艺术图像的选择性观看。而艺术写生的结果,不仅有前面概括的几种目的,也可以从中生发出新的艺术表达的语言,一种新的视觉表述方式,正如油画家任传文所说:"作为画家,他所要把握的首要的问题应该是他有能力找到一种视觉语言和他感悟的心灵境界相吻合,当这个世界上在某个人的作品里出现了一种崭新的视觉表述方式来表现了其精神指向的时候,这个画家的存在才有价值和意义。"

20 世纪 80 年代,中国美术界曾经就艺术中的"形式和内容"问题进行过激烈的争论,令人意外的是,这一争论的发起者不是理论家而是著名画家吴冠中。在今天看来,艺术形式的重要性的确立,对传统的现实主义创作模式具有革命性的意义,包括抽象美的理论探讨和创作实践都有思想解放的启蒙价值。但是,中国油画在今天的推进方向是什么,是主题和题材,还是基本功和技巧?中国油画家在当下的存在价值是什么?20 世纪 80

年代的形式革命消解了传统写实绘画单一维度的再现形态和空间结构，今天，许多当代艺术作品转向了对社会文化环境和个体心理空间的探索。30多年过去了，我们在艺术语言和画面表达技巧方面已经有了长足的发展，但画家的"精神之家"落在何处？我认为，重新倡导"写生"，面对自然，重新思考艺术的价值和理想，也许是我们在精神上回到本源的一条归家之路。

最后，我想从"写生与写意"的角度，也就是从中国传统艺术理论的角度，对中国油画中的"写生"再做一些思考，以期深化我们对"写生"问题的认识。

中西融合是20世纪中国画革新的有力途径之一，西方绘画的写意化和中国画的写生化是20世纪东西方艺术发展的一个有意味的变化。观察莫奈、塞尚、勃纳尔等人的晚期作品，可以看到西方绘画从印象派开始，向写意性转化。而90年代以后，中国美术界开始对写实性的学院教育框架进行反思，重新思考中国画中的"写意性"，即绘画对于人的精神生活和内心世界的自由表达。"写意"对于当代绘画并不是一个表现形态的概念，而是涉及中华文化本体精神的价值理想。

对于这一问题最为贴切的表述是清代著名画家郑板桥的"胸竹说"："江馆清秋，晨起看竹，烟光日影露气，皆浮动于疏枝密叶之间。胸中勃勃遂有画意。其实胸中之竹并不是眼中之竹也。因而磨墨展纸，落笔倏作变相，手中之竹又不是胸中之竹也。"[1]

这段话表明写意不仅是写生的目的，亦是写生的升华。郑板桥的"胸竹说"既是对艺术创作过程中从观察到思考到表达的不同的阶段性描述，又揭示了中国传统绘画创作的过程中从写生到写意的转换过程。"写意"不仅指艺术家以书写性的绘画方式表现自己的主观意念，也是一种重组并

---

[1] 周积寅编：《中国画论辑要》，江苏美术出版社1985年版，第76页。

再现自然的笔墨语言系统,它更是一种观看世界的方式(世界观),一种对艺术的认识与态度(艺术观),一种审美价值(价值观)。

黄宾虹认为,初学者练习书画和读书而获得笔墨入门的理解与掌握;通过临摹鉴赏获得中国画的源流知识;在此基础上通过游览写生获得创造。"法古而出之以新奇;新奇云者,所谓狂怪近理,理在真山水中得之。并且以自然的无穷丰富,我亦就在实际的对象中去探索各种各样的表现方法。"①"写生"在此成为"狂怪近理"中的"理"之源泉。可以说,"写生"强调的是法理,是必然性,是艺术创作多样性的根据。而"写意"强调的是意趣,是偶然性,追求的是创意,它的成功率不高,中国画有所谓"废画三千"之说。黄宾虹晚年立愿,要遍游全国,"一方面看尽各种山水的曲折变化;一方面则到了某处便发现某时代某家山水的根据,便十分注意于实际对象中去研究那家那法,同时勾取速写稿。并且以自然的无穷丰富,我亦就在实际的对象中去探索各种各样的表现方法"②。

卢沉先生对于新中国成立后中央美术学院的写生教学做了反思,认为它与创作训练是脱节的,也就是说,"写生"有一个把自然形态转化成艺术形态的问题。他提倡创造性的写生,实际上是讲在写生中要有写意,要有画家心中的意象表达。事实上,李可染的许多作品虽然是对景写生完成的,但他是"一边写生、一边构思、一边改造对象,构成画面,所以他的画面,跟自然是完全不一样的,他已经根据构思进行加工、调整,有取舍,有强调"③。

蒋兆和先生强调从中国画的发展需要出发,改造引进西方的学院式素描。从"骨法用笔"出发,为表达写生对象的精神,可以"意在笔先",

---

① 黄宾虹:《与苏乾英书》(1948年),《黄宾虹论画录》,浙江美术学院出版社1993年版,第97页。
② 黄宾虹:《与朱金楼口述》,《黄宾虹论画录》,浙江美术学院出版社1993年版,第204页。
③ 卢沉:《谈中国画教学》,中央美院中国画系编《中国画教学研究论集》,河北教育出版社2004年版,第313页。

对写生对象大胆取舍。蒋兆和着重谈的是传统中国画所推崇的"传神"，没有谈到画家写胸中意气的主观性表达。而"写意"的"意"可以理解为明清以来，更为主观化的艺术家自我心性的表现。在当代，有关"写意"的"意"，我们还可以理解为艺术家对"意义"与"意境"的追求。前者受后现代主义影响，重新关注现实生活，强调艺术作品的内容与价值判断，注重艺术的社会评论性；后者仍然是通过笔墨结构表达东方人的自然观念，即心象与物象的统一所形成的"意境"之美。这两者都离不开对自然、社会的观察与"写生"。

以上所述，虽然是著名中国画家对于"写生"和"写意"的认识，但有关"写生与表现""写生与传神""写生与意境"的表述，可谓博大精深，应该成为中国油画家重要的艺术观念和审美理想来源，值得我们在实践中借鉴反思，领会融通。

20世纪中国绘画对西方绘画中"写生"的引入，奠定了中国现代美术教育的基本模式。陈独秀对于"美术革命"的呼吁，正是建立在对中国传统绘画"重意轻形"的校正上，也是对中国绘画应该表现出现实世界和底层民众生活的审美理想。这一启蒙主义理想在抗日战争时期转化为以"抗日救亡"为主体的"革命美术"，经过毛泽东1942年《在延安文艺座谈会上的讲话》的总结和升华，革命现实主义成为延安革命文艺的主导思想，大众化、革命化、民族化也成为新中国成立以后中国美术的基本原则。回顾百年中国艺术史，革命现实主义和革命浪漫主义创作方法有其历史的必然性，但是在今天，我们在坚持现实主义的创作方法的同时，也要面对多元化时代广大人民对于艺术欣赏的丰富要求，应该重新回到中国传统艺术的经典，从中寻找中华民族审美精神的本源。而"写意"精神的提倡、发掘和回归，则是一条重要的"发古为新"的创新之路，它有助于我们重新树立中国艺术的文化自信和道路自信。

现实主义精神与新世纪文学

周晓风

周晓风，重庆师范大学文学院教授、重庆市"两江学者"特聘教授，主要从事中国现当代文学研究。著有《现代诗歌符号美学》《新时期文学思潮》《新诗的历程》《新中国文艺政策的文化阐释》《20世纪重庆文学史》等。曾获教育部"高校青年教师奖"。兼任中国当代文学研究会常务理事、中国文艺评论家协会理事、重庆市文艺评论家协会主席、重庆市文联副主席、重庆市作协副主席等职。

一 现实主义过时了吗？

20世纪临近末期的时候，一个偶然的机会，我应一家出版社邀请，写了一本《新时期文学思潮》的小册子。在我的印象中，新时期以来的现实主义文学由于受到80年代中期以来的现代主义和后现代主义冲击，已显明日黄花之态，但仍是那时人们难以抹去的文学记忆。按照当时比较普遍的理解，新时期以来的文学不仅表现出明显的文学思潮形态，而且呈现急促的线性发展趋势，在短短的时间里经历了从现实主义到现代主义，再到后现代主义的发展历程。其间，后现代主义文学思潮在20世纪90年代经杰姆逊介绍到中国，彼时正处于热潮之中。于是，我在拙作《新时期文学思潮》[①]里也按照这样的逻辑把全书分为四章，依次介绍和讨论了"新时期文学发展的思潮形态""现实主义文学思潮的复归与深化""现代主义文学思潮的兴起和发展""后现代主义文学思潮的滥觞"等主要话题。或许是出于对现实主义文学的特殊感情，也可能是由于对新时期文学快速发展的疑虑，在该书介绍新时期现实主义文学思潮最后部分，我提到了"现实主义文学的命运"问题。按照我的理解，现实主义文学往往产生于社会矛盾尖锐的社会背景和理性主义的思想背景，因而具有与生俱来的社会批判性和浓厚的意识形态特征，而真正的太平盛世其实是不那么需要现实主义文学的。因此，对于现实主义文学，我们有一种复杂的态度和矛盾的心情。一方面，我们期望现实主义文学在今后获得更大的发展，因为大家在对中国当代文学的反思过程中逐渐形成一个共识，那就是，新时期之前的"十七年"文学中现实主义文学的发展其实是比较勉强的，不用说现实主义文学批判精神在当代文学中的急遽退化，甚至就连在现实主义文学创作方法

[①] 周晓风：《新时期文学思潮》，天津社会科学院出版社2000年版。

和技巧层面,"五四"新文学以来现实主义叙事的多样性、丰富性一般而言也并没有得到很好继承,更谈不上发展。然而新时期以来的现实主义文学发展一改过去的颓势,不仅在"伤痕文学"和"反思文学"中得到复归和深化,而且借此表现出进一步发展的态势,让我们对此充满期待。但另一方面,我们又意识到,现实主义文学的发展往往是以社会矛盾的尖锐复杂和人民生活的沉重痛苦作为代价。此外,现实主义文学在通过直接干预生活来推动历史前进的同时,又不得不在某种程度上牺牲文学艺术的审美本性。我们对此究竟应该如何选择?

然而,进入 90 年代后不久,在社会主义市场经济渐次展开的语境下,现实主义文学很快转化为充满媚俗特征的"现世主义"文学,加上此前"新时期文学向内转"和"新写实小说"的所谓零度叙事,以及现代主义和后现代主义文学的冲击,人们发现,现实主义文学及其理论话语实际上已经不合时宜而逐渐淡出了人们的视野。一些过去熟悉现实主义文学的作家似乎厌倦了现实主义的老套,一些推崇现实主义文学的评论家也不再沿用现实主义批评话语。例如,作家阎连科一边写作现实主义小说,一边提出"神实主义"的口号。① 著名评论家雷达先生则在进入新世纪后提出"新世纪文学"概念,显示了与 20 世纪现实主义文学告别的姿态。在雷达看来,随着时间的推移,新世纪文学已经和正在表现出许多新的特点,无法把使用了二十七八年的"新时期文学"概念再用下去了。其中,按照雷达先生的说法,"新世纪文学"概念的提出,最重要的意义在于在潜意识里解构了中国新文学以来难以承受的意识形态之重,以便充分地展示新世纪文学在自律与他律的和谐中构筑未来的发展蓝图。② 稍后,雷达先生又在 2006 年第 3 期《小说评论》杂志上发表文章,提出"现在的文学最缺

---

① 阎连科:《我的现实,我的主义》,《花城》2008 年第 3 期。
② 雷达:《新世纪文学初论——新世纪以来中国文学的走向》,《文艺争鸣》2005 年第 3 期。

少什么"的命题。根据雷达先生的说法，现在的文学首先是生命写作、灵魂写作、孤独写作、独创性写作的缺失；其次是缺少对现实生存的精神超越，缺少对时代生活的整体性把握能力，面对欲望之海和现象之林不能自拔；最后是缺少宝贵的原创能力，却增大了畸形的复制能力。[①]雷达先生是我们敬重的评论家，他的这些意见我也认为非常精辟，振聋发聩，但却再也看不到现实主义理论批评话语的说法。在我看来，尽管用"新世纪文学"的概念去解释不断发展的新世纪文学自有其合理之处，但企图以此解构文学难以承受中国当代文学的意识形态之重，可能只是某种一厢情愿，因为这一切并不取决于作家或评论家的主观愿望，尤其不取决于文学本身。而且，这里所表现出的某种非此即彼的线性文学发展观或许正是一种被称为"浮躁"的当代文学史观。而我认为，新时期文学其实远未完成，现实主义文学也远未完成。[②] 在我看来，新时期文学其实是一种过渡阶段的文学。这个过渡实际上就是从计划经济时代的文学向市场经济时代的文学过渡。随着新时期文学的发展，特别是20世纪90年代以来社会主义市场经济的推进，人们逐渐意识到，20世纪80年代及其以前的整个中国当代文学，其实都是社会主义计划经济体制下的文学，90年代以来的新时期文学虽然在朝着社会主义市场经济体制方向前进了一大步，但仍然与80年代的新时期文学有着内在的一致性。新时期文学实际上具有一种新旧交替的过渡性特征，同时又表现出一种复杂的混合性特征。因此，我们虽然已经感受到新时期文学发展所取得的巨大成就，但我们同时也清醒地认识到，我们跟以往的文学时代并没有太大的区别，一些重大的社会和文学问题的解决有待时日，我们所期望的新的文学时代远未降临。从这个意义上讲，作为一种过渡阶段的新时期文学并未完成，现实主义文学也并未过

---

① 雷达：《现在的文学最缺少什么》，《小说评论》2006年第3期。
② 周晓风：《新时期文学的未完成性》，《文艺争鸣》2007年第6期。

时。我也因此不赞成过于强调 20 世纪 80 年代文学与 90 年代文学的区别，不赞成过于强调新时期文学与所谓新世纪文学的区别。它们之间的共同性要远远大于它们的差别性。

如今，新世纪已经走过了 16 个年头，新世纪文学的发展尽管取得了令人瞩目的成绩，也出现了许多前所未有的新问题，但当代文学中的现实主义并未退出历史舞台，反而在新的历史语境下获得新的发展机遇。个中缘由令人深思。理解这一现象应从不同角度做细致的考察。我想借此机会谈谈我对所谓新世纪文学的理解，以及现实主义文学精神在新世纪文学中的延续和发展。

二 新世纪文学真相

关于新世纪文学的发展及其特征，许多学者都已发表过精彩的论析。善于跟踪文坛走向的白烨先生把新世纪以来的文学发展归纳为三大类型，认为文学创作进入 21 世纪后，经过 10 多年的发展，已经形成了以文学期刊为主导的传统型文学、以商业出版为依托的市场化文学（或大众文学）和以网络媒介为平台的新媒体文学（或网络文学）的新格局。[1] 北京大学中文系邵燕君教授则通过对新世纪文学生产机制的分析，注意到了网络时代具有一切以"我"为中心的"我时代"特点，并且已经形成某种新的网络时代的意识形态，认为这种新的意识形态特征在网络文学和更大范围的文学中已有突出表现，并且与"五四"新文学以来的强调"严肃性"文学传统发生了根本性断裂，产生了包括祖国认同危机、现实认同危机乃至人类基本价值认同危机。[2] 另一位著名评论家孟繁华先生还出版过一本名为"坚韧的叙事——新世纪文学真相"的著作，认为新世纪文学呈现叙事的

---

[1] 白烨：《浅析新世纪文学的三大特点》，《文汇报》2012 年 12 月 13 日。
[2] 邵燕君：《传统文学生产机制的危机和新型机制的生成》，《文艺争鸣》2009 年第 12 期。

坚韧性和文化的紧迫性等重要特征。① 我认为这里所用到的"新世纪文学真相"的说法很有意思,我想在此借用孟繁华先生"新世纪文学真相"这一说法做进一步的讨论。

不过我觉得有必要首先解释一下"真相"这个词语。在一般语言习惯中,"真相"指事物的本来面目或真实情况,而且"真相"被认为只有一个。如果不同的主体都声称自己发现了真相,我们就会认为除了唯一的真相之外,其他都是假象。问题在于,所有的真相都是特定主体认知的结果,所谓真相也都是对特定主体而言的,我们如何确定哪一个现象是真相?哪一个现象是假象?这涉及复杂的哲学认知问题。我们姑且认同只有一个"真相"的说法,但"真相"的面孔很可能不止一个,而是多个。譬如文学与金钱的结盟是新世纪文学真相之一。上海盛大网络有限公司2004年斥资200万美元买下起点中文网,此后盛大又陆续收购了红袖添香网、言情小说吧、晋江文学城、榕树下、小说阅读网、潇湘书院等6家覆盖言情、武侠等不同题材类型的原创文学网站,在2008年正式成立盛大文学有限公司。盛大文学通过一系列商业运作,到2013年仅仅用了5年时间,年收入达到12亿元人民币。如今,还有哪位作家会在巨大经济利益面前声称文学是自由的呢?同样,文学发展进一步体制化也是新世纪文学真相之一。新世纪以来,国家文学体制建设总结了新中国成立以来计划经济背景下的文学体制和80年代改革开放后中国特色市场经济基础上的文学体制的经验教训,进一步强化了从党委宣传部到文联作协等行业协会的体制化管理,加大了政策扶持和资金投入,用更强大的社会主义文艺体制优势保证社会主义文艺主旋律坚强有力。此外,作家在新世纪有了更多创作和表达的可能,这也应该是新世纪文学的真相之一。王蒙在20世纪90年代就提到,没有哪个单位给王朔发工资和提供医疗直至丧葬服务,但正因为如此

---

① 参见孟繁华《坚韧的叙事——新世纪文学真相》,福建教育出版社2008年版。

他可以肆无忌惮地"玩文学";余华也因为其写作在文学市场上获得的巨大收益得以"定居北京";韩少功则可以做到每年一半时间在海南供职,一半时间在湖南乡下自己的"农舍"里过着隐士般的写作生活。我们或许应该换一个角度看待所谓的真相问题。新世纪文学如果有所谓真相的话,那它肯定不止一个,也应该是具有多副面孔。但我认为,新世纪文学的多副文学面孔中又似乎贯穿着某个一以贯之的东西,这就是我想说的现实主义精神。

现实主义曾经是新时期文学的骄傲。新时期现实主义文学从失而复得,到深化发展,创造了80年代从伤痕文学到反思文学的奇迹,以致进入新世纪以后还有不少学者谈起重返80年代的话题。[1] 但80年代初期的现实主义文学手法实在有些陈旧,以致刘心武那样虔诚的现实主义写作不断被人诟病,王蒙、茹志鹃等人试图引入现代主义艺术方法更新传统现实主义,在稍后的一批青年人看来不过是在现实主义基础上的小打小闹,最多只能算是"伪现代派"。[2] 到了新世纪,有评论家更是声称,"有了阎连科,我们才可以说,鲁迅式的'国民性批判',沈从文式的'乡土恋歌',以及《古船》或《白鹿原》式的'文化秘史',的确是上一世纪的事情了"[3]。在新世纪文学中,传统的依靠写故事进行意识形态宣教式的那样一种现实主义文学已经比较少见了。现实主义从传统的模仿现实的艺术方法中抽身出来,深化为一种现实主义文学精神,一种源于现实而又回到现实的现实主义文学精神。这样,现实主义就以一种更丰富却又更深入的方式进入多种多样的文学之中,实现现实主义精神与多种文学样态的结合。现实主义文学得到了延续和更新,多种多样的文学样态仍然保持了现实主义精神而获得现实感。这可能是新世纪文学迄今为止最值得重视的文学真相。比如

---

[1] 参见洪子诚等《重返八十年代》,北京大学出版社2009年版。
[2] 黄子平:《关于"伪现代派"及其批评》,《北京文学》1988年第2期。
[3] 王鸿生:《反乌托邦的乌托邦叙事——读〈受活〉》,《当代作家评论》2004年第2期。

前面提到的阎连科。阎连科在新世纪以来创作的《坚硬如水》《受活》等一系列超越现实的现实主义小说是一个颇有代表性的例子。一方面，阎连科的这些作品以奇特诡谲的想象力图超越现实，比如《坚硬如水》中的"文化大革命"叙事，以所谓革命的名义描写了一对青年男女源于原欲、近乎疯狂和变态的情爱故事。《受活》更是叙述了一个类似神话的"反乌托邦的乌托邦叙事"：一个付出了巨大牺牲，终于把自己融入了现代人类进程的社会边缘的乡村，在一个匪夷所思的县长的带领下，经历了一段匪夷所思的"经典创业"的极致体验——用"受活庄"里上百个聋、哑、盲、瘸的残疾人组成"绝术团"巡回演出赚来的钱，在附近的灵魂山上建起一座"列宁纪念堂"，并要去遥远的俄罗斯把列宁的遗体买回来安放在中国大地上，从而期冀以此实现中国乡民的天堂之梦。然而人们却可以从中读到当今中国社会许多细致入微的现实情境。阎连科对此无法解释，只好在《受活》的前言中用了一种矛盾的措辞加以表达："现实主义——我的兄弟姐妹哦，请你离我再近些。现实主义——我的墓地哦，请你离我再远些。"不仅如此，他还在该书的"代后记"——《寻求超越主义的现实》一文中，既把"现实主义"看作文学真正的鲜花，同时又把"现实主义"看作文学真正的墓地。究竟哪一个是阎连科的真相？其实他所表达的不过是现实主义文学的两副面孔：现实主义精神和他自己所说的"神实主义"方法。[①] 此外，2012 年获得诺贝尔文学奖的莫言也是谈论新世纪文学绕不开的人物。在新时期以来的文学创作中，莫言常常被描述成一位现代派作家，超常的艺术感觉，天马行空的想象和灌注作品的原始的冲动等，被认为是莫言小说最主要的特征。然而瑞典文学院在授予莫言诺贝尔文学奖的颁奖词中却认为：莫言将现实和幻想、历史和社会角度结合在一起。

---

① 阎连科：《当代文学中的"神实主义"写作——在常熟理工学院"东吴讲堂"上的演讲》，《东吴学术》2011 年第 2 期。

他创作中通过混合幻想和现实,历史和社会的角度,莫言创造了一个世界,其复杂性令人联想起福克纳和马尔克斯作品的融合,同时又在中国传统文学和口头文学中寻找到一个出发点。除了他的长篇外,莫言还发表了许多短篇故事和不同主题的文章,因为社会批判性,在他的国土是一个最重要的当代作家。[①] 这里所谈的莫言小说所具有的社会批判性和魔幻艺术手法两副面孔正是莫言作品的现实主义特色所在。上述现象在新世纪文学的研究者那里被描述为:一方面,"现实主义"在20世纪80年代中期后即被某种程度地悬搁起来,突飞猛进的先锋写作和背弃旧"现实主义"的理论批评的双重挤压,"现实"连同其"主义"都粉碎飘散了。但另一方面,新世纪10年来的文学已形成了新的以"现实精神"为主导内容的文学生态和形态。[②] 这其实正是现实主义文学的两副面孔,也可以说是新世纪文学的两副面孔。如果要说新世纪文学的真相,现实主义精神与多种文学样态的结合,正是新世纪文学的真相所在。我想说的是,尽管中国当代文学已经发展到新世纪,现实主义仍然是我们文学中挥之不去的话题,但今天的人们已经无法想象传统的现实主义思想方法。这促成了一种新的现实主义文学形态成为新世纪文学的新常态,这就是现实主义精神与多种多样文学样态的结合。

三　为什么还是现实主义

现实主义肯定不是新世纪文学唯一值得关注的问题,但现实主义肯定是新世纪文学的重要话题。新世纪文学为什么还是离不开现实主义?我想最主要的原因还是我们的现实生活太沉重。许多人都喜欢引用狄更斯百年前所说的名言来表达今天对时代的感受:"这是最好的时代,这是最坏的时代;这是智慧的时代,这是愚蠢的时代;这是信仰的时期,这是怀疑的

---

① 《中国作家莫言获诺贝尔文学奖》,《重庆晨报》2012年10月12日第3版。
② 张未民:《新世纪以来的文学进程》,《文艺争鸣》2010年第3期。

时期；这是光明的季节，这是黑暗的季节；这是希望之春，这是失望之冬；人们面前有着各样事物，人们面前一无所有；人们正在直登天堂，人们正在直下地狱。"除此之外，现实主义文学自身的魅力也是一个重要原因。文学评论很难说清楚社会的问题，我们可以说说现实主义文学自身的魅力。

新世纪现实主义文学的话题可以从现实主义文学方法和现实主义文学精神两个层面来说。现实主义文学方法的基本含义是所谓按照生活的本来面目再现生活。这在现代主义文学盛行的时代被认为只是一种陈旧的、老套的和缺乏想象力的模仿。这里面有一些真实的成分，同时也包含了不少误解和偏见。现实主义文学固然有其历史的局限，如它对文学与现实关系的不切实际的期待，以及沉溺于现实本身而缺乏更为丰富多样的艺术想象等。但现实主义文学方法的价值很可能被线性文学发展观低估了。现实主义文学中的艺术模仿和艺术再现实际上有其不可忽视的甚至是永恒的魅力。这正如亚里士多德所说："人对于模仿的作品总是感到快感。经验证明了这样一点：事物本身看上去尽管引起痛感，但惟妙惟肖的图像看上去却能引起我们的快感。"[1] 亚里士多德的这个说法在文学线性发展论者那里可能显得太陈旧，但许多常识和基本道理其实不容易过时。社会生活如此，文学艺术也是如此。不然我们无法理解如今每年出版5000部以上的长篇小说和制作播放400多部16000多集电视剧，还不包括网络上海量的类型小说和网络热剧。

另外，现实主义文学精神层面的问题则更为复杂。亚里士多德在讨论荷马史诗中的模仿艺术方法时就已经暗含了某种现实主义文学精神，中国古代乐府诗"感于哀乐，缘事而发"也是一种现实主义文学精神。但总体上说，传统现实主义理论还没有有意识地把现实主义文学精神与现实主义

---

[1] ［古希腊］亚里士多德：《诗学》，罗念生译，人民文学出版社1982年版，第12页。

艺术方法加以区别，现实主义精神尚未得到深入发展，以致还没有受到特别的关注。而仅仅从艺术方法的角度无法深刻理解现实主义文学。中国现代文学中的胡风是较早注意到现实主义文学精神的作家。他把他所理解的现实主义精神解释为"主观战斗精神"，反映了他对现实主义文学精神的一种富有时代特色的理解，而且把现实主义文学精神从现实主义艺术方法中提炼出来并与现实主义方法加以适当区分以后，现实主义精神才有可能超越具体的现实主义艺术方法，现实主义精神才有了与多种多样的艺术方法融合的可能。不幸的是，胡风的这种理解受到误解，被理解为延安正在反对主观主义，胡风却在提倡主观战斗精神。误解不仅导致现实主义文学精神被刻意摧毁，而且也包括对它的善意曲解，如有的研究者以事后回溯的方式，把现实主义精神解释为哲学上的唯物主义世界观在文学中的表现。① 其实，文学精神不过是蕴含在审美追求中的价值趋向，把它抽象出来作为某种思想加以表述则是另外一件事。现实主义文学精神与其说是一种文学思想或者一种文学世界观，不如说它是一种审美形态的文学价值取向，是作家对于文学之于现实生活的一种总体关怀。也可以简而言之，把现实主义文学精神看作一种审美形态的社会正义论。这就使现实主义文学精神超越了具体的文学方法，而成为所有文学方法都需要遵循的更高的审美形态的社会正义原则。从这个意义上讲，新世纪文学虽然较之新时期文学已经走了很长一段路，但仍然存在现实主义文学滋生发展的广阔土壤，而且这个现实主义文学土壤可能比我们想象的还要深厚。现实生活在这个时代所展示出的全部丰富性、复杂性甚至奇特性都是以往任何时代都不可企及的。这说明，新世纪现实主义文学也不过是现实对于文学感召的结果，也是现实主义文学深化的结果和多种文学力量达成新的平衡的结果。据说余华在2005年创作长篇小说《兄弟》时一度受困写不下去，被一则

---

① 耿庸：《关于现实主义的书简》，《新文学论丛》1981年第2期。

农民工讨薪自杀的故事触动而进入一种极度兴奋的写作状态。此外，像贾平凹的《秦腔》，刘醒龙的《天行者》，刘震云的《一句顶一万句》等作品，都有着深刻的现实机缘。我在近期还读到一位四川作家罗伟章的长篇小说《世事如常》，给人留下深刻印象。该作品以一种平淡的、不动声色的口吻讲述了一个叫作回龙镇的地方的日常生活，揭示了乡镇生活的颓败和人性的裂变。记得我们当年读古华的《芙蓉镇》曾受到巨大震动。古华在《芙蓉镇》里着力强调极"左"的政治生活对和谐乡村的破坏，《世事如常》则不同，它的动荡是内在的，乡村的失落开始转向"人"本身，人性之"恶"的气息开始弥漫在乡村的各个角落，是"另一曲严峻的乡村牧歌"。小说不仅彻底打破了人们长期以来的对"乡村"与"农民"的诗性的想象性建构，还触摸到"人"的问题本身，探问到乡村精神文明的内部，展示了当下中国乡村的惊人变化。

不过，需要指出的是，无论是现实主义文学的哪一副面孔，现实主义都只是新世纪文学中的一部分而不是全部，但这可能是新世纪文学中最需要也最重要的部分。而且新世纪中国现实主义文学并不具有80年代现实主义文学思潮背景，而是成为一种喧嚣之后走向深化的文学新常态。新世纪文学的现实主义精神与西方的、东方的、传统的、现代的多种多样的艺术方法和多种多样的文学样态共同构成多元共生的文学系统，表现出巨大的发展潜力。现实主义精神作为审美形态的社会正义论则已成为新世纪中国文学的灵魂所在。

/ 中华美学与当代呈现 /

美学的回归

白 漠

白建春（笔名白漠），中国文艺评论家协会理事，理论委员会副主任，中国文艺志愿者协会理事，中国摄影家协会会员，北京市美育与文明研究基地学术委员，求是杂志社总编室副主任。

正如马克思所说,"世界的哲学化同时也就是哲学的世界化,哲学的实现同时也就是它的丧失,哲学在其外部所反对的东西就是它自己内在的缺陷,正是在斗争中它本身陷入了它所反对的错误,且只有当它陷入这些错误时,它才消除掉这些错误"①。美学及其批评必须葆有它在纯粹理性体系中圆融的自由精神,又必须于物质现象世界中获得自己的定在,而其"内在的缺陷"决定了这必然是一个不断迷失自我和找回自我的过程。它只有不断回到理论的原点,才能辨明自己的定位与方向,走出前进道路上面临的迷茫与困惑。所以,必须使美学及其批评回归本体,才能有助于它在一个新时代的崛起。

一 属于价值论的美学

美学的基本问题的实质,从来就不是一个关乎主观与客观的认识论问题,而是一个关乎人和社会的价值论问题。即便"认识论"的美学,也只能依赖于价值判断。早在古希腊时期,人的心理功能就被分成知、情、意三个组成部分,奥林匹克诸神中安排有一个专司感性的神,名字叫阿弗洛狄特。十七世纪的德国理性主义者莱布尼茨,又根据连续性原理把人的意识分为高级阶段的"明晰的"和处在半意识或下意识状态的"朦胧的"两种,其中"明晰的"又分为"混乱的"(感性的)和"明确的"(理性的)两种。十八世纪的普鲁士哈列大学哲学教授鲍姆加登,看到心理学研究中相对于知(理)性的有逻辑学,相对于意志的有伦理学,便在伍尔夫的基础上把莱布尼茨的理性主义哲学进一步系统化,建议设立一门单独学科来研究"情"这个逻辑学和伦理学之外的领域,也就是哲学上"混乱的"感性意识以及"朦胧的"无意识和下意识,并将其命名为"埃斯特惕卡"(Asthetik)。依其希腊语词根的原意,本应译

---

① 《马克思恩格斯全集》第40卷,中央编译出版社1956年版,第258页。

为"感觉学"或"情感学",也就是我们今天所说的"美学"。"美学"的诞生,既有其久远的历史渊源,又是科学发展的必然结果。鲍姆加登"美学"的创立,揭示了人性的重要特征,开启了人类认识自身、创造美好未来的一条新的地平线。这个 21 岁时的发现使他获得了"美学之父"的称号,也一直使他引以为荣。

德国古典美学的开拓者康德,企图突破仅仅把人作为思维载体的哲学传统,从而把人作为思维、情感和行为的统一体。虽然他最终没有真正达到这个目的,却继承了鲍姆加登的传统,把美学提高到了一个新的阶段,在纯粹理性能力这一总的课题下把研究领域分为知识、情感和意志三大方面,并且完成了与此相适应的"三大批判",其中《判断力批判》架起了判断力在知解力与理性之间,情感在认识与实践之间,审美活动在自然界的必然与精神界的自由之间思辨的桥梁。这些重要的思想成果,相继在席勒美学中得到了杰出的发展。黑格尔自信能够成为一个传统美学的彻底否定者,他认为这门学科的正当名称既不是感觉的情感学,也不是美学,而是"美的艺术哲学"。但正像黑格尔所说的那样,名称本身并"无关宏旨"。他不但在三卷本《美学》这部"艺术哲学"中把"美"定义为"理念的感性显现",讨论了一系列感觉和情感问题,而且早在他的"圣经"——《精神现象学》中就把感性问题置于重要位置来探讨。在康德看来,使审美经验成为可能的永远是批判的问题,并且可以把批判引向现象学,然后引向本体论。因此在讨论美学问题时,可以无拘无束地引用《判断力批判》和《精神现象学》这样本质意义上的美学著作。

然而,也正是这些杰出思想家对于自己逻辑体系的表述,把美学的川流导向了"艺术"的峡谷,也使人们对于这些"权威的代言人"美学思想的本体产生了误读。康德认为,除了客体与主体、自然与自由之外,理性不能有第三个领域,即感性的美不能构成理性的独特对象,所以美学的合目的性的领域只能在于客体与主体之间的艺术这个自由创造的世界里。席勒看到了资本主义剥削制度的非人性质，同时又找不到"人的解放"的现实道路，便只好把这一希望寄予"自由游戏"和"审美教育"，并且把自由游戏的最高产物——艺术作为美学研究的最高领域。黑格尔把精神哲学分成各个领域来研究，相对于艺术存在的观念体系自然只有美学，反过来艺术也就成为美学的唯一研究对象。由此不难看出，在其现实性上把美学视为研究美和艺术的科学，是马克思主义美学诞生以前的美学理论高峰——德国古典美学的基本特征，这种认识又无疑是其对于人类感性现象的哲学认识与理论体系自我构成的矛盾产物。

马克思的墓碑上刻着《关于费尔巴哈的提纲》的最后一句话："哲学家们只是用不同的方式解释世界，而问题在于改变世界。"历史唯物主义构成了马克思和恩格斯全部思想的哲学基础。正是在唯心主义无奈之处，历史唯物主义以强有力的姿态出现在人们面前。与以往那些立足于"解释世界"的思想家不同，立足于"改变世界"是马克思主义及其美学思想的核心。正是它赋予了"感觉"和"感性"以深远的历史意义，也使美学产生了划时代的历史飞跃。他们发现了人类历史的规律，清醒地看到了人要获得真正的解放，靠的不是审美教育，不是逃避生活而遁入艺术天国，而是必须依靠对社会现实的改造。所以，恩格斯在致意大利社会党人卡内帕的信中写道："我打算从马克思的著作中给您寻找一段您所要求的题词，但是除了从《共产党宣言》中摘出下列一段话外，我再也找不出合适的了：代替那存在阶级和阶级对立的资产阶级旧社会的，将是这样一个联合体，在那里，每个人的自由发展是一切人的自由发展的条件。"

马克思不是像历史上许多以拯救世人为己任的伟大人物那样，只着眼于某种社会公正或贫富均衡。他在《1844年经济学哲学手稿》中指出，人只有凭借现实的、感性的对象才能确证和表现他的本质力量，实现自己的生命；人的感觉，感觉的人性，都只是由于它的对象的存在，由于人化的自然界，才产生出来的。因此，"一方面为了使人的感觉成为人的，另一方面为了创造同人的本质和自然界的本质的全部丰富性相适应的人的感觉，无论从理论方面还是从实践方面来说，人的本质的对象化都是必要的"。正是这样的感觉，使具体的、有生命的人和抽象的人区别开来，使人的感觉成为人性的确证，使创造和丰富同人的本质相适应的人的感觉，成为必要的使命——这也就是人的自由发展和人类的解放。马克思把未来社会的价值目标确定为人的"自由个性"，关注的核心是在因为异化而"表现了人的完全丧失"的无产者。

正是这样的哲学和社会政治立场，使美学成为他们整个关于人的自由发展和人类解放学说的一部分。因此，马克思主义美学体系的特点就是在形式和外观上没有独立的体系，而实质上却是一个根系发达的潜在整体。在他们的任何一部重要著作中，无不包含一系列美学问题。这些问题是在考察人的本质及其阶级对抗状态中的异化现象，探索人类解放的途径及其实现共产主义美好理想的现实道路时产生的。正是这种伟大而深广的渗透，使美学完成了更高意义上的本体回归，成了具有宏阔领域和肩负着崇高使命的科学，成了科学地研究"一切属人的感觉和特性的解放"的学说——这也可以视为马克思主义美学的一个定义。

曾经担任法国美学协会主席和世界美学协会副主席的米盖尔·杜夫海纳，在其名著《美学与哲学》中高度赞扬马克思的思想，并且围绕"以必然性面目出现的感性的完满"和"完全融合在感性之中的意义"这两个问题，进行了毕生的专业研究。他认为，意义产生在人与世界相遇的时刻，审美对象在表现中所具有的价值，就是揭示一个世界的情感性质，而"美的对象所表现的意义，既不受逻辑的检验，亦不受实践的检验；它所需要的只是被情感感觉到存在和迫切性而已。这种意义暗示着某个世界，某个既不能用有关事物的用语，也不能用有关精神状态的用语去定义的世界，它是这二者的希望"①。"在审美经验中,如果说人类不能必然地完成他的使命,那么至少是最充分地表现他的地位……"② 杜夫海纳的论点,使国际美学界对于审美关系的研究有了更为明确的方向。

二 属于人的历史

德国哲学家卡西尔在其《人论》中力图证明,人只有在创造文化的活动中才能获得自由,成为真正意义上的人,作为一个整体的人类文化"可以被称作人不断解放自身的历程",人的本质必须在这个历程中才能得以实现。以人为核心,属于价值论的美学与属于人的历史,在实践活动中构成一个不可分割的"有机的整体"。美学意义上的历史并不是对过去的回忆,而是在于它的灵魂和这个过程本身。由此不难发现,马克思主义经典作家提出"美学和历史的观点"所达到的理论深度和历史高度,也不难理解他们为什么把这一观点称为文艺批评"非常高的,即最高的标准"。

虽然历史意识是人类文明发展史上一个很晚的产物,但是只有在科学历史学诞生以前,人们才把历史看作神话和故事的堆砌。由希罗多德所创造的古希腊历史学,一开始就是关于人类行动的科学,具有人文主义的意义。文艺复兴时期的历史学家认为,人类之所以有历史,是因为它有一种恒久不复的本性,并且尝试从不同的角度探求历史的本质,寻找历史的动力,启动了历史学一次空前伟大的飞行。从十八世纪的德国启蒙主义运动开始,人们开始洞察到物理事实与历史事实之间的根本区别,把历史看作人类精神的物化和生命的有机体,并由此产生了形形色色的历史观念。康德的自然目的论构向黑格尔"绝对精神"观念的历史转变,而席勒所谓"世界历史是末日的审判"同样也是绝对精神的最高发展。

---

① [法] 杜夫海纳:《美学与哲学》,孙非译,中国社会科学出版社1985年版,第4页。
② 同上书,第3页。

正是马克思科学地揭示了历史和作为历史的主体的人的本质，他不是把历史看作精神的异在形式和认识之外的物自体，而是作为"既定的主体的人的现实"，并且用现实的"人"代替了以往的"人的意义"。在恩格斯看来，"历史什么事情也没有做，它'并不拥有任何无穷无尽的丰富性'，它并'没有在任何战斗中作战！'创造这一切，拥有这一切，并为这一切而斗争的，不是'历史'而正是人，现实的、活生生的人。'历史'并不是把人当作达到自己目的的工具来利用的某种特殊的人格。历史不过是追求着自己目的的人的活动而已"（《马克思恩格斯全集》第2卷第118页）。所以，在"批评家心目中的拿破仑"、法国文艺理论家和史学家丹纳看来，历史上各种可见的动作行为都只是表现形式，所有这些外部情况都只是通向一个中心的各条支路，踏上这些支路的目的只是为了达到这个中心，"而这中心就是真正的人"。

1844年1月，恩格斯在《大陆上的运动》一文中指出，包括欧仁·苏在内的新流派"无疑地是当代的旗帜"，因为他的《巴黎的秘密》描写了"下层阶级"的状况，反映了这些人的"生活和命运、欢乐和痛苦"，并因此给舆论界留下了一个"深刻的印象"。可是仅仅半年之后，马克思和恩格斯却在合写的第一部著作《神圣家族》中，占用大量篇幅对这部小说进行了毁灭性的批判。这并不是经典作家从根本上否定了自己的文艺批评原则，而是他们对人的本质的看法发生了重大转变，从而看到"在德国，对真正的人道主义来说，没有比唯灵论即思辨唯心主义更危险的敌人了"，小说中的人和人与人的关系恰恰是人格化的教义和抽象观念的变种，"把人身上一切合乎人性的东西一概看作与人相左的东西，而把人身上一切违反人性的东西一概看作人的真正所有"的反人道实质，及其把"赤裸裸的观念"变成"现实世界"的反美学表现，使它完全失去了艺术价值。因此恩格斯后来写道："对抽象的人的崇拜，即费尔巴哈新宗教的核心，必须由实际的人及其历史发展的科学来代替，这个超出而又发展费尔巴哈的工作是一八四四年在《神圣家族》中开始的。"① 正是这一工作为"美学和历史的观点"奠定了最为可靠的理论基础,即使在这种严厉的批判中,马克思和恩格斯依然赞颂小说中的卖淫妇玛丽花处在极端屈辱的境遇中"仍然保持着人类的高尚心灵、人性的落拓不羁和人性的优美"。

由此可见,"历史的批评"的标准必须立足于人的本质,而绝非"与事实相一致"。近代历史哲学的奠基人赫尔德,作为历史真实观的拓荒者,首先洞察到了历史事实与物理事实的本质区别。在他看来,一切历史事实都包含理论的真实,而不仅是曾经的事实或者故事。历史学家面对的是一个符号的宇宙而非物理的世界,其中的事实必须凭借对这些符号的解读才能被规定。而且并非所有的事实都值得纪念、值得回忆,都具有历史意义,做出判断分析必然依赖于特定的理论立场及其知识形态。因此,新康德主义者李凯尔特认为,为了区别历史事实与非历史事实,历史学家必须掌握一种形式价值体系作为选择的标准。否则永远无法找到历史的真实与真相,无法确认艺术作品的真正价值——对于人的感性和感性的人的意义。那些把历史等同于纪事,把历史事实等同于物理事实的任何观点,都与历史哲学和美学批评无关。恩格斯曾经在谈到评价歌德所依据的"美学和历史的观点"时特别强调:"我们在这里不可能结合着他的整个时代,他的文学前辈和同时代人来描写他,也不能从他的发展上和结合着他的社会地位来描写他。"一去不返的历史不可重建,这样的分析和描写,不但存在着难以克服的困难和很大的不确定性,容易导致荒谬的结论,而且没有任何普遍意义。

如果我们采纳康德的定义,认为就"科学"这个词的本来意义而言,它只适用于其确定性是无可置疑的那一部分知识,那么也就不可能有一门关于历史的科学。所以,十九世纪著名的瑞士文化艺术史学家雅各布·布

---

① 《马克思恩格斯全集》第4卷,中央编译出版社1956年版,第462页。

克哈特，尝试着把人类学当作历史思维的基础，并且宣称"历史学是一切科学中最不科学的学问"。他还进一步表明："我在历史上所构筑的，并不是批判或沉思的结果，而是力图填补观察资料中的空白的想象的结果。对我来说，历史在很大程度上仍然是诗；它是一系列最生动的篇章。"集政治家、法学家、历史学家、考古学家和作家于一身的德国古典学者、诺贝尔文学奖获得者蒙森则认为，历史学家或许更多的是艺术家而不是学者，并以此来说明他关于历史方法的理想。虽然蒙森是那个时代最著名的历史学导师之一，正是出于对历史学这种"艺术特征"的考虑，他依然毫无顾虑地表示，历史学家不是被培养造就的，而是天生的。所以，歌德由衷称赞赫尔德复活过去，使人的文化生活的一切断篇残迹都能雄辩说话，甚至"使垃圾再生为活的植物"的能力。理解人的生命力正是历史学的一般主题和最终目的，"伟大历史学家的才能正是在于，把所有单纯的事实都归溯到它们的生成，把所有的结果都归结到过程，把所有静态的事物或制度都归溯到它们的创造性活力"[①]。

1949年纽约出版的《世界哲学家文库》第6卷——《卡西尔的哲学》扉页上写着："当代哲学中最德高望重的人物之一，现今思想界具有百科全书知识的一位学者。"正是这样一位人物留下了一句响彻百年的名言："艺术和历史学是我们探索人类本性的最有力的工具。"而且除此之外没有别的工具。他还解释并强调说："在伟大的历史和艺术作品中，我们开始在这种普通人的面具后面看见真实的、有个性的人的面貌。为了发现这种人，我们必须求助于伟大的历史学家或伟大的诗人——求助于像欧里庇得斯或莎士比亚这样的悲剧作家，像塞万提斯、莫里哀或劳伦斯·斯特恩这样的喜剧作家，或者像狄更斯或萨特雷、巴尔扎克或福楼拜、果戈理或陀思妥耶夫斯基这样的现代小说家。诗歌不是对自然的单纯模仿；历史不是

[①] ［德］卡西尔：《人论》，甘阳译，上海译文出版社1985年版，第235页。

对僵死事实或事件的叙述。历史学与诗歌乃是我们认识自我的一种研究方法，是建筑我们人类世界的一个必不可少的工具。"① 历史与文学艺术，就是这样以人为根本，以想象为翅膀，以情感为动力，呈现一个生命的整体，并且使一切以正确的方式阅读的人，从生活的必然事件提高到自由的境界。

三　属于美学和历史的批评

如上所述，美学是关于"一切属人的感觉和特性的解放"的学说，历史是"既定的主体的人的现实"。那么，基于美学和历史的文艺批评，自然应当基于属于唯物史观的感性——人性的立场。这一基本立场决定了文艺批评独特的"人学"性质，它把艺术作为"解放"的象喻，从美学和历史的高度审视一个符号宇宙所实现的人的本质，通过感性文化的凝结形式对于人性升华所达到的自由境界加以观照和反思。

马克思指出，人作为能动的自然存在物，一方面自身存在着自然和生命的欲望，这是一种必然的天赋和才能。另一方面欲望的对象又存在于自身之外，人只有凭借现实的、感性的对象才能确证和表现他的本质力量，实现自己的生命，"不仅五官感觉，而且所谓精神感觉、实践感觉（意志、爱等），一句话，人的感觉，感觉的人性，都只是由于它的对象的存在，由于人化的自然界，才产生出来的"。确证自己本质力量的感觉标志着，同时也促成人的本质的丰富性的客观展开，因此，"一方面为了使人的感觉成为人的，另一方面为了创造同人的本质和自然界的本质的全部丰富性相适应的人的感觉，无论是从理论方面还是从实践方面来说，人的本质的对象化都是必要的"②。文学艺术作为"人的本质的对象化"的活生生的存

---

① ［德］卡西尔：《人论》，甘阳译，上海译文出版社1985年版，第261页。
② 《马克思恩格斯全集》第42卷，中央编译出版社1956年版，第126页。

在方式，并不是抽象思维的附属生产。只有活跃在规范的形式中，灵感和想象不会枯竭，才能创造出生命充盈的对象。只有价值闪耀于感性的生命，才会光芒四射。

通过拓展人类文化的历史领域来发展人的感觉，实现人的自由与完善，是文学艺术在社会进程中的特殊使命。文学艺术创造一个自为的世界，作为浓缩人的生存发展及其社会状态的恒久形式。对于受众来说，这个有机整体又是新的"现实"。人们可以进入这个世界，去寻找自己所需要的东西。无论是文字浩繁的鸿篇巨制还是小巧玲珑的抒情短诗，都是汇聚在一点上的"一切社会关系的总和"。它不仅是在"明晰的认识"，而且是在"朦胧的认识""混乱的认识"以至"无意识和下意识"之中集结着人类群体和个体的多种意识因素，携带着人类文明的意识信息，通过复杂关系的动态交织及其相互作用构成自己的灵魂与生命。虽然不能直接地变革现实，但又超出既定的范围，把一个潜在的需要体系作为直接目标，通过解放和变革人的意识影响可能社会阶段的形成。所以，文学艺术的功用是一种不能简单衡量的巨大潜能，这种潜能属于普遍人类的意识主体。面对生活与艺术自由统一的广阔现实，只有无限符合着人的本质的批评原则意义常新。

艺术家的真理在作品中，作品的价值在意义中，意义的生成在感性中，感性的呈现在结构中，结构的品质在技术中。作品是艺术家生命与智慧的天才投摄，它的真实既包含客观的内容也包含主观的内容，它以潜在的力量体现着创作主体的思想感情和主观倾向。作者的思想意识、情感立场及其文化视角与品位，自然而然地决定着作品的趣味和倾向。所谓违背作者见解的"表露"，不过是从不同乃至相反的方面表现着作者的见解。巴尔扎克看到了心爱的贵族们灭亡的必然性，"不得不违反自己的阶级同情和政治偏见"，把他们描写成"不配有更好命运的人"。然而，也正因为"巴尔扎克在政治上是一个正统派"，"他的全部同情都在注定灭亡的那个阶级方面"，他的伟大的作品才成为"对上流社会必然崩溃的一曲无尽的挽歌"。他把主观意识自然地融合于对现实无比忠实的崇高原则和整个创作实践过程中,并在整个"卓越的现实主义的历史"中凝结着自己的思想意识和复杂感情,这种塑造是文学创作的巨大成功,更是作者自身价值的反映。

马克思曾经在《〈政治经济学批判〉导言》中深入探讨过科学思维的正确行程:"整体,当他在头脑中作为思维整体而出现时,是思维着的头脑的产物,这个头脑用它所专有的方式掌握世界,而这种方式是不同于对世界的艺术的、宗教的、实践精神的掌握的。"也就是说,像所有科学思维的正确行程应当"从概念和范畴出发"一样,对艺术的理论掌握与对世界的艺术掌握遵循着相逆的方向,必须从抽象的艺术本质及其范畴,即最高原则出发,而不是从"感性"出发来蒸馏一些"越来越稀薄的抽象",直到"达到一些最简单的规定"。无原则的批评只能在表象上进行盲目的摸索,得出一些非本质的,甚至反美学、反历史的结论,结果把艺术搞得遍体鳞伤,直至连根拔掉。"文化大革命"期间那种不顾艺术本性,从字里行间锻炼人罪,蒸馏"思想"的批评方式,便是其在特定条件下的恶性发展。所以,恩格斯才有必要在《诗歌和散文中的德国社会主义》中特别强调指出:"我们绝不是从道德的、党派的观点来责备歌德,而只是从美学和历史的观点来责备他。"

现象学美学认为批评具有说明、解释和判断三种功能,也就是说文艺批评具有不同的层次,其最高标准的确立及其功能发挥,并不排除,甚至往往凭借其他层次的研究与见解。同时必须肯定,出于不同需求,对作品不同侧面的研究都有其不可替代的特殊意义。但是,从"美学和历史"之外的任何观点出发,都只能把握作品的某个单一的方面(并且是非艺术本质的方面),而不能从本质上把握这个作为特殊对象的具体总体。把这些观点及其方法运用到文艺批评中去,既不可能正确区分一切好的和坏的艺术,公正地判断作品的价值,也不可能正确区分一切高尚和渺小的文学,公正地区分巴尔扎克与左拉、歌德与席勒之间那一目了然的优劣。鲁迅先生曾经说，从一部《红楼梦》，经学家看见《易》，道学家看见淫，才子看见缠绵，革命家看见排满。从互不统涉的不同观点出发，可以对同一作家或作品做出各不相同的而又都是理由充分的评价。在标准不一的情况下根本无法决断其中任何一个看法的正误，最后只能"把留胡子的信念当作剪胡子的标准"，将"内科治疗用截肢手术来代替"。

无论是过去、现在还是未来，艺术永远以首创精神开辟自己的历史。它所需要的不是"这一类"，而是"这一个"；不是"样板"，而是独特。作品存在的必要在于它不可替代的唯一性，并且不能用其他语言来表达。作者以自身人格的全部参与创造出艺术的"幻象"，莱维斯称其为"诗的意象"，苏珊·朗格称其为"外观"。再好的"画饼"也不能"充饥"，相对于物理事实而言，艺术效果所呈现的世界必定是一种虚幻。但这与雄辩家的言辞和广告商的图画具有本质不同，因为这虚幻的世界存在着超越具体真实之物，到达理想的普遍真实的能量。作品所传递的情感，不仅是作者自己的欲望、欢乐或者哀伤，还是一个世界的情感，一个难以用其他语言表达的世界的呈现，是这个世界心灵深处的回声。正如苏珊·朗格所说，"科学从一般的标志到达准确的抽象，而艺术却是从准确的抽象到达具有生命力的内涵，因此它无须借助于任何概括"[①]。当玫瑰变成爱情的象征，风暴变成渴望的怒吼，闪电和雷霆变成摧毁世界的力量，意念就被超越而走向理性。正是在理性的道路上，批评与艺术可以实现必要的结合。艺术境界的诗意，是由情感而生发的哲学。

杜夫海纳认为，如果有什么哲学和艺术的王国，那么批评的王国是没有的，有的只是些批评家。而笔者则更愿意相信这个王国的存在，并且呼吁批评家们回归这个神圣的王国，开始自己坚定的出发。

---

① ［美］苏珊·朗格：《艺术问题》，滕守尧译，中国社会科学出版社1983年版，第172页。

从甲骨文看"文化"本义

郝文勉

郝文勉,男,1956年10月生。博士、教授、编审。现任中国出版年鉴杂志社社长、线装书局副总编辑、中国书法家协会会员。主持完成全国艺术科学"十五"规划课题"甲骨文书法艺术的系统整理及其研究"。出版《甲骨文书法艺术》(1套30册)《甲骨文书法风格》《甲骨文章法研究》《书法鉴赏》等著作。在《文艺研究》《中国书法》《书法研究》《中国出版》及各大学学报上发表论文多篇。

综合归纳的"文化"定义二百多种，定论较为困难，本文现从几个文化突出现象引出思考。

一是"文化"范围十分宽泛。如较为经典的英国爱德华·泰勒《原始文化》一书中给"文化"下的定义："文化，或文明，就其广泛的民族学意义来说，乃是包括全部的知识、信仰、艺术、道德、法律、风俗以及作为社会成员的人所掌握和接受的任何其他的才能和习惯的复合体。"[1] 20世纪五六十年代开始，苏联学者也对文化问题展开了积极的研讨，他们提出文化是人类社会在发展过程中所创造物质财富与精神财富总和的观点。其实这等于说文化没有范围，什么都可以称作文化，不分优劣，日常生活的各种现象都贴上了"文化"二字，如吃文化、喝文化、厕所文化、性文化等。

二是认为"文化"专指精神创造成果，是用文字做成的产品。一般把文化分为广义和狭义两个层次，广义文化包括人类物质生产和精神生产的能力、物质和精神的全部产品；狭义的文化指精神生产的能力和精神产品，包括一切社会意识形态，有时又专指教育、科学、文学、艺术、卫生、体育等方面的知识和设施。如《中国百科大辞典》解释"文化"："常泛指一般知识，特别是基础的语文和计算知识，如文化课、文化教员、文化水平等词皆用此义。"[2]《新华字典》给文化的定义是："人类在社会历史发展过程中所创造的物质财富和精神财富的总和，特指精神财富，如哲学、科学、教育、文学、艺术等。"[3] 但是，现在知识学术领域也常常在学科名称后缀以"文化"二字，如书法文化、汉字文化、古典文化等，似乎一种学术的延伸发展必须加上文化二字。让人困惑不解，本来汉字、书法、古籍本身已经是文化了，再加上文化二字起什么作用？

---

[1] ［英］爱德华·伯纳特·泰勒：《原始文化》，连树声译，上海文艺出版社1992年版，第1页。

[2] 《中国百科大辞典》总编辑委员会编：《中国百科大辞典》（普及版），中国百科大全书出版社2005年版，第1027—1028页。

[3] 《新华字典》（大字本），商务印书馆2004年版，第504页。

三是"文化"作品的攀名附势，作者不从自身作品上下功夫，作品完成后忙于请名人写序或评论，或进行舆论炒作，借此提高价值。现在的作品序言几乎是褒扬，与作品实际内容和价值多不相符。

这些现象忽略了文化质的因素，一概不分质量优劣，淹没了文化之美。早在殷商时代老祖先就创造了"文""化"二字，因而结合甲骨文便可以窥视"文化"本义。"文"是人胸部刻画纹饰之形，表示记忆的符号，这个符号应是值得记忆的符号，有价值的符号，不然不会刻记在心上。"化"是二人一正一反相倒背之形，表示发生了本质的根本性的转化，具有普遍之意义。甲骨文"文""化"二字合起来即人类创造的刻记符号并转化为社会现实。这从后来的典籍中可以证实。《周易》贲卦曰："观乎天文，以察时变；观乎人文，以化成天下。"观察天道运行规律，可以认知四时季节的变化；观察人事间思想发展规律，可以将教化推广于天下。"文"与"化"二字连用始见于西汉刘向《说苑》："圣人之治天下也，先文德而后武力。凡武之兴，为不服也，文化不改，然后加诛。夫下愚不移，纯德之所不能化，而后武力加焉。"[①]这里的"文化"指"文治教化"，先礼而后兵，动武一定是不得已的事。古代把"文化"与天地造设的天文"自然"规律对举，或者与无教化的"质朴""野蛮"并称，道出了文化的发现规律及推行转化的基本含义。《周易》中的"化成"强调转化的结果，不仅仅是转化的形式，意味必须转化成功，如不成功就不叫文化。经过数千年的演化发展，可以认为文化本义包含三个要素：人类创造之符号、标志着社会之进化、经历史检验之经典。达到了这三者即文化，否则就不是文化。因而可以认为文化不是一个中性词，而是一个具有积极向上意义的表达美好的褒义词。

[①]（汉）刘向撰、向宗鲁校证：《说苑校正》，中华书局1987年版，第380页。

一　文化是人类创造之符号

文化符号是对客观事物本质的形体表达，属于原创作品，即把天地间运行规律建构为一个有形标记。形成符号至关重要，再好的认识，如果表达不出来，无法示于人，就不叫认识。人类的所有文化表达根本就在于创造符号，这是前提。

文化符号在于人类的创造。梁启超（1873—1929）在《什么是文化》一文中给文化下了一个独特的定义："文化者，人类心能所开积出来之有价值的共业也。"[1] 这个定义与众不同处在于提出"有价值"和"共业"，他没有把文化宽泛化，而是选择其中"有价值的"的部分当作文化，即人类自由意志选择且创造出来的有价值的东西才算是文化。人类活动中有一部分是属于生理的、自然的活动，这些并非人类所独有，不在文化范围之内；而"有价值的"人类活动才在文化范围之内，它来源于人的"创造"和"模仿"。"创造"就是自由意志的充分的有目的的发挥；而"模仿"也是自由意志的活动，因此也是一种创造。创造和模仿就是所谓的"心能"。梁启超认为生物可分为自然系和文化系，自然系是因果法则所支配的领土，文化系是自由意志所支配的领土。心理活动中的记忆感觉和无意识的模仿，也是与文化无关的。创造不受任何因果律之束缚，时时刻刻不断地发动，不断地创造。它对创造提出四点注意：一是创造不必定在当时此地发生效果；二是创造的效果不必定和创造人所期待者同其内容；三是创造是永不会圆满的；四是创造是不能和现境距离很远的。

文化符号是有质量有价值的符号，是内容与形式完美的统一体。符合自然规律，符合人类的美好愿望审美趣味。因此创造文化符号要考虑到适

---

[1] 梁启超：《梁启超全集》卷14，北京出版社1999年版，第4060—4061页。

于转化社会，让人们接受。西语"文化"一词原义是为耕作土地、饲养家畜、种植庄稼、居住等所采取的耕耘和改良措施，其目的为使土地肥沃，并称耕种土地是人类所从事的一切活动中最诚实、最纯洁的活动，这里的文化强调了人的实践性和真实性。种地必须踏踏实实对待土地，来不得半点虚假，人误地一时，地误人一年，体现了文化之基础价值。汉字就是中华文化的基本表达符号，造字之初就考虑到了表现人类美好愿望并且能够流通的基本内涵，因而几千年来汉字一直生命旺盛。如甲骨文的"艺"字，字形是手执禾木往土里种植之意，手里执的这个禾木必须是优秀的，能够茁壮生长的，没有生命力的腐朽的禾木栽下去能成个什么？文艺的根本就在于创作生产好的品种。因此"艺"和"化"就有了惊人的一致，它们都必须是好的东西，栽种、转化之后才能对社会起积极的作用。生产美好是文化的根本任务。

　　符号可以是物质的有形体，如万里长城、天安门、敦煌石窟、都江堰、颐和园、圆明园等，也可以是精神思想的无形体，如马克思主义、毛泽东思想、诸子百家、汉赋、唐诗、宋词、元曲以及专利发明等。文化符号必须是唯一的，区别于他人的，雷同、虚假、无意义的不能让人照办或欣赏的东西，不是文化符号。怎么创造符号是文化的核心任务。文化符号通过个人独特的观念和不可重复的创造凸显出丰厚的思想积淀和人性内涵，提出一些人类活动的根本性问题，富有原创性和持久的震撼力，是人的精神个体和艺术原创世界的结晶，从而形成重要的思想文化传统，成为民族语言和思想的象征符号。如毛泽东思想之于中国革命，鲁迅之于中国文学，他们的经典都远远超越了个人意义，上升为一个民族甚至是全人类的共同文化符号。一代须有一代之文化经典作为标志，我代要努力创造我代之文化经典作品。

二　文化是社会进化的标志

"进化"本为生物由低级到高级、由简单到复杂的发展过程,指任何事物的生长、变化或发展,包括恒星的演变、化学的演变、文化的演变或者观念的演变等,此处"进化"表示文化符号在社会前进中的积极推动作用,带有"进步"的含义。一种观念学说或文化符号的诞生让社会接受认识有时是很漫长的,不可能马上见效,用"进化"较为恰切些。如甲骨文是距今三千多年以前的文字记载物,当时占卜刻记之后随即埋入地下,直至1899年被发现才重见天日,流传于社会。一些出土的文化符号往往如此,这些文化符号反映了当时的社会面貌,后人可以通过这些文化符号认识了解社会进化之踪迹,发现人类社会发展规律,具有十分珍贵的历史文化价值。还有一些文化符号并未埋在地下,就在地上,遇到某些机遇才被"发现"命名。如"魏碑"书体,本在北魏时代就已产生,但分类一直归入楷体中,到清末才被正式命名为一种独立的书体。

文化符号必须转化为全社会、全人类的共同行为,促进社会进步,这才是文化。变不成全社会使用的符号,不是文化。梁启超所说的"共业"是指人的文化创造活动势必影响到他人,波及他所属的社会乃至人类全体,甚至全宇宙,永不磨灭。如果影响不到他人,便与文化无关了。他提请注意:"共业是实在的,整个的。虽然可以说是由许多别业融化而成,但绝不是把许多别业加起来凑成。"[1]强调了文化的整体性、实在性、系统性。英国近代诗人、教育家,评论家马修·阿诺德(1822—1888)被誉为人文主义传统在英国和美国的伟大后继者和传播者,是文学批评界一位世界级的领军人物,他开创了文化批评的先河,其影响超越了他的祖国和时代,英美学界视他为一位"永恒的批评家",他提出了完美文化观。其

---

[1] 梁启超:《梁启超全集》卷14,北京出版社1999年版,第4060页。

《文化与无政府状态》一书中说:"有一种观念将特别可称为'社会性'的动机列为文化的基础,而且视之为文化根基中主要的、卓著的部分,这些动机包括对邻人的爱心、纠错解惑、排忧解难的愿望,以及让世界变得更美好、世人更幸福的高尚努力。这时文化便可恰切地表述为源于对完美的热爱,而非源于好奇;文化即对完美的追寻。"[1] 这种完美是建立在和谐基础上的完美,最终实现人性的各个方面和社会的各个方面都能得到全面发展的目标。其文化观既提倡科学精神如实弄清事物之本相,获得关于普遍规律的知识,又倡导人文关怀,要求追寻人性禀赋的全面和发展。文化认为人的完美就是这些天赋秉性得以更加有效、更加和谐地发展,如此人性才获得特有的尊严、丰富和愉悦。阿诺德所构想的文化的完美并不只是拥有美与智,或是抱着它们不加以扩充和发展,而是不断成长,不断转化,"人类是个整体,人性中的同情不允许一位成员对其他成员无动于衷,或者脱离他人,独享完美之乐;正因为如此,必须普泛地发扬光大人性,才合乎文化所构想的完美理念。文化心目中的完美,不可能是独善其身。个人必须携带他人共同走向完美,必须坚持不懈,竭其所能,使奔向完美的队伍不断发展壮大,如若不这样,他自身必将发育不良,疲软无力"[2]。正因为如此,阿诺德认为教育的目的也在于传播世界上"最优秀的思想和知识",并要求国家干预教育,承担起一定的责任。不管国家的行为是以何种方式出现,唯一不可缺的就是必须以文化精神为内核。马修·阿诺德的文化理念其实就是要求完美不断地成长转化发展,走向共同的完美。

文化符号标志着社会的进化,就是促进社会的前进发展,使之前进了一步其文化符号都是有价值的,但不能说那个被取代的文化符号落后。如甲骨文是殷商当时占卜的结果,现在看来占卜过时了,但是留下了甲骨文

---

[1] [英]马修·阿诺德:《文化与无政府状态》,韩敏中译,生活·读书·新知三联书店2002年版,第7—8页。
[2] 同上书,第9—10页。

符号，占卜促进了文字的成型发展，还是有积极意义和价值的。占卜被作为殷商的一个文化符号记忆留存下来。自从汉朝发明纸以后，书写材料比起过去用的甲骨、简牍、金石和缣帛要轻便经济，但是抄写书籍还是非常费工费力，远远不能适应广泛传播的需要。东汉末年熹平年间（172—178）出现了摹印和拓印石碑的方法。唐朝发明了雕版印刷术，并在唐朝中后期普遍使用，这是人类历史上最早发明的雕版印刷术。现存最早的雕版印刷品是在敦煌发现的公元868年（唐懿宗咸通九年）印刷的《金刚经》（现藏大英博物馆），印制工艺非常精美。北宋发明家毕昇总结了历代雕版印刷的丰富实践经验，改进雕版印刷的缺点，在宋仁宗庆历年间（1041—1048）发明了活字印刷，制成了胶泥活字，实行排版印刷，完成了印刷史上一项重大的革命。活字印刷发明后，雕版印刷成为一个文化符号留存史册，并不能说雕版落后。现代发明了电脑排版印刷术，不再用活字印刷了，但活字印刷是历史文化符号永远标志着社会的进化。

文化符号在于揭示事物的客观规律和真理，只有促进社会的发展，推动社会的进化才是文化，歪曲客观事实、颠倒是非的所谓学说不是文化符号，哪怕是当时得到支持，红极一时。文化没有落后之说，落后了就不是文化。所谓"落后"也是针对发展而言。新的文化符号取代旧的文化符号后，旧的文化符号就成为历史符号，只表明它诞生的那个时代社会，新的文化符号继续引领社会向前进化。如地心说认为地球是宇宙的中心，是静止不动的，而其他星球都环绕着地球而运行，这也是古代教会信仰的学说。在16世纪"日心说"创立之前的1300年中，"地心说"一直占统治地位。直至16世纪波兰天文学家哥白尼创立了"日心说"之后才逐渐退出历史舞台。"日心说"转化为社会常识之后，"地心说"就成了一个历史文化符号了。后来的研究结果证明宇宙空间是无限的，它没有边界，没有形状，因而也就没有中心，新的宇宙文化符号取代了"日心说"，"日心说"成为历史文化符号。

三 文化是历史检验之经典

能不能成为文化,还要有历史检验环节。历史是现实不断向未来延伸的链条,是一个个当代的"现实"组合而成的,现实是正在发生的历史,未来是准备发生的历史。现实的文化创造可以预见未来历史的发展。未来靠今天的文化支撑。因而检验文化的历史就分成了三个阶段,即现在、未来和过去。文化符号的检验首先是当代社会,再是未来时代,最后是历史沉淀。能不能成为文化符号,这就要看能否创造出推动当代社会进化之符号标志,这个符号标志能否引领未来社会发展,能否成为历史上沉淀下来的经典作品。文化不是千篇一律的,会有差异,根据这三个阶段的检验结果可以给符号划分三个文化层级:初级、中级和高级。一个符号只在当代起到一定作用,时过境迁,即被人遗忘,该符号的内涵很有限,可定为初级文化符号,如古代大多数皇帝的诗文属于此类。需要说明的是初级文化符号也是文化,只不过是含金量小罢了,如果所创符号在当代未发生过作用,未来和历史都未曾显露,那么此符号不是文化。一个符号不仅在当代起推进作用,在未来一定历史时段内继续产生影响,但没有创造出独特的震撼社会的优美符号,在历史上沉淀不成经典作品,该符号可定为中级文化,各个历史时段记载的一般诗人、作家等属于此类。一个符号从现在到未来都持续产生影响并创造价值,在历史上沉淀为著名经典,代代传诵,证明该符号对人类社会具有永久的魅力,可定为高级文化。

高级文化符号的价值是永远延伸的,没有止境,关键在于对符号的创造。符号应该是内容和形式的完美统一体,内容揭示自然规律,形式独特美观并被社会接受,转化为现实行动。先秦诸子的一些著作就具有这些丰富的文化内涵。春秋时期老子(李耳)的《道德经》是中国历史上最伟大的名著之一,乃谓"内圣外王"之学,以哲学意义之"道德"为纲宗,论述大道,生成万物又内含于万物之中,万事万物殊途而同归,都通向

"道"路，文意深奥，包涵广博，被誉为万经之王。几千年来对传统哲学、科学、政治、宗教等产生了深刻影响，今后将继续产生影响。据联合国教科文组织统计，《道德经》是除了《圣经》以外被译成外国文字发布量最多的文化名著，堪称高级文化符号。《周易》又称《易经》，相传系周文王姬昌所作，自孔子赞易以后，被儒家奉为圣典，六经之首。《周易》是中国传统思想文化中自然哲学与人文实践的理论根源，是古代中华民族思想、智慧的结晶，被誉为"大道之源"。内容极其丰富，对中国几千年来的政治、经济、文化等各个领域都产生了极其深刻的影响，是高级文化符号。高级文化符号超越历史时空各个领域为天下普遍接受，放之四海而皆准。如文字书法界的甲骨文、金文、小篆、隶书、王羲之、张旭、颜真卿、柳公权、苏黄米蔡；文学界的《诗经》、楚辞、屈原、汉赋、唐诗、李白、杜甫、宋词、元曲、《西游记》《红楼梦》；医学界的《黄帝内经》《本草纲目》；等等，都是光耀千秋的高级文化符号。

高级文化符号没有国界，是属于世界的宝贵财富。《共产党宣言》译成了多种语言，在全球造成影响。《物种起源》是进化论奠基人达尔文的第一部巨著，第一次让生物学建立在完全科学的基础之上，彻底推翻了"神创论"和"物种不变论"，是影响人类发展进程的划时代著作，1985年美国《生活》杂志将其评为人类有史以来最佳图书。为人类做出重要贡献的一些科学技术、发明创造也属高级文化符号范畴。詹姆斯·瓦特1776年制造出第一台有实用价值的蒸汽机，以后又经过一系列重大改进，使之成为"万能的原动机"，在工业上得到广泛应用。他开辟了人类利用能源的新时代，使人类进入"蒸汽时代"，后人为了纪念这位伟大的发明家，把功率的单位定为"瓦特"，简称"瓦"。1928年英国细菌学家弗莱明首先发现了世界上第一种抗生素——青霉素，它的研制成功大大增强了人类抵抗细菌性感染的能力，带动了抗生素家族的诞生，它的出现开创了用抗生素治疗疾病的新纪元，成为高级文化符号。中国科学家屠呦呦获2015年诺贝尔生理学或医学奖，是第一个获得诺贝尔自然科学奖的中国人，屠呦呦从《本草纲目》中受到启发，创造性地研制出抗疟新药——青蒿素和双氢青蒿素，获得对疟原虫100％的抑制率，为中医药走向世界指明了方向，在全球抗击疟疾进程中发挥了重要作用。根据世卫组织的统计数据，自2000年起，撒哈拉以南非洲地区约2.4亿人口受益于青蒿素联合疗法，拯救了上百万条生命，被当地民众称为"来自遥远东方的神药"。高级文化符号是经过长期的研究探索创造出来的，都代表着一个时代的成果，彰显着人类的永远价值。

以上文化本义的三个部分也有内在的结构联系。符号是人类创造的个体行为，是文化之发端；进化是全体行为，是全社会对个体创造之符号进行转化落实；经典是历史行为，是历史上经过检验沉淀的永不磨灭的作品。这就决定了文化符号必须具有正能量、实践力，文化必须由个体创造的符号转化为全体现实，最后形成历史经典。文化的发展是对前有文化的超越，文化的本义就是创新和超越。

中国古代文艺批评传统的当代启示

胡海迪

胡海迪，文学博士，副编审，供职于辽宁省文艺理论研究室，《艺术广角》杂志编辑。中国文艺评论家协会会员，辽宁省文艺理论家协会理事。

近些年来的文艺批评，经常出现一种特别的专题：对文艺批评的批评。批评的作者，大多是批评界同人。"自我批评"的根由，大抵在于当下文艺批评的失效。平心而论，文艺批评少人看、不管用、靠边站，不乏客观原因——社会转型的思想多元、网络媒体的处士横议、大众文化的喧嚣浮躁，谁也无法跳出三界外，不在五行中。可当下某些文艺批评本身的种种"不争气"，也是不能遮掩的主观原因。

从改善文艺批评现状着眼，我觉得有一个路径值得考虑，那就是以温情和敬意回望中国古代文艺批评传统，看看今人可以从中借鉴哪些东西。选择这个路径，当然是由于中国古代辉煌的文艺批评传统值得我们追慕眷恋、拳拳服膺，也是由于它作为批评武器和话语方式，虽相比西方文论处于弱势，但精神气质恰恰是中国批评界文化基因之所在，是最应当挖掘、打捞的历史财富。众所周知，近百年间，中国古代的文化观念、审美范式、表现手段受到西方化学术制度的质疑、挤压，古代文人习用的文言失去了生存环境，古代批评传统在批评家的知识结构中，渐渐演变为一种隐性的存在。但其如经冬宿莽不死不枯，它不仅以几千年间相伴而生的文艺经典显示着自己的强大，以自身的深邃富丽证明着自己的非凡，还与中华民族的诸多古老传统一样，牢牢植根于中国民众的灵魂深处。所以，当今天的文艺批评遭遇"亚健康"，回到老祖宗那里去寻找除弊起衰的"古方"，不是"我的祖上阔多了"的无聊炫耀，而是"多识前言往行以畜其德"，是"执古之道以御今之有"的明智选择。

中国古代文艺批评传统值得借鉴的第一个重要特点，是它的实践性——它总是与时代精神息息相通，与创作活动紧紧相连。曹丕在汉末轻视文学的习见中，标举"文章"为"经国之大业，不朽之盛事"（《典论·论文》）；陈子昂痛感两晋南北朝以来"文章道弊"，"彩丽竞繁，而兴寄都绝"，大声呼吁复归质朴刚健的"汉魏风骨"（《与东方左史虬修竹篇序》）；严羽提出诗有"别材""别趣""非关书也""非关理也"，当头棒喝宋代以文字、议论、才学为诗的风气（《沧浪诗话》）；梁启超以"小说为文学之最上乘"，视其为开启民智、改良社会的利器（《论小说与群治之关系》），或盱衡大势，横制颓波，或破格殊论，别具只眼，仿佛天地假之以鸣其道，穿越历史的迷雾，迎接时代的晨曦。中国古代文艺批评家的实践性，还体现在从不托之空言，而信奉法不孤生，以具体作品为最重要的依靠。从文艺与现实的关系到作家艺术家的创作思维，从文体的源流异同到诗文的字句音韵，从作品的流派风格到创作的手法技巧，他们深识鉴奥，探赜索隐，奉献了无数独到的见解、宝贵的经验、谆谆的教导。古代文艺批评家之所以在这方面取得极高的成就，一个不容忽视的原因在于他们绝大多数是文艺创作、文艺活动的参与者。像陆机、李白、杜甫、韩愈、苏轼、李清照、袁枚、李渔这样的人物，本身就是卓有成就的诗文大家，即使以批评鸣世的人物，也都操觚染翰、游心艺文。刘勰留下皇皇巨著《文心雕龙》，同时他还是雅好文学的昭明太子的座上之宾，是诸多寺塔及名僧碑志的作者；《诗式》的作者皎然、《沧浪诗话》的作者严羽、《原诗》的作者叶燮，虽在诗歌史中地位不高，但都不辍吟咏，有诗集传世；南朝谢赫以提出中国画"气韵生动""骨法用笔"等"六法"而名垂青史，他同时是一个了不起的人物画家，可以看人一眼即付诸笔墨，情貌无遗；清代刘熙载以《艺概》一书知名于世，除文学修养之外，其书法功力也令人赞叹，能与书中《书概》交相辉映。由于身处艺术创作的第一现场，他们的批评，就能看清"门道"，就能体察入微，就能达到"理解的同情"，就能让创作者和鉴赏者信服他们的真知洞见。元代李衎总结画竹布局有冲天撞地、对节排竿、鼓架胜眼等"十病"（《竹谱》）；李笠翁发现多平多仄的句中巧用上声，声韵必然铿锵（《闲情偶寄·词曲部》），其独至处，其微妙处，都是骊颔夺珠，虎穴取子，从实践中得来，岂是文艺的旁观者所敢言，创作的门外汉所能道？

当代中国的文艺批评，尤其是发表在传统媒体上的批评之作，远离创作实践是一个很大的问题。有的文艺批评，即使评论当代的文艺作品，其艺术观念、理论武器也无益于艺术创作、受众欣赏。比如某些"社会历史批评""文化批评"，其上者，是将作品、现象、思潮置于某种文化背景中加以解读，超越文艺评论的藩篱而另辟蹊径；而其末流，则是"六经注我"，满纸烟云，把艺术家笔下活生生的形象肢解成一个个生硬的概念。有的批评家，不尝试创作，不接近创作者，不去体会创作中的甘苦，不探寻创作中的诀窍，甚至对作品的品读也止于浮光掠影，这种姿态似乎捍卫了文艺批评的独立性，实际上往往把自己置于文艺的门外。他们笔下出现人云亦云、隔靴搔痒的文章，也就毫不奇怪了。

中国古代文艺批评传统启示当代的第二个重要特点，是它的文学性。古代的文艺批评，不像当今已成为一门专业，而是混融于文学整体之中。文艺批评家即使有文艺批评的自觉，也不认为自己的身份仅仅是批评家，而更多的是士大夫、儒生、文人。对他们来说，文艺批评固然是实现经世理想、倡导文学主张、寻求同道共鸣的途径，也是文学创作的一种方式。在这种文化传统之中，批评家自然很在意文字的考究，就像著一篇文，作一首诗，不肯苟且遣词、草率造句。陆机论及文中立意的重要性时用了这样的语言："立片言而居要，乃一篇之警策。虽众辞之有条，必待兹而效绩。"（《文赋》）苏轼评价陶渊明的诗这样说："质而实绮，癯而实腴"（苏辙《东坡先生和陶渊明诗引》），评价韦应物、柳宗元的诗，他这样说："发纤秾于简古，寄至味于澹泊"（《书黄子思诗集后》），下字不仅十分精切，而且富于韵律，颇具美感。中国的文艺批评中，对比、比喻、夸张等修辞手法更是随处可见。宋代张炎论词的写作，举出姜夔的"清空"和吴文英的"质实"两种风格。他说前者"如野云孤飞，去留无迹"，后者则"如七宝楼台，眩人眼目，碎拆下来，不成片段"（《词源》）。清代吴梅村的诗文戏曲，形式华美，场景恢宏，既激楚苍凉，又缠绵凄婉，同时代的高奕用一句话概括他的风格："女将征西，容娇气壮"（《传奇品》），传神写照，正在阿堵中。中国古代的文艺批评，还常常突出鲜明的个性、丰富的情感。李白嘲笑矫揉造作、缺乏创新的平庸诗文："丑女来笑颦，还家惊四邻，寿陵失本步，笑杀邯郸人。一曲斐然子，雕虫丧天真。棘刺造沐猴，三年费精神。"（《古风》之三十五）其揶揄之语气，千载之下仿佛初脱唇齿，犹在耳边。金圣叹评点施耐庵《水浒传》，析入毫芒，于字里行间看出大刀关胜"全是云长变相"。当朝廷派出三五人请这位"屈在下僚"的名门之后出山效力，书中有"关胜听罢大喜"一句，金圣叹旁批道："何遽大喜？只四字写尽英雄可怜。"不仅发掘出常人容易忽略的文外之旨，还仿佛难抑胸中抑郁之气，为天下怀才不遇的英雄发一浩叹。批评本身的审美特质，其实也是古人的一种"狡猾"，尤其是不得不论及那些同乎旧谈、势不可异的问题时。比如《文心雕龙》中有不少涉及文体论和文学史的内容，刘勰不仅把它们讲得准确、精辟，还讲得美、讲得俏："自献帝播迁，文学蓬转，建安之末，区宇方辑。魏武以相王之尊，雅爱诗章；文帝以副君之重，妙善辞赋；陈思以公子之豪，下笔琳琅。并体貌英逸，故俊才云蒸……"（《时序》）这种可能让读者欠伸鱼睨的地方，这位语言巨匠笔下都能反弱为强、针劳药倦，于是长长一部书无一处不精彩，无一字不动人。诚然，由于汉字的特点及传统的思维方式，中国古代的批评家确实缺少西方人擅长的思辨能力，也不太惯于抽象思维，但从另一个角度说，这种言不舍象的传统，恰恰形成了一种特别艺术化的理论表达。比如表述"文艺的源泉是生活"这样一个意思时，他们会说"气之动物，物之感人，故摇荡性情，形诸舞咏"（钟嵘《诗品序》）；会说"君诗妙处吾能识，正在山程水驿间"（陆游《题卢陵萧彦毓秀才诗卷后》）；会说"画图临出秦川景，亲到长安有几人？"（元好问《论诗绝句》）；会说"身之所历，目之所见，是铁门限"（王夫之《夕堂永日绪论·内编》）；会说"吾师心，心师目，目师华山"（王履《华山图序》）；会说"国家不幸诗家幸，赋到沧桑句便工"（赵翼《题遗山诗》）。总之，中国的文艺批评家，天生就知道"言之无文，行而不远"的道理，他们笔下流淌的文字，不仅以深邃通达使人折服，还以美不胜收令人陶醉。

当代很多批评家，不乏深厚的学术素养，视野、观念、方法甚至可以凌轹古人，但往往偏重"理论正确"，忽视"表达优美"。我国古人曾提炼出"义理""考据""辞章"三个文章标准，前两个当代不少批评家做得很好，最后一个，却大有不足。一个不易觉察的事实是，一百多年来的白话文，虽然对日常、民间、口头的语言是一次巨大的解放，但在表达方式的丰富性上，尚未取得超越文言的实绩。白话文在理论表达中如何增强审美意蕴，现在看还是一大难题。此外，由于今天白话书面语的语法对西方语言多有借鉴，我们不少批评家又常读多种多样的西方文论译本，运用的语言也就不免带上某种程度的翻译腔。更令人担忧的是，某些文艺批评的文风，呈现一种"科学化"的倾向，有的文章竟如同科技论文，虽理性、精确、严密、明晰，却质木无文，殊乏兴味。如果再加上一点晦涩，一盘盘蜡做的大餐就摆上读者的餐桌了。"鼓天下之动者存乎辞"，文艺批评不文艺，怎能打开读者的心扉？

中国古代文艺批评传统令人心生敬意的第三个重要特点，是它的自然性。随便翻开一种中国古代文艺批评的选本或教材，就会发现它们有十分复杂的样貌：有专著，有诗话，有论诗，有评点，有选本，有书信，有题跋，有书序，不一而足。如果把如此丰富的文体表现形式还原到历史现场，会发现它们多是在十分自然的状态下产生的：有的是立志述作；有的是应机而发；有的长篇大论，严密周详，有的寥寥数字，点到为止；有的气同春温，其言霭如；有的语若秋肃，文挟严霜。他们的批评，或是对朋友直抒胸臆，或是与后辈谈论心得，或是由于反对某种文艺倾向奋不顾身，或是出于倡导某些审美观念激情难抑。"身毁不用"的太史公司马迁给即将赴死的好友任安写信，备述"人皆意有所郁结，不能通其道"（《史记·太史公自序》），于是才会有"发愤"之作，谁会怀疑他的真诚和深刻？八十四岁高龄的陆游，给他最小的儿子写诗，总结一生的创作历程和经验，以那句有名的"汝果欲学诗，功夫在诗外"（《示子遹》）结尾，谁会说他讲的不是最珍贵、最切实、最紧要的秘诀？正是这种"有不得已而后言"的写作冲动，让他们的批评文章"其歌也有思，其哭也有怀"，能够"如万斛泉源，不择地而出"，臻至无意而佳的至妙之境。

与古人的文体丰富相比，今天的文艺批评，体裁是较为单一的，论文或准论文是最常见的形式，占有压倒性的数量优势。随笔、对话、访谈、短评、书序在20世纪八九十年代还间或出现，目下日渐稀少。至于书信，由于网络媒体的冲击，已经近乎绝迹。诗体的评论，无论是旧体诗还是白话诗，更是不见踪影。评点式的评论，到今天恐怕已经成为唯有中小学课堂上可以找到的"口头文化遗产"。从篇幅上看，当下文艺批评大多字数较多，根据发表媒介（报纸、期刊、书籍）的差异，单篇文章两三千字、四五千字本是寻常，一部著作二三十万字更不稀奇，过去那种几百字甚至几十字的诗话、语录、题跋之体，只出现在某些特殊场合，纸媒上几乎不可见。网络媒体上文体较灵活，篇幅也多为短章，但总体上学理性不足，影响力有限。与古代经典形成鲜明对照的是，执文艺批评为业的人士，其写作动机在很多情况下变得十分功利。红包批评、圈子批评自不待言，为核心期刊而批评，为科研项目而批评，为工作任务、上级指派、评奖晋升而批评，更是举目皆是。在批评界，那种心灵激荡、不吐不快的自然英旨，罕值其人，为情造文、修辞立诚的基本原则也渐行渐远。

讲了这么多中国古代文艺批评的优势、特色，并不是说古人的一切都好。须知古代也有不少平庸的文艺批评家，他们的名字要么没有留下，要么静静躺在故纸堆中。讲了这么多当下文艺批评的不足，也不是说今人就一定不如古人，很多时候，我们会用千百年时光雕琢出来的精金美玉和眼前常见的碌碌之石进行对比，当然会有今不如古的感觉。

一百多年来，文化变迁迅疾如电，那个"之乎者也"满纸的时代，已是一去不返，那些长吟论诗、展卷评画、闭目品戏、击节辨曲的场景，更似昔年旧梦。而且，古代"文艺批评"的概念，已分化为突出学术性的文艺研究和强调应用性的文艺评论，畛域既分，目标自异。因此，今人对古代文艺批评传统的借鉴，需要遗其形貌，取其元神，在中西交汇、媒介融合的时代中进行创造性的继承——这是老生常谈，无须多言。

更堪忧虑的是今天的批评家共同面临着难以摆脱的评价体系困局。这当然是一个相当复杂的问题，非只言片语所能穷尽。但不妨用"想象"这个文艺中的利器在文艺批评的大本营——高校中做一个时髦的"穿越"实验：假如刘勰重生，他又写出一部体大虑周、词采华茂的专著，跟《文心雕龙》不相上下，可他仍一如当年，是一个人单干的，没有拿过国家或省级课题，他会不会评得上教授？假如张戒再世，作为一个研究生，他提交了一部诗话，水平不输《岁寒堂诗话》，而且仍像过去那样保持着一种感悟式的"不严肃"态度，他能不能通过博士论文答辩？假如元好问又来到世间，写了一组诗歌表达他对艺术的看法，就像当年的《论诗绝句》一样精彩，他会不会轻而易举地找到一家文艺评论刊物来发表？答案当然是不能、不能和不能。可以肯定地说，这些不尽合理的刚性制度设计，也是我们这个时代不能产生刘勰、张戒、元好问的重要原因。

这些规则和氛围是怎样形成的？是由谁倡导的？这种更为复杂的问题我们暂且放下。就让我们从"怎么办"入手吧——今天的文艺批评家，若只能独善其身，就请见贤思齐、取法乎上，尽量把自己从《儒林外史》的此岸摆渡到《世说新语》的彼岸。若有能力有机会兼济天下、立人达人，就请努力以符合文学艺术规律的方式来制定与文艺批评有关的种种规则。至于学术杂志、文艺理论评论刊物以及图书出版业，如果读到我这篇拙劣的小文，就请你们更宽容、更灵活，给生动活泼的文艺批评放一条生路。

改革开放的国策在短短几十年间让十几亿中国人释放出前所未有的创

造力，根本原因就在于顺应客观规律，应物变化，因势利导。文艺批评如果进行合理的制度改良，何愁渐渐打破坚冰，产生令人欣喜的进步！到那时，言之有物、文采斐然、性灵激荡的批评文章和著作，一定不会是稀缺之物，而会鱼跃鸢飞、重现人间。这，是值得盼望的美好明天。

以理论自觉推进中华美学精神的传承与弘扬

金 雅

金雅,浙江理工大学中国美学与艺术理论研究中心主任、教授。中华美学学会理事、中国中外文艺理论学会理事、中国文艺理论学会理事、中国新文学学会副会长。主要从事美学艺术学基础理论和中国近现代美学艺术思想研究。著有《梁启超美学思想研究》《人生艺术化与当代生活》,主编《中国现代美学名家文丛》(6卷)、《中国现代美学名家研究丛书》(6

册)、《中国现代美学与文论的发动》《蔡元培梁启超与中国现代美育》《人生论美学与中华美学传统》等。

中华美学源远流长,有着自己丰富的民族资源和独特的精神传统。20世纪以来,与西方美学相交汇,广泛吸纳了西方美学的多维影响。中西美学和文化的撞击汇融,推进了中华美学精神的发展新变。

今天,在古今中西文化交汇的视野下,自觉梳理发掘中华美学精神,从理论上加以深入研究和系统建构,是推动中华美学精神在当代传承与弘扬的必要举措。在艺术实践领域和理论批评领域,对于中华美学精神的理论自觉及其重要意义,都存在着种种似是而非的模糊认识。在艺术实践领域,反对理论、否定理论、轻视理论、消解理论、悬搁理论等糊涂思想弥漫。在理论批评领域,则表现为唯西是瞻、理论自娱等消极倾向。有人说,美学精神和艺术精神,就在艺术实践中,就在艺术作品中,不需要再做什么理论上的总结挖掘。也有人说,艺术批评就是艺术理论,不需要再有什么学理上的建构阐发。还有人说,艺术理论应该只针对艺术自身的问题,与文化的、价值的、社会的等其他问题没有什么关联。这些似是而非的观念、观点,与对西方美学和艺术理论的膜拜、对民族美学和艺术精神的失语,纠结在一起,使得当下民族审美精神的建设和民族艺术实践的创新,面临着严峻而艰巨的任务。这种种现象和说法,实质上也都是缺乏理论自觉进而缺失理论自信的表现。

我个人认为,中华美学最具特色的就是它以美情为核心的大美观。所谓美情,就是强调审美情感是在日常情感基础上提升起来的真、善、美有机贯通的至美之情。这种美情论的理论前提是知、情、意在人的审美实践活动中的动态有机联系。西方以康德为代表的经典理论美学,其美论建立在知、情、意三分的先验逻辑基础上,美感成为一种粹情,审美活动成为一种绝缘的心理静观。

美情的思想在中华美学的发展中，也有它演化的过程。由古典美学偏于美善相济到现代美学的引真入美，逐步丰富了真、善、美统一的至美论，构筑了民族美学大美观的核心理论基石，形成了艺术人生相统一的宏阔视野，美和艺术互为标杆，共同指向人生的审美化和生命的艺术化。

中华美学精神俯仰天地，涵容生命，纵览人生，故重艺术的境、趣、韵、格等审美情致的涵育，创造和欣赏艺术也是在展现、重塑、陶染主体的人格情怀、精神旨趣、生命韵致。

中华美学的大美观和美情论，具有浓郁的人生论美学精神，它与中华文化的人生论哲学紧密相连，形成了与西方美学以认识论哲学为基础的经典理论美学相区别的鲜明的民族理论特征和审美精神特质。并在20世纪前半叶，涌现出一批迄今具有重要学术影响和广泛社会影响的人生论美学家。他们是中国现代美学的重要奠基人和代表人物，也是第一代可以直接与西方对话的美学理论家。这方面的民族理论资源与民族审美精神，发掘整理和提炼总结都远远不够，非常需要我们予以系统而富有成效的研究、推进、建构。

中华美学的大美观和美情论，对于当代艺术创作和实践发展，具有重要的指导意义。如对艺术创作的浮躁肤浅、艺术情感的低俗粗俗、艺术活动的尚钱逐名、艺术实践的崇洋媚外以及艺术家远离大众自娱自乐等倾向，均具有切实的针对性和引领性。尤其在当下，艺术活动特别需要关注崇高之美、挚诚之美、深醇之美、超越之美等，提升艺术的韵致和情怀，引导大众的趣味和精神，引领社会的风尚和风貌，大美观和美情论等中华美学的优秀精神传统，都是可以卓有成效地发挥它的精神引领和反思批判作用的。

不忘初心，继续前进。在文化艺术领域，也需要知本源，扬血脉，在实践中传承并弘扬我们民族的优秀精神。当年，梁任公提出民族文化"四步走"策略，即知己知彼—中西交汇—创成新说—贡献人类。他的目标和理想，是中华优秀文化要与时俱进，最终为人类全体做出贡献。这就是一种民族文化的自觉自信。中华美学精神的传承弘扬，作为民族文化自觉自信的重要组成部分，也一定会和世界美学的发展相映成趣，为人类艺术、审美、人文的建设做出独特而重要的贡献。

作为大众媒介的电影和作为
文化批评的非遗

梁君健

梁君健，清华大学新闻学院党委副书记，文学博士。英国皇家人类学会（Royal Anthropological Institute）会员，国际人类学与民族学联合会（International Union of Anthropological and Ethnological Sciences）会员，美国人类学会（American Anthropological Association）国际会员，美国新闻摄影师协会（National Press Photographers Association）会员。

文化遗产和电影的结合从电影刚被发明出来之后、"非遗"这个概念还没有提出之前就已经开始。一方面，非遗是电影所捕捉到的社会文化现象之一；在东亚后发现代化国家中，由于文化遗产具有表征民族身份的功能，因而电影也借助对于非遗的呈现来完成对民族认同的建构和传播。另一方面，由于电影和舞台表演艺术的相似性，很多时候现代电影和传统戏曲还以一些特殊的方式融合在一起，短期内形成了一种特殊的艺术形态。

时过境迁。如今，电影不仅是第七艺术，在当下中国也已经成为影响力极高的大众媒介；相反，非物质文化遗产的保护虽然取得了一定成效，但它作为一种具体文化实践形态，随着社会变迁逐渐丧失了原有的社会文化功能。因而，相对于以电影的方式保存非遗档案的呼声，电影与非遗究竟应当以何种方式相遇，的确需要仔细考量。

除了中国之外，援非遗入电影，在东南亚国家与地区，特别是后发现代化的日本、韩国以及中国台湾，都取得了比较显著的成绩。韩国自20世纪90年代以来就拍摄制作了《西便制》《醉画仙》《千年鹤》等艺术水准较高的现实主义佳作；日本和中国台湾则将青春元素和非遗文化糅合于叙事中，产生了《神去村》《小森林》《阵头》《总铺师》等一批口碑和票房双丰收的电影。分析这些非遗与电影的成功结合案例，有利于探究非遗和电影的超越机械复制的组合方式。

在这些影片中，非遗首先为电影提供了一些独特的视听元素和表意符号。音乐、舞蹈、戏曲等非遗项目本身就是经过历史积累和选择的优质视听资源，提供了与我们当下生活迥异的观感。早在20世纪80年代，第五代导演在他们的电影创作中就曾大量使用了这些视听元素和表意符号，当前非遗对于中国电影来说最被认可的价值也在于此。

不过，单纯地将非遗用作视听元素和表意手段有可能带来一个棘手的问题，那就是由于创作者的文化修养局限、工作细致程度和实用主义态度,很多影片对于非遗文化的呈现是片面的、标签化的甚至凭空创造了很多并不存在的文化样式。很多文化研究领域的学者都注意到了这个问题,因而呼吁关注电影对于非遗呈现的严肃态度和完整性。然而,对于电影行业的从业者来说,完整如实地表现非遗并非他们必须承担的工作,这似乎应当是图书馆、博物馆等历史档案部门的职责。但后者显然不具备前者广泛而强大的影响力。这一悖论可以看作非遗与电影的机械结合带来的问题:如果强行地将电影视作一种保护和宣扬非遗项目的媒介,而忽视电影本身的艺术特点和行业特征,就无法形成一个良好的结合机制。因而,需要寻找机械结合之外的有机结合方式。

非遗与电影的有机结合的第一种方式是叙事层面的结合,具体来说,就是非遗为电影提供了叙事手段和叙事动力。在人物塑造上,非遗提供了身份认同的媒介。不论是20世纪80年代第五代导演的文化反思类的艺术电影,还是当下《小森林》《神去村》等青年题材的佳作,作为社会组织形式和生产生活方式的文化遗产都成功地成为身处全球化中的个体寻找自身独特性和身份认同的手段。在《黄土地》《活着》等影片中,以民俗事项和文化传统为具体表现形式的非遗成了当代社会的对立面,将角色置于"民族—世界"的横坐标和"个人—时代"的纵坐标中,迫使他们重新思考自我身份和价值抉择的一系列问题。当下东南亚地区的这些影片中,非遗同样成为迷失于国际化都市生活的青年群体去思考自我身份和生命价值的具体手段。

在叙事的情节营造方面,非遗则提供了叙事动力或故事结构。这在《阵头》和《总铺师》中体现得最为明显。在前一部影片中,寺庙特定的仪式提供了一个竞争性的故事动力,主角的一切行动以及他和长辈之间的关系,都围绕这样的叙事动机得到展开和深化;在后一部影片中,女主角在"替夫还债"的压力下被迫学习和继承父辈的办席技能、参加办席大赛,这一初始情境同样提供了非遗有机参与电影叙事的契机。在

《神去村》和《西便制》中,非遗主要提供了一个命运式的意象,从而确立了整个故事叙述的循环和命定的结构。相比而言,当下国内电影中,非遗参与叙事的主要方式是提供了传承的困境,以"能否完成传承"作为叙事动力,《百鸟朝凤》是最近的一个例证。但这种叙事动力仍显机械,它出自家庭和社区的外来力量,没有成为具有说服力的角色内在驱动。

非遗与电影的有机结合的最高境界是在影片主题和价值陈述方面的结合,这也是全球范围内传统文化与电影创作之间的主要结合方式。非遗在主题表达和价值陈述方面发挥作用一方面依托它在叙事中所发挥的上述功能。在进行人物塑造和情节推动的同时,非遗元素实际上也完成了主题表达和价值陈述方面的任务。人物最终的成长和对人生的选择,情节最后的走向和结局,都代表了对特定价值的弘扬和对人生问题的回答。总体来看,非遗强调了来自传统农耕社会中注重人情和社会凝聚的正面价值,消解了过度追求效率和实用带来的社会心理焦虑,借用传统文化资源为当代社会提供了反思和补充。

从上述分析可以看出,电影和非遗的结合中,首先应当遵循电影作为大众媒介本身的特定规律,不能以遗产保护和文化精确为一厢情愿的标准。电影是一种视听媒介,也是由角色及其动作链条所组成的叙事媒介。如果仅仅依照第一个特征,将电影视作机械复制的工具,则无法达成它在大众传播和情感说服方面的巨大力量;只有在叙事层面发挥非遗的特殊作用,才能够完成非遗与电影的有机结合。

文化遗产通过电影媒介得到呈现和传播的同时,自身的特质也发生了重要改变。原本,非遗是现实经验社会中的具体文化实践形态,在社会生活中发挥着特定的文化功能和经济功能,如社区凝聚、价值沟通以及生产生活技艺;人们对于非遗的接触也主要来自现实的生活经验。但是,通过电影呈现的非遗已经被剥离了现实社会生活实践的特征,人们对于非遗的经验性的接触也变成了依靠视听中介而产生的虚拟性的认知。这时，非遗原本应当承担的具体的文化和经济功能已经不复存在，在艺术创作过程中，它成了针对当代社会文化的一种批评和参照；通过电影中的非遗，观众能够反思现代性和全球化的负面影响，进而弥合当下历史进程和个体经验中从传统到当代的文化裂痕和心理落差。

中国美学与传统国家政治

刘成纪

刘成纪，北京师范大学美学与美育研究中心主任，哲学学院教授，博士生导师，美学研究所所长。兼任中华美学学会常务理事，中国美学学术委员会主任，中国美学分会会长，北京市美学学会副会长，北京大学美学与美育研究中心教授，澳门科技大学讲座教授。主要从事中国美学史和美学原理研究。

中国现代学术，自清末民初产生新旧、中西之争，至今已彻底转换为被西方现代学术观念重构的对象。单就其中的文学艺术而言，中国传统的"文学""艺术"是大概念。像早期儒家"孔门四科"中的"文学"和"六艺"中的"艺"，几乎可以作为一切人文之学和道术技艺的总称。后世，虽然文学艺术的分类渐趋明晰，但诗礼乐、诗乐舞以及诗书画同源同体之观念，却仍然昭示着它所涵盖的人类知识的整全性。这和西方现代将诸种艺术体式无限细分并建立明确边界的方法判然有别。同时，在价值层面，西方自18世纪启蒙运动以来，极端强调文学艺术的超功利特性，认为人的审美趣味只有严格限定在不涉利害的范围内，文学艺术才能获得自律或独立。但是在古代中国，自周公制礼作乐至清王朝八股取士，文学艺术向来是国家政治体制的组成部分，它与主流政治合作乃至主导主流政治的侧面，要远远大于疏离、叛逆的侧面。就此而言，说中国文学是一种制度性文学、中国艺术是一种制度性艺术，与此密切相关的美学是一种既被制度规划同时又为现实政治提供理想指引的学科，诚不为过。

在传统中国，美和艺术的政治性，直接造成了中国传统政治的审美化。美不仅为现实政治涂上了诗意的光晕，而且代表着国家制度设计的核心价值。一个风雅的中国正是因此而起的。就历史而言，这种充满"美治主义"色彩的国家理想是否真正实现过，不好做出定评，但它却为理解中国传统文化提供了最具历史魅力的侧面，也能为当今的文化强国战略带来诸多启示。下面尝试论之。

一

在传统中国，美学和文学艺术如何介入政治，或者说它在国家政治生活中扮演着何种角色？首先，按照历史学家设定的上古圣王谱系，中国早期政治的形成史，就是自然向美的生成史。其中，伏羲氏作为华夏民族的人文初祖，他最伟大的贡献就是为自然立法，即通过象天法地，将无序的自然归纳整理成图式性存在（八卦），从而实现天文向人文的转渡。伏羲之后，黄帝、尧、舜"垂衣裳而天下治"（《易传·系辞下》），则是把着装视为人类从野蛮走向文明的标志，显现出审美与伦理、政治相混融的特性。此后，接续这种人文命脉的最伟大的创造是西周时期的礼乐制度。按《尚书大传》："周公摄政，一年救乱，三年克殷，三年践奄，四年建侯卫，五年营成周，六年制礼作乐，七年致政成王。"① 其中的"礼乐"，既是政治的，也是审美的。就其将国家政治诉诸审美和艺术教化的特性看，审美诉求构成了这种政治的主导性诉求，一种人文化的美构成了这种制度的灵魂。同时，周公之所以在摄政的最后一年制礼作乐，也不仅仅是为了庆祝自己的政治成功，即"王者功成作乐，治定制礼"（《礼记·乐记》），而是要把礼乐作为实现国家政治和谐、长治久安的手段。正如王国维所言："其制度文物与其立制之本意，乃出于万世治安之大计，其心术与规摹，迥非后世帝王所能梦见也。"②

在中国历史中，礼乐既是政治问题，也是美学和艺术问题。其中，礼牵涉社会政治体制（礼制）、人的行为举止（礼容）、典礼仪式（礼仪）等诸多环节，但其追求的政治有序性、人的行为的雅化、礼仪的庄严，无一不是以美作为目标。乐在表现形式上指称诗、乐、舞，在价值取向上涉及快乐、幸福、和谐等社会或人生目标，审美的意味更加浓厚。就此而言，中国传统礼乐，虽然以政治或伦理面目出现，但审美化的人文精神依然构成了它的灵魂。易言之，审美或文学艺术价值，虽然在现代学科定位中已被规划为纯粹的情感愉悦，以至于美学家或艺术家多习惯于以与现实政治保持距离自我标榜，但由此却导致了对中国自身伟大传统的忽略和遗忘。

关于中国传统政治的特性，黑格尔曾讲："中国，这个国家就是以家

---

① 伏胜：《尚书大传》，陈寿祺辑校，中华书局1985年版，第101页。
② 王国维：《殷周制度论》，《观堂集林》（外二种），河北教育出版社2003年版，第232页。

族关系为基础的———一个父道的政府,它那政府是用了谨慎、劝谕、报应的或者简直可以称纪律的处罚,来维持它的机构———一个不含诗意的帝国。"[1] 就礼乐在中国传统政治中所占据的核心地位看,黑格尔的看法显然是有失公允的,也是颟顸粗暴的,他忽视了由礼乐昭示的中国传统政治审美的、理想主义的维度。当然,在现实政治实践中,由于人性的复杂和现实的残酷,政治的过于诗意和审美化也必然会使执政者自陷困局。正是因此,自先秦始,中国历代思想者一方面崇尚周制,推崇礼乐;另一方面则强化政治的强制性。比如儒家,除了讲礼乐之外,也讲刑政;除了讲王道之外,也讲王霸道兼杂;除了讲独尊儒术之外,也讲儒表法里。这种"两手抓"的策略,在政治的理想价值和现实选择之间保持了必要的平衡。

但是在中国历史上,政治家为了治世急务而采取的政治强制,从来没有减损礼乐或审美政治的崇高价值。甚而言之,愈是政治惩戒措施趋于严厉,愈是需要诗意的东西构成它的核心价值,否则惩戒就失去了道义的正当性。正是因此,在中国政治史上,儒家因推崇礼乐之治而永远占据着道德和审美的高地。在理想与现实之间,人们一方面认为"徒善不足以为政,徒法不能以自行"(《孟子·离娄上》);另一方面也鲜明地体认到礼乐与刑政之间的主次、本末、体用之别。也就是说,"礼乐为本,刑罚为用"是对两者关系的共识性判断。就此而言,黑格尔说传统中国是"不含诗意的帝国",就是因为他仅仅看到了中国政治作为手段的侧面,而没有看到它本质上包裹的诗意以及以由此昭示的超越性的审美理想。在中国历史中,以尚文为特色的周制之所以重要,原因就在于它为残酷的现实注入了诗意本质,并提供了理想方向。同时,由于这种制度存在于历史的过去,它也因此成了诗情记忆的对象,成为被历代政治家反复系念和追忆的黄金时代的象征。

---

[1] [德] 黑格尔:《历史哲学》,王造时译,上海书店出版社 2006 年版,第 97 页。

二

在中国传统政治中，周制、尚文、礼乐是一组连续性的概念。人们之所以推崇周制，原因在于它的尚文，即孔子所谓"郁郁乎文哉，吾从周"（《论语·八佾》）。而周制之所以被认为是尚文的，原因则在于它在诸多治国方略中选择了礼乐。进而言之，"礼乐"也没有因为它的理想性而成为一对空泛的概念，而是有一套贯通天道人心的价值体系：首先，就礼乐与人内在精神欲求的关联看，它是"尽精微"的。孔子云："礼云礼云，玉帛云乎哉？乐云乐云，钟鼓云乎哉？"就是在强调礼乐在人心灵深处的奠基性。其次，就礼乐与天道自然的关系看，它是"致广大"的。《礼记·乐记》云："大乐与天地同和，大礼与天地同节。"则将"礼乐"看作充塞天地、洋溢万物的普遍概念。

那么，在心灵的精微与天地的广大之间，礼乐如何存在？按《周礼》《仪礼》等文献，它有着内在的饱满性和充实性。其中，礼分为礼制、礼仪、礼容、礼器等诸多维度，乐则可分为乐德、乐语和乐舞。在礼乐之间，礼为人的行为建立秩序，为了使这种秩序洋溢出生机活力，要以乐弘礼；乐作为使人性释放的力量，则极易导致人欲的泛滥，所以又要反过来以礼节乐。也就是说，礼与乐作为张与弛、理与情两种相互制衡的力量，共同塑造了一幅和谐社会的理想图景。至孔子时代，诗与乐分离，礼乐并举被进一步具体化为诗、礼、乐三分。个体的成人之路和国家的致太平之路，统一被规划为"兴于诗，立于礼，成于乐"式的三段论。这样，在由周制、尚文、礼乐、诗礼乐等一系列概念规划的价值体系中，又进一步显现出一种阶梯式的上升之路，即在诗、礼、乐之间，存在着次第性的超越关系，乐境代表了理想政治所能达至的最高境界。

至此，除了礼乐的内在构成外，我们当能总结出一个儒家政治次第上升的价值序列：首先，在礼乐与刑政之间，刑政是现实性的，礼乐是理想性的；其次，在礼乐之间，乐对礼具有超越关系。最后，春秋晚期，虽然诗与乐发生了分离，但在根本意义上，中国上古时期的诗、乐、舞是不分的，它们共同归属于"乐"这个大概念。据此，如果说"乐"代表了中国政治追慕的最高境界，那么理想的政治也必然是被富有乐感的艺术表征的政治。

从以上分析看，礼乐作为中国传统政治的核心概念，它既具有内在的深邃性和饱满性，又具有外在的弥漫性和上升性。就其深邃性而言，它奠基于人的自然本性，即"人不能不乐"（《荀子·乐论》），"礼乐之说，管乎人情矣"（《礼记·乐记》）。就其饱满性而言，它以诗、礼、乐、舞等艺术方式诉诸人间教化，使现实世界成为一个被诸种艺术元素配置而成的美好世界。就其弥漫性而言，礼乐不仅规范人世，也通达自然，从而使礼的秩序和乐的和谐成为一种贯通天地人神的宇宙精神。就其上升性而言，礼乐在世而超越。按照儒家的三世说，人类社会按照据乱世、升平世、太平世的顺序进化，其中的"太平世"正是礼乐政治最终实现的时代。据此来看，如果说审美精神构成了中国传统政治的灵魂，那么诗、礼、乐、舞等则是它的践履和展开形式。或者说，从美到礼乐，再到诗、礼、乐、舞，构成了传统中国的立国精神或建国模式的精髓。

当然，后世学者在界定美和艺术之于传统中国的价值时，一般持一种工具主义立场，认为文学艺术的价值在于"润色鸿业"，即为现实政治服务。从历史上看，文学艺术被工具化，始于汉代士人在经学与辞赋之间制造的对立。如扬雄在《法言·吾子》中将辞赋斥为"壮夫不为"的"雕虫篆刻"之技，蔡邕则讲："夫书画辞赋，才之小者，匡国理政，未有其能。"（《后汉书·蔡邕传》）但从中国自西周确立的礼乐传统看，两汉以后经学之士对文学艺术价值的贬低，并不意味着它在国家政治生活中重要性的退化或消失，只是其价值被层级化了。像被儒家反复标榜的六经，至少其中的三经（《诗》《礼》《乐》）仍是以审美为核心价值的。也就是说，经学从来不排斥艺术，因为它本身就是关于美和艺术的教义。后来的经学之士之所以在文与道、经与艺之间挑起对立，无非是借此捍卫一种更具历史深度和本体意义的审美传统。而文学艺术的工具主义，则表明审美化的立国精神不仅对中华民族具有本体意义，同时也是成就现实事功的手段。这种体与用、本与末乃至古与今、雅与俗的统一，正表明美和艺术，或者一种崇尚风雅的精神，对于中国传统政治的整体贯通和普遍有效性。

三

最后需要指出的是，无论我们如何强调美和艺术之于中国传统政治的价值，都无法回避它在现实实践中遇到的巨大困难。比如，春秋时期极力推行周治的孔子，实际上是一个政治上的失败者。他周游列国，"斥于齐，逐于宋、卫，困于陈蔡之间"，"累累若丧家之狗"（《史记·孔子世家》），被他的同时代人讥讽为"知其不可而为之者"。（《论语·宪问》）

但即便如此，我认为仍不足以减损美和艺术对于中国传统政治的重大价值。这是因为，人类爱美的天性就是爱理想的天性。美和艺术虽然往往因为它的理想性而被人视为空幻，但缺乏理想引领的民族也必然会丧失生存的目标和方向。同时，美和艺术因为它的理想性而进一步显现为超越性。这有助于提高人的精神高度，从而使其制度设计具备人类视野，并因此在与其他政治制度比较中显现出优越性。在中国历史上，孔子之所以一生失败仍然广受尊崇，原因就在于他捍卫的周制具备这种理想和超越特质。中国持续数千年的民族矛盾，之所以多以异族对中原王朝礼乐政治的接受为终局，原因也在于这种政体具有道义的高度以及跨越族群差异的全人类价值。进而言之，一种具备审美特质的人文政治，必然会因为它的理想性、超越性和全人类性而对人形成绵长的吸引，并因此显现出恒久价值。孔子云："道之以政，齐之以刑，民免而无耻；道之以德，齐之以礼，有耻且格。"(《论语·为政》)就是在讲人文性的政治具有天然的道德感召力和情感凝聚力,这是国家长治久安的基础。

正是因此,自西周以降,中国文明没有发生重大断裂的维系力量并不是政治的强制,而是具有审美和艺术特质的礼乐教化。按《周礼》,西周时期的贵族子弟13岁至20岁最重要的任务就是修习礼乐。至孔子时代,教育的内容被更具体化为诗教、礼教和乐教。这种传统深刻地影响了中国人的价值观念:在国家层面,重视"郁郁乎文";在个体层面,重视"文质彬彬";在家族方面,重视"诗礼传家"。由此,衡量个体、家族、国家价值的尺度不是财富、权力和军事强力,而是他的教养以及由教养外发的风仪之美。比如,关于王朝或国家的定位,《礼记·少仪》讲:"言语之美,穆穆皇皇;朝廷之美,济济翔翔;祭祀之美,齐齐皇皇;车马之美,匪匪翼翼;鸾和之美,肃肃雍雍。"今人所谓的君子之国、礼仪之邦,大抵不过是由这种种的"美"作为标识的图景。关于民族或国家的特性,孔颖达疏《左传》郑玄注云:"中国有礼仪之大,故称夏;有服章之美,谓之华。"[1] 这显然是由美表征的一种文明优越性。在处理人际、族际乃至国际关系方面,近人费孝通云:"各美其美,美人之美,美美与共,天下大同。"[2] 这种由美开出的天下情怀与尚和观念,是中国传统美学的精髓所在,也是中国传统政治给予人类的最具普世意义的智慧。

从以上探讨可知,中国古典美学,其关注的对象绝不仅仅是文学艺术,而是有着关于天下国家的广远视野。中国文学艺术,其价值也不仅仅在于愉情悦性,而是具有为政治注入诗意又在理想层面引领政治的双重功能。自周公制礼作乐始,关于美和艺术的制度性建构就构成了中国传统政治的顶层设计,并生成一种"美治主义"色彩浓郁的国家观念。近人蔡元

---

[1] 李学勤主编:《十三经注疏·春秋左传正义》,北京大学出版社1999年版,第1587页。
[2] 费孝通:《百年中国变迁与全球化过程中的"文化自觉"》,《厦门大学学报》(哲学社会科学版)2000年第4期。

培讲:"吾国古代乐与礼并重;科举时代,以文学与书法试士,间设画院,宫殿寺观的建筑与富人的园亭,到处可以看出中国是富有美感的民族。"[①]讲的就是美之于传统中国的陶冶和凝铸作用。在当代社会,这种由美孕育的国风,对于促进社会和谐、推进国家文化强国战略以及强化"中国梦"的感召力,无疑具有重要的启示意义。

[①] 蔡元培:《三十五年来中国之新变化》,高平叔编《蔡元培全集》第六卷,中华书局1988年版,第86页。

"超越性"在中国当代艺术界的缺失

刘礼宾

刘礼宾,中央美术学院副研究员,美术学博士,硕士生导师,中央美术学院中国美术评论基地秘书长,中国文艺评论家协会会员,中国雕塑学会理事。

"超越性"和"介入性"应该是中国当代艺术的两个指向,但在时下,相对于"介入性"各种变体的发展来讲,"超越性"的缺失是急需警醒的问题。此处凸显这个问题,旨在明确这一长期被忽视的维度,列举它被遮蔽的原因及其造成的对诸多艺术现象的遮蔽或拔高，从而引起从业者和旁观者的警觉。正本清源，给艺术家开辟一个理论的栖息之地、创作的着力之点，为中国当代艺术开启一扇长久半闭半掩、时开时合的"门"。

一 "超越性"为何被遮蔽？

（1）19 世纪中叶以来，国家危亡的遭遇，对"民族国家"确立的期待，列强侵略的痛楚，艺术服务对象的明确，对"现代"的憧憬与期待，乃至强国富民的迫切感等，均使"美术"（以及各种艺术门类）转向现实，自动或者被迫的"工具化"，使"超越性"成为一个悬置的问题。

从"美术改良说"到"美术革命说"，再到徐悲鸿对于"写实主义"的强调以及与"现代主义"的争论，"国画"一词的出现以及"国画家"的艰难探索，新兴版画运动（亦包括随着印刷业发展而兴起的漫画创作）的如火如荼，倏然由为寺庙、陵墓服务的传统雕塑转为指向现实的中国现代雕塑的出现。20 世纪上半叶，各个门类的视觉艺术家均有一大部分在寻找一个"路径"——艺术介入外在现实之路径。在如此国民惨痛遭遇之际，爱国志士乃思自身化为枪林弹雨射向侵略者，何况艺术创作？

1949 年后，服务对象的明确，服务意识的强调，在改革开放之前，艺术家的"超越性"追求多被归类为"小资情调""风花雪月""封建迷信"等，并将艺术倾向与权力阵营相连接，此时，再谈"超越性"已经不仅是一个艺术问题。

20 世纪 80 年代之后，起初对于"现代"的痴迷，此后对"后现代"的推崇，再到时下对"当代"的讨论，其实都潜藏着一种时间的紧迫感，对"进化"最高层级的向往，一直潜藏于艺术家的创作之中。这既源自对平等"对话"的渴望，也源自百余年来一直处于"学徒"地位的自卑心理。追赶 GDP 增长指数的心态在艺术界并不乏见。

分段论、进化论基础上的时间模式构建了一个"咬尾蛇"怪圈，个体陷入其中，在"过去""当下""未来"三段之间的穿越、突围、延续，都会陷入模式之中。个人如此，一个国家何尝不是如此？

（2）知识分子所推崇的"反思"所蕴含的"平视"视角，使"敬畏"变得稀缺。再加上20世纪后半叶的"打倒"，90年代"后学"的洗礼，本来几近隔绝的"传统"体无完肤，而西学的引进多在"经世致用"层面，其理论的超越性维度被忽视，这表现在各个学科，各个领域。

俯视使人愧怍，仰视使人失节，平视方能不卑不亢。或许，"平视"是知识分子最可贵的品质之一。笛卡儿的"我思故我在"或许是中国流传最广的谚语之一，所有一切，必须放在"怀疑"的放大镜下来重新审视，没有经过"反思"的经验、历史、人物乃至生活是不值得肯定的。

问题在于：反思者本身的知识结构、道德水平、反思动机，特殊时代给他留下的心理架构很少作为被考量的对象。

敢把皇帝拉下马，有的是勇气、胆量，缺少的是什么呢？借助知识量的占有，很多知识分子把历史人物与自己的水平扯平。"扯平"是"平视"吗？

孔子、老子、孟子等皆被解构，或成"丧家犬"，或成蝇营狗苟之徒。人们津津乐道朱熹之时，并非谈他的"理学"主张，而是坊间流传的逸闻趣事。在考古学、历史学、地理学等学科的新发现之下，儒、道、释三家的核心要义变得虚无缥缈，人们只是看到一把把好似剪断云彩的剪刀和斧头。

"西学"引进百余年，各学科奉为圭臬的先哲无数。在突出其在各学科的独特贡献之时，其背后错综复杂的知识背景往往被过滤。尤其在当下的语境下，他们的宗教背景或者被弱化，或者被剔除。比如美术史学家瓦尔堡和"占星术"之间的渊源、福音派教义对罗斯金的重要影响、牛顿乃至笛卡儿的宗教背景、荣格与《易经》的关系、包豪斯机构中的宗教人士的影响力、蒙德里安的宗教信仰、导演大卫·林奇的禅学背景等均被忽视。"经世致用"可得一时之利，但削足适履的阉割所引入的学科知识往往是孱弱的。无源之水在本地况且难以长流，何况在中国？我们严重低估了他们知识的诸多来源对他们的影响力。或者我们只是习惯了俯视、"伪平视"，放弃了仰望星空。

（3）"简单的二元对立思维"——"社会决定论"——"意义明确论"（推崇"有效性"）——"再现论"，形成了环环相扣的链条，弥漫于创作、教学、批评的各个领域。创作者、研究者对自身的思维模式缺少反思。

"二分法"本来是人类正常的思维方法之一，但是忽视复杂性、多面性、历史性的简单"二分"从而形成的"简单的二元对立思维"却是具体时空下的产物。简单抽象，分成阵营，制造"对立"，目的是一方压倒另一方，是这一过程的习惯步骤。

在此，"分类标准"是一个关键问题。标准在特定时期是多变的，"财产"曾经作为标准，"出身"曾经作为标准，"贫富"可能是当下的主要标准变体。

去除复杂，掩盖问题，减弱问题意识，最后坚持的只能是一个立基自存的"伪立场"。站位易得，"立场"难求。

既然不能寄托于"超越性"，那么就会走向"现实性"。而这个现实性，又自限于"社会决定论"强硬的框架之中。由于"简单抽象思维"的隔膜，此"现实"非彼"现实"，而是各种话语，尤其是主流话语所制造的浮光掠影。在这里，"话语"的真实性恰恰是不容置疑的，它不仅是认知问题、文化问题，也是政治问题、国家意识形态问题。

为了追求艺术的有效性，必然强调意义的明确性，如此便需要删繁就简，丧失的是艺术的微妙性、模糊性，而"微妙性""模糊性"正是艺术的价值所在。比如，将绘画作品抽象为一个口号容易做到，但可能得到的只是一张具有明确意义的宣传画。如果还是词不达意，可以在画上面写上标语。

"简单的二元对立思维"恰恰与 20 世纪所推崇的"再现论"暗通款曲。主客观世界分裂，无论如何再现、表现，都可以视为主客观世界沟通的一个桥梁，但此时丧失了主客体相容、相融、合一的可能性。何况，"再现论"有一层华丽的外衣，那就是科学。当科学的求真精神变为"唯科学主义"的时候，它又变成一套更加强硬的桎梏，对其不能有丝毫怀疑，科学所推崇的实证反而退居二线乃至烟消云散了。

如此之"再现"，其实只是模仿或者照抄，对象可能是风景、山水、特定人群，抑或是图像构成的第二现实，但除了证明自己具有不明所以然的技法能力之外，实在看不到其他什么价值。

传统艺术形式，比如绘画、雕塑等如此，观念艺术、装置艺术、多媒体艺术等无不落入窠臼。创作如此，教学亦然。作品艺术形式的花哨，并不能掩盖固化模式的影响乃至限制。

（4）现实世界的迫切性、长期的劣势地位所导致的民族自卑心理使"超越性"似乎遥不可及。

"平视"是平等对话的前提。但百余年来，国力的衰落、民族的屈辱、经济的劣势、科技的落后，这些集体性的记忆已经深深影响了个体心理状态。

"西方"当然是一个包含太多信息的术语。它有自己的历史渊源，也有自己的盛衰曲折。但当这个"西方"被抽象化为一个笼统的概念的时候，它的能指早就发生了无尽的漂移。而在中国百余年的历史中，对它的观照、憧憬、反叛、抗争都在强化它的存在。

隔在星空之间的这团云层可能百余年后会渐渐散去，但此时它的存在毋庸置疑。暴雨之下，怎能妄谈"超越之维"？至少大多数的民众是很难做到的。

在这样一种心理之下，即使有艺术家取得了全球意义上的某种成就，当其作品涉及某种"超越性"时，反而被国内环境下成长起来的一些批评家所不容。批评的逻辑也极为简单与粗暴——这些艺术家借用了"中国传统符号"。

简单抽象的思维往往看不到艺术作品的价值所在及其微妙性,而最容易捕捉到的就是"符号"。这类阅读模式的背后,其实还是追求明确意义的冲动,仍然是简单"再现论"的比照逻辑。

(5) 20世纪特定的知识构成使中国古代画论核心词如杯弓蛇影,也影响到对中国画的阐释。

在"唯科学主义""再现论"的背景下,对中国古代画论核心词的理解发生了扭曲。比如"外师造化,中得心源"。现有的惯常阐释中,对它的解释是:"造化",即大自然,"心源"即作者内心的感悟。"外师造化,中得心源"就是说艺术创作来源于对大自然的师法,同时源自内心的感受。

在这一解释中,可以注意到以下几个问题。

第一,"造化"被物质化、静态化、客观对象化为"大自然","万物相生,生生不息"之类的演变之理、动态特征在这样的解释中完全看不到。

"物质化""静态化"过程和20世纪流行的"唯科学主义"有关,当然,唯物论在此起了至关重要的作用。而"客观对象化"很大程度上是主、客观二分法的流行所造成的必然。

第二,"师",在"再现论"的背景下,多被理解为"模仿""临摹"。在这个词组中,"师"是一个动词,除了有"观察"等视觉层面上的含义之外,应该包含了"人"(不仅是艺术家)面对"造化"所构建关系的所有题中之义,比如"体悟""感知",也包含"敬畏""天人合一"等更深层的哲学含义。这个问题看起来只是个理论问题,其实直接影响到艺术家的"观看之道""创作之法"。

第三,"中"被时代化了。按照对仗要求来讲,"外师造化,中得心源"中的"中"应该为"内",或者"里",但是张璪写的是"中"。"中"与儒、道、释三家都密切相关。比如"中庸"等,又和三家实践者静坐、打坐、修行的身心经历以及追求相关。

问题是,"中"被普遍理解成的"内",是个什么样的内?是翻江倒海、瞬息万变之念头?还是现代主义所推崇的精神癫狂,极致追求之渴求?抑或澄明之境?还是洛克的"白板"?以及"中庸""涅槃""悟道"?

几种状态,哪一种称得上"得"物象相生之法,气韵贯通之理,万物自在之道?如果联系"致中和,天地位焉,万物育焉","中"在此处更多的是一种修为状态,而非惯常解释之"内心"。

第四,时下的理解,"中得心源"是指"得"到情绪、感知、情感波动、灵感时刻,乃至激情。将"心之波动"理解为"心源",这就类似把河流的波纹理解为河流的源头了。

对中国古代画论核心概念的"当下理解"比比皆是。每个时代都会对以往的概念进行重新阐释,这不足为奇,奇怪之处在于,当宏大的、被删除了超越性的西方学科系统笼罩在本不以学科划分的"画论"之上时,基本切断了"画论"更深层的精神指向,尤其简单化了画论作者经、史、子、集的治学背景,以及个人道德诉求,更甚之,曲解了他们的生命状态。

这不仅是针对画论作者,而且也包含我们现在所称的"画家"。

二 忽视"超越性"遮蔽了什么?

(1)"主体"问题的被忽视。反映在美术界,"当代艺术家"被单层面化,"艺术家"精神活动的复杂性、个体性、超越性被忽视。

从历史维度上来讲,"文人"向"知识分子"的转变,本来就是"主体"的严重撕裂。当知识分子的反思和批判遭遇各种壁垒,而没有体制为其保驾护航的时候,其影响力和时效性就很值得怀疑,知识分子自我定位的痛苦也就可想而知了。修身，未必齐家，更别说平天下了。

20世纪以来，读书人一直在找寻自己新的定位，不舍传统，又能积极入世，"新儒家"基本是在这样的时空节点上产生的。如今看来，这一脉在现实中的实践并不得意。

自觉归类为"知识分子"一员的"艺术家"，只能放入这一更宏观的角色定位中去考量。目前，"艺术家"如何看待自己的艺术实践、现实定位、传承节点、与西学关系？尽管当下没有多少艺术家如此思考，但不思考不见得没有问题。事实是，这些问题在更深层面不停地搅动着艺术家的神经，呈现价值取向乃至艺术创作的混乱。

雪上加霜的是，对艺术家的深度个案分析至今依然严重欠缺。符号化解读的结果，致使很多艺术家被单层面化了。优秀的艺术家不停地向前探索，而"标签"却不消失。有些艺术家本身也在藏家期待、市场行为的作用中不得不屈服，成为符号、专利的复制者。

现实层面如此，在此语境中，再谈"超越性"，仿佛是一种奢侈。艺术家是一个时代最有可能接近"超越性"的群体，事实上，很多艺术家的确在做此类探索。

问题是，对中国艺术家传统转化创作的阐释常常遇到归类于"玄学"的困境，无论这位艺术家动用的何种传统哲学理念，都引不起观众或者批评者的兴趣。"神道儿了""玩玄的"诸如此类的口语评价，可以折射出批评界对此类创作的兴趣索然。这可能在于艺术家创作的无力，更可能是批评家自身对传统的无知。以基督教作为自己精神寄托的艺术家也面临类似的尴尬。

与此相类似的是高名潞所提出的"意派论"所受到的冷遇。高名潞指出西方艺术史仍然受困于"二元对立"的理论架构，"再现论"依然是其最根本的理论核心。高氏在对中国哲学的梳理中，期望给当代艺术以传统衔接之可能，由此提出了"意派论"观点，并做了细致的当代艺术梳理。

尴尬的是，由于过多触及"传统"，至今在批评界并无有效的回应，也无有效的分析。

（2）"艺术语言"问题的被忽视。背后是对"艺术本体"的无视。"语言"相对于"题材""立场"而言，变得好像不太重要。

在三十多年的中国当代艺术发展历程中，"题材批判""前卫批判"发挥了其作用，但"艺术语言的批判性"在文本梳理、展览展示中一直被忽视。在"事件"优先、"立场"至上的当代艺术氛围中，前两种批判中的潜在的"艺术语言"线索也被遮蔽。深层原因是对"艺术本体"的严重忽略，更深的原因来自"庸俗社会文化论"的扭曲变形，无孔不入。

如果细致梳理中国当代艺术史，从吴冠中对"形式美"重要性的提出，到"85美术新潮"艺术家在语言层面的探索（比如浙江美术学院张培力、耿建翌有意识"平涂"，以对抗"伤痕美术"艺术家的苏联、法国绘画技法传承）乃至90年代的"政治波普"艺术家的语言特质（比如张晓刚此时期绘画语言特征的转变），以及新媒体艺术、装置艺术、摄影、行为艺术等，都可以发现"语言"一直是困扰、促成艺术家创作的一个最敏感，也最具挑战性的命题。更毋论中国抽象艺术家的持续探索——实验水墨艺术家融合中西现在看来并不十分成功。

时下，当代艺术家的"艺术语言探索"已经漫出视觉语言层面或者抽象艺术领域，已经成为"主体"自我呈现的一种方式。"物质性""身体在场"被反复提及，两者紧密的咬合关系也已经建立，他们的"批判"已经冲出"题材优先""立场优先"这一弥漫于20世纪中国艺术的迷雾，并与西方艺术界对此问题的探索表现出相当大的差异。如果此时不把这样一种探索进行充分展现，可能是我们的失职。

（3）被中国艺术界忽视的艺术现象（列举）。

其一，恪守"传统"一脉的水墨创作被忽视，近几年有转机，比如卢甫圣、丘挺、泰祥洲、侯拙吾、何建丹等。相对于求新图变的国画家来讲,这些艺术家力求避免陷入二元对立的"再现论"窠臼,从宋元明清乃至先秦探寻国画产生的源头,于笔墨方寸间,将自己对文化传承的体悟,时代格局的判断注入其中。在风格求异求新的今天,其作品不是让人兴奋,而是让人敬畏和沉静。

其二,"素人"画家(没有经过专业训练,但基于特殊经历从事艺术创作的艺术家,这类艺术家在中国数量庞大,且很多作品艺术价值很高,比如最近几年出现的"美院食堂画家"汪化)的被忽略。前几年,长征空间推出"素人艺术家"郭凤仪,上一届威尼斯双年展,郭凤仪作品参加了主题展。网上的讨论集中在郭凤仪的"神婆"身份,以及她知识结构中的道教渊源。其实,中国当代艺术界对如此"身份",如此"玄学背景"艺术家是缺少容纳度的,本来"素人艺术家"在国内艺术圈一直不被关注,他们的出路主要在于获得国外诸多素人艺术家博物馆的"发现"。网络上一面风传着澳大利亚老太太80岁才开始学画,作品价值上百万元人民币的"传奇",一边对本国的"素人艺术家"嗤之以鼻。这背后到底出了什么问题?

其三,艺术界、学院创作中的"有机""世界"倾向被忽视。如果对此现象不太明了,我们可以设想美国著名女性艺术家奥基弗在中国会是怎样的遭遇?

与此相对应的是对"爱"的表述的乏力。2015年11月,配合在林冠画廊的个展,小野洋子的讲座在中央美术学院美术馆举行。在讲座开始前,小野洋子用毛笔写下"世界人民团结幸福福福福"几个大字。后期对讲座的报道,多集中在她看似怪异的行为,其实"爱"是小野洋子在整个过程中最为关注的话题,这不禁让"恨意"弥漫的中国当代艺术界尴尬。

其实当代艺术圈不乏有着丰富的个人世界、从动植物世界汲取作品意象的艺术家和学生。他们的世界广阔、富饶、充满神奇的线条与色彩,那是一个绚烂多彩、爱意充盈的世界。在寻找"意义"的观众面前，他们的作品多是"无效"的。

其四，抽象风格（或者"意象"风格）艺术的精神内涵长期被忽视，近几年有好转迹象，比如尚扬、谭平、马路青等人的创作逐渐被重视。出现这一现象，和"艺术语言"长期被忽视密切相关。更深层面讲，抽象绝非仅仅是语言问题或艺术形式问题，它所呈现的艺术家对完整主体性的追求，对传统渊源当代转化的探索，都蕴含丰富的基因。

在他们的创作中，笔触如有温度的生命印记，颜料交织融合的肌理似张开的毛孔呼吸着，证明不为再现服务的自我的在场。笔触作为身体与物质触碰的结果，成为身体与物质交互生成的异质存在。当这一存在不再仅仅服务于客观世界的图像再现时，笔触自身的特性便得以在画布上自由显现。笔触仿佛成了物质与画家的精神肉体，时而转动，时而狂奔，时而跳跃，时而慢行。画家通过动作牵动着笔触，体验着生命运动的痕迹——上一刻的速度，这一刻的力度以及下一刻的方向；笔触自我激活的强烈的在场性也对身体形成强大的吸引力：由身体所控制的每一次落笔都由前一笔所引导，笔笔相生。

艺术家身体内的气息游动与心念变化伴随双手的游走穿透艺术品。稍对画面用心的观者便能感知这种精神上的气息是如何穿透毛孔，随着呼吸进入心灵的。因此，身体与作品的关系不仅发生于艺术家身上，而且向观众身上蔓延，形成一种即时的观看现场。此时，"剧场"存在与否已经不是关键因素。

艺术家的主体建构既需要时刻内省式的自我反观，也需要保持对于"物"的敏感与反思。这双重体验是参透心性与物性的起点，若将这两种省思深入下去，主体建构的过程便逐渐清晰地显现成"物我同化"的过程，并通过艺术创作最终于作品中展现其融合的成果。

由于每个人的心性不同、面对的物性不同，"物我同化"过程及落实在"体"上的语言转译也就不同。物性与心性的交织让外在的"体"变成一种实在的错觉,并只有相信这是一种错觉,才能看到主体的心性与物性是以何种样貌交融于这个世界的,从而成为中国当代艺术家拒绝再现主义、坚持语言纯化的一种独特方式。艺术语言使"物"的实在结构与文化心理之间形成巨大的张力——隐秘的力量。

其五,对当代艺术家的近期创作转型阐释的无力,如面对隋建国《盲人摸象》、展望《应形》等近几年无明确主题指向、符号或者材质无明确含义的创作,很多批评处于"失语"状态。作为中国最具代表性的两位艺术家、雕塑家,为何几乎同时出现了这一转向?这是偶然吗?显然不是,是他们在与"物"(雕塑泥、不锈钢)的几十年浸润中,激活了身体与材质的互通性,而这与中国人注重触觉的感知方式息息相关。

"物"是什么?当"物"被套上"实在"这层外衣时,就进入了真空状态。当"极简主义"进行极致的"物"展示,企图以"实在"凸显物性,只是停留于物质的物理外表层面,并配合剧场化的情境从视觉上对观者进行"欺骗"。"形式"只是物质的形貌。即使"极简主义"艺术家参与了"形貌"的制作,但这样的"介入"并没有将"艺术家"放入作品之中。艺术家还是"物质"的"观望者",其背景仍然是主客体对立关系的世界观。

关注"物我相融"关系,不仅表现在中国传统文化的各种文本中,作为哲学,抑或玄学,缺少与当下衔接的土壤。但这一关系,在日常生活层面,依然影响着人们对物我关系的理解。也影响着艺术家在创作过程中对材质的感受方式和介入方式。

"主体"感知方式的特殊性,会导致作品艺术语言的差异性。受弗雷德质疑的"剧场"中的"物性",因中国艺术家对"物质"的特殊理解与感知,再加上其身体所承载的历史记忆,在创作过程中将这一感受渗入作品材质之中,反而使作品具备了相对的"自足性"——没有剧场,这些作品依然可以成立。

其六，因为不符合时下主流批评话语的理论架构，"隐士"艺术家被大量忽视。山西省的大张的自杀，可能是中国当代艺术界绕不过去的一个话题。在过多以市场价格、知名度、出镜率为追逐对象的当代艺术界，诸多默默探索、体系庞杂、精神指向超迈的艺术家并没有获得关注，只好自生自灭。

三 忽视"超越性"抬高了什么？

（1）"主体"的简单化，"戾场"优先、"立场"缺失的艺术创作的哗众取宠。

在当代艺术领域，艺术家也需要表态，通过艺术作品进行言说，表达自己的文化批判性和前卫性。"表态"是艺术家艺术立场、思考状态的呈现，也是艺术家获得"前卫"身份的必备条件。笔者质疑的是，当"表态"变成一种身份获得的筹码的时候，这种表态已经变得无足轻重，只是名利场的赌注、噱头，和出身鉴定、血亲认祖没有任何区别。尤其值得注意的是，在商业利益充斥的当代艺术领域里，这种表态成了获得经济成功的途径，以及故作姿态而全然没有实质内涵的"前卫"艺术家的一部分，有点类似激愤的小丑，做着文化巨人的美梦。

强调文化多元、突出身份差异、做虚拟的政治批判、对时下全球格局进行后殖民主义分析……在所有的现实政治环境和意识形态控制的氛围中，这些姿态都具有背离现实、反思现实的正确性。但在艺术领域，判断这种正确性的基础是什么？是不是仅有一种姿态就够了？批评家是不是看到一种反叛的姿态，就要赞誉有加？在当代艺术领域，对现实社会的反判姿态已经具有一种无法讨论的"正确性"，对这种姿态的质疑仿佛就是和主流的合谋，但是我要质疑的是，如果一种没有立场的"反叛"沦落为"时尚"和投机取巧的"捷径"以后，它的针对性是什么？批判性何在？

如果说主流艺术是在给现实涂脂抹粉，那么在我看来，这些伪前卫艺术家是在用状似鲜血的红颜料使自己在前卫艺术领域"红光亮"。

"仅作为表态的前卫性"之所以成为可能，在于许多艺术家仅将"前卫"视为一种表态，而这种表态和自己的立足点却了无关系，前卫成为一种可以标榜的身份，一种貌似叛逆的、言不由衷的站位。与"传统"的简单对立和盲目逃离，不见得就是"前卫"，缺少现实批判性的"前卫"，就像射出去的无靶之箭，看似极具穿刺性，实则轻歌曼舞，毫无用处。

尽管在现实情况下，各类"他者"的现实权利并没有实质性的增长。但以"他者"为立足点的各类艺术创作却在艺术领域有了独特的地位。一方面，进行此类创作的部分艺术家，或者放大自己的真实边缘状态，或者已经金银满屋、名车豪宅，依然标榜自己的边缘状态，并基于此进行创作。另一方面，以"他者"为处理对象的一部分艺术创作仅将选择"他者"视为一种策略，作为自己进军当代美术界的利器，于是，只有边缘人群成为被选择的对象，唯有血腥暴力成为吸引眼球的诱饵，第三世界反而成为国际展览的"主角"。在这样的正确性中，作品的艺术性无人问津，艺术评价标准成为"题材决定论"的变体，艺术作品则沦为理论的注脚，"他者"权力在艺术领域被无限扩张。

自文艺复兴以来，"艺术家"这个群体开始在欧洲获得独立身份，经历过现代主义的"艺术英雄"阶段，"艺术家"获得更加自由的空间，强调"艺术自律"的现代主义艺术史无疑慢慢将这些艺术家捧上了神坛。从尼采说"上帝死了！"之后，艺术家在某种程度上侵占了神坛的一角。尽管在中世纪以及之前，他们更多是为神坛服务的奴婢。

自古以来，中国的职业"画家""雕塑家"（或者统称为"职业艺术家"）从来没有很高的社会地位。只是更多文人介入绘画，才使其地位得以抬升，但是他们身份的真正独立是在20世纪。西方的社会分层机制影响了中国，"艺术家"逐渐成为一个可以与"读书人"（20世纪分化出的一部分被称为"知识分子")平起平坐的社会角色。

这是我们谈论"艺术家"的历史语境。当我们说"艺术家"时我们在说什么？说的是哪个类型的艺术家？

我想很多人说出的是现代主义的"艺术英雄"们，凡·高、塞尚、高更、毕加索、马蒂斯……中国与之对应的有林风眠、庞薰琹、关良、常玉、潘玉良、赵无极、吴冠中……杜尚颠覆了现代主义的艺术自律模式之后，我们怎么看艺术家呢？随之而来的社会文化史的研究方法更是从各种角度指出这些"艺术英雄"与社会的更深层的关联性。

杜尚之后又出现了博伊斯，随后的安迪·沃霍尔、杰夫·昆斯、村上隆，接连颠覆"艺术"和"非艺术"的界限，于是有艺术史学者惊呼"艺术死亡了！"

这一得到发展的艺术史脉络以共时性的方式在中国纷纷登场，各有一批拥趸。中国当代艺术以其"批判性""介入性""问题针对性"为主要基点，其实和康有为、陈独秀、徐悲鸿及其学生，国统区、根据地新兴木刻运动乃至"艺术为工农兵服务"政策有更多的潜在的关联性。

上述两个貌似对立的艺术史阐释模式无时无刻不在影响着中国艺术家。

但有两个问题一直是中国当代艺术的软肋：一，艺术家主体性的自我建构；二，中国当代艺术语言的独立性。

在潮流的激荡中，在现今的政治、经济、文化语境的笼罩下，很少有年轻人能成为时代的"冲浪者"。技术难以对付情景的时候，发一两声尖叫，或许能引来更多的关注，这也是"戾场"的由来。纵观这十几年的中国当代艺术，多少青年艺术家采用这样的方式，并策略性地充当"事件艺术家"？当短暂的浪花平息之时，发现自己只是一个尴尬的裸奔者。

不"立"何来"场"？中国当代艺术的转型期是否已经到来？包括我

在内的所有人可能都只感觉到一个朦胧的意象。但基于对自我主体的塑造与深入挖掘、对社会问题更细致关注的心态已经出现，这不能不让人惊喜。

"从戾场到立场"与其说是一个判断，不如说是一份期盼。抛出这个问题可能会引来更多的警觉，这份警觉不仅对艺术创作有益，对批评行为、策展活动、当代艺术史的书写可能都是有价值的。

（2）"艺术语言"的大量简单模仿。比如"德表风""里希特风""霍克尼风""李松松风""王音风"。当下市场推动的"视觉抽象风"。前些年海外市场大行其道的"抽象水墨风"等。

在摄影术发明之后，艺术家便在借用各种艺术手段"突围"。某种程度上说，一部西方现代主义艺术史可以视为一部艺术家突围史。更遑论伴随着印刷术的进步，各时期视觉资源、经典作品通过书籍的传播，现在随着网络、移动终端的兴起，世界已经形成一个图像的海洋。除去我们惯称的"自然"（Nature）之外（其实我们观看"自然"的方式，也受到了图像传播的极大影响），艺术家如何处理这一"海洋"，已经是一个无法回避的问题。

中国改革开放之后，艺术界更多遇到的是西方艺术作品图像的轰炸问题。当时能看到比较精美的印刷图片，或更幸运能出国看到原作的艺术家，在某种程度上都改变了原有的对艺术作品的模糊认识，澄清了对这类艺术形式的误读。当然，他们也感知到一种重压。面对西方绘画语言的精彩纷呈，一部分艺术家选择了模仿，或者不自觉地撞车，由此也引发了当代艺术批评对20世纪80年代部分艺术家的否定。另一部分艺术家在语言自觉的自我提示下，开始了漫长的艺术语言探索之路。

在中国艺术界，"与图像的对话"催生了几个重要事件：①20世纪80年代初乡土写实主义绘画的诞生；②与之相对应的杭州"池社"艺术家对四川画派部分艺术家的批判，对平涂技法的选择；③尽管出发点与"池社"不同，"北方艺术团体"部分艺术家也在风格上选择了忽略激情的冷静笔触；④20世纪90年代早期"新生代艺术家"以及"政治波普"艺术的出现；⑤世纪交替时"里希特式平涂技法"的流行，一直持续至2008年里希特个展在中国美术馆举办；⑥随之是"李松松式厚涂技法"各种样式的流行。伴随着后两者的，是在"解构主义"的名义下，各种"简单挪用方法"的泛滥，"毛头像""梦露"成为最多出现在画面中的符号。2006年前后，第四代批评家开始在这个问题上发力，并侧面导致了"抽象艺术"的"繁荣"。可是10年不到，我们悲哀地发现，大多数抽象艺术便成了"装饰画"，或者"观念的工具画"。尽管有奥利瓦这个"兴奋剂"的中国行，但"抽象"正在被市场透支。

其实"与图像的对话"远远没有结束……在中国当代艺术已经受到更多关注的当下，在市场起主导作用，批评逐渐式微的处境中；在国外艺术大师频频来访，引起一个个潮起潮落（里希特风、基弗风、弗洛伊德风、霍克尼风，或者即将爆发的……）的今天！这一"无根之木，无源之水"的境遇如何改变？又如何谈论中国当代艺术的语言逻辑、自足特征？已经成为一个不得不回答的问题！

从20世纪80年代起，王广义基于对贡布里希"图式修正"概念的个人理解开始了《后古典》系列作品的创作，到90年代《大批判》使他成为"政治波普"的重要代表人物，中国画家和"图像"的对话持续展开，到现在已经30年了。

在所谓的"图像时代"，"与图像的对话"可以和以前画家的"对景写生"相提并论，不过现在更像是"对镜写生"，这个"镜子"就是图像所构建的"第二现实"。时下绘画界问题出在更多画家难以审视图像，只是将它作为现实的替代品、既往速写工具的替代品、绘画的"拐杖"。对图像的简单处理常用两种方法：一是采取"小李飞刀式"的短平快方法，对图像进行简单截取、挪用、嫁接、对比；二是"金钟罩式"的滤镜化的处理方法，在图像之上覆盖一层个人化"笔法"。前者偏重题材，后者偏重技法。体弱者对"拐杖"更多是依赖，或者产生近乎"恋物癖"的眷恋而非审视，这无疑和任何图像理论都形成了南辕北辙的关系。

在电子媒体时代，绘画存在的空间愈加狭小，这可能是一种悲哀，但如果运用好这个狭小的空间所给出的"局限性"，或许能带给画家更多的创作可能性。面对"图像"的压力，如何面对现实？如何面对虚拟？好像都不再是简单的问题。具体的创作缝隙要由画家来寻找，扩大，并表现为具体的作品。"破图"不失为一种选择，"集合"其成果便可以呈现一代画家的努力轨迹。

（3）以"点子"为核心，动用各种材质，视觉化为"标准当代艺术作品"的情况泛滥。

各种类型的"标准当代艺术"喧嚣于当下，比如：

其一，标准化了的"坏画"。微信公众号"绘画艺术坏蛋店"里的"坏画"艺术家其实很多只是为了"坏"而怪。一个不会颠球的足球运动员，直接抱着球冲向球门，把足球当橄榄球打，谁又能说什么呢？即使看似"怪"，也基本陷入套路里面。一点涂鸦，几件现成品钉在画布上，再写几句英文脏话；里希特＋霍克尼＋视错觉＋青春记忆等；写实＋偶然肌理（俗称"鼻涕画"）。一种样式一旦出现，立即泛滥成灾。

其二，材料转化试验品。与绘画类似，用一截木头局部雕出一个西瓜，涂一些鲜艳的色；用硅胶翻制一个正在融化的石碑，或者坦克；把石头雕成的锁链和铁质锁链组合在一起；用透明塑料复制一下过安检的衣物等。基本是静态"蒙太奇"，简单的二元转化。

在现在的当代艺术展览中，还有诸多类型化的当代艺术创作，在表面炫酷的背后，其实是简单的思维习惯在作祟。

结　语

重提"超越性"的目的在于期待出现真正的平视视角，平视是完整的人之间的问题交流的基础，而不受没经思考的思维模式、知识结构以及民族心理的限制。正本清源，涤荡以往对中国当代艺术的猎奇眼光以及意识形态滤镜。真正的平视，并不需要自绝于"超越性"，而是对其传统渊源、现实处境、个人经历的充分尊重。

当然，也是自重！

文艺创作要提升文化品位[*]

钱念孙

钱念孙，1953年出生于芜湖，1979年毕业于安徽师范大学。现为全国人大代表、省政府参事、安徽省文艺评论家协会主席、安徽省社会科学院研究员，曾任安徽社科院文学研究所所长，安徽省文联副主席，英国杜伦大学、伦敦大学，美国马萨诸塞大学、汉普舍尔学院客座教授。1992年获国家"中青年有突出贡献专家"称号，同年获国务院"政府特殊津贴"。

---

[*] 此文系根据2016年8月在"中国文艺西安论坛"上的发言整理而成。

出版著作25部，先后五次获全国"五个一工程"奖，两次获"全国优秀畅销书奖"，三次获"中国图书奖"，另获"田汉戏剧奖""冰心文学奖"等省部级奖10余次。

谈这个题目是有感而发，源于近一段时期接触文艺作品的直接感受。

前不久一家出版社给我推荐一位少儿作家的作品，说这位作家现在比较受小朋友欢迎，市场反应颇好。其实，这位作家我认识，以前读过她的作品，觉得不过尔尔。怎么会一下成为少儿书畅销作家呢？带着这疑问翻看其作品，写的都是什么呀，几乎主要是写小学生如何想点子跟班主任或老师斗，或戏谑调侃，或起哄恶搞，想出各种办法对付班主任和老师，以让班主任和老师出洋相，甚至气哭老师为乐事。作品写这样的东西，迎合少年儿童喜欢调皮捣蛋的心理，所以受到一部分少儿读者的欢迎。

另一次是2016年3月在北京参加全国人代会期间，一位在京城北漂的朋友向我推荐一位画家，说他的人物画画得如何如何好，尤其在部队非常受青睐，不少将军都向他求画，让我一定去看看。在朋友陪同下来到这位画家的画室，一进门见到其挂在墙上的作品，顿时哑口无言，几乎就是上当受骗的感觉。他画了诸多国家领导人及部队将军的油画像，完全是依据照片用九宫格给人画像的路子，匠气十足，充其量只能算低端文化商品，与真正的油画肖像艺术品毫不相干。可就是这样一位"画家"，递上来的宣传小册子上却赫然标有吓人的名头：亚洲东方伟人艺术创作研究院院长、当代卓有成就的人物画大师等。

现在我们谈文艺创作，多强调深入生活扎根人民，强调现实主义创作方法对表现生活的作用。接触这两件事，虽然无法代表我们文艺创作的整体状貌，却能反映当下文艺创作的某些乱象。我深感当前文艺创作出现的许多弊病，远不只是文艺家生活积累薄弱的问题，不只是脱离生活拼凑编造的问题，还有很重要的一点，即文艺家对生活的认知、选择和把握，对艺术的感悟、理解和呈现问题。简言之，也就是文艺创作中的文化品位问题。

所谓文艺创作的文化品位，是指作品的内在品质和趣味风貌所呈现出来的格调与境界。它既有内容方面的蕴含，也有形式方面的要求，是文艺作品整体质量的一种把握和评价。

从内容方面看，我觉得文艺家首先要明确创作到底是为了什么。当然，文艺作品有娱乐的功能、认识的功能、审美的功能等，不可否认也有教育的功能。这几种功能，理论上可分开来探讨，实践中可以有所偏重，但几者往往相互渗透包容，难以截然剥离。尤其面向青少年的作品，即便偏向娱乐功能，教育功能也不应淡化和忽视，因为青少年缺乏成年人的鉴别力，对作品表露的思想观念和审美趣味很容易照单全收。如果我们的少儿文学热衷宣扬小孩如何与老师周旋，以突破纪律界限、不服老师管束为荣；宣扬同学之间斗智斗勇，简单灌输"胜者为王，败者为寇"的观念，他们将来怎么能够成为遵纪守法的合格公民？怎么能够成为乐于助人的心地善良之人？

当下的文艺创作，确实严重感染了简单追逐市场追逐金钱的顽症。一些创作者为提高发行量、收视率和票房收入，将人类精神食粮应有的宝贵品质，如崇高、正义、敬业、勤劳、坚韧、友善、乐观、宽容等抛到脑后，为了吸引眼球赢得市场，一味在逗乐、调侃、刺激、猎奇、悬疑、好看上下功夫，哪怕陷入低俗、媚俗、庸俗的泥沼也在所不惜。不可否认，文艺作品一方面是精神产品，另一方面也具有商品属性。它可以创造票房收入、销售码洋、收视率、点击率等，可以给文艺家带来版税、片酬、出场费等不菲的报酬。但是，文艺作品绝不能等同于一般商品，因为两者的使用功能迥然不同：人们消费一般商品时，满足的主要是物质的或生理的需求，而消费文艺产品时，满足的主要是精神的和情感的需求。

由这种差异所决定，文艺作品是给人真、善、美的滋养还是假、丑、恶的危害，或是低俗媚俗的麻醉，就不得不成为文艺创作者必须面对和考虑的问题。正是在这一点上，不同文艺作品呈现不同的文化品位和格调，有的洋溢着向上向善的正能量，有的充溢着低级庸俗的负能量；有的倾向高雅高尚的积极意义，有的偏向戏谑颓唐的消极意义。当然，还有不少正面价值并不突出，但也无明显害处的作品。不管怎样，肯定和推崇文艺创作中弘扬正面精神价值，强调文艺创作内容的文化品位和格调，对于医治当下文艺领域理想信念滑坡，精神价值缺失等病灶，无疑具有去邪扶正的作用。

从形式方面看，我们的文艺创作要提升文化品位，关键要充分挖掘和发挥各艺术门类表现手段的传统底蕴和呈现魅力。上面提到的那位少儿文学作家，不仅内容意趣的着眼点出现偏差，作品语言也过于浅露直白，像白开水一样清淡寡味，缺乏文学作品应有的语言意蕴。文学作为运用语言来表现生活和塑造形象的艺术，在中国已有近三千年的悠久历史，许多经典名著至今熠熠生辉。我国古典文学的语言之美，每个掌握和应用汉语的人都会由衷赞叹。"大漠孤烟直，长河落日圆"；"星垂平野阔，月涌大江流"，这两句诗，每句寥寥十字，就以鲜明的形象描绘出壮阔的场景，意境深远，脍炙人口。"漠漠水田飞白鹭，阴阴夏木啭黄鹂"；"碧云天，黄花地，西风紧。北雁南飞。晓来谁染霜林醉？总是离人泪"。这样的词句，不仅声律谐和，富有节奏，而且饱含色彩和声音，读来朗朗上口，韵味无穷。我们用汉语进行文学创作，是否讲究文字之美，是区分作家与一般写作者、创作与一般写日记或便条的重要分水岭，也是判断作品是否具有文化品位的重要标杆。我国古典文学语言简洁凝练，含蓄隽永，注重"言有尽而意无穷"，积累了丰富多彩的修辞和表现手法，值得每个创作者认真学习，仔细体味。

正如文学家要不断提高文字语言的表达水准一样，画家应注重对绘画语言（造型和色彩）的追求，书法家应注重对书写语言（结构与线条）的锤炼，戏剧家应注重戏剧语言（戏剧性和唱词）的魅力，音乐家应注重音乐语言（旋律和节奏）的美感，等等。文艺家应透辟认识自己所从事艺术门类的特点和奥妙，稔熟掌握其基本功并不断探索开拓，而绝不能为了迎合读者低俗口味或追逐市场效益，降低作品的艺术质量和文化品位。当然，粗制滥造，模仿剽窃，以及前面提到的"伟人艺术创作"等用"伪艺术"手段混迹于艺术市场，以艺术垃圾欺世盗名者，更是等而下之，不足挂齿了。

　　王蒙曾呼吁"作家要学者化"。陈振濂曾提出书法不仅是"书写技术"的比拼，还要做到"书写内容"的切己，应做到两者水乳交融。中国艺术传统历来强调"诗外功""画外功""书外功""戏外功"等。这些都意在表明：真正的文艺家一方面要对艺术技巧勤学苦练，精益求精；另一方面也要拓宽眼界，博览群书，增加自己的艺术素养，尤其是文化修养。只有这样，我们的文艺创作才能避免滑入"墙上芦苇头重脚轻根底浅"的窘境，成为一件件扎根中华文化沃土、吸收西方雨露滋养，吐纳时代风云、熔铸社会良心，彰显文化品位的精品力作。

现代戏创作新面貌的美学对视

孙豹隐

孙豹隐，男，汉族，生于1945年12月，山东即墨人，大学学历，研究员。曾任《文化艺术报》总编辑、中共陕西省委宣传部文艺处处长、陕西省戏曲研究院院长、陕西省文化厅副厅长、陕西省文联副主席、陕西省文艺评论家协会主席。系中华人民共和国文化部文化艺术专家委员会成员、中国作家协会会员、中国戏曲学会常务理事、文华奖评委、国家舞台艺术精品工程评委、国家文化创新工程评委、陕西省社会科学院特约研究员。已出版《孙豹隐文集》等二十余种著作。担任十余部摘得全国大奖的电影、电视剧、戏剧的总策划、艺术总监。所写作品获中宣部"五个一工程奖"等三十多项大奖。曾赴荷兰、德国、法国、日本、伊朗、美国、希腊、印度等国家以及我国香港、澳门、台湾地区进行文化交流活动。

伟大的时代需要优秀的现实题材作品发声讴歌，弘扬社会主义核心价值体系建设需要优秀的现实题材作品培育支撑。在时代的呼唤、人民的期待中，优秀戏曲现代戏应运而生。她们生气勃勃、题材多样、审美形态丰富、剧种特色异彩纷飞，编织起一道道绚丽的风景线，营造出令人欣喜的新面貌。对视这优秀的现代戏，放眼那动人的艺术形象，感受悲壮辉煌的伟大历程，领悟震撼人心的艺术魅力，足以加深我们对主流戏剧创作的理解，增强对当下现实主义题材、重大题材创作的信心。事实证明，主旋律作品并非歌功颂德的戏，并非老百姓不爱看，就是靠政府砸钱。优秀的现代戏是真正代表民意、立足民生的戏，其把"文艺"两个大字鲜明地镌刻在了自己的旗帜上，高高扬起了作为时代故事、时代精神支点的民族精神。优秀的现代戏有着对真善美、社会主义核心价值观执着的信奉，用心地关注黎民苍生、天下安危，揭示潮流，艺术地、美学地鼓舞人，打动人，引领人，滋养人。对视这样的作品，能够预见主旋律作品会有一个非常好的发展前程。

生活的主题就是现代戏的主题，时代和生活的价值取向就是现代戏的主旋律。贴近实际、贴近生活、贴近群众的时代之作秦腔《西京故事》，讲述的是一个平凡得不能再平凡的故事，塑造的是一群普通得不能再普通的人物。可就是这群普通人物演绎的平凡故事，却跃上舞台，绽放光彩，看得观众眼热心荡，情绪高涨，收获了催人泪下、振人眉宇、爽人胸怀的艺术效果。看看《西京故事》迸发出来的那一幕为群众熟悉、令群众歌哭、饱蘸时代风采、充满生活气息的生活秀，人们不禁思绪升腾。这部戏不仅为观众奉献了一台心连心的好戏，而且完成了对社会生活的一种历史记录，形象地展示出当下现代戏创作的一方实绩。

题材内容的扩展，让老题材焕发新的思想感召力，是当下现代戏创作的一大飞跃。关注老百姓的生存和情感、发挥戏曲以情动人的优长，不拘泥于说教，着力将英模人物塑造为感人的艺术形象，是豫剧《焦裕禄》的亮点。焦裕禄的故事是河南现代戏创作中表现最多的题材。以往的作品虽然不乏根据戏剧规律设置矛盾冲突，但大多没有超出一般"英模戏"的范畴。《焦裕禄》在更深更广的时代背景上去挖掘人物的内心世界，敢于、善于碰历史上的"敏感事件"，运用新的视角强化、开掘其中的戏剧性和思想内涵，使剧作呈现新的审美风貌。如第一场戏"火车站送乡亲"，就再现了当时外流逃荒灾民的真实处境，而焦裕禄向百姓深深鞠躬，诚信致歉，殷切嘱托，施礼相送，那种从实际出发的政治态度和以人为本的情怀，不仅感动、温暖了寒风中的灾民，更是温暖了今天观众席上的群众。"购买议价粮"是戏中的核心事件，是对主人公党性、人民性的一次巨大考验。疼百姓、爱百姓、为百姓着想，促使焦裕禄最终迸发勇气，在突破特殊时期某些政策局限的艰难抉择中，其爱民、为民、亲民的公仆情怀凸显出来，大幅度地提升了艺术形象的历史深度和质感。"让老百姓吃饱饭错不到哪里去！""让老百姓过上好生活，是咱们党的根本宗旨！"这些脱口而出的家常话、大实话，是焦裕禄对党性的最朴素理解，也是最通俗最贴切的真实表达。使得"党性"落地入心，党性、对党的忠诚与善良人性、对百姓的挚爱融为一体，托举起来的人物形象亲切无比。面对改革开放、市场经济的大潮，党群关系出现的新的挑战，《焦裕禄》所传递的对现实的观照、契合、呼应乃至针砭，体现出当今时代的需求和群众的愿望。剧作歌颂的民族精神的丰碑，释放着发人深思、振聋发聩的力量。

创作现代戏需要熟悉当事人的生存环境与生活形式，进而透过这些存在形式去挖掘深处的神韵。不然,现代戏故事编得再好,不像当事人的生活,观众不会认账的。沪剧《挑山女人》正是"写现代戏一定要下生活"的产物。一个普通的女人,以生命之"扁担"挑起生活之"大山",经春历秋十七年,蹒跚独行养大三个孩子。她从未想过类似"精神""信仰"之类观念性的东西,也无意去比肩"真、善、美"标杆。她,就是以自己的实际行动去做、去干、去奔突、去拼搏。可就是这样无声的行动昭示着生命因精神而坚韧,为人因真诚而善美。透过个人,中国千千万万之普通但蕴含了戏的博大主题奔涌而出。《挑山女人》剧为何能打动人,首要在于剧作表现出一种苦难中的独立与担当,展示出生活担当之不易、精神独立之可贵。而这种苦难、独立、担当的情境,在"真"的艺术发酵下容易让观众联系自己或身边熟悉的人那种经历。这种"接地气""暖民心"的创作热情,使得中华优秀传统道德的力量在舞台上下魅力四射。除夕之夜母子三人顶风冒雪挑山那场戏,舞台上呈现的是母子三人心慌气短、步履艰难、险境迭出,但流淌出的是母亲培育孩子品行所付出的心血及孩子们从中切身领悟到自己"岁岁长在母亲血汗中"的心语。据说,主人公此处的这段唱词在上海的沪剧观众中流传最快,学唱最多,大范围传播了一种质朴的、最能深入人心从而引起共鸣的美学情愫。优秀现代戏的艺术力量就是这般呼啸而出。

回避复杂的社会矛盾,丢失来自生活本应有的感人力量,导致人物变成干瘪的符号,是创作优秀现代戏的瓶颈。商洛花鼓戏《带灯》带着扑面而来的泥土气息,在风中摇曳前行。这个戏在各种尖锐纷繁的戏剧矛盾中,在诸多复杂真切的情绪波动发展中,展现了时代在艰难中缓缓进步的大趋势,描绘出时代精神多变而终于趋向光明的斑斓画卷。值得称道的是该戏贡献出了一个充盈着理想主义色彩而又脚踏实地的新的艺术典型。戏的主人公带灯是当下农村基层干部的一个代表性人物。她唱响的正气歌传递出当前社会的时代强音,她身上蕴蓄的为民情怀折射出新的时代、新的农村所需要的新型干部的素养与品质,是老百姓希望面对的那种好干部的一个缩影。带灯的艺术形象是近年来鲜见的、崭新的艺术形象。她的出现为千姿百态的现代戏人物画廊增添了一朵红艳艳的奇葩。今天,人民群众在生活中呼唤带灯这样的干部,在舞台上喜欢带灯这样的艺术形象。戏曲是审美的艺术,戏曲的美学精神是以人民群众的审美情趣为核心的。只有回归人民大众的沃土,才能真正继承和发展中国戏曲的美学精神,创作出为人民群众喜闻乐见的人物形象和优秀作品。这应当是《带灯》带给我们一个重要启迪。

增强人民精神力量,让"中国梦"温暖人间,是最新推出的秦腔《狗儿爷涅槃》的主题。该剧讲述了狗儿爷一家三代农民从爷爷辈到孙子辈半个世纪盼望发家致富的故事。这部由话剧改编而来的剧作,在戏曲化上下足了功夫。做到了将深厚的话剧思想力量融入戏曲之中,同时在表现狗儿爷一家三代发家梦的心路上比话剧更加细腻,把更适宜于表现狗儿爷的苦痛与挣扎的秦腔那饱含沧桑、慷慨激昂、悲悯悠长的风格特点发挥到极致。农民跟土地的关系是一个很大的课题,也是现实社会的一个基本问题。这部戏对这个问题的思考准确到位,在表现农民如何从压迫中翻身,如何在时代洪流中迷失,如何寻找丢失的灵魂和根的历史浪花中,无不真实鲜活,在与时代紧密结合的情节推动方面做得尤为生动扎实。整个戏表现出了中国农民孜孜不倦追求自己美好生活的爱恨情仇、点点滴滴,令人耳目一新。

一部优秀的现代戏很难一蹴而就,总是需要不断的修改、打磨、提升。吉剧《站醒台》是一出叩响人心,救赎灵魂的道德大戏。描述的是因鹿茸注水事件而引发的一系列矛盾和冲突。而这种戏剧冲突的特殊性在于特殊的家庭关系、亲情、人情与世俗社会矛盾的相互交织和纠缠。正是由于有了这种特殊性,整个剧情足以从容地层层递进,张扬出人物尖锐激烈的情感矛盾与性格冲突,展现出了饱含亲情、正直、良知、诚信的社会风尚。该剧以原先的《桃李梅新传》为蓝本，进行大幅修改后更名《鹿乡女人》在第十届中国艺术节上亮相，再经过精心打磨，有了这个新版本。人们注意到《站醒台》较之前身，主题更贴近时代，人物更加鲜明，剧情更合情理，表演更为成熟，舞台也更具艺术风采，可以说有了很大的提升。《站醒台》的剧名，在突出"醒台"在全剧中的核心作用的同时，不仅更符合该剧主题立意的初衷，而且更加彰显了"站醒台"对人的警醒和救赎意义。在培育、践行社会主义核心价值观的今天，该剧弘扬的那种自省精神有十分积极的意义。而其几经修改的经验为现代戏创作提供了有益的借鉴。

  现代戏创作一不留神会缺乏戏曲所应有的艺术语汇即缺乏戏曲化。现代戏创作不能因为表现的是现代生活而大量抛弃戏曲所必需的技术和程式。将戏曲的传统程式和技术通过创造与剧情结合，与人物结合，与人物的情感结合是现代戏创作的一大关键。解决好这个问题实际上也就解决了戏曲继承和创新的问题。京剧《西安事变》注重调动多种技术手段（这恰恰是扩大现代京剧审美接受消费群体的一个前提），声、光、电的视觉呈现开始跟上了这个时代舞台美术的节奏。舞台视觉表现力上不只是把西安古城搬上舞台，更是运用解构的方式提取了西安的特质元素，进而以虚带实，通过虚实结合来细腻地表达人物的心理活动。音乐融合京剧乐队与交响乐共同营造出史诗气象，助推人物唱出了英雄气概又唱出了京剧韵味。晋剧《红高粱》，开场舞台上满是实景红高粱。随着剧情和表演的需要，实景上下滑动，演员所有的唱做表演没有受到丝毫限制与影响。"野合"一场，实景展现的那片高粱地，男女主人公把成片的高粱用脚踩倒；"野合"过后，高粱不需要了，随之"下场"。当舞台表演需要有高粱作背景的时候，则灵活使用LED和三维投影，浓烈地烘托了演出效果。这样，戏曲传统与现代技艺融为一体，舞美实质性地参与了人物形象的塑造，意境意象更为真实丰满，既完好地保留了晋剧艺术的本体性，又卓有成效地增加了舞台的表现力。北路梆子《云水松柏续范亭》中的"滹沱老人",实际意喻一个体现我们民族的"松柏根""云水魂"的见证人,是一种戏剧现代美学上的"叙述体戏剧观"浸润民族风韵的实践运用。演员塑造的是具有历史特征的人物形象,内蕴却透视出深厚的梆子基本素养和创造活力。声腔极尽北路梆子高亢曲调的渲染,在抒发人物灵魂与激情的同时,充分渲染了北路梆子曲调的音乐美,舞台上涌起畅快人心的北路梆子传统的艺术美质。优秀的现代戏演绎现代生活需要根据当代观众审美进行演出,在传统艺术影响力基础上进行新创造,彰显新的戏曲美学风范。评剧《母亲》在叙事、结构、表现形式等方面着力做出新的探索,以新歌舞演故事,运用时空变幻,超越了戏曲传统的叙事方式,剧中的场景、情节、氛围、人物情感、表演手段、形体塑造、音乐烘托、节奏滚动、灯光引导相辅相成、互为辉映,舞台整体效果飘起一种诗化色彩,对中华优秀传统文化进行了创造性的转换和创新性的发展,体现出中国的品格和气魄,保持着评剧传统而又充盈着评剧艺术体系,完成了对中华美学精神新的发扬。

  扫描戏曲现代戏的大舞台,对视引发心跳的优秀作品,我们有理由说,当下戏曲现代戏创作花团锦簇,气象骄人。当然,从人民要好戏的大需求、大视野来思考问题,也必须看到现代戏同其应当拥有的地位、可能达到的标杆还存在着一定的差距和不少薄弱环节。能够称得上"高峰"的作品还不够多;写好"英模戏"的全面突破还没有完成;在传承上、形式表现上离理想的殿堂还有遥远的路程。"忽如一夜春风来,千树万树梨花开。"我们幸逢戏曲现代戏繁荣发展的盛世,只要我们牢记艺术讴歌伟大时代的使命,坚定不移地深入生活、扎根人民、乘势而上,就一定能够开创优秀现代戏创作不落的潮头、无限的辉煌。

推动当代摄影大潮的引擎

——摄影通感与跨界的感悟

索久林

　　索久林，中国摄影家协会副主席，摄影理论委员会主任，中国文艺评论协会理事，黑龙江省摄影家协会主席，一级作家。

　　当下，数字和信息技术的迅猛发展，已经使摄影成为全民、全社会参与的全球性的汹涌大潮。作为视觉艺术，摄影在这种大潮的波风浪谷间，正发生着突飞猛进的变革。摄影的认知方式、构成方式、呈现方式、推进方式都不断地发生着新的变化。摄影作品中，视觉、听觉、触觉、味觉、嗅觉、意觉多感互通的艺术通感要素，摄影与文学、绘画、书法、音乐、舞蹈、影视的艺术跨界，已成为推动当代摄影大潮的引擎。研究摄影艺术通感和艺术跨界，对于创作"思想精深、艺术精湛、制作精良"的优秀作品，构建中国特色的摄影艺术理论体系，促进摄影艺术的健康发展具有重要意义。

一 摄影通感与跨界已介入摄影的各个层面

艺术通感是中华文化中闪耀着辩证和唯物光泽的优秀成果。儒家的"以玉比德"、佛家的"六根互用"、道家的"耳目内通"等辩证唯物主义成分都是这个成果的具体体现。反映在艺术创作上，源远流长而又浩如烟海的诗歌、散文等文学作品和美术、音乐、书法等艺术作品，都借助艺术通感在文艺百花园里争奇斗艳。《礼记·乐记》关于音乐的评述、《文心雕龙》和《文赋》中关于文学的评论以及大量的画论书论都论及了多感互通的理论。近代、当代我国艺术通感运用和研究成果很多。国外，从亚里士多德到波德莱尔的众多的哲学家、思想家、艺术家关于艺术通感研究的著述和作品也并不少见。1839年摄影术诞生之后，摄影艺术伴随着艺术通感和艺术跨界的发展而发展。当代数字摄影取代传统摄影，喷绘输出取代传统输出，多种软质、硬质材料取代纸质材料，屏幕、银幕等呈现方式取代单一的书画呈现方式，这些令人耳目一新的现象，是艺术通感和艺术跨界的结果，也是推动艺术通感和艺术跨界的巨大推手。

多种感官、多种艺术形式跨界的审美要素，成为摄影认知和表达的重要构成方式。

（一）影像中的触觉审美要素

摄影创作中，我们视觉感受到的很多审美，是各种感官的共同反映，其中就有触觉传递给我们的审美要素。触觉，是靠人的身体神经系统同外界接触而产生的感觉。艺术审美中的触觉，主要是通过心理活动完成的。韦斯顿的人体质感摄影，哈斯抽象作品中的动感摄影及众多摄影名家的变形摄影、色温摄影等，都展示了出色的触觉审美。

（二）影像中的听觉审美要素

"音乐是流动的建筑，建筑是凝固的音乐"，这种黑格尔、歌德推崇的理念在当代摄影中得到了充分体现。许多影像作品，在这种平面艺术中追求线条、色块、几何图形等物体节奏韵律产生的听觉美；发音载体和音乐符号产生的听觉美；作品表现的意蕴和境界产生的听觉美；表现对象"行为"产生的听觉美。比肖夫《吹笛少年》的凄美笛声，黄功吾《战火中的小女孩》的惊恐呼喊，解海龙《大眼睛》的无声的心跳，都是摄影听觉美的积极发挥。

（三）影像中的味觉审美要素

物品给予人们的味觉记忆，物体形态、色彩给予人们的味觉条件反射，生理味觉向心里和社会的延伸，成为很有意韵的味觉审美要素。多萝西娅·兰格的《流浪的母亲》表现的无以言状的苦楚，安德烈的《动物情感系列》表现出的溢于言表的甜蜜，反映了摄影家对味觉审美的追求。

（四）影像中的嗅觉审美要素

在意境的营造中，具体事物的嗅觉记忆，表现对象提供的嗅觉氛围，事物引申出来的嗅觉联想，是嗅觉美的主要体现形式。许多摄影家表现水的清新、表现冰雪的圣洁、表现社会的征候、表现季节的信息等，都很好地发挥了嗅觉审美的效应。卡帕的《诺曼底登陆》运用乌云、海浪、动感的士兵等要素，出色地渲染了战争的气息，为正义和英雄主义提供了展示的平台。

（五）影像中的意觉要素

从生活中得来的相对独立的意识、情感倾向，我们称为意觉。在摄影创作中人们很注重意觉的作用。亚当斯认为，他的摄影创作的是读过的书、看过的电影、听过的音乐和爱过的人。简言之是全部感觉构成的意觉。绘画主义摄影、主观主义摄影、抽象主义摄影等，都充分发挥了意觉的审美功能。郎静山的集锦摄影利用意觉效应，把中华文化在光影视觉中表现得尤为精彩。当代数字摄影中，很多应用软件都开发了油画、水墨、剪纸、招贴画的多种风格的制作程序，成为意觉美审的载体。

（六）多感融合中新文体的审美

多感互通的艺术审美，导致了静态影像与动态影像、音乐、绘画、光电手段结合创造的新的艺术表现形式，极大地强化了影像的艺术表现功能。中国摄协从第24届国展开始，专门设立了多媒体影像评奖类别。多感融合影像作为一种新的摄影文体，已经得到了社会的广泛认可。

二　摄影通感与跨界的审美功能

"通感"是一个多层面的概念。不同学科的通感，在认知和表达上具有不同的意义。在生理学层面，通感可以使人感觉超常、记忆超常，某些生理技能超常；在语言学层面，通感可以运用特殊的修辞方法，表达难言之感、难诉之理，使语言更为准确、鲜明、生动；在艺术表现上，通感可以捕捉特殊的感觉、表达特殊的审美、产生特殊的艺术效果；在摄影层面，艺术通感的运用，对于摄影创作来说具有不同于其他层面通感的特殊意义：它会促使摄影人在认识能力、表达能力上产生一种前所未有的飞跃。

第一，摄影通感与跨界，延伸了摄影主体艺术感觉的触角，使之可以多层次、全方位地感受生活，为创作撷取取之不尽的素材。

以多感互通带来的心灵的感悟去唤醒视觉。摄影艺术通感使摄影家的心被激活了，可以在"无关"的事物上找到相关的感觉，在小事上找到"大"的意义，让许多日常生活中习以为常的"旧"事物改头换面，展露出新的风采，拓宽了创作的源泉。

以特殊的审美取向，纠正视觉的误区。艺术通感可以以不同感官的特有功能，纠正视觉片面追求视觉"完整""全面""清晰"等误区，为创作选材明确了规范。

以各种感官的联合协作，提高感觉的捕捉能力。多种感官的联合行动，可以把握表现对象审美品质的多向性，可以使摄影家多角度、多侧面、全方位地认识和把握生活。

第二，摄影通感与跨界，加深了摄影主体对生活的理解，可以更深刻地领悟和发掘表现对象的意义，提高作品的思想和艺术价值。

有利于捕捉表现对象的审美特质。任何表现对象，都具有代表其特有属性的审美品质——它存在于视觉，也可能存在于其他感官。艺术通感的多种感觉可以抓住表现对象的审美特质，进而也就抓住了其独一无二的个性。

有利于表达摄影主体特有的情感。单一的视觉，很多时候使主体抓不住与表现对象情感的联系。艺术通感多种认知和表达的触角，为摄影家审美情感的表达提供了保障。

有利于开掘表现对象的最佳的审美属性。在艺术通感的作用下，人们对物象的审美属性可以运用多种感官，反复比较，从中选择最有意义的审美向度。

第三，摄影通感与跨界，延伸、丰富了摄影主体的艺术感觉，可以催生奇妙的摄影语言，提高艺术的传递功能和艺术感染力。

感觉的挪移，有利于产生推陈出新的艺术效果。让视觉之外的感官提供新的感觉要素，会促使摄影家的神经系统兴奋起来，产生新的创意。

多种感觉的交汇、融合，增强了艺术的表现力和感染力。具有多感要素的素材，在我们身边并不少见。单一的感官或者较少的感官，可能感觉不到它的意义，将较多的感官作用于它，就可能产生"颠覆性"效果。

摄影通感催生了许多鬼斧神工的表现手法。艺术通感可以使摄影主体的审美追求，在广阔的物象空间里纵横驰骋，从而拉动摄影表现手法应运而生，甚至进入出神入化的境界。

三 打开走向摄影通感与跨界的路径

摄影通感和跨界，涉及摄影主体的视觉、听觉、触觉、嗅觉、味觉、意觉多种感官活动，具有特殊的构成方式、存在形态，也遵循着特有的艺术规律。虽然摄影艺术通感孕育的摄影作品异彩纷呈，甚至令人眼花缭乱，摄影艺术通感造就的表现手法超凡脱俗、鬼斧神工，但它不能超越艺术规律。在艺术规律面前，摄影主体必须循规蹈矩，打开有效的路径，进而走进摄影艺术通感的丰富界面。

（一）从艺术规律的高度认识摄影通感与跨界的意义

近二百年来，西方生物学界、心理学界、语言学界和文艺界纷纷用各种理论解释通感现象。毫无疑问，不同学科对通感研究、阐释的方法也各不相同，但有一点却比较接近，各领域都认为通感的作用有助于人们对事物的认知和表达：当人的认识和表达能力受制于生理和社会条件限制，一种感官无法完成事物认知和表达任务时，便要求另一种感官利用已有的经验给予协助。这是通感产生的"需求说"。对于摄影创作来说,摄影通感与跨界正是这样一种需求,一种不以人们意志为转移的艺术规律。

恩格斯认为:"我们的不同的感官可以给我们提供在质上绝对不同的印象。因此,我们靠视觉、听觉、嗅觉、味觉和触觉而体验到的属性是绝对不同的……最后,总是同一个我接受所有这些不同的感性印象,对它们进行加工,从而把它们综合为一个整体……"摄影是视觉艺术,但人们认知和表达不能仅仅依靠视觉,必须多种感官相互贯通,共同协作。摄影艺术通感和跨界,不仅仅是一个创作手法和创作风格的问题,它是一个基本的认知和表达方式。

能动地、有效地运用这种认知和表达方式,会把摄影带到一个较高的境界。时代对摄影艺术作品的新要求,新技术对摄影创作和呈现方式的影响,都要求摄影界研究并运用好摄影通感和艺术跨界,进而引领和推动世界摄影大潮的发展。

(二)培养艺术通感和跨界的思维方式

摄影艺术通感与生活的关系,是一种多维度的关系。摄影艺术通感,是多种感觉的交融、挪移,需要多种感官的协调,统一行动。所以,要拓宽摄影家生活的阅历,就不是一个或两个感官的事情,而是要拓宽全部感官的阅历。

要扩宽多种感官的阅历,就要有意识地在日常生活中把各种感官调动起来,以不同的方式收集、整理、储存生活中的信息。甚至面对同一类素材或同一种生活,用不同的感官去收集不同的感觉,进而把各种感官协调起来,综合运用。面对摄影表现的对象,视觉以外的各个感官无法抓住它的形态、色彩,但却可以"感觉"的方式掌控它。各种感官感觉到的信息反映给主体,促成审美意识的产生,进而支配艺术创作活动。摄影家要有意识地调动其他感官,捕捉其他感官的感受。让多感互通的思维定式成为常态的摄影思维方式，并把这种思维方式贯穿在创作活动的始终。

(三) 掌握通感和跨界的必要技能

随着人类整体的进化与进步，人的各种感官在认知和表达上也在不断进化与进步。不同的感官都在相应地派生出不同的审美表达形式，即不同的文学艺术形式或手法。听觉派生出音乐等可听的艺术；视觉派生出美术、摄影、书法等可视的艺术；触觉派出生肢体语言及与可触性相关的艺术形式和手法；嗅觉味觉也派生出相关的艺术及手法；意觉则可以借助生理、心理活动，产生艺术的情感和意念；多种感官的合作，派出生文学（语言）和戏剧、影视等综合艺术、多媒体艺术。摄影艺术通感要求实现各种感觉的交流、挪移、融合，要体现在各种艺术形式、艺术手法的运用上。然而，由于呈现方式、所用材料、媒介、形态、功能的不同，每一种艺术形式和艺术手法，都具有不可替代的艺术特点和艺术规律。

摄影要实现跨界和融合，摄影主体就必须向其他艺术门类学习，熟悉其他艺术形式和艺术手法，像现代抽象艺术创始人康定斯基那样熟悉"声音—图形"，让绘画中的色阶与音乐作品中的音阶相通，以此来创造宏大的视觉交响乐。

(四) 加强艺术通感和跨界理论的研究和指导

摄影通感与跨界是对传统摄影的一种颠覆，也是对新的摄影理念和方法的一种构建。它使摄影主体的认知和表达方式，由一种感觉转换为多种感觉；对表现对象审美品质的掌控，由一种向度转换为多种向度；摄影作品的呈现方式，由一种形态转换为多种形态。摄影面临的许多复杂的问题需要在理论上加以阐释。通感和跨界理论在古今中外文论中虽然并不罕见，但对摄影来说还是凤毛麟角，被动的实践多，能动的实践少；有零星的论述，无系统的理论，无法适应摄影创作实践的要求。当下，新的社会需求、新的构成方式和新的呈现方式的介入，更需要理论上的界定和引导。

要用科学的世界观和方法论指导摄影通感与跨界理论研究，借助多学科的研究成果，阐释摄影通感与跨界产生的条件、构成的要素、存在的形态、运作的机制、艺术的功能、介入的方式等，为人们搭建能动地迈进摄影通感与跨界的桥梁。对于摄影通感与跨界营造出的新的摄影表现方法、新的摄影呈现方式、新的摄影文体，给予必要的诠释和界定，为创作和鉴赏提供有效的遵循。

开展摄影通感与跨界的系统理论研究，有利于构建和深化这一理论体系；进行摄影通感与跨界的作品评论，有助于对创作的指导和引领。全面推进摄影通感与跨界的理论建设，一定会为当代摄影创作插上腾飞的翅膀。

当代文艺创作应彰显法治之美

田水泉

　　田水泉，影视制作人、作家、文艺评论家。现任最高人民法院影视中心主任，中国作家协会会员，中国文联文艺评论中心特约评论员，中国文艺评论家协会视听艺术专业委员会。著有长中短篇小说、微型小说、诗歌、散文及影视文学剧本若干，担任多部影视剧的制片人、监制、编剧。

当前文艺尤其是影视作品给人的直接观感是歌颂权力的作品仍然数量较多影响较大。霸占荧屏多年的王朝戏、后宫戏，甚至近年异军突起的穿越剧、玄幻剧，大都在有意无意地赞美皇权，或者说是在述说着权力的霸道和不可战胜。一些打着所谓反腐、法治名义的当代题材影视作品中，也经常出现权大于法、法无能而权无不能的桥段。比如一些反腐作品中，要想扳倒一个腐败官员，最后解决问题的方法往往不是依靠制度和法律，而是需要一个比腐败官员更高级别的官员拍板下决心、下指示，这场斗争才能取得最后胜利。创作者不仅无意识对这种行为予以批判，有时反而持赞赏肯定的态度。另外，在一些讴歌领导人丰功伟绩的影视作品中，也经常可以看到，一些关系到国计民生的大政方针，往往都形成于个别领导人偶尔的一个主意或一个念头，没有一套科学的论证体系和制度。观众看后其实会这样思考：如果当时那位领导没这样想，而是那样想了，我们将会怎样？真是让人后怕。一些作品中还肆意表现群众对权力的盲目崇拜。最近比较火爆的一部网剧中，一个卖水果的父亲坚决要让儿子报考警校，他劝说儿子的理由是："你上了警校，将来在咱们这片当了片警，街上的那些水果摊，我不想摆哪就摆哪啊！"虽然只是一句台词，却折射出了普通百姓心中对权力是何等地崇拜：只要拥有了权力，就可以为所欲为。

某种程度上，文艺作品是现实的反映，反过来又对现实产生深刻和重要的影响。文艺作品尤其是影视作品对权力毫无节制地赞美，必然导致观众对权力的盲目崇拜。上面列举的部分影视桥段，不但反映出影视创作者的法治意识的欠缺，也反映出民众的法治观念堪忧。大家知道，现实生活中一些人信权不信法，非正常上访成了普遍社会问题，就连法院的终审判决生效，也要一而再再而三地找上级上访。其实，信访的本质就是寻求更大的权力来解决问题。

"文章合为时而著"。党的十八大之后中央确立的"四个全面"的战略部署中，"全面依法治国"是主要内容。十八届四中全会更是首次专题讨论依法治国问题,通过了《中共中央关于全面推进依法治国若干重大问题的决定》,提出"实现科学立法、严格执法、公正司法、全民守法,促进国家治理体系和治理能力现代化"。习近平总书记在2013年的中央政法会议上强调指出:"让法治成为全民的信仰!"

　　但是,法治信仰从何而来?人的信仰形成,有着复杂的成因。在培育民众法治信仰这方面,文艺作品尤其是影视作品有着不可替代的重要作用,应当成为重要的推动力。广大文艺创作者在创作过程中,一定要积极主动、有意识地弘扬法治精神,在文艺作品中彰显当代法治之美,为人们勾画出法治社会的美好图景,从而唤起人们对法治的信仰和对法治社会的向往。

　　法治之美美在哪里?或者说,法治有什么可在文艺作品中呈现的?我认为,文艺作品在表现法治之美方面至少可以在两个方面做出努力:一方面,法治是一切美好生活的保障。社会主义核心价值观中,法治位列其中。其实仔细考量一下就会发现,法治是其他内容得到实现的根本保障和实践路径:没有法治,何来自由?没有法治,何来文明?没有法治,何来平等?没有法治,何来公正……可以说,现代人最为推崇的美好生活、完美人生、理想世界,如果没有法治作为前提和保障,是几乎不可能实现的。所以,我们在文艺作品中无论怎么呼唤法治、弘扬法治、赞美法治、歌颂法治,都不为过!另一方面,法治是正义战胜邪恶的最终依靠。正义战胜邪恶,正义必胜,是文艺作品尤其是好莱坞电影的核心主题,也代表着人们的美好理想和共同价值。在这类作品中,东西方文明有一样的立场:正义始终是最后的胜利者。但不同的是,正义如何才能战胜邪恶?依靠什么才能取得最终胜利?是依靠某个人拥有的特殊权力?是依靠其他不正当的手段?还是依靠科学的制度和法律?作者的选择、故事的答案,会对文艺作品的受众产生深刻的影响。所以,必须引起文艺创作者的高度重视,形成创作自觉,大力弘扬法治至上精神。法治,只有法治,才是正义永远的守护者!

习近平总书记在文艺工作座谈会上指出："文艺是时代前进的号角,最能代表一个时代的风貌,最能引领一个时代的风气。"在"全面依法治国"的时代背景之下,文艺创作者责任重大使命光荣,我们希望看到在文艺作品中呈现出来的法治美好图景。至于创作过程应当怎样展现法治的美好,创作者一定各有各的高招,各有各的法宝。今天借这个机会,再次向大家隆重推荐一下2013年上映的香港影片《寒战》,这部影片在内地收获了3.6亿元票房,并获香港金像奖9项大奖。当时我曾经专门为这部影片写了一篇影评,我将其中一段与大家分享一下。

>《寒战》的主旨是弘扬香港的法治精神,塑造一个积极正面的香港形象。从这个意义上讲,《寒战》是一部典型的主旋律影片,表面上看,它是在勾画香港警方高层之间的权力斗争,实际上是在向广大民众图解警队内部权力运行流程。观众从影片里看到的,不是一般意义上的机关内斗,而是法治与人治的激烈碰撞。观众看完影片,不但不会被警队内部的钩心斗角所吓倒,反而因为影片演绎的警方权力的制约机制而对香港警方和香港安全更加充满信心。就连特区政府也将警方的这次寒战行动评为"最成功的失败案例",政府文件认为:"香港警队及廉政公署于香港治安出现严重危机时,管理层均能确守中立,坚守岗位,互相制约,为行使普通法城市之优良典范。"

我们期待着,在不久的将来也能在当代文艺作品尤其是影视作品中,看到社会主义法治社会的美好生活,让法治信仰永驻每个人心间,给我们的生活带来安全,给我们的心灵带来安宁。

审美感通学批评的萌生与内涵*

汪余礼

汪余礼，武汉大学艺术学院副教授、博导，主要研究易卜生、现代戏剧与文艺理论。

---

* 本文系国家社会科学基金项目（编号：13CWW023）的阶段性成果。

近年来，我国文艺学界关于"重建中国文论话语"的呼声渐高，探讨渐多①。学者们对于重建中国文论话语的必要性、重要性有高度的共识，但在重建中国文论的基础、路径、方法等问题上有较大的分歧。有的学者主张大力推动"中国古代文论的现代转换"，有的学者主张切实推进"西方文论的中国化"，有的学者主张"从当下实践出发建立文学研究的中国话语"，有的学者主张建立"世界诗学"，有的学者主张走"立足国学、融合创新"之路，等等。这些主张与努力各有合理性，从不同路向深化、拓展了对"重建中国文论话语"这一课题的研讨，对笔者亦深有启发。在学习前辈时贤的过程中，笔者基于自身体验形成了关于"审美感通学批评"的一些想法。下面略陈拙见，以就教于大方之家。

一 "审美感通学批评"萌生的问题情境

"审美感通学批评"赖以萌生的问题②情境，首要一点是当今社会所遭遇的现代性危机。现代性危机看似与文艺批评关系不大，但它却是促使笔者立意探索"审美感通学批评"的直接动因。笔者脑中最初（十年前）萌生"审美感通"这一概念，一是深感人与人沟通之难，二是痛感人在现代社会中的物化、异化。现代社会风行的"个人主义"思想，在很大程度上加剧了人的"隔离感"和"碎片化"；而人的物化、异化，正如马克思、

---

① 《中国社会科学》杂志自2012年第5期发表孙绍振先生的《文论危机与文学文本的有效解读》、2014年第5期发表张江先生的《当代西方文论若干问题辨识——兼及中国文论重建》之后，又于2015年第4期特设"当代中国文论的反思与重建"专栏，刊发了高建平、周宪、南帆、朱立元、王宁、姚文放等六位著名学者的文章，从多种视角、多个侧面对此问题展开深入研讨。此外，《文学评论》《文艺研究》《外国文学评论》《外国文学研究》等名刊近年来亦发表了大量与"重建中国文论"相关的论文。近年出版的、旨在"重建中国文论"的著作也比较多。可以说，"重建中国文论话语"乃是近年来中国学术界最为重视、研讨规模最大的学术课题之一。

② 习近平同志指出："坚持问题导向是马克思主义的鲜明特点。问题是创新的起点，也是创新的动力源。只有聆听时代的声音，回应时代的呼唤，认真研究解决重大而紧迫的问题，才能真正把握住历史脉络、找到发展规律、推动理论创新。"（参见习近平《在哲学社会科学工作座谈会上的讲话》，人民出版社2016年版，第14页）"问题"即根也，根深方能叶茂。

海德格尔、吉登斯所批判过的，正是现代性的一种后果。从宏观上讲，我们每个人其实都已经陷入现代性危机中，只是人们通常安于眼前之境，很少真正放远目光看清自己的处境与命运。① 那么，有没有可能找到一种恢复人的自由生命、促进人际和谐共通的方法呢？根据经验，审美鉴赏可增强人的同情感、自由感。而康德、席勒、托尔斯泰的有关思想，更让我觉得"审美感通"是非常值得探索的一条路径。② 康德认为，审美鉴赏的先天原则即"共通感"，它既是保障知识与鉴赏判断普遍有效的先验根基，也是引导人类趋向道德自律并最终走向和谐共生的先天根据。③ 基于"共通感"，人不仅能够普遍有效地传达知识及做出审美判断，而且能把自己从个人偏见和狭隘情绪中解放出来。在康德看来，"人是通过审美经验意

---

① "现代性危机"是当前国际学界研讨甚多的一个话题。现代性批判理论与后现代文化理论均与此话题相关。英国学者安东尼·吉登斯在《现代性的后果》一书中指出现代性的"风险景象"与"危险后果"有：威胁全球所有人类生存的核战争与生态危机；影响千百万人生活的社会突发事件与制度化风险；由于专业知识局限性带来的"失控"情况，等等。（参见吉登斯《现代性的后果》，田禾译，译林出版社2011年版，第109—111页）捷克斯洛伐克哲学家卡莱尔·科西克在《现代性的危机》一书中指出无论是现代资本主义社会还是现代社会主义社会，在其运作系统背后都存在着"无名的黑暗势力"，它们使人类陷入一种不可避免的钳制——"要么一切是普遍可交换的，要么一切是普遍可操纵的"，而这已经导致"人性在现代被迫远离中心"。他还着重分析了工具理性、世俗欲望与现代性危机的深层关联。（详见科西克《现代性的危机》，管小其译，黑龙江大学出版社2014年版）我国学者叶舒宪的《现代性危机与文化寻根》（山东教育出版社2009年版）和史忠义的《现代性的辉煌与危机：走向新现代性》（社会科学文献出版社2012年版）对"现代性危机"的表征与根源都有非常深入的探讨，兹不赘述。

② "审美感通"是笔者造的一个新词，后面会做详细解释，在此先说明启用该词的一点缘由。周宪教授认为："在历史上，文学理论常常担负着创造新观念、传播新思想的功能，它关注人类生存的意义，提倡普遍价值，其批判性功能远胜于刻板的技术操作。"而"学科化和专业化的学术体制"逐渐将文学研究"转化为越来越技术化的操作"，使得"文学理论的批判功能正在衰微"。鉴于此，周宪教授提倡以"业余性抵抗文学理论日益学科化和专业化的局限"。（参见周宪《文学理论的创新问题》，《中国社会科学》2015年第4期）对于此论笔者深为赞同。正是出于批判现实、解决问题的需要，笔者才想出"审美感通"一词。笔者关于"审美感通学批评"的思考可能是"业余的"，但正因为"业余"，其核心关注才远远超出文艺理论的范围，并终究要从理论层面走向实践领域。

③ 康德甚至认为，发现"共通感"的审美判断力批判是"一切哲学的入门"（见康德《判断力批判》，邓晓芒译，人民出版社2002年版，第30页）。在他看来，审美判断力既是理论哲学与实践哲学的"桥梁"，也是进入理论哲学与实践哲学的"门径"。由此可以理解，为什么美学可以被视为"第一哲学"。

识到自己的普遍性自由的存在"①；正是审美经验，使人类的自由与共通变得真实可感，也使人逐步从"现象的人"向"作为本体的人"过渡。因此毫不奇怪，受到康德思想影响的席勒认为，"只有各种精神力量的协调一致才能够造就幸福而完美的人"②；而最能够让各种精神力量协调一致的乃是审美活动，因此"只有审美鉴赏才能够把和谐带入社会之中"，才能"使人成为一个整体"。③ 如果说康德、席勒的审美思想富于思辨色彩，那么托尔斯泰的相关看法则很接地气。在托翁看来，人首先是一种感性动物，凡是不合其心性、利益的理性劝导，无论多么富有逻辑力量都难以渗入其心；而只有发乎真情诚意的语言或行为，才能感发其意、感化其心。因此，托翁认为，"艺术的本质在于以作者的情感去感染作品的接受者。而如果作者对他所描写的没有切身感受，则接受者就得不到作者情感的感染，体验不到任何情感，于是这作品也就不能归属为艺术品"④。显然，托翁特别看重的是感通人心、把不同的人团结起来，而艺术审美正是团结人的一种手段。总之，现代性有风险，而审美可将人引入自由之境与共通之体；审美的力量主要不在于思想启发，而在于真情感通。唯有感通能调和人心而致大同。⑤ 如果说"审美共通感"作为"孵育现代社会共同体的人文素质与普泛天然的公共心理纽带"，趋向于"在根本上整合分裂的现代

---

① ［德］康德：《判断力批判》，邓晓芒译，人民出版社2002年版，第396页。邓晓芒先生认为这是康德对"人是什么？"这一问题的回答。
② ［德］席勒：《审美教育书简》，张玉能译，译林出版社2009年版，第18页。
③ 同上书，第96页。
④ ［俄］托尔斯泰：《托尔斯泰读书随笔》，王志耕等译，上海三联书店1999年版，第101页。
⑤ 著名学者梁燕城甚至提出："化解全球冲突的危机，不可能单靠军事力量，必须有一个深度的文化处理，培育一种富有道德性与艺术性的多元沟通精神，谋求感通的全球伦理。"在他看来，全球伦理需建基于感通："只有感通，人才会走出自我中心的世界，而投入和感应他人的体验，才能使人尊敬他人，承认他人的价值，而一切非暴力要求才有道德基础。这就是中国哲学的精神资源，由此而建立'己所不欲，勿施于人'及'己欲立而立人，己欲达而达人'的道德，为全球伦理奠定一个精神基础。"他还提出要建立"感通美学"，其基础也仍然是"感通"。见其《天下观念：中国哲学对全球化危机的深度处理》，《上海交通大学学报》（哲学社会科学版）2005年第4期。

精神","代表着后宗教—伦理时代更为重大而稀缺的整合功能"①,那么研究如何传达、体验、拓展"审美共通感"的"审美感通学"②确实具有莫大的意义。近年来学界关于"失语症""文论危机""国家文化安全""重建中国文论话语"的种种讨论,让笔者深感重建中国文论话语确实非常重要而紧迫。目前国际文论的发展趋势也促使笔者坚定了探索"审美感通学批评"的信念。美国著名文学理论家卡勒曾指出当今文艺理论发展的一个重要趋势就是"回归审美学"③。我国著名学者周宪在《审美论回归之路》一文中提出,"近些年,在'理论终结'和'理论之后'的背景下,审美论异军突起,重返文学理论、艺术理论和美学知识生产场的前沿。通过重新规定文学艺术的独特性以及审美的重新合法化、新形式主义和重归审美体验式的研究,当代审美论正在悄然改变文学艺术和美学研究的地形图"④。这都说明审美批评在文艺研究领域具有很大的发展空间,而且目前大有逐步进入主流之势。可以说,正是社会现实与

---

① 参见尤西林《审美共通感与现代社会》,《文艺研究》2008年第3期。
② "审美感通学"主要研究审美感通的基础、过程、机理、类型、规律、技巧、功能等问题,其核心问题即如何传达、体验、拓展"审美共通感"。从创作者的角度来说,审美感通学主要研究如何以审美的(感性的)方式感通人心、重建人格、创造文化,与叙事学、修辞学有交叉之处;从欣赏者的角度来说,审美感通学主要研究如何真正进入文本、读懂作品、获得共通感,与阅读学、阐释学有交叉之处。严格地说,审美感通学研究古已有之,只是还没有进入高度自觉的状态,亦未产生贯通性的成果。
③ 参见乔纳森·卡勒《当今文学理论》(英文版),《文艺理论研究》2012年第4期。在此文中,卡勒梳理了当今文艺理论界叙事学、解构主义、生态批评、人—动物间互研究、理论伦理学、后人类理论的新进展后,重申对于文学本体的美学研究,并明确指出:"当今文艺理论界确实存在一种回归审美学的发展趋势。"
④ 周宪:《审美论回归之路》,《文艺研究》2016年第1期。周宪教授指出:"也许是厌倦了文化政治的讨论,也许是人们需要重新思索文学艺术,时至今日,审美论重又崛起,再次回归理论场域的中心。……而审美论回归之所以值得关注,首先是它作为理论生态某种缺失的必要补充,经过后结构(解构)主义、新历史主义、后现代主义、文化研究、女性主义、后殖民主义等新理论的轮番冲击,文学艺术研究的地形图早已面目全非,文化政治的争议沸沸扬扬,文学范畴被扭曲和夸大了,而文学艺术自身的问题和特性完全被忽略了,理论家和批评家们争相扮演政治批评家的角色,文学艺术的知识生产变成了政治辩论。文学艺术自身独特问题的缺场导致了反向作用力的出现,于是审美论再次回到了知识场域的前台。"此论深合吾心。在文艺研究领域,文化政治论无法切入文艺本体,必将逐步让位于审美论。

文化语境这两方面的因素，促生了"审美感通学批评"之思；也正是这一问题情境，在很大程度上决定了"审美感通学批评"的探索路向与理论旨趣。

二　"审美感通学批评"萌生的思想土壤

"审美感通学批评"赖以萌生的思想土壤，除了康德哲学中的共通感思想外，更多地在于中国古代哲学（含美学）中的感通思想。如果说上述社会现实与文化语境决定了"审美感通学批评"产生的必要性，那么中国哲学中的感通思想则在一定程度上提供了"审美感通学批评"存在的合法性。

中国古代的感通思想，源于《周易》，发于《论语》《大学》《中庸》，阐于《乐记》，在魏晋南北朝美学中大大深化，在宋明理学和现代新儒学中得到进一步拓展；可以说，"感通论"潜伏在"言志说""缘情说""载道说""意境论"等学说底下，是中华古学中极具活力且源远流长的一种思想。《周易·系辞》曰："《易》无思也，无为也，寂然不动，感而遂通天下之故。"这里虽然在讲《易》之特征与功能，但开出了一条通过"感"来"通天下"的思路。《周易·咸卦》进一步说："二气感应以相与。……天地（交）感而万物化生，圣人感人心而天下和平。观其所感，而天下万物之情可见矣。"[1] 这就明确凸显了"感人心"与"天下和平"的关联。那么如何感人心呢？《周易·系辞》曰："圣人立象以尽意，设卦以尽情伪，系辞焉以尽其言，变而通之以尽利，鼓之舞之以尽神。"[2] 这里提到的"立象""设卦""系辞""变通""鼓舞"，都是"尽意""感人心"的方式与手段。在《周易》看来，要"感人心"，不仅需要"立象以

---

[1] 参见周振甫《周易译注》，中华书局1991年版，第110页。
[2] 同上书，第249页。

尽意"，还要尽情、尽言、尽利、尽神，这可以说是全方位的"感通"。可以说，《周易》中的感通思想，由交感论、意象论、传神论等综合构成，虽然从根本上讲是一种生命哲学，但也论及艺术创作之本源、手段与功用，带有很强的生命美学色彩。[①] 而且，作为我国古代生命美学之源头，《周易》中的感通思想契合美学原理又颇具人学关怀，弥足珍贵。在《论语》中，孔子提出："诗，可以兴，可以观，可以群，可以怨。"[②] 此论看似平常，但正如陈伯海先生所说，"诗兴的功效在于借助情意的感发以促成生命的感通，并由此感通以推进人们之间的相互了解与齐心协力，进而造成和谐、合作的社会群体与整全、充实的人类生活"[③]，而"生命与生命的感通，一方面表现为作者与读者、表演者与观赏者相互间的情意沟通，另一方面又体现出每个人的个性生命与他所属的群体生命乃至宇宙生命'大化流行'之间的渗合交会……并最终指向与'天地元气'相周游的境界"[④]。可见，《论语》中的感通思想与《周易》中的感通思想是一致的，只是前者更切近艺术审美活动；也许，孔子意识到天地间最能产生感通作用的乃是艺术。[⑤]《大学》则干脆大量引用《诗经》来讲如何正心诚意修身治国平天下。《中庸》曰："唯天下至诚，为能尽其性。能尽其性，则能尽人之性；能尽人之性，则能尽物之性；能尽物之性，则可以赞天地之化育；可以赞天地之化育，则可以与天地参矣。"[⑥] 这是另辟蹊径，主张以"至诚"来达到感通天人之境界。后世儒家"至诚感通"的思想盖源于此。

[①] 尽管《周易》并非针对美学、艺术立论，但正如刘纲纪先生所说，《周易》的有关论述是"中国美学关于艺术本质理论和艺术创造理论的哲学、美学前提"，"对中国美学产生了巨大影响"。参见刘纲纪《〈周易〉美学》，武汉大学出版社2006年版，第12页。
[②]《论语》，杨伯峻译注，中华书局2006年版，第208页。
[③] 陈伯海：《中国诗学之现代观》，上海古籍出版社2006年版，第142页。
[④] 同上书，第138页。
[⑤] 夏可君教授的《〈论语〉传习录》（黄山书社2009年版）亦着重阐发了《论语》中的感通思想。他认为"感通思想是汉语思想的核心"（见该书第74页），而仁爱、好学、力行诗艺则是感通的关键。
[⑥]《中庸》，徐儒宗译注，中华书局2011年版，第335页。

《乐记》曰:"乐者,音之所由生也,其本在人心之感于物也。……乐者,通伦理者也。……夫礼乐极乎天而蟠乎地,行乎阴阳而通乎鬼神,穷高极远而测深厚。……乐者所以象德也,可以善民心。……(君子)奋至德之光,动四气之和,以著万物之理。是故清明象天,广大象地,终始象四时,周还象风雨。五色成文而不乱,八风从律而不奸,百度得数而有常,小大相成,终始相生。倡和清浊,迭相为经。故乐行而伦清,耳目聪明,血气和平,移风易俗,天下皆宁。"① 这里的思维进路,是根据乐能感人之特质,阐发其通伦理、善民心、兴和乐、宁天下之功能。② 这一思想对中国古代文艺美学的发展有极深远的影响。

至南朝,深受《周易》与《乐记》影响的刘勰说:"诗人感物,联类不穷;流连万象之际,沉吟视听之区。写气图貌,既随物以宛转;属采附声,亦与心而徘徊。……古来辞人,异代接武,莫不参伍以相变,因革以为功,物色尽而情有余者,晓会通也。"③ 这里更进一步,从创作的角度讲了"感"与"通"的重要性。其感通者何?焕发者何?刘勰说:"日月叠璧,以垂丽天之象;山川焕绮,以铺理地之形;此盖道之文也。仰观吐曜,俯察含章,高卑定位,故两仪既生矣。惟人参之,性灵所钟,是谓三才。为五行之秀,实天地之心。心生而言立,言立而文明,自然之道也。……故知道沿圣以垂文,圣因文而明道,旁通而无滞,日用而不匮。《易》曰'鼓天下之动者存乎辞'。辞之所以能鼓天下者,道之文也。"④ 拂去其神秘色彩,其意即创作者先感通天地之心,敏锐地把握自然之道,然后发而为文

---

① 《乐记》,滕一圣译注,商务印书馆2015年版,第158、161、171、179页。
② 《汉书·礼乐志》将这一思想概括得既显豁又精辟:"乐者,圣人之所以感天地、通神明、安万民、成性类者也。"用今天的话说,音乐(艺术)是可以感通天地神明,使万民安定,使个体成己成类的。
③ (南朝)刘勰:《文心雕龙》,周振甫译注,中华书局1986年版,第415、417页。
④ 同上书,第10、14页。

· 483 ·

辞；复因"文"是"天地之心"的焕发，感通者众，故能"鼓天下"。①深研《文心雕龙》的著名学者李丰楙先生说："从感通关系可理解刘勰所揭举的'道—圣—经（含纬、骚）'这个文化系统。……其在创作关系上以感应或感通分别与天地自然发生关联，而在'写天地之辉光'的表现过程，就关涉媒介符号的运用问题……因其综合阐述了儒、道与释之间的文化资源，针对创作上的言意关系，在实践上深化了感动、感应与感通、冥通，才能创造文学上的经典。"② 此论颇得《文心》三昧，于今也深具启发意义。一般来说，"情动于衷、发而为文"亦可感人，但未必能造就经典。必先感通天地之心，也就是在心灵体验上达到极深的层次，复又能"雕琢情性，组织辞令"，很好地运用媒介符号，立象以尽意，方可能创制经典。

至宋，二程曰："心所感通者，只是理也。……感而遂通，感只是自内感，不是外面将一件物来感于此也。……至诚感通之道，惟知道者识之。"③ 这是将"外感"引向"内感"，恰可促成感通的深化（自内感通于天理）。然则如何自内感？二程曰："君臣不相遇，则政治不兴；圣贤不相遇，则道德不亨；事物不相遇。则功用不成。遇之道，大矣哉！"④ 这里提出一个很重要的概念——"相遇"：相遇则能自内感发诚心，则能入于至诚之境，内至诚而后能感通。也许，一个人是否能感通天地之心、万物神理，不只是取决于其个人是否"至诚"，还需要"机缘"，需要"相遇"。

---

① 刘勰举例说："人文之元，肇自太极，幽赞神明，《易》象惟先。庖牺画其始，仲尼翼其终。而乾坤两位，独制《文言》。言之文也，天地之心哉。……夫子继圣，独秀前哲，熔钧六经，必金声而玉振；雕琢情性，组织辞令，木铎起而千里应，席珍流而万世响，写天地之辉光，晓生民之耳目矣。"（见上书第11、12页）即是说，真正的文章，显天地之心（当然前提是作者能感通天地之心）而晓生民之耳目。

② 参见李丰楙《感动、感应与感通、冥通：经、文创典与圣人、文人的译写》，《长庚人文社会学报》2008年第2期。李丰楙先生此文充分注意到刘勰既是文论家也是佛教中人的身份，重温刘勰吸收过的文化滋养，着力发掘《文心雕龙》中的"感通"经验，证其"在文心、人心上成就了一个具足而创新的心灵世界"而终孕化出一伟大的文化创造，在双重意义上揭示了伟大作品创生的原理。

③ （宋）程颢、程颐：《二程集》，王孝鱼校点，中华书局1981年版，第56、154、1171页。

④ 同上书，第1172页。

"相遇"的情形无限多样,而那些天才,其"遇"往往异于常人,带来的"感通"也往往发明常人未知之境域,故有千姿百态之作品。

至明清,王船山不仅提出"唯人所感,皆可类通"① 的观点,而且在评诗时曰:"唯此宵宵摇摇之中,有一切真情在内,可兴可观,可群可怨,是以有取于诗。然因此而诗,则又往往缘景缘事,缘已往缘未来,终年苦吟而不能自道。以追光摄影之笔,写通天尽人之怀,是诗家正法眼藏。"② 此语显然融汇了前人多种灵思慧悟,被宗白华先生认为"表出了中国艺术的最后的理想和最高的成就"③,也可以说道出了审美感通的要义。

至现代,新儒家唐君毅深感现代世界有毁灭之可能,穷其毕生精力完成了皇皇巨著《生命存在与心灵境界》,创立了系统的感通哲学(含美学、伦理学)。其思以"感通"为基点,内接周易、孔孟与程朱,外接康德、黑格尔与怀特海,批判了西方古典精神衰落之后颠倒价值、混杂神魔之乱象,而以"感通"融摄直觉体悟、知识思辨、道德实践与形上境界,开显出一种颇具理想主义色彩的世界观与人生观。他说:"善充于内而与人交接,亦感而能通,以表现合理之行于其身体,以睟面盎背,即孟子之所谓'充实之谓美'也。以己之合理之行,感发他人之合理之行,使之生起,则此行之光辉之照及于人,孟子所谓'充实而有光辉之谓大'也。求美与求大,即通内外之事也。光辉既及人,而己与人之生命之阻隔,一齐俱化,以成人我之心灵生命之全幅感通,即'大而化之之谓圣'。"④ 此论备

---

① (清)王夫之:《薑斋诗话》,戴鸿森笺注,上海古籍出版社2012年版,第129页。王夫之认为"唯人所感,皆可类通",即认为人具有感通能力(或共感能力),实已触及一个非常现代的人学问题。人们凭经验可以感受他人所感,进而假设人类具有"共通感";但新近神经科学的研究表明,人的"镜像神经元系统"在某种程度上可以促进人类的共感能力,"共通感"是有可能被证实的。当代哲学家、心理学家们也很关注"共感"问题。详见艾米·科普兰等编《共感——哲学和心理学的观点》,牛津大学出版社2011年版。

② (清)王夫之:《古诗评选》,李中华、李利民校点,上海古籍出版社2011年版,第161页。
③ 参见宗白华《艺境》,北京大学出版社2004年版,第151页。
④ 唐君毅:《生命存在与心灵境界》,河北教育出版社1996年版,第897页。

矣,达到了中国儒学感通思想之巅峰。[1] 尤其是他的"全幅感通论",可谓中国古代感通论发展的一种"憧憬",在活人物化、异化、区隔化、碎片化有增无减的当代社会尤其具有重要的启示意义。

　　以上对中国古今"感通"思想的扼要梳理,不是要考镜源流,而仅仅是要阐明:"感通"作为中华文化中的一种重要基因,它在现代被激活是一件非常自然的事;换言之,从中国本土的感通思想中,生长出"审美感通学批评"是一件非常自然的事。我们今天完全可以从古代的思想资源中生发出新的观念,或者接着前人"继续讲"。在中国古人看来,"感通"的对象与内容可包括四类:感通人心人情,感通世情伦理,感通天地神明,感通宇宙秩序;感通的方式则有外感、内感、横通、纵通、顺通、反通等;感通的方向与旨趣则是通天地神理、奋至德之光、亲万邦之民。这些均可延展至今天,得到重新阐释并发挥力量。进而言之,中国传统的感通思想,与作为感性学的美学最为接近,尤与"情本体"人类学美学颇有相通之处;但由于它更强调"通",在求"通"中蕴含、催化出大智慧,故其不只是感性学,还可发展为一门与"爱智慧"密切相关的学问,因此较之中国古代的"感兴""感发"思想,"感通"思想更吸引人、更具活力。[2]

三　"审美感通学批评"的基本内涵

　　那么,究竟何为"审美感通学批评"?其基本内涵是什么?经过长时间探索,笔者认为,审美感通学批评是一种立足于中国传统生命美学与感通理论,借鉴西方审美学、现象学、解释学、心理学与艺术学的一些重要

---

[1] 关于唐君毅感通哲学(或感通形上学)的详细阐释,可参考黄冠闵先生的《唐君毅的境界感通论:一个场所论的线索》一文,该文载台湾《清华学报》第41卷第2期(2012年6月)第335—373页。

[2] 尤西林教授就认为,"美学的本体论意义乃是以'情'感通真善的感通学"。见其《审美共通感与现代社会》,《文艺研究》2008年第3期,第5页。如何以情感通真善,不只是一个"立其诚""抒其情"的问题,更是一个"爱智慧"的问题。

成果，以审美感通为始基、以"面向作品本身"为第一原则、以探讨艺术家生命境界与内在智慧为旨趣的新型审美批评。①

基于中国传统感通论的"审美感通学批评"，其思想根底虽在中华古学，但其核心旨趣在于解决当代问题，故需对关键词"审美感通"予以现代阐释。在中国古代，并无"审美感通"一词；牟宗三、马一浮、唐君毅等现代大儒亦未曾用过"审美感通"一词。笔者造此词组，源于初心而体验日深，兹略疏之。该词组由"审美"与"感通"二词合成。所谓"审美"，在笔者看来是一种自由的、借助于（或聚焦于）感性形式而与他人交流情感意趣的活动②。而所谓"感通"，对于主体（或施动者）而言，是指以感性、感情使他者内心感动、畅通或豁然贯通，进而产生强烈的共鸣；对于接受者（或欣赏者）而言，是指在心灵上（或在内在感受、统觉上）豁然贯通，真切地感受到另一生命的情感意趣、生存境界（让另一生命鲜活、完满、无碍地生活于自心之中），产生强烈的共通感（或与主体处于同一心境）。唯感能通，通则无碍、不隔。在具体的文艺鉴赏、文艺批评活动中，审美是方式、路径，感通则是关键和初步目标，只有以审美心态看作品才能真正感通，故"审美""感通"连用是将方式、路径与目标结合在一起，以一种强化的方式凸显一种深层次的审美过程、审美境界。这里之所以特别强调"感通"二字，一是鉴于真正的艺术作品是一个

---

① 笔者曾在《"深沉阴郁的诗"与"不可能的存在"——对〈海达·高布乐〉的审美感通学批评》（《武汉大学学报》2014年第3期）简要解释过"审美感通学批评"的内涵，但未予详细展开。

② 具体到文艺活动来说，"审美"具有多个层面的含义：对于创作者而言，审美是一种借助于感性形式传达自我体验过的情感意趣的活动（入乎其内形之于外）；对于欣赏者而言，审美是一种聚焦于对象形象（或形式）并感受个中情感意趣、体验作者心灵世界的活动（披文入情沿波讨源）。在其现实性上，完满或成功的审美活动会给人带来极大的愉悦感，同时，这种愉悦感还可能与共通感、自由感密切交融在一起。当人获得现实的美感或审美享受时，要么是由衷地感到一种把个人独特情感顺利传达出去的愉悦，要么是惊喜地发现自我情感与他人情感的相融相通，要么是快活地体验到一种在心灵上从小我走向大我，整个精神情感得到舒展的自由感。而愉悦感、共通感、自由感，正是美感的三个层次。

活的生命体，需要用心去体验、感悟，才能真正理解、会通；二是由于"感通"贯穿于文艺创作、文艺鉴赏、文艺批评的全过程，它在很大程度上既是艺术创造、艺术传达的关键，也是艺术欣赏、艺术批评的关键；三是由于"感通"对于探讨大师艺术智慧、发挥经典内在能量、创造文化成人之美等方面具有重要作用；四是由于审美感通乃是克服现代性危机的一条重要路径；五是由于"感通"源于中华古学，凝聚着华夏智慧，体现着中国美学精神。

经过现代阐释，"审美感通"的意涵已经很清楚，由此进一步可厘定"审美感通学批评"的基本内涵。从鉴赏者、批评者的角度来看，"审美感通学批评"至少包括五个层面的要点与内涵：一是以审美的心态看待艺术作品，把艺术品真正当成艺术品来欣赏；二是入乎其内、圆照周览，同情地理解作品的各个要素，真正对作品的有机整体心领神会；三是换位思考、会通心源，对作家的艺术思维、艺术灵魂领悟甚深，与之融通；四是纵横勾连，回环通观，领会、体悟作家作品背后的文化意蕴与文化语境；五是全幅感通、立言发光，即在对作家作品全幅感通的基础上，寻找合适的视角、切入点与言说方式，将在感通过程中体悟到的由作品生命、作者生命、观者生命三者交流形成的本体结构阐发出来。

总之，当代社会现实与文化语境的复杂性，在某种意义上决定了审美感通与审美感通学批评的必要性。而艺术创造、艺术作品、艺术欣赏自身的性质，决定了艺术与感通至为紧密的关联。如果要切入艺术本体、对艺术作品进行实事求是的评论，就几乎天然地需要审美感通学批评。"审美感通"就是为了真正"面向作品本身"，而"面向作品本身"自然而然就需要"审美感通"，二者互相寻找、互相促进。将"审美感通"贯彻下去，必然会通向作者的"生命境界与内在智慧"。因此，审美感通学批评在当代社会文化语境中有着高度的适切性和实践意义，本质上属于一项精神事业，相信会有一定的发展空间。

民族艺术的研究与评论要遵守学术规范和艺术创作的实际

王宏伟

王宏伟，内蒙古文艺评论家协会副秘书长。中国文艺评论家协会会员，内蒙古油画学会理事。2014年获中国文联文艺评论奖一等奖，2015年获内蒙古文联文艺评论奖特等奖。

首先需要说明的是，这里的民族艺术是指中国少数民族地区，以少数民族生活现状为主题的艺术创造而言。学术规范即学界普遍认可的进行学术研究和探讨所应遵守的规则、规矩，以及对学术概念的正确理解和合理运用。艺术创作的实际，所指的是当下民族地区艺术创作所遵循的指导思想、所运用的艺术语言、所呈现的面貌和状态，以及代表性艺术家的艺术动向等。笔者之所以提出民族艺术的研究与评论要遵守学术规范和艺术创作的实际，就是因为在当前，民族地区艺术研究和评论中，确实存在着对学术规范的不遵守和对学术概念的"臆用"。

以当下民族地区的美术研究与评论为例，不仅难以建立起相对完整的理论体系和独特的批评视角，而且在一些基本的学术概念的规范，以及对其的运用上也存在误会和曲解。例如，关于对"画派""草原画派"的认识和理解，就存在很多具体的问题，直接影响了公众和艺术界对草原题材美术的认识和看法。那么到底"草原画派"存在与否？哪些画家属于这一派？怎样认识"画派"这个概念呢？

对于"画派"此概念的认识与理解，学界确实存在着不同的看法。在此，先要申明的是，关于对"画派""草原画派"的讨论和思考，首先是一个学术问题，而其背后反映出来的是对一个地域艺术研究所达到的深度和树立的高度问题。而缺乏深入学理论述的结论是难以树立起学术高度的，也会遭受否定和质疑。其实，如何理解"草原画派"这一问题的关键在于对所谓"画派"这一概念的认识，清晰地理解"画派"这个词汇后，所有围绕"草原画派"的问题也就迎刃而解了。那么学界议论纷纷、争辩不断的"画派"者何？如果非要树立画派，其内涵和外延的界定应当持怎样的标准？可谓议论纷纷，标准不一。尤其是近年来，美术史论界对"画派"的界定标准和方式，以及"画派"应否树立、如何看待"画派"等相关问题进行了不少辩论和热议。

"画派"一词在美术史上始见于明代，董其昌对"吴门派""浙派"有过相关论述，故在后世画史中才有"画派"这一名词。但明人并没有提出明确的画派界定标准，也没有给"画派"下过定义，其所论也是就"南北宗论"来表明自己的艺术观点,是在借"画派"说事。其后,明清之际的画派多是论画者在特定时代和地域条件下的好事之举。在中国美术史研究领域对于"画派"的界定标准做出明确表述的,最早应是俞剑华先生。1962年2月15日,俞剑华发表《扬州八怪承先启后》一文,认为:"凡属一个画派,必然有创始人,有赞成人,有继承人,这三种人是缺一不可的。创始人的水平越高,赞成人的势力越大,继承人的数量越多,那么这个画派就越盛行,越长久,它的影响就越大。但'画派一成,流弊随之而生',绝大多数继承人将创始人革新的优点逐渐因袭模仿,造成风格相同或相近,最后一代不如一代,貌似神非,千篇一律,导致灭亡,被新画派所替代。"时隔20年后,著名美术史家王伯敏先生在《中国绘画史·画派》中认为:"根据明清画家、鉴赏家的说法,'画派'之称的主要条件是:一有关画学思想;二有关师承关系;三有关笔墨风格。至于地域,可论可不论也。"其后,在多年的各种成果中,又有周积寅、陈传席、薛永年、单国强等先生先后在《金陵八家与画派》《中国画论辑要》《论皖南画派的几个问题》《吴门画派和吴门辨》《中国绘画的传承与群体》《画派研究新成果——〈吴派绘画研究〉评价》等文献中,均对"画派"的界定标准作了相应的表述。诸位先生的讨论对象主要集中在中国古代绘画领域,在研究中所作的论述也不完全一致,但究其所论,一个共同的看法是,"画派"要有开派人物,骨干画家,并与开派人物有传承关系,同派的画家在艺术上有共同的追求,风格相近。以上是对中国传统美术而言的"画派"界定标准,也是"画派"这一概念在美术史论研究中最早的较为系统和全面的论述。

但世人皆知,自20世纪以来,中国美术并非只有传统美术一路,而是包含更为丰富的内容。同时,由于不同学科的不断交叉和中西艺术的不断交流,解读艺术的立场和视角也不断地拓展,美术史论的研究角度和方法也逐步多元,到今天为止,"多元"已经成为中国美术的一个最基本的特征。故而在一些论者看来,随着时代的变化,传统"画派"的界定标准难以也不可能满足当代美术史论家对中国美术归纳和言说的需要。出于这个原因,一些论者提出了新的"画派"界定标准。马鸿增先生先后发表《画派的界定标准、时代性及其他——与周积寅先生商榷》《两种画派和一种以偏概全的画派观——关于周积寅先生〈中国画派论〉》等文章,提出其所认定的"画派"界定标准是"从中国画派参照国外画派概括出来的三个要素:相近的思想倾向和艺术主张,相近的创作方法和艺术风格,高水平的领军人物和骨干成员"。也有论者认为画派"是一个相对稳定的群体,有一批志趣、信仰、审美倾向较为一致的艺术家经常在一起活动,这些艺术家的风格往往表现出同中求异、异中见同的特点",以及"多数情况下,'某某画派'的名称或称谓,都是来自他者的外部话语体系,而非来自内部的自我标榜"等。此外,还有很多论者撰文就"画派"的相关问题发表自己的观点,一时形成了争鸣的局面。

关于是否应当界定"画派",如何确立"画派"的界定标准,不同的论者自有不同的观点和看法,读者可自去察之。但不论怎样,如果古今皆有"画派",并且都能得到认可,那么有以下两条是可以肯定的。

一是,通常而言,"画派"大多是过去式,历史上的画派大多是由后世美术史家研究和认定的。同时,对"画派"界定标准的讨论和研究是由美术史家发起的,而不是由绘画创作者发起的。现有的资料可以表明,自有"画派"的讨论和研究以来,绝大多数的画派均是由美术史的研究者在事后发现和认定的,而不是由画派当中的画家自觉发起的,在美术史上常探讨的"浙派""松江派""吴门派""虞山派""常州派""海派""岭南派"等均如此,这类画派显然是非自觉形成的。此外,不可否认,在西方艺术中,自觉地发起组织,公开发表自己的艺术主张,推出代表人物和作品,并得到学界和社会的公认,依此形成的流派也有之,诸如"未来主义""达达主义"等(事实上在艺术创作中常见的"现实主义"也是一种自觉的形成的艺术思潮，1855年，法国画家库尔贝发表"现实主义宣言"，标志着"现实主义"作为一种思潮正式进入艺术史当中）。对照前一种"画派"的认定方式，这种画派应当说是由画家自觉组织发起的。这里需要注意的是，要考虑不同语言文字在翻译时所要表达的准确意思，毕竟"Doctrine"（主义）和"Genre"（流派）、"School"（学派）这些词汇所涵盖的内容是不完全相同的。

二是，"画派"是限定在一个画种当中进行讨论的，不同画种是不能划在一个画派当中的。无论是上文提到的诸位先生的论述，还是业已认定的中国美术史上的诸多流派，其所指涉的对象皆是中国传统绘画，若要再准确一些，应当说主要是中国传统绘画当中的文人画。如果说是由于古代中西艺术交流的客观限制导致历代讨论限定于此的话，那么是否在20世纪中西美术广泛交流的背景下就可以将不同画种在"画派"的讨论中混为一谈呢？答案是否定的。进入20世纪画派讨论所较为热切关注，并似乎相对被认可的"海上画派""岭南画派""长安画派"等，甚至是争议不断的"新金陵画派""新浙派"等，也是在中国画领域当中进行讨论的。而美术史上所标注的西方艺术史上的"威尼斯画派""印象派""后印象派""纳比画派""维也纳分离派""超现实主义"等都是在西方艺术，准确地说是在油画艺术的范畴中被认定的。无论古今，从未有将不同画种放在同一个画派当中进行讨论和研究的，虽然中西艺术在实际中可以相互借鉴和吸收，但二者的精神指向和艺术追求，乃至风格技法等是有着巨大差异的，而"画派"界定的一个标准就是艺术风格和追求的相同或相近。所以，强行地将不同画种划在同一个画派当中混为一谈是非学术性的，与学术和艺术都没有关系。

明确了"画派"这一概念的基本内涵，在此基础上讨论"草原画派"，讨论民族题材美术就有了学理上的依据。现在常被讨论的"草原画派"这一概念，当是围绕20世纪80年代妥木斯先生在中央美术学院举办展览之际,艾中信先生所提到的"我们感觉到内蒙古的草原画派正在形成"这一缺乏严格学术论证的"论断",而非由陈兆复先生提出的辽代"草原画派",二者之间不存在直接的关系。关于"草原画派"是否经得起学术上的考验,笔者以为主要存在以下问题。

第一,"草原画派"至今没有发表自己的艺术纲领和艺术主张,也没有以"草原画派"的名义自觉地形成特定的组织。"草原画派"虽是围绕妥木斯先生而提出的,但妥木斯先生却从未在任何公开刊物和空开场合阐述过这一群体的"共同艺术追求"。他谈的都是自己对艺术的理解和自己的创作经验,而且并未要求他的学生一定要有和自己相同的艺术追求,多是以自己对艺术创作的理解来启发他的学生。贾方舟先生也曾在文章中提到过内蒙古的画家没有人为的纲领和指向,尽管他们在同一个生存空间和文化环境中成长。其他讨论"草原画派"的有关文献对此也不置一词,顾左右而言他。那么,"草原画派"的共同艺术追求和艺术主张,或者说艺术纲领对于其来说就是难以圆通的硬伤。这样看来,以自觉形成的画派的标准来衡量"草原画派"显然是缺乏足够的事实依据的。而"草原画派"又非过去式,也不可能是美术史家认定的非自觉形成的画派。故而,"草原画派"在学术认定上缺乏相应的依据。

第二,"草原画派"到底涵盖哪些艺术形式?前文已经论述过,由于艺术的精神指向和风格、技法的差异等问题,不同画种的作品是不能放在同一画派当中进行讨论和研究的,这是起码的学术常识。而以当下的讨论而言,围绕"草原画派"的议论似乎并没有对这一问题给予清晰而准确的分析。将一位中国画画家与一位油画家归入同一画派,多少有一些滑稽,在学术上也难以成立。尽管学术研究可以在前人的基础上进行创造性的发展,但是起码的标准是应当坚守的,如果一个所谓的"画派"包罗万象,于多个画种无所不包,以"大杂烩"的形象示人,那么不同画种各自艺术的独特性还要不要追求?由不同艺术语言所构成的艺术形象是要单一化还是要进一步丰富？学术甄别和理论探讨的意义又何在？地域美术的学术形象又如何明确？

第三，"草原画派"当中不同画家和"草原画派"自身独特艺术风格的问题。客观地讲，30多年来，由于文化环境等多种因素的影响，以草原为题的多数画家的艺术风格上并不一致，他们在草原上"同修"却在艺术面貌上"殊相"，这也是符合艺术创作规律的。而且，由于观念意识和理念阅历的差异，中青年画家和老一代画家的艺术风格并不一致，甚至有着极大的差异。那么问题来了，按照上文分析的画派的界定标准，"草原画派"区别于其他画派的独有风格是怎样的？浓郁的生活气息、强烈的民族文化精神，抑或流畅的线条、厚重而对比强烈的色彩，这些难道仅仅体现在所谓的"草原画派"当中，而其他画派就没有这样的艺术面貌和风格特征吗？描绘草原景物和游牧生活算得上是艺术风格吗？以笔者有限的阅读来看，至今没有一篇理论文章对"草原画派"区别于其他画派的独特艺术风格进行清晰准确的概括和归纳。如果"草原画派"是符合学术界定标准的，那这些问题就需要正面回答而不能回避。这似乎又进一步证明，"草原画派"的学术认定和论证依据还是不足。

退一步来说，单就油画创作而言，当下生活在内蒙古草原进行艺术创作的画家谁和谁是一派？几十年来流寓外地、以草原为题的画家哪些属于"草原画派"，哪些不属于"草原画派"？在内蒙古生活且以草原为创作对象的外地画家应当作何考虑？如果对比妥木斯先生认定为"草原画派"的代表人，那么后来出生在内蒙古、活跃在中国美术界、与妥先生艺术风格并不一致的朝戈先生是否属于这一派？还有出生于他处，但在艺术上坚持表现草原风物的龙力游等先生又属于哪一派？很多常来内蒙古草原写生创作，绘制大量草原题材的画家又和"草原画派"是什么关系呢？说到底，究竟哪些画家是属于"草原画派"的呢？当世如果不能解决这个问题，恐怕留之于后也是一道难题。在此，笔者想到黄宾虹先生当年为了给徽州画家群立派，在《新安画派论略》中阐述新安画派究竟包含哪些画家，他在分析了"新安派之先明代新安画家""新安派同时者""新安四大家""清代新安变派画家"之后，最终也没有指出新安派中到底有哪些画家（新安四大家渐江、查士标、孙逸、汪之瑞并非一派）。后来，黄宾虹先生又有《增订黄山画苑论略》来呼应其早年的文章《黄山画苑论略》，所列画家风格不一，师承交错，并没有统一的标准，实非一派。宾虹先生当年所遇到的问题多少和今天我们面对的"草原画派"这一问题有相似之处，即要弄清楚"草原画派"究竟由哪些画家来构成，显然是存在着种种问题甚至是有些尴尬的。

综上而论，从学术研究的角度来看，"草原画派"在学术上的认定和确立缺乏足够的理论和事实依据，其中的很多问题还有待论证和厘清。以笔者的粗浅判断，"草原画派"这一传之日久的概念还难以经得住学术上的推敲，其是否符合美术史对"画派"的考量标准存在着很多问题，故而"草原画派"想要得到学术界普遍的承认还需要解决诸多难以自圆的基本问题。由此而引发的思考是，树立和提倡"草原画派"的形象对于整体、全面地认识内蒙古美术甚至民族题材美术也是以管窥天、一隅之说。如果"草原画派"是一个学术概念，就不可能成为不同画种、不同艺术形式的"大杂烩"，在此种情况下，置其他画种和艺术形式于何地？在创作水平上，有没有高于"草原画派"的作品和代表人？如果有，要不要同样树立一个形象、开立一个其他的"画派"？显而易见，单一地树立"草原画派"的形象很可能造成其他形式的美术创作被遮蔽。中国当下艺术存在和发展的最重要的实际情况是社会文化与价值观的多元，以及艺术的面貌的多元和多样，内蒙古美术也受到同样的影响，并有着具体的表现。在这种状态下，单一地提倡某个画派、某种形式，是否是一种学术上的负责态度呢？由此得出的结果能够站得住脚吗？

笔者以美术为例，对这一问题作了浅显的阐述，并对由此而导致的误会和误解作了相应的剖析，意图在于说明当下在民族艺术的研究和评论中，确实存在着种种不遵守学术规范和臆测艺术创作实际的问题。事实上，关于民族艺术的研究和探讨还有许多相类似的问题，诸如对"草原文学""草原艺术""草原电影"等诸多艺术的评论上，同样存在着在学术概念使用的随意和学术规范的破坏，而且在探讨中也多有不符合艺术创作实际情况的情形。如果我们以对学术和艺术精神负责的态度来审视当下对民族艺术的研究和评论，就会发现在太多的讨论和言说中，存在着种种难以圆通，却又刻意规避的问题。这不但制约着民族艺术研究学术体系的形成及其所能达到的深度和高度，同时也对人们客观、合理认识民族艺术产生了很多影响。在今天极力提倡中华美学精神和艺术精神的文化背景下，如果不能正视这些问题，显然会离我们意图提倡的文化精神渐行渐远，而我们的许多研究和探讨成果，无疑也会画上一个意味深长的引号。

节日民俗与中国传统艺术精神的形成

王廷信

王廷信,东南大学教授、博士生导师、东南大学艺术学院院长,兼任国务院艺术学理论学科评议组成员、教育部艺术学理论教学指导委员会委员、中国建筑文化研究会副会长、中国傩戏学研究会副会长、江苏省文艺评论家协会副主席等职务。出版《锦笺记评注》《中国戏剧之发生》《昆曲与民俗文化》《艺术学的理论与方法》《中国艺术海外认知研究》等著作,发表学术文章120余篇。主要研究艺术理论、艺术传播、戏剧影视艺术。

中国传统艺术精神集中体现在中国艺术核心理念的凝练上。中国传统艺术生长于自给自足的农耕社会。要思考中国传统艺术的基本精神，不考虑它所生长的环境是难以说清楚的。在自给自足的农耕社会环境中，以春、夏、秋、冬四个季节变化为核心，吸收天地崇拜、五谷崇拜、祖先崇拜、佛教和道教信仰所形成的节日民俗从操作层面和创作层面为中国传统艺术精神的凝聚提供了环境、需求、题材和方法。

在操作层面，中国传统艺术体现在中国传统农耕文化所营造的特殊的生态环境上。这种环境旨在对艺术产生需求，这种需求集中体现在人与自然之间、人与人之间关系的处理上。换句话说，在农耕文化所营造的生态环境中，中国艺术因人与自然之间、人与人之间关系的特殊需求而生发出对艺术的基本需求。

制约农耕文化的自然条件是四季变化，春、夏、秋、冬四种节奏制约着中国古人的生产节奏和生活节奏。在生产节奏方面，最为主要的是春种秋收；在生活节奏方面，最为主要的则是与春种秋收相适应的春祈秋报。生产节奏是生活节奏的前提，生活节奏是围绕生产节奏而变化的。春祈秋报是以"社"为单位对于天地、五谷、祖先的祭祀活动。这些活动往往以轰轰烈烈的赛社活动来呈现。赛社活动则集中体现出古代中国人的狂欢精神，该活动除了祭祀行为外，多数体现为形形色色的民间文艺活动。

春祈秋报受自然变化规律所制约，演化为一种顺应自然的人文活动。而这种活动在中国文化中具有强制性作用，因为古代中国人认为这种活动缺失，就违背了顺应自然的基本规律。为了增强春祈秋报的强制作用，古代中国人把这种活动与对天地、五谷、祖先的忠诚与祭拜联系起来，逐步积累为人们逢春必祈、逢秋必报的民俗习惯。

中国古代的其他多数节日民俗也是受四季变化制约而形成的。面对自然，古代中国人采取了顺应的办法。春祈秋报的赛社活动是中国民俗的基本形式，也是最为主要的两种形式。围绕春祈秋报，中国的民间风俗呈现四季分明的基本特征。每一季节都有特色鲜明的民俗形式。每一民俗形式都包含特定的娱乐内容，其中文学艺术创作与欣赏是主要内容。

与顺应自然规律相适应，中国的道教、佛教以及众多的民俗神灵信仰渗透节日民俗中来，也成为一种强制性力量。在这些节日民俗中，也渗透着大量文艺活动，成为这些节日民俗活动的主要呈现方式。因此，以祭祀天地、五谷、祖先的春祈秋报为核心，吸收道教、佛教等神灵信仰所形成的节日民俗成为强制性的民俗习惯，为中国古代艺术营造了特殊的生态环境，也为中国古代社会创造了艺术需求。

节日民俗对民间艺术创作的作用是十分巨大的。这一作用在民间歌舞、戏曲和民间工艺美术创作中体现得最为明显。我们迄今发现的最为常见的民间歌舞、戏曲和民间工艺都与节日民俗相关联。最为可贵的是，每遇特定的民俗活动，都有特定的歌舞、戏曲和民间工艺相伴随。这些民间艺术在很多情况下都依靠民俗活动的推动，几乎成为一种自发、自觉地进行创作的现象。从这个意义上来说，中国古代人的艺术创作与欣赏是一种自觉的文化行为。

如果说民间文艺活动主要是在节日民俗中进行的话，那么大批文人士大夫也借助节日民俗创作文艺作品。从中国古代文学家创作的艺术作品来看，相当一批是与节日民俗密切相关的。

随四季而变的节日民俗给人的感受是特殊的。这种特殊性体现在"变化"二字，无论是自然的变化，还是人与人之间关系的变化，都集中体现在节日民俗当中。中国诗人感于时间、万物之变，借以抒发情志，产生了大量优秀诗歌。南朝诗论家钟嵘在《诗品序》中云："若乃春风春鸟，秋月秋蝉，夏云暑雨，冬月祁寒，斯四候之感诸诗者也。"刘勰也在《文心雕龙·物色》中指出："岁有其物，物有其容；情以物迁，辞以情发。"这些都说明四季变化对诗人创作的巨大作用。美国汉学家华生在《中国抒情诗歌》一书中对《唐诗三百首》中的四季意象做过统计，吟春的诗有 76 首，吟秋的诗有 59

首，吟冬的诗有2首，吟夏的诗有1首。华东师范大学的贺闱同学在他的博士学位论文《宋代节日词研究》当中针对《全宋词》共20000首词作进行过统计，其中涉及节日的词2058首，占《全宋词》的1/10强。其中立春63首，清明191首，新年84首，元宵274首（含上元92首共366首），春社17首，寒食210首，端午105首，七夕148，中秋302首，秋社7首，重阳386首。从这些数据中我们可以看出，春秋时节是诗歌创作的旺季。这与春秋时节人们与自然界的接触较多有关，也与春秋时节中国的节日较多，人与人之间的交往频繁，关系较为敏感有关，当然也与春祈秋报的风俗习惯有关。这说明节日民俗为中国古代艺术家提供了大量的创作动机、创作题材和主题。

中国艺术从为民俗而创作，逐渐演化出超越民俗的世俗创作。但为民俗而创作的艺术依然持久地存在，即使是反映世态人情的世俗创作中，我们依然可以寻找到节日民俗的痕迹。例如反映四季变化的山水画，反映吉祥如意的花鸟画、反映世态人情的风俗画。

节日民俗不仅为中国传统艺术提供了动机、题材和主题，而且间接影响到中国传统艺术的创作方法。虚实相生是中国传统艺术的创作方法。这种方法直接影响到中国传统艺术追求意境、追求神韵的审美特征。

我们知道，在节日民俗系统中，中国古代人所祭祀或朝拜的对象是天地、五谷、祖先、佛道神灵。而在祭祀过程中，中国古人主要处理的是人与神灵之间的关系，神灵是意念中存在的事物。对于这种看不见、摸不着的事物，中国古人采取的是虚拟的办法。虚拟是依靠特定的有形物来实现的，如天地、祖先的牌位，祖先或佛教道教神灵的画像。而这些有形物恰恰是"实在"的事物。这些事物虽然实在，但与祭拜对象本身并不相同，人们只是把这些有限的"实在"作为"形式"来呈现祭拜对象，正如《易经》所言的"立象以尽意"，即以抽象出来的有限的实在形象来表达人们意念中的形象。在中国古代的节日民俗活动中，经常有原始巫术崇拜的影子，这就使巫师出现，巫师是人与神灵之间的中介，用以给人传达神灵的信息，以帮助普通人解决生活中存在的实际困难。巫师在传达神灵信息时最常用的办法是跳舞，也就是人们常说的"跳神"。这种借助简单的舞蹈模拟神灵口吻传达神灵信息的办法，也是借助有限的形象呈现崇拜对象的。所以，我们从中不难看出，节日民俗对于神灵的虚拟方法在长期的积累与演化中已经形成了中国古代人的思维定式，从根本上影响到中国艺术立象尽意、虚实相生的创作方法。

虚实相生的创作方法不仅体现在民间艺术创作当中，也体现在文人士大夫等上层人士的艺术创作中。清代画家笪重光在《画筌》中说："空本难图，实景清而空景现；神无可绘，真境逼而神境生。位置相戾，有画处多属赘疣；虚实相生，无画处皆成妙境。"这里所言的运用实景表现空景、运用真境表现神境的做法，都是虚实相生的有效办法。清代画家布颜图说："盖笔墨能绘有形，不能绘无形，能绘其实，不能绘其虚。山水间烟光云彩，变幻无常，或隐或现，或虚或实，或有或无，冥冥中有气，窈窈中有神，茫无定像，虽有笔墨莫能施其巧。故古人殚思竭虑，开无墨之墨，无笔之笔以取之。"这里所讲的"无墨之墨，无笔之笔"就是用少量的笔墨来表达无形之象。正所谓虚实相生，少量的笔墨是实的，而表达出来的形象是虚的。在书法创作中也有清代书法家邓石如提出的"计白当黑"的主张，与虚实相生是一个道理。虚实相生不仅体现在书法、绘画创作当中，在舞蹈、戏曲、曲艺中也有充分的体现。

由上可见，中国艺术从创作环境、创作需求到创作方法都受到农耕社会中以节日民俗为核心的思维定式的影响。中国传统艺术的精神集中体现在虚实相生的创作手法上。而这种创作手法到了今天，当节日民俗被许多现代风俗尤其是西方风俗习惯所淹没时，我们应当如何重估它的价值，如何让这种在中国传统农耕社会背景中所养成的创作方法在当代艺术创作中发挥作用，便成了一个有价值的命题。对于这个问题的回答，我将会另行撰文论述。

云南跨境民族文学的创作视阈与审美诉求

于昊燕

于昊燕,教授,文学博士,大理大学文学院副院长,从事中国现当代文学研究、中国少数民族文学研究。出版学术专著两部,在《中国现代文学研究丛刊》《当代文坛》《文艺评论》等学术期刊发表论文若干,在《长江文艺》《小说月刊》等文学期刊发表多篇小说作品。

恩格斯说："没有一条国家的分界线是与民族的自然分界线,即语言的分界线相吻合。"因此,国家疆域与民族分布地域交错重叠,往往会出现1个国家内含多个民族和1个民族分布于多个国家的情况。云南位于中国西南边境,是中国跨境民族最多的省份,壮、傣、布依、彝、哈尼、拉祜、傈僳、景颇、阿昌、怒、佤、独龙、德昂、布朗、苗、瑶等民族在缅甸、泰国、越南、老挝等国家跨国而居,具有跨境民族数目众多、族源关系密切、地域分布集中广泛并交错分布和深受周边国家民族影响等特点。跨境民族在历史长河中创造了大量丰富多彩的文学作品,既有世代流传的口传史诗、生动有趣的民间故事,也有当代作家笔耕不辍创作的小说、散文和诗歌。这些文学作品基于民族背景的日趋繁荣,吸引了更广泛的超越族裔界限的读者,这些作品不仅没有被民族或者语言的界限所分离,而是打破边缘与中心的边界重新融入中华文化的整体框架。跨境民族内部同根异枝的关系和边缘文化样态在民族文学中得到了真实的展现,蕴含国家疆界的空间跨越与主体民族的变迁,为跨境民族提供了家园和异国的集体记忆;跨境民族文学糅合了族裔意识和民族特有的心理体验,继承了本民族的文化传统,承载着民族区域文化经验,成为文化与文学中独有的跨越性美学奇观。

一 跨境民族文学中的集体记忆

跨境民族由于自然的、历史的、社会的种种原因离开其发祥地,迁徙、分化、散居在不同的地域,但是,跨境而居的同一民族有共同的历史渊源、民族情感和心理素质,反映在文学方面,就是历史悠久的反映本民族历史渊源的史诗、传说。如哈尼族的《奥包密色》《十二奴局》、傣族的《乌莎巴罗》《召树屯》、拉祜族的《牡帕密帕》、佤族的《司岗里》、阿昌族的《遮帕麻和遮咪麻》、德昂族的《达古达楞莱标》、布朗族的《顾米亚》《阿布林嘎与依娣林嘎》、怒族的《创世纪》、壮族的《布洛陀经诗》、彝族的《梅葛》《查姆》《勒俄特伊》《阿细的先基》、瑶族的《密洛陀》、景颇族的《目瑙斋瓦》。从内容看这些史诗有创世史诗、英雄史诗和迁徙史诗，创世史诗歌唱开天辟地的创世神话，描画宏阔深远的壮丽想象；英雄史诗歌唱的是本民族的盖世英雄，浸透着伸张正义、慷慨激昂的抗争意识；迁徙史诗歌唱的是民族迁徙的历程，伴随着背井离乡的坚忍与哀伤。

以景颇族为例，景颇族的创世史诗《目瑙斋瓦》是融神话、传说、诗歌于一体代代传诵的诗歌体文学巨著，从开天辟地唱起，以优美绮丽的神话故事形式，记载了景颇族人民从远古到现代的发展演变过程，分为"天地的形成""制伏天地""孕育人类万物""宁贯杜瓦平整天地""洪水淹天""宁贯杜娶龙女""族系生产生活"七大部分。云南民族出版社出版了景颇文《目瑙斋瓦》后，不仅境内的景颇族纷纷购买，境外克钦人也托人到国内购买。每年的正月十五，境内外的景颇族一起过"目瑙纵歌"节，同声歌唱，共同欢庆民族传统节日。不仅史诗传承着民族的集体记忆，当代跨境民族作家通常用双语创作，既用汉语创作，也用母语创作，记述民族的喜怒哀乐，建构起跨境民族的文化纽带。以景颇族为例，《Wunpong》（汉文名《文蚌》）是我国目前唯一公开出版的景颇文期刊，由德宏州文学艺术联合会主办，常年获中外景颇族读者的好评。景颇族作家玛波的《罗孔札定》讲述18世纪中叶景颇族地区最大的山官的公主罗孔札定带领贫民推翻了山官政治制建立贡龙贡咱（民主推举制）的"贡龙革命"事件。这一事件起源于缅甸克钦人居住中心江心坡一带，玛波数访缅甸，走访十几年，反复佐证，塑造了罗孔札定自觉顺应世界发展趋势，适应社会进程的领头人形象。作品荣获第九届全国少数民族文学创作"骏马奖"长篇小说奖，无论是在德宏还是在缅甸都是畅销作品。

一个民族的强大很大程度上是文化的强大，国家守住自己的民族文化与坚守自己的疆土和家园同等重要。文化越来越成为民族凝聚力和创造力的重要源泉，文学体现着一个民族深层的精神积淀，反映着一个民族的理想追求，是一个民族的精神旗帜。当今世界，跨境民族的民族意识和民族情感没有因国界的分割而减弱，跨境文学中的民族集体记忆对这些目前生活在不同的疆域、不同的社会制度下，分别受不同的他族文化影响的跨境而居的同一民族有很大影响，直接影响到这些民族是否得以保存本民族的传统文化并能作为一个有别于其他民族的民族而存在。

二 跨境民族文学在传统性与时代性之间的游走

跨境民族的当代文学作品由于特殊地理环境与民族风俗影响形成了鲜明的内容与风格，比那些聚居在单一国度的民族的文学更加丰富多彩、更添异国情趣。在文学日趋多元的时代，跨境民族文学不服从于单一的欣赏兴趣和思维方式，在审美内涵、价值追求和讲述方式上呈现鲜明的多元美学特征，魅力无限又意味特异。跨境民族作家力图把自己的笔探向民族文化深层，去把握特定的社会矛盾和人生命运，把自己的题材优势转换为创作优势。

跨境民族文学把本民族传统文学中的内容题材与美学风格引入描述现实生活的创作实践中，并予以延伸与发展。比如，独龙族作家巴伟东的《独龙夜话》以独龙族老人在火塘边调侃的语气，不加修饰，不拘一格，真实地再现了独龙族人民千百年来的社会生产、生活场景，较为全面地反映了为独龙族人民所特有的民族记忆和民间文化。景颇族叙事长诗《恩郭诺克内与洛沛玛扎兑》讲述了出身不同阶层的景颇族男女的爱情悲剧，恩郭诺克内是个勤劳善良的贫苦孤儿，洛沛玛扎兑是心灵手巧的官家小姐，两个人冲破重重阻碍相爱，洛沛玛扎兑的父母想出索要重金彩礼的办法来阻止女儿的爱情选择，恩郭诺克内为了爱情远走他乡挣钱。恩郭诺克内挣够钱回来后听说洛沛玛扎兑被抢婚而抑郁死去，恩郭诺克内也忧伤死去。景颇族作家岳坚的《谁的过错》、玛波的《鸽血红》都讲述了在特殊年代里一对景颇族青年男女不幸的爱情悲剧，与景颇族的《恩郭诺克内与洛沛玛扎兑》一脉相承，揭示了人们追求爱情的美好愿望与现实生活的冲突与不可逆转，表现了严肃的悲剧精神。

新中国成立后，各民族有了使用和发展本民族语言文字、继承本民族优秀传统文化的自由。跨境民族文学中母语创作比较活跃，德宏州的景颇族、傣族、傈僳族，西双版纳州的傣族，怒江州的傈僳族，红河州的哈尼族、苗族，文山州的苗族等皆有自己的母语作家原创及翻译作品。以傣族文学为例，旺保的《通行证》、孟有明的《人心隔肚皮》、冯月软的《看人讲价》、吞亮的《大爹》、晚相伦的《姑娘时的邮票》、赵小碰的《咩叶团嫁女儿》、线向心的《找牛》傣文创作反映了改革开放后傣乡的变化，人们的思想观念改变的过程，准确生动地反映了傣族生产生活的面貌。跨境民族作家不可避免也受到现代文明的冲击，在他们的文化背景中，学校教育与古老的口头文化共同作用于学生的文化人格的养成。一般说来，跨境民族作家所受的现代文化教育程度越深，他们的文化心理就越容易发生变化。近年来，跨境民族文学作品中越来越多地涌现出时代性的主题：对全球化时代民族文化的命运和生态环境保护的关注；表现民族文化传统、民族生活习惯与现代性、与当代现实生活的冲突；宏大叙事的民族民间化；底层边缘人物的励志书写；对反腐倡廉社会热点的关注，等等。阿昌族作家曹先强的《弯弯的山路　弯弯的歌》塑造了在传统文化与外来文化交织中成长且善于学习的腊图，腊图的特立独行、与众不同标志着阿昌族女性走出传统体制的束缚，开始接纳新生事物。值得注意的是，在表现民族传统文化与时代性的冲突方面，不是所有的作品对民族文化都抱着仰视和歌颂的态度，很多作品进行了理性的分析和严肃的反思。

跨境民族作家扎根于本民族的传统文化，又能放眼于全国乃至于全世界的文学领域，把传统与时代结合，拓宽文学表现领域，在民族文学创作队伍中可以说是难得的一部分。但是，从"母语创作"的发展来看，跨境民族文学创作已陷入两难的尴尬境地。母语写作是作家对民族身份的认同与民族文化的自觉坚守，承载了本民族独特的社会学、民俗学、历史学、民族学、文化学、宗教学、民族心理学等内容。跨境民族的母语创作有口头文学、书面文学之分。很多跨境民族，如佤族、拉祜族、布依族等从古至今用母语创作着歌谣、诗歌等口头文学类的作品，这种口语创作存在传播后形态变化不规律的特点。母语创作作品又有大众文学和作家文学之分，既有作家的书面创作，也有作家采集民间大众创作的书面记录。母语创作本来应该成为境内外同一民族交流的纽带，但是境内外母语发展变化的不同趋势带来阅读的困难，比如境内新傣文与境外老傣文之间出现对接错位，大量传下来的文学作品都是用老傣文书写，但是大部分年轻人却无法读懂它们，新、老傣文的人为沟壑使新、老几代人无法在统一的文字平台上进行代际传承。另外，数字化技术逐渐改变了民族文化传承方式，跨境民族也建立了"国际哈尼阿卡文化网""傣文化论坛"等平台，分享本民族文化，认识他世界、他文化。在技术上，部分民族已制作出了民族文字体，但是还没有实现跨境民族母语文学全面数字化建设，大多数跨境民族文学古籍还没有建立数据库，使其文化传承存在一定局限性。在文学创作与技术传播层面完成民族母语文学审美方式的表达与传播，丰富中国文学版图是时代任务。

三 跨境民族文学的原始主义美学的崛起

与有文字的历史较长而文字使用较普遍的民族不太一样，跨境民族的民间生活中，口头文化传统依然十分浓重，因此，跨境民族作家的创作往往与本族民间文学糅合在一起，当代文学创作中的时代内容与充满神话性的原始色彩元素构建了双重文化代码。

五四运动以来，传统与现代二元对立的思维方式与表述模式成为一种思维定式，用"传统"表征中国前现代社会与文化源自对"原始"撇清的警惕与自尊,甚至认为"原始"是价值的低端或无价值的东西。史诗是跨境民族认识世界和改造世界的特殊思维方式的体现,因此,跨境民族文学表现出浓郁的原始主义美学的重新认知和评判。"原始主义"一词是对"原始"一词的进化论内涵的颠覆性反转,比传统与现代二元对立的视野更为广阔。哈尼族诗人哥布的长诗《神圣的村庄》由"祖先的幻影""白骨堆积的梯田"等8章和"序歌:相见相识""尾声:无尽的祝福"共10个章节组成,共计3500行。长诗将哈尼祖先从遥远的发源地婼马阿美,迁徙至滇南哀牢山定居繁衍、开垦梯田、谋求幸福的艰辛与困苦,以及哈尼人在当代社会生活中的困惑与抗争,淋漓尽致地展现出来。其中"祖先的幻影"吟唱了哈尼族祖先曲折而漫长的迁徙历史,呈现对哈尼传统迁徙史诗《哈尼阿培聪坡坡》的继承,《哈尼阿培聪坡坡》是流传于红河南岸哀牢山区的一部长达5600行的哈尼族迁徙史诗,详尽地记述了哈尼族先民在漫长的历史岁月中,从遥远北方向南迁徙的事迹,有强烈的感情色彩、生动的形象特征和磅礴气势。哥布把哈尼族的民族传说与现代生活结合在一起,如同诗中所写"人和神一起居住的村庄/老人的故里/神圣而静谧/家家户户有着不息的火塘/铓和鼓是寨子繁荣的象征/总是在节日里热烈地敲响"。继承和发扬传统文化,以考量历史与现实变迁的目光看待母族,成为诗人在文本中最为强烈的倾诉。文学内部的原始主义质素与时代特征形成呼应,并进而使这种质素扩大成审美张力。拉祜族作家娜朵的《母枪》以拉祜先民长途跋涉的迁徙为背景,叙述了扎儿、扎多两个家庭在生活、抗争和迁徙过程中的艰难曲折,描绘了拉祜山令人陶醉的秀美风景、各种各样动植物自由自在生活的景致、本族的生活习俗与神话传说。相对于美好的童话般的拉祜族内部世界,拉祜族外面的世界却是侵略、掠夺与残杀的世界,拉祜族与外族的漫长斗争史是败北史与南逃史,首领扎多只有带领族人更远地逃离。小说的结尾是扎多射出三支神箭,"三支神箭飞呀飞呀,一支落到了泰国,一支落到了缅甸,一支落到了中国的云南。从此以后,这三个地方成了拉祜人的故乡……"娜朵把本民族的"诗性化文化"创作成具有原始主义美学的文学作品,写出了对时代生活的真实感受,对人生的思索,对纯真爱情的向往,对物欲横流的批判等,呈现强烈的生命美与生态美,既描述了拉祜族的生存境遇,也彰显了拉祜族认识的起点。

弗莱认为西方文学经过了神话、传奇、高模仿、低模仿、反讽五种模式的历时演变,现今表现出反讽文学向神话回流的循环,神话是所有其他模式的循环,原始主义的文学审美以返归神话的超现实想象方式与表象形式为其艺术追求。跨境民族文学承继了内涵丰厚的原始美学,一扫无病呻吟、疲软困顿的颓靡之风,以深刻的思考、勃勃的生机和健康的追求表现出朝气蓬勃生命美、生态美。尤其全球化背景下文化的趋同性逐渐瓦解了地方性、族裔性文学发展的可能性,现代发达的"精英"文化用普遍意义遮蔽"非精英""地方性"文化的"特殊"意义,于是,原始主义美学成为保持普遍与统一下的陌生化距离,既坚持跨境民族文学世界性的普遍性价值又坚持由跨境民族文化传统决定的审美特殊性的融合。

随着经济全球化的推进,各民族的流动性也在不断加大,这些因素都在加剧着同一民族跨国界而居的现象。跨境民族文学是民族的,也是人类的;是面向国内的,也是面向世界的;是承继民族历史的,也是追求世界性的理解和认同的,在全球化多元文化语境的今天,关注跨境文学越来越具有学理上的合理性和实践上的必要性。

中国艺术主体确认下的"追认"与"反制"
——重构中国书法与西方抽象表现主义

张 强

张强,字沙丘,曾任山东艺术学院教授,首届硕士生导师,四川美院美术学系主任,重庆人文社科重点研究基地当代视觉艺术中心主任。2013年获得"两江学者"终身荣誉,现为四川美院艺术学与水墨高等研究中心主任。张强教授为伦敦大英博物馆首位当代艺术表演者,意大利威尼斯拉古纳大展"艺术机构特别奖"得主,还获得澳大利亚墨尔本中澳艺术双年展"国际优秀艺术家"称号,获海南首届国际艺术双年展"艺术贡献金奖"。著有"张强艺术学体系"四十卷。

一 关于艺术主体性确立的基本方法论

笔者在20世纪90年代《齐鲁艺苑》1995年增刊发表《艺术史的十三个原则》,提出了艺术史所存在的"发生""成立"以及"追认"原则。

(一) 艺术史成立与发生原则

艺术是怎样构成自己的历史呢?或者说艺术这个概念最初是由什么内容架设起来的呢?这个问题我们首先可以在中国古典学者那里找到启示。元代郝经谓:

> 夫书一技耳,古者与射、御并,故三代、先秦不计工拙,而不以为学,是无书法之说焉……道不足则技,始以书为工,后寓性情、襟度、风格其中,而见其人,专门名家,始有书学矣。①

对于"书法"概念所设置的标准,我们称为"成立",其充满了主观表现的标志就是:"性情""襟度""风格"范畴的体现。在此,书写者作为一种主体得以确立,书法独立的书写行为也得以成立。对象是书写,由毛笔蘸墨在绢帛上书写,采用了体现情绪个性的样式,便成为一门专门学科而加以系统化、理论化探讨。而在此之前的那些仅仅为了美观而书写的文字并不能当作书法来对待。

这个典型的时期是中国历史上著名的"魏晋风度"表达时期,以王羲之等人为代表。郝经的这段文字带来的艺术学的重大启示在于,书法

---

① 崔尔平选编:《历代书法论文选续编》,上海书画出版社2012年版,第174页。

的确立，其实也是一种主观的"指认"而已。只不过这种指认必须有充足的理由来覆盖另外的叙述。郝经是在文人书写的系统之中，将这种系统予以总结性的指认。中国的山水画发展到南北朝时方摆脱了"人大于山，水不容泛"的稚拙阶段。从而进入了一个整合的过程，山水画因此而得以出现。

古希腊艺术一俟摆脱了僵硬的古风模式，就蜕变为理想化的杰出范式。文艺复兴早期的乔托，正是由于将"戏剧的情节冲突"引入绘画之中，从而汇流于欧洲文艺理论之中，才具备了卓然的大师地位，而且被誉为"近代绘画的先驱"。

我们通常把意识形态中的学科成立阶段与典范期比作生物进化中的高峰期，生长次序也令我们妄加比附，如胚胎、萌芽、生长、繁荣，以衰亡的周期律去看待文化与艺术现象。殊不知，正是这类科学性的比附，使人类艺术精神丧失掉其最为独特的辉煌——艺术的繁荣并不包括它自身的生长可能，而在于一种"约定"的"成立"与"发生"。

当艺术史沦为生物进化史时，一些早期的原始与偏僻的人类经验由于所谓的"不成熟"而被排斥在外，间或有些宽容，也总显露出屈尊纡贵的表情。

人类的意识有超越时空的存在价值，它为后来人们所提供的最可宝贵的东西便是在精神（形而上）层面上的经历与验证的结果。它沉积在各种图式之上，来使我们的直觉得以进一步通行。那么，我们无例外地把那些通常被认为是成熟的艺术样式称为艺术史"空间观上的坐标点"，以它为前提进行移动，便构成一个判断的交叉点，进而成为如下表述。

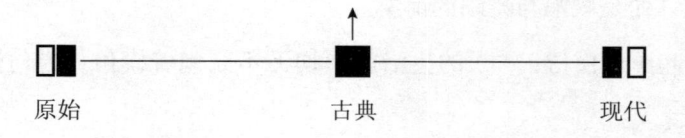

原始　　　　　古典　　　　　现代

这同时是艺术"发生"的一个引发模式,即以一个模型的建立带来"成立"的过程,它呈现出来的深层意义上的意识修正,才有了艺术风格学描述上展开的可能。

(二)艺术史的"追认原则"

"追认原则"观念在对时间加以覆盖的同时,也在重叠性地发生着它的应有效应。追认使得过去的物质形态有了精神意义。追认使得浮泛的文化现象进而转化为精神的观照对象。艺术史的分期,艺术的概念,艺术的起源,也正是由于追认而得以确指的。

在众多的艺术谜团中,艺术的起源也正是其中令人神往而困惑的话题之一。

在众多的起源理论中,我们大致可以找寻出这样几种主要学说。

艺术起源于巫术——"野蛮人通常将他们任性的神灵布满了整个幻觉的空间。"

在原始洞窟壁画及母神雕刻等行为中,其宗教性作为主题是不言而喻的。而平面与立体的图式不过是宗教观念之不同载体而已。

艺术起源于游戏——"儿童通常在水面上丢下石块之类,看到泛起的涟漪而兴奋不已。过后一切都归于平静之中。"

艺术正是在这种非功利的创造与自娱中悄然诞生。图形与雕刻符号都不过是此种自我满足的副产品而已。

艺术起源于劳动——"劳动使人与猿分工,直立行走,大脑发达,耳聪目明起来,劳动的过程中同时产生了艺术。"如最初劳动号子"杭育、杭育"或许便是歌唱与舞蹈的前奏。

艺术起源于模仿:"人的生活的一切无不充满着模仿,模仿使得人类成为万物之灵。"

亚里士多德建立的模仿论,成为西方文化中奉行两千年的艺术主旨。

然而，以上诸种理论之于艺术起源这个话题依然未有明确的回答，相反，愈是探究其合理性与局限性，则愈有"雾失楼台"之感。

解决困惑的方法很快得以启用，中国的学者在他们的诸类著述中，得出了"艺术起源与人类起源同步说"理论。表面上来看，将人类最早伴随生物进化而带来的各种精神活动符号，统统归结为艺术活动，确有其开放性。然而，它的谬误在于，无限度的开放并没有带来理论的成立，却致命地封闭了其意义的产生。

由此，从艺术史的时间与空间原则来进行检验时，我们可见一个明显的事实，那便是一种观念对一种现象的界定，一种空间对一种时间的占领，从而在不同情景中展开了艺术史的领域，使艺术史摆脱了作为事件的记录与年代的争议，从而进入一个文化与精神的广阔领地。

（三）"艺术起源"猜想的失效与"追认"生效

"追认"的基本含义有以下几种。

（1）"追认"在中国古代的应用——如"追谥"，古代帝王、诸侯、卿大夫、高官大臣等死后，朝廷根据他们的生平行为给予一个称号以褒贬善恶，称为谥或谥号。是给去世的人的一种荣誉或者谴责，目前可考的最早记载是在《逸周书》里《谥法解》一篇。后世的有陶渊明，字元亮，别号五柳先生，晚年更名潜，卒后亲友私谥靖节。杜甫（712—770），字子美，自号少陵野老，谥号文贞（元代皇帝在1342年为杜甫封的谥号）。李商隐，字义山，号玉溪生、樊南生，无谥号。陆游，字务观，号放翁，无谥号。辛弃疾，南宋词人，字幼安，号稼轩，谥号忠敏。苏轼，字子瞻，又字和仲，号"东坡居士"，谥号文忠。

（2）"追认"就是另外一种"发生"。某种意义上，追认其实就是重构了问题讨论的情境，从而使得意义的赠予成为可能，所以，也可以说是一种意义的再产生。

（3）"追认"与无意识的误读与历史语境：由于历史情境的限制，有时候追认的意义发生，便带有特定的局限所在，当然，这种具有"误读"含义的"追认"，则具有了"意义"放大之嫌。

（4）"追认"有意识地误读与艺术的阐释有关：有意识地误读，则是将本来不突出或者是不具备的某些意义，扩展到另外的意义领域，这样也就自然地衍化为一种阐释了。它逐渐地滑落于对象本身的意义之外，变成了另外一个视角的解读。

（5）"追认"就是一种意义赠予。从某种层面上来说，意义存在于作品之外。也就是说，当下的跨文化经验与原初的艺术创作之间，产生了某些重合的时候，就会激发新的意义，这种重新解读出来的意义，被我们称为"意义的赠予"。

艺术起源于巫术的理论在解说艺术起源时现出疲软，却在"巫术＝艺术"这个公式上有所建设。因为它宣告：巫术行为（作为观念）对艺术区域（作为现象）进行占有。进而出现了巫术行为之下的视觉样式亦是艺术品这种结论。

起源于游戏的理论在未能说明那个宏大的起源课题时，却对一些游戏、涂鸦行为产生了足够的艺术追认力量。即艺术应当包含游戏的形制。

起源于劳动的理论则把与劳动密切相关的各种行为划为艺术的同时，使艺术走向了为劳动者服务，或者说使民间的各种形制图式充满了艺术追认的含义。

起源于模仿的理论干脆便是对古希腊至19世纪西方艺术的限定。

也就是说，艺术史本身由于"后人"的不同观念的植入而逐渐膨胀起来。从而把一些意外的行为"追认"为艺术行为，反过来讲，艺术作为一种精神层面上的活动，其自身的不断展开，也在同时侵占着其他文化时空的地盘。

而"艺术起源与人类起源同步说"这一理论，则把人类的已有行为延伸到所有的文化空间之中。这种无情境限定的夸张，也就同时注定了它的无意义性。没有相对"情境"的引导，不立足于人类文化观念的真实导向，不去寻找艺术种类流变的可能，这种追溯亦如对考古的揣测一样，很快变得油滑起来。

二　中国书法历史形态之中的追认

有两个在中国书法史上籍籍无名的人物，被"追认"为"北方书圣"，他们分别是郑道昭与僧安道壹。[①]

（一）北魏/郑道昭（？—516）

对郑道昭的追认启动于清末，其中大致有如下几方面的意义赠予。

（1）象形及态度型阐释——云鹤海鸥（态）、仙人啸树、海客泛槎、仙人长生（不顾世间烟火，可无传嗣）、腾天潜渊（横扫一世之妙）、兜率天人（视沙尘众生矣）、劓犀兕、搏龙蛇（游刃于虚，全以神运）。

"北魏书，《经石峪》大字、《云峰山五言》《郑文公碑》《刁惠公志》为一种，皆出《乙瑛》，有云鹤海鸥之态。"[②]

"《云峰山石刻》体高气逸，密致而通理，如仙人啸树，海客泛槎，令人想象无尽。"[③]

"《石门铭》飞逸奇恣，分行疏宕，翩翩欲仙，源出《石门颂》《孔宙》等碑，皆夏、殷旧国，亦与中郎分疆者，非元常所能牢笼也。《六十人造像》《郑道昭》《瘗鹤铭》乃其法乳，后世寡能传之。盖仙人长生，

---

① 参见张强、LiaWei《大空王佛——僧安道壹刻经与北朝视觉文化》，文物出版社2016年版。
② 包世臣：《艺舟双楫·历下笔谭》，上海书画出版社、华东师范大学古籍整理室选编《历代书法论文选·下》，上海书画出版社1979年版，第652页。
③ 康有为：《广艺舟双楫·榜书第二十四》，上海书画出版社、华东师范大学古籍整理室选编《历代书法论文选·下》，上海书画出版社1979年版，第856页。

不顾世间烟火，可无传嗣。"①

"郑道昭雄浑深厚，真有腾天潜渊，横扫一世之妙，北方之圣手也"②。

"其笔力之健，可以剸犀兕，搏龙蛇，而游刃于虚，全以神运。唐初欧、虞、褚、薛诸家，皆在笼罩之内。"③

（2）味觉体会型阐释——口香三日（食防风粥）、馨芬溢目（高气秀韵）。

"若能以作大字，其橄姿逸韵，当如食防风粥，口香三日也。"④

"数寸大字，莫如郑道昭《太基仙坛》及·《观海岛诗》高气秀韵，馨芬溢目。"⑤

（3）妄想联觉型阐释——草篆（篆势分韵草情毕具）、研图注篆（不虚也）。

"北碑体多旁出，《郑文公碑》字独真正，而篆势、分韵、草情毕具，其中布白本《乙瑛》、措画本《石鼓》，与草同源，故自署曰草篆。不言分者，体近易见也，以《中明坛》题名、《云峰山五言》验之，为中岳先生书无疑，碑称其'才冠秘颖，研图注篆'不虚耳。南朝遗迹唯《鹤铭》《石阙》二种，萧散骏逸，殊途同归……真文苑奇珍也。"⑥

（4）神圣化阐释——北朝以郑道昭为第一；自有真书以来，一人而已；郑道昭书中之圣也；神韵莫如郑道昭；应奉道昭为北方书圣。

---

① 康有为：《广艺舟双楫·尊碑第二》，上海书画出版社、华东师范大学古籍整理室选编《历代书法论文选·下》，上海书画出版社1979年版，第818页。

② 欧阳辅：《集古求真·卷三·真书一》，新文丰出版公司编辑部《石刻史料新编·第一辑·第十一册》，新文丰出版公司1977年版，第8505页。

③ 叶昌炽撰，韩锐校注：《北京石刻艺术博物馆丛书一·语石校注·卷七》，今日中国出版社1995年版，第653页。

④ 康有为：《广艺舟双楫·榜书第二十四》，上海书画出版社、华东师范大学古籍整理室选编《历代书法论文选·下》，上海书画出版社1979年版，第856页。

⑤ 同上。

⑥ 包世臣：《艺舟双楫·历下笔谭》，上海书画出版社、华东师范大学古籍整理室选编《历代书法论文选·下》，上海书画出版社1979年版，第651—652页。

"北朝以郑道昭为第一，赵文渊次之……《郑道昭云峰山上下碑》及《论经诗》诸刻，上承分、篆，化北方之乔野，如筚路蓝缕进于文明。"①

"北朝以郑道昭为第一，赵文渊次之。其余南之徐勉，北之肖显庆、王长儒、穆洛梁、恭之皆入能品。……唐初欧、虞、褚、薛诸家，皆在笼罩之内，不独北朝书第一，自有真书以来，一人而已；举世噉名，称右军为书圣，其实右军书碑无可见，仅执兰亭之一波一磔吁衡赞叹，非真知书者也。余谓郑道昭，书中之圣也。陶贞白，书中之仙也。"②

（二）北齐/僧安道壹（？—约580）

中古时期的僧安道壹便不认同历史的惯性评价，他认为自己已经远远地将其超越了："于是有大沙门安法师者，道鉴不二，德悟一原，匪直□相咸韬，书工尤最……寻师宝翰，区□□高。青跨羲诞，妙越英繇。"③

在北齐时代，僧安道壹将其书法的超越对象设置为王羲之、韦诞、张芝、钟繇四人。从某种意义上，也可以看作汉代以来形成的一个书法传统。

康有为对于僧安道壹书迹的推举，还体现在对于《经石峪》刻经的全面推崇之上，其中如是之一：从排名的角度，将其放置在榜首。

"《经石峪》为榜书之宗，《白驹谷》辅之。"④

"榜书亦分方笔圆笔，亦导源于钟、卫。《经石峪》圆笔也，《白驹谷》方笔也。然自以《经石峪》为第一。"⑤

如是之二：从书法最重要的美学趣味之一——格调之上，加以推举。

---

① 叶昌炽撰，韩锐校注：《北京石刻艺术博物馆丛书一·语石校注·卷七》，今日中国出版社1995年版，第653页。
② 同上。
③ 山东石刻艺术博物馆编《石颂》，无款。
④ 康有为：《广艺舟双楫·十六宗第第十六》，上海书画出版社、华东师范大学古籍整理室选编《历代书法论文选·下》，上海书画出版社1979年版，第828页。
⑤ 康有为：《广艺舟双楫·榜书第二十四》，上海书画出版社、华东师范大学古籍整理室选编《历代书法论文选·下》，上海书画出版社1979年版，第854—855页。

"其笔意略同《郑文公》，草情篆韵，无所不备，雄浑古穆，得之榜书，较《观海诗》尤难也。若下视鲁公'祖关'、'逍遥楼'，李北海'景福'，吴琚'天下第一江山'等书，不啻兜率天人，视沙尘众生矣，相去岂有道里计哉！"①

"六朝大字犹有数碑，《太祖文皇帝石阙》《泰山经石峪》《淇园白驹谷》皆佳碑也；尚有尖山、冈山、铁山摩崖，率大书佛号赞语，大有尺余，凡数百字，皆浑穆简静；余多参隶笔，亦复高绝。"②

"作榜书须笔墨雍容，以安静简穆为上，雄深雅健次之。……观《经石峪》及《太祖文皇帝神道》，若有道之士，微妙圆通，有天下而不与，肌肤若冰雪，绰约如处子，气韵穆穆，低眉合掌，自然高绝，岂暇为金刚努目邪？"③

"《四山摩崖》通隶楷，备方圆，高浑简穆，为擘窠之极也。"④

如是之三：从结体的方式上加以认知。

"东坡曰：'大字当使结密而无间。'此非榜书之能品，试观《经石峪》，正是宽绰有余耳。"⑤

如是之四：从历史的影响力上来加以总结。

"……实开隋碑洞达爽开之体。"⑥

杨守敬则通过自己的研究经验，将僧安道壹的书迹进行阐述与解读："北周之匡喆刻经颂，飘逸宽绰，以及唐邕刻经，西门豹祠堂诸古刻，皆是一家眷属。……包慎伯未见小铁山、冈山、尖山诸全刻，但见文殊般若一碑，遂以为香象渡河，无迹可寻，定为西晋人之作，误也。……

---

① 康有为：《广艺舟双楫·榜书第二十四》，上海书画出版社、华东师范大学古籍整理室选编《历代法论文选·下》，上海书画出版社1979年版，第854—855页。
② 同上书，第854页。
③ 同上书，第854—855页。
④ 同上书，第836页。
⑤ 同上书，第855页。
⑥ 同上书，第834页。

齐泰山经石峪以径尺之大书，如作小楷，纡余荣与，绝无剑拔弩张之迹。"①

（三）郑道昭用道教思想为书写倾注与自然的意志关系

被清代中后期的书法家称为"北方书圣"的北魏官僚文人郑道昭，其本人既不以书名，也不自以为书家。但是，却在书法风格学层面上受到过度阐释。对于郑道昭而言，平生在山东境内"主之六山"，或者说是成为"六座山峦的主人"，已经是最为重要的事情了。所以，郑道昭的书刊的文字虽然是内敛的，但是其书刊的幅面却是一座又一座高耸而幽深的山峦。

更为重要的是，郑道昭是把"书法"当成一个大道的体现形式与方法。书写背后的意识之中，有着更为宏阔的道家宇宙观、文人的意境营造、诗人的浪漫情怀，通过造境、抒情、达意、命名、书写、刊刻等行为，把云峰山造就成为一座神仙盘踞的仙山；把天柱山营造成为石室通冥的神仙世界；把大基山的方位确立成为接引神仙的道场；把百峰山当成仙山的模型，其中的白驹谷成为对于现世时间感的叹咏，白云堂也是与天上仙界通达的途径。这是把"书写"放置于自然意境意识之上的真实放大与扩充。

因此，不能够深入了解郑道昭的真实用意，局限于其书写的风格倾向，甚至是"方笔""圆笔"等技法层面的分辨，无疑是舍本逐末。

（四）僧安道壹用佛学之中的维度观念为书法建构知识取向

北齐大沙门僧安道壹对于书法的贡献是巨大的，然而，一个最大的误读也存在于他的作品之中。僧安道壹超越魏晋个人化的风格书写的原因，来自他书写的宏伟性与多维性。用舞刀之法来冻结书写之法。

于是，雕刻就不仅仅是僧安道壹让其书法长久驻留天地之中的手段。

① 杨守敬：《书学迩言》，台湾艺文印书馆1974年版，第10页。

其实，也是其特别的书法观之所在。清中后期碑学对于僧安道壹的推举，则是以拓片作为终极的判断结果。但是，对于僧安道壹的书法现场而言，却是一种极端的误读。

对于僧安道壹而言，书写的墨迹或者是朱砂痕迹，只不过是书刊的草稿而已，拓片只是书刊的轮廓影子而已。对于僧安道壹的书刊而言，"大空王佛"四个字宏伟到9米之巨，维度在石面的上下，成为多维度的存在。书刊行为成为实践佛学世界之中的十方维度的存在。

于此而言，我们可以看到，就郑道昭而言，存在着三个意义层面上的"郑道昭"。

一是在史书之中记载的那个不得志的官吏，远放山东的莱州、青州刺史，回到洛阳不久就病逝了。

二是被清末、民国甚至当今反复追认的"北方书圣"。

三是被我们从"大地艺术"视野，立足于"观念艺术"的立场所追认的那位书法行为者。

对于僧安道壹来讲，则存在着四个意义层面上的"僧安道壹"。

一是大沙门，作为主持佛经书刊的那个北齐僧官。

二是自认为超越了历史上最具成就的书法家的那个书法大师。

三是被清代书法家们追认的比肩于"北方书圣"的书法大师。

四是我们今天从超现实书写方面追认的具有现代视觉语言意义的书法巨匠。

……

三　对于西方抽象表现主义"新绘画"概念的反制与"书法"追认

（一）西方抽象表现主义对于书法的影响的被遮蔽

美国文化出于对于东方的恐惧与轻视。美国学者伯特·温特－玉木指出了这样的事实:"越来越多的研究证明亚洲艺术和观念对美国抽象艺术发展的贡献,然而,亚洲艺术在此语境下的重要意义在战后经常遭到否认,有时是武断的。"①

这里的武断地否认显然是对于事实的极端漠视,也是对于当时历史状态之语境的直接否决。

(二) 出于美国国家文化利益的考虑

伯特·温特-玉木说过:"很明显,在美国抽象艺术领域,亚洲代理因素有时被视为艺术家首要的一种对国家和种族观念的威胁。"②

亚历山大·门罗甚至无法想象弗兰茨·克莱因(FranzKline)为什么如此有目的地否认亚洲影响,而不顾这种讨论是否真实与有意义:"弗兰茨·克莱因(Franz Kline)的'亚洲否认'尤其引人注意,自从他成功控制几乎所有关于其他的抽象和书法的关系的严肃讨论的删改。20世纪50年代中期,克莱因开始坚持,他的黑白笔触不应看作亚洲书法的变体,尽管他一度对这种联系感兴趣。事实上,克莱因为赢得声誉,'对这种东方化解释的反驳贯穿其生涯,因为使他愤怒的一些事情之一就是将他的绘画与日本书法比较'。"③

(三) 批评家格林伯格的极力否定

"格林伯格……1958年写道:'任何一个有创造性的"抽象表现主义艺术家"——尤其是克莱因——对东方艺术都不会有哪怕粗略的兴趣。他

---

① [美]伯特·温特-玉木:《战后抽象艺术的亚洲维度——书法与玄学》,张晓凌编《当代艺术理论前沿·美国前卫艺术与禅宗》,江苏美术出版社2010年版,第75页。
② [美]伯特·温特-玉木:《战后抽象艺术的亚洲维度——书法与玄学》,张晓凌编《当代艺术理论前沿·美国前卫艺术与禅宗》,江苏美术出版社2010年版,第76页。
③ [美]亚历山大·门罗:《第三种思想》,张晓凌编《当代艺术理论前沿·美国前卫艺术与禅宗》,江苏美术出版社2010年版,第75—76页。

们艺术的根源完全在于西方。'"①

或许，格林伯格如此决绝的否认之中，其实隐藏着这样的一种不知不觉的"历史性隐忧"，西方的抽象表现主义艺术家们，其实是在代替中国的书法完成了向现代转型。如果中国现代书法的理论观念足够有力，艺术经验足够丰富，那么，被"追认"回去是早晚的事情。因此，不如就此彻底否认这种影响，同时，把注意力引导到一个"新绘画"的概念之中。

（四）受书法影响而产生

作为个体的艺术史论家，赫伯特·里德（Herbert Lead）以超越时代的眼光，将西方的抽象表现主义直接看作对书法内容的延伸，书法被他真正推到了"母本"的地位："抽象表现主义作为一个艺术运动，不过是书法这种表现主义的扩展和苦心经营而已。它与东方的艺术有着密切的关系。"②

这种赞美不仅仅是来自他对异质文化中特有样式的观照，其实是将书法本质看作抽象的必然情绪反映。里德在1954年为旅美作家蒋彝所著《中国书法》所写的序言中，明确地表示了将中国书法的抽象美看作普遍的艺术原则的观点："在《中国书法的抽象美》这章中，蒋彝先生透彻地阐述了这一艺术的基本美学原则。它们实际上也是所有艺术的美学原则。"③

里德对于由中国书法直接启发所形成的运动——"书法画"的成功正来自对笔迹媒介与汉字的洞悉："近年来，兴起了一个新的绘画运动，这运动至今在某种程度上由中国书法直接引起——它有时被称为'有机的抽

---

① [美]伯特·温特-玉木：《战后抽象艺术的亚洲维度——书法与玄学》，张晓凌编《当代艺术理论前沿·美国前卫艺术与禅宗》，江苏美术出版社2010年版，第75页。
② [英]赫伯特·里德：《现代绘画简史》，刘萍君译，上海人民美术出版社1979年版，第143页。
③ [英]蒋彝：《中国书法·序》，白谦慎译，上海书画出版社1986年版，第11页。

象'，有时甚至被称作'书法的绘画'。"①

他同时举例："苏拉吉、马提厄、哈同、米寿——这些画家当然了解中国书法的原理，他们力图获取'优秀书法作品'的——优秀的中国绘画作品也是如此——这两个基本的要素：'奉师造化、静中有动。'他们虽然时而获得成功，但据我看，他们更多地受阻于粗糙笨重的西方绘画材料，也许由于他们对每个汉字内含的本性并不熟悉。"② 有意思的是，里德居然以中国书法的精妙来要求西方的"书法画"，并以材料的笨拙与知识的隔膜提出批评。倒是塔皮埃斯立足于哲学层面上的认知，超越了形式趣味的纠缠，更具有真实的方法论意义："现代艺术（我想，我尤其如此），在了解了中国书法家的作书方式之后，坚定了信念，并受到了很大的鼓舞，这不是因为我们学会了中国文字的方块字。我连一个中国字都不认识，我们，特别是围绕着各种抽象表现派而成长起来的艺术家们，多亏了中国的书法家们，才懂得了借运笔方式而产生的这种情感语言，区别可能在于：对你们来说，这是强化书写文字表现力的手段；而对我们来说，则最终成为一种独立表现的途径。"③

中国学者曹意强则干脆将这种类型的艺术方式称为"无意识书法"，他认为马瑟韦尔的"书法式绘画，以一种转动的运笔方式绘成，其中单个笔触，甚至整个构形以线相连，连绵运行而不提笔，宛如中国的草书，而这种书法堪称'无意识书法'"④。而同样的"追认"行为已经发生，笔者在1996年出版的《游戏中破碎的方块——后现代主义与当代书法》⑤一书中建构了这样的一个谱系。

---

① [英] 蒋彝：《中国书法·序》，白谦慎译，上海书画出版社1986年版，第12页。
② 同上。
③ 编辑部：《塔皮埃斯答世界美术问》，《世界美术》1988年第2期。
④ 曹意强撰，石炯译：《马瑟韦尔的抽象艺术与中国艺术观念》，《新美术》2005年第3期。
⑤ 张强：《游戏中破碎的方块——后现代主义与当代书法》，中国社会出版社1996年版。

第一章　彼岸凌虐的无奈追认
　　第一节　抽象：颠覆历史与寻求支援
　　　　　　一、作为颠覆因素的抽象
　　　　　　二、被肢解与创造的书法
　　第二节　精神到形式的离心力：波洛克　克兰
　　　　　　一、运动性抛物状态：抽象形式的暗喻
　　　　　　二、与书法取材相异：方法趋同的形式
　　第三节　冰冷的收束与激荡的热烈：马瑟韦尔　德·库宁
　　　　　　一、冷蔑书写中建立的形式理念
　　　　　　二、激烈的加速度：用笔触去消蚀形象
　　第四节　用天真与纯净清洗书法：克利　米罗
　　　　　　一、书写的纯真与符号的童稚
　　　　　　二、象形符号与形式构建中浇注的书法感
　　第五节　对书法的三种变形性透入：马克·托贝　塔皮埃斯　赵无极
　　　　　　一、"书法情结"萦绕的形式失误者
　　　　　　二、冻结的书法形式与杳渺的时空穿越
　　　　　　三．从西方抽象艺术历程中唤醒东方的书法感觉

第二章　迟疑限定与差涩背叛
　　第一节　对流与旋流
　　第二节　叛悖之源
　　第三节　观念与作品中的若干对接点
　　　　　　一、激情燃烧的书法原点
　　　　　　二、抽象到禅的地步
　　　　　　三、迂回的代价并不一定是进步
　　　　　　四、在前卫观念与书法情感中对撞
　　第四节　展开的链条

一、近代诗文：媚俗与清新

　　　二、少字数：极致表现

　第五节 幻影重叠

第三章　后现代：游戏与谎言的雕镂

　第一节　书法历史空间的审问

　第二节　书法作为一个巫术的追寻与破解

　第三节　笔迹的外溢

　第四节　游戏三昧

　第五节　被撤离了的形式与内容

　第六节　后现代书法：观念与原则

第四章　现代的渡过

　第一节　异样化了的书法

　　　一、汉字视觉语境的复原性布设

　　　二、汉字的现代禅学判断

　　　三、汉字的现代主义表现

　第二节　现代的若干状态

　　　一、一对矛盾：先锋观念与滞后的形式

　　　二、两面激进的锋刃：共同反艺术

　第三节　浸透着蔚蓝色的书法

　第四节　现代的外溢与回溯

第五章　破碎中的审问

　第一节　机动中的拷打

　第二节　偶然·追逐·化装——书法主义者透视

　　　一、截获偶然

　　　二、追逐现代

　　　三、化装汉字

　　　　四、昨夜梦魇的背景
　　第三节　对话：书法主义与现代、后现代
　　　　一、现代书法的已经含义
　　　　二、书法主义：本质主义的消解与过程意义的提示
　　第四节　文献拼接的场景：后现代书法"晶像观"

在本书的第一章之中，在具体考察了西方抽象表现主义与中国书法的亲缘关系之后，笔者总结道："中国书法对于西方现代艺术的影响，从时间上纵连半个多世纪，从地域上横跨欧美重要美术运动，它对于超现实主义、抽象表现主义、立体主义、极少主义等建构过程中提供了不同程度的支援。在艺术观念，形式营建、精神时空中均产生了非同寻常的作用。更重要的是显示了有关'书写—心理—时间—空间—痕迹—自动—下意识'重要范畴的串连。故而，从特定问题的设立上去比较地看待这些艺术家的性格，以及对中国书法的理解以及形式构建过程中的偏离，应当是一个极有趣味的过程，这同时标志着我们的'后现代书法'寻亲活动的开始。"①

该书的第二章则是对于日本现代书法产生的背景、代表人物及基本理论。

第三章则是"后现代书法"这个概念的理论背景及其可能的理论空间。

第四、五章是中国当代艺术家的经验的介绍与论评。

今日看来，这部撰写于20年前的著作无疑有着非常多的问题，尤其是在那个阶段，中国的现代书法仅仅发展十年。思想与理论的建构走在了经验的前面，而在今日看来，当初提出来的问题，不仅没有过时，反

---

① 张强：《游戏中破碎的方块——后现代主义与当代书法》，中国社会科学出版社1996年版。

而具有了更为强烈的现实意义。这是因为随着中国当代艺术经验积累的深厚,以及中国现代书法在国际上日渐产生的影响力。

四 中国当代书法经验与西方艺术经验的比对

笔者在1998年出版的《迷离错置的影像——现代艺术在中国的文化视点》[①] 一书中,揭示了一个特别的"艺术史逻辑"概念,并且把这个逻辑的缠绕性,看作艺术史之中的特殊现象。从今日看来,中国的"后现代书法"(或者称为"汉字/书写"艺术)的首要的创立者,是在欧美20世纪50年代风靡全球并且把美国的艺术从巴黎移到纽约的"抽象表现主义"艺术家。今日论辩这些艺术家是否受到"中国的影响",已经没有任何意义了。重要的是,这些艺术家不知觉间完成了一个"东方艺术向现代转换"的使命,而这场具有重大文化史意义的事件的完成,与日本书法家们的同谋,有着直接的关系。

这是因为在那个时候,中国的艺术家们没有在现代艺术空间中有任何"在场"的可能性。因此不仅被日本所代表,同时也被西方抽象表现主义所代表。在这个充满了观念放大与经验生长的过程之中,随着中国艺术主体的逐渐丰满,对于西方当代艺术经验的追认,也会处在不断地发展变化之中。

(一)场域概念

中国书刊体现的"场域概念",可以追溯到北魏郑道昭以山峦作为书刊的空间,其实就是宏伟化了的纸素,同时,是古典主义的道场。而北齐僧安道壹的"道场",就是将书刊在岩面上的多维度处置,以回应"佛"

---

① 张强:《迷离错置的影像——现代艺术在中国的文化视点》,山东美术出版社1998年版。

十方维度的存在。这些古典书法的道场，被现代美术馆空间转化为书写所布置出来的特定视觉空间。在此方面当代的中国艺术家则体现为谷文达的《联合国系列》、徐冰的《天书》、邵岩的《射墨》、王南溟的《字球系列》等。张强与 Lia Wei 的《双面书法/开卷系列》，则从当代艺术层面上回归山水之中，在不同的自然场景之中开卷。

（二）她者与它者

运用她者与它者的艺术方式，如僧安道壹经石峪刻石，将《金刚经》书刊在泰山的溪水之中，通过水的激荡将文本的意义充分扩展。伊夫·克莱因则把涂写的踪迹捆绑到汽车上，把颜料涂写在女性身体之上，然后拓印在纸面上，谓之"人体笔刷"，而当代中国的艺术家朱青生，则在溪水之中进行书写，书写的过程就是被水冲刷的过程。这无疑是一种"它者"的智慧，而伊夫·克莱因由于把女性物化了，所以仍旧局限于"它者"。中国当代艺术家张强对于女性她者智慧的调度，是在意识层面，所以可以体现出"她者"的特质。

（三）动作的驱动力

动作驱动着力量，造就了抽象表现主义之中最为著名的"行动绘画"。杰克逊·波洛克（Jackson Pollock）（1912—1956）把滴撒产生的动作，通过不同方位积点成线的方式，尽情地抛洒到物理的平面上，在来自多维的撞击与堆积之中，迅速转化为多重时间在同一空间之中的聚合。中国当代艺术家邵岩，则把这个动作性，委托于医用注射器，以空中行字的行为方式，抵达新的空间再造。一了也同样有着这样的书写力量，通过大尺幅的画面，缔造出力比多宣泄的极端场景。张强与女性人体的互动书写，则是把这种单维度的发泄，转换为二维书写意志的实现与反实现，在互为抗拒与互为成就之中，完成了她者的共同视界。

（四）材料与空间

这里的空间指的是在平面上的充分书法所营造的心理空间。西班牙的当代艺术家塔皮埃斯的画面营造，便是把不同的维度材料，在同一空间之中加以重新聚合，在某种意义上，超越了波洛克同一材料的色相差异，来营造不同维度的做法。中国当代艺术家黄岩，在把材料进行多向选择之后，将书写的雅致予以平面化、波普化，以承接商业社会的变化脉动；古干、濮列平、魏立刚，则是把色彩、符号、笔触、墨色等，在同一材料系统之中，寻找其中的差异。而古干与濮列平甚至通过对于纸面的改造，使得这些材料系统，在纸面上得以更为微妙的变化。

（五）笔触与语言

以各种不同材料，来表现甚至模拟书法的局部效果，这无疑是欧美抽象表现主义中所占比重最多的艺术手法。在抽象表现主义的此种类型的艺术作品，也是诀别欧洲绘画传统最为有力的经验之中，诞生了亨利·米肖（Henri Michaux）（1899—1984）、马克·托贝（Mark Toby）（1890—1976）、汉斯·哈同（Hans Hartung）（1904— ）、弗朗西斯·克兰（Franz Kline）（1910—1962）、马瑟·韦尔（Rober Mother Well）（1915—1991）等。在这个类型之下逐渐发展起来的中国艺术家，则有顿子斌、王晓明、张大我、旺忘望、吕子真等。

结　语

人们或许会问，反复论证"追认"与"反制"的意义为何？为什么要把西方的抽象表现主义与中国书法的关系，进行重新建构呢？其实，一方面，是由于西方的抽象表现主义在无意之中，帮助中国书法完成了"现代的转型"；另一方面，中国的现代书法经过了最近三十年发展的经验积累，超越了西方抽象表现主义的"单维度的自我表达",特别是理论系统的独立构架与空间拓展上,具备了对于书法史的重新认识能力,也具备了相应的当代主体性,在此意义上,追认将世界现代艺术的中心从巴黎移到纽约的抽象表现主义为"现代书法"的谱系经验,则无疑将中国的现代书法经验带入了国际巅峰经验之上。而且,从艺术史的原则上来讲是合乎逻辑的发展的。同时,也可以将人们对于书法的认识,提高到一个新的视野层次之上:20世纪四五十年代现代书法的经验,已经建构了一种世界艺术的高度,当下的中国现代书法经验,也自然可以造就新的辉煌。

全球化纪录片的中国之路

张同道

　　张同道，北京师范大学纪录片中心主任，艺术与传媒学院教授，博士生导师，纪录片制作人。他在北京师范大学创建纪录片学科，成为国内高校教学、研究、创作一体化的典范，其纪录片中心及其体系被《光明日报》誉为"纪录片学院派"。

如果说"全球化"（globalization）一词还略显抽象，那么互联网、好莱坞、麦当劳、微软和苹果则感性地诠释了"全球化"的含义。对于世界，全球化从20世纪80年代进入计时；对于中国，加入世贸协定的2002年可谓开端。从中国衣服包装不同肤色的人群、中国玩具娱乐不同种族的儿童，到中国城市随处可见的麦当劳、中国院线高潮迭起的好莱坞大片，中国已然置身于全球化海洋。当然，全球化并未一统天下，它把世界分为两块：一部分是国际化；一部分是本土化。面对西方强势文化，中国选择经济国际化、文化本土化的战略方针。现在，中国一路攀升到世界第二大经济体，而文化依然处于国际弱势地位。原因不一而足，现实境况是中国文化产业尤其传媒产业，落后于实体产业至少30年。

近年来，中国政府实施文化"走出去"工程，要求"讲好中国故事"。"走出去"就必须国际化，否则只能在自家小院散步。因此，中国文化产业尤其影视传媒产业也将进入全球化时代。

文化是软实力，而纪录片则是软实力中的硬通货。2011年以来，中国纪录片启动产业化进程，国际化推进迅速。在全球化时代，中国纪录片如何借鉴国际经验、建构文化品牌，实现中国文化传播？这正是我们所需要研究的课题。

一 全球化纪录片格局

现有全球化纪录片格局形成于21世纪第一个十年：电视纪录片品牌化，纪录电影回归院线且频频成功，新媒体纪录片崭露头角。

电视纪录片呈现明显的全球化特征：近年来，国际化品牌实现了全球范围传播，并从不同地域吸纳资源，整合营销，其文化影响力与经济能量占据行业主流地位。并且国际品牌之间的合作成为发展趋势，一些重大项目往往是合作的结果。美国Discovery Channel 已于2008年上市，2015年在224个国家和地区播出，累计订户30亿，年收入为63亿美元。美国 National Geography Channel 也在 170 多个国家落地。英国 BBC、美国 PBS、日本 NHK、法国和德国合作的 ARTE 也通过联合制作与节目发行的方式进入全球市场，成为国际化品牌。

多数国家纪录片属于本土化，即使有个别节目进入国际市场，也往往是与国际品牌合作的结果，整体而言，没有国际认可的品牌。

纪录电影重回院线是一个全球化思潮，首先，从美国开始。2002 年以来，《科伦拜恩的保龄》《华氏"9·11"》等社会问题影片不仅票房大卖，还获得奥斯卡奖和戛纳电影节金棕榈奖，每年 130 多部纪录电影进入院线放映。其次，欧洲纪录电影也频频发力，《帝企鹅日记》《迁徙的鸟》《海洋》等一批自然纪录电影全球放映，人文内涵、电影美学与技术标准堪称极致，并取得票房成功。十年里，法国平均每年有超过 70 部纪录电影在院线放映。几乎同时，纪录电影在亚洲获得成功。2004 年关注台湾地震的纪录片《生命》在台湾票房胜过故事片，此后《无米乐》《拔一条河》《看见台湾》等影片不断冲击票房纪录。2009 年，韩国纪录电影《牛铃之声》吸引了近 300 万观众，并引发一场乡愁思潮。5 年后，《亲爱的，别过河》再次取得票房成功，超过 500 万观众涌进电影院。

新媒体纪录片崭露头角。近年来，新媒体纪录片逐步发展出自己的特色，如美国导演雷德利·斯科特和凯文·麦克唐纳制作的《浮生一日》，联合 Youtube 网站从全球征集素材，讲述 2010 年 7 月 24 日这一天的生活，参与者多达数万人。

二　中国纪录片国际化之路

在全球化语境里，中国纪录片还属于本土化，距离国际化还有一段路程。

当然，一些中国纪录片在国际电影节上屡屡获奖（包括一些重要电影节），但多数是独立纪录片。即使是获奖作品也难以在国际主流媒体传播，市场前景暗淡。

但所有熟悉中国纪录片的人都已嗅到国际化气息，只是仍在焦灼地寻找路径。

2011年以来，中国纪录片的国际色彩日渐浓郁：美国探索频道、国家地理频道，英国BBC的资深制作人，甚至雅克·贝汉、菲尔·阿格兰这样的大师级人物常常来中国传经送宝；中国纪录片人出现在国际纪录片集会上：法国戛纳电视节、阳光纪录片节、世界科学与真实制作人大会……法国阳光纪录片节已在中国举办3届，一些年轻人纷纷登台提案；中国电视节上国际嘉宾日益增多：四川电视节、上海电视节、广州纪录片节、镇江西津渡国际纪录片盛典……

中国纪录片海外传播初显成效。《故宫》《超级工程》《颐和园》等通过国际合作在全球传播。中国电视机构甚至出资参与国际品牌合作，如《非洲》《隐蔽王国》。近两年，美国探索频道、国家地理频道直接与中国电视机构合作，制作了《运行中国》《跟着贝尔去冒险》《鸟瞰中国》等节目，在国际电视网播出。

中国纪录片也启动工业化进程，央视纪录频道从创意、管理、制作到传播系统向品牌学习。《舌尖上的中国》第一次创造了中国纪录片品牌，并成功地将文化影响力转化为市场效益，为纪录片打开一片开阔的产业空间。

天生流淌着市场血脉的新媒体并不急于投入纪录片制作，多数仍在纪录片传播上用功，冷静地寻找机会。2015年年初《穹顶之下》的传播显示了新媒体的威力，而《侣行》无意间打开一条影响力与市场融合的新路。不过，新媒体纪录片究竟向哪里去？依然需要摸索。

中国何时才能拥有BBC、探索、国家地理一样的国际品牌？怎样才能拥有这样的品牌？中国纪录片需要补的课程还有很多。

三　现状、困惑与趋势

纪录片是产业，更是文化。

自从 2011 年中央电视台纪录频道开播，中国纪录片保持了快速发展的势头。截至 2015 年，北京纪实频道、上海纪实频道和湖南金鹰纪实频道上星播出，构建了四家专业纪录片卫视格局，这解决了中国纪录片播出的瓶颈，但也为未来的竞争拉开序幕。不过，由于 2014 年央视纪录频道的人事变动，纪录片发展一度放缓，也影响了全国纪录片发展的势头。

与此同时，中国宏观经济由高速发展转入中低速发展。"一剧两星"、新《广告法》以及相关政策已然发生效果，在经济下行与新媒体挤压下，广告下滑已是难以挽回的趋势。因此，"互联网+"成为热词，跨行业的跨界合作越来越多。纪录片产业开始发生变化。北京师范大学纪录片中心《中国纪录片发展研究报告 2016》资料显示，2015 年的行业总投入为 30.24 亿元，总收入 46.79 亿元。纪录片的总播放量与首播量上涨势头终结，生产转入相对精细化阶段。纪录片市场需求不足（与故事片的市场供给不足相异），数量已经相对过剩，质的提升才能刺激市场需求。但电视台依然是纪录片最重要的传播渠道，占据全行业 72%的市场份额。纪录片营销迈入 4.0 时代，硬广收入下滑，跨界整合营销成为趋势。

中国纪录片生产模式逐步实现工业化，精品大片形成一套完整的规范。《南海一号》《梁思成与林徽因》《京剧》《超级工程》《与全世界做生意》《高考》《百年巨匠》《东方主战场》等作品产生了广阔的社会影响。而《舌尖上的中国》以现象级传播为纪录片开辟了工业化、品牌化之路：纪录片不仅是文化精品，也是产业项目，业态从广告、图书、版权交易延伸到电商交易、产品销售甚至股份分成。2016 年上海纪实频道制作的《本草中国》成功登陆江苏卫视，并取得 0.91%的良好收视与经济效益，后续开发正在进行。

近年来，中国纪录片产业表现出新趋势。

（一）泛纪实类节目市场表现突出

纪实真人秀节目的异军突起。上海纪实频道、云集将来传媒有限公司联合美国探索频道，引入探索频道征服全球市场的"纪实+娱乐"模式，推出纪实真人秀节目《跟着贝尔去冒险》，第一季已经成功实现盈利，第二季《越野千里》已经启动；大陆桥文化传媒集团开发教育类真人秀节目《青春季》；元纯传媒打造季播类真人秀节目《造梦者》；央视原《生活空间》《社会记录》团队制作的《客从何处来》，相继在2014年和2015年推出两季节目；北京纪实频道推出《雅荻跑世界》；湖南金鹰纪实频道打造《中国少年派》《高考状元》等真人秀节目。所谓纪录片市场化，很大程度上就是娱乐化。

（二）项目运营取代节目制作，资源向大项目倾斜

内容为王、品牌经营、精品化策略、现象级纪录片等概念已经深入人心，主导着当前的纪录片生产。无论是市场资源还是政府资源，都在向大机构和大项目倾斜，项目运营取代节目制作，成为纪录片产业的核心驱动力。2011年以来，中央电视台一枝独秀，相继推出《舌尖上的中国》《超级工程》《东方主战场》等大片，提升了纪录片品质，拉动了纪录片市场。2015年以来，上海纪实频道奋起直追，成立云集将来传媒（上海）有限公司，并与美国探索集团亚太网联合成立探索云集，围绕平台广告运营和纪实IP商业开发进行合作，同时整合探索的国际品牌、商业体系和运营流程，以及SMG强大的平台、政策、内容资源，从纪录片的上游创作融资，到播出平台的广告销售，到下游成片营销和衍生产品开发，形成能产生稳定现金流的商业模式，打造中国纪录片商业广告运营和IP开发的最强品牌。他

们运作的《跟着贝尔去冒险》《本草中国》等项目取得成功。可以预期，上海云集将来与探索亚太网的合作将为中国纪录片产业带来新动力。

（三）纪录电影新突破

近年来，纪录电影蓄积力量，不断挑战院线。范立欣带着《归途列车》《我就是我》冲击电影市场。2015年共有38部纪录电影获得生产许可证，产量较2013年翻番；15部纪录电影进院线，3部纪录电影——《旋风九日》《喜马拉雅天梯》和《我的诗篇》具有不同寻常的意义。《旋风九日》和《喜马拉雅天梯》的票房双双突破千万元，分别收获1700万元和1150万元的票房，虽无盈利，却为纪录电影试水院线市场做出了积极探索，为行业积累了宝贵的营销经验。《我的诗篇》的市场业绩虽然并不见好，2015年只收入85万元票房，但是这部彰显了现实关怀精神的纪录片收获了广泛好评，通过众筹放映和新媒体推广，加强了和观众的互动，扩大了纪录片的社会影响力。2009年以来，韩国的《牛铃之声》《亲爱的，别过河》相继创造票房奇迹，台湾的《看见台湾》取得超过两亿元新台币的票房奇迹，而中国电影市场的迅速增长也为纪录电影拓展了空间。目前正在放映的、以野生动物为主角的《我们诞生在中国》票房接近5000万元，证明纪录片同样拥有自己的观众。

纪录片是一种跨文化、跨时空的媒介形态，也是一种品质传播，其文化影响力与产业驱动力相辅相成。没有文化影响力，产业驱动力无从获得；没有产业驱动力，文化影响力将失去市场支撑。市场建体，文化铸魂，期待中国纪录片踏上一条宽阔大道。

/ 网络文艺与时代审美 /

网络玄幻小说的媒介美学研究

陈 海

陈海,文学博士,西北大学文学院副教授。专业领域为新媒介和审美文化研究。发表相关研究论文三十余篇,其中CSSCI论文十余篇,部分论文被《人大复印资料》和《红旗文摘》转载。主持参与国家社科基金、陕西省社科界重大理论与现实问题研究项目多项。

从 20 世纪 90 年代末算起,网络文学研究已经持续了近二十年。当下的网络文学研究已经形成了多角度、多路径的研究态势,研究成果十分丰硕。作为兼顾技术和审美二维的新媒介文论,网络文学的媒介生态学研究具有方法论意义上的必要性。[1] 遗憾的是,目前学术界并没有将麦克卢汉为代表的媒介生态学思想作为美学资源引入文学批评。本文试图运用麦克卢汉的媒介美学思想对网络玄幻小说进行研究,揭示网络玄幻小说具有的视觉性、世俗性和技术性特征及其价值。全文分三大部分:第一部分分析网络玄幻小说具有的视觉性、世俗性和技术性特征。首先,从感官比率的角度看,网络玄幻小说使用视觉"位面"取代了传统武侠小说中的听觉"江湖",具有与传统武侠小说不同的超越对象。其次,从精神层面看,网络玄幻小说包含从神圣性向世俗性的转化,表现为小说中普遍出现的灭神情节。最后,从技术层面看,网络玄幻小说表现了从身体技艺向量化技术的转移,导致网络玄幻小说出现了与传统武侠不同的修炼行为。第二部分指出网络玄幻小说虽然具有数字文学特征,但更应被视为印刷文学和数字文学的审美复合体。第三部分总结本文的价值。对网络玄幻小说进行媒介美学研究不仅是媒介生态学美学的文学应用,更可以揭示电子技术对大众意识的"麻木"性,破除将网络玄幻小说认作电子文学的流俗之见。

一 网络玄幻小说的超越对象——从听觉江湖到视觉位面

麦克卢汉从感官比率的角度考察了印刷术所开启的感知能力从听—触觉向视觉的转化,指出了印刷文化具有的视觉审美特征。在《谷登堡星汉》中,麦克卢汉认为,"印刷术不仅是一种技术,其本身也是一种自然资源或主要产品,就像棉花、木材或无线电波;它就像其他自然资源一

---

[1] 陈海:《网络文学研究的媒介生态学未来》,《社会科学辑刊》2014 年第 5 期。

样，不仅塑造了个人的感官平衡比率，也形成了人与人之间的相互依存模式"①。这意味着个体乃至一种文化的感官比率不是平衡与非平衡的问题，而是从一种平衡到另一种平衡。即从印刷术产生之前以听—触觉为主导的平衡到印刷术产生之后以视觉为主导的平衡。此二者的内涵截然不同。麦氏回顾了从古希腊到中世纪人类感官变化的历程，"在字母技术的抄本阶段并没有任何足够强烈的因素能将视觉从整体触知中分离出来，哪怕罗马文字也没有力量去实现这一点。精确一致和可以重复的大规模生产的体验导致了各种感官的分裂，并让视觉在所有其他感官中脱颖而出"②。这一分裂的结果是"视觉造就了绘画、诗歌、逻辑和历史上的明确、一致和连续性"③。"均质性、统一性、可重复性，这些都是从听觉—触觉矩阵中新生的视觉世界的基本构成要素。"④ 与均质性、统一性、可重复性的视觉要素不同的是，听觉或声学具有"多方向空间导向"⑤，即同步性和共时性。麦克卢汉意识到了视觉与听觉文化的强烈冲突，他说："今天，在电力构建的全球范围极端的相互依存的环境中，我们迅速地重新走向同步事件和全面意识的听觉世界……有着悠久书写历史的文化对我们时代全面电力场的听觉动态系统有着最强的阻力。"⑥ 所谓"电力场"就是"电报和无线电"。因为电磁波无所不在，瞬时传播，所以"整个地球在空间上变得狭小了，变成了一个大村落"⑦。麦克卢汉如雷贯耳的"地球村"概念就建立在此听觉文化之上。从上述论述可知，麦氏认为听—触觉是古代与电子时代的共同感知比率平衡态，视觉是谷登堡时代的感知比率平衡态，其变化

---

① McLuhan, Marshall, *The Gutenberg Galaxy: The Making of Typographic Man*. Toronto: University of Toronto Press, 2011, p. 186.
② Ibid., p. 62.
③ Ibid., p. 65.
④ Ibid., p. 66.
⑤ Ibid., p. 76.
⑥ Ibid., p. 33.
⑦ Ibid., p. 249.

的原因就在于印刷术的发明。在这一变化中，麦克卢汉向我们生动展示了文学领域所出现的书面文化取代口头文化，印刷文字作品取代口耳相传的神话和史诗成为文学主流样态的历史进程。这也正是印刷时代的审美趣味确立其主导地位的历史。

从麦克卢汉的感官转移视角来考察当代网络玄幻小说，可以发现网络玄幻小说与传统武侠小说在超越对象上的差异。所谓"超越"一般用于描述向审美理想境界的运动。传统武侠小说和网络玄幻小说都包含"超越"的追求，然而它们指向的对象不同。前者将超越的对象称为"江湖"，后者则用"位面"来指称。从"江湖"到"位面"的变化实质上是从听觉向视觉的变化。

首先来看传统武侠小说中的"江湖"。"江湖"是传统武侠小说中对故事世界的称呼，它不仅仅是故事发生的世界，更是武侠小说情节合理性的基础。我们认为其从字面与内涵两个层面都具有听觉性特征。从字面来看，"江湖"由"江"与"湖"这两个由"水"构成的事物组成。在中国哲学中，"水"备受推崇。因为其具有的流动性而成为自由的象征。而"水"在日照之下又会变为"风"，"风"则具有显著的共时性。"水"和"风"体现了中国哲学所推崇的"流动"和"共时"品质。"江湖"兼具"水"和"风"的流动性和共时性，与电子时代无线电波的流动性和共时性相类比。从内涵来看，"江湖"提供了武侠世界事件的同步性和即时性可能，即"江湖"中的事件可以瞬间传播，不存在事实上的传播延迟。根据麦克卢汉的看法，视觉规则背后的科学逻辑是牛顿的物理观，是对可计量的有限世界的描述。而听觉规则背后的科学逻辑是量子论，是不确定性。基于听觉的"江湖"就具有明显的不确定性。比如金庸《射雕英雄传》中构建的"江湖"由"东邪、西毒、南帝、北丐、中神通"构成，《天龙八部》中的"江湖"由各个武林帮派及其代表"南慕容、北乔峰"构成。古龙的"江湖"由各种匪夷所思的门派和官方组织"六扇门"构成等。这些组织或人物是不确定的。它们在江湖中的存在或者说发生影响，依靠的是其自身的听觉传播而非视觉传播。作者也往往用"江湖传说"来描述其存在状态。然而"江湖"就是按照这些听觉性活动构建起来的。同时，江湖人物也根据这些"江湖传说"来确认自身在整个世界中的位置，这一身份构建实质上也是听觉性的。

再来看网络玄幻小说中的"位面"。"位面"（Planes）源于量子论和相对论对多元宇宙的理论假说。从字面来看，"Planes"一词是"Plane"（取"水平"之意）的复数形态，意味着多层的平面。注意，这样的一个多层平面是"看"到的多层，是基于视觉能力构建的层次。因为听觉能力无法构建平面，它只能构建一个整体性空间。从内涵来看，"位面"具有均质性、统一性和可重复性特征，这些特征构建了一个"平坦"的、中央集权的、可无限增值的世界。首先，均质性意味着玄幻小说的世界是"平坦"的。小说中各个"位面"世界基于相同的模式，只不过名称不同或某些参数发生变化。比如在小说《神魔养殖场》中，主人公经历了从最低级到终极的诸多世界，这些世界除了大小、人物拥有的力量有差异之外，并无本质上的差异。其次，统一性意味着玄幻小说的世界是一个中央集权的世界，无数的"位面"世界都处于一个整体结构中，而这一结构是按照中心—边缘的原则构建的。在不少作品中，作者往往或将地球设置为宇宙的物理中心，或将地球设置为宇宙的精神中心。比如在小说《光明纪元》中，地球就作为能够跨越宇宙破灭的人类的暂居地，担负着在宇宙破灭时保护人类的重任。最后，可重复性意味着玄幻小说的世界可以无限增值。各种"位面"世界可以按照作者的需要无限设置，所以我们经常看到篇幅动辄几百万字乃至上千万字的网络玄幻作品。

网络玄幻小说超越对象从听觉"江湖"到视觉"位面"的变化，根本原因不在其生产基于印刷媒介抑或电子媒介，而在于国内网络文学对世界范围内兴盛的视觉文化的模仿。对以"90后"为主的网络作家和读者而言，漫画和电影对其文学创作和阅读具有十分直接的影响。而漫画和电影正是视觉文化的典型代表。在此影响下，玄幻小说的"超越"发生变化的实质是：从传统武侠基于听觉的"和谐式超越"变为基于视觉的"突破式超越"。所谓"和谐式超越"是指传统的武侠小说中的超越。即虽然人与人之间发生激烈的冲突，但人与自然是和谐的关系。比如金庸的作品就明显表达了此种"和谐"趣味。《神雕侠侣》中杨过和小龙女最终归隐于古墓，《笑傲江湖》中令狐冲最后与任盈盈归隐于自然。所谓"突破式超越"是指网络玄幻小说中出现的超越。这里的人与人的关系依旧紧张，但人与自然的关系则变为人试图不断"突破"乃至"破坏"自然。在诸如《斗破苍穹》《吞噬星空》《最后人类》和《神魔养殖场》等诸多影响较大的作品中，主人公通过不断地修炼，试图突破原有自然的限制进入另一个更加高级的世界。这种超越意味着对原来世界的否定乃至破坏。

总之，从传统武侠小说到网络玄幻小说超越对象的变化，不仅意味着如麦克卢汉所指出的从听觉向视觉的转变，更重要的是它揭示了建立在感官比率变化基础上的人与自然关系的变化。这是网络玄幻小说所隐藏的第一审美逻辑。

二 网络玄幻小说的灭神情节——从神圣性到世俗性

除了感官比率的变化外，印刷术还将导致人的精神变化。在《谷登堡星汉》中，麦克卢汉通过批判和继承米尔恰·伊利亚德在《神圣与世俗》中的观点向我们揭示了这一点。伊利亚德自称，此书处理的将是"举例论证并定义神圣和世俗之间的对立关系"的问题。首先，他发现一个有意思的现象："现代西方人在许多神迹之前感到特别的不安"，而"古代社会的人们愿意尽可能靠近圣地或圣物来居住"①。他虽然承认"完全世俗的世界，整个非神圣化的领土，是人们灵魂史中的一项新发现"②，但低估了此项发现的学术价值。他说"这并不代表我们必须证明在何种历史进程中，以及作为其结果在人类精神态度和行为上的何种改变，导致现代人让他们的世界非神圣化，并呈现世俗的存在"③。麦克卢汉反对伊利亚德对此问题的处理态度，他的《谷登堡星汉》正是要"阐明为什么字母文字的人们希望将自身存在非神圣化"④。麦克卢汉揭示了非神圣化或曰世俗化的秘密："书面文字"的出现。他明确指出，世俗化是"表音字母及人们对表音字母带来的一系列变革的接受的结果，尤其是在谷登堡之后"⑤。这一看法是对伊利亚德观点的扬弃。因为在伊利亚德那里，神圣和世俗是这个世界上的两种存在模式。他将神圣等同于非书面文化，将世俗等同于书面文化。麦克卢汉对此并不完全赞同。他认为神圣和世俗问题的关键不在口头文化或书面文化的差异，更在于定居和游牧这两种生存模式的差异。因为前者"处于发现人类感知体验的视觉模式的过程中"⑥，而后者是听觉的。当然，麦克卢汉完全同意并引用伊利亚德对神圣和世俗问题的如下关键看法：神圣性和世俗性决定了个体对时空的不同感受。对神圣性的人而言，时空将是非均质的，对世俗的人而言，时空是均质的。从对伊利亚德的批判性阐释可以看到，麦克卢汉在此讨论中采用了从物质生产和生活形态入手进行分析的马克思主义研究方法。他将神圣性和世俗性这一具有浓郁宗教趣味的问题归于游牧和定居这样的物质生存方式，在此前提下才同意书面和口头文化、视觉和听觉文化对神圣性和世俗性确立的价值。作为总结，他将

---

① McLuhan, Marshall, *The Gutenberg Galaxy: The Making of Typographic Man*. Toronto: University of Toronto Press, 2011, p. 78.
② Ibid..
③ Ibid..
④ Ibid., p. 79.
⑤ Ibid..
⑥ Ibid., p. 80.

神圣和世俗、听觉和视觉、非书面文化和书面文化等问题统一在一起。他明确"对书面文字讨论的重点是它将听觉—触觉空间或'神圣的'非书面文化的人们转化为视觉空间或文明的或书面文化的或'世俗的'人们"[1]。这样，神圣和世俗问题将通过对"印刷文学"的讨论而得到揭示。麦克卢汉在书中对印刷术初期出现的大量印刷文学作品进行了分析，展示了随着印刷文学的兴盛开始的世俗化审美进程。此时的世俗化实际上是基于视觉化、定居、书面文化而作为此时整体文化转变的一部分而出现的。比如他提到版税问题。印刷术之前口耳相传的时代不需要明确作者，因为每个人在传播中都可以加以创造，每个人都是作者。印刷术出现以后的作品如果要视觉化为书面印刷品，那么必须明确字句，确立版本，也就需要明确作者的身份。正是因为印刷品的创造者明确了作者的身份，才开始有版税问题。在这一过程中，听觉的神圣性变为视觉的可视性。可视引发身份的确认，身份确认是利益分配的基础。这也是今日将世俗化视为利益化的缘起。

从麦克卢汉的世俗化理论来考察网络玄幻小说，可以发现它与传统武侠小说中包含的神圣性追求截然不同，网络玄幻小说具有极为明显的世俗性特征。这一特征导致作品中出现了大量的"灭神"情节。下面我们详细论述。

先来看传统武侠小说中的神圣性追求。我们知道，伊利亚德的神圣性是与西方宗教情感相联系的。他对神圣性的惋惜和对世俗性的批评是基于宗教在西方现代思想中的不幸遭遇。然而中国人的神圣性却迥异于此。由于中国与西方不同的文化状况，神圣性在其确立之初就具有世俗性特征。比如被后世尊为"经"的《论语》在其出现之初其实带有浓厚的世俗性。

---

[1] McLuhan, Marshall, *The Gutenberg Galaxy: The Making of Typographic Man*. Toronto: University of Toronto Press, 2011, p. 84.

与其他文化的"经"不同,《论语》所讨论的并不是超越世俗的宗教问题,而是现世的政治、伦理等问题。作为中国文化的继承者,中国传统武侠作品中的神圣性也并不在超越性的宗教层面,而是表现为对现世问题的关心。如在金庸的《神雕侠侣》中,作者提出"侠之大者,为国为民"的口号表达他心中的"神圣"观。这正是正统儒家世界观的表达。古龙的创作虽然受西方侦探小说影响较深,小说结构和人物塑造与传统作品差异较大,然而他作品中的"神圣"内涵还是体现为对传统文化的认同。如在他的《七种武器》中,虽然设计了奇特的故事情节,人物的个人主义风格也非常明显,然而其中有关亲情、友情和爱情的基本价值观也符合传统的神圣性规范。

再来看网络玄幻小说中的世俗性。虽然传统武侠小说已经展现了浓郁的世俗气息,但网络玄幻小说却是赤裸裸地炫耀世俗价值。这表现在两个方面。首先是对色欲、权力欲、支配(力量)欲望的追逐。在起点中文网玄幻类作品阅读点击量排名第一的作品《吞噬星空》中,作者反复宣称要有更强大的力量,表现出对这种力量的近乎病态的追逐。我认为这一现象隐晦地表达了作者和读者对自身处境的感受——对无秩序的恐惧。其次是对"神"的讽刺、挖苦和否定。一般而言,玄幻小说情节采用升级模式。主人公在成长历程中会遭遇不同层级的对手,一直到成为"神"。因为作者和读者都心领神会:所谓"神"往往只是一些比我们力量强大的存在而已,只要有力量自己也可取而代之。最典型的例子是作品《神魔养殖场》。作者设置了非常复杂繁多的力量等级,比底层高级的对象就被称为"神"。随着主人公力量的强大,这些不同层次的"神"都被打倒。

当然,网络玄幻小说并没有完全远离神圣性追求。很多作品与传统武侠小说一样遵循中国传统文化中的神圣规范。比如烟雨江南的代表作《亵渎》。主人公罗格本来是一个胸无大志的市井小民,机缘巧合之下他拥有了超人的力量,直至可以打倒旧"神"成为新"神"。在此过程中,他采用各种方式与"正统"和"神圣"的力量发生冲突，确实呈现对"神圣"对象的背离。然而从故事整体看，主人公虽然是一个"神圣"的反叛者，但他还保有正统的道德准则和爱情观。这样的人物与传统武侠小说中的人物没有差异。

至此，我们就可以理解网络玄幻小说中层出不穷的"灭神"情节了。从表面看，"灭神"是网络游戏的"通关"模式对小说创作和阅读影响的结果。然而其深层原因在于作者和读者在作品中表现出的征服欲望。它的背后是征服一切的现代性思维。基于启蒙现代性逻辑，我们可以一步一步征服自然，征服他人甚至征服自己。然而征服的结果是对自我的崇拜，是我们成为新的"神"。这个新"神"照样也是我们需要终结的对象，结果我们将终结我们自己。正如我们所看到的那样，"自然"消失之后就是"人"的消失。小说中的主人公不断"灭神"又在不断"造神"。与保持对"神"敬畏之心的传统武侠小说相比，这样的"造神"小说将给整体文化生态带来消极后果。

三　网络玄幻小说的修炼行为——从身体技艺到量化技术

马克思指出，"动物只是按照它所属的那个物种的尺度和需要来进行塑造，而人则懂得按照任何物种的尺度来进行生产，并且随时随地都能用内在固有的尺度来衡量对象；所以，人也按照美的规律来塑造"[①]。这一洞见包含两点内容：第一，人类可以自由地生产（"按照人和物种的尺度来进行生产"）；第二，无论如何自由的生产都必须基于人的内在固有的尺度（"用内在固有的尺度来衡量对象"）。麦克卢汉对印刷术生产层面的洞见正是对马克思这一论断的延伸。在麦克卢汉看来，印刷术的诞生展示了人自由的生产能力。同时更重要的是，印刷术是人类在自己的生产中使用"内

---

① ［德］马克思：《1844年经济学哲学手稿》，刘丕坤译，人民出版社1979年版，第50页。

在固有的尺度来衡量对象"这一历史进程的结果。也就是说,"用内在固有的尺度来衡量对象"这一人类生产的内在要求在不同的历史阶段筛选出了不同的生产方式。就生产与媒介的关系而言,印刷术出现之前人类的"内在固有的尺度"是"口"与"耳",所以建立了基于听觉和触觉感官的口头文化和抄本文化。印刷术出现之后,人类的"内在固有的尺度"变为"眼睛",建立了基于视觉感官的视觉文化。前文已经谈到,麦克卢汉将从听触觉向视觉的转移作为感官比率的偏移。然而麦克卢汉没有明确的是,从生产层面来看,由听触觉向视觉的转移不仅是感官比率的问题,更是从身体技艺向量化技术的偏移。其原因在于:听触觉的实质是身体技艺性的,而视觉的实质是量化技术性的。

首先来看听觉和触觉活动。按照麦克卢汉的看法,听触觉是一个全方位立体的感知模式。它存在于口头文化、抄本文化和电子文化时代。麦克卢汉对听觉和触觉的讨论是基于个体感觉,即基于听觉的生理特征。在给哈罗德·伊尼斯的《传播的偏向》写的序言中,他认为电子技术的特征是瞬时性、同时性、深度介入和有机性。[1]这些特征正是听觉生理特征在传播领域的延伸。这些生理特征也就是作为肉体的身体生理功能。触觉则更加具有明显的身体性。因为身体往往基于外表皮的感触来对外界进行反应。如果说技艺(Skill)总是被看成一种强调身体参与、即时互动的生产能力,那么基于听触觉的生产,即侧重身体生理功能的生产就是一种技艺性生产。

其次,与听触觉具有的技艺性不同,虽然视觉也是身体的感官能力,然而视觉更偏重技术性。麦克卢汉对视觉的技术性进行了较多论述。他明确指出,印刷术本身就是一个技术(Technology)而非技艺(Skill)的结

---

[1] [加]哈罗德·伊尼斯:《传播的偏向》,何道宽译,中国人民大学出版社2003年版,麦克卢汉序言第6页。

果。其中的关键在于,当我们把将印刷术看成一个既成事实的时候,意味着它是基于量化的方式进行制造而非通过身体本身。量化的方式与身体的生产的差异在于,前者是基于理性的抽象,而后者是感性的直接参与。麦克卢汉指出,从印刷术的发明历史来看,它不是一个突然出现的新事物,而是经历了不断的改进。那么什么事件标志着印刷术的形成呢?正是生产中量化思维方式的确立。而量化的基础是希腊文明对数学的重视,进而是近代牛顿力学对世界的构造,其实质是技术思维的确立。同时,量化也伴随着视觉化过程。麦克卢汉指出,"量化意味着非视觉关系和现实向视觉领域的转化,正如之前所论证的,是表音字母所固有的一个内在进程"[1]。进而他揭示了量化与个人主义和技术的相关性。他说,"去发现准确的数量手段的要求对于社会永不间断的压力,是在这个社会中,表现于感知比率上对于个人主义者的压力。正如所有的历史学者已经证明的,印刷强化了倾向于个人主义的社会趋势。印刷也通过其技术向人们提供了量化的手段"[2]。至此,从讨论量化入手,麦克卢汉将量化、技术、视觉整合成一体,向我们揭示了视觉借由建立量化逻辑所具有的技术性。基于印刷术的印刷文学呈现与口头文学的技艺性不同的量化技术性。

我们可以从武侠小说和网络玄幻小说共有的"修炼"行为来考察此二者的差异。我们发现,武侠小说中的修炼是一种身体性的技艺操练活动,而网络玄幻小说中的修炼更像一种量化的技术工作。

首先看传统武侠小说中的修炼行为。传统武侠小说中的"修炼"一般是指对传统武术的学习和提高。从名称上看,修炼功法的名称一般源于现实存在的传统武术。比如在众多武侠小说中出现的"少林寺七十二绝学"。从威力上来看,武侠小说中的武术威力是作者对现实中武术威

---

[1] McLuhan, Marshall, *The Gutenberg Galaxy: The Making of Typographic Man*. Toronto: University of Toronto Press, 2011, p. 181.

[2] Ibid., pp. 200-201.

力进行的适当夸张。比如很多武侠小说中都出现的"点穴术"。现实中通过外力对人身体的特定部位进行刺激，确实会影响人的部分行为。然而小说中的点穴却可以使人变哑、奇痒难忍甚至失去行动自由。这显然是经过小说家艺术想象的结果。最重要的是从修炼方式看，武侠小说中的武术修炼，是对身体本身的一种锻炼，或者说是对人已有的身体能力的扩展。比如"内力"这一概念的出现就是对人身体具有的"生气"的一种艺术加工。"内力"概念源自道家哲学的修身理论，其核心是通过控制呼吸调节身心的机能。武侠小说中将"内力"视为增加肉体力量的手段。但是无论是作为道家修身方式还是出现于小说作品中，"内力"都是一种操作性极强的具体锻炼方式。比如强调要"打通任督二脉"，使修习者身体经络贯通。

　　再看网络玄幻小说中的修炼。从修炼技能的来源看，玄幻小说修炼功法不是来自中国传统武术，而是来自远古神话和民间传说。比如在作品《吞噬星空》中，主人公罗峰最开始练习的是中国传统武术中的刀法《九重雷刀》。这是书中人物"雷"所创立的刀法，共九层，所以称为"九重雷刀"。如果说刀法还是武术范围的话，罗峰后来修炼的"让他人献祭燃烧灵魂"的《六芒》和可以使他滴血重生的《不死河》就完全是神话中才能出现的了。从威力上来看，网络玄幻小说中的功法威力极大地超过了武侠小说中武术的威力。在武侠小说中，武术修炼者将武功修炼到极致也最多只能够与成建制的军队相抗衡。《天龙八部》中的乔峰是当时武功最高的武术家，他最得意的战绩也不过是在重围中战胜围攻他的数百位英雄好汉。而网络玄幻小说中的修炼者往往具有毁天灭地的能力。星球背景的小说，主人公举手投足之间就能打碎大山，截断河流；宇宙背景的小说则更夸张，主人公甚至可以凭借自身的力量打爆星球乃至星系。从修炼方式看，网络玄幻小说中的功法修炼不是对身体的生理属性的扩展，而是对人的"非人化"改造的结果。通过修炼改变人的生理指标，甚至改变人的外在形态。《吞噬星空》中的主人公罗峰最开始修习武术,其身体的各项测试指标仅仅比正常人稍微高一些,也在可以接受的范围内。随着他不断修炼新的功法,他的各项身体指标远远超过常人。甚至通过"夺舍"改变了自身生理机制。网络玄幻小说中出现的对人"非人化"的改造,其实是工业化时期开始的改造世界同时也改造人的现代性逻辑的艺术实现。如果说卡夫卡的《变形记》是资本主义时代人的异化寓言,用肉体变化隐喻心灵压抑,那么玄幻小说中所描述的人的各种匪夷所思的变化更是对当代人心灵压抑状况的极端展示。当然这一主题在中西表现有所不同。西方此类作品往往突出科技对人的改造,大量西方科幻作品出现了诸如"克隆人""机器人""人造人"等对人的改造设想。国内的作品(包括我们所说的网络玄幻小说)则侧重功法对人的改造。

网络玄幻小说中的"功法"不同于传统武侠小说中的武术,它不再是通过对身体的操练来获得,而是外在于身体体验的技术性活动。在《吞噬星空》中,主人公罗峰学习的"列元术"功法就完全与身体锻炼无关。作者不断强调:要提升功法的威力依靠的是"感悟"。"感悟"不需要身体的参与,需要主人公对世界的特定感受。它实际上是与主人公的身体无关的理性活动。最能体现网络玄幻小说功法技术性的是功法的量化处理。身体性技艺是无法量化的,因为身体操练必然涉及无形的各种要素,包括内在的心灵参与。技术性活动则是可以量化的。有意思的是,麦克卢汉在讨论量化问题时提到了中国将要发生的技术化进程:"面对印刷文化和工业组织的波兰农民所经历的过程,已经在更轻微的程度上发生在俄国人和日本人身上,也开始发生在中国。"[1] 我们已经实现了麦克卢汉的预言。网络玄幻小说的量化表现在以下几个方面:第一是对功法进行数字分级,即在作

---

[1] McLuhan, Marshall, *The Gutenberg Galaxy: The Making of Typographic Man*. Toronto: University of Toronto Press, 2011, p. 201.

品中使用阿拉伯数字来表明功法等级或威力的高低。比如作品《吞噬星空》中的功法"九重雷刀",就是从第一层到第九层逐层修炼,威力的大小就是自然数的大小。第二是功法威力,即主人公的"战斗力"也被数字化。这一点在小说《最后人类》中表现得非常明显。作者将所有人的战斗力都用数值来表示。主人公最开始的战斗力只有个位数,随着战斗和进化,战斗力数值达到数千、数万、百万乃至数亿,直至最后无法用数字衡量。我们知道,武者的功法威力涉及各种复杂情况,尤其是取决于武者当时当地的身体状态。但是在数字化处理下,作品中所谓的战斗十分简单,就是比较数字大小。大量的量化处理体现了电子游戏对网络小说战斗模式的影响。反观诸如《射雕英雄传》这样的传统武侠小说,战斗是一个非常复杂的综合实力的较量。另外,网络玄幻小说的情节安排也受制于战斗力数值化。作者不得不安排主人公遇到那些比自己战斗力数值高一点点或者低一些的对手。因为如果对手的战斗数值远远高于主人公,作者就无法合理地解释主人公的胜利。然而总是让对手的战斗力数值低于主人公,会使作品情节呆板生硬,降低了作品的审美效果。这就暴露了按照战斗力数字创设情节的问题。

总之,网络玄幻小说的修炼实质是一种数量化和技术化活动,而非传统武侠小说中基于身体操练的技艺性活动。出现这一现象的根本原因在于当代人与自然关系的变化。网络玄幻小说指向的是人对自然的征服,传统武侠小说中指向的是人与自然的和谐。前者的目的是征服,所以必然夸大玄幻小说修炼的功法威力,进而也改变了修炼的方式;后者的目的是和谐,所以修炼仅仅是对身体的完善。处于这两者的平衡状态的是小说《龙蛇演义》,此作品中的主人公达到了武术修炼所能达到的极致,即对身体的完全掌控和完善,但却没有达到玄幻小说所追求的长生。

四 结论

（一）网络玄幻小说的审美混杂性

通过对网络玄幻小说的超越对象、灭神情节和修炼行为的考察，我们发现了网络玄幻小说的视觉性、世俗性和技术性特征，即麦克卢汉所揭示的印刷时代的审美特征。那么电子时代的小说为何会有印刷时代的审美特征？这正是本论文所强调的网络玄幻小说具有的审美复杂性。一方面，正如诸多研究者所揭示的那样，网络玄幻小说确实具备电子文学的某些特征。另一方面，如本文所述，它具有印刷时代的审美特征。所以网络玄幻小说并不是完全意义上的电子文学。它虽然利用电子平台进行创作，但电子平台仅仅提供了作品创作、发布和阅读的电子技术支持，没有对作品内容产生根本的影响。进行创作的作家也没有进行电子文学创作的自觉，他们仅将电子平台当作一个创作环境，而非创作要素。这就是电子时代的网络玄幻小说反而具有印刷审美特征的原因。相比较而言，传统武侠小说反而具有听觉性、神圣性和技艺性等电子文学属性。

（二）本文的价值

首先，对网络玄幻小说的麦克卢汉考察开辟了网络小说的媒介美学研究之路。与以往将媒介生态学仅视为传播学的一个分支不同，近年来国内外学术界开始关注媒介生态学的美学思想。本文就是运用媒介生态学的美学理论对具体文学现象进行批评的有益尝试。

其次，网络玄幻小说一直被认为是电子文学，本文却揭示了网络玄幻小说所具有的印刷审美特征，破除了流俗之见。这一流俗之见盛行的原因不在于大众不思考，而在于电子技术对大众意识的"麻木"作用。电子技术麻木了大众对网络玄幻文学的接受，让大众轻易地陷入非此即彼的陷阱，将具有审美复杂性的网络玄幻小说仅仅视为电子文学。关于技术对大众的麻木作用，麦克卢汉和波兹曼都曾经讨论过。麦克卢汉认为印刷术导致了人类感知方式的变化，即从听触觉向视觉的转换。他指出"在人类的文明中，再也没有比听觉表达和视觉表达更大的冲突或碰撞，而当前我们向电子世界的听觉模式的转化过程必然要比古典时代人向西方的视觉模式的变形更令人感到巨大的痛苦"①。但是大众有时却感受不到感知方式变化带来的痛苦。麦克卢汉明确指出这一现象的原因在于"人类所发明和外化的每种技术在其内化的最初阶段都具有麻木人们意识的力量"②。更进一步可以这样说，技术对人们意识的麻木在于其在内化的最初阶段是被大众"视而不见"的。被大众"视而不见"其实正是媒介生态学对技术的共识，也是波兹曼所强调的技术观。他曾举例说："在皮氏培养皿那里……所谓媒介的定义就是培养皿中的一种物质（substance），能够使培养的微生物生长的一种物质。如果你用技术（technology）这个词来取代这种物质，这个定义就能够成为媒介生态学的一个基本原理：媒介是文化能够在其中生长的技术。"③ 媒介是技术也是一种培养皿中的物质。所以培养皿中的微生物不会意识到其所处的环境，大众也不会注意到他们身处其中的媒介和技术环境。虽然它们对大众具有极为重要的意义。因此，媒介研究的价值就在于揭示身处其中的媒介和技术环境，发现其与我们的恰当关系。采用麦克卢汉的媒介美学揭示网络玄幻小说的印刷性，帮助大众从电子技术的麻木状态走出来，建立关于网络玄幻小说的复杂性审美图景，正是本文的价值所在。

---

① McLuhan, Marshall, *The Gutenberg Galaxy: The Making of Typographic Man*. Toronto: University of Toronto Press, 2011, p. 77.

② Ibid., p. 174.

③ ［美］林文刚：《媒介环境学——思想沿革与多维视野》，何道宽译，北京大学出版社2007年版，第44页。

媒体融合环境中类型电视剧的审美新变及问题反思

戴 清

戴清，中国传媒大学艺术学部戏剧影视学院教授、博士生导师、艺术学部科研委员会主席、中国文艺评论基地工作委员会主任。中国文联文艺评论家协会理事、视听艺术委员会秘书长、新闻出版广电总局中国电视艺术委员会特约评论员、《光明日报》文艺评论中心特约专家。曾受邀担任中国电视金鹰奖、中国电视星光奖等国家电视大奖评委。

新世纪以来，电视剧的类型化趋势已成为一种立足题材内容、融合大众流行趣味的产业格局，其创作与接受都表现出鲜明的模式化特征。电视剧类型表现内容的偏移变化是常态性的，也是促发、引起创新与突破的根本原因。

2014—2015年间，媒介生态环境发生巨变，给电视剧类型化发展带来的影响大大超过此前相对稳定的时期。首先，表现在网络视频的迅猛发展使电视剧的播放平台扩容，电视剧的市场体量增加；同时，"一剧两星"等政策带来传统卫视平台播放量的锐减，扩收之间，电视剧类型出现了题材内容的偏移、表现重心的改变、类型杂糅等多种变化。其次，2014—2015年间，网络文艺呈现井喷式发展，改编自流行网络小说即热门IP的电视剧、网络自制剧方兴未艾，出现了多种新的类型元素；同时，网络自制剧在营销模式上也大有突破，依靠版权分销等手段为网络剧的可持续发展提供了有力保障。

一 传统电视剧类型的新变：偏移、杂糅、超类及反类型化表征

电视剧类型的偏移，是社会发展、文化特色及审美趣味变迁的真实反映。电视剧基本类型在2014—2015年间发展繁荣，审美追求上向年轻观众群体倾斜，演员选择、剧情设置上带有强烈偶像化特征；"轻喜剧化"普遍表现在都市情感剧中，也成为不少谍战剧、抗战剧的追求。

（一）家庭伦理剧向都市情感剧偏移

家庭伦理剧是改革开放以来影响最大的电视剧类型之一，其向都市情感剧偏移的原因是多方面的，一是近年城乡分野日益凸显，作为家庭伦理剧重要组成部分的农村题材剧，所表现的乡村图景及审美趣味难以获得都市人群的关注，与都市情感剧的分流趋势在所难免；二是随着社会的发展，"80后"、"90后"成家立业，以大家庭生活、人生命运为主要表现内

容的家庭伦理剧也就不断让位于表现年轻人爱情婚姻、职场拼搏的都市情感剧；三是都市情感剧的主角以年轻明星偶像为主，轻喜剧化的表现手段更为年轻观众群体所喜爱和欢迎。

都市情感剧多出自"80后"年轻编剧，在台词上很有新意，人物对白多且密度大，倾向于脑筋急转弯式的反常规思维及表达，语言诙谐幽默，饱含生活智慧及哲理意味，使得这类作品具备较强的观赏快感，从此前比较沉闷的"家斗家闹剧"中脱颖而出。但语言的快感往往弱化了人物性格的差异，轻喜剧化的语言狂欢也难免成为去深度与过度娱乐化的表征。

2015年都市情感剧创作比之2014年相对萧条，数量锐减的原因，除了创作的自然起伏因素外，首先是受新闻出版广电总局"一剧两星"的政策影响①，其次是创作"同质化"的影响，话题重复、人物设置/人物关系重复造成观众的审美疲劳。都市情感剧面对当下生活发言，需要敏锐地捕捉社会现象，更需要深入开掘生活。

都市情感剧还包括育儿题材剧，2013年是育儿剧的兴盛之年，2014年该类型创作已没有最初的势头。2015年育儿剧表现重心转向"二胎"政策给都市小家庭带来的冲击。另外，"如何生"的话题很快被"如何养"所取代，"教育"问题成为育儿剧的另一表现重心。

（二）家族剧向"年代剧"偏移

事实上，家族剧向"年代剧"重度偏移多年前即已发生，"年代剧"在表现内容上不完全拘泥于家族故事，大多走出了"宅门"；同时，"年代剧"虽然重"时代""年代"特征，但并不完全追求家族剧的厚重感和历史感，而更侧重表现乱世家国的儿女情怀。2015年的"年代剧"在偶像化

---

① 2015年是"一剧两星"政策的真正实施年，一部电视剧只能在两家卫视频道播出，黄金时段一次只能播出两集，相较于之前的"一剧四星"，电视台播出电视剧的数量减少，导致电视剧生产数量降低。

特征上表现突出，虽然吸引了年轻观众群，但却大大损害了该类型曾经拥有的历史感和人文情怀。

让年代剧更有历史感，让家族剧更有精神意蕴，以改变其边缘没落的处境，是该类型剧健康发展的需要。

(三) 行业剧与都市情感剧的类型杂糅

类型杂糅是电视剧类型化出新的一个有效手段，它可以表现为不同类型元素的糅合，也可以表现为不同体裁样式的结合。① 行业剧近年来的发展与繁荣比较明显，律政剧和医疗剧是其中的佼佼者，但还未成熟，不约而同地表现出与都市情感剧的杂糅特色。但换一个角度来看，这些行业剧拓宽了都市情感剧的表现领域，也预示着都市情感剧的发展新方向。

2014年的《离婚律师》讨巧地选择了离婚律师这一最贴近都市情感的律师人群，借助一个个离婚案件来探讨当下都人的婚姻问题及其背后的社会家庭个体因素，但人物塑造与剧情走向最终与都市情感剧合流。

医疗剧以最贴近百姓生活的故事内容以及关乎生存、死亡、生命意义的主题引发观众共鸣，2014年的《产科医生》被誉为我国当代医疗剧自《医者仁心》之后的又一标杆之作。2015年初播出的《长大》讲述不同家庭出身的大学实习医生的成长与情感经历，与2014年赵宝刚导演的《青年医生》有一定相似性，又糅合了"霸道总裁爱上我"的戏核。这些医疗剧对情感生活的过分关注消解了医疗剧本应具有的社会价值和现实意义，无法真正达到对特定行业中医生群体生存境遇、情感状况的反思。创作者需要充分把握社会生活的精神视野，具备广阔的胸襟气度与深厚的文化格局意识。

---

① 不同类型元素的糅合，如新世纪之初的电视剧《不要和陌生人说话》就是家庭伦理、刑侦以及心理探索等多种类型元素的糅合。不同体裁样式的结合，如《武林外传》即是对武侠剧与情景喜剧（相对于长篇连续剧）的结合。

（四）谍战剧的超类特质凸显

谍战剧是深受观众喜爱、创作难度却比较大的电视剧类型。2014—2015年出现了几部质量较好的作品，如《北平无战事》《伪装者》等，令人难忘。好作品往往难于归类，体现出某些超越类型的特质。《北平无战事》从表现内容的历史时期上来看，可以算作年代剧或表现解放战争的历史剧；同时，该剧的主要人物大多是中共地下党，或是暗藏在中共地下党组织里的国民党特务，你中有我、我中有你，具有谍战剧成分。难于归类其实恰恰显示了创作者对史实丰富性、对社会生活复杂性的尊重，也是创作者思想情感深度的体现。过于明晰的类型往往是对生活格式化的处理，作品精神情感上的超越和深度正是类型超越的基础。

其他几部叫得响的谍战剧在展示家庭亲情或爱情方面表现出超越传统谍战剧的特色。《红色》中老上海里弄中的百姓生活温情琐碎，又不乏生气与诗意，让谍战剧带有更强烈的生活实感。《伪装者》情节紧迫，吸引力强，但不乏夸张及硬伤。《锋刃》《王大花的革命生涯》风格上一洋一土，但其中谍报人员的爱情、女性角色的精神成长都被表现得细腻传神。

（五）反类型化的主旋律剧的困境与突围

遵循现实主义创作原则的主旋律剧在本质上带有反类型化特征，这主要表现在近期的抗战剧和现实题材剧的宏大叙事中。为纪念抗战胜利70周年，新闻出版广电总局推出了"8＋1"抗战剧编播计划[①]，这一政策导向使2014—2015年荧屏上陆续出现了一批较高质量的抗战剧。《东北抗日联军》《长沙保卫战》等带有鲜明纪实色彩的作品是这一轮抗战剧中的扛鼎

---

① "8＋1"指8家一线卫视台——江苏、湖南、浙江、北京、山东、天津、安徽、东方，1是指央视，要求以上卫视台和央视在抗战主题播出月（时间范围为7月1日至9月底）内播一部到两部反法西斯题材剧，涵盖七七事变和9月3日抗战胜利纪念日两个时间点。

之作。然而，这类好作品在新媒体上的反响却很有限。

同样是遵循现实主义创作原则、表现当代社会农村/城市变革的现实题材剧在2014年年底、2015年年初收获了《老农民》《平凡的世界》等重头作品，该类创作以深厚的生活基础和丰富的精神内涵见长，对广大观众有很强的亲和力。

但细加检视，这些现实主义力作在当下语境中的接受仍不尽如人意，存在一定程度的口碑与收视倒挂的现象。究其原因，显然和年轻观众历史意识和社会责任意识淡漠有关。如何突破这一困境，强化文艺的启蒙审美功能，建立适当机制加强对电视剧社会效益的评估，都不失为必要手段。

二 新媒体表现：网络改编电视剧与网络自制剧的类型新质

网络媒体对电视剧类型化发展的影响，从创作源头影响着电视剧的类型突破与创新，IP热成为文化市场上令人瞩目的现象，拥有大量网络读者、满足年轻人审美心理的网络小说，成为近期电视剧改编最大的母体文本，该类改编作品在类型特征及风格表现上迥异于传统电视剧类型的特质，仙侠奇幻剧《花千骨》和历史传奇剧《琅琊榜》等都在此列。同时，由网络公司创作制作的自制剧呈现一些新的类型元素，如盗墓、魔幻、穿越等，为类型剧的拓展、新类型剧的出现提供了可能性与创新空间。

（一）网络改编电视剧的类型突破

1. 仙侠奇幻剧：武侠剧与偶像剧的杂糅

从写实向奇幻的转变是近年来国产电视剧类型化发展的一大明显趋势，2014年、2015年连续两个暑期，湖南卫视及其网站芒果台在年轻观众群特别是"90后"、"00后"中掀起了一股超强的"仙侠旋风"，《古剑奇谭》和《花千骨》两剧都创造了很高的收视率和网络点击量。二者有着武侠、神仙的奇幻外壳，内里则是不折不扣的偶像言情剧。

值得注意的是，仙侠奇幻剧与武侠剧的叙事内核、重心、格局不尽相同。武侠是成年人的童话，"英雄情结"、民族大义等精神内涵更为突出。而仙侠叙事则舍宏大精义而偏重言情，承载着太平时代年轻人天马行空、无所羁绊的青春梦想和对极致浪漫爱情的无尽渴求，超现实主义色彩浓厚。

2. 历史传奇剧补位历史正剧

近年来，历史正剧萎缩，"戏说""穿越""传奇"等表现方式跃居主流，成为历史剧类型创作的新常态。然而，历史传奇剧质量不一，2014年年底、2015年年初的《武媚娘传奇》口碑不佳，但截止到2015年年底，该剧网络播放量突破了200亿。如此"成绩"，不只是明星的影响力决定的，也和当下媒介生态的低俗化倾向直接相关。

为历史传奇剧正名、树立标杆地位的当推2015年《琅琊榜》这部精品之作。作品叙事线索清晰，尽管架空了历史背景，但仍让人们感受到扑面而来的历史气息。剧中，大梁朝堂的争斗、夺嫡、是与非、政治的肮脏与理想主义情怀，各派势力的冲突、波诡云谲的权谋斗争，都表现出历史正剧的力度和分量；又因架空，巧妙地避开了人们看待历史正剧时不断追问真实性的尴尬，是创作上比较讨巧的做法；更难得的是，该剧有着历史正剧的美学追求，在影像上处处表现出对中国传统美学意蕴的诠释与渲染，松涛林海、雾锁山峦、江水氤氲、如诗如画，全剧结束在崇高的悲剧美感之中，令人荡气回肠。

2015年的历史传奇剧还包括年底播出的跨年长剧——《芈月传》，该剧朝着历史剧"大事不虚、小事不拘"原则的相反方向——"大事虚、小事拘"前进。芈月和春申君黄歇的关系、姐姐米姝都是虚构出来的，剧中的小情节和细节却都有史可依。该剧主要人物塑造比较成功，故事情节跌宕起伏，戏剧张力较足。其成功还依赖于主创团队因《甄嬛传》积累的较高口碑，表演阵容强大也是不可否认的长处。同时，该剧还得益于北京、东方两家一线卫视与乐视、腾讯两家"视频航母"的"四手联弹"，创造了大量周边衍生宣传节目及手段，成为全媒体营销大获成功的样板。

（二）网络剧长篇化趋势、新类型元素及营销模式探索

1. 网络剧长篇化趋势与类型元素创新

2014年被称为"网络剧元年"，生产规模从此前每年的星星点点跃进到全年上线205部[①]，在体裁上也发生了较大变化，从最初完全由碎片化、小品化的段子剧统领天下，到2014年已出现了73部长篇剧情剧，超过了网络剧总量的1/3，从段子剧向长篇剧情剧的发展从根本上说是网络剧产业化、制作能力提升、追求利益最大化的必然结果。而且，这些尚属少数的长篇剧情剧的影响力上升最快，段子剧的排位则多依靠口碑红利的延续。长篇剧情剧如《匆匆那年》、《灵魂摆渡》、《暗黑者》等都是一鸣惊人之作。到了2015年，网络剧的制作投资、宣传成本更是大幅增长，长篇剧情剧数量达到179部，比上一年的剧情剧增加了一百部还多。伴随这些网络剧的走红，IP的市场价值必然要被抬高，并持续火爆。

2015年网络自制剧的创作制作水准因更多专业影视团队的加入获得了进一步提高，出现了《盗墓笔记》《无心法师》《蜀山战纪》等热门作品，也呈现不同于传统电视剧的诸多新类型元素，如刑侦推理、灵异玄幻、盗墓考古等，这些元素与网络文学的题材偏好相似性很高，无论是社会话题还是性话题尺度都较大，与2014年、2015年网络剧的监管一度比较宽松有直接关系。随着审查监管的逐步加强，可以预见网络自制剧的类型走向也将随之变化。

---

① 数据来源：骨朵传媒。

在类型元素上，搜狐视频出品的周播剧《匆匆那年》是典型的青春怀旧剧，制作品质较高。以玄幻灵异特色著称的《无心法师》也是创作制作比较精良的网剧，不同于仙侠奇幻剧中的仙界妖魔，《无心法师》建构了一个真实的鬼煞世界，内中一正一反的人物设置、超现实主义风格对年轻观众有着强烈吸引力。其他如《暗黑者》系列，探讨罪案同时审视人性，有明显模仿美剧的痕迹，但创作上仍属上乘之作。《灵魂摆渡》过于灵异惊悚，可编剧将这些灵异鬼怪故事巧妙融入现代社会，借阴间说阳界、反映社会问题，讽喻风格颇具特色。

2. 网络剧开启新型营销模式

2015年之前，多数网络剧的盈利模式和传统电视媒体相近，广告价格远不及传统电视剧。虽然网络剧在"民间"的发展已蔚然成风，电视台仍将网络剧拒之门外，视频网站及制作机构一直处于亏损状态。2014年网络自制剧发展从量变到质变，积累到2015年长篇剧情剧的影响力已占主导地位。另一重要变化则是盈利模式的转变——网络剧的版权分销收入大幅度提高。

这首先体现在由爱奇艺视频网站开启的用户付费模式大获成功，凭借强大的演员阵容和一定的制作水平，爱奇艺推出了自制剧《盗墓笔记》，上线22小时点击量即破亿。[①] 其后，乐视视频的《太子妃升职记》复制了这种会员付费抢鲜模式的成功，尽管该剧广受诟病，并被广电管理部门叫停。显然，这种新的营销模式为网络剧的可持续发展打了一针强心剂。

其次，网络自制剧终于敲开了传统媒体的大门。搜狐视频制作的网络剧《他来了，请闭眼》在网台联动上的尝试具有标杆意义。该剧第一次实现网络剧向电视台的反向输出，网台同步播出，由此，网络剧终于扩大了受众范围。其后，网络自制剧的反向输出、网台融合有更多的实践。如爱

---

① 数据来源：骨朵传媒。

奇艺视频网站制作的《蜀山战纪》开创了"先网后台"播出模式的先河，创造了网台接受双佳的成绩。如此，视频网站作为电视台的内容提供商，彼此深度融合、实现了双赢互利。

网络自制剧的春天才刚刚开始，随着创作制作数量的迅猛增加，网络剧的题材类型也将更加丰富。对网络剧的创作制作包括话题尺度等加以合理调控，以进一步提高创作质量也将是网络剧良性发展的必经之途。

当下，电视剧类型化发展仍存在诸多不尽如人意之处，但从长久看，大浪淘沙、优胜劣汰、类型丰富均衡发展，讲述生动"中国故事"的精品电视剧不断胜出……最终确立多类型、精品化战略的产业格局，一定是今后国产电视剧可持续发展的方向。

大数据时代的文艺格局与文艺批评

杜国景

杜国景,贵州省文艺理论家协会主席,贵州民族大学教授,贵州民族大学人文科技学院文学部主任,硕士研究生导师,贵州省哲学社会科学带头人,获政府特殊津贴。中国少数民族文学学会常务理事,中国中外文艺理论学会理事,中国文学人类学研究会理事。在《文学评论》《中国现代文学研究丛刊》等发表学术论文80余篇,部分成果被《光明日报》《高等学校文科学报文摘》、人大报刊复印资料《中国现代、当代文学研究》等转载。

大数据时代是近几年谈论得很多的话题。类似的说法还有互联网时代、e时代、新媒体时代、信息时代、"互联网+"、物联网、云计算（cloud computing）等。对这些说法，质疑、争议难以避免，比如对什么是新媒体就可谓众说纷纭。只要不拘泥于命名，不对概念本身抱有偏见，每个人其实都可以真切地感受到：随着计算机技术、互联网技术以及信息行业的突飞猛进，世界正在发生翻天覆地的变化。我们已经从工业化、电气化时代，进到了数字化、信息化时代。

最早提出"大数据时代"的是美国著名的麦肯锡咨询公司。但这一概念真正引起热议却是在英国学者维克托·迈尔-舍恩伯格与肯尼思·库克耶合著的那本《大数据时代：生活、工作与思维的大变革》出版之后。舍恩伯格后来又出了两本与"大数据"有关的书，分别是《删除：大数据取舍之道》《与大数据同行：学习和教育的未来》。这几本书在中国大陆的翻译出版都非常迅速。

所谓大数据时代，简单说就是利用甚至依靠大数据来决策当下、预测未来的时代。虽然有不少人对大数据持谨慎甚至是质疑的态度，但他们同时也都承认，"大数据将改变人类思考和看待世界的方式"[1]。用舍恩伯格的话说：大数据"纷繁多样，优劣掺杂"，但"不可否认，我们进入了一个用数据进行预测的时代"[2]。在中国，大数据确实给不少产业带来了新的机遇，比如大数据电子商务、大数据金融之类，因此对大数据感兴趣的最先是政府和经济界、企业界的人士。相关的会议已开过多次，有的规模还很大，层次很高。2016年4月，北京就开过一次大数据行业峰会，9月举办了2016中国大数据产业博览会暨高峰论坛。该年的5月，在贵州举办了一次"中国大数据产业峰会暨中国电子商务创新发展峰

---

[1] 卢朵宝：《美国学者质疑"大数据"理论》，《经济参考报》2013年6月14日第8版。
[2] ［英］维克托·迈尔-舍恩伯格、肯尼思·库克耶：《大数据时代：生活、工作与思维的大变革》，盛扬燕、周涛译，浙江人民出版社2013年版，第9、22页。

会"，李克强总理出席会议并发表了重要讲话，他强调：大数据等新一代互联网技术深刻改变了世界，也让各国站在科技革命的同一起跑线上。中国曾屡次与世界科技革命失之交臂，今天要把握这一历史机遇，抢占先机，赢得未来。①

我之所以选择"大数据时代的文艺格局与文艺批评"这个题目，是觉得"大数据时代文艺何为"应该是一个问题。我们当然不应该迷信大数据，在接受《文汇报》记者采访时，舍恩伯格自己也说："大数据并非万能。"② 从文艺创作的角度，我们更有理由相信，人的思想、情感、创意、想象等，用大数据、云计算是"算"不出来的。但要强调的是，我们在这里要说的，是被大数据、云计算所改变的时代，而不是大数据本身，不必过多地去关注数据的真伪、计算的正误这类不可避免的问题。应当看到的是，大数据以及相关的数字化技术正在改变我们的生活，对今天的文艺格局和文艺批评，也正在形成巨大的冲击。至于如何给这样的时代命名，是叫大数据时代，还是互联网时代、e 时代、新媒体时代，那都是可以讨论的。

这里所说的文艺格局，是指一种有差别、有等级的文艺的存在方式和结构形式。从口头传承到书面文字，从书面文字再到数字化图像和影像处理，这就代表了三个不同的时代，它们之间就是有等级化差异的。很长时期以来，人们都习惯以文字代表高一级文明形态，从而不无轻蔑地去看待对于口头传承的依赖。20 世纪六七十年代发生在西方知识界的口承—书写大讨论，两种观点的交锋非常尖锐。现在，数字化代表的图像时代又对文字书写形成了冲击，这里面也有某种等级差别的存在，它对文艺的影响是很大的。"读图时代"的命名，或许就包含了一部分人的焦虑，以为厌倦

---

① 人民网 2016 年 5 月 26 日 10：26：http://it.people.com.cn/n1/2016/0526/c1009-28381700.html。

② 范昕、张祯希：《大数据算不出思维创意》，《文汇报》2013 年 11 月 24 日第 1 版。

文字，更愿意以图像来刺激眼球，意味着某种退化。当然，我们的文艺格局还有更明显的等级差异，如现在的文艺期刊，那是关乎话语权的，有三六九等之分。各艺术门类中，比如文学，尤其是小说，比书法、摄影、雕塑、杂技的影响力要更大一些。在文艺的差异格局当中，有的还取决于政治、经济和文化的历史背景，以及地理位置、交通条件等形成的地区等级。自然条件优越，经济率先得到发展，财富相对集中，占有政治和文化优势的那些地区，很早就成了各种各样的中心，是当之无愧的发达地区或核心地区、中心地区、重要地区。与之相对的，则是欠发达地区或边缘或半边缘地区。等级化的地区差别，对文艺人才的培养，文艺的发展，有着不可忽视的影响。同样的起点，在边远地区与在中心地区、重要地区，发展的机会、条件、速度肯定不一样。

在中国文艺的话语等级序列结构中，贵州就比较弱势，属于典型的边远和边缘的地区。贵州是有名的山国，跬步皆山，古代官员进出贵州，连骑马都嫌累，主要是乘竹舆。从江南或者北京到贵州，往返至少要一两个月。今天，贵州高速公路通车里程已接近一万公里，已实现县县通高速，村村通油路。但你去体验一下，这些路的特点大多是"非桥即洞"，桥有不少是世界之最，山洞（隧道）不仅多，而且长。最长达十多公里。另外就是穷，地瘠民贫，直到民国还是烟盐经济。烟是鸦片烟，盐因为贵州没有出产，要靠人力翻山越岭背入，所以价格奇高，普通人吃不起。在这样的地方，谈文艺就有点奢侈了。民国时期贵州但凡有些名气的文艺家，成名都是在省外甚至是国外，在家乡事业有成，然而再走出贵州继续发展的，一个都没有。都是衣锦还乡，都要靠外面的平台或者机遇。如此一来，外界对贵州的了解，自然也就微乎其微了。之所以形成这样的等级格局，跟经济开发、人文风气有关，也跟自然地理，尤其是交通条件有关。

受中国文艺中心与边缘，强势与弱势，驱动与被驱动这种等级差异格局影响的，当然不只是贵州。陕西是文化大省，但如果没有 1993 年那五部小说的"东征"（指到北京作推介），陕西作家的影响也不会那样大，至少时间可能会再推后一点。显而易见的事实是：边缘地区、边远地区的文艺，都离不开中心地区、重要地区的发现和肯定，缺少这一环节，影响力便十分有限。有一种观点认为中心到处都有。不能说少数民族的文化中心在北京、上海。事实似乎也的确如此，少数民族的文化中心确实只能在它的生长之地、原发之地，不可能在别的地方。然而细究起来，这个生长之地、原发之地只能是资源中心，它需要与外界交流，需要发现、比较、阐释、评价。而这个环节往往需要走出去、送出去，或者将外边的专家学者请进来，这才能引起中心地区、重要地区的关注，才能凭借更大的辐射力和影响力来超越地域，否则就是藏在深山人未识。

中国幅员辽阔，各地区经济社会发展极不平衡，文艺等级化格局的存在及其长期稳定，自然也有它的可理解性。对于人类的生存环境，首要的问题毕竟是适应而不是改变。不过，当人类有足够能力创造世界的时候，那就意味着新的时代就要来临了。大数据、互联网，以及与它们有关的信息行业及各种终端设备在技术上不断地更新换代，就是人类划时代的创造。无论是作为手段还是作为工具理性，大数据都会对人的观念带来巨大冲击：世界变小了，距离变短了，节奏变快了，甚至宇宙也不再神秘了。与之相关，由历史条件、地理差别、文化权力等因素造成的文艺等级化格局，自然也会受到震动。随之而来的，就必定是文艺视野的大规模拓展，文艺价值范畴的大幅度调整，以及理论批评方法、批评标准的大尺度更新。最后，甚至连我们非常熟悉的"文本"形式，也可能会变得陌生起来。

比如边远地区、边疆地区的很多少数民族，他们在历史上没有自己的文字，口头传统才是他们民族的根谱。新中国成立以来，虽然开始大规模地对少数民族的口头文艺作品进行系统地搜集、采录和出版，但方法大多是用汉字或者用国际音标来记录和转述，这就与原汁原味地呈现有距离，并且还难免发生错讹。而现在，凭借大数据时代的比特技术（bit，数字化处理的基本单位）、赛博（cyber）空间、3D、VR（虚拟空间）、AR（增强现实）等，这些少数民族优秀的口头作品就可以跨越文字描述的阶段，原生性地把自己民族的语言风貌、文化风貌呈现出来，并且得以永久保存。少数民族很多非物质文化遗产的传承与保护，目前就是这样做的，或可视作以文字为中心的形象表现，向以数字化视觉建构为中心的艺术形象再现的转移，它必定在比文字描述更具体、更生动、更直观的体验层次上，与人们的心灵相遇，引起人们思维方式以及感知世界、认识世界的能力发生改变，从而动摇文艺的等级化差异格局。如此一来，包括少数民族口头传统在内的边远地区、边疆地区文艺的地位和作用，也就得到了大幅度提升。

我们知道，大数据和互联网通常都是与数字电视、移动电视、IPTV（交互式网络电视）、手机、微博、微信、微电影、微艺术、数字化报纸或杂志等联系在一起的，将来必定还会出现新的电子媒介及相关的艺术形式。跟人类从结绳记事、口头传承到文字书写的进程一样，每一种新媒介及艺术形式的产生，都会为人类的思考和表达，对人类情感的抒发提供新的可能，带来革命性的变化。如果说文艺原有的等级差异格局是一个成熟到近乎严苛的选拔系统，作者、演员的命运，主要由文艺期刊、文艺团体所代表的文化权力来决定，它要求文艺作品除了个人情怀外，还必须具有关乎人类命运或者国家民族的普遍意义，否则就不会被推介，那么，在大数据时代，借助各种新媒介，个性化表达甚至个人宣泄的渠道是被大大地扩展了，文艺团体及传统纸质文艺期刊所代表的文化权力的领地，正在被网络化数字生存的需求逐渐蚕食，个人因此而获得了更多的表达自由。与此相关，则是媒介的等级化差异所反映的中心与边缘、主流与支流的二元对立正在缓解，地方性、个人性的话语权得到了极大提升。甚至我们过去非常熟悉的"文本"形式，也开始出现了新的变化。"超文本"就是典型的例子。它有两个主要特点：第一，结构形态与传统文本不同。节点、链接和网络是超文本的三个要素。节点是贮存信息的基本单元，又称信息块，每个节点都是一个独立的文本，而此处所说的文本，已打破传统的文艺体裁的分类，既包括文字，也包括声音、图像、图表、动画、视频，是各种体裁形式的大杂烩，人称"超媒体的文本"①。但它们又可能组合在一起，共同表达一个独立的主题。其中，链接表示不同文本（节点）间信息的联系，通过关键词建立链接后，"超文本"获得交互式检索、查阅的可能。第二，超文本既是交互式的存在，那就意味着它不仅可检索，而且可以互动。也就是说，读者、批评者都可以参与到文本的创作中来，因此文本没有本体意义上的原作、原创。一切文本都可能依读者、批评者的活动而转移，真正实现作者、读者、批评者的互动。在大数据时代，类似"超媒体文本"这样的例子，一定会越来越多，这也会对文艺格局与文艺批评形成新的挑战。

　　但是，文艺的等级化差异格局，一定不会随着大数据或者互联网时代的来临就一去不复返。关于这一点，可从两方面去理解和思考。

　　第一，等级化差异是在历史过程中形成的一整套话语系统，它有着顽强的生命力和特殊的价值。人类历史上的任何变革或者革命，只会造成文化权、话语权的分裂、调整和再分配，只会导致等级秩序的改变，但不可能根除它。新的等级化差异格局将会随着大数据、互联网的发展而很快形成，并且很快又会对世界形成新的推力。如果说文艺的等级化差异就是中心与边缘、主流与支流、强势与弱势的二元对立，那么，大数据和互联网所代表的，不可能是绝对的自由、开放和平等，大数据时代的文艺格局与文艺批评，照样会形成自己的话语等级序列和影响力，照样会有不同的批评及标准。有人套用英国学者维克托·迈尔-舍恩伯格所提出的大数据思

---

① 陶东风：《文学理论基本问题》（修订版），北京大学出版社2012年版，第302页。

维，如从因果律到相关律，从精确到混杂，从抽样到全面，认为大数据、互联网时代的文艺将走向平面化、大众化、娱乐化，并将取代精英艺术，其中最突出的现象，就是视点的下沉及文艺经典的消失。① 我以为这样来认识大数据时代的文艺格局与文艺批评是不对的。以经典为例，最大的可能只是经典的定义、内涵、作用等发生改变，而不会是经典本身的缺席。平抑大数据时代文艺等级化格局的真正难题，并不是话语平台的是否开放、自由与平等，也不是文化权力的存弃有无，而是人人心中都可能会有的那个自我中心。以貌取人、以地取人（如看不起乡下人）、以族取人（歧视少数民族）、以言取人（歧视乡音）等，反映的就是自我中心主义的妄自尊大。可怕的是，这种等级意识看不见、摸不着，口头没有，内心深处却挥之不去。如果说大数据、互联网时代的等级差异格局难以避免但又必须加以警惕，那真正应当注意的，是如何消除隐藏在内心深处的这种自我中心主义，尽管这并不容易。

第二，文艺的等级化差异格局必将影响到文化自信，或者说，文化自信问题的提出，本身就与文艺等级化差异格局的存在密切相关。今天，我们正在走近"五四"新文化运动与文学革命百年纪念的历史节点。以 1915 年 9 月《新青年》的创刊为标志，中国的"五四"新文化运动及文学革命曾给中国文艺格局和文艺批评带来了巨大改变。但站在今天的历史高度上，我们之所以要重新思考如何复建文化自信的问题，就是强烈感受到了西方中心主义与西方强权的无处不在。一百年来，中华优秀文化传统、美学精神被遮蔽、误解得太久，被压抑得太久，所以我们才需要反思，才需要强调：在新一轮的世界科技革命到来的时候，在以大数据为代表的新一代互联网技术深刻改变世界的时候，我们不仅不能在科技方面落伍，文化

---

① 参见张绍时《大数据时代的文艺发展趋向论》，《创作与评论》2013 年第 22 期；熊剑书等《初探大数据时代背景下当代文学的生存方式》，《青年文学家》2015 年第 17 期。

方面也要有所作为。在新一轮世界文明、世界文化与世界文艺的等级序列格局中，理应有中国的一席之地。在这一过程中，重要的是要有足够的敏锐，才能像李克强总理所说的那样去把握先机，同时还要有足够的自信去创造历史，这才能赢得未来。

关于当下文艺评论泛化趋势的思考

郭必恒

郭必恒，北京师范大学艺术与传媒学院艺术学系主任、研究生导师，中国文艺评论家协会理论委员会专业委员。出版著作十多部，论文百余篇。其中《中国民俗史·汉魏卷》获"中国文联'山花奖—学术著作奖'"、北京市哲学社会科学特等奖、第六届中国高校人文社会科学优秀成果一等奖等。

随着我国经济的高速发展，也受当代信息技术和新媒介的巨大影响，当下的文艺创作领域呈现一派繁荣的景象，甚至难免让人眼花缭乱和不知所措。面对纷繁复杂的文艺现象，文艺评论也是杂语喧哗，甚至是莫衷一是。以上的"乱局"势必会引发业界和普通受众的隐忧：文艺向何处去？文艺评论在哪里？文艺评论还能不能发挥引领和匡正的作用？这些问题沉重地敲击着评论界人士的心，使人不安，甚至令人汗颜。然而，文艺领域在大多数的时候都不会是死水一潭，而往往是波涛汹涌，尤其是在高速发展的状态之下，更不可能风平浪静、澄澈透明。当下的文艺评论"泛化"趋势明显，我们应该注意到不利的一面，也应该敏锐地发现有利的一面。

本着对发展着的事物的辩证眼光，我们来观察当下的文艺评论，会发现它正与文艺创作领域所发生的事态大体一致，它也呈现了喜忧参半的业态新景象，即其中既有新颖的一面，也有庸俗的另一面。当下的文艺评论是否处于低谷状态？对此问题的回答显然是否定的。关键在于我们从什么样的角度来切入分析当下的文艺评论状况。如果从传统的以报纸、文艺杂志或学术期刊上的文艺批评或评论文章为主导或主流，将其他形式的评论作为其辅助或补充，当然会得出文艺评论处于"下坡路"的结论。当然，即便是发表于传统平面媒体的论文，数量比以往未必见得减少，相反，其数量呈现增长的态势。只不过是增长的势头远比不上文艺创作的丰富状态，更为关键的是，长篇大论的"正襟危坐式"的"布道"，与时下的文艺创作相割裂，跟不上瞬息万变的时势，总是变得"慢半拍"。文艺创作已经发展了，而传统评论还在矜持着未能介入，等到有了对创作风潮的回应时，已时过境迁，难以引起人们的关注。而且其趣味和风格也与新时期的受众口味有"距离"。每日发行的报纸的文艺副刊尚且有脱节之嫌，更何况月刊、双月刊（季刊）的杂志和期刊！如果说文艺评论在学院中尚有生存之地，那也是因为它与学院体系的评价标准有关，学院体系对于文艺评论的认可是取其逻辑性和深刻性，自有其优势和特点，然而长期地与文艺创作之间的"区隔",势必会造成基本上的脱节状态,演变成一种"圈子文化"。

造成这一趋势的根源并非来自单一的因素。其中有学院本身的局限性,有制度上的,例如人事评聘制度改革在一定程度上的滞后;也有观念认识上的,特别是对于新媒介和新事物的认识不足,也没有大刀阔斧地引入新的知识或学术评价体系。还有文艺评论本身的惯性因素,20世纪以来纸媒兴盛时代培养的相对慢条斯理的说理方式也会形成职业习惯和评价标准。再有就是对文艺评论的新业态的复杂性的估计不足。的确,在文艺从创作、传播、接受各个层面都发生了翻天覆地变化的情况下,这也并非文艺评论自身所能主宰和决定的自我命运。说到底,如果说新世纪以来文艺领域发生了翻天覆地的变化,这变化原来是由于经济形态和新信息革命("互联网+")引起的,其变化的深度和广度仍在逐步显现和发展之中,远未能见到它的"终点"。在如此大潮之下,文艺评论岂能"独善其身"?期待一种完整、统一、规范的"引导体"的文艺评论状态在当下是十分困难的。

当然,学院派文艺评论的某种程度的"脱节状态",并非标示着文艺评论自身已处于危机之中。相反,如果我们打开眼界,将散落在网络论坛、社交媒体、电子阅读和专业文艺App等不同平台的评价文艺创作的书写(含电子文本)都看作新时期文艺评论的话,我们的视野一下子就会扩大了,所面对的资料变得极其丰富和广泛,甚至多得令人摸不着头脑。而且,参与文艺评论的人群在数量上也格外地庞大。或者是看过了一部电影,或者是追过一部电视剧,抑或是追看了一本网络小说,受众或读者总是不甘寂寞的,他们纷纷站出来,在十分便利的网络书写环境里,随手在某个平台上留下了自己评价的"话语"。这些话语,大多数是带有强烈感情色彩的情绪宣泄,喜欢的部分就大加赞美,并对与自己不同的意见毫不留情地"开喷";不喜欢的部分就大肆贬低,毫不留情地挞伐,在网络匿名的环境下肆无忌惮地上演"狂欢式"的"对喷"。应该看到，在杂语喧哗的网络环境下，也不乏冷静的以理服人的对文艺作品的评述，有的长篇大论，还能鞭辟入里，有的短小精悍，但妙语连珠，令人捧腹或莞尔一笑。当网络上散落的评论被集中起来之后，就会形成一股舆论倾向，这就演变为文艺作品传播扩散的最有利的助推器，有人称为"病毒式传播"，直接将一部作品推向了"巅峰状态"。这里试举几个例子来说明。

爱奇艺 2015 年年底推出的《太子妃升职记》是一部古装穿越网络剧，起初并没有被人们看好，质量也不高，而且实际上这部剧后来也曾被广电总局下令停播过。它甚至被称为"三无网剧"，非大 IP、没钱、没明星，是名副其实的草根网剧。在 2015 年年末刚刚进入观众视野时，人们只是惊异于该剧制作的粗糙，笑谈其毫无逻辑的情节发展，将其称为"雷剧"。该剧播出时，在另一个屏幕里，受万人瞩目、未播先火的电视剧《芈月传》正式登台唱戏。硬实力的制作班底配合大牌明星，加以媒体宣传造势，似乎重新延续《甄嬛传》的辉煌只是个时间问题。然而后续的发展却超出了人们的意料，这两部看上去实力相差悬殊的影视剧，竟然有可能去争夺当月最具话题性的影视剧的桂冠。而结果——更加出乎意料，以草根网剧《太子妃升职记》实现华丽"逆袭"而告终。《芈月传》是大制作，恨不得通过每一个道具上的雕刻花纹、服装上的刺绣褶皱来晒出他们的精致和大手笔，另一边《太子妃升职记》大大咧咧地秀出演员穿的趿拉板、几块布裹起来做成的衣服和反复使用的有限道具，但就在这天壤之别下，《太子妃升职记》却与同期的《芈月传》相竞争，而且分流出很大一部分年轻的观众，争相评论和传播，形成了一股很大的舆论潮，号称"不看玛丽苏芈月，要看爽雷爽雷的太子妃"。这无疑是利用散碎的文艺评论来制造舆论的生动事例。

回顾《太子妃升职记》火热的全过程，不难观察到其中有一个引导网络文艺评论向网络舆论转向的过程。在《太子妃升职记》还未大红时，被人口口相传的是一个颇具悲剧色彩的称号"最穷剧组"。人们对于该剧组的穷苦津津乐道,"……除了榴莲,最贵的道具就是一台发电机漏电的鼓风机了"。一时类似的言论四起,网络上关于《太子妃升职记》的消息都是围绕着"穷"字展开的。随着该网剧的播出,不知何时忽然笔锋一转,剧组从单纯的"哭穷"演变成一种真切的自白——大意是说,即使在这样凄惨的条件下,我们依然很用心,追求最高的艺术水平。此时的消息有"导演为拍摄一组镜头受伤",或者"戴着绝缘手套使用漏电的机器"等。摄影指导也站出来表态,"因为条件的限制,我就只能把我能做的事情做到最好……低成本我们也要做到极致,创造力与用心才是根本"。这种宛如殉道者一般的艺术精神感动了大量观众。就这样,剧外的话题超过了对于剧本身的讨论,《太子妃升职记》也成功将这样的关注度逐渐转化成了自己的口碑和"粉丝"。然而,人们冷静下来后才大呼"上当"。原来《太子妃升职记》的剧组境遇并没有他们哭诉的那般可怜,正如总监制甘薇所透露的那样,该剧制作成本总计2000万元,相比一些其他只有几十万元成本的网剧来说,已是高不可攀。对于"剧组很穷"的误读反而成就了这部网络剧。这个现象并非偶然,其背后的推手则是《太子妃升职记》的营销团队。一方面,他们通过前几集的试点,根据后台的数据分析观察观众最感兴趣的是哪些话题,然后伺机而动、随机应变,时时刻刻引导着评论的方向。上文所提到的所谓"最穷剧组"正是进行精心筛选后进行包装的概念之一。除此之外,自媒体、微博宣传在这中间也发挥了很大的作用。自媒体的议题设置,微博大V的强力直推,成为其走俏中最关键的一环。不难发现其爆红的"引爆点"是在大量微博大V号、营销大号以及微信公众号评论和宣传之后产生的,值得一提的是,在网络传播中,除了意见领袖外,"水军"也扮演着同样重要的角色。尽管不能分辨出哪些是安排好的,哪些是自发的,可以确定的是,正是在这些真真假假的评论和传播相互作用之下,最终促成了一场"现象级"的传播景观。《太子妃升职记》的运营团队深谙网络剧的特点：互动性、草根性、碎片化。在营销的过程中结合观众需求，巧妙利用新媒体的文艺短评，不断扩大自身优势，最终获得了这样的结果，不由得让人们感慨。

再比如电影《老炮儿》，该剧由管虎执导，冯小刚主演，于2015年年末上映。在奇幻和IP大制作电影甚嚣尘上的2015年市场，这样一部颇具现实主义风格的电影起初也并不被看好。尽管此前该片被选为2015年威尼斯电影节闭幕电影，并于2015年11月20日获得了第52届金马奖的伯爵年度优秀奖，冯小刚也凭借此片获得金马奖最佳男主角，但能否在大陆电影市场上有所斩获仍然是未知数。此前的张艺谋回归现实题材的文艺片《归来》，票房并没有取得预期的结果。然而，《老炮儿》在起初院线排片远远逊于其他影片（《恶棍天使》等）的情况下，靠着其话题性引爆的评论潮，成功逆袭，夺下了同期电影最高票房的桂冠。观众直呼电影《老炮儿》是2015年年底令人热血沸腾的一部片子！"讲究""规矩""礼数"等一系列代表着地道北京腔的专有名词一瞬间刷爆了整个朋友圈，占据了微博热搜的头条，而老北京的江湖传说也重新成为最火热的话题。《老炮儿》之所以具有如此大的话题性，主要原因有以下几点：第一是从审美情绪上看，该电影是一部有血性的京派电影，形成与当下盛行的魔幻、喜剧、爱情等电影类型的审美情绪鲜明的区隔。影片中血性的叙事、血性的人物、血性的解决等构成了电影"血性"的基调。第二是它探讨了当下阶层身份与精神追求的变迁和坚守的问题。该影片的叙事背景是在作为首都的北京，其本身文化的复杂性和多样性，决定了角色身份和精神内核的复杂性。其复杂性的背后则是因为传统与现代的断裂以及东西方文明的碰撞过程中必然呈现的文化现象。第三是因为该部影片通过个性鲜明的人物形象的塑造，触及了当下社会的人性本质。尽管当时在网络上同样出现了很多对《老炮儿》的批评的声音，认为其带有江湖俗气和不够人道，违反现代社会的法律至上原则，等等，但不可否认的是，凭借其掀起的话题风暴，该片收获了不菲的票房。

除以上的例证外，还有电视剧《琅琊榜》《芈月传》《女医明妃传》等，都是充分挖掘潜在的话题，千方百计地激起和引导着文艺评论，借此而营造更大的声势。在这股评论潮之下，很多人、很多行当都被卷了进来。例如随着《琅琊榜》的热播，安徽和山东两省的一些地方争夺起"琅琊"这个地名来。而随着《芈月传》的播出，评论话题竟然溢出了文艺，更多地集中在"超出电视剧以外"的范畴上，例如它的商业模式、历史背景，甚至外延到理财和法律纠纷上。期刊《中国总会计师》里的一篇论文尝试从经济学、理财方法的角度解释芈月一生的成功与辉煌，该文把芈月看成理财计划的配资人，简单分析她是如何把控各类资产，最终获得史无前例的收益率（第一位太后）。

综上所述，我们如果从更宽泛和广义的角度观察，应该可以看到当下的文艺评论几乎是"全民参与式"的，呈现了鲜明的泛化特征。在纷繁与杂乱和情绪激荡之中，那些有着文化艺术素养和冷静说理的评论更为人们重视，获得更大的传播效果。因此，在当下的影视评论领域，出现了一些专业性很强的评论写手，以热门影视作品的风评而谋生，这再正常不过了。而对于当下的文艺评论，是时候从评论主体、评论平台和价值走向等方面进行重新梳理和认识了。

互联网时代艺术的选择

洪兆惠

洪兆惠，辽宁省文史研究馆馆员、辽宁省文联副主席、辽宁省文艺理论家协会主席，中国文艺评论家协会理事。

以互联网为代表的新媒体，对艺术的生存产生了深刻的影响。在互联网的平台上，谁都可以成为艺术家，随时展示自己的作品，艺术不再像以往那样神圣。随着互联网的商业化,为追求利益,什么都可以被冠以艺术之名,很烂的东西会被炒成精品,艺术评价体系崩溃,好坏没了标准。纯粹艺术也借助互联网改变了传播方式,小说散文离开纸质期刊出现在手机、ipad 屏幕里,美术、书法不用挂在美术馆的展板上也能流布世间。媒体不只是传播平台,前卫艺术家用媒介思维,借助媒介语言,创造出新媒体艺术。这就是研究者所说的,新媒体不只是内容的传递者,也是内容的生产者。艺术经历着前所未有的挑战,也面临着空前的机遇。艺术家不可能拉电断网,躲进一隅,不动声色,他们必须做出选择。艺术的选择就是艺术家的选择。艺术家的选择决定了艺术的发展和未来。

艺术家无疑应该顺势而为,提高自己驾驭互联网的能力,分享数字技术和新媒体的红利。利用互联网有效地传播自己的作品,利用数字技术和全新的媒介语言,开拓艺术的表现空间,使自己的艺术作品更具感染力和时代性。如果更新潮一点儿,不妨尝试新媒体艺术的创作,写作的也写写"直播小说",画画的也弄弄感官维度和纯体验,给观众提供另类的沉浸感觉。

艺术家除了这些创新选择之外,还有另外一个重要选择,那就是坚守。坚守艺术的本性,维护艺术与生命的关系,对于当代艺术家来说,这已是当务之急。

这不是小题大做。我们得从互联网、新媒体、数字技术对我们生存的负面影响说起。我们在享用互联网、新媒体、数字技术的红利的同时被改变着、压抑着,甚至被淹没,人变得十分渺小可怜。在全世界利用数字技术改变生活,用大数据创造财富的时候,我们是不是该少一些狂热,多一些冷静,反思一下数字技术、新媒体制造的虚拟世界,给我们带来的负面影响是什么,这个隔在我们与世界之间的虚拟世界,让我们离开事物的本来,离开自然,离开真相,我们生活在仿真中;反思一下在享用数字生活的过程中,人怎样被一步步改造和重塑,人性被一点点遮蔽和抹杀的现实。人不仅变小了，也变得物质了，人比任何时候都渴望物质和欲望的满足，人之身为物役，人之心为形役，人离开原初的简单、纯粹和高贵，变得实用、功利和物质。人不再是自己，不再是自然地活着。冷眼看看这个世界，神圣、正面的价值体系土崩瓦解，朴素、纯真、厚道、善良、博爱等人类美好的品行在日常生活中几乎消失得无影无踪。

我觉得最可怕的还是人的灵性消失。人对自身之外事物的感知能力，对超然世界，对形而上的、无形的东西的感悟能力，是老天赐给我们的天性。在繁星满天的夜晚，我们仰望天空，看着那浩瀚宇宙，我们能不能感受到无限和永恒？有灵性就能感受到，就会从心底生发出敬畏和诗意。若没有灵性，你看到就只有点点光亮，如果说感受到什么，可能会是一片虚无。

人还有另外一种能力，那就是对自身内在生命状态的体悟和觉知能力。现在人的精神被挤压在一个狭小的空间里，人比任何时候都纠结痛苦，可是真正感受到这纠结和痛苦的人有多少？人不再内观自省，人麻木了，即便有痛苦，也是为挣不到大钱，物欲得不到满足而痛苦。有谁为活着的意义和价值而焦虑，那他一定精神不正常，或者是吃饱饭撑得瞎折腾。

这个时候该艺术登场了，就像有人说的这个时代该中国哲学登场了一样。我不是说艺术能够救心，审美能够救世，但艺术就是干这个的，向内心渗透，影响人心是艺术的本分。这也是互联网时代艺术何为的问题。海德格尔在《林中路》中谈到贫困时代诗人何为时说：诗人"必须特别地诗化诗的本质"。在一个只有科学和计算，而没有奇迹和存在感的贫困时代，需要诗和诗人，需要诗人对贫困时代的存在进行诗意的追问，需要诗人用诗"道说神圣"。其实我们也处在一个贫困的时代，人得到无限的享受却失去与生命本能并生的灵性，失去精神生存的理由和信心。失去灵性和精神的人，对万物的领悟能力衰竭，与混沌世界的联系中断，对生命真谛的感悟力淡弱。人需要自救，而自救的一个主要方式就是艺术活动。这个时代太需要真正的艺术活动，太需要真正的艺术家和艺术品了。因为艺术能使灵性觉醒，使生命闪烁出精神光辉。

有人会说，现在是追求物质和享乐的时代，什么灵性、精神、艺术，这些通通被人们束之高阁，或敬而远之。时下网上点赞数最高而被置于最靠上位置的当红作品，肯定是那些能够满足人们娱乐需求的产品，这些产品是媒介与艺术嫁接的产物，生产者为了卖个好价钱，一般也称它为"艺术"，但此"艺术"非彼艺术，它和我们上面说的直通生命内在的艺术不是一回事。无须掩饰，这类"艺术"作品由商业模式操作而成，无论是在泛娱乐旗帜下的游戏，还是满足生命中娱乐需求的虚拟产品，都是作为文化商品在互联网这个大型商场里出售，有明确的物质诉求，追求利益回报，目的就是为了赚钱。利益在哪儿，他们的创作就在哪儿，其产品是趋时的、媚俗的、休闲娱乐的、精神减压的、欲望释放的。生产者利用新媒体的造势功能，培育了一代啃网族的享受和娱乐需求，为他们快餐式的文化产品开拓了广阔的市场。对于接受者而言，这些产品是一次性的，爽了开心了就完事了，不必去想也完全想不起来它叙述了什么，事实上也不需要接受者记住和回味，不需要余音绕梁三日。它给予接受者的体验是感官维度上的，是游戏式的心理快感，让接受者得到的是抚慰和释放。如果我们用心去感受、用生命去触碰这些作品时，哪怕是巨制，也会发现它缺少心的节律，缺少生命的温度，缺少人的灵性和气韵。因为它毕竟不是艺术。与之相比，真正的艺术，是艺术家用心感知世界、感知万物的结果，是艺术家内在生命的外化，是经过生命的浸染，接受它不能只用眼和耳去消费，而且要用心用生命去体认，说白了，欣赏艺术是用心灵感悟心灵，用生命点燃生命的过程。艺术的创造者，没有物质功利，只是想通过创作去体证、显现、安顿生命，创作是他们活着的方式，是他们生命运动的本身。他们作品的传播对象，也自然是那些对自己生命状态关注，对自己内在纠结敏感，对生存困境和精神问题要问个究竟的人。

于是，又引出另外一个无须掩饰的事实，那就是在当前的物质环境中，知道艺术真谛，创造和享用艺术的人很少。人与艺术也有缘分之说，有这种缘分的人，艺术对于他才神圣，才超功利，才不仅仅是好玩娱乐，也不是换取什么的工具，而是灵修、自救，是活着、生存的本身。到了这种境界，艺术才能打开他的经脉，洞彻生命的本来面目。深切了解艺术无用之用，而且又打心里看重艺术无用之用的人要有灵性才行。可是在物欲横流中，很多人灵性消失，感悟机能退化，与艺术的缘分没了，从这个意义上讲，创作和受用真正艺术的人多少不是大众与小众、精英与草根的问题，而是人有没有本质的问题。一个人如果坚守人之所以为人的本质，他便能守住自己的灵性。灵性能让他对万物有感悟能力，能通万物之灵，能体会到与万物息息相通的那种气息，使自己生存于万物的气场中；灵性还能让他对自己的生命状态有感受能力，能自主地体验自己的内在生命，实现内在体悟和觉醒。这样有灵性的人，自然热爱艺术，自然把艺术作为一种信仰。一个人如果认为人的本质是可变的，如今变成以获取利益为最终目的，人成为非本质的人，艺术对于他便没有审美价值，可能仅仅成为娱乐的工具，是消费品，或是谋利的手段。当我们说艺术的纯粹性时，有人会不屑，说艺术的内涵从来就是变化着的。对艺术持这种态度的人，首先他就认为人是可变的，宗教至上时人是上帝的奴仆，意识形态至上时人是政治的工具，今天物质至上了，人必然追求利益，人活着就是为了占有越来越多的物质，享受天下所有的快乐。技术革命确实能改变人的生活，有了电流人就不再用蜡烛了，有了汽轮船人就不再用帆船了。今天的互联网和数字技术也是如此，大大改变了世界的面貌，但是，它们最终改变不了人的本质。对于艺术而言，互联网和数字技术对艺术的影响只是介质层面的，不是有了光学媒介和电子媒介，有了虚拟性、互动性、体验性，画就不是画、小说就不是小说、戏剧就不是戏剧了。人的本性在，艺术的根本就不变。

　　说这些是要强调在大众化娱乐产品借助数字技术疯狂生产，又借助互联网广泛传播的现实面前，需要有人安静下来，回到精神起点，回到现实生存，回到自己的个体生命上，自然平和，不焦不躁，静静地想想艺术在我们的生存中承担着什么，想想艺术和生命的关系；需要有人理性面对娱乐狂欢和虚拟大潮，直面现实生存，体验生命的内在，体验具体的生命在与外界发生关系时的种种反应，真诚面对自己的生存和精神问题，真诚面对自己的内在纠结和灵魂挣扎，并诉诸艺术。从这个意义上讲，对艺术本质的坚守，是一种抵制向壁虚构，抵制浮华立异，回归现实，回归真相，回归生命本然的悲壮行为。最后我想对21世纪的"西西福斯神话"做个实用性应用：在茂密的森林里，一群蚂蚁被粘在一只千年巨蛛编织的蛛网上。别的蚂蚁躺在这坚固的网上感到舒服极了，吹着小风晒着太阳，十分惬意。有一只蚂蚁突然觉悟，不再随大流，用全身力气咬断每一根蛛线，纵身一跳，重重地落在地上。其他蚂蚁惊讶和不屑，咕哝着："真是的，有福不享，干吗要把自己摔死呢？"这个时代需要许许多多的艺术家像那只咬断蛛线的蚂蚁，哪怕摔得粉身碎骨，也要回到养育生命的地上，老老实实地把小说写好，把戏编好，把电影拍好。做这些，可能孤独寒酸，但那是他们分内的事。

创业叙事：从古代传说到新媒体

黄鸣奋

黄鸣奋，厦门大学特聘教授，人文学院中文系博导。主要从事中国古典文论、文艺心理学、网络文化和新媒体艺术理论研究。主持完成国家社科基金课题5项（含重点1项），省部级课题12项；出版个人专著23部、教材1种，发表论文300多篇。

叙事是人类文化传承的重要途径，创业是社会历史发展的强大动力，新媒体是当代观念变迁的有力推手。这三种因素如今汇合成为音调铿锵的新媒体创业叙事。它和传统叙事一样诉诸人们喜好故事的心理，和传统创业叙事一样展示着波澜壮阔的风云际会，同时又具备在现实世界和虚拟世界中振荡交融的特点。如果说创业叙事研究作为当代叙事学的重要分支兴起于 21 世纪初的话，那么新媒体创业叙事研究不仅为之提供了层出不穷的个案，而且成为它通向传播学、信息科学和技术的桥梁，连接新媒体创业理论和实践的纽带。

一 创意社会化：风云际会与创业演变

创意并不局限于个人的思想火花，也不局限于精神产品的酝酿。它通过社会化成为创业的契机。创业在广义上是指创万事之业。对人类而言，它始于将自身从动物界提升出来的进程，其主体、主角是人。不论是将"业"理解为事业、学业、职业、实业、家业，或者是农业、工业、服务业、信息业，甚至是功业、勋业、伟业，创业都和某种人类才有的创造性活动相联系；不论是将与"业"相关的行为定位于开业、结业、营业、停业，或者就业、守业、转业、失业，还是受业、休业、肄业、毕业，"创业"始终居于特殊位置，即逻辑链条的首要环节。没有创业，便无业可言（具体化为无业可开、无业可就、无业可受等），这是不言而喻的。从社会角度看，创业代表了政治、经济、文化领域最重要的位置变动。

（一）政治：从王朝创业到革命创业

在古代汉语中，"创业"最初是指开创王朝基业。汉代张衡《西京赋》："高祖创业，继体承基。"[①] 这一意义上的"创业"是打天下、坐天

---

① （南朝）萧统：《文选》卷二，胡刻本，第 51 页。

下,从揭竿而起、替天行道到"奉天承运"、坐北朝南。乱世英雄起四方,成则为王,败则为寇。创业帝王的登场成为改朝换代的标志。从政治的角度看,王朝创业所带来的最大的变化在于帝系更迭。在实行嫡长子继承制的封建社会中,这意味着最高层官僚群体位置换人,在时间上则帝王位置换人。

历史上的王朝创业情况复杂,既有心腹密谋、宫廷政变,又有登高而呼、荡平天下。往往腥风血雨,冀望柳暗花明。不过,下述历史经验是值得注意的:(1)创业的关键在于审时度势,赢得民心。百姓的拥护远比血统的"高贵"、武器的优势重要。唐代崔植说:"前代创业之君多起自人间,知百姓疾苦。初承丕业,皆能励精思理。"[1] 此言非虚。陈子昂说:"夏商之衰,桀纣昏暴,阴阳乖行,天地震怒,山川鬼神发妖见灾,疾疫大兴,终以灭亡,和之失也。追周文、武创业,诚信忠厚,加于百姓。"[2] 他指出创业者不但要知道百姓疾苦,而且要善待百姓。(2)创业有赖于具备号召力的领袖人物。正如五代杜光庭说:"且创业之君,必资圣德,塞违补过,明德显仁,招怀隐沦,求采瘝病。初有大宝,罕及败亡,盖其励精求理故也。"[3] (3)开国之君的创业总设计,经常是身边的谋士提出来的。至于其实现,有待于文臣、武将等共同努力。这说明了人才的重要性。因此宋代李纲说:"夫治天下者必资于人才,而创业中兴之主所资尤多。"[4] (4)要正确看待创业与守业的关系。孟子说:"君子创业垂统,为可继也。"[5] 尽管如此,开国君主的杰出及其后代的平庸之间往往形成鲜明的对比,以至于有这样的说法:"创业易,守业难。"[6] 究其原因,创业之

---

[1] (五代)刘昫:《旧唐书》卷一百一十九《崔植传》,清乾隆武英殿刻本,第1720页。
[2] (宋)欧阳修:《新唐书》卷一百七《陈子昂传》,清乾隆武英殿刻本,第984页。
[3] (五代)杜光庭:《道德真经广圣义》卷二十四"将取天下章第二十九",明正统道藏本,第158页。
[4] (元)脱脱:《宋史》卷三百五十九《李纲传下》,清乾隆武英殿刻本,第3728页。
[5] 《孟子》卷二"梁惠王章句下",四部丛刊景宋大字本,第17页。
[6] (明)戚继光:《止止堂集·愚愚稿上》"大学经解",清光绪十四年山东书局刻本,第93页。

所以易，很可能是由于有远大抱负引导；守业之所以难，很可能是由于丧失了这种远大抱负。

与王朝创业相比，革命创业的着眼点并非帝王世系的更迭，而是社会体制（如君主制、僭主制、贵族制、寡头制、民主制、暴民制等）的变动。西方"revolution"一词源于天文学，本指星体在轨道上周而复始，后被引申为不同政体之间的流转、循环，以至于概括政治权力或组织结构在短期内因以下犯上而带来的根本变化。西方思想家或将革命理解为实现正义、恢复秩序的行为，或认为它是权力转移的方法、改变现状的途径，或视之为实现社会变革的历史过程。我国古代有"汤武革命，顺乎天而应乎人"的说法，源于神权政治观。① 早在北周静帝大象元年（579）一篇讨伐陈朝的檄文中，就出现了将创业和革命联系起来的说法。《为行军元帅郧国公韦孝宽檄陈文》称："盖闻五精上列，曜魄总其威灵；万国下分，皇王摄其区域。至其创业垂统，革命受终奄有，神州光宅函夏，莫不垂极袭圣，积德累仁。播厚利于人民，建大功于天地。"②

马克思主义认为革命缘于阶级矛盾和社会矛盾的激化，本质上是一个阶级推翻另一个阶级的暴力行动，是人类社会历史发展所不可避免的政治行动。在马克思主义指导下，"革命创业"被作为学术界从阶级斗争的角度分析历史现象的切入点之一。这类论著早在1960年就已经出现。③ 1985年一篇关于美国著名记者史沫特莱报告文学《中国红军在前进》（1934）的评论中谈道："史沫特莱以艺术求实加工的手法，真实而生动，形象又具体地刻画出工农红军领导人物朱德、毛泽东、周恩来、彭德怀、贺龙、叶剑英、邓颖超、康克清等天才的政治家、军事家和无数有名无名的革命

---

① （周）卜商：《子夏易传》卷五下"经典传第五·革卦"，清通志堂经解本，第57页。
② （宋）李昉：《文苑英华》卷六百四十五，明刻本，第4016页。
③ 刘耀：《太平天国革命运动中两类矛盾的斗争》，《吉林大学人文科学学报》1960年第2期，第75—76页．

者奋起有为，组织领导不愿做奴隶的人们起来革命，统率工农子弟兵和人民大众创业开路的事迹……"① 在中国知网所收文献中，这是最早将"大众"与"创业"联系起来的文章，但其含义侧重于政治革命。

（二）经济：从部落创业到大众创业

经济领域的创业始于人类生产活动的专门化，即社会分工的发展。这一意义上的创业早在人猿相揖别的时代就已经开始了，只是我们难以得知对此做出重要贡献的所有历史人物的确切姓名。也许可以这样理解：远古时代的许多创造发明其实是部落成员共同努力的结果，但某些人（特别是作为组织者的部落首领）所起的作用特别显著，因此大家将创造发明系于其名下。例如，在我国，作为中华民族之祖的神农氏同时是农业之祖、医药之祖、商贸之祖、音乐之祖等。相关传说是古代创业叙事的重要内容。

进入文明社会之后，部落为国家所取代。国家就其本质而言是阶级统治的形态与机构，虽然负有处理公共事务的职能，但创业对统治者来说主要含义是政治上而非经济上的。在国民中，创业主体存在草根阶层和精英阶层的分化。草根阶层缺乏系统知识和社会资本，但具有人数众多的优势；精英阶层具备系统知识和社会资本，但人数要少得多。考虑到社会流动的可能性，上述两个阶层完全可能相互转化。一般说来，草根阶层创业在成功率方面低于精英阶层。尽管如此，总还有些平民可能成功创业，正如总还有些精英可能在创业中失败那样。创业成功的平民不仅改变了自己的经济地位，而且改变了自己的阶层属性，得以跻身精英之列。创业失败的精英则可能朝相反的位置转化。现代国家的某些领导人已经认识到引领创业的重要性。例如，新加坡政府 2002 年 9 月公布《创意产业发展战略》报告书，此后又

---

① 袁文、买树榛、袁岳云：《人民军队的建军史话——〈中国红军在前进〉译后》，《西北民族大学学报》（哲学社会科学版）1985 年第 1 期，第 132 页。

设立了"研究、创新及创业理事会",由李显龙总理担任主席。

在我国,随着封建王朝的寿终正寝,大众成为创业的主人公。经历战争和革命的洗礼之后,新中国将经济建设置于社会生活的中心地位,经济意义上的创业焕发出夺目的光彩。从计划经济条件下充满集体主义豪情壮志的劳动英雄,到商品经济下为个人憧憬所引领的体制外拓荒人士,创业的基调虽然有所变化,但创业本身所洋溢的开拓精神却一以贯之。如今,"创业"已经成为我国政府的号召,李克强总理从2014年9月夏季达沃斯论坛以来倡导"大众创业、万众创新"(简称"双创"),获得热烈响应,由此奏出我国当代社会主旋律新乐章。"双创"正在成为我国社会生活中声势浩大的浪潮。它的影响并不只是促进国民经济的增长或适龄人口的就业,而且表现为激励国人捕捉时代机遇,充当引领潮流的先行者。

当前创业创新至少包含以下三个层面:一是在校大学生和其他年轻人组建团队创业,从无到有开辟新路,其结果是大量小微企业问世;二是某些区域或现有企业审时度势,实现转型;三是行业兼并重组,民营企业彼此并购。除经济格局的变动之外,它们所带来的社会影响至少包含以下方面:一是高校教育、社会就业、风险投资等环节相互衔接的时间大为提前,从"双创"项目中涌现出一批具备领导素养、市场意识与号召力的新型人才;二是区域性、企业性二次(或更多次)创业成为常见现象,推动相关政府职能发生变革;三是企业并购造成人力资源重组。

和政治意义上的创业相类似,经济意义上的创业有如下值得注意的历史经验:(1)创业的关键在于把握市场动向、技术条件和资本流动之间的交汇之处,以新的方式更好地满足消费者的需要。(2)创业并非对每个人都适合。更准确地说,如果想成为创业者,就必须准备比别人承担更大的风险,对别人有更大的号召力。(3)单靠个人创业,难以做大做强。因此,应当围绕创业目标,将各有优势的伙伴组织起来。(4)由于市场变化等原因,创业无止境。

（三）文化：从媒体创业到新媒体创业

　　文化意义上的创业首先是指促进了行业创新、带动了行业改造的技术发明。我国古代的四大发明均可为例。指南针开拓了对航行、矿物勘探等有重要意义的定位业，造纸术开拓了对文化传承和传播有重要意义的媒介业，印刷术开拓了机械复制业，火药开拓了军工业。在西方，印刷机、纺织机、蒸汽机等发明都是重要的历史里程碑。近代以来，工业革命对西方创业者来说是大好时机。如今，处在显著位置的创业者有许多是为信息基础设施建设做出重要贡献的科学家和发明家。他们当中有"电子计算机之父"冯·诺依曼、"晶体管之父"肖克利、"集成电路之父"诺依斯与基尔比、"微处理器之父"霍夫、"小型机之父"奥尔森、"大型机之父"布鲁克斯与阿姆达尔、"巨型机之父"克雷、"PC机之父"埃斯特奇、"互联网之父"瑟夫与卡恩、"万维网之父"伯纳斯·李，等等。如果从新媒体具体应用看，有"虚拟现实之父""计算机图形之父"萨瑟兰、"超文本之父""超媒体之父"纳尔逊，等等。

　　新媒体在促进"双创"中发挥了巨大影响，这不仅是因为它通过讲述成功者的故事而倡导敢于担当、为天下先的精神，而且在于它既是新兴产业的重要增长点，又是各行各业弄潮儿彼此交流、凝聚力量的平台。新媒体创业的要旨是捕捉20世纪中叶爆发、至今仍在深入的第五次信息革命的机遇，成为时代的弄潮儿。在信息革命为创业者提供了前所未有的舞台方面，是时势造英雄；在他们以自己的贡献推动了信息革命发展方面，是英雄造时势。如果从产业推广的角度看，要算上"电子游戏机之父""电脑游戏业之父"布什内尔，大名鼎鼎的微软公司、苹果公司、谷歌公司等名牌企业的创办者、经营者，等等。若从艺术工程角度看，"激光打印机之父"斯塔克威瑟因成功开发出影片扫描输入系统而荣获奥斯卡金像奖的"科学与工程奖"（1994），类似的例子还有许多。我国的"激光照排之父"王选、百度公司、阿里巴巴公司、腾讯公司等企业的奠基人和领头人也都是新媒体创业者的代表。

在以计算机为龙头的信息革命深入各行各业的今天,新媒体创业具备格外重要的意义。它拥有创业门槛低、信息传播快、用户群体大、营销手段新等优势,加上国家政策支持,因此形成当前社会关注的热点,达到可观的规模,并引发了就业观念、就业渠道等方面的变革。正如记者蒋燕所说:"一个隐藏在无意中的经济模式,一个等待中的奇思妙想,都会创造一个产业神话。用这些词来形容新媒体并不为过。"[①] 浙江大学王重鸣等研究发现基于互联网的创业研究目前主要集中在三个领域:众筹背景下的创业研究、电商背景下的国际创业、新媒体背景下的创业沟通与认知。互联网情境下的创业活动呈现开放性、无边界性和强互动性等特点。[②]

如今,在新媒体挑战之下,传统媒体面临着重新创业的历史要求。新华网王武彬将传统媒体创业之路概括为三条(2015):(1)内生式增长之路。创业项目没有脱离传统媒体母体,主要借助自有力量推动,围绕原有主营业务开展,以微信公众号和移动客户端为代表。(2)外延式扩张之路。创业项目基本脱离传统媒体母体,主要借助资本力量推动,通过并购、投资等手段快速进入相关领域,以网游业务为代表。(3)虽然还坚守新闻信息服务,但却引入外部资本、成立独立实体、推出全新品牌,如澎湃新闻、界面、并读新闻和热门话题。[③]

人们认识到:先有创意,再有创新及创业,全民创业从全民创意开始;要用创意撬动创业,拉近"创意"到"创业"的距离,让创意"金点子"结出创业"金果子",让创意通过创业走向创富。在这样的背景

[①] 蒋燕:《互力健康传媒的创业之道》,《经济》2007年第8期,第77—78页。
[②] 王重鸣、吴挺:《互联网情境下的创业研究》,《浙江大学学报》2016年第1期,第131—141页。
[③] 王武彬:《传统媒体创业的三条道路》,《中国记者》2015年第8期,第29—30页。

下，人们致力于为创意开路、为创业培土、为创客护航。创博会、创意基地、创意市集、创意产业园、创客空间等新生事物不断涌现。创意教育、创业文化、创新企业相互促进，为创意添翼，为人才助跑，为中国梦助力。

二 创意舆论化：虚实交融与创业叙事

创意通过宣传造势而舆论化，实现从创业到创业叙事的巨大转变。尽管"创业"是个多义词，但透过其不同解释所看到的主要是人们在现实世界的活动。"创业叙事"则将创业由现实层面映射到话语层面，依靠符号化而臻于虚实交融。创业活动是实然的，创业叙事可能是应然、或然的。后者是前者赢得社会认可的重要途径。就表面上看来是被讲述的故事而言，创业叙事是虚化、虚拟甚至是虚构的；就实际上仍然植根于人类在实践领域的活动而言，创业叙事又是实在、实际、实务的。依其主要倾向而言，创业叙事本身可以分为纪实主导型和虚构主导型两大类。前一类的主角实有其人、创业实有其事（这样说并非否定艺术加工的存在），后一类的主角没有其人、创业没有其事（这样说并非否定现实原型的作用），需要予以区别。

（一）创业叙事的文学化

创业叙事具有悠久的历史，包括部族创业、王朝创业、民族创业、企业创业、个人创业等类型。它们都是通过一定的媒体得以传播的。最初的创业叙事只能靠口头流传（如关于燧人氏、神农氏的传说等），其后有了书面形态。以文学为例，在我国，《诗经·大雅》中的叙事诗《生民》《公刘》《绵》《皇矣》《大明》等展示了周族的创业史；《史记》和历代正史都以传记形式载述了创业帝王的生平与事迹。在少数民族中同样流传着创业叙事，如傣族开天辟地的创业史诗，柯尔克孜族艰苦创业的英雄史诗，等等。小说兴起之后，迅速成为创业叙事的重要体裁。例如，百回本

《水浒传》末尾写李俊泛海，为暹罗国主；陈忱《水浒后传》描写梁山好汉的幸存者及其后裔在暹罗国开基创业，等等。清代乾嘉年间出现了新安汪寄以海外创业为题材的《希夷梦》。现代小说史上，穆儒丏创作了歌颂满族英雄的《福昭创业记》，文学巨匠茅盾代表作《子夜》通过资本家吴荪甫企图振兴民族工业的经历再现了半殖民地半封建社会的处境。新中国成立之后，诞生了柳青《创业史》、周立波《山乡巨变》、周而复《上海的早晨》等名作。新时期以来，以创业为题材的长篇小说就有赵韬《白岸》、周大新《第二十幕》、赵香琴《国血》、杜光辉《大车帮》等小说；报告文学有章倩如、陈宝国《缔造大红鹰》等；传记文学有夏仁胜《乡间大道》、刘富道《汉口徽商》等；叙事诗有林继宗《魂系知青》、何小龙《丰碑颂》、李松涛《深山创业》、郭光豹《望乡凤》和《静庵之歌》等。历代非文学类创业叙事见于史传、新闻、墓志等多种文献。印刷术的应用使回忆录之类书籍得以流行。某些现当代报刊还特辟专栏（如《河北电力报副刊》《老电业》等）。

在西方，荷马时代就已经有了创业叙事，例如，《奥德赛》是奴隶主创业精神的赞歌。在近代以来海外扩张历程中，出现了英国笛福歌颂新兴资产阶级冒险创业精神的小说《鲁滨逊漂流记》，澳大利亚格伦维尔反映英国殖民者在澳洲创业经历的《神秘的河流》等作品。至于非文学类创业故事，不仅在各国国内大众媒体作为新闻、史传等广泛传播，而且伴随"美国梦"之类文化观念对外输出。在东西方文化碰撞、交流过程中，出现了美国华裔作家汤亭亭以华人海外创业为题材的《中国佬》、赵健秀以华人参与修建横跨北美大陆的中央太平洋铁路为背景的《唐老亚》等作品，还有常见于各种移民报纸、社团会刊等媒体的非文学类创业故事。就虚实交融的态势而言，文学类创业叙事具备相对明显的虚构性，非文学类创业叙事具备相对明显的纪实性。

如果将新媒体理解为某种历史概念的话，那么，电影、电视分别是19

世纪末 20 世纪初问世的新媒体。影视与创业叙事之间至少存在如下三重关系：（1）影视作为产业是影视工作者施展抱负的广阔天地。中外历史上的影视大亨可以作为注脚，香港的邵逸夫就是如此。（2）影视作为产品是表现创业人生的综合艺术。例如，新中国少数民族电影塑造了女劳模的感人形象，如《草原上的人们》中的萨仁格娃等。又如，影片《共青城》通过羽绒服厂重生的故事诠释艰苦创业的精神，《中国合伙人》以新东方为原型讲述改革开放以来创业者的成功故事，《蔚蔚之歌》礼赞了当代大学生的自主创业精神，《大碗茶》展示了老舍茶馆前身"大碗茶"的创业历程，《从头再来》在讲述海归建筑设计师邓江涛经受挑战的故事中融入了"中国梦"，等等。（3）影视为塑造继之而起的数码媒体创业者形象提供了空间。比如，影片《社交网络》（2010）展示了 Facebook 创始人扎克伯格（Mark Elliot Zuckerberg）的传奇经历，讲述了原本用于"泡妞"的网站成长为互联网帝国的过程；《第五阶层》（2013）涉及多重意义上的叙事和反叙事，主人公阿桑奇（Julian Assange）是神秘的维基解密网站（WikiLeaks）的创办者。

自从与影视结合之后，创业叙事不仅具备了虚实交融的特点，而且呈现影像性、直观性、视听综合性。若以电影和电视相比的话，电视具备更为鲜明的大众媒体属性。正因为如此，它更多诉诸与观众的互动。在我国，电视媒体不仅推出了以中国人民空军 50 年创业史为题材的《壮志凌云》，以广大农民在党中央惠农政策引导下艰苦创业为题材的《火红的日子》，以温州人创业历史为题材的《温州一家人》《温州两家人》，以及《大时代》《奋斗》《创世纪》《情满珠江》《女人不哭》等电视剧，而且通过其他栏目展开创业叙事。可以举出央视经济频道以"励志照亮人生，创业改变命运"为主题的《赢在中国》、军事农业频道以经济服务为定位的《致富经》、东方卫视以创业基金吸引观众参与的国内首档美食真人秀节目《顶级厨师》和财经类真人秀节目《我为创业狂》等为例子。

（二）新媒体创业者进入历史叙事

如果将新媒体理解为数码媒体的话，这一意义上的新媒体创业叙事源于计算机的发明。19 世纪剑桥大学科学家"计算机之父"巴贝奇和其助手"软件之母"洛夫莱斯夫人的事迹至今仍相对局限于业界，相比之下，20 世纪英国数学家、"计算机科学之父""人工智能之父"图灵的传奇人生已经通过获得奥斯卡金像奖的影片《模拟游戏》（2014）广为人知。乔布斯、盖茨、戴尔、扎克伯格等人的创业传奇在全世界不胫而走，在不计其数的粉丝心中树立起偶像地位。从有关互联网拓荒者的历史叙事中，我们得知当今基于数码技术的新媒体几乎从一开始就存在三种不同的价值取向：一是以"超文本之父"纳尔逊为代表的商业化出版系统取向，二是以"鼠标之父"恩格尔巴特为代表的知识共享和协作精神取向，三是以美国国防部高级研究规划署信息处理技术办公室负责人立克里德为代表的"冷战"取向。这些价值取向发挥了长远的影响。

倘若将创业叙事当成一种行为的话，那么，它大致可以分为三种类型，即创业者的自我叙事、他人以创业者为对象的叙事、创业者与他人交互中的叙事（如访谈等）。上述分类对于新媒体创业叙事也是适用的。

将创业者的自我叙事当成他们实为何许人的证据也许未必可靠，但如果从中了解他们愿为何许人、愿人视己为何许人，那么，自我叙事有不可替代的价值。例如，阅读伯纳斯·李的自传，不仅可以知道他如何设计出万维网，[1] 而且可以知道他如何找到了网络设计与一神教的普救论的可比之处。[2]

---

[1] ［美］蒂姆·伯纳斯-李、马克·菲谢蒂：《编织万维网——万维网之父谈万维网的原初设计与最终命运》，张宇宏等译，上海译文出版社 1999 年版，第 65 页。

[2] Berners – Lee, Tim, *The World Wide Web and the "Web of Life"*, http://www.w3.org/People/Berners – Lee/UU.html, 1998.

在我国，也有不少创业者通过叙事介绍自己的人生经历，如由新闻记者"漂亮转身"的年轻企业家许琼林写了《就这样，挺过创业难关》（当代中国出版社2009年版）等。

他人以创业者为对象的叙事中，杰出的IT人才被当作叱咤风云的人物来塑造。只要读过麦达利《世界首富软件之王比尔·盖茨传：从900美元到139亿美元的神奇发迹史》（四川人民出版社1995年版）、薛芳《企鹅凶猛：马化腾的中国功夫》（华文出版社2009年版）、高丽华《软件精英是这样炼成的》（高等教育出版社2010年版）等，就会对此有深刻的感受。我们从谷歌传奇故事中得知当年斯坦福大学研究生佩奇与合作伙伴布尔经历一波三折才找到第一笔风投，开拓了如今大名鼎鼎的谷歌公司的宏业，从"甲骨文"传奇故事中得知世界上最大数据库软件公司老板埃里森总是先为自己树立一个假想敌，然后再将其打倒……

访谈是创业叙事的重要类型。例如，1996年，美国以"内容"为核心的网络电子出版公司的创办者布洛克曼出版了一本描绘赛伯精英风采的书籍，起名为"数码英雄：赛伯精英访谈录"，在标题中使用了"digerati"一词。海南出版社印行的中译本起名为"未来英雄：33位网络时代精英预言未来文明的特质"（1998，译者为汪仲等）。收入此书的人物，既有美国在线的创办人、董事长这样的实业家，也有担任升阳公司爪哇语言软件事业部负责人这样的生物学家、担任电子前锋基金会（亦译电子边疆基金会）法律顾问这样的律师。

以上所举诸例，均属于借助传统媒体得以传播的新媒体创业叙事。虽然讲述的是新媒体创业者（实有其人）的故事，但所依托的仍是书刊、报纸、广播、电视之类前数码时代的媒体。新媒体创业叙事的进一步发展，是通过将数码媒体作为传播平台实现的。

（三）新媒体成为创业叙事手段

与传统媒体相比，作为传播平台的数码媒体在统一编码、资源共享、全球交互等方面具有鲜明的优势。如果说创业叙事在口传时代起步并得以用语音直接传播的话，那么它在书面媒体占主导地位的时代获得了以图文写定并间接传播的条件，在印刷时代享有了大规模机械复制的便利，在电子时代呈现视听综合特征并得以用光速传播，在数码时代融入了全球化、信息经济、第四次工业革命等大趋势，还有创客、自媒体、微艺术等新生事物。新媒体为创业叙事提供了广阔天地，在与传统媒体互动的过程中搭建起强势舆论平台。

当前，新媒体创业叙事的特点主要表现在：（1）以新媒体为手段传播创业叙事。就此而言，新媒体成了创业叙事深入人心的主要渠道。比如，乔布斯辞世之际，其生平事迹在全世界通过数码广播、数码电视、互联网、移动通信等新媒体广泛传播，不仅增进了人们对这位造福千家万户的发明家的了解和尊敬，而且激发了许多人的创业热情。苹果手机、iPad之类数码设备不只是充当接收和阅读相关故事的工具，而且作为乔布斯历史贡献的证据让人信服。（2）以新媒体创业作为叙事技术发展的依托。例如，美国卡耐基·梅隆大学人工智能叙事 Oz 小组项目负责人贝茨 1996 年"下海"，创办了位于匹兹堡的 Zoesis 公司，力求使其研究成果走向产业化。这条路并不那么容易走，贝茨就遭遇了重大挫折。尽管如此，叙事技术毕竟在新媒体推动下获得发展。比如，近年来我国资深互联网企业阿里巴巴进军影视，招聘了不少原谷歌中国的程序员以开发编剧机器人，已推出了内测版本"阿里编编"（alibianbian）。要论编剧速度，它远胜于人工。（3）将创业叙事作为新媒体的内容。现今作为新媒体的微电影与网络剧在这方面与作为其前身的影视一脉相承，但其年龄基点下移到年轻人。下文试以微电影为例加以说明。

早在 1994 年，美国的巴滕与舒尔曼就发明了"微电影"（microcinema）一词，最初指的是他们在旧金山所创立的同名公司（Microcinema）所拍摄的、在地下室而非正规影院放映的作品。如今，这一术语经常指称用价格相对低廉的数码设备拍摄的电影。它们在技术上是 20 世纪七八十年代问世的数码视频（DV）的发展，在体裁上为叙事（包括创业叙事）开拓了新样式。目前，微电影已经是新媒体创业叙事的重要手段：（1）微电影为年轻的影视爱好者（特别是大学生）实现创业梦想铺平了道路。高校微电影制作团队大量涌现，如大连艺术学院的忆梦微影片工作室、北京邮电大学的白菜帮工作室、厦门大学的丁丁工作室等。蔡星、刘波、董松岩、刘晓瑜等电影爱好者通过微电影成为职业影人，圆了创业梦。（2）微电影在表现年轻人创业经历方面发挥了重要作用。例如，福建师范大学硕士姜楠拍了反映"80 后"创业的纪录片《80·传承》，合肥市包河区常青街道、区人社局联合出品以助力大学生创业成功为题材的微电影《梦想花开》，等等。（3）微电影为实现从模拟媒体到数码媒体的经验迁移和技能迁移充当了中介。泉州戏曲等传统艺术将拍摄微电影当成二次创业的契机。诸多企业将拍摄微电影当成树立形象、推广品牌的手段。例如，山东能源枣矿集团柴里煤矿组织微电影团队，把身边的故事讲给更多人听。玫琳凯（中国）在央视 3 套播出以"美丽绽放"为主题的系列微电影，以彰显该公司女性创业基金在云南楚雄州彝绣文化产业示范项目受益人的风采。

微电影在我国的发展得到了政府相关部门及实业界的热情扶植。以此为背景，北京举办了大学生"中国梦"系列微电影拍摄暨征集活动，江西广播电视界组织了"中国梦？创业梦"微电影大赛，山西各高校举办了"创业梦—大学梦"为主题的微电影原创大赛。上海致力于打造中国网络剧微电影创意创业中心。宁夏有了微电影创业基地。各地的文创园会聚了诸多微电影制作团队。微电影自身也在"大众创业、万众创新"的热潮中走向大电影。

在狭义上,创业叙事与叙事创业是相对而言的。叙事成为创业契机,早在传统媒体中就已经屡见不鲜,各种小说刊物、传记刊物,还有《故事会》《故事大王》之类通俗文学刊物等,都可以为证。新媒体的崛起使传播生态大为改变,叙事创业实现了与平台相适应的分流。例如,起点中文网等站点依靠网络文学(主要是小说,特别是篇幅极其巨大的作品)吸引了数以亿计的读者;"糗事百科"等公众号则依靠微段子取得不俗的业绩。在广义上,叙事对于创业、叙事能力对于一切创业者都是很宝贵的。中国科技大学杜晶晶等认为:企业家叙事能力作为处理社会关系的隐性知识实践能力,在创业成功的道路上发挥着重要作用。具体而言,叙事通过将企业已有资源包装成更具吸引力的形式,可以降低潜在投资者与创业者之间的信息不对称性,从而帮助企业家赢得投资者信任,获取企业经营所需资源。对员工而言,组织内的故事创造了回忆,产生了信仰,带来了比其他信息沟通方式更深刻的认同感,从而成为文化构建的有效桥梁。[1] 就此而言,新媒体创业叙事随着"互联网+"的流行迎来了自己的春天。

上文将创业叙事理解为创意舆论化的产物,分析了创业叙事的媒体化、新媒体创业者进入叙事、新媒体成为创业叙事手段等问题。一方面,创业叙事为创意、创新、创业构建舆论场,促进公众对创意、创新、创业的支持和认同。另一方面,创意有助于提升舆论引导水平,创新舆论引导方式,为创业叙事的发展开拓道路。因此,所谓"创业叙事"并不只是有关创业的故事,也不只是围绕创业讲故事,而是一种以创业为要旨、以事件为个案、以对话为沟通的机制。创业叙事的参与者既包括政府部门,又包括企业人士,还有各种中介机构与组织;既包括创业创新的成功者,也

---

[1] 杜晶晶、丁栋虹:《企业家叙事能力、资本获取与创业绩效框架模型研究》,《科技进步与对策》2015年第7期,第78—82页。

包括创业创新的观望者、见习者，甚至还包括创业创新的失败者。它不同于一般意义上的"创业宣传"，不是以口号或标语去包装自己或动员别人，也不是在功利意义上谋求回报，而是一种以亲身经历（或深入了解）的事件作为主要内容对创业甘苦加以交流。当前，"双创"本身存在不少困难和障碍。对年轻人而言，如果说按部就班地当个员工和公务员很可能是一条相对平稳的人生道路的话，那么，创业创新则是责任相当重、风险相当高的选项。很多人为少数在激烈的市场竞争中脱颖而出的偶像所吸引，熟悉盖茨、乔布斯、戴尔、马云等人的成功故事，但对创业创新的艰难准备不足。也许他们能从理论上认识当前"双创"和产业定制化、高端化、差异化的关系，但在具体操作上可能碰到很多困难。就此而言，新媒体创业叙事有益于他们拓展思路、丰富经验，少走弯路。

三　创意学术化：继往开来与创业叙事研究

创意通过反省、深思和抽象走向学术化。创业实践催生了创业叙事，创业叙事反过来又引领创业实践。创业叙事具有"成功者放大效应"，它所传扬的辉煌案例撩动着许多人的"老板梦"，但到头来圆梦者总是少数，梦碎者总是多数。不仅如此，创业叙事还具有"意向性偏光效应"，叙述者总是根据自己的理解、意愿（甚至是利益所在）突出（甚至是歪曲或臆造）成功案例的某些因果关系。如果受叙者不明就里，往往可能因此走弯路。事实上，真正的创业在原创、发明的意义上是不可复制的，能够复制的仅仅是模式、产品、架构等。尽管如此，创业叙事仍可能以"情绪性感染效应"模糊当事人的眼睛，使他们产生"自己也行"的错觉，以为"屌丝逆袭"总能成功，没想到"咸鱼翻身仍是咸鱼"的可能性。正因为存在诸如此类的问题，创业叙事研究势在必行。

(一) 国外的创业叙事研究

英语中的"entrepreneurship"是 1723 年借用法语生成的,兼指创业、创业学和企业家精神。目前,在国外创业研究领域,叙事方法得到越来越多的关注,并被视为一种非常有前景的新方法。"创业叙事"(Entrepreneurial Narrative)已被当成学术范畴,相关成果层出不穷,如多尔芒(Stefan Dormans)《创业城市的叙事理解力:蒂尔堡个案》[①]、刘易斯(Patricia Lewis)《后女性主义与创业:对女性创业叙事中反感的阐释》[②] 等。根据上海对外经贸大学工商管理学院王辉对相关论著的概括,与量化实证研究比较,创业叙事研究具备三个重要特征,即聚焦于个体经验的探究,强调事件、情境和过程的深描,以及追求分析性的理论构建。[③]

在新媒体创业叙事方面,西方学者也进行了不少研究。例如,英国学者坎宁安(Helen Cunningham)的《数码文化:从舞池看》(1998)一文分析了新技术在当代青年亚文化中所起的多重作用。她对于英国舞蹈俱乐部进行参与观察,探索了亚文化体验对年轻人的创造性和创业性活动的影响。她强调同龄人社区的重要性,但也注意到经济因素的影响。[④] 拉德洛(Peter Ludlow)在主编《加密无政府状态、赛伯国家和海盗乌托邦》(2001)一书时指出:在线世界拥有巨大能量和创造性、协同性,虚拟社区是建构新社会和治理结构的实验室,新的超级治理结构会从中涌现出

[①] Dormans, Stefan. Arnoud Lagendijk, "A Narrative Understanding of an Entrepreneurial City: The Case of Tilburg", *The Disoriented State: Shifts in Governmentality, Territoriality and Governance*, Vol. 49 of the series *Environment & Policy*, pp. 161 – 180.

[②] Lewis, Patricia. "Post – Feminism and Entrepreneurship: Interpreting Disgust in a Female Entrepreneurial Narrative", Part of the series *Identity Studies in the Social Sciences*, 2012, pp. 223 – 238.

[③] 王辉:《创业叙事研究:内涵、特征与方法——与实证研究的比较》,《上海对外经贸大学学报》2015 年第 1 期,第 68 – 77 页。

[④] Cunningham, Helen. "Digital Culture – the View from the Dance Floor", In *Digital Diversions: Youth Culture in the Age of Multimedia*, Edited by Julian Sefton – Green. London: UCL Press, 1998, pp. 119 – 137.

来。该书所说的"加密无政府状态"(Crypto Anarchy)指的就是在民族国家和其他传统权力视野之外的创业空间。①

(二) 国内的创业叙事研究

在我国,创业叙事无疑是历史研究的重要切入点。例如,我们可以从红色政权创业史探究南泥湾精神和"延安道路"的关系,可以从创业英雄和战争英雄的形象塑造总结"十七年"文学的特征,等等。不仅如此,"创业"还为叙事研究提出了诸多富有现实意义的课题。以和大学生相关的故事为例,就有在校草根型创业者通过叙事所表露的职业价值观的形成过程,大学生村官通过自媒体讲述个人经历时所表现出来的进取心和职业倦怠的矛盾,在新媒体领域就业的大学生的奋斗过程与马克思主义宏大叙事的关系,等等。

在文学领域,我国创业叙事研究已经取得了诸多宝贵成果。例如,柳青《创业史》是备受瞩目的个案。西北大学邱晓指出:"柳青是把梁生宝当成当代神农和后稷来塑造的。"② 笔者对中国知网的检索表明,在对这部作品的研究方面,狭义的创业叙事聚焦于"农村新人",分析"前英雄"的成长建构,阐述革命政治叙事怎样规训出时代英雄梁生宝,他又是怎样主动接受规训成为拯救者并受到尊敬,阐释梁生宝、梁三老汉、徐改霞等主要人物形象背后所隐藏的潜层文本及其象征意义,以至于对次要人物的命运进行思考,揭示作为主旋律的宏大叙事之外所隐含的女性意识的低语,探讨被思想路线矛盾所遮蔽和悬置的日常家庭生活场景和情感活动,等等。广义的创业叙事则展示了作为背景的乡村社会面貌、土地制度的变

---

① Ludlow, Peter, ed., *Crypto Anarchy, Cyberstates, and Pirate Utopias*. Cambridge, Mass.; London: MIT, 2001.
② 邱晓:《英雄形象和英雄叙事的原型价值——〈创业史〉艺术魅力再探讨》,段建军主编《柳青研究论集》,西北大学出版社2016年版,第176页。

迁、富有权力色彩的政治话语、两条路线斗争、中国这一现代民族国家的历程，等等。论者从叙事的角度分析其"神话"症候，考察叙述与真实的距离，关注作者所流露出的知识分子趣味和叙事个性，通过笔下人物所寄寓的人生观和价值观，从题材的角度将这部小说与其他合作化题材作品（如赵树理《三里湾》等）、涉农题材作品（如新时期路遥小说《平凡的世界》等）进行比较，从传统的角度追溯它与"五四"思潮余韵、"左翼"文学、延安文学影响的关系，从流变的角度分析它与史诗、秘史、秘史性小说（如陈忠实《白鹿原》）等的关系，以及它在不同视角下显示的传奇性、虚构性、真实性、叙事性、修辞性、对话性、伦理性等多重面孔，关注它如何通过描绘同一时空下几组人物思想意识的交锋来表现主题，通过引入历史合理性叙述化解政治话语与民间话语的正面冲突，通过多次修改从民间立场的生活叙事走向宏大的史诗叙事，等等。

传统创业叙事研究所取得的成果无疑值得新媒体创业叙事研究借鉴。例如，前述关于柳青《创业史》的研究就给我们以这样的启示：可以着眼于创业者的成长故事，分析当前主旋律创业叙事如何激发新媒体领域创业创新热情，那些脱颖而出的弄潮儿如何标领风骚，成为新媒体用户（特别是年轻人）的楷模，他们又如何承担起应尽的社会责任；也可以透过那些光鲜亮丽的电商成功故事探索被"好消息"所掩盖的压力、挫折和困难，总结正、反两方面的经验。我们可以透过新媒体创业潮涌动的报道，分析"中国梦"作为国家叙事如何借助新媒体深入人心，思考当前我国迈向小康社会的历史进程；可以比较传统媒体叙事、新媒体叙事之间的区别和联系，考察叙事与事实的距离，分析主体叙事和客位叙事的异同；可以比较上述历史进程在网络小说、网络剧、手机动漫、短信段子、增强现实艺术等不同新媒体样式之间的反映，揭示新媒体的交互性、沉浸性、想象性如何在公众当中产生影响；可以思考新媒体环境下趋于高涨的创业创新热情如何得到应有的保护和恰当的引导，成为壮大综合国力、增进人民福祉的强大动力，等等。

对新时期以来的创业叙事所进行的研究，目前成果相对较少。值得一提的是两篇硕士学位论文：南京师范大学传播学专业汪小星《论转型期媒介对社会群体的形象再造——以"新有产者"媒介形象演变（1992—2004）为例》（倪延年指导，2005）、暨南大学新闻学专业张婷《我国民营企业家媒介形象研究（1978—2013）——以〈广州日报〉为研究样本》（谢毅指导，2014）。前者发现进入新世纪之后，大众/市民媒体对"新富"者的刻板印象被打破，重新书写"创业偶像"，说明普通民众对该阶层的认识产生了巨大的转型。后者表明，《广州日报》中的民营企业家形象经历了从"政策配角"到"经济活动的主体"再到"积极参政议政、个性特征鲜明"的转变。媒介形象的历时变化是新闻框架——"致富能手""创业骄子"到"风云人物"——不断迁移的结果。这两位论文作者都看到了传统媒体在塑造人物形象方面所起的变化。这类研究对于新媒体创业叙事研究也是具备参考价值的。从筚路蓝缕的创业者到功成名就的新有产者，无疑是很大的转变。至于"创业二代"或"富二代"在什么意义上能够继承先辈的精神、事业和产业，不论对传统媒体创业叙事或新媒体创业叙事研究都是值得研究的重要问题。此外，相关研究成果还有中国旅游研究院《"一带一路"的宏观叙事与旅游领域的创业想象之间的关系》等。

当然，创业叙事研究需要有批判眼光。2015年，"新媒体砖家"（网名）总结出互联网创业者讲故事的六大流派，即颠覆者、创始人、梦幻团队、大侦探、拯救者、完美世界。结论是："故事很美好，却骗不了自己"；"讲故事很容易，而创业真的很难"。[①] 2015年8月2日，颜泽在破土工作室的公众号上发表《底层叙事：新工人的创业路为什么如此艰难》，以深圳工人阿生辞职开店卖肠粉失败的故事说明"撑死胆大的，饿死胆小的"之类宣传的脱离实际。他们的看法无疑具备参考价值。

---

① http://diaolong.baijia.baidu.com/article/48577，2016-6-2。

(三) 创业叙事研究的意义

创业叙事研究具备重要的意义。著名经济学家吴敬琏说:"近 30 年来中国向世界经济大国的跃升,无疑是现代世界史上最重要的事件之一。中国崛起这一宏大叙事,是由千百万普通人各不相同的创业故事集合而成的。"[①] 在我国,如今创业不是创业者作为个人的偶然、随意或"任性"的行为,而是牵涉整个社会的系统工程。所涉及的问题至少有:(1) 在人口性需要层面(含生育需要、医疗需要和军事需要),如何看待生育率高低与创业创新的关系?如何为新一轮创业营造良好的人口环境?城镇居民基本医疗保险对家庭创业资产有何影响?医生创业会给医疗体系带来什么改变?如何实施军民结合的创业战略以兼顾发展经济和国防建设?创业公司如何借鉴历代兵法以求存活、制胜?等等。(2) 在经济性需要层面(含生产需要、分配需要和流通需要),如何捕获第四次工业革命所提供的机遇?如何发展战略性新兴产业?创业者如何打破资金瓶颈?如何处理风险投资与创业企业的关系?如何根据市场需求确定创业定位?如何处理创业营销策略与实事求是的矛盾?等等。(3) 在知识性需要层面(含科学需要、教育需要、文化需要),科学研究成果如何通过创业转化为社会应用?如何用科学发展观指导创业环境的优化?应试教育能否适应市场经济条件下的创业需要?如何培养高素质的创业人才?文化环境通过什么样的机制激励与制约创业创新?媒体如何引导创业创新的发展?等等。(4) 在规范性需要方面(含道德需要、礼仪需要、法律需要),如何看待艰苦奋斗的创业精神和"第一桶金"的另类面孔之间的矛盾?如何将道德调整应用于创业行为?如何使节展活动成为创业者风云际会的舞台?礼仪领域本身产生了什么样的创业需要?如何强化创业创新的法律保障?如何运用法律调整创

[①] 吴晓波:《激荡三十年:中国企业 1978—2008》,中信出版社 2014 年版,封底。

业创新所涉及的种种社会关系？（5）在意向型需要层面（含艺术需要、管理需要和政治需要），艺术家如何塑造创业者形象？艺术人才如何在创意产业大显身手？管理者在创业过程中如何不拘一格用人才？创业型企业应当实施什么样的战略管理？政府如何通过政策扶持激励创业创新？如何通过思想政治工作引导创业创新？等等。（6）在反思型需要方面（含哲学需要、史学需要、宗教需要），如何运用马克思主义哲学从思想上指导创业创新？"大众创业、万众创新"的实践又如何丰富了马克思主义哲学？史学界如何为创业者书写他们应有的篇章？创业者如何看待历史领域成王败寇的现象？信仰的力量是否有助于创业？创业企业是否需要"内部宗教"？等等。以上所说的问题从整体上来看属于宏大叙事研究。除此之外，创业领域还有更为细腻、更接地气、和民生关系更密切的小叙事研究，其重点在于创业者的人生命运、小微企业的创业经历等。这两类叙事研究其实息息相通，相互印证，可以为解答和创业叙事相关的问题提供有价值的见解。

在我国，新媒体从业人员目前已经跻身作为执政党统战重点的新阶层。在这些人员当中，新媒体创业者无疑具有举足轻重的影响，马云、马化腾、李彦宏等成名人物就是他们的代表。以其事迹为内容的书籍、文章比比皆是，读者范围早就超过了新媒体领域。与之相比，新媒体领域的创业者更多的是目前还为争取一席之地而奋斗的小字辈。他们有必要诉诸叙事策略为自己所创办的企业构建合理化的身份，增强创业企业获取资源的能力。即使是地位已经确立的新媒体创业者，也有必要通过叙事与粉丝或公众保持必要联系。因此，新媒体创业叙事研究具有重要的实践意义。在理论上，新媒体创业叙事研究有助于阐明移动互联时代创业叙事的特点，对相关作品、文本或个案进行恰当的评价，引导叙述者回应创业者、公众和主管部门从不同角度对创业叙事的关注或质疑。在"大众创业、万众创新"的时代，新媒体创业人才是极其宝贵的社会资源。相关叙事研究一方面可以为他人提供前人既有经验，帮助他们健康成长，另一方面可以将他们的奋斗经历、人生经验变成共享性精神财富，融入整个社会的创新氛围。

　　与传统创业叙事研究相比，新媒体创业叙事研究具备某些特殊的困难。"新媒体创业叙事"若解读为"新媒体＋创业叙事"，是指新媒体所传播的创业叙事；解读为"新媒体创业＋叙事"，是指关于新媒体领域创业的叙事；解读为"新媒体＋创业＋叙事"，是以新媒体通过创业来激励叙事。在第一重意义上，新媒体是远比传统媒体自由、开放的平台，所传播的信息虚虚实实，有许多未经过严格的筛选，这使得以之为载体的创业叙事真伪难辨。在第二重意义上，新媒体创业呈现小众化、分散化、灵活化等趋势，相关实体数量众多，变动频繁，不易统计分析。在第三重意义上，大量自媒体的出现使得叙事总体规模迅速扩大，用户生成内容不断增长，难以全面把握。尽管如此，挑战往往与机遇并存。就此而言，新媒体创业叙事研究仍大有可为。

媒体时代少数民族文化传播的
瓶颈与对策

纳张元

纳张元，彝族，博士，二级教授，硕士生导师。大理大学文学院院长、对外汉语教育学院院长。中国当代少数民族文学研究会副会长，中国少数民族文学学会副秘书长，云南省作家协会副主席，云南省写作学会副会长，中国作家协会会员，中国文艺评论家协会会员，大理州文艺评论家协会主席，云南大学、西南民族大学等七所高校客座教授。中国文联首批

"中国文艺评论基地"首席专家。迄今发表 300 多篇小说、散文和学术论文。

56 个民族 56 枝花，每个民族都有自己源远流长而独具特色的民族文化。在长期的历史进程中，这些民族都对中华民族文化的繁荣和发展做出了贡献。在民族文化传播对国家形象建设和国家发展的意义越来越凸显的大背景下，作为中国文化多样性典型表征的各少数民族文化已经得到越来越多的关注和研究。每一种民族文化就是一个活生生的文化物种，少数民族文化的传播和发展，是全世界民族文化多样性与丰富性的重要体现，成为中国文化"走出去"的重要文化资本。

其实早在 20 世纪五六十年代，中国少数民族文化传播就进入了一个黄金时期。这一时期少数民族题材电影蜚声中外，为那个时代的中国观众乃至世界观众所喜爱。其中有表现新中国成立后人民当家做主、反抗压迫、团结奋斗、追求进步的少数民族题材电影，如新中国第一部少数民族题材且由毛泽东亲自题写片名的故事片《内蒙古人民的胜利》，此后，由玛拉沁夫编剧、徐韬导演的《草原上的人们》，黄宗江编剧、李俊导演的故事片《农奴》等少数民族题材影片相继问世。有进行新旧社会苦难与幸福的对比、表现少数民族群众反抗压迫剥削、追求幸福光明的影片，如《山间铃响马帮来》《阿娜尔罕》《摩雅傣》《达吉和她的父亲》等。有表现外敌入侵时各少数民族团结一致与我人民军队一道浴血奋战在历史烽烟中尽显英雄本色的影片，如《芦笙恋歌》《回民支队》《冰山上的来客》《边寨烽火》等。或者是反映新中国成立后各族人民热火朝天建设社会主义的时代风貌的影片，如《五朵金花》《苗家儿女》《绿洲凯歌》等。还有很多是改编自各民族民间神话故事传说的影片。如《阿诗玛》《刘三姐》都是大家耳熟能详的影片。这些民间神话故事传说，不仅流传甚广、为广大人民群众所熟知，而且经过一代又一代民间艺人和人民群众的加工完善，有着很强的思想性和艺术性。改编成电影后,很容易打动观众,赢得市场和观众的青睐。比如,"文化大革命"时为了批判李广田,在云南大学礼堂里放映电影《阿诗玛》,让全校师生一起寻找批判点,结果第二天电影歌曲《马铃儿响来玉鸟唱》唱遍了整个云南大学,这就是艺术的感染力和强烈魅力。再如,《刘三姐》放映后,促成了一股"刘三姐"热,不但《刘三姐》的歌舞天天演,电影中的歌曲《只有山歌敬亲人》也唱遍了广西的旅游景点。

这些影片融合边地风光与民族风情,与时代、地域、民族血脉相连,以特色鲜明、格调清新,包含浓重的地域特色、民族意识的深刻内涵,在新中国电影发展史上留下了光辉的一页,成就了新中国电影的第一次高潮。虽然半个世纪过去了,但当人们翻出这一批老电影的时候,仍然百看不厌、赞不绝口,这就是经典的魅力。

令人遗憾的是,这些经典之作渐渐被封存在了时代的记忆里。21世纪的今天已是一个新媒体时代,少数民族文化的传播渐渐失去了昔日的辉煌。随着全球工业化、信息化的快速发展,新媒体的瞬间性、平面性、碎片性侵入少数民族文化之中,或简化,或同质化,或解构了少数民族文化的形式与内容,使得民族文化在新媒体的各种幌子里被渐渐稀释和替代,传统的特色民族文化传承演变为简单机械的文化符号复制。少数民族文化遭遇了前所未有的冲击与挑战,面临着严重的生存危机。作品深度不够,内容陈旧;传播力度不够,技术滞后;受众关注度不够,反应冷淡已经成为少数民族文化传播的重要瓶颈。我们缺少一支对民族文化进行研究、挖掘、创新的专业队伍;缺少一个代表性的伟大作品将民族文化及形象展示给世界;更缺少对新媒体的全面认知和合理运用。

"新媒体"是一个相对的概念,是报刊、广播、电视等传统媒体以后发展起来的新的媒体形态,包括网络媒体、手机媒体、数字电视等。"新媒体"亦是一个宽泛的概念,利用数字技术、网络技术,通过互联网、宽带局域网、无线通信网、卫星等渠道及电脑、手机、数字电视机等终端，向用户提供信息和娱乐服务的传播形态。具有交互性、超媒体性、超时空性、个性化以及虚拟化等鲜明特性。新媒体时代的到来，为各族人民社会文化生活带来了极大的便利，文化的传播较之20世纪五六十年代有了一些新的特点。

首先，新媒体时代的到来导致信息及传播方式的多元化。20世纪五六十年代人们获取信息的渠道基本围绕着收音机和电影，电影尤其深受广大人民群众喜爱，拥有数量较多的观众群体。新媒体时代的到来改变了单一有限的传播方式，人们获取信息的渠道及传播方式较为多元，样式有互联网、微信、电视、收音机、电影等，传播方式多样，信息来源广泛。

其次，新媒体时代使信息接收者变得多样多元。20世纪五六十年代信息接收群体较为统一固定，新媒体时代改变了人们"齐聚一堂"获取信息的模式，信息来源渠道多样多元，使人们有了更多选择的自主权。人们可以根据年龄、阶层、喜好等选择信息的接收及再传播，这也使得信息传播的覆盖面变窄，较难产生20世纪五六十年代那样覆盖社会各阶层各群体的传播效果。

最后，新媒体时代催生了多元的价值观。审美、审丑、经济利益、名人效应、娱乐至死等都成为催生作品的价值观被凸显出来。

一些地方，民族文化的发展主要追求经济效益，新媒体只是基本的传播途径和手段，推行"文化搭台、经济唱戏"的基本方式，按照"市场标准为主，艺术标准为辅"的原则，发展经济、繁荣文化。新媒体产业发展的基本动力就是满足受众群体的娱乐性需求。因此，民族文化的传承发展不可避免地掺入娱乐性成分。文化消费对传统文化的不断抛弃、淘汰、改变致使民族文化的精神内涵缺少积淀。对民族人物的重塑、对民歌的改编、对民族文化的戏说，都轻率地进行了娱乐化甚至无厘头化，在"娱乐至死"的后现代主义文化思潮影响下，少数民族文化传播陷入了文化消费的窘境。

　　一些创作者的价值观也变得多样多元。部分艺术家缺乏敬业精神，缺乏对生活本质的精准把握能力，缺乏震撼人心的思想深度，民族性和时代性结合不够密切。对民族文化一知半解、生吞活剥、浅尝辄止，为了迎合大众的口味，加入一些莫须有的元素来博取受众猎奇的目光。作品缺乏深厚的生活基础，只有肤浅的概括和展演，没有灌注深厚的情感特质和人文精神，出现很多伪民俗、伪文化，当然无法展现各民族的独特风貌和民族精神，无法为大众高度关注和广泛传播。如表现云南省红河哈尼族彝族自治州少数民族文化的影片《诺玛的十七岁》《花腰新娘》、傣族题材的《青春祭》等影片，这些电影在一定程度上反映了当代少数民族文化，但明显偏离少数民族自身立场，成为无味的纯粹想象和虚拟表达，不免失真。有些作品过于强调高科技、声光电的运用，使得民族特色趋于同化、异化和过度商品化，看得人眼花缭乱却不知所云，如现代大型舞台剧《蝴蝶之梦》《希夷之大理》《勐巴拉娜西》等都存在这种情况，特别是"希夷之大理"这个名字就是不懂少数民族文化的外行人炮制的，在白族语言中就是"死掉的大理"的意思，内行人谁会去取如此荒唐的名字？有些少数民族文艺作品蜻蜓点水、浮光掠影，好像保留了原汁却丧失了原味，活生生的民族风情枯死在创作者手中，当然无法引起大众的兴趣。应该停止对民族风情无休止的展演和不切实际的浪漫想象，关注民族文化在社会进程中的改善与重建。

　　也有一些地方，只看重"名人效应、经济利益"，虽然出现了好的文学作品，但关注不够，传播手段单一，力度也不够。如贵州作家山峰创作的《黔上听香：在最美的地方遇见你》，是中国首部书信体旅游爱情小说。作品通过上海杂志主笔听香和北京音乐人白雾在贵州邂逅的爱情故事，把西江、肇兴、荔波、三都、安顺屯堡等极具特色的贵州景点进行完美串联，以诗情画意的方式，深度诠释了贵州人文景点，描绘了一幅让人叫绝的旅游爱情地图。一些读者因为阅读《黔上听香》踏上了到贵州的旅途，这趟旅程被文学评论界称为"栖息疲惫心灵的诗意旅行"。但这部作品很多人都没有听说过。出现了好的作品，但没有正确的传播价值观作引导，无法产生好的宣传效果，不能不令人遗憾。

综上所述，新媒体时代少数民族文化传播具有了与20世纪五六十年代不同的特点，也为民族文化的传播带来了前所未有的挑战。一些少数民族文化传播因之进入了瓶颈状态，归结起来主要表现为以下几种。

制度瓶颈。制度是一个社会的游戏规则，在整个社会发展过程中起着宏观指导作用。我国传媒体制在改革开放三十多年来已取得了重大的突破和进展，传播业也取得了飞速的发展。但与发达国家相比还是有很多需要改进的地方。机构官僚化、管理方式条文化、法律条规模糊化等还严重地影响着文化的传播和运作，束缚着人们的头脑和手脚。

市场瓶颈。20世纪五六十年代，传播方式的单一为人们接收信息提供了一个潜在的市场，人们在选择信息方面较为被动。新媒体时代，人们对文化产品的需求产生了巨大差异，不同区域、不同收入、不同消费能力、不同文化水平、不同年龄层次的人对文化产品的需求都不统一。这些不统一对文化产品走向市场产生了或多或少的制约作用，一些作品未能及时找准市场定位，遇到了市场瓶颈。

创作瓶颈。好的作品离不开艺术家的加工创作，当前一些创作者价值观出现偏差，在经济和名利的驱动下，创作急于求成，难以静下心来认真挖掘民族文化中的精华和特色内容，片面地用追求排场、造型、颜值、特技等外在的东西代替内容的空洞、乏味。一人实践，群起效之，使当前我国文化创作、传播进入一种追求视觉化的瓶颈状态。

为了有效传播少数民族文化，积极引导大众正确认识多民族文化，促进民族融合，针对少数民族文化传播的瓶颈问题，可以采取以下对策。

第一，在创作方面要形成少数民族自己的文艺家队伍，培养领军人物。

少数民族群众在自己民族传统文化氛围中成长、生活，他们最了解本民族的传统文化，是民族文化天生的传承者。深挖少数民族文化内涵，实现少数民族文化的有效传播，才能使少数民族文化保有不朽的生命与价值。

20世纪50年代初，随着云南全境的逐渐解放，一批军旅作家带着对新生共和国的无限热爱踏上了这片神奇而富饶的土地，他们翻越高山，穿过丛林，人背马驮，溜索过江，吃百家饭，睡牛棚马厩。一边宣传党的政策，一边发展生产，描绘了西南边陲的美丽风光和浪漫民俗，他们满含深情地注视着这块热土上发生的种种变革，满腔热情讴歌边疆军民团结和各民族团结以及他们共同对敌、稳定边疆、巩固边防的斗争。作家从云南民族民间文学中汲取营养，以自己独特的视角从中采撷最富民族文化内涵的亮点进行创作。

同时，云南各民族优秀作家在党的光辉照耀下迅速成长起来，新时代的热浪激发了他们的创作热情，丰富多彩的传统文化、民族生活让他们如痴如醉，他们满怀激情地进行整理、改编和创作，歌颂这个时代的变迁和各族人民翻身得解放的新生活。丰富了少数民族文艺的意义构成，再现了少数民族所固守的生命态度与审美情怀。作品中那一幅幅渗透了时代色彩的优美的风景画和生动的风俗画，正是民族精神与时代精神相统一的表现。少数民族艺术家应该致力于少数民族的风土人情创作，担当起自己文化的宣传大使，用正确的方式宣传自己的文化，培养民族文艺家，培养领军人物，更要培养自己的民族自豪感。

第二，艺术家的创作要推陈出新，打造民族文艺品牌，彰显品牌特色。

民族文化的本质就是特色，没有特色的文化是无法展现魅力的。具有差异性和观赏性的民族文化和民俗风情才能使想要充分体验异质文化的受众产生文化震撼。对少数民族文化的传播应本着有传承才会有稳定；有调适才会有发展的主旨。艺术家要着眼于人生经验的提炼，沉着于生命意义的深思，在思想领域和艺术天地不断拓展，在内容上更注重追求作品的艺术质量。在创作手法上推陈出新，求新求变，不断继承、借鉴与创新，不断超越自我。展现活态文化，营造真实生动的民族文化氛围，不要让鲜活的民族文化变形走样。力避民族文化传播的模式化、趋同化和庸俗化。

艺术家要深入生活才能有独到的发现。《五朵金花》中因为白族确实把女孩子称为"金花"，所以为误会提供了真实的生活基础，才有了《五朵金花》中曲折动人、悬念迭生的故事。白族人民认可了真实反映自己民族风貌的电影，并掀起了"向金花学习"的运动，甚至把"五朵金花"雕塑群像赫然立于城市中心的文化广场。以至于一个北京的小伙子看了《五朵金花》后心生向往，到云南来找金花，最后终于找到了一个姓金的大理女孩子，喜结连理。由此可见当年的民族文化传播多么深入人心。"金花""阿鹏"已成为白族文化的品牌，可是，几十年过去了，直到今天依然是"五朵金花""风花雪月"，缺乏创新。

有人说创新就要改变，变了就不是原汁原味的了。可完全由公司运作、市场化经营的《云南映像》成了保护云南少数民族歌舞艺术的一个重要品牌。《云南映像》的灵感源于寻求对本土文化的保护之路。1997年，出品人云南山林文化发展有限公司的荆林与来自中央乐团的作曲家田丰创办了云南少数民族文化传习馆，开始收集和整理云南少数民族的歌舞。2001年，荆林又与杨丽萍合作，由杨丽萍负责将这些歌舞元素整合到舞台上，形成一台完整的歌舞表演。在对外传播过程中，杨丽萍对民族舞蹈做出适当的调整和更新，尊重舞蹈的规律，尊重美的原则，让其更多地体现人类共同的审美默契，并得到了世界范围的认可。在惧怕"变味"的专家面前，杨丽萍正是通过"变"来拓展了舞蹈的生存空间，她用成功的艺术实践表明发展才是最好的保护，全球化并不会取代民族艺术的生存空间。

第三，制度方面做好舆论引导工作，建设和谐文化交流环境。

新媒体的媒体属性以及其强大的舆论形成能力和意识形态导向潜力，使得对大众舆论进行有效和科学的管理成为必须重视的问题。现在的正面引导和有效监管还远远不够。比如说王蒙描写新疆各民族人民生活的长篇小说《这边风景》写于"文化大革命"时期，因为历史的原因一直没能发表，在尘封了40年之后，在2013年才第一次出版，2015年获得第九届茅盾文学奖。《这边风景》反映了汉族、维吾尔族人民在特殊的历史背景下的真实生活，以及两族人民的相互理解与友爱共处，带有沉重的历史分量，独具新疆风情，获得广大读者和评论家的认可。在大学课堂中讨论这部作品时，大学生说，读了这部作品才知道新疆的维吾尔族和汉族也相处得很好嘛，并不像网络上传播的那样恐怖。由此可见许多人对多民族文化的交流与传播认识不足，存在偏见。

正确的舆论导向能够为少数民族文化交流营造健康、有序、和谐的网络环境，使文化交流向积极的方向发展，实现增进各民族间相互了解、信任、和谐发展的目标。少数民族文化传播就是一种以少数民族成员为核心载体所进行的纵向传播活动，是对信息的历时性分享与传递，同时通过文化的传承保证了少数民族群体的凝聚力，促使少数民族社会秩序保持稳定。从发展的眼光看，传承是少数民族文化发展的内在要求，也是民族文化延续的必然途径。只有通过传播与传承才能有效化解冲突，维系多民族群体的稳定与团结。

第四，积极探索新媒体时代少数民族文化传播的新渠道。

随着新媒体时代的到来及其日新月异的发展，更需对民族文化的传承和发展形成民族自觉。少数民族文化的发展与进步离不开传播手段与传播媒介的发展与更新。新媒体在给少数民族文化传播带来冲击的同时，也为少数民族文化的发展与创新提供了新的渠道。新的媒介传播方式在民族文化传播空间的生成和演变方面发挥重要作用，形成跨越各个民族的跨文化传播空间。

首先，新媒体传播突破时间空间限制，大大缩短了信息交互传播的时间，甚至实现了信息的"零时间"传播，民族文化传播易形成风潮。2015年1月，习近平主席来到大理，进入千年白族村古生村，官方媒体都还没有报道，大理人民都知道了，交通管制到哪一段了，手机微信里时时刷新。大理人民知道了，地球人都知道了，因为微信的标志就是一个地球。然后地球人都到古生村来了，在习主席坐过的凳子上坐一坐，在习主席站过的洱海边拍张照。当我们利用新媒体的平台进行少数民族文化传播时，可短时间内形成"民族风潮"，传播力度更强，辐射范围更广。

其次，少数民族文化在新媒体产业链上的开发有着巨大潜力，它不仅包括少数民族图书出版、民族服装、民族玩具等传统产业的网上营销，也包括与民族生活各方面密切相关的动漫设计、网络游戏、3D影像、视频展演等创意产业。如果能够充分挖掘新媒体产业与少数民族文化特色的契合之点，不仅可促进民族文化的有效传播，且可通过新媒体吸引更多的受众群体，进一步带来少数民族地区旅游业的发展。伴随着《木府风云》的热播以及微博、微信、贴吧、论坛等新媒体形式的传播，丽江旅游一片欣欣向荣，自从《心花路放》上映，大理旅游持续升温。

第五，少数民族文化传播要坚持弘扬主旋律，保证作品的生命力。

少数民族文化的传播要树立正确的价值观，坚持弘扬主旋律，坚决摒弃经济至上，娱乐至上的观念，传播真、善、美，树立良好的思想观念和道德情操。《五朵金花》《阿诗玛》《刘三姐》等之所以成为民族文化的一张名片，与其坚持弘扬追求事业的热火朝天及人与人之间纯真美好的情义的主旋律分不开。无论时光如何流逝，只有真、善、美的东西经得起时间的考验，具有历久弥新的生命力。

文以载道、文以化人，这是文艺的使命。文艺所承载的"道"，就是社会主义核心价值观，就是中国精神，这是社会主义文艺的灵魂。习近平总书记在讲话中对文艺在培育和弘扬核心价值观方面的独特作用作出了深刻阐述，要求我们把爱国主义作为文艺创作的主旋律，引导人民树立和坚持正确的历史观、民族观、国家观、文化观。讲话旗帜鲜明地校正了文艺的价值观，"文艺不能在市场经济大潮中迷失了方向，不能在为什么人的问题上发生偏差，文艺不能当市场的奴隶，不能沾满铜臭气"。"必须把创作生产优秀作品作为文艺的中心环节"，要用"历史的、人民的、艺术的、美学的观点评判和鉴赏作品"。文化建设和传播要真正把服务群众同教育引导群众结合起来，把满足需求同提高素养结合起来。要积极主动挖掘中华民族的丰厚历史资源、文化资源和思想资源，继承创新中华优秀传统文化，坚守中华文化立场，传承中华文化基因，展现中华传统美学的审美风范，弘扬文化精神，让中华文化的血脉薪火相传，焕发更加蓬勃的生命力。

第六，少数民族文化的传播要找准特定历史时期受众的需求亮点。

一部文艺作品，要产生积极的社会效应，离不开对特定历史时期受众需求的准确把握。电影《庐山恋》在20世纪80年代获得了极大成功，源于作品对那一时代大众文化需求的精准把握。刚从"文化大革命"过来的人们，婚恋方面摆脱了组织介绍、媒人牵线的影响，渴望树立自由恋爱的风气，电影恰好在这时候反映了大众的需求，说出了人们想说又不敢说的话，从而获得了成功。我国民族种类众多，不同少数民族的历史与政治发展路径不同，各个民族的饮食文化、居住文化、婚姻文化等也都各不相同，并且极具民族特色，许多文化都包含很多原生态元素，这些民族文化都深刻地影响着民族创作者的写作个性与特点。作家在进行创作的过程中，因为这些民族文化的影响，也让作品的语言风格、情节内容等都具有各个民族自己的特色，让作品充满了吸引力，具有高度的可读性。但是，因为某些评论家不熟悉各少数民族的生活而导致的文化隔膜，使部分少数民族题材的文学作品被误读以及文学批评的错位，甚至出现张冠李戴，用此民族的文化尺度去解释彼民族的文化现象。习近平强调，人民是文艺创作的源头活水，一旦离开人民，文艺就会变成无根的浮萍、无病的呻吟、无魂的躯壳。能不能搞出优秀作品，最根本地决定于是否能为人民抒写、为人民抒情、为人民抒怀。要虚心向人民学习、向生活学习，从人民的伟大实践和丰富多彩的生活中汲取营养，不断进行生活和艺术的积累，不断进行美的发现和美的创造。因此，不仅作家，评论家也要接地气，也必须要重新回到人民当中去，做一名小学生，亲身体验，向人民学习，学习鲜活的民族文化知识，深入研究丰富多彩的民族文化，才能更好地解读民族文学作品，准确传播民族文化。

第七，少数民族文化的传播要在主旋律与民族文化特色之间找到结合点。

少数民族文化的特色就在于浓郁的民族风情，少数民族文化的创作要在主旋律与民族文化特色之间找准结合点。如《五朵金花》，一方面弘扬真、善、美，另一方面展现了大理优美的自然环境，特色鲜明的民族服饰，多姿多彩的民俗风情，二者结合得恰到好处，将大理白族的生活风貌展现得恰到好处。很多少数民族文艺作品是少数民族文艺家使用本民族的语言文字创作而成的。这些运用本民族语言写成的作品能够更妥帖地表现本民族的风俗传统、思想情感以及思维模式，而且有不少作品堪称精品。但是，少数民族语言属于小范围的用语，这使得不少精品被隔离在汉语文化市场之外，阻碍少数民族文艺作品走向大众。少数民族文艺家不能把视野囿于本民族范畴内，应该突破视野的狭窄与知识结构的单一，用全球化的视角与胸怀来阐述本民族的传奇，用全面而丰富的知识来建构本民族的精神大厦。不能偏离时代去喃喃自语，少数民族艺术家要认识发展变化中的社会，反映深刻的、触及灵魂本质的东西。一个负有责任感充满忧患意识的文艺家应该去关注社会变革和民族文化心理嬗变所引起的阵痛和困顿，在全球化浪潮中看到民族文化走向式微的严峻现实，不仅要反映时代潮流中的少数民族生活的变化，还有由表及里剖析少数民族情感与思维方式的转变，要始终具有一种保存和解读本民族文化的紧迫感和使命感。在全球化的现代语境中，少数民族文艺作品应该加倍坚守地域性、发扬民族性，写出自己鲜明的不可替代的特色，无论低调高调，一定要有腔调。同时，还要突破地域性、民族性，把民族与时代、世界结合，书写民族之痛也是世界之痛，歌唱民族之悦也是世界之悦。

总之，愈是民族的、本土的，愈是根粗叶茂，生气勃勃；反之，则如木之无根，水之无源。事实证明，具有鲜明的民族特点的作品，总是以它内容的独特、形式的新颖吸引着广大受众，并由此得以广泛、长久地流传下去。民族文化传播必须符合时代要求，紧跟新媒体的发展潮流。运用新的技术、方法、手段促进文化自身的发展，不仅要采取大众化、多元化的传播方式，使民族文化最大范围地传播，而且必须回归文化本身，传播民族文化的精华部分，尽可能传播原生态民族文化，使文艺作品有底气、接地气、显灵气、扬正气，既表现为深厚的民族性与本土性，也表现为鲜明的开放性与吸纳性，也让少数民族文艺作品真正入耳、入脑、入心。

网络文学与中国泛娱乐审美

欧阳友权

欧阳友权，文学博士，中南大学文学院二级教授，博士生导师，国家级教学名师，全国模范教师，湖南省作家协会副主席，中国文化品牌研究中心主任，享受国务院政府特殊津贴。第四届鲁迅文学奖和全国宝钢优秀教师奖获得者。主要从事文艺理论、网络文学和文化产业研究。主要社会兼职：国家社科基金项目学科评审组专家，全国网络文学研究会会长，中国文联网络文学委员会副主任，中国作协网络文学委员会副主任，国家网络文学研究基地主任、首席专家，湖南作家研究中心主任，湖南省文艺评论家协会副主席，第八届、第九届茅盾文学奖评委。

一 网络传媒打造文学景观

最新发布的第 38 次中国互联网络发展状况统计报告表明，我国网民规模达 7.1 亿，互联网普及率达 51.7%，网络文学用户为 3.08 亿；手机网民 6.56 亿，其中，手机网络文学用户达 2.81 亿。在今天的大众文化市场上，网络文学、网络音乐、网络自制剧、微电影、网络动漫乃至手机段子、博客和微博文学、微信阅读及各类视频等新兴文艺类型迅速兴起。网络文艺已经改变了我国文艺发展的总体面貌，成为当今文艺大家庭中关注度最高的热点话题。这支源自技术传媒、来自民间和市场的文艺新军，受众广泛，充满活力，对繁荣发展我国的文艺事业发挥了重要作用，为丰富大众的精神文化生活做出了积极贡献。

特别是网络文学，其恒河沙数的作品、庞大的创作族群、数以亿计的网络读者，让中国的网络文学与好莱坞电影、日本动漫、韩国电视剧并称为"世界四大文化奇观"。网络让文学获得了新的活力，网络创作让文学别具姿彩，网络文学让文学重新走进公众的视线，成为网络文化的一道风景，也成为时代文化的一个镜鉴。

于是，巨大的体量和广泛的影响力，使得网络文学不仅仅是一个"网络"的问题，也不仅仅是"文学"的问题，而关涉到我们国家的意识形态和当代文化建设，关涉到网络话语权和新媒体阵地掌控，关涉到大众文化消费、国民阅读和青少年成长，甚至关涉到一个社会的主流价值观建构、文化软实力打造和国家形象传播。在今天，网络文艺已经是治国理政中基层治理、社区治理、社群治理的一个执政基元，它与我们时代的艺术品相、时代风尚、文化引领、人文精神和价值导向直接相关。

二　网络文学存在隐忧

然而，网络文艺声威日隆，却存在大而不强、多而不优以及野蛮生长、好坏并存的问题，存在三个不匹配。

一是数量与质量不匹配。特别是网络文学，数量十分庞大，质量却总体不高，更适于碎片化的大众阅读和快速浏览，与传统的文学相比，"有数量缺质量、有'高原'缺'高峰'"现象显得更为突出，"抄袭模仿、千篇一律、机械化生产、快餐式消费"也不同程度地存在。一个网络写手笔耕不辍，每天可更新数千字，但键盘上的运字如飞能成就"码字儿"高手，未必会产生精品力作。一个文学网站每天收揽百万、千万甚至上亿汉字的原创作品，但是可以沉淀下来、流传开来的文学精品能有多少？我们期待的思想性、艺术性、观赏性的统一，是网络文艺的短板，也应该是网络文艺创作要追求的目标。

二是效益追求与人文审美不匹配。网络文艺市场化程度较高，网络企业的商业模式和文艺创作的经济利益已经成为网络文艺生产的内在驱动力。文学网站遵循市场规律独立经营，自负盈亏，文艺创作成为一种谋生手段抑或致富路径，其所关注的已经不是或者主要不是艺术的高度和人文审美的价值，而是作品的产业链盈利能力。唯点击率、唯收视率、唯发行量、唯票房收入等使得一些网络文艺生产者和经营者甘愿"当市场的奴隶"，"被市场牵着鼻子走"。如何让网络文艺既能在思想上、艺术上取得成功，又能在市场上受到欢迎，一直是个难题。解决好效益追求与人文审美并行、经济效益与社会效益的兼得，引导网络文艺创作者和经营者处理好义利关系，从管理机制上杜绝"见利忘义"和"唯利是图"，对规制网络文艺"人文正向"的价值观至关重要。

三是技术强势与艺术优势不匹配。与传统文学艺术相比，网络文艺的优势首先在于其数字化的技术媒介与传播载体，不过这种优势只有在服务于艺术审美的创作目标时才是有效的,才能体现出来,而时下的一些网络创作并没有很好地利用这一优势,"技术先机"和"程序至要"似乎没有更好地转化为艺术的感染力。计算机网络技术的虚拟自由、跨时空传播、超文本链接、多媒体表达、互动交流、推拉并举式欣赏方式等,似乎并未被作者充分用于网络文艺的审美创新。于是,技术的强势终究没有被转化为艺术的优势和审美的胜势,那些红极一时的网络小说、网络音乐、网剧、微电影、手游或手机段子,尚不足以沉淀为文艺精品或更高的艺术品位,倒是沦为技术复制时代的快餐消费品,"速成即速朽"似乎成为它们摆脱不了的宿命。

故此,网络文学不仅需要重视,更需要扶持和引导。

三 网络文学拉动中国泛娱乐市场

今日的网络文学早已走出网络,以多种文艺形态走向泛娱乐市场。我们知道,网络创作及其经营最早是靠"付费阅读"和下载出版纸质书来盈利的。大概从张艺谋 2010 年拍摄《山楂树之恋》(艾米 2007 年的同名网络小说改编,票房 1.6 亿元)开始,网络文学开始超越单一的"付费阅读"模式,开辟多媒介、全媒体版权转让渠道。2011 年国产电影票房冠军《失恋 33 天》(鲍鲸鲸同名网络小说改编,票房 3.5 亿元),2012 年最火的电视剧《后宫·甄嬛传》(流潋紫同名网络文学小说改编),2013 年国产电影票房冠军《致青春》(票房 7.26 亿元,辛夷坞的网络小说改编),2014 年以来的《何以笙箫默》《花千骨》《琅琊榜》《盗墓笔记》《鬼吹灯》《九层妖塔》《芈月传》《伪装者》《欢乐颂》《亲爱的翻译官》《老九门》《余罪》等炙手可热的影视作品无不来自网络小说,让一大批网络类型小说形成"网上热"与"网下火"的连锁互动效应,极大地繁荣了大众娱乐市场,所谓网络 IP 热,就是这样形成的。

网络 IP 改编的泛娱乐产品火爆市场的原因在于:一是粉丝的力量,热门网络小说的粉丝群效应确保了产业链下游的消费市场；二是媒体的力量，媒介融合巨大的传播力打造娱乐热点，如全版权经营，多业态开发可以整合内容资源、生产过程、跨媒体播放平台，将它们无缝对接，而大数据分析又可以实施精准营销，评估IP的商业回报，降低投资的市场风险；三是资本的力量，文化资本、传媒巨头对娱乐经济的投资提升了IP身价，如BAT（百度、阿里巴巴、腾讯）纷纷进军IP收购与开发，白热化的竞争有助于推进IP延伸品的质量和品牌建设。

四 泛娱乐审美的贡献和局限

从网络IP泛娱乐审美的积极意义上说，其对社会的贡献不容小觑。譬如，在创作的层面上，恒河沙数般的网络作品为大众泛娱乐产品提供了丰沛的故事资源和创意妙想，极大地刺激了国民的娱乐神经，丰富了公众的娱乐审美，满足了小康社会的文化消费。天下霸唱的《鬼吹灯》改编的电影《九层妖塔》成本只有9000万元，票房是6.8亿元。《花千骨》的收视份额达21.74%，爱奇艺视频点播超过50亿次。2014年收视冠军剧《古剑奇谭》，网络总播放量达到150亿次。改编自海晏同名网络小说的《琅琊榜》，豆瓣评分达9.3分，网络视频点击累计超60亿，2015年年底的热播剧《芈月传》，来自蒋胜男的同名网络小说，创下日收视率9.77%的最高纪录（2016年1月4日）。常书欣的《余罪：我的刑侦笔记》、冶文彪的《清明上河图密码》、周浩晖的《邪恶催眠师》、天蚕土豆的《大主宰》、烽火戏诸侯的《雪中悍刀行》、唐七公子的《三生三世十里桃花》等，都已或将从网络小说走向影视、网游等。它们撑起了中国大众娱乐的天空，开启了中国数字化娱乐的新天地。在价值的层面上，基于网络IP的泛娱乐审美创造了文艺、传媒、资本、消费、大众文化"五位一体"互动而共赢的"现象级"时代景观，让娱乐审美生动彰显出文化国情的"图—底"关系，催生了意识形态建设的重要阵地，构成国家文化发展战略的重要一环。而在产业层面上，泛娱乐审美创造的文化经济，不仅为国家贡献了GDP，还为供给侧改革找到了新的经济增长点，开辟了娱乐经济、"粉丝经济"、媒介融合新经济，成为"互联网+"的排头兵。

由网络 IP 热引发的大众文艺泛娱乐审美也存在明显的局限，这主要表现为：第一，争抢网络 IP 会带来泡沫危机。文化公司抢购 IP 太多，将其占为己有，奇货可居，却贪多嚼不烂，自己开发不了，别人又不能开发，势必造成内容资源浪费。并且，网络"IP热"的背后表明了影视等艺术原创力的疲弱，版权转让毕竟只是"克隆"而不是"原创"，靠网络 IP 来支撑影视作品的内容生产，恰恰表明自身的艺术创造能力的不足。2016 年的 IP 电影已经出现"集体哑火"现象，如改编自韩寒小说《长安乱》的 IP 电影《喜乐长安》3 月 25 日悄无声息地上映，又悄无声息地下线，票房最终定格在 184 万元，似乎表明"IP 热"开始降温，人们的认识趋于理性。近日传出广电总局将限制玄幻题材剧的传言，果真如此，囤积网文 IP 的公司将陷入困境。第二，过度的娱乐，会形成从"娱乐至上"到"娱乐唯一"再到"娱乐至死"的审美导向，可能拉低一个时代的审美风尚，经典艺术、文学传统将日渐边缘化，难以得到有效传承。第三，文化资本"利润最大化"的市场陷阱，让功利思维、变现意识借助 IP 包装对真正的艺术审美造成遮蔽和覆盖，将导致文艺精品力作缺失、审美选择的单一和人文精神的旁落。

正在来临的总体性广电危机

孙佳山

孙佳山，中国艺术研究院当代文艺批评中心主任，北京大学国家战略传播研究院专家委员会委员，文化部网络文化审查委员会审查委员，文化部艺术司国家艺术院团演出季特约评论员。

近期，王宝强离婚风波引起了全社会的热议，在某网站上相关话题新闻当天的浏览量就高达7亿，有106篇新闻的阅读量甚至突破了100万。在相关舆情中，有一条新闻引起了一定关注，即王宝强离婚后身价追平吴秀波,每集综艺真人秀的身价不低于200万元,这是什么概念呢?一般一季综艺真人秀大致在十余集,每集录制时间在6小时左右,这也就意味着,王宝强、吴秀波这个级别的明星,参与录制一季综艺真人秀的收入都至少在3000万元左右,也就是在录制过程中每分钟都有上万元的收入。而且这并不是个案,号称《甄嬛传》续集的《如懿传》,两位主演的薪酬就达到了一亿五千万元。演员的薪酬达到电视剧或者电视综艺预算开销的70%,是如今广电行业的家常便饭。

这就是今日中国广电行业令人触目惊心的残酷现实。王宝强、孙俪等这些当红的影视明星自出道以来,其身价都在短短十年左右暴涨了几百倍。那么,明星作为文化工业生产线上的生产要素,其价格为什么会飙涨到如此离谱的境地?电视剧、电视综艺,差不多是新世纪以来我们日常生活中最重要的两种娱乐文化产品,是只要打开电视就能看到的两大娱乐文化形态,然而其近年来为何会遭遇如此荒诞的景象和境地?我们首先做一个史前史的梳理。

一 发展第三产业逻辑下的广电体制改革

1990年4月,亚洲1号卫星的成功发射为中国的广播电视行业开辟了一个崭新的时代。在1992年6月发布的《关于加快发展第三产业的决定》中,广播电视系统同金融业、体育业、旅游业、交通运输业、居民服务业、邮电通信业等一起被列入发展第三产业的重点行业名单中。这就意味着,中国广播电视行业必须和其他第三产业一样,"以产业化为方向",逐步建立起充满活力的"自我发展机制"。而在1996年10月,十四届六中全会通过《关于加强社会主义精神文明建设若干重要问题的决议》之后,广播电视行业在社会经济和文化体制全面深化改革的历史语境下,也被要求"直接参与社会大生产和经济体系的运作"。正是在这条历史脉络的形塑下,整个广播电视行业一步步地被推到了今天的行业格局和生态。随后，全国各省级电视台开始了陆续"上星"的发展历程。从 20 世纪 90 年代开始，中国内地电视观众覆盖人数开始大幅攀升，而这又与日后不断生成的中产阶级群体或者不断被建构的中产阶级趣味出现了很大的重合，这些都为中国电视剧、电视综艺行业延续到今天的发展奠定了坚实的物质性基础。到了 1999 年，所有省级卫视全部完成"上星"，同年广播电视领域也开始实行"制播分离"，也就是包括电视剧、电视综艺在内的相关内容的制作和播映实现逐步切割，并鼓励民营、外资参与其中。

然而，在 20 世纪的最后阶段，任何一个省级电视台"上星"之初，除了必须要投入的几千万元的基础设施建设费外，每年还要支付近千万元的租用费和维护费。此外由于省级卫视"上星"数量的增加，一些大城市如北京、上海等地开始对外地卫视收取百万元的落地费。在那个时代，对于任何一家省级卫视来说，这种投入恐怕都是天文数字。所以，直接决定广告费门槛的收视率，就成为所有刚刚从计划经济体制内走出的"上星"电视台的立台之本，无疑，电视剧、电视综艺成了首选。尤其是电视剧，作为当下最为大众化的文化艺术样式，在新世纪以来的大众文化生产中占据着越来越重要的位置，具有广泛的受众面，尤其是因为电视剧要面对相对多元的社会群体，尤其是中下层的市民观众，使得电视剧的话语场域不仅无法脱离火热的现实生活，更承载着当下普通中国人的历史记忆、情感寄托和文化想象，因此也就更深刻地折射出了当代中国社会文化心理的时代变迁。

正是在这样的时代背景下，早在 2000 年，中国电视剧的总量就超过了一万集。

二 从"4＋×"到"一剧两星"

基于此，当时的广电总局在 20 世纪末 21 世纪初特殊的时代背景下，自 2004 年起，在国内电视剧市场实行"4＋×"的播出模式，即一部电视剧最多在 4 家卫视和 × 家地面频道同时播出，各省卫视和地方电视台通过合力购买热门电视剧剧集来分担成本，减少"上星"电视台的经营压力。这一举措其实开启了新世纪以来中国电视剧的自由竞争时代，在这一阶段，中国电视剧取得了类似 20 世纪八九十年代中国经济 GDP 式的跨越发展，也的的确确出现了一大批经过市场检验的经久不衰的时代精品。到了 2007 年中国电视剧更是拿下了生产数量世界第一、播出数量世界第一、观众数量世界第一的三个世界第一。

只不过，到了 21 世纪的第二个十年，已经推行了近十年之久的中国电视剧的"4 + ×"播出模式，遭到了前所未有的挑战。从新世纪初开始，中国电视剧的自由竞争年代差不多一直延续到 2012 年，到了 2012 年中国电视剧的产量也开始"见顶"，达到了 17000 集。当然，这个周期并不是到 2012 年才彻底终结，从 2007 年开始，新世纪以来中国电视剧的自由竞争周期，逐渐触及它自身的"天花板"，也就是所谓"增长的极限"，产能过剩的问题在那时就已开始出现，在 2012 年的历史大顶之后，这两年的剧集产量一直在回落。

因此广电总局在 2015 年出台"同一部电视剧在每晚黄金时段联播的卫视综合频道不得超过两家，同一部电视剧在卫视综合频道每晚黄金时段的播出不得超过两集"的"一剧两星"政策来调控"4 + ×"政策年代所造成的产能过剩问题。但现实是早在电视剧产量"见顶"后的 2013 年，实际状况已不是 2015 年的"一剧两星"政策能改善的，而是早已变成 65% 的电视剧采用"一剧一星"播放模式。为什么会出现这个现象？因为独播最能保证收视率，从 2013 年开始至今，在收视前十的电视剧中，独播剧始终占据着半壁江山。问题的关键在于，即便是这种事实上的"一剧一星"都没有改变电视剧产品流通渠道不畅的现状，更何谈"一剧两星"？

从 2013 年中国电视剧的整体收视率来看，75% 的电视剧平均收视率低于 0.5% 的及格线。2013 年所有卫视在黄金时段播出的电视剧为 616 部，其中首播的新剧为266部，仅占播出总量的43%。显而易见，在播出渠道有限的情况下，现有电视剧行业已经呈现了严重的供大于求的市场现状。而且，中国电视剧的生产产能在已经高度过剩的同时，真正经得住收视率考验和全社会广泛认可的精品剧集又极度紧缺，严酷的现实充分说明整个行业已经进入高度泡沫的阶段，全行业的警钟已经敲响。

三　产能过剩现状下的行业现实困境

2013年之后，在类似"一剧两星"的惯性下，即便紧俏的精品剧集可以实现独播，也不一定意味着其他剧集会有更多的机会，恰恰相反，全行业的优质资源被进一步垄断。2013年10月20日，广电总局又向各大卫视发文，规定每家卫视每年新引进的综艺模式版权不得超过一个，各大卫视歌唱类节目黄金档最多保留4档，这个文件也被媒体称为继2011年之后的"加强版限娱令"。因此，一线卫视势必进一步加大购买优质电视剧的力度，而且一旦发现真正的优质资源就干脆寻求独播。中国广播电视行业自2013年起，就不得不习惯于面对一个高度垄断的行业生态，在供大于求、产能过剩的行业泡沫下，在可预期的未来，中国电视剧的行业活力还将进一步下降。

例如，在对2014年国产电视剧状况的官方描述中，全国电视剧产量是"总体平稳"，共计生产完成并获准发行的剧目有429部15938集，和2013年大致相当；但实际情况是在很长一段时间里，我国每年能够真正播出的电视剧却只有8000集左右。比如已经出现"一剧一星"的2013年，共播出616部电视剧，其中首播新剧仅为266部，只占黄金段播出总量的43%。这就意味着在这个格局下，大部分年份都有一半左右甚至更多的电视剧会被束之高阁，而且这种渠道格局所产生的结果还在进一步恶化——在2013年收视率突破0.1%的卫视台有18家，2014年则下降到15家，到了2015年只剩下11家左右。我国现有1179家电视台，其中有100家是

"上星"的卫视,在这 100 家的卫视台当中,真正有实力为了一个晚上的收视率,豪掷千万元一集的电视台也还是屈指可数的极少数——面对这种令所有人咋舌的天价,已经有了"卖肾买剧"的全行业哀号。

可见,"4+×"模式所开启的自由竞争时代已经终结。中国电视剧行业在 2013 年就已经触到了增长的"天花板",广电总局自 2015 年以来本欲通过"一剧两星"来释放"4+×"播出模式下的海量电视剧库存,但在收视率和广告收入绑定的纯市场体制下,2013 年、2014 年、2015 年、2016 年的现实告诉我们,直接关乎广告收入的黄金时段的电视剧播出总量不可能有显著增长,尤其是随着"1.5 轮跟播"的出现,恐怕"一剧两星"政策的救市效果只会是杯水车薪,这与当初的美好初衷自然背道而驰。可见,当下中国电视剧生产和播出格局中的产能过剩问题,不可能单纯地通过"一剧 X 星"这种简单的加减方式得以解决。

四 从"剧荒"到"综艺荒"

更为严酷的是,"一剧两星"政策不仅没有有效消化目前海量积压的电视剧剧集,还导致电视收视率的下跌。2015 年上半年的电视剧收视统计数据显示,"一剧两星"这种马太效应不可避免。从 2014 年开始电视剧领域出现的"剧荒",到 2015 年电视综艺所呈现的下滑走势,说明电视综艺的演进路径,不过是中国电视剧在过去十几年里的走势的一个翻版,只不过中国的电视综艺在这三四年的走势是过去中国电视剧的 2 倍或 4 倍的快进版。中国的电视综艺和电视剧一样,都共同深处当前的广电格局生态下,不可能跃出这个生态。

据广电总局公布的相关数据,2015 年第一季度,全国全天的电视开机率只有 12%,较比 2014 年同期下降了 4%;观众收看时间为 156 分钟,无论是同比还是环比,都在减少。而 45 岁以下的年轻观众的电视收看时长正在持续逐年下降,这类观众正在远离传统电视,新媒体在这类观众群中的影响力开始逐年递增。

同样，在2015年第二季度，电视综艺的广告收入在之前的野蛮生长之后也开始下跌。不只是电视综艺的广告收入在下跌，电视广告的总体品牌持有量也已经跌到了5年前的水准，与之相对应的是，近5年来的人均电视收看时长在不断下降，全国的有线电视用户也开始"见顶"。不仅仅是中国，根据《经济学人》杂志公布的数据，在2015年，全球范围内，人们上网的时间史上第一次超过了看电视的时间。上述一系列的数据充分说明，如同人的体检表一样，凡是和现行广电行业的"健康"息息相关的各项指标，全在大幅下降，这说明一个通道性的中长期趋势已经建立起来。

广电总局的"一剧两星"政策，其目的无外乎通过这种加减乘除的方式处理海量的电视剧库存，但是这种方式的效果显然是杯水车薪。中国电视剧产能过剩现象背后的实质，是中国广电行业的文化生产，已经进入整体性的通货紧缩周期。

当今中国广电行业所面对的，是由21世纪以来充分的自由竞争所导致的两极分化问题，这种两极分化深刻地体现在电视剧、电视综艺的生产、分配、交换和消费等各个环节。在这种两极分化的格局下，所有电视剧、电视综艺制作单位都将面临残酷的市场洗牌，每年只有半数左右的新剧、新综艺播出量，意味着除了财大气粗的大公司外，中小规模的制作公司将不再具有生存的土壤，这无疑会降低整个行业的活力，危害整个行业的有机生态。而由于只有一、二线明星参与的大制作剧集和综艺才会有相对稳定的收视率，中小成本剧集和综艺的生存空间也将被进一步压缩，出现能够经得起时代考验的精品剧集和综艺的可能性也因此大大降低。尽管广电总局一再下发文件，限制一线演员的过高薪酬，但在这种行业样态下，必将沦为一纸空文，一线演员甚至可以通过参股的方式，获得实际是投资方身份的更大额度回报，新人出头的概率将越来越小。同样，在这种将收视率和广告收入绑定的现行广电体制下，一、二、三线卫视台的两极分化现象也将更加严重，最后只会剩下 6 家到 8 家有实力播出大制作剧集的卫视台，其他弱势卫视在收视率和广告收入的裹挟下，将最终沦为大制作剧集和综艺的二、三轮播放平台。

结语　顶层设计与未来

经过改革开放三十多年来的不断发展，电视剧、电视综艺几乎已经成为大众文化领域中最为喜闻乐见的文化艺术形态，甚至可以说，在所有的文化艺术形式中，只有电视剧、电视综艺能够最为快捷、全面地在大众文化领域体认和回应这个时代奔涌的精神脉搏。因此，电视剧、电视综艺在当下文化生产体制中，也始终占据着一片相当重要的文化公共空间，在可预期的未来，这个分量还将进一步加重。但是，如果不能在未来十年左右，在文化产业整体上扬的利好窗口期内完成自身的结构调整，中国广电行业产能过剩的现状，势必将从通货膨胀进一步恶化为通货紧缩，中国电视剧、电视综艺行业将灾难性地、极具反讽意味地在文化市场的一片欣欣繁荣中凋敝、衰败。

从 1999 年到现在，经过近 20 年的发展，广电领域所谓的政策结构、顶层设计都面临着很大幅度的整体性调整，今天面临的问题是 1999 年难以预料的。当前无论电视剧、电视综艺，其观看的空间感、节奏感，这些基本的消费习惯、审美习惯，都已经发生了非常大的变化。毫无疑问，历史进入了转折的时刻，传统广电行业的相关政策，甚至整个广电体制都要面临很大的调整，不是简单的一两个政策就能够解决。只有在国家层面对各部委的职能进行重新调整、重新划拨，撤并一些已经不再适应今天社会发展现状的机构，成立一些能够适应市场环境的新机构，通过这种机构关系的理顺，才有可能实现广电行业的大变局。

因此，在 21 世纪的第二个十年，中国广电行业及其背后的制播体制，迫切地需要重新调整顶层设计，仅仅在现行广电体制内通过"一剧×星"

的方式拓宽流通渠道无疑不可能有多少实质性的改变。能否通过有效的政策杠杆扶持二、三线卫视真正后顾无忧地消化海量的库存剧集和综艺，乃至根据自身需要生产符合自身实际状况和区域特点的剧集和综艺？能否海纳百川地将移动互联网时代的全新播放渠道吸纳为中国电视剧、电视综艺的有效出口，乃至允许以视频网站为代表的互联网企业制作的剧集、综艺根据市场需求进入主流卫视？能否充分对韩剧、美剧、英剧和海外综艺模式进行取长补短，真正提升中国电视剧、电视综艺的内在品质，不仅愉悦国内观众，甚至在发展文化产业，提升文化软实力的指导下，在海外市场也占据一席之地？这些来自时代的严峻拷问，无时无刻不在考验着看似一片繁荣的中国广电行业。而对于中国广电行业的管理者而言，能否整合、调节21世纪以来现行广电体制"上星"后十余年所沉积的错综复杂的利益格局，自然也将不可避免地成为一个贯穿"十三五"乃至更远将来的历史命题。

微信影评人与公众号文风

唐宏峰

唐宏峰,北京师范大学艺术与传媒学院副教授。主要研究领域包括艺术理论、视觉文化研究与当代电影批评。

---

* 本文为北京市社科基金项目"北京网络电影文化研究"(项目编号:14WYC049)和中国文联项目"文艺评论热点双月报告"的阶段性研究成果。

我一直关注互联网时代以来的中国电影批评，写过几篇相关文章，这种持续的同一话题的写作能够完成，完全由于对象本身不断发生新变，使得研究者的观察和判断必须随时跟进和更新。随着网络介质的发展，如今的影评人在很大程度上成了"微信影评人"，各类电影公众号繁盛，除了许多公司或团队经营的资讯性大号外，还有一些公号以电影深度评论和专业知识为主，各种关于电影的信息每天通过微信推送，公众号文章在悄悄改变中国影评的面貌，本文将对此进行梳理和分析，提出自己的意见，供方家讨论。

一 微信影评人

在各种相对专门的电影公众号中，有一类偏于电影的深度评论与专业知识，包括各种艺术影片推荐、院线电影评论与打分、导演研究、电影节资讯、访谈、翻译文章、经典电影解析和许多关于电影艺术与历史的知识，比如"虹膜""桃桃淘电影""文慧园路三号""知影""电影山海经""迷影网""后窗"等。在我看来，这批深度评论公众号是电影公众号中最有价值的部分，也是本文讨论的重点，可将其称为影评公众号。

这些影评公众号上的文章通常具有较强的知识性和良好的艺术感受力，是既有网络影评中最有价值的迷影影评在微信中的延伸。它们通常是个人或同人经营，具有鲜明的个人特色，其写作者基本来自既有的优秀网络影评人。我向来强调在评价网络影评的时候，必须看到不同的层面，既有迷影的高端一脉，也有大众的粗砂一脉，两者区别来谈，判断才会准确、妥帖而有效。在我看来，网络影评参与者的核心是具有较高的电影知识、大量观影经验、较好的艺术感受专业或半专业电影评论者、影迷，他们往往拥有稳定的影评平台，持续发布观影评论，虽然这个核心在数量上并不一定是主体，但在精神导向和影评质量上乃是核心，他们通常有很多拥护者，其观点和意见会影响一部分人，他们在网络上有很强的稳定性。

这批人进入微信后，许多成了公众号的主要操作者，优秀的公号文章可以说是迷影影评的代表。迷影影评的外围则是大量上网看影评、偶然发帖、回帖，文字多为短评或者观后感类型，也会有情绪发泄式的文字，同时具有非稳定性和流动性，但这种外围参与者数量上更大，形成网络影评的基本面貌。我认为，评价网络影评必须同时看到这两者，这样才不会以一个笼统的判断来平均衡量对象中差异非常大的不同层面。

从20世纪90年代中后期的欧美艺术电影影迷发展到今天，迷影群体是一群热爱电影艺术、电影技术和电影历史的人群。他们的职业各式各样，包括电影从业人员、媒体从业人员、电影学专业学生、学院电影研究者、IT业白领、理工科研究生等各类，但在网络上进行关于电影的写作，都是占据其生活与工作极大分量的活动。我们以magasa为例来观照中国网络影评人的发展历程与当下现状。magasa原名骆晋，理工科出身，英文很好，具有强大的获取知识和信息的能力，在2013年成为中国第一个被邀请担当戛纳电影节"国际影评人周"评委的影评人，2016年3月又获得了上海影评人奖"电影理论与评论贡献奖"（同获此奖的还有老一辈理论家周传基先生）。他自2000年前后网络兴起以来，在各种网络产品中讨论电影，其经历与网络媒介的发展历程息息相关。早期是BBS和论坛，在南京大学"小百合"论坛开创"第七艺术"版，在水木论坛Movie club版面活跃，与此同时，凭借其丰富的电影知识吸引了第一批"粉丝"。后来在"互联影库"（前时光网）写作和发表文章，并结识了一批志趣相同的影评人。随着博客兴起，magasa开设个人博客写作了大量文章。2005年，他又开设了群体博客Moviegoer——一个关于电影的小众群博，逐渐在影迷群体和电影圈中形成好口碑、高信誉和重要影响。Moviegoer以邀请制挑选作者，而非论坛式的开放制，即并非所有人都可以在上面发言，而只有少数经过筛选的作者才可以发表文章，这些人"首先是一名电影爱好者，其次他们必须在电影艺术及科学的某一方面具备比较专精的知识储备，最后非常重要的是，他们也应该是热衷分享、观念开放、乐于探讨的互联网传播精神的代表人物"[1]。这些人写作的文章具有相当的知识深度和良好的艺术感觉，成为彼时中国网络影评最有价值的文字的集中地。Moviegoer 一直经营到现在，但到 2013 年文章更新已经基本停止。在 Moviegoer 网站发展的同时，随着豆瓣和时光网在同时期（2005、2006）的兴起，magasa 及其同好均在两个网站上建立了账号和个人主页，Moviegoer 也在豆瓣上建立小站，同步发布消息。同时，大旗虎皮与 magasa、Talich、卫西谛等一批网络迷影人发起成立"中文电影百科（电影维基）"（2006 年 12 月正式开放），致力于建立一个独立的、公益的、参与性的中文电影知识信息库。此电影维基在 2013 年式微，被转化为一个以《迷影学刊》为中心的电影学术信息网站。再后来，微博兴起，Moviegoer 群体建立了各自的微博，现在微博已成为他们发布信息与文章的主要平台之一。同时，新的"迷影网"在 2010 年兴起。与作为群体博客的 Moviegoer 相比，迷影网是一个关于电影的综合性网站，包括电影资料、院线评分和翻译、访谈、影评等大量文章，其作者依然是通过邀请制而来。如今迷影网也已式微。在为迷影网写作的同时，magasa 于 2013 年 9 月推出了基于各种移动平台的电子杂志《虹膜》，双周出版，迄今已发行近 70 期，其主要作者成员已成为高端迷影影评的代表。再到微信兴起，"虹膜""迷影网""文慧园路三号"等公众号上线，微信公众号基本取代了此前的网站成为迷影影评人最主要的信息与文章发布渠道。

以上是 magasa 的个人电影文字经历，同时更是中国迷影影评群体的共同经历，从早年的各种论坛，到博客和 Moviegoer，再到豆瓣、时光网、微博和微信，迷影影评一直在发展。这种迷影影评已形成一定可辨识的风貌和稳定的中坚群体，他们包括 magasa、大旗虎皮、奇爱博士、谋杀电视

---

[1] Moviegoer 网站作者介绍，http://www.imoviegoer.net/writer。

机、云中、木卫二、卫西谛、本南丹蒂、LOOK等，他们在各种网络平台上撰写了大量关于电影的历史、艺术与技术的文字，其文章包含良好的趣味、丰富的知识、优秀的艺术感受力和极大的阅片量，可视为中国影评人的代表。大旗虎皮曾这样评价巴赞："……但巴赞与其他迷影人的不同之处在于，他有一种深深埋藏在个人激情背后的'使命感'，我们可以把这种'使命感'看作战后所有为电影而工作的迷影人的代表性气质，巴赞带着扎实的理论储备和非凡的美学修养，拥抱求知若渴的大众，他支持民间放映，积极结交影评人和知识分子，用最平实的语言撰写最深入的文章。"[1] 这种"使命感"也在本文所述的这批迷影影评人身上存在，他们热爱电影，乐于分享，创办网站和杂志，举办讲座、展览，积极引导观众和影迷的口味与眼界，努力建造和培育一种丰盈的电影文化。

如今，迷影影评进入了电影公众号。我们从公号产品"影向标"的作者构成就可以非常清楚地看到这一点。在公众号上，他们介绍欧美新片，评论国产院线，介绍电影艺术与历史知识，讨论伟大的导演、有才华的新人，为影片打分，发布意见，引导观众，中国最有价值的电影批评文字大体集中在这里，中国最热爱电影的人群大体也集中在这里。相比微信之前的网络影评媒介，作为自媒体的公众号更为开放，为更为丰富的迷影文化的培育提供了条件。

从此前的网络媒介到微信公众号，本质的变化是什么呢？以往，网站文章作者基本只是单纯的内容发布者，而微信公众号则首先是一个独立的媒体产品，公众号主人并非纯粹的内容写作者，而是首先作为一名媒体经营者，负责一个完整产品的方方面面，独立构建一个影评媒体的全方位的面貌。这在微信公众号之前是绝难实现的，如今他们或以个人或以同人小团体按照自己的喜好经营着自己的媒介产品，吸引着气味相投的关注用

---

[1] 李洋：《安德烈·巴赞的遗产》，《作家》2007年第5期，第10—14页。

户。从单纯的内容提供者到独立的自媒体经营者，电影公众号在创造更为丰富与多样的迷影文化，但与此同时我也察觉到了由这种转变带来的一些潜在的危险———一种公众号文风正在兴起，它正在带来一些危险，也许并不有利于电影批评的深度发展。而这种危险恰恰来自从内容提供者到媒体经营者的身份转变。

二　公众号文风

我们首先来看一下网络迷影影评文字的基本面貌，以电子刊物《虹膜》和迷影网上的一些文章为例。"提倡用趣味性包裹的知识性。我们希望为读者提供中文世界最具深度和创见的电影文字。"这是《虹膜》对自己的定位，也是 Moviegoer、迷影网和"虹膜"公众号的共同追求，"最"自然未必属实，不过"知识"和"深度"是确凿的。本南丹蒂（吴觉人）《当引力消失以后：郭敬明韩寒电影合论》一文说：

> 《小时代》是纯粹的白日梦电影，它和现实关系远不是通常我们遇到的映射关系。可以说，它在力学上篡改了现实世界。在《小时代》里，充斥着大量的同义反复的镜头段落。这些段落并不构成一种氛围或者风格，因为它们本身是从客观现实中拼凑借调来的。这些段落虽然伪装成情节的一部分，但实际上它们并不是故事的元素。因为这些镜头段落是"非历时性"的，它们摆脱了时间流———叙事电影的天然结构，形成了高度浓缩的"黑洞"。随着（观众的）时间，《小时代》的故事会被这些"黑洞"吞噬。最终它会成为一个最纯粹的广告：关于自身的广告。[1]

---

[1]　本南丹蒂：《当引力消失以后：郭敬明韩寒电影合论》，《虹膜》2014 年下半年合订本，第 59—65 页。

这段论述从镜头和叙事进行分析，道出了《小时代》的虚无本质，体现出作者的很强的艺术直觉与感受力。LOOK（吴李冰）《从〈苏州河〉到〈推拿〉：将爱欲和痛苦"风格化"》一文讨论影片《推拿》，同时联系了娄烨的整个创作历程，在总体上分析其全部作品的基本镜头风格、剪辑手法与处理情绪和故事的特点，同时将娄烨与法国新浪潮导演的关系勾连起来。① 这样的文章显示出作者进行导演研究的能力和对电影语言的准确理解。知识与深度确实是迷影影评的基本追求，根本区别了网络大众影评。许多迷影影评已经与学术论文比较相似，其作者很多都有着电影学的专业学习经历。②

总体说来，优秀的公众号文章延续了如上的风格和质量。奇爱博士曾说，"我理想中公号写作的一种理想形态：借由尽量有趣的风格、行文和途径，为大家普及一些专业内容，让自己的研究心得普及化"。这其实就是前引《虹膜》所说的"趣味性包裹的知识性"。奇爱博士在"文慧园路三号"上发表的一些文章，结合自己对中国早期电影史的研究尤其是电影史料的兴趣，善于将评论对象与电影史上的类似现象结合起来，进行较有深度的挖掘和分析。如他对《西游记》题材拍摄史的梳理，对《高跟鞋先生》的分析，一方面同中国电影史上的易装表演联系起来，另一方面又将其放在酷儿电影系列和坎普（Camp）理论中思考。

这些文章为读者介绍新片、传播影史知识、提供观影意见、赞美佳作、批评烂片、引导创作，是当下中国影评文化中最优秀的一部分。但除

---

① 吴李冰：《从〈苏州河〉到〈推拿〉：将爱欲和痛苦"风格化"》，《外滩画报》2014年11月29日。
② 但区别依然存在，一是迷影影评不会很长，《虹膜》文章最长不会超过5000字；二是迷影影评无须遵守学术论文规范，资料的使用更加随意，即使是电影史、电影理论方面的文章也没有注释，不提供资料的来源、参考的文献，而是直接使用各种材料进行叙述和论证，使得文章更加流畅，判断更直接和清晰，但问题就是不够严谨，并时常混淆已有资料和自己的描述。因此，这些文章可以在各种媒体上出现，包括网络、报纸副刊、文化杂志、电影杂志等，唯独很少出现在学术期刊上。这也是为什么 Moviegoer 群博文章结集《木乃伊防腐指南》一书时，著作权标注的是"编著"而非"著"。

此之外，我也看到一些微小然而重要的转变开始出现。当影评人从单纯的内容写作者变为一个复合的媒体经营者的时候，媒介自身的属性对操作者的强大控制开始显现。当网络影评人们还不能操控媒体，只是提供内容的时候，其写作的媒介适应性并不那么强，而现在一旦成了自主的自媒体人，媒体经营者的身份很快将其拉入适应媒介特性，取媚用户，改变文风的轨道。媒介理论早已告诉我们，媒介不是透明的中介，而会对内容产生偏向。[①] 微信是娱乐产品，公众号也不例外，何况电影有着强烈的娱乐属性。总体说来，公众号文风开始越来越偏于娱乐化（尤其是在更加年轻的影评写作者笔下），而这并不有利于电影批评的深度发展。

第一，微信继承了微文化的"微"传统，篇幅短小，文字有限，便于读者轻松阅读。在微博刚刚兴起的时代，有限的字数控制还让人非常不舒服，感觉表达受限制，而现在，短小已经成为常规，长了反而费劲，写作三五行的比豆腐块还小的评论文字，已经成为影评人最轻车熟路的工作。豆瓣短评就是在微博兴起之后设立的，短评与长评并存是豆瓣的特色，如今短评越来越多，长评越来越少，以往一部热门电影总会有几十篇长评，现在十数篇已经算多的了，而且实际上所谓长评也根本不长，也就是在千字左右。短评在迷影网的"院线评分"得到进一步发展，再到公众号产品"影向标"，众多影评人为院线电影评分，并给出简短评价。与豆瓣上的大量口水短评相比，"影向标"的短评基本是干货浓缩，点透影片的核心问题。此种短评最能彰显迷影影评作为意见提供者的趣味，在浸淫电影史与良好美学修养的基础上，影评人给读者提供自己对电影艺术的理解与偏好。这可以说是影评基本功能与意义的集中体现。

问题是，短评原本应该是一个完整的有着一定长度的评论的精华压缩，短评必须能够展开，写作者必须能够为其判断提供论据，论证的过程

---

① 参见伊尼斯《传播的偏向》，何道宽译，中国人民大学出版社 2003 年版。

可以省略，但不能没有。一句话，短评不能独立存在，它应该随时指向一个有长度的充分而严谨的论证与分析过程（可以没有被写出来，但必须能够被写出来）。而现在，一些短评作者未必可以为自己犀利的语言提供有长度的分析过程。如今影评人短评写得太多了，既然短，就是只有意见与判断，而没有分析和论证，因此意见与判断就容易轻易作出，常现惊人之语。长久写作短评，缺乏有长度的写作，判断与分析就调动不起写作者具备的电影史、电影艺术与更多人文学科的知识，越写越干瘪。最好的短评提供者"影向标"，看多了也会腻，一些作者进入微信平台后主要就是短评、千字文的提供者，这样的媒体写作会废人。

在短评之外，电影公众号上的文章也是越来越短，大体在一两千字，较少三千字以上，那些优秀的影评公号也是如此。文章篇幅有限，意味着内容很难深入，通常是点到为止，很难给出更丰富的辩证的思想。因此，公众号文章资讯性越来越强，深度评论性的内容相对减少。我自然知道批评文章不同于大部头的电影研究著作，但它还是需要一定的体量，以调动电影史、电影艺术和技术的知识乃至更多的人文思想储备，来支撑评论和判断。而现在，我发现那些我所信任的影评人越来越少写作长文了。尽管优秀的公号依然在提供有质量的长文，但越来越多资讯性介绍性的文章，作者用良好的艺术品位为观众介绍好电影，但文章基本停留在"有趣的介绍"上。不是说这样的文章不好——我自己也爱看，并且从中受益，而是说优秀的作者长久提供这样的文章，优秀的作者被长久需求仅生产这样的文章，未必是有益的。

第二，微信前所未有地强调图像化。朋友圈发表默认有图，图像表达比语言文字重要。公众号文章中通常有大量配图，这也直接导致了文字篇幅减小。以图像突出可看性，影评文章中出现大量无关于分析需求的剧照，没有图像分析，而单纯作为装饰，不只综合资讯性的电影公众号如此，本文高度肯定的影评公众号也是如此。装饰性的剧照打断文字阅读，使正在进行的思考分心,都是阻碍文字和论述走向深入的屏障。

在讨论新媒体弊端的时候,人们反复强调"碎片化阅读"的隐忧,我在这里则提出"碎片化写作"的危机,短评、小文章、多配图这些微信媒介的特性,反映到适应于此的写作者那里,伤害是长久的,如今的影评越来越好看,可是这种媒介特性根本上会将"深度性"慢慢推远,尽管现在也许还不明显。资讯性的公号写作,写得快速、写得分散,尽管也有影史梳理、历史知识和细致的影片分析,但总体上却主要体现为信息和知识的累积,而非思想的深入和辩证的思考。

第三,公众号文章已经形成了一种油滑的娱乐文风。公众号作为自媒体,其文章具有一种鲜明的个人特色,并塑造出一种突出的虚拟人格,大部分文章都以一个固定的称呼来自况作为叙述者,以形成与读者之间的亲切的个人化交流的效果。比如"毒舌电影"自称"毒sir","独立鱼电影"自称"鱼叔","文慧园路三号"自称"葛格/妹子",用这样的个性称呼取代"我/我们",马上就将严肃性降低,罩上一层由浪漫狗血韩剧和屌丝式鄙俗网络文化共同编织成的语言风格。这种做法来自网站新闻中的"小编",但具有强烈自媒体属性的微信公众号将这一点发扬光大。公众号文章中常以聊家常开篇:"早就有人说过,这是去年最催泪的一部剧情片,据说是看的人必哭。其实我起先是不太信啦,不过,最近整个人比较容易激动吧,情绪也颇多起伏,之前看剧场版《火影忍者》就感动得一塌糊涂。所以,看这个片子也难免要跟着哭上一场了。"这种口语化声音传达的效果来自漫长的网络聊天历史,并在个人化的自媒体这里达到顶点,形成与读者直接对话的效果,这是微信最终选择和定型下来的风格,由俗而让人感到亲切,进而有效吸引年轻读者。

虚拟人格定调后,文章使用众多网络流行词汇和句式就顺理成章,比如"撕逼大战""文艺骚年""接受无能""配一脸"之类,这在越来越多出现于公众号上的"90后"新锐影评人那里很普遍。在过去的迷影网和

《虹膜》那里很少见这样的语言，但如今出现在了同一影评人群体主持的公众号上。问题是，文风又怎样？文风会影响知识和判断的传达吗？这种语言、风格与自我形象是否会产生内容的偏向？

不同的人自然具有不同的话语风格，magasa 不同于奇爱博士、桃桃林林不同于赛人，但不得不说，一种戏谑、贱萌、啰唆、油滑，充满各种网络流行语的文风正在越来越普遍，不只是词汇与语句，而是腔调。这种文风自然是微信媒介带来的，我们确实是在手机屏幕上最常看到类似的虚拟人格叙述者说出的戏谑、贱萌的话语，这来自微信个人化自媒体的属性，这种属性与用户的娱乐需求相结合，造就了这种油滑的娱乐文风。必须说，这种文风对于电影批评是有害的，它容易将对象娱乐化。同时使形式束缚内容，一种语言风格会倾向于讲述某种内容，文风会产生内容的偏向，戏谑化、贱萌化的表达倾向于讨论商业电影和娱乐大片，会躲避批评的严肃性和批评的难度，这种油滑文风没有办法进行复杂的、有难度的、需要多重限定的和思辨的批评，而只适合简单的确定无疑的判断，并且每当遇到分析的困难，难以黑白分明之时，都会以一句戏谑之言掩盖问题的深入。

我想说，公众号写作某种程度上使电影批评简单化，这是最大的危险。运转良好的公众号需要每日进行推送，对于个人运营者来说，压力是很大的。奇爱博士和桃桃林林都曾就此在文章中表达过这种困难。那么，短、浅和口语化，自然就不可避免，何况还符合媒介特性，受读者欢迎。由表达的惯性带来思维的惯性，公号影评人也许会越来越无法完成思辨的批评。

所有这一切，都是公众号运营者/写作者积极适应于微信社交媒介特性的结果。从内容提供者到媒介运行者，影评人的媒介主体性强大了，具有了更多的传播主动性，却也带来了隐忧。优秀的影评人向来注重独立二字，独立于片方、独立于官方，但却很少具有媒介警惕性，无法独立于媒介市场。我曾经赞颂网络影评人所具有的互联网精神,号召学院派研究者提高网络能力。所谓互联网精神是建立在各种媒介应用技术基础上的一种分享的、参与的、自发的互联网建设与传播精神,是一种积极的媒介素养,而学院派学者在有影响的电影批评中的缺席根本上是由于缺乏这样一种互联网传播精神。李洋曾指出影评人要征服媒体,影评人"必须接受复杂的话语环境,他必须善于利用媒体的特性发出自己的观点,他必须直面网络上扑面而来的话语冲撞和短兵相接",在全媒体时代,影评人"必须放下道德君子的矜持,积极地回应媒体的诉求"。[①]而如今出现了另一种隐忧,即影评人对媒介偏向的顺从。微信公众号倾向于娱乐化写作,这对高质量的电影批评写作是有伤害的。积极使用媒介、善用媒介,同时高度警惕媒介的偏向,与媒介运营身份保持一定的距离,这不容易,但应该做到。

与文学批评相比,电影批评需要写作者与更多的东西保持距离,因为电影具有更高的产业性和娱乐性。电影批评和研究的整体水平与文学批评和研究的整体水平相比是有差距的,当文学批评早已成为一种人文社科知识和思想时,电影批评大率还是单纯的作品评判与审美感受。"作为一种知识形态,而不是仅仅作为我们与艺术的情感遭遇的详细描述,文学批评必须理论化。……超越了直接的诗学反应,而接近他们对自己的文化及其产品所提出的哲学问题。"[②] 克里格所说的批评的理论化,同样适用于电影。电影批评必须勾连起电影史、电影艺术知识甚至更多的人文理论与思想,才具有独立存在的价值,成为一门学问,而非跟随其评论对象一同下线。为媒体而写作,这是电影学科的特性,电影学对媒体写作有着大量的需求,但真若满足于此,作为一门学问与知识的影评就永远不会是那种最

[①] 李洋:《影评人的时代使命》,《电影艺术》2014年第1期,第46—49页。
[②] [美]克里格:《批评旅途:六十年代之后》,李自修等译,中国社会科学出版社1998年版,第226页。

高的智慧。媒体写作与专深研究应该并行，互相滋养，即使是短、平、快的批评文章，其背后也应该是深厚的思想和理论的基础，应该能导向更复杂深入的论述。

我赞赏包括公众号影评在内的网络迷影影评，不论怎样，那些活跃在网络和微信的影评人在生产当代中国最有价值的影评文字，他们的高低就是中国影评的高低。也是因此，爱之深责之切，影评如果离更深广的电影与人文研究越远，离娱乐媒介越近，它就只能越干瘪越无营养。本文讨论了公众号影评的各种积极意义，肯定了其丰盈当代中国迷影文化，但同时也指出了一种危险的苗头——公众号文风，我愿在此冒昧提出，也愿接受对批评的批评。

繁荣与危机：网络时代的小说观察

女 真

女真，本名张颖，毕业于北京大学中文系，编审、一级作家，中国作协会员，中国文艺评论家协会理事。其写作涉猎小说、散文、评论等多种文体，曾获中国图书奖、《小说选刊》年度优秀作品奖、辽宁文学奖等多种奖项。辽宁省文艺理论家协会副主席，省文艺理论研究室主任，《艺术广角》执行主编。

小说的现状，是艺术在网络时代生存的一种样本。

网络时代，小说这种具有悠久历史的文体，影响力丝毫不减——传统纸媒继续刊登出版长中短篇小说；网络小说海量生长、点击率惊人，不断被改编成影视剧等其他艺术门类。在当下社会文化话语体系中，小说占有的份额并不逊色于前互联网时代。

网络为小说提供了更快的发表途径，提供了更加广阔的物理呈现空间。网络也给小说带来更年轻的读者。在网络上，一部小说发表伊始，甚至还没有最后完成，就可能获得海量点击，进而影响小说的走向、结局，这在前互联网时代是无法想象的。手握鼠标完成点击的，大多是伴随互联网成长起来的年轻读者，他们很少阅读书籍、期刊，但不排斥网络小说，甚至可能痴迷其间，成为网络小说铁粉。年轻、新一代读者的加入，为小说的持续繁荣提供了阅读支持。以经济收入而言，今天的网络小说写手，依靠网络点击和影视剧改编权，很多人可以笑傲巴尔扎克。他们的问题是能不能进入作家收入排行榜，而不是还债、生存问题。

但我们应该清醒地看到，网络是一把双刃剑。网络给小说带来了新机遇或者说新的繁荣，同时我们也应该正视繁荣背后潜藏的诸种危机。

首当其冲的，是故事的危机。小说的故事性，在前网络时代，是小说吸引读者的魅力之一。互联网来了，信息空前发达，天下故事尽收作家眼中，也尽收读者眼中。一个小说家，你可能比从前更容易从铺天盖地的新闻中发现故事，找到写作灵感，但如果你对来源于网络而不是自己所历所感的故事进行深入的开掘，没有自己独到的发现和深入阐释，没有让读者在似曾相识的故事背后感受到人性的深度、情感的温度，读者为什么要花费时间看你与网络新闻没有太大区别的文字？也就是说，小说家在更容易找到故事的时候，读者对你阐释故事的能力要求更高了。即使是网络读者，他们也不会永远只关注穿越、盗墓、宫闱、悬疑，他们悬浮于虚拟现实的目光终将重新回归脚下沉甸甸的现实。写现实生活，讲现实故事，无论传统作家还是网络作家,都应该具备这种能力。互联网对小说家讲故事的能力提出了更高的要求。在一个阅读者的神经被各种段子刺激得几近麻木的时代编出更有意味的故事,十分不易。

网络给小说带来的第二个挑战,是对小说语言潜移默化的改造。

电脑写作,超快的打字速度解放了小说写作生产力。每天写万八千字,对今天的小说写作者是轻飘飘的事情,这是手写时代的作家们不敢想象的。但也正是这种快,给小说语言带来了另一种挑战。

小说是讲故事的艺术,同时也是语言的艺术。小说的魅力之一,是有特色的语言。传统写作,每一个字词,都是作家一笔一画写在纸上的。笨拙的手工写作,作家可能丢胳膊拉腿难免错别字,可能搭配错词语,成语掌握得也不尽精当,但每个作家都有自己的习惯用语,并且可能创造性地运用词汇。手工写作比电脑打字慢,作家有工夫想,慢慢想的过程就隐含突破、创造。小的文字瑕疵、明显的搭配错误,编辑后期加工时完全可以纠正,而一些富有表现力的有创造性的词汇、用法,一些对传统语法稍稍偏离、突破的句子,当宽容、有眼光的编辑把它们保留下来并且见诸报刊,进而被读者接受甚至也可能模仿运用时,那就是语言的点滴前行。任何语言都是活的、有生命的,语言的前行,不在各种干巴巴的公文中体现,最能承载之处就是文学作品,尤其是最经常记录世俗生活的小说之中。中国现代文学中老舍的小说,鲁迅的小说,你一眼就能区别开。不仅是语气、文风,包括作家惯用的词汇。当我们挑剔当下的小说没有语言特色、千人一面、千文一面,网络小说"小白文"层出不穷时,我们应该往更深处想,造成这种状况的原因究竟是什么?

语言特色的消失,首先从方言土语的萎缩开始。汉语丰富生动的词汇,很多来自方言土语。今天我们面临的写作环境是,普通话越来越普及,方言土语渐渐从书面语中消失,越来越多年轻人的口语也在向标准话、书面语靠拢。没有源头活水,词汇的丰富多彩无从谈起。今天的写作者，已经很少愿意在小说中加入方言或者说没有能力用方言写作。如果说我们在写作历史、穿越题材时用标准话去叙述对读者的接受没有大碍的话，当我们在写作社会最底层的故事时，却同样用文质彬彬的标准普通话进行叙述，让那些本应该操持方言土语、讲大白话的普通百姓讲标准话，在丧失了故事、人物生动性的同时，透露出来其实是写作者居高临下的俯瞰心态。俯瞰的心态终将造成写作者与读者之间的隔阂。当语言不能成为沟通的桥梁，这样的小说，注定不可能成为有生命力的作品。

生动、鲜活的方言土语萎缩的同时，电脑写作也在同化今天的小说语言。键盘写作，比手写省了很多气力。"中华人民共和国"这七个字，用手写，一共是三十八画；五笔字型输入法，只要四个键，可以两只手操作，每只手两下就可以完成。各种汉字输入法，除了词组功能、造字功能外，你输出一个字，后面会跟出来一长串常用搭配，你不必另外打字，甚至不必思考就可以写完词组。当你想不出来更好的搭配时，你当然就会对电脑给你提供的菜单欣然接受。也许有时你还会提醒自己：等我想到更好的词和用法时，我再改改。但更多的时候，其实你不可能再去用心想，很快你就会把这码事忘记了。电脑字库、词库，应付公文写作足够，但对文字有着最细腻、特色要求的小说，显然不够。很多生动准确的方言中的字、词，电脑中没有。一个小说家，即使你想到了要用更生动的方言土语，但既然电脑字库调不出你需要的，你也只能无奈另换写法，在有限的字词范围内遣词造句。一个小说家，当你心甘情愿、毫无警惕地只能用电脑字库里的常用字词来组织小说语言而过滤掉了自己日常操持的更生动、富有特色的语言时，你的语言和别人的语言，注定了差别越来越小，同质化是必然之路。南方作家和北方作家，以城市为背景和以乡村为背景的小说，写现实和写历史的小说，在小说语言呈现方面没有丝毫差别，显然是不应该的。

当下的小说语言，受网络影响也越来越明显。网络语言生动、活泼，时代气息浓郁，外来词、新造词层出不穷。但网络语言也有明显不足：词汇变化太快，有的词刚刚流行，马上就又消失，消极、粗俗、解构的词汇更容易吸引眼球，稳定性不够，也谈不上精美。缺少时间沉淀的词汇，如果大量出现在小说中，可能带来一时的新鲜感，但在语言发展的长河中，能够传承下去的有多少？今天的小说写作者，在保守传统语言和吸纳新鲜词汇、新鲜表达方面，可能困惑更多，更容易迷失。保守难免失于木讷，显得迂腐老迈，不被年轻读者认可；太过激进又可能失去汉语的稳定、优雅，首先在语言层面就失去了成为经典的可能。

网络时代，小说写作者的姿态，或者说小说家的主体意识，也受到空前挑战。

过去是作家写什么，读者接受什么；今天的写作者，放到网络上跟读者见面的小说，可能只是一个想法、一个开头。阅读者的点击量，各种留言、跟帖，都在参与甚至改变小说的叙事走向。利益驱动的力量是巨大的，越来越受读者影响、参与的小说，在题材内容、故事呈现层面可能越来越好看，但在小说的社会意义、对生命真实的阐释能力方面，反而可能被普通读者拉平。写作者的思考能力、坚守定力、独到的发现，受到空前挑战。小说家如果不能做到"我手写我心"，而是我手写点击率甚至我手写我钱、我手写我收入，这样的写作，不能简单称为小说创作，只能视为一种小说生产，聊以填补读者的寂寞时间而已，速成速朽，不可能成为表达人类心灵悸动的艺术品。

互联网给小说带来了新一代读者，但我们要意识到，屏阅读是一种浅阅读，屏阅读更适合短文、读图而不是以文字见长的小说。"小白文"的流行，是屏阅读的必然走向。随着习惯网络阅读一代读者队伍的成长壮大，纸阅读的读者可能会越来越少。当我们的小说只有网络小说一家独大时，当承载着传统小说的期刊发行量越来越小乃至最终消失，是否意味着在纸媒上呈现的传统小说的写作更加寂寞、更少出路？少了阅读动力的传统小说写作,是否越来越萎缩、越来越成为极少数人的事情?没有深度阅读性的小说,是否还有记录时代情感变化的能力?小说除了娱乐功能外,其他的功能是否在日益萎缩?

当然,今天的小说写作者,仍旧可以在两种平台上展示自己:传统的纸媒、网络媒体。有的小说家长袖善舞,可以同时栖身两处,有的小说家则专攻一个平台。传统纸媒虽有萎缩的趋势,但显然并不会马上彻底消失。优秀的网络小说正在被纸媒吸收,传统纸媒作家的作品也在被网络推广。传统作家和网络写手之间,正在相互学习、影响,也许最终会产生在两种平台上都能呼风唤雨的大家、大作,这是我们乐观的想象。

而无论是传统小说还是网络小说,都是当下影视剧等其他艺术门类的重要改编来源。小说的发展趋向,对其他艺术门类既有借鉴意义,也事关艺术的整体繁荣发展——一叶知秋,关注网络时代小说的变化,其重要意义当然不止于小说这种文体或者小说写作者。

网络文艺的文化形态及其评论介入

郑焕钊

郑焕钊，暨南大学中文系文艺学教研室主任。主要从事梁启超与近代文学思想、海外汉学、网络文艺、影视文化和文化产业的教学和研究。

在当下，面对浩如烟海、层出不穷的网络文艺，评论的失效表现得尤为突出：评论家对网络文艺的关注度不高，应用于网络文艺的评论话语和评论方式不符合网络文艺的实际情形，使得种种评论和研究看似成果累累,却仍然是学术圈子内部的自说自话,既无法影响创作者,也无法对读者起到引导的作用。这种情况的出现,并不是因为网络文艺的创作者和接受者不再需要文艺评论,在我参与的一些网络文学作品研讨中,对于能够从类型的角度对作品进行讨论的评论,网络写作者表现出非常积极的倾听姿态,而对于审美的、提升的这样一些批评话语则表现出相对的淡漠。同样的,当受众不再将文艺视为一种审美静观和精神愉悦,而是将其作为个体社交参与、价值分享和身份认同的某种媒介的时候,传统的评论话语和方式自然无法抵达受众的视野,更难以说起到影响和引导作用。简言之,网络文艺评论的失效源自对网络文艺文化形态的隔膜,因而,有效的网络文艺评论,首先应该建立在对网络文艺基本的文化形态的必要的、真实的了解的基础之上。当然,网络文艺目前还处在一个刚刚起步生长的阶段,要完全准确描述它很困难,这里试图做一些初步的描述,以便为网络文艺评论提供一种可能的方法论方向。

一

从外部形态上看,以互联网为基础的新媒介是网络文艺产生、传播、接受和反馈的技术平台,并借由这一新的媒介技术形成文化再生产的媒体机制及文化形态。

首先,以作品、作家、类型、角色为中心所建立起来的粉丝群落,以论坛、贴吧、QQ群、微博等媒介所搭建的社交分享和族群认同的平台,以线上参与和线下聚会的融合方式,共同形成了网络文艺的新的组织形态,使得以网络文艺为基础组织起来的网络文化群落,日益成为现实文化认同和区隔的精神空间和生活文化的组织方式,产生网络文艺独特广泛的亚文化形态。正如中国青年出版社编审庄庸在"全国网络文学理论研讨会"上的发言所说,"现在的主流类型作家作品及其粉丝之间'垂直'形成一个粉丝文化、经济与社会政治组织"。

其次，建立于亚文化形态基础上的网络文学、原创动漫，在当下金融、文化、科技的高度融合背景下，不断进入影视、游戏、广播、剧场等各种相关的媒介叙事形态之中，以高度集中的粉丝受众及广泛的阅读消费基础，成为当代中国娱乐产业的创意之源。基于网络文学的创意叙事和基于网络平台的网民文化的合流，产生了巨大的粉丝经济的产业空间，形成新的产业形态。网络文学作为其内容核心，形成跨媒介生产的全版权的产业形态，并产生了基于互动的跨媒介生产和接受的开放性文本体系。在这一过程中，若干跨媒介的超级 IP 将全面包围和渗透粉丝受众日常生活的方方面面。

最后，正是由于网络文艺作为一种新的文艺生活组织形态和新的产业形态，对受众日常生活的深刻渗透，在国家文化战略中，网络文艺成为青年文化建设的重要抓手。在国家大力推进流行文艺在践行社会主义核心价值观中的作用的过程中，愈来愈重视网络文艺作为国家建设青年文化、未来文化的战略意义。2014 年 4 月以来的"净网运动"以网络文学为起始，在学界被解读为对新生代文化领导权的争夺，正显示出网络文学作为具有广泛性、渗入性的新文化形态所具备的功能形态的变化。

二

从内部形态上看，网络亚文化引领着网络文艺的符号表征、叙事形态和接受特点，使其具有全然不同的文艺形态。

第一，以网络青年亚文化为基础，形成一套独特的话语和符号表征体系。网络文艺具有鲜明的网络亚文化基因，网络亚文化所形成的一套话语和符号体系，在网络文艺中获得重要的表现，并成为网络文艺的表达风格、符号意义和快感逻辑的基础：以屌丝、土豪、杀马特、小清新、文艺范儿为代表的网络亚文化的身份认同与阶层区隔，正表征着网络文艺中的趣味意义与身份政治，以萌、腐、污、吐槽为代表的表达风格和审美取向，建构了网络文艺的快感意义的崭新模式。作为一个现象级的网剧，

《太子妃升职记》的火爆，正是网络文艺话语符号逻辑展开的结果。对受众吐槽心态、基腐文化和污文化的极大运用，成就了《太子妃升职记》的点播率。而口碑点播俱佳的网络说话类综艺节目《奇葩说》，完全是以网络亚文化作为其基本基因。诚然，腐、污、吐糟等符号风格包含低俗、粗俗和恶俗的成分，存在着与主流价值观抵牾之处，但单纯将其进行简单的价值观否定并粗暴地禁止，则是关闭了对网络亚文化逻辑进行理解的大门。这一套独特的话语和符号体系日益成为主流文艺、大众文艺，包括影视作品的重要的编码要素，这些因素不断地镶嵌到不同的文化层面中去，形成日益广泛和深入的影响。

第二，生存—欲望化叙事美学成为网络文艺的主导叙事形态。网络文学作为网络文艺的 IP 源，不仅为网络影视贡献出大量的原创故事，更在资本的推波助澜之下，主导着整个的网络文艺商业化发展的基本的叙事类型和美学风格。历史穿越、玄幻修仙、耽美言情、宫斗宅斗等类型，既深受二次元亚文化的影响，又对动漫、网游等二次元文化产生深刻的推动作用，并共同形成网络商业文艺的情节升级模式。它们正是融合网络亚文化与类型叙事的新型大众文艺类型，我们不妨将其命名为"网络类型化文艺"。这些类型有着不同于以往流行叙事的新的时间文化、性别文化和成长文化。穿越与重生作为网络文学中的基本历史模式，在重构时间意识上具有非常鲜明的特征。穿越文化是对于历史文化的重新书写，而重生文化则是对于生命时间的重新规划。前者满足个体权力的幻想式舒张，呈现个体干预历史的英雄梦想，而后者则是基于人类生命流逝所憧憬的"后悔药"，是对生命重新开始的想象式补偿。从大的层面着眼，历史穿越小说是对国家命运的重新想象，展现年轻一代的想象世界和未来的可能性。从小的层面来看，则是满足个体欲望 YY 的快感需要。耽美文艺中的男性关系的想象、宫斗宅斗中的女人形象等，也呈现网络类型文艺崭新的性别文化。耽美文艺尽管以男性与男性之间的唯美爱情为中心，但无论是其创作主体还是接受主体，本质上却是从属于网络女性文艺的一部分，是女性性别境遇与性别想象的一个部分。作为网络基腐文化的核心，其塑造的男性形象具有阴柔化的唯美主义的特征，是对于充满物欲和利益关系的两性婚姻关系的反抗。而网络文艺中的女性形象，也产生了白莲花、玛丽苏和花木兰三种不同的类型，要么是集所有美好品德于一身，具有圣母精神的白莲花，要么是集所有男性关爱和维护的女性玛丽苏形象，要么则是具有独立自强，以事业为重，不依赖男人的花木兰形象。随着对白莲花式女性形象的摈弃和花木兰式形象的崛起，在大量的后宫和宅斗的类型叙事中，我们可以看到女性对男性不再基于"霸道总裁式"的依赖，而是甄嬛式的挣扎和自我崛起。无论是历史想象还是性别重构，其背后蕴含更为根本性的屌丝逆袭式的成长叙事的基本叙事模式，可以说，屌丝逆袭式的成长叙事是包括历史穿越、玄幻修仙、职场奋斗、网游同人在内的整个网络文艺的最核心的叙事模式。屌丝逆袭的叙事模式具有非常鲜明的特征：主角身份的底层化、叙事情节的成长化、情节设计的升级模式、过关升级的金手指功能。屌丝逆袭式是一种欲望化想象的形式，其阅读快感源自强烈的代入感和满足感，使对于深陷于阶层固化中的个体的精神式的抚慰和补偿也体现出当代社会青年在性别、生存和发展诸方面的精神困境。正如很多网络创作者将马斯洛的人的需求层次理论作为重要的创作指引，从根本上，网络文艺是一种基于个体生存和欲望需求的叙事美学。也正因为其深深扎根于个体的生存现实性，使其从产生以来就拥有极为广泛的受众。对网络文学的创作者和接受者而言，网络文学满足了他们最直接的快感，缓解了最现实的生存焦虑，而更高层次的精神需求，则仍然是比较遥远的。

第三，社交性的接受形态。与以往我们强调的文艺的审美静观式的接受不同，对网络影视、动漫的接受由于网络互动媒介的发展，愈来愈强化受众与文本之间的即时互动和深度参与，文本不再被视为独立的、封闭的，而是被受众作为一种社交互动和族群认同的媒介发挥着作用。以弹幕为例，首先，它将观众在不同时段就同一视频某一时间轴上所发表的弹幕言论共时呈现出来，为受众建构了某种集体性观赏的喧哗的假象，使孤独的年轻人获得了某种集体性聚会的欢乐感；其次，弹幕本身所建构的一套独特的话语表达符号，比如"前方高能""23333"等，又为受众建构某种区隔于其他社会人群，唯你我懂之的共同体想象。这种以独特的话语符号来建构族群身份想象的方式，在网络亚文化中有其传统，比如火星文。在今天的网络亚文化中，A站（即ACfun）和B站（即Bilibili）两个弹幕视频网站正是其源头。在"90后"中，很多人是独生子女，他们从小很孤独，他们发弹幕所获得的，就像一家人围在电视机前看电视的感觉，而且没有文化的代沟，所以他们可以通过这种方式来社交，来解决个人的孤独。与这种需求相比，文本的审美、意蕴、叙事的逻辑和结构等，反而并不是他们所关注的。还有一种受众现象称为站"CP现象"。CP是英文"couple"的缩写，就是给人物配对编撰故事。在文艺文本中，只要受众喜欢某对男女关系或男男关系，就会将他们强行配对，为他们创造恩爱甜蜜的故事或视频文本，这即是同人创作的非常重要的一种动机和类型。比如《琅琊榜》当中的胡歌和《花千骨》中的霍建华，就被配在一起创造两人之间的唯美情爱故事。2016年里约奥运中张继科与马龙、林丹和李宗伟，也被通过视频图片拼贴的方式，为他们创造出"虐死单身狗"的相爱相杀的各种网络亚文本。此外还有动漫里面的cosplay，完全是穿扮角色的服装，扮演这些人物的性格。这些接受方式，跟我们以往的文艺接受完全不一样，是参与式的，是满足个人需求，带有社交色彩非常强烈的特点。

三

审美批评和文化批评是当下网络文艺批评的两种基本批评模式。审美批评将网络文艺作品视为一个整体来分析其审美创造，它无法适应网络类型化文艺创作的模式和套路,无法应对在打赏、排行榜等以受众为核心的内容生产的互动机制,更无法面对以粉丝群体为基础的亚文化部落的文化组织形态下网络文艺作用方式及其在跨媒介生产中文本形态的开放性,这就使得当下审美批评在面对网络文艺作品时产生了极其暧昧的姿态,既无法忽视网络文艺受众广泛及其独特的风格、语言和情节形态,又无法对其文艺新质的特征作出合乎实际的评价,从而在价值评判上陷入了混乱。

文化批评将网络文艺作为大众文化来批评,最著名的例子莫过于陶东风对玄幻小说的"装神弄鬼"的批评。它针对网络文艺与当代社会资本、政治和意识形态的关系,重点批判其中的虚无主义、拜金主义、权威崇拜等价值观。然而其立足于精英主义和文化研究的价值立场实际上与网络文艺的文化形态及其互动生态的实际情形是隔膜的,无法触及网络文艺生态中"自我意识、族群认同及其文化建构"(庄庸语)的人类学和社会学的内涵,难以有效地切入网络文艺在受众日常精神空间和经验组织上的作用方式,因而失去了文化批评的实际影响。

别林斯基将批评视为"运动中的美学",意味着文艺批评的开放性、建构性和理论的生成性。网络文艺批评思路和方法的调整,正是基于网络文艺文化形态的变化,需要建立新的批评理论来作为网络文艺的美学尺度和文化标准,然而批评理论的形成又必须建基于批评实践的过程之中。事实上,网络文艺批评的思路调整并不完全否定审美批评和文化批评,而是要对其进行创造性的转化。

从影响创作者的角度说,我们可以从审美批评进入创意批评。将网络文艺视为通俗文艺和类型文艺,进而以对通俗文艺的模式化、商业化的特点来进行批评是最近网络文艺批评的一种值得重视的可喜趋势。然而,由于通俗文艺与新媒介技术条件下的互动写作、亚文化群落和跨媒介开放实践的形态不同,当下网络文艺产业是新媒介条件下的创意产业,对其创意规律的研究实际上正可以转化审美批评的创造研究,使审美创造的独创性尺度转化为产业中的创意性规律，并建立中外文艺创意产品的创意价值坐标，如对《哈利·波特》《指环王》等幻想文学的规律的研究，并将其与中国玄幻文学进行创意比较，以之确立幻想文学的创意体系等，从而作为网络文学写作以及网络文学跨媒介生产的有效的指南，发挥其对网络文学产业的文化引导功能。我们可以看到，网络文艺很大部分受到的是日本的动漫、日本的轻小说、欧美魔幻和奇幻小说的影响。这些东西在国外，由于长期的文化产业的发展和积累，形成了一些类型创造的规律性，所以这些规律本身可以很好地帮助我们，引导现在的网络类型的创造。在这一基础上，展开我们对网络文艺的本土类型的本土讨论、评论和研究，才具有引导创作的真正能量。

从面向受众来说，我们需要从传统的文化研究走向文化生态研究。无论是法兰克福学派的文化批判还是伯明翰学派的文化研究，基于政治经济学、阶级分析基础上的否定、颠覆、反抗等哲学反思和政治批判立场实际上都很难有效地分析网络文艺的文化生态。网络文艺及其跨媒介生产的开放性文本体系深刻地渗入粉丝读者的日常生活，在当代大众的生活中具有认知、认同、宣泄、交流等多重的文化功能，甚至具备了人类学意义上的日常仪式和神话意义，使其成为生态学意义上的文化生态。这种具有新媒介特征、高度互动互渗的亚文化群落尽管离不开当代资本、科技、经济、政治等多重力量的介入和建构，但只有更充分地基于文化人类学和文化社会学的视野和方法，如将文本内容、文本实践的形态与田野调查、访谈的方法相结合，才能更为有效地介入网络文学的真实情况。文化生态研究要求研究者进入这些受众群体中去，因而我们作为研究者首先就要成为一个粉丝型的学者，进入QQ群、贴吧，在这里面长期跟他们交流，理解他们的观念。同时在这里面对他们的批评也做一点调查，网络平台恰恰又为我们做调查提供了非常大的便利。有效的文化政策、产业指南、价值引导和学术积累必须以对网络文学的文化生态批评为基础。